# AL-ANDALUS

## Anthologie

Brigitte Foulon, agrégée et docteur en littérature arabe, est maître de conférences à l'Institut national des langues et civilisations orientales (INALCO). Sa thèse porte sur la poésie andalouse du XIe siècle, et plus particulièrement sur l'œuvre d'Ibn Khafâdja.

Emmanuelle Tixier du Mesnil, agrégée et docteur en histoire, est maître de conférences en histoire médiévale à l'université de Paris X-Nanterre ; elle a participé à plusieurs ouvrages, notamment *Pays d'Islam et monde latin : 950-1250* (Atlande, 2001) et *Chrétiens, juifs et musulmans dans la Méditerranée médiévale : études en hommage à Henri Bresc* (De Boccard, 2008).

# AL-ANDALUS

## Anthologie

*Choix de textes, traduction, présentation, annexes, chronologie et bibliographie par*
Brigitte Foulon
et Emmanuelle Tixier du Mesnil

*Préface*
*de* Gabriel Martinez-Gros

*Ouvrage traduit avec le concours du Centre national du livre*



GF Flammarion

*Je tiens à remercier pour leur aide précieuse Odile Caceres et Carmen Contreras Blanes, bien trop tôt disparue.*

Emmanuelle Tixier du Mesnil.

*À Martine Poulin, qui nous a quittés en août 2008.*

Brigitte Foulon.


ISBN : 978-2-0807-1265-3

# PRÉFACE

*Il y eut un temps où nul ne discutait le profit que l'histoire pouvait tirer de la littérature. Les premières histoires modernes, à la fin du* XVIII*e siècle ou encore au début du* XIX*e siècle, prirent souvent la tradition littéraire pour appui – il en va ainsi, en Espagne, de celles du jésuite Juan Andrès, de George Ticknor ou d'Amador de Los Rios. À partir de la fin du* XIX*e siècle, l'école positiviste d'abord, puis l'école des Annales ont eu l'ambition de définir un domaine propre de l'histoire, nettement distinct de celui de la fiction littéraire, et qui substituerait à l'exception solitaire du génie poétique ou du talent romanesque la norme du quotidien, la masse des humbles. Il est inutile de revenir sur les immenses mérites et les succès éclatants de ce programme, qui aura guidé, au total, l'essentiel des recherches historiques du* XX*e siècle. Disons simplement qu'il n'est guère adapté à l'étude d'al-Andalus. En l'absence à peu près totale de documents, on ne sait pas – et l'on ne saura jamais – grand-chose des humbles, pas même la langue ou le dialecte que l'on parlait sur les marchés de la péninsule Ibérique au* IX*e ou au* X*e siècle.*

*L'histoire des humbles, en outre, rend un écho particulier en Espagne. Empire ruiné, culture héroïque et catholique vaincue et condamnée par la victoire d'une modernité protestante et prosaïque, l'Espagne du* XIX*e siècle, que l'on songe à Amador de Los Rios ou à Miguel de Unamuno, structura l'interminable litanie de son déclin sur l'opposition irréductible d'un peuple vaillant, invincible, éternel – celui de la résistance à Napoléon – et* *d'élites étrangères de sang ou d'esprit, les Habsbourg en particulier. Par la suite, et à partir du dernier quart du* XIX*e siècle, le « peuple » des Andalous devint l'enjeu d'une historiographie espagnole soucieuse d'annexer al-Andalus à l'héritage national – à l'égal de ce qu'on pratiquait partout en Europe à l'endroit de toutes les formations historiques enracinées sur le territoire assigné à la nation moderne : Lascaux appartient au patrimoine de la France, Stonehenge à celui de l'Angleterre, et al-Andalus à l'Espagne. Dans la mesure où les textes andalous, pour l'essentiel en arabe, semblent démentir cette appartenance, l'historiographie espagnole de la génération de 1898 surtout, du vieux Eduardo Saavedra aux jeunes Julián Ribera et Miguel Asin Palacios, ont opposé à l'arabité des élites l'hispanité des masses. Et, parfois jusqu'à nos jours, on a prétendu discuter, non sans anachronisme flagrant, de l'appartenance culturelle des majorités. On a surtout prétendu contourner les textes, y trouver parfois le contraire, et plus souvent, ce qui est peut-être pire, tout autre chose que ce qu'ils disaient – puisqu'ils parlaient arabe, et qu'on voulait leur poser un problème espagnol qui leur était indifférent.*

*De sorte que le combat pour l'histoire de ces humbles est ici tout particulièrement biaisé. Et que le plus raisonnable, même pour l'historien le plus éloigné de la tentation littéraire, consiste à revenir aux textes, qui sont la seule réalité dont nous disposons. Un simple coup d'œil d'ensemble montre à quel point histoire et littérature se sont construites en écho dans le cas andalou. Dès le milieu du* XIX*e siècle, l'Alhambra est consacré modèle et joyau de l'art islamique – il figure seul à ce titre dans la première Exposition universelle, celle de Londres, en 1851. Un demi-siècle de visiteurs passionnés – Chateaubriand, Quinet, Gautier, Custine – l'a établi dans ce rôle. L'Alhambra est d'abord un fait littéraire. Mais les murs du monument lui-même, à l'inverse, sont couverts des derniers grands poèmes de la littérature* *arabe avant le réveil du* XIX*e* *siècle, ceux d'Ibn al-Jayyâb, d'Ibn al-Khatîb, d'Ibn Zamrâk.*

*Andalou, dites-vous ? Le mot est né dans la littérature. Reinhart Dozy, qui en fait, le premier sans doute, un véritable concept historique dans son* Histoire des musulmans d'Espagne *(1861-1863), l'a emprunté à la* Carmen *de Mérimée (1845) et ne s'en cache pas. Au-delà même de Mérimée, ce nom magique est chargé de tous les attributs littéraires dont la cuistrerie des spécialistes n'a pas encore réussi à le dépouiller : la fragilité et la mélancolie de la ruine (c'est l'Alhambra), l'inéluctabilité du destin, les ombres souterraines des disparus (dans l'œuvre de Washington Irving ou dans le* Manuscrit trouvé à Saragosse *de Jean Potocki), un air suranné de chevalerie (chez Edgar Quinet ou Louis Viardot). Ce dernier trait, la littérature européenne l'a hérité pour l'essentiel des* Guerres de Grenade *de Ginès Perez de Hita, auteur espagnol du* XVI*e* *siècle. On pourrait poursuivre presque à l'infini : al-Andalus est faite d'une cascade de fascinations, où les événements et leur image démultipliée par la beauté des miroirs qui la reflètent sont désormais inséparables.*

*Une cascade de fascinations que les Arabes eux-mêmes ont contribué à creuser. Au* XIV*e* *siècle, Ibn Khaldûn, né d'une vieille famille andalouse exilée à Tunis par la Reconquête chrétienne, converse avec son ami Ibn al-Khatîb, demeuré dans le petit royaume de Grenade qui porte le dernier témoignage de la présence arabe en Espagne. Il lui explique, non sans arrogance, qu'il lui est supérieur en tout, sauf dans l'art d'écrire, et d'abord d'écrire de la poésie, dont les Andalous ont fait leur marque propre. Et comme il est Ibn Khaldûn, c'est-à-dire un puissant théoricien toujours soucieux d'explications générales des faits particuliers, il ajoute : « Nous, Andalous exilés, portons aux côtés des rois berbères du Maghreb le poids de l'islam, de sa science et de ses combats – en particulier contre les chrétiens reconquérants.*

*Vous, qui êtes demeurés sur cette terre andalouse, avez l'existence légère qui donne des ailes à votre plume. Vous avez choisi d'honorer la langue arabe dans sa beauté, parce que d'autres, dont je suis, ont pris la charge des lourdeurs de la science. »*

*Saluons l'anthologie* Al-Andalus *de Brigitte Foulon et d'Emmanuelle Tixier du Mesnil, qui réconcilie si remarquablement Ibn Khaldûn et Ibn al-Khatîb, la beauté de la langue et la rigueur de la science.*

Gabriel MARTINEZ-GROS.

# PRÉSENTATION

## *Histoire et littérature*

Cet ouvrage aurait pu s'intituler *Tendres Rameaux de l'arbre andalou*, ou *Livre des fleurs parfumées du jardin d'al-Andalus*, pour parodier les titres bucoliques que les auteurs médiévaux se plaisaient à attribuer à leurs anthologies. Car notre démarche est peu ou prou la même que celle qui les a animés : collecter les écrits mémorables composés dans la péninsule Ibérique et les rassembler dans un livre[1].

L'immensité de la tâche impliquait forcément la subjectivité des choix. Subjectivité que nous assumons dans la mesure où elle est consécutive à l'esprit même de ce livre. Nous avons effectivement voulu que l'histoire et la littérature se rencontrent, tant il est vrai que les livres d'histoire sont rarement ornés de vers, et que ceux consacrés à la littérature omettent souvent de présenter de façon détaillée le contexte de l'écriture. En croisant

1. Nous avons rassemblé des textes divers, de prose comme de poésie, qui ont en commun d'avoir été rédigés, à de rares exceptions près, par des auteurs originaires de la péninsule Ibérique. Ce fut un long travail de collecte car il a fallu chercher dans de nombreuses chroniques, dans de multiples recueils, les extraits que nous souhaitions réunir au sein d'un ouvrage unique. Force est de constater que bien peu de textes étaient accessibles au public français. La plupart des chroniques historiques qui nous sont parvenues ont été traduites principalement en espagnol; dans le domaine de la littérature, et plus particulièrement de la poésie, en revanche, une immense partie du travail reste à faire : nous espérons que ce livre contribuera à donner envie à la nouvelle génération d'étudiants en arabe de poursuivre cette entreprise.

ces deux registres d'étude, nous avons tenté de livrer tout à la fois la compréhension plus fine d'un passé et l'archéologie plus étayée d'un savoir. Habituées au cloisonnement académique de nos disciplines, nous avons dû croiser nos travaux, adapter nos approches et nos méthodes, mais aussi découvrir la perception qu'avait l'autre de cette terre andalouse que nous avions cru saisir auparavant chacune par le biais de nos matériaux respectifs. Cette démarche nous a donc conduites à privilégier deux types de textes : ceux qui nous renseignent sur le passé andalou, et ceux qui témoignent de l'activité littéraire et intellectuelle de la péninsule Ibérique. Nous avons choisi de laisser de côté certaines productions qui, par leur volume, constituent néanmoins une part importante du legs andalou : les textes de sciences religieuses et de droit – à l'exception de l'œuvre singulière d'Averroès –, ainsi que les « catégories des savants » ou dictionnaires biographiques. Nous avons pensé que leur lecture, plus aride, constituait les racines d'un arbre andalou dont nous voulions surtout montrer les fruits. Comme nos lointains devanciers du Moyen Âge, nous avons aussi privilégié les textes qui nous plaisaient le plus.

De fait, le livre que nous proposons est un ouvrage de littérature ; l'histoire sert ici de cadre à la présentation de textes de prose et de poésie. Cela ne signifie pas pour autant qu'elle est en simple position ancillaire. Elle est essentielle, au contraire, pour comprendre, parfois même pour aimer, la production poétique ; elle permet de donner leur pleine valeur aux motifs et aux figures qui apparaissent sous la plume des auteurs, et qui prennent une signification nouvelle lorsqu'on appréhende mieux les conditions de leur écriture. Certains vers retrouvent toute leur acuité, leur sens même, quand on connaît les épreuves qu'endurèrent ceux qui les ont forgés. Des poèmes qui pourraient à première vue ne consister qu'en la reprise de thèmes anciens et constamment répétés au fil des siècles et dans différents lieux, revêtent une signification nouvelle lorsqu'on les sait, par exemple, composés à l'époque des royaumes des Taifas, alors que la tranquille assurance du califat a fait long feu et que les angoisses engendrées par les avancées de la Reconquista chrétienne se profilent. De la même façon, l'histoire s'enrichit au contact d'écrits que les historiens ne manipulent que rarement, persuadés qu'ils sont de la difficulté qu'il y a à considérer ces poèmes comme des « sources », en raison notamment de l'apparente intemporalité des motifs qu'ils combinent. Au détour d'un poème, toutefois, apparaissent des traits qui nous renseignent autant, sinon plus, qu'une liste de souverains ou une description de bataille. Comment rendre mieux le sentiment de fragilité d'al-Andalus qu'à travers l'évocation rimée de la chute de ses villes ? Respire-t-on de la même manière l'air de Séville lorsqu'on n'a pas en tête les multiples poèmes qui célèbrent la beauté de ses jardins et de son fleuve ?

Le cadre historique, de plus, permet de mettre en évidence l'évolution de la production littéraire d'al-Andalus. En dépit de la compilation, pratique récurrente de l'écriture médiévale et démarche constitutive de l'élaboration d'un savoir, on voit se profiler tout au long des près de huit siècles d'existence de l'Espagne musulmane de nouvelles orientations, s'esquisser de nouveaux motifs, s'exprimer de nouvelles préoccupations. Et lorsque les auteurs se contentent de reprendre des figures élaborées à l'âge d'or, cet immobilisme même revêt une signification aux yeux de l'historien.

Dans la mesure où il fallait présenter une période aussi longue – de 711, date de la conquête de l'Espagne par les armées musulmanes, à 1492, année de la chute de Grenade –, le découpage chronologique semblait le plus approprié, même s'il n'épouse parfois qu'imparfaitement le temps de l'écriture[1]. Cinq principales périodes s'im-

1. Voir *infra*, p. 305, note 3.

posaient alors : le temps de la domination de la dynastie omeyyade, de 711 à 1031 [1] ; celui des royaumes des Taifas, nés de la division politique d'al-Andalus lors de la disparition du califat ; l'époque de la domination berbère, lorsque la dynastie des Almoravides (1086-1147) puis celle des Almohades (1147-milieu du XIII^e siècle) unifièrent dans un même destin le Maghreb et l'Espagne musulmane, contenant un temps la Reconquista chrétienne. À l'issue de la terrible défaite des armées almohades à Las Navas de Tolosa en 1212 face aux rois chrétiens coalisés, al-Andalus implosa ; ses principales villes furent prises par les Castillans, les Aragonais et les Portugais dans les décennies qui suivirent. Dans les années 1250, un seul État musulman demeurait dans la péninsule Ibérique, celui des Nasrides de Grenade, dont l'étude clôt notre ouvrage. Renforcé par l'afflux de réfugiés musulmans venus des villes reconquises ou du Maghreb, tirant parti des dissensions entre la Castille et l'Aragon, le royaume de Grenade subsista jusqu'en 1492, date à laquelle il tomba à l'issue d'une lente agonie rendue possible par l'union des deux couronnes d'Isabelle et de Ferdinand, les Rois Catholiques. L'existence historique d'al-Andalus cessait ; le mythe andalou pouvait alors prendre le relais.

## *Enjeux historiographiques*

En Orient comme en Occident, en Europe comme dans le monde arabe, le nom al-Andalus fut et reste signifiant. Plus que les frais jardins, les patios ombragés, la Grande Mosquée de Cordoue ou les palais de

---

1. C'est lorsque la dynastie omeyyade régnait sur l'ensemble du monde musulman depuis Damas, sa capitale, que fut entreprise la conquête de la Péninsule ; de 756 à 929, des émirs omeyyades furent les souverains directs d'al-Andalus, alors que les califes abbassides de Bagdad régnaient en Orient ; de 929 à 1031, les Omeyyades de Cordoue reprirent le titre califal porté par leurs ancêtres sans toutefois pouvoir diriger l'ensemble du domaine de l'Islam.

l'Alhambra, il évoque pour beaucoup l'idée d'une coexistence pacifique entre les trois religions monothéistes, d'une tolérance qui nous ferait d'autant plus regretter ce paradis perdu.

Cette théorie, échafaudée dans de nobles desseins, est aujourd'hui considérée à juste titre comme anachronique. La tolérance, si on l'entend au sens, conféré au temps des Lumières, de la reconnaissance de l'autre comme un être différent mais égal, est largement étrangère au Moyen Âge, qu'il soit musulman ou chrétien. La définition même de l'altérité est l'occasion d'affirmer sa propre identité et, partant, la supériorité de celle-ci. Les textes que nous présentons sont emplis de ces invectives rituelles et réelles. Le mythe de la tolérance est idéologiquement daté [1].

Il convient en outre de s'interroger sur les raisons profondes qui ont conduit à enraciner l'idée de tolérance dans le terreau andalou. N'était-ce pas suggérer que l'islam fut tolérant parce qu'il se déployait sur une terre européenne ? D'un point de vue historique, c'est un contresens. Au Moyen Âge, les États de l'Orient musulman (dont l'Irak, l'Iran, l'Égypte et la Syrie) ont pratiqué la même politique à l'égard des populations chrétienne et juive – politique qui était définie par le cadre de la *dhimma*, la protection du souverain accordée aux minorités, prévue par le droit musulman [2]. De plus, à l'époque des dominations berbères en Espagne, celle des Almoravides et, surtout, celle des Almohades, juifs et chrétiens furent

1. Le processus qui l'a vu naître s'étend sur une période relativement longue : l'Europe des Lumières compatit au funeste destin des « Maures » pour mieux fustiger l'Espagne catholique et conservatrice, jugée responsable de l'obscurantisme de ses populations comme des échecs de son économie. Au XXe siècle, les traumatismes des indépendances engendrèrent dans une large partie des élites européennes le désir de se référer à un âge d'or de tolérance et de cohabitation avec lequel il convenait de renouer par-delà l'hiatus qu'avait constitué la colonisation.

2. Les principaux termes arabes employés dans la présente anthologie sont définis plus précisément dans le glossaire qui figure à la fin de l'ouvrage (*infra*, p. 454).

sommés de se convertir ou de fuir[1]. Le grand savant juif Maïmonide (Moshe b. Maymûn), né à Cordoue en 1135, fut, avec les siens, obligé de se convertir en 1148, puis contraint à l'exil. C'est en Égypte qu'il se fixa. Les chrétiens d'al-Andalus, ou mozarabes, considérés comme de potentiels traîtres de l'intérieur, disparurent alors complètement des textes, préférant pour la plupart d'entre eux se réfugier dans les royaumes chrétiens du Nord, tandis que d'autres étaient déportés au Maghreb. La « tolérance andalouse » a des limites aisément cernables.

Si le terme « tolérance », anachronique, doit bien être récusé, il ne faut pas pour autant tomber dans l'excès inverse. Il serait en effet bien léger d'enterrer, avec la tolérance, toute idée de coexistence pacifique, voire de considération pour l'autre. Au nom de ces revirements dont l'historiographie a le secret, il nous faudrait donc maintenant voir dans la longue histoire d'al-Andalus le simple récit des affrontements entre islam et chrétienté. À l'heure où les affligeantes thèses de Samuel Huntington[2] sur le choc des civilisations font encore des émules et où les tensions avec les pays musulmans sont particulièrement vives, il est important que l'histoire ne soit pas une nouvelle fois travestie. Car, ne nous y trompons pas, la remise en cause du mythe de la tolérance andalouse est une formidable occasion pour les néoconservateurs de tout poil de conclure à l'incompatibilité entre islam et coexistence pacifique de différentes communautés. Des ouvrages aux fondements historiques douteux se multiplient en effet, n'hésitant pas à affirmer que les minorités juives et chrétiennes furent *de tout temps* humiliées et opprimées dans le

1. La conversion forcée et la suppression de l'école talmudique de Lucena eurent pour conséquence la disparition des communautés juives de Cordoue, Séville et Grenade.

2. S. Huntington, *The Clash of Civilizations and the Remaking of World Order*, New York, Simon & Schuster, 1996 ; trad. fr. *Le Choc des civilisations*, Paris, Odile Jacob, 2000.

monde arabo-musulman du Moyen Âge. Celui-ci fait alors figure de contre-modèle, par opposition à l'Europe de la Renaissance qui, la première, aurait théorisé la tolérance et la reconnaissance de l'autre. Les faiblesses de ce type de raisonnement sont inhérentes au parti pris idéologique qui les sous-tend : on compare deux époques différentes, et on a tôt fait d'oublier les contre-exemples – l'Europe de la Renaissance est également celle du déchaînement de l'Inquisition contre les populations juive et crypto-musulmane d'Espagne, celle du massacre des Indiens d'Amérique, celle des guerres de Religion… Les généralités se révèlent souvent hâtives, et les différentes périodes de l'histoire de l'humanité, ainsi que les différentes aires géographiques qui en furent le théâtre, ont toutes connu leur lot de conflits et de confrontations : cela s'appelle l'histoire. Il n'en reste pas moins que le monde arabo-musulman médiéval, par la diversité des terres sur lesquelles il s'est déployé et des populations qu'il a administrées, a pratiqué une politique de coexistence sans équivalent pour cette époque.

C'est ce dont les textes présentés dans cet ouvrage veulent témoigner : les populations d'al-Andalus – musulmans, chrétiens et juifs ; Arabes, Berbères et *muwallad-s*[1] – se sont côtoyées et ont échangé. Comment aurait-il pu en être autrement ? Il était de la responsabilité des souverains, notamment à l'époque du califat omeyyade et des royaumes des Taifas, d'assurer la paix civile et d'organiser les rapports entre les divers groupes. Les élites des trois communautés maîtrisaient la langue arabe et la choisirent pour rédiger leurs œuvres ; un penseur comme Ibn Ḥazm avait une connaissance extrêmement fine du dogme chrétien ; Maïmonide connaissait parfaitement la théologie musulmane et rédigeait ses ouvrages en arabe. De nombreux juifs, de même que certains mozarabes, furent les intermédiaires par excellence

1. Il s'agit des populations indigènes converties à l'islam.

entre souverains chrétiens et musulmans. Il va de soi que lorsque la pression des royaumes chrétiens du Nord fut plus forte, les tensions s'accentuèrent. Il est, de plus, un peu hâtif d'imaginer un bloc musulman uni ; faut-il croire les chroniques rédigées à l'époque almohade lorsqu'elles prétendent que les Andalous furent unanimes à accueillir en sauveurs les Almohades ? Les poèmes apportent des réponses beaucoup plus nuancées. Certains d'entre eux témoignent du souvenir resté extrêmement vivace et douloureux de la dévastation de Cordoue par les Berbères au début du XIe siècle, lors de la guerre civile qui vit disparaître le califat ; ce souvenir continuait à nourrir une prévention à l'encontre de ces derniers au XIIIe siècle et même au-delà. Al-Shaqundî, au début du XIIIe siècle, s'est fait le chantre de l'identité andalouse dans une épître restée célèbre, vantant la supériorité d'al-Andalus sur le Maghreb. Le fameux sentiment d'un « nationalisme andalou » transcendant les distinctions communautaires et religieuses, peut-être enterré un peu vite par les historiens ces dernières années, est ainsi souvent perceptible dans les textes de littérature. L'identité andalouse, fondée en partie sur un héritage arabe pieusement recueilli, séduisit bien au-delà des seuls descendants des conquérants syriens. Ce qui ne signifie pas, encore une fois, que les Andalous juifs, musulmans et chrétiens communièrent harmonieusement au sein d'une société métissée et décloisonnée – ce serait là ignorer largement ce que fut le Moyen Âge –, mais bien que ces hommes ont été amenés à vivre ensemble et furent à la fois les dépositaires et les acteurs d'une histoire commune ; c'est peut-être cela qui fait un peuple.

## *De la spécificité de la littérature andalouse*

Le lecteur non averti sera sans doute surpris de constater que la majorité des textes littéraires proposés dans cet ouvrage sont des poèmes. À cela, deux explications. La première tient à la place dévolue à l'art poétique dans la culture arabe. Pour définir celui-ci, nous laisserons la parole à Ibn Khaldûn : « La poésie est, de toutes les formes du discours, celle que les Arabes ont regardée comme la plus noble ; aussi en firent-ils le dépôt de leurs connaissances et de leur histoire, le témoin qui pouvait certifier leurs vertus et leurs défauts[1]. » La seconde est plus spécifique à la culture arabe d'al-Andalus, qui instaura un système d'enseignement accordant la primauté à l'étude de la langue et de la poésie, plutôt qu'à celle du Coran, comme c'était la règle en Orient. C'est que la langue arabe devint très tôt en al-Andalus un élément essentiel des revendications identitaires, dont la portée ne fit qu'augmenter à mesure que les menaces se précisaient. De ce fait, la poésie joua, sur ce territoire, un rôle peut-être plus central encore que dans le reste du monde arabo-musulman, à tel point que versifier devint une seconde nature pour les membres de l'élite andalouse.

Il n'était pas question, dans le cadre de cette anthologie, de traiter exhaustivement de la littérature andalouse. Notre souci a été de sélectionner les auteurs et les textes les plus représentatifs de chaque période, de chaque thématique, en un mot de tenter de rendre compte de ce qui fait la spécificité andalouse. Mais dans quelle mesure est-on donc en droit de parler d'une telle spécificité ? Héritière directe de la tradition littéraire arabe, la production andalouse ne s'est – partiellement – démarquée de celle-ci qu'au terme d'un long processus de maturation : c'est ce dernier que nous avons souhaité mettre en relief dans cet ouvrage.

Il ne saurait en effet être question d'une littérature andalouse avant l'instauration du califat de Cordoue. Tout au plus la production d'expression arabe qui voit le jour durant la période de l'émirat se colore-t-elle çà et

1. Ibn Khaldûn, *Muqaddima*, trad. fr. M.G. de Slane, dans *Prolégomènes*, Paris, Paul Geuthner, 1936, t. III, p. 367.

là de quelques allusions à l'humus dans lequel elle s'enracine. Pour le reste, Orientaux et Occidentaux puisent au même réservoir de clichés et de topiques, manipulent les mêmes figures de rhétorique, subissent le même encodage rigoureux. Aussi les Andalous, pendant longtemps, n'ont-ils eu d'autre ambition que celle d'égaler, voire de surpasser l'art de leurs pairs orientaux. Cela vaut tout particulièrement pour les œuvres dites « de circonstances », quantativement majoritaires, et dont le panégyrique constitue l'emblème. En dépit de l'intérêt documentaire qu'ils peuvent présenter, en particulier quand ils sont étroitement liés à des événements historiques identifiables, ces textes ne révèlent aucun caractère andalou à proprement parler. C'est la raison pour laquelle nous les avons peu sollicités.

La puissance et la splendeur du califat, cependant, permettent la lente émergence d'une écriture revendiquant une certaine autonomie vis-à-vis du modèle oriental, même si celui-ci demeure la référence suprême. La chute des Omeyyades ne marque nullement l'arrêt du développement de la production littéraire andalouse. Tout au plus en modifie-t-elle peut-être l'orientation. Le développement des genres poétiques dits « populaires », le *muwashshaḥ* et le *zadjal*, en est le vivant exemple. C'est sur le plan formel que ces compositions innovent : strophiques, conçues avant tout pour être chantées, elles rompent avec les règles de la métrique classique, et intègrent des passages en langue romane ou en arabe dialectal. La poésie de facture classique n'est pas en reste pour autant. Toutefois, elle se révèle figée sur le plan formel : c'est sur celui de la thématique qu'il faut en chercher les traits distinctifs. En réalité, les auteurs andalous n'eurent pas de plus grand défi à relever que celui de rendre compte de leur réel, de leur vécu, de leurs émotions à travers des matériaux qui, nous l'avons vu, provenaient d'un univers culturel fort différent. Dès lors, il leur fallait renouveler la portée et la signification de certains thèmes, tel celui de l'évocation des ruines du campement bédouin, qui constitue l'un des motifs majeurs de la poésie arabe archaïque. Retravaillé dans le contexte de la guerre civile, puis de la prise des villes par les chrétiens, ce thème acquit une nouvelle dimension, bien plus tragique. Rien ne caractérise mieux à nos yeux la poésie andalouse en arabe classique que cette tension permanente entre, d'une part, une volonté de donner à voir la nature et les subtilités de la société andalouse, et, d'autre part, l'étroitesse de la marge de manœuvre accordée au poète. Parallèlement à cette instrumentalisation des images du désert, c'est également en puisant dans les représentations présentes tant dans le texte coranique que dans la poésie des siècles précédents, que les Andalous furent à même d'évoquer la luxuriance des paysages naturels et urbains de la Péninsule (jardins, palais…). Ces descriptions atteignirent leur apogée sous les Taifas et les Almoravides. Ibn Khafâdja, qui vécut à la fois pendant la période des Taifas et au temps des Almoravides, représente, par la subtilité et la richesse de son système d'images, la quintessence de cette expression. Les poètes des périodes postérieures, almohade et nasride, ne sauront plus que broder d'infinies variations sur ces thèmes, sans rien renouveler d'essentiel. En ce qui concerne la poésie strophique, c'est le *zadjal* qui, en donnant la part belle à l'arabe dialectal, permit aux Andalous de s'approprier davantage leur environnement, et de soulager quelque peu cette tension.

Les quelques remarques qui précèdent montrent combien il peut être délicat de superposer périodisations littéraire et historique. D'abord parce que l'échelle de la vie humaine veut que nombre d'auteurs, à la longévité parfois exceptionnelle, aient vécu sous plusieurs régimes politiques. Citons Ibn ᶜAbd Rabbih, né sous l'émirat, et qui accompagna l'établissement du califat, ou encore Ibn Khafâdja, évoqué plus haut, qui connut les multiples soubresauts politiques ayant ébranlé la région orientale de l'Espagne, le Levant, entre le milieu du XI^e siècle et celui du XII^e siècle. Plus généralement, tous les grands lettrés nés alors que le califat de Cordoue jetait ses derniers feux sont concernés. À l'échelon collectif, ensuite, il est évident que des phénomènes littéraires majeurs, tels l'apparition et le développement du *muwashshaḥ* et du *zadjal*, sont à observer sur une durée qui transgresse naturellement le cadre étroit de la chronologie dynastique.

On sait en outre que les ères de stabilité politique et de prospérité ne coïncident pas nécessairement avec les périodes d'effervescence ou d'épanouissement littéraire. En ce qui concerne al-Andalus, ce sont bien les époques les plus troublées qui donnèrent naissance aux esprits les plus brillants et aux figures culturelles les plus marquantes. À ce titre, la période de la Fitna de la fin du califat est tout à fait symptomatique. Cette crise majeure qui, commencée en 1009, s'étendit sur plus de vingt ans, et que l'on peut sans doute considérer comme l'événement le plus lourd de conséquences de toute l'histoire d'al-Andalus, bouleversa les repères et marqua durablement les esprits des auteurs de premier plan que furent Ibn Ḥazm, Ibn Shuhayd, Ibn Zaydûn et, dans une moindre mesure, Ibn Darrâdj al-Qasṭallî. Dès lors, la littérature andalouse, en particulier la poésie, se mua irrévocablement en écriture de la nostalgie, du regret et de la perte. Le siècle qui s'ouvrit alors sur la fragmentation du territoire en de multiples principautés et royaumes, marqué par une profonde instabilité politique, ne fit qu'exacerber encore davantage ces sentiments nostalgiques envers le temps de l'unité califale. Pourtant, la rivalité féroce que se livrèrent les souverains des Taifas permit aux belles-lettres, et en particulier à la poésie, de briller avec éclat. C'est l'époque où le plus court chemin pour accéder au rang de vizir consistait à composer les vers susceptibles de charmer les oreilles du souverain. Poésie de cour, bien entendu, mais aussi poésie marquée par le sceau du tragique : comme faisant écho au drame collectif d'al-Andalus toujours plus présent, une tragédie personnelle telle que celle du roi de Séville al-Mu$^{c}$tamid, amplement relayée par Ibn al-Labbâna, constitua le socle sur lequel allait s'édifier progressivement le mythe du roi-poète, lequel traversa l'histoire avant de trouver un second souffle chez le grand orientaliste du XIX$^{e}$ siècle Reinhart Dozy. Un peu plus tard, on est en droit de penser que, si la référence majeure de la culture andalouse, la *Dhakhîra* d'Ibn Bassâm, vit le jour durant le règne des Berbères almoravides, cela fut sans doute beaucoup moins le fait du hasard que l'expression du sentiment d'urgence qui se diffusait alors parmi les lettrés.

Les textes littéraires confirment ce qui a été dit plus haut à propos du domaine historique : ils ne témoignent guère de l'esprit de tolérance qui fut prêté *a posteriori* aux habitants d'al-Andalus. Comment aurait-il pu en être autrement, alors que le poète andalou, héritier direct de la tradition arabe, servait avant tout les intérêts de sa communauté, d'une dynastie et d'un souverain qui, en échange de sa protection, attendait que fussent chantées ses louanges et célébrées ses victoires ? Dans ce contexte, l'Autre revêt le plus souvent la figure de l'adversaire, de l'ennemi. Ce d'autant plus que la poésie arabe, lorsqu'il s'agit de discourir sur autrui, ne connaît guère que deux registres : la louange et la satire. Il ne faudrait pas en conclure que les poètes ne vécurent pas en bonne intelligence avec leurs pairs appartenant aux communautés juive et chrétienne, qu'ils ne tissèrent pas avec eux nombre de liens affectifs ; mais force est de reconnaître que leurs œuvres portent rarement la trace de ces rencontres. Al-Andalus fut-elle la terre paradisiaque dont le mythe s'est perpétué à travers les siècles ? Certes non si l'on s'en tient à la réalité historique. La période de stabilité et de paix qui correspond au fameux « esprit de Cordoue » fut fort courte eu égard aux près de huit siècles de présence musulmane sur le sol ibérique, puisqu'elle correspond aux soixante années de la phase centrale du califat durant lesquelles s'apaisèrent un tant soit peu les tensions ethnico-religieuses. En dehors de cette brève parenthèse, l'histoire d'al-Andalus est avant tout une histoire de crises, internes et externes, de dissensions, de rébellions, bref, une histoire marquée par la violence politique. Par conséquent, lorsqu'on évoque le « paradis andalou », source d'inspiration des poètes, c'est bien plutôt d'un paradis perdu qu'il faudrait parler. Et les auteurs ne rendirent jamais aussi bien compte de cet espace idyllique que lorsque, éperonnés par la précarité de leur situation personnelle, ils eurent acquis la conscience aiguë de sa perte imminente ou effective. Le meilleur de la production andalouse vit le jour alors que rôdait le danger. On ne compte plus les auteurs qui furent expatriés, bannis, emprisonnés, contraints de battre la campagne à la recherche d'un mécène compatissant. L'exil fut l'amère expérience partagée par tous. Certains ne cessèrent plus dès lors de se retourner vers un passé à jamais révolu, magnifié, idéalisé, en un mot mythifié, et d'osciller le plus souvent entre deux attitudes, la première consistant à rester figés dans ce qui a été dénommé par certains critiques littéraires et anthropologues « le temps de l'encore », la seconde privilégiant, par crainte horrifiée du futur, la fugacité de l'instant présent, « le temps du toujours ». La précocité des interrogations sur le destin de l'Espagne musulmane constitua une source intarissable d'inspiration pour les poètes qui, conscients de la fragilité d'un territoire perçu comme une marche, s'employèrent à sculpter dans le marbre des mots, et pour l'éternité, les traits de ce jardin à l'échelle d'une péninsule.

Brigitte Foulon
et Emmanuelle Tixier du Mesnil.

# NOTE SUR LA TRADUCTION ET SUR L'ÉDITION

Il nous faut à présent dire quelques mots des critères qui ont orienté nos traductions. Nous nous sommes heurtées parfois à des difficultés quasiment insurmontables, tant les limites du traduisible sont souvent approchées par des auteurs qui, s'adressant à un public d'initiés, jouent volontairement en permanence sur l'équivocité du lexique de l'arabe, entretiennent à loisir une certaine opacité de la langue, et multiplient les allusions à l'intertexte composé par l'ensemble du *corpus* littéraire arabe, jusqu'à en saturer leur discours. En outre, la traduction efface la musicalité et le rythme sur lesquels repose en grande partie l'enchantement que de tels textes peuvent produire sur leurs auditeurs. Et que dire des *muwashshaḥât* et des *zadjal-s*, conçus pour être chantés, truffés de jeux de mots, d'allitérations et de paronomases, et qui perdent une grande partie de leur attrait dans une langue étrangère ?

Notre souci majeur a été, avant tout, de restituer les enjeux et les images d'une production littéraire que l'on a trop souvent taxée de maniérisme et d'afféterie. Le fait que ces textes obéissent à des codes n'empêche pas de voir surgir, çà et là, une vive émotion, et de nous faire toucher du doigt les tragédies vécues par leurs auteurs. Chaque fois que nous l'avons pu, nous nous sommes efforcées de rester le plus près possible de l'expression arabe. Nous ne nous sommes pas donné pour objectif, comme cela a pu être fait ailleurs, de transposer en vers notre traduction, laquelle transposition aurait certes conféré aux textes poétiques un rythme plus conforme aux exigences de la métrique du français, mais aurait à maintes reprises porté préjudice à l'exactitude des images élaborées par le poète. Il n'en a pas moins été parfois nécessaire, lorsque la bonne appréhension des représentations pour un lecteur occidental du XXIe siècle était en jeu, de passer outre certaines comparaisons et métaphores inaudibles.

Nous estimerons avoir atteint notre objectif si nous avons su rendre quelque chair à des auteurs qui, du fait de leur parcours, de leur destin, de leurs obsessions ou de leurs angoisses, ont incarné la culture de l'Espagne musulmane ; si nous avons été capables, en les donnant à entendre, de restituer à ces voix si lointaines leur part d'universel.

*
* *

Le système de translittération de l'arabe au français est un système simplifié, en usage dans cette collection (voir le tableau page ci-contre). Les noms propres et les noms communs qui sont passés dans le langage courant sont orthographiés tels qu'ils apparaissent le plus souvent dans les ouvrages en langue française, et non pas nécessairement tels qu'ils devraient être translittérés.

Afin de faciliter la lecture de ces textes, les règles qui président habituellement à un travail érudit ont en outre été ici légèrement simplifiées. Les termes techniques ont été traduits le plus souvent possible, sans que soit systématiquement indiqué entre parenthèses le terme arabe original. Seuls les mots qui n'ont pas d'équivalent dans la culture occidentale ont été conservés ; ils font l'objet d'une définition en note, lorsqu'ils n'apparaissent que dans un seul texte, ou dans le glossaire (p. 454) lorsqu'ils sont récurrents.

Il a parfois été nécessaire d'ajouter quelques mots pour rendre la traduction compréhensible : de telles additions ne sont pas indiquées entre crochets. Dans le cas où des traductions antérieures ont été reprises sans révision importante, de légères modifications ont pu être introduites par souci d'harmonie avec l'ensemble, sans que celles-ci soient nécessairement soulignées.

Sur la demande de l'éditeur, et pour ne pas multiplier les dates, celles-ci sont indiquées partout selon le calendrier chrétien ; les dates de naissance et de mort des principaux auteurs cités dans cette anthologie sont cependant redonnées en note, selon le calendrier de l'Hégire, par respect pour ce système de datation propre à la culture musulmane. Pour le confort du lecteur, nous avons, dans les textes de l'anthologie, fait figurer entre crochets, à la suite des dates de l'Hégire, les dates correspondantes dans le calendrier chrétien, ainsi que les noms des personnages ou des villes, lorsque ceux-ci apparaissaient sous une forme inhabituelle, rendant l'identification malaisée.

| | | | |
|---|---|---|---|
| ء | ʾ | ض | ḍ |
| ب | b | ط | ṭ |
| ت | t | ظ | ẓ |
| ث | th | ع | ᶜ |
| ج | dj | غ | gh |
| ح | ḥ | ف | f |
| خ | kh | ق | q |
| د | d | ك | k |
| ذ | dh | ل | l |
| ر | r | م | m |
| ز | z | ن | n |
| س | s | ه | h |
| ش | sh | و | w |
| ص | ṣ | ي | y |

# AL-ANDALUS

## Anthologie

# I

# La splendeur des Omeyyades
(711-1031)

# La splendeur des Omeyyades

## (711-1031)

# *1. Histoire d'al-Andalus sous domination omeyyade*

## INTRODUCTION : DE DAMAS À CORDOUE

Depuis la conquête de l'Espagne par les armées musulmanes en 711, jusqu'à la désagrégation d'al-Andalus, le destin de cette terre fut indéfectiblement lié à celui des Omeyyades : ils en ont été, en tant que califes, les premiers souverains ; ils en ont fait ensuite le berceau de leur renouveau après leur déchéance orientale ; leur souvenir enfin, bien après leur disparition, a continué d'inspirer et de hanter les souverains andalous.

Cette glorieuse dynastie arabe, issue de la même tribu que le Prophète de l'islam, maîtresse de La Mecque, farouche opposante à Muḥammad puis ralliée par la suite à la Révélation, domina la *mamlaka*, l'empire, de 661 à 750. Les souverains omeyyades furent les premiers organisateurs de l'État califal, dont la capitale était alors Damas, et les principaux artisans d'une conquête qui étendit de façon considérable le domaine de l'Islam. En 750 cependant, ils furent massacrés et supplantés par des membres de la famille du Prophète, les Abbassides, alliés à leurs clients persans. C'est en al-Andalus, terre bien éloignée du cœur oriental de l'Islam, que se réfugia en 756 le jeune prince omeyyade ᶜAbd al-Raḥmân et qu'il s'empara du pouvoir. Pendant plus d'un siècle et demi, l'émirat omeyyade de Cordoue, indépendant de fait de Bagdad, se consolida progressivement, initiant ainsi l'implantation durable de la civilisation arabo-musulmane en Espagne. En 929, le descendant du prince, ᶜAbd al-Raḥmân III, reprit le titre califal porté par ses ancêtres de Damas et prétendit diriger l'ensemble de la *Umma*, la communauté des croyants, depuis sa capitale de Cordoue, s'érigeant ainsi en rival du calife abbasside de Bagdad et du calife shiite fatimide de Kairouan. L'État omeyyade n'était guère en mesure de menacer l'Orient, mais il était le plus puissant des royaumes d'Occident du x$^{e}$ siècle.

Ces premiers temps furent ceux de l'édification d'al-Andalus et de l'élaboration d'une culture à laquelle les siècles postérieurs tentèrent de rester à jamais fidèles. La disparition du califat en 1031, à l'issue d'une longue guerre civile, fut vécue par beaucoup comme la fin d'un âge d'or qui avait été celui de l'unité, du rayonnement, mais aussi d'une insolente supériorité sur les petits États chrétiens du nord de la péninsule Ibérique.

# RÉCITS SUR LA CONQUÊTE DE L'ESPAGNE

## À l'origine de la conquête : les fautes de Roderic, dernier roi des Goths

La conquête de l'Espagne en 711 est à replacer dans le contexte de la vigoureuse expansion de l'Islam à partir de la péninsule Arabique, initiée dès 630-632, et aboutissant à la constitution d'un vaste empire allant, selon la formule consacrée, de l'Indus aux Pyrénées. Avec l'Espagne, les armées musulmanes eurent conscience d'atteindre les limites occidentales de l'œkoumène, aux confins des terres habitées que borne le grand Océan.

Les récits traitant de la conquête de l'Espagne, du côté arabe, sont tous postérieurs à l'événement lui-même. Ils datent de la période califale, alors que l'écriture, « fait du prince [1] », s'impose comme une nécessité. Deux grandes chroniques, vraisemblablement antérieures à l'an mil, sont à l'origine de la plupart des récits qui suivront : ce sont les *Akhbâr madjmû$^{c}$a* (*Traditions rassemblées*), dont l'auteur est anonyme, et l'ouvrage d'Ibn

1. G. Martinez-Gros, *L'Idéologie omeyyade. La construction de la légitimité du califat de Cordoue (x$^{e}$-xi$^{e}$ siècles)*, Madrid, Casa de Velázquez, 1992, p. 19.

al-Qûṭiyya, « le fils de la Gothe », *Tarîkh iftitâḥ al-Andalus* (*Histoire de la conquête de l'Espagne*). Les principaux épisodes de la soumission de l'Espagne à ses nouveaux maîtres y sont relatés. Les auteurs ne privilégient cependant pas l'exposé de la geste militaire ; ils préfèrent dépeindre longuement les multiples signes qui avaient annoncé la perte de l'Espagne par le dernier roi wisigoth, Roderic. Celui-ci, auparavant duc de la Bétique, était parvenu à devenir souverain à la mort du roi Witiza en 710, grâce au système de la monarchie élective et à la faveur de nombreux complots. Les exactions de celui qui est présenté comme un usurpateur par les chroniqueurs, musulmans mais aussi asturo-léonais, qui écrivirent à partir des IX-X^e^ siècles, expliquent à leurs yeux sa défaite.

Le texte qui suit est un extrait du *Kitâb al-Rawḍ al-mi^c^ṭâr fî khabar al-aqṭâr* (*Le Jardin parfumé relatant les contrées*), rédigé par le géographe andalou al-Ḥimyarî. Cette œuvre, vraisemblablement écrite au début du XIV^e^ siècle, se présente sous la forme d'un vaste dictionnaire géographique traitant de l'ensemble du *dâr al-islâm*, ou « domaine de l'Islam », ainsi que de ses marges. Les rubriques concernant al-Andalus en occupent cependant la moitié ; l'une d'entre elles, la plus longue, consacrée à la Péninsule dans sa globalité, fait figure d'introduction. Elle retrace le cadre historique hispanique et déroule les principaux mythes et événements de l'histoire de cette terre, depuis le règne de son roi éponyme, Ishban, jusqu'à sa conquête par les Arabes. Le géographe a compilé de multiples ouvrages, en omettant souvent de citer ses sources, lesquelles sont, selon toute probabilité, les deux chroniques précitées ; il livre cependant là ce qu'il convenait de retenir de l'histoire et de la géographie de l'Espagne musulmane.

Roderic n'était pas de descendance royale et sa généalogie n'était pas considérée comme sûre parmi les Goths. Ce ne fut que par l'emploi de la force et grâce à la surprise qu'il accéda à la royauté, à la mort du roi Witiza, dont il avait été le favori. Lorsque la succession s'ouvrit, Roderic déclara que les fils de Witiza étaient trop jeunes pour succéder à leur père, et il sut gagner à sa cause un certain nombre de personnages influents. Il arracha ainsi le pouvoir aux fils de Witiza. Ce fut le dernier des rois goths d'al-Andalus. Il monta sur le trône en 77 [696] et régna quinze ans.

À cette époque, Tolède était la capitale du royaume dans al-Andalus[1]. Il s'y trouvait une maison fermée, qu'il était interdit d'ouvrir; des gens sûrs parmi les Goths étaient préposés à sa garde permanente : c'était là une consigne respectée et transmise de génération en génération. Et chaque fois qu'un nouveau roi montait sur le trône, il ajoutait une serrure à celles qui fermaient cette maison. Quand Roderic prit le pouvoir, il décida d'ouvrir la porte de cette maison et de se rendre compte par lui-même de ce qu'elle contenait. Ce projet emplit d'épouvante les nobles goths et ils supplièrent Roderic de ne pas le mettre à exécution. Il refusa, persuadé qu'il était qu'il s'agissait d'un édifice dans lequel se trouvait un trésor. Il brisa les serrures et pénétra dans la maison : il la trouva vide, sans autre chose qu'un coffre fermé d'une serrure. Ayant ordonné qu'on ouvrît ce coffre, il le trouva également vide, sans autre chose qu'une pièce d'étoffe qu'on avait pliée, et sur laquelle étaient dessinées des images représentant des Arabes montés sur des chevaux. Ils étaient coiffés de turbans, portaient des sabres à la ceinture et des arcs sur les épaules, et ils tenaient à la main des lances dressées, au haut desquelles étaient attachés des drapeaux. Sur la partie supérieure de l'étoffe, il y avait quelque chose d'écrit en langue non arabe. On lut cette inscription dont la teneur était : « Lorsque les serrures qui ferment cette maison auront été brisées, que ce coffre sera ouvert et que ces images seront mises au jour, ce sera le signe que la nation représentée sur ces images sera sur le point de s'emparer d'al-Andalus et d'y exercer le pouvoir. » Roderic baissa alors les yeux, en proie à une vive inquiétude, qui fut partagée par les Goths. Il donna l'ordre de remettre les serrures en place et de maintenir les gardes à leur poste.

---

1. Pour les chroniqueurs arabes, « al-Andalus » est synonyme de péninsule Ibérique.

Conformément à la coutume des chrétiens d'al-Andalus, les nobles du pays envoyaient leurs enfants à la cour du roi pour y recevoir une éducation princière et bénéficier de ses faveurs. Quand ils étaient parvenus à l'âge convenable, le souverain mariait entre eux ces jeunes gens et ces jeunes filles, marquant ainsi sa bienveillance à leurs parents. Il prenait à sa charge les douaires des fiancés et la constitution des trousseaux des jeunes filles. Suivant cette habitude, il arriva que Julien, le gouverneur de Ceuta pour le compte de Roderic, envoya à la cour une fille qu'il avait. Elle était d'une grande beauté et lui était très chère. Roderic ayant jeté les yeux sur elle, elle lui plut et il abusa d'elle. Elle fit en sorte de prévenir son père secrètement, par un message en langue convenue[1]. Apprenant sa mésaventure, Julien, plein d'irritation, s'écria : « Par la religion du Messie, je jure que je mettrai fin au pouvoir de cet homme ! » Et c'est l'exaspération que lui causa le déshonneur de sa fille qui motiva, en même temps que l'arrêt prédestiné par Allah, la conquête d'al-Andalus par les musulmans. En effet, Julien s'embarqua bientôt à Ceuta et traversa le détroit de Gibraltar, à l'époque où le passage est le plus difficile, au mois de janvier. Poursuivant sa route, il parvint à Tolède, la capitale de Roderic. Celui-ci désapprouva son voyage en pareille saison et lui en demanda le motif. Julien lui dit que sa femme souffrait beaucoup d'être séparée de sa fille qui se trouvait à sa cour, et qu'elle souhaitait la revoir avant de mourir. Elle l'avait supplié de la lui ramener, et il avait voulu lui donner cette satisfaction. Il demanda donc au roi de lui faire amener sa fille et de lui permettre de prendre rapidement congé pour regagner Ceuta avec elle. Le souverain accéda au désir de Julien ; il laissa partir la jeune fille, non sans lui avoir fait promettre le secret sur leurs relations ; il la combla de faveurs, ainsi que son père, qui prit le chemin du retour.

1. Selon d'autres sources, la jeune fille aurait fait parvenir à son père un panier empli d'œufs dont l'un était pourri.

On rapporte que lorsque Julien entra chez Roderic pour prendre congé de lui, le roi lui dit : « Quand tu reviendras nous voir, procure-nous donc des faucons de race pour nos chasses ! » Julien lui répondit : « Ô roi, j'en fais le serment par le Messie, je t'apporterai des faucons comme tu n'en as encore jamais reçus ! » Il faisait ainsi allusion au projet qui couvait dans son esprit : s'efforcer de faire pénétrer des guerriers arabes en al-Andalus. Cette allusion, le roi ne la comprit pas. Quant à Julien, dès qu'il fut revenu à Ceuta, il se prépara, toutes choses cessantes, à se rendre auprès de Mûsâ b. Nuṣayr, et il alla effectivement le trouver en Ifrîqiya[1]. Il l'engagea à entreprendre la conquête d'al-Andalus, lui décrivit la beauté de ce pays, ses avantages et sa supériorité, et il lui montra combien la faiblesse des habitants en rendrait la prise facile. Mûsâ, devant les bons sentiments qu'il témoignait ainsi aux musulmans, accorda un traité d'amitié à Julien et il le pressa d'ouvrir lui-même les hostilités contre ses coreligionnaires d'al-Andalus. Julien, se conformant à cette prescription, opéra une descente sur le littoral d'Algésiras : il y fit des morts et des captifs, s'empara du butin et demeura quelques jours dans la région, qu'il désola par ses incursions. La nouvelle de ce débarquement se répandit chez les musulmans, qui dès lors ne doutèrent plus du loyalisme de Julien. Ces événements se passaient à la fin de l'année 90 [709][2].

## Mûsâ et Ṭâriq, figures de conquérants

Occupé à guerroyer contre les Vascons au nord de la Péninsule, Roderic fut surpris par le débarquement des musulmans, dans la nuit du 27 au 28 avril 711, soit en l'an 92 de l'Hégire. Ce débarquement était orchestré pour le compte

1. Centre et est de l'Afrique du Nord actuelle.

2. É. Lévi-Provençal, *La Péninsule Ibérique au Moyen Âge d'après le Kitâb al-Rawḍ al-miᶜṭâr fî khabar al-aqṭâr d'Ibn ᶜAbd al-Munᶜ im al-Ḥimyarî*, Leyde, Brill, 1938 ; texte arabe p. 6-8 ; trad. fr. p. 10-12.

du calife omeyyade de Damas, al-Walîd, par Mûsâ b. Nuṣayr, gouverneur d'Ifrîqiya, et par son affranchi berbère, Ṭâriq b. Ziyâd[1]. Ce dernier arriva dans la Péninsule à la tête d'un détachement de douze mille hommes (sept mille, selon certaines sources). Le Wisigoth se porta au-devant des musulmans et fut écrasé à la bataille du Wâdî Lakko, le rio Guadalete, le 23 juillet 711, en raison notamment, nous disent les chroniqueurs, de la trahison des fils du roi Witiza qui voulurent se venger de celui qui les avait évincés du trône. On ne retrouva pas le corps de Roderic, disparu pendant la mêlée, mais les vainqueurs gardèrent les insignes de la royauté : le cheval blanc du roi, sa selle d'or et son manteau brodé. Ṭâriq et ses Berbères prirent Tolède dans la foulée ; la chute de sa capitale porta un coup fatal à la monarchie wisigothique, alors même que Ṭâriq remportait une seconde victoire près d'Ecija. Mûsâ b. Nuṣayr, arrivé en 712 à la tête de forts contingents arabes, brisa la résistance de Medina-Sidonia, Carmona et Séville, puis prit Saragosse en 714. Les deux conquérants furent cependant rappelés à Damas à cette date auprès du calife omeyyade. En dépit de la richesse du butin rapporté – comportant, d'après la légende, la célèbre table en émeraude de Salomon – et du nombre de captifs, ils furent disgraciés et ne revinrent pas dans la péninsule Ibérique.

Mûsâ et Ṭâriq, le Persan et le Berbère, sont les deux principaux conquérants de l'Espagne. Leurs figures apparaissent de façon récurrente dans les différents récits de la prise du royaume ; y sont narrés leurs origines non arabes, leurs faits d'armes, mais aussi la rivalité qui les opposa. Le texte qui suit est également extrait de l'ouvrage d'al-Ḥimyarî.

Mûsâ b. Nuṣayr écrivit au calife omeyyade de Damas al-Walîd pour lui rendre compte de la proposition de Julien et lui demander l'autorisation d'entreprendre la conquête d'al-Andalus. Al-Walîd lui répondit : « Fais explorer ce pays par des détachements de cavalerie, de façon que tu sois bien renseigné sur sa situation présente, mais garde-toi d'exposer les musulmans aux périls d'une mer aux violentes tempêtes. » À quoi Mûsâ répondit :

1. Le lieu de son arrivée prit son nom : *Djabal Ṭâriq* (Gibraltar).

« Ce n'est point une mer, mais seulement un bras de mer, du bord duquel on distingue fort bien l'autre rive ! – Et quand cela serait, lui écrivit encore al-Walîd, il n'en reste pas moins indispensable de faire explorer ce pays par des détachements de cavalerie ! » Mûsâ envoya alors un de ses affranchis parmi les Berbères, nommé Ṭarîf b. Mallûk al-Ma$^{c}$âfirî et portant la *kunya* d'Abû Zu$^{c}$râ, à la tête de quatre cents hommes. Il traversa le détroit et débarqua dans l'île qui depuis porte son nom [1]. Puis Ṭarîf fit une incursion à Algésiras et dans les environs de cette ville, et il réduisit en captivité des personnes dont jamais ni Mûsâ ni ses compagnons n'avaient vu les pareilles en beauté. Il s'empara également d'un butin considérable d'argent et d'objets précieux. Cela se passait au mois de ramaḍân de l'année 91 [juillet 710].

Devant ces résultats, les musulmans éprouvèrent la plus grande hâte à pénétrer dans al-Andalus. Mûsâ convoqua alors un de ses affranchis, qui commandait ses avant-gardes et qui se nommait Ṭâriq b. Ziyâd. C'était, dit-on, un Persan ; on dit aussi qu'il était originaire d'al-Sidf ; on rapporte également qu'il n'était pas affranchi ; enfin, que c'était un Berbère des Nafza. Mûsâ lui confia le commandement de l'expédition et le fit partir à la tête de douze mille Berbères affranchis ; le contingent ne comprenait qu'un petit nombre d'Arabes. Julien équipa les bateaux nécessaires au passage, et Ṭâriq débarqua au pied du Djabal Ṭâriq [2], un samedi du mois de sha$^{c}$bân de l'année 92 [mai-juin 711].

Ṭâriq tomba sur une vieille femme qui habitait Algésiras : « J'avais, lui dit-elle, un mari qui était versé dans la science des prédictions ; il annonçait la venue d'un chef dans ce pays. D'après le portrait qu'il en faisait, ce chef devait avoir une grosse tête, comme tu en as une, et aussi, sur l'épaule gauche, une tache brune couverte de poils. Si tu as une tache semblable, tu es

1. Tarifa.
2. Gibraltar.

bien le chef en question. » Ṭâriq, à ces mots, écarta son vêtement : une tache était bien sur son épaule, comme la vieille l'avait annoncé. Ṭâriq et les siens tirèrent bon augure de cette coïncidence. On rapporte aussi, d'après Ṭâriq, que celui-ci, dormant à bord du bateau qui le transportait, vit en songe le Prophète et les quatre premiers califes qui s'avançaient sur l'eau et arrivèrent auprès de lui. Le Prophète lui annonça la victoire prochaine et lui ordonna de traiter les musulmans avec douceur et de demeurer fidèle au pacte. D'après un autre récit, quand Ṭâriq s'embarqua, ses yeux se laissèrent gagner par le sommeil et il vit le Prophète, entouré des Muhâdjirûn et des Anṣâr [1] : ils portaient tous l'épée au côté et l'arc sur l'épaule. Le Prophète lui dit : « Ô Ṭâriq, va de l'avant pour exécuter ta mission ! » Et Ṭâriq le vit, ainsi que ses compagnons, pénétrer devant lui dans al-Andalus. Ṭâriq se réveilla, tout heureux de cette apparition ; il en fit part à ses compagnons et ne douta plus de la victoire [2].

## Un traité de capitulation : le traité de Tudmir (714)

Les cités résistèrent peu et, progressivement, entre 711 et 721, les musulmans devinrent les maîtres du sol hispanique grâce à des traités de capitulation conclus avec les princes, les villes ou les communautés d'habitants. L'une des principales raisons de la rapidité de la conquête musulmane fut la passivité des habitants, peu enclins à se battre pour le compte de la monarchie wisigothique. Les conquérants obtinrent même parfois le ralliement de nombreux mécontents qui, à l'instar des populations juives, cherchaient ainsi à échapper au joug

1. Il s'agit des Compagnons du Prophète : les Mecquois qui l'ont accompagné pendant l'Hégire jusqu'à Médine, et les Médinois ralliés à l'islam.

2. É. Lévi-Provençal, *La Péninsule Ibérique au Moyen Âge…, op. cit.* ; texte arabe p. 8-9 ; trad. fr. p. 12-13.

des Wisigoths. En échange du paiement d'un tribut et de la reconnaissance de la souveraineté des vainqueurs, les habitants purent conserver leur liberté, leurs biens, leur religion et leurs coutumes. Selon la loi musulmane, les autochtones bénéficièrent de la *dhimma*, la protection du souverain accordée aux juifs et aux chrétiens, et restèrent encadrés par leurs évêques et leurs comtes. Nous avons choisi de présenter un traité de capitulation en raison de sa valeur historique : ce texte exceptionnel met en scène ᶜAbd al-ᶜAzîz b. Mûsâ b. Nuṣayr [1], fils de Mûsâ b. Nuṣayr, qui devint gouverneur d'al-Andalus après le rappel de son père en 714, et Tudmir (en fait Théodomir), un noble wisigoth qui dirigeait une principauté indépendante dans la région de Murcie.

Au nom d'Allâh, le Clément, le Miséricordieux. Écrit adressé par ᶜAbd al-ᶜAzîz b. Mûsâ b. Nuṣayr à Tudmir b. ᶜAbdush. Ce dernier obtient la paix et reçoit l'engagement, sous la garantie d'Allâh et celle de son Prophète, qu'il ne sera rien changé à sa situation, ni à celle des siens. Que son droit de souveraineté ne lui sera pas contesté ; que ses sujets ne seront ni tués, ni réduits en captivité, ni séparés de leurs enfants et de leurs femmes ; qu'ils ne seront pas inquiétés dans la pratique de leur religion ; que leurs églises ne seront ni incendiées, ni dépouillées des objets de culte qui s'y trouvent et cela aussi longtemps qu'il satisfera aux charges que nous lui imposons. La paix lui est accordée moyennant la remise des sept villes suivantes : Orihuela, Baltana, Alicante, Mula, Villena, Lorca et Ello. Par ailleurs, il ne devra donner asile à aucune personne qui se sera enfuie de chez nous ou qui sera notre ennemie, ni faire du tort à quiconque aura bénéficié de notre amnistie, ni tenir secrets les renseignements relatifs à l'ennemi qui parviendront à sa connaissance.

1. Gouverneur de 714 à 716, il mourut assassiné à cette date, peut-être à l'instigation du calife de Damas qui lui aurait reproché, selon plusieurs chroniqueurs arabes, son mariage avec la veuve de Roderic et ses allures de roi indépendant.

Lui et ses sujets devront payer chaque année un tribut personnel comprenant un dinar en espèces, quatre boisseaux de blé et quatre d'orge, quatre mesures de moût, quatre de vinaigre, deux de miel et deux d'huile. Ce taux sera réduit de moitié pour les esclaves.

Écrit en radjab de l'année 94 de l'Hégire[1].

Les années qui suivirent consolidèrent la présence musulmane dans la Péninsule mais furent également dominées par l'incessante rivalité entre Arabes et Berbères, ainsi qu'entre les Arabes eux-mêmes, opposés, comme en de nombreuses autres parties du monde musulman, entre Arabes du Nord, ou Qaysites, et Arabes du Sud, ou Yéménites. Les gouverneurs qui se succédèrent en al-Andalus entre 716 et 756 furent tour à tour faits et défaits par ces partis, alors même que la grande révolte kharidjite qui se déchaîna en Afrique du Nord dans les années 740 isola al-Andalus du reste du monde musulman. Cette terre devint alors un refuge pour les troupes arabes fuyant le Maghreb et les soulèvements berbères. En 741, des contingents syriens du *djund* (l'armée de conscription) envoyés par Damas pour écraser la rébellion furent battus en Afrique du Nord : le jeune chef syrien Baldj, à la tête d'une dizaine de milliers de ses compatriotes, fut contraint de fuir ; il s'imposa en al-Andalus et en fit une « île » arabe, entre chrétienté fragilisée et Maghreb insoumis. C'est cette terre qui allait devenir le berceau du renouveau des Omeyyades.

1. Cette date correspond à avril 713 ; elle pose problème car nous n'avons aucun témoignage d'une expédition de ᶜAbd al-ᶜAzîz dans la région de Murcie à ce moment. De plus, en 713, le traité aurait comporté le nom de Mûsâ plutôt que celui de son fils. Peut-être serait-il plus approprié de dater ce texte de 714 ou 715. – Al-Ḍabbî, *Bughyat al-Multamis d'al-Ḍabbî*, éd. F. Codera et J. Ribera, Madrid, Biblioteca Arabo-Hispanica, 1885, t. III, nº 675, p. 259 ; trad. fr. É. Lévi-Provençal, *Histoire de l'Espagne musulmane*, Paris, Maisonneuve et Larose, 1950, t. I, p. 32-33.

# L'ÉPOQUE ÉMIRALE (756-929)

Jusque dans les années 750, al-Andalus fut un territoire dépendant de la province de Kairouan, une terre de *djihâd* et de butin, un lieu d'affrontement entre chrétiens et musulmans, entre Berbères et Arabes. Deux événements considérables changèrent son destin. Les armées musulmanes furent tout d'abord arrêtées dans leur progression vers le nord par le choc de la résistance franque. La bataille de Poitiers, en 732, est l'un de ces épisodes qui ont contraint les musulmans à se replier, à plus ou moins brève échéance, sur le domaine andalou. Le second événement fut l'arrivée dans la Péninsule d'un prince omeyyade rescapé du massacre perpétré sur sa famille par les Abbassides en Orient en 750. Présenté par l'historiographie comme le seul survivant de la grande dynastie, ᶜAbd al-Raḥmân b. Muᶜâwiya, petit-fils du calife Hishâm b. ᶜAbd al-Malik, se réfugia au Maghreb dont était originaire sa mère, avant d'« immigrer » en al-Andalus, dont il aurait foulé le sol le 14 août 755. Fort du prestige de sa famille et de l'appui d'une partie des troupes arabes (notamment yéménites) présentes en Espagne, il battit les hommes du gouverneur Yûsuf al-Fihrî à la bataille d'al-Musara, aux portes de Cordoue, le 15 mai 756. Investissant le palais du gouverneur, il se comporta en souverain, refusant à ses soldats le pillage de la ville et prenant sous sa protection le harem de Yûsuf; il s'autoproclama ensuite émir d'al-Andalus. En raison de la haine des Abbassides, la route de retour vers l'Orient était coupée : al-Andalus devenait un sanctuaire.

L'émir ᶜAbd al-Raḥmân, surnommé « l'Immigré » (« al-Dâkhil »), pacifia le territoire, réprima les révoltes, déjoua les complots fomentés par les Abbassides, organisa l'armée émirale et la collecte des impôts. À l'issue d'un règne de plus de trente ans – il mourut à Cordoue, le 30 septembre 788 –, il légua à ses descendants un État viable, fondant ainsi la dynastie des Omeyyades de Cordoue.

## La révolte du Faubourg (818)

Le siècle suivant (788-884) vit la consolidation progressive de la civilisation arabo-musulmane d'al-Andalus : le rite malikite s'imposa parmi les musulmans, encore minoritaires, tandis que l'économie prospérait. Le principal danger vint cependant de l'élément indigène : ceux qui s'étaient convertis à l'islam, les *muwallad-s*, se sentaient écartés du pouvoir en raison de leur origine non arabe, et fomentèrent de multiples soulèvements, dont le plus important fut la « révolte du Faubourg » qui éclata à Cordoue en 818 et fut impitoyablement réprimée. Le texte qui suit illustre cet événement ; il est extrait de la chronique de ᶜAbd al-Waḥîd al-Marrâkushî, auteur marocain né en 1185 et qui s'établit à Séville dans l'entourage du gouverneur almohade de la ville, puis en Orient, de 1217 jusqu'à sa mort, dont on ignore la date. C'est vers 1225 qu'il composa le *Kitâb al-Muᶜdjib fî Talkhîṣ akhbâr al-Maghrib*, un abrégé de l'histoire de l'Occident musulman jusqu'à l'époque dont il était le contemporain. Il puisa dans les ouvrages rédigés à l'époque almohade, mais aussi dans les chroniques antérieures et notamment le *Muqtabis*, en grande partie perdu, d'Ibn Ḥayyân (987-1076) [1], le plus important des historiens andalous de la période des Taifas.

### RÉCIT DU RÈGNE D'AL-ḤAKAM B. HISHÂM, SURNOMMÉ « CELUI DU FAUBOURG »

Succéda à Hishâm b. ᶜAbd al-Raḥmân son fils al-Ḥakam, âgé de vingt-deux ans. Sa *kunya* était Abû-l-ᶜÂs ; sa mère était une concubine nommée Zudjruf. Cet homme était un tyran violent qui ne laissa que de mauvais souvenirs. Il fut responsable de la répression qui s'abattit férocement sur les gens du Faubourg, qui les tua, détruisit leurs maisons et leurs mosquées. Ce

1. 377-469 H. Voir aussi *infra*, p. 49, 59, 97, 188 et 262. Le *Muqtabis* est une histoire des musulmans d'Espagne depuis la conquête et se présente comme une vaste compilation des ouvrages précédents ; Ibn Ḥayyân y exploite notamment les données de ᶜÎsâ b. Aḥmad al-Râzî.

faubourg était situé dans une zone proche de son palais [1] et il suspectait certains de ses habitants d'être malintentionnés à son égard ; c'est pour cela qu'il les traita de cette manière. On le surnomma dès lors al-Ḥakam al-Rabaḍ [2]. Durant son règne, les *faqîh-s* avaient l'habitude de réciter des vers religieux et de passer leurs nuits en prières dans les mosquées ; ils mêlaient cependant à ces prières des critiques très nettes à l'égard de l'émir, à l'instar de ces mots : « Ô toi, débauché impénitent qui persistes dans l'impiété et l'orgueil, qui méprises le service de ton Seigneur, reprends-toi et cesse ton relâchement ! » et autres injonctions du même ordre. Ce fut l'une des raisons de sa colère à leur égard. Les plus virulents furent à l'origine directe des soulèvements populaires qui se terminèrent comme on le sait. Abû Marwân b. Ḥayyân, dans son ouvrage sur l'histoire d'al-Andalus, raconte que lorsque l'émir al-Ḥakam fut assiégé dans son palais et qu'il se rendit compte du danger qu'il courait, il dit à l'un de ses serviteurs : « Va voir Fulâna [3] et demande-lui de te donner un flacon de civette. » Le serviteur, surpris et tardant à obéir, lui demanda : « Ô Monseigneur, est-ce bien le moment de se préoccuper de parfum ? » L'émir lui répondit alors : « Misérable fils de putain ! Comment crois-tu que l'on distinguera ma tête parmi le tas des têtes coupées, si ce n'est par le parfum qui s'en dégagera ? »

Lorsque arrivèrent les assaillants, il les vainquit et, tandis qu'ils s'enfuyaient, il les fit charger par la cavalerie, ce qui occasionna un grand nombre de morts. Il ordonna ensuite de brûler leurs maisons et leurs mosquées. Les survivants durent s'exiler, dont certains en Crète, qui est une île de la mer des chrétiens, située en face de la région de Barqa, là où commence le Maghreb. Ils y restè-

1. Il se trouvait en fait de l'autre côté du Guadalquivir, au sud ; par la suite, cette zone ne fut guère lotie et Cordoue s'étendit vers l'est et l'ouest.

2. « Al-Rabaḍ » signifie littéralement : « du Faubourg ».

3. Littéralement : « Unetelle », certainement l'une de ses favorites.

rent de nombreuses années, puis quelques-uns revinrent en al-Andalus alors que d'autres préférèrent s'installer en Sicile. D'autres enfin s'établirent à Alexandrie. Parmi les faits que rapporte à propos de cet épisode l'historien Abû Marwân [Ibn Ḥayyân], citons celui-ci : « Le plus violent des instigateurs de cette révolte contre al-Ḥakam fut un *faqîh* du nom de Tâlût, très honoré par ses pairs. Il avait été à Médine où il avait écouté les leçons de Mâlik b. Anas[1] et étudié le droit avec les disciples de ce dernier. C'était un homme extrêmement pieux, et quand al-Ḥakam fit s'abattre la répression sur le Faubourg, ainsi que nous l'avons exposé, et qu'il contraignit à l'exil les survivants, le *faqîh* Tâlût était au nombre de ceux-là. L'exil cependant lui paraissait trop douloureux et il préféra se terrer en attendant que les circonstances évoluent. Il resta ainsi une année entière caché chez un juif qui, durant toute cette période, le traita avec le plus grand honneur et beaucoup d'empressement[2]. »

## Les lamentations d'un mozarabe : Alvare de Cordoue

Parmi l'élément indigène figuraient également des populations restées chrétiennes, majoritaires au sein de la population andalouse jusqu'au xᵉ ou au xıᵉ siècle, et que l'on appelle les mozarabes. Ceux-ci furent relativement bien traités par un pouvoir musulman assez tolérant à leur égard, ce qui n'empêcha pas quelques individus, menés par l'évêque Euloge dans

1. Mâlik b. Anas, juriste médinois (m. 795), fut à l'origine de l'une des quatre écoles de droit reconnues par le sunnisme, le malikisme, considéré comme une lecture rigoriste du droit musulman, et qui fut particulièrement bien implanté en al-Andalus.

2. Abû Muḥammad ᶜAbd al-Wâḥid al-Marrâkushî, *Kitâb al-Muᶜdjib fî Talkhîṣ akhbâr al-Maghrib*; texte arabe édité par R. Dozy, *The History of the Almohades by Abdo-ʾl-Wahid al-Marrekoshî*, Leyde, 1847, p. 12-14; trad. esp. A. Huici Miranda, dans *Colección de crónicas árabes de la Reconquista*, t. IV, Tétouan, Editoria Marroqui, 1955, p. 15-17 ; trad. fr. E. Tixier du Mesnil.

les années 850, de rechercher le martyre en insultant publiquement le Prophète et l'islam. Ces « martyrs de Cordoue », principalement des moines et des jeunes femmes, entendaient protester contre l'acculturation et la conversion à l'islam de leurs coreligionnaires, mais aussi contre une pression fiscale croissante. Alvare de Cordoue, dans un passage de l'*Indiculus luminosus*, évoque ainsi de façon amère le puissant attrait qu'exerçaient la culture et la langue arabes sur ses coreligionnaires. Nous reproduisons ici un texte qui, quoique composé en latin, est un témoignage éclairant du succès grandissant de la langue des vainqueurs.

Quel homme intelligent, je vous le demande, trouve-t-on aujourd'hui parmi nos fidèles laïcs, pour s'intéresser aux Écritures saintes et consulter les ouvrages des docteurs en langue latine ? Qui se sent encore brûler de la flamme évangélique, prophétique, apostolique ? N'est-il pas vrai que les jeunes chrétiens, bien faits de leur personne, doués pour l'éloquence, remarquablement distingués dans leur tenue et leur démarche, ayant reçu une culture profane[1], sont maintenant férus de langue arabe, se jettent avec avidité sur les livres des Chaldéens, les lisent avec un intérêt renouvelé, en discutent avec une ardeur extrême, les collectionnent avec zèle et en répandent la pensée, dans une langue à la fois riche et précise, ne tarissant pas d'éloges, tandis qu'ils ignorent la beauté ecclésiastique et méprisent, comme des choses extrêmement viles, les fleuves de l'Église qui coulent au Paradis ? Hélas, quelle souffrance : les chrétiens ne connaissent plus leur loi, les Latins ont oublié leur langue, et sur mille d'entre eux, vous en trouverez à peine un, dans une communauté de chrétiens, qui sache écrire convenablement une brève lettre en latin à son frère, tandis que vous en trouverez des foules innombrables pour déployer savamment la pompe de l'éloquence chaldéenne, de sorte qu'ils ornent leurs fins de lettres de formules en vers fort

1. Allusion aux *artes* de l'instruction latine traditionnelle.

savants et d'une élégance supérieure, et selon ce qu'exige le génie de cette langue, qui termine tous ses membres de phrases par des voyelles longues, tous s'appliquent à trouver à leurs lettres des clausules rythmiques, voire, s'ils en sont capables, métriques, qui, quel que soit le discours, retombent sur la même syllabe ou la même voyelle longue. Il y aurait beaucoup d'autres exemples à l'appui de notre thèse, qui même la mettraient pleinement en lumière [1].

## Un ambassadeur du raffinement oriental en al-Andalus : Ziryâb

La culture des vainqueurs était d'autant plus prestigieuse qu'elle rayonnait au même moment de tous ses feux en Orient. Un personnage presque légendaire, Ziryâb (789-845), incarne le passage du luxe et du raffinement abbassides à la cour des émirs de Cordoue [2]. On attribue généralement à cette figure haute en couleur l'introduction en al-Andalus d'éléments aussi divers que la consommation des asperges, l'usage des déodorants, le port de la frange et l'utilisation des nappes. Ce sont cependant ses talents de musicien et de chanteur qui firent la renommée mais aussi la fortune de Ziryâb.

Ces faits nous sont connus grâce à une notice relativement conséquente figurant dans l'ouvrage du célèbre historien andalou Ibn Ḥayyân (987-1076), le *Kitâb al-Muqtabis.* Nous reviendrons plus loin sur cet ouvrage exceptionnel; soulignons pour l'instant qu'Ibn Ḥayyân reprend ces développements sur Ziryâb aux *Annales palatines* de ᶜÎsâ b. Aḥmad b. Muḥammad b. Mûsâ al-Râzî, auteur qu'il cite nommément au début de l'extrait que nous avons choisi. ᶜÎsâ al-Râzî, qui écrivit dans la seconde moitié du xᵉ siècle à la cour des califes omeyyades, était issu d'une famille persane originaire de Rayy, qui vint à

1. Texte traduit du latin par D. Millet-Gérard, *Chrétiens mozarabes et culture islamique dans l'Espagne des VIIIᵉ-IXᵉ siècles*, Paris, Études augustiniennes, 1984, p. 49-50.

2. Figure du bon goût et de la gastronomie, Ziryâb a même donné son nom au restaurant de l'Institut du monde arabe à Paris.

Cordoue vers le milieu du IXe siècle. Le père de ᶜÎsâ al-Râzî, Aḥmad al-Râzî (888-955), fut un grand intellectuel de l'époque du califat omeyyade ; il est considéré comme le premier historien et géographe d'al-Andalus[1]. ᶜÎsâ al-Râzî fut quant à lui l'historiographe officiel de la dynastie. Ses *Annales palatines* ont été en partie conservées grâce à leur compilation par Ibn Ḥayyân. Ce qu'on y apprend de Ziryâb est constitué de différentes notices compilées et juxtaposées, d'où le caractère quelque peu décousu de notre extrait.

ᶜÎsâ b. Aḥmad al-Râzî rapporte que l'émir ᶜAbd al-Raḥmân b. al-Ḥakam[2] aimait beaucoup le chant et qu'il était épris de musique à tel point qu'il plaçait celle-ci au-dessus de tous ses autres plaisirs. Il protégeait les chanteurs les plus talentueux, préférait ceux qui avaient la meilleure diction, recherchait les plus habiles en cet art. Il leur octroyait de généreuses récompenses, les traitait tout le temps avec prévenance et leur accordait même la préséance sur tous les autres occupants[3] de son palais. [...] Avant même d'accéder au titre d'émir, il avait rassemblé autour de lui les chanteurs les plus célèbres de son temps, tous des hommes, placés sous sa protection, et auxquels il accordait salaires réguliers et primes extraordinaires : chacun d'eux recevait ainsi dix dinars par mois et, à de fréquentes occasions, des présents et des vêtements ; parmi eux se trouvaient les chanteurs suivants : Abû Yaᶜqûb, les deux Ḥasan[4], le juif Manṣûr et d'autres. [...] Ces hommes-là demeurèrent ses interprètes préférés jusqu'à ce qu'arrive d'Orient l'Irakien Ziryâb, celui qui allait devenir le meilleur et le plus merveilleux chanteur d'al-Andalus. Scellant définitivement le choix de l'émir, captant son cœur, il fut placé au-dessus de tous les autres chanteurs, hommes comme

1. C'est l'un de ses textes que nous avons choisi pour illustrer les « paysages du califat » ; voir *infra*, p. 77.
2. Il régna de 822 à 852.
3. Il s'agit là des serviteurs.
4. Ḥasan al-Ḥillî et Ḥasan al-Qarawî.

femmes. L'émir fit de Ziryâb le principal destinataire de ses bontés, lui accordant ses faveurs au-delà de ce que l'on faisait habituellement avec les gens aimés pour leur mérite, le traitant comme on traiterait un favori, un familier ou un vizir très proche. De nombreuses anecdotes ont été racontées à ce propos.

Voici le récit de son arrivée en al-Andalus. On raconte que dans son pays[1], Ziryâb avait suscité de grandes jalousies et c'est ce qui le fit expulser jusqu'à l'extrême Occident. Il demeura quelque temps en Ifrîqiya, où on lui parla de la gloire de l'émir al-Ḥakam b. Hishâm[2], seigneur d'al-Andalus, de ses goûts raffinés comme de son pouvoir solide, de sorte qu'il s'adressa à lui et se mit en marche en direction de ce pays. Alors qu'il était déjà presque arrivé lui parvint la nouvelle du décès de l'émir. Par conséquent, il s'arrêta et écrivit à l'émir ᶜAbd al-Raḥmân, son fils et successeur, afin de lui présenter ses condoléances, mais aussi de lui exposer la situation dans laquelle il se trouvait et les espérances qu'il mettait en lui après le décès de son père. ᶜAbd al-Raḥmân lui répondit, avec beaucoup de courtoisie, qu'il était désireux de le connaître, et l'enjoignit à venir rapidement le rejoindre, lui promettant le meilleur à son service. Dès lors, Ziryâb accourut à lui plein d'espoir et fut accueilli chaleureusement par l'émir qui manifesta une grande joie à le recevoir et qui lui offrit une généreuse hospitalité. Il en vint vite à le préférer à tous, fit de lui son plus intime courtisan, au point d'avoir du mal à se passer de sa présence. Ziryâb fut satisfait de ces conditions et accepta de rester auprès du souverain et de s'établir à sa cour; l'émir lui fit en retour de grandes concessions et lui attribua de généreux émoluments puisqu'il recevait deux cents dinars mensuels versés comptant, et que son nom venait immédiatement après celui des vizirs sur le registre des salaires. L'émir fit même étendre ce régime aux

1. En Irak.
2. Il régna de 796 à 822.

fils de Ziryâb, leur concédant d'importantes donations, salaires fixes et concessions territoriales magnifiques, afin qu'ils ne grèvent en rien les revenus de leur père : il payait ainsi à chacun des trois fils, ᶜUbayd Allâh, Djᶜafar et Yaḥyâ, vingt dinars mensuels en plus des gratifications habituelles. [...]

Ziryâb, extraordinairement habile dans l'art du chant et fin connaisseur des subtilités musicales, était capable d'appliquer et de révéler celles qui résistaient aux meilleurs, de sorte que personne ne pouvait le dépasser ni même l'égaler, tout le monde s'évertuant en vain à trouver ce qui, pour lui, était évident. Ajoutant ses propres découvertes à ce qu'il avait appris de ses maîtres, il en vint à être unique puisque Dieu avait réuni en lui ce qu'il avait réparti entre les autres pratiquants de son art. On finit par dire que les génies lui apprenaient chaque nuit soit une séquence entière, soit seulement une mélodie. On racontait qu'il lui arrivait souvent de sortir rapidement du sommeil et d'appeler ses deux habiles esclaves, Djizlan et Hunayda, qui prenaient leurs luths, et lui le sien ; il leur répétait ce que les génies lui avaient enseigné cette nuit-là, leur écrivait les vers et retournait ensuite à sa couche. Quand il se levait le matin, il ne se souvenait plus ni des paroles, ni de la musique, ni de la manière dont il convenait de la jouer, mais avait tout oublié dans son ivresse, car ces choses ne se produisaient que lorsqu'il était ivre. Ses esclaves lui rapportaient ce qu'il leur avait communiqué au cours de la nuit et lui leur ordonnait de le chanter ; quand elles le faisaient, il recouvrait la mémoire, prenait son luth, reprenait la chanson en en corrigeant les défauts : de ce fait, elles étaient appelées les « aides-mémoire de Ziryâb ». À sa mort, elles furent envoyées au palais pour enseigner ce qu'elles avaient appris aux autres esclaves, et c'est alors qu'elles ont relaté ce récit concernant leur maître. [...]

On rapporte également à propos de Ziryâb que c'est lui qui dota le luth, en al-Andalus, d'une cinquième corde rouge intermédiaire, qu'il ajouta ainsi au quatre d'origine, et qu'il fut le seul à l'utiliser ; le luth, de nos jours encore, continue d'avoir quatre cordes selon l'ancien usage, car cela correspond au quatre éléments du corps. Ziryâb réussit si bien cet ajout de la cinquième corde intermédiaire que son luth parvint à atteindre plus de subtilité, davantage de sensibilité. La première corde est teinte en jaune et correspond dans le luth à la bile du corps ; la seconde est rouge, symbolisant le sang dans le corps ; le diamètre de cette seconde corde fait le double de celui de la première corde, et pour cela s'appelle « double » ; celle qui arrive ensuite est noire, correspondant dans le luth à l'atrabile du corps ; on l'appelle le « bourdon ». Puis vient la corde supérieure du luth, double de la troisième, qui manque de couleur et reste, selon lui, blanche, puisqu'elle équivaut au phlegme du corps ; son épaisseur fait le double de la seconde et on la nomme donc la « troisième »[1]. Ces quatre cordes du luth sont comme leur équivalent dans le corps, c'est-à-dire comme les quatre humeurs qui interfèrent constamment les unes avec les autres, de telle sorte que le bourdon, qui est froid et sec, est le complémentaire de la seconde, chaude et humide ; la première, qui est chaude et sèche, est la complémentaire de la troisième qui est froide et humide ; ainsi, chaque tempérament se confronte à son contraire avec le même équilibre et la même égalité que les humeurs du corps, sauf que là, il manque l'âme – l'âme que l'on dit souvent indissociable du sang. C'est pour cela que Ziryâb ajouta à l'ensemble la corde intermédiaire sanguine, cette cinquième corde rouge qu'il inventa en al-Andalus, qu'il mit sous la troisième et au-dessus de la seconde. Au cœur de son luth se complétaient ainsi les forces des quatre humeurs, et la cinquième corde rouge ajoutée au milieu en vint à être

1. Ce passage, assez confus, accorde à la troisième corde une place qui n'est pas habituellement la sienne.

comme l'âme dans le corps ; c'est ainsi qu'il paracheva son œuvre et que son mérite éclata. [...]

Autre innovation introduite en al-Andalus par Ziryâb : l'usage d'un plectre constitué d'une plume provenant de la partie avant de l'aile d'un aigle, au lieu du plectre habituel, fait de bois aiguisé. C'était là une grande innovation à cause de la subtilité, de la netteté et de la légèreté de la plume sous les doigts ; cela abîmait moins la corde que le plectre en bois, en raison de la rudesse, de la force et de la sécheresse du bois ; celui en plume en revanche était souple, car il provenait d'un membre vivant où s'équilibrent la solidité, la légèreté, le volume et la couleur brillante.

ᶜÎsâ b. Aḥmad al-Râzî affirme également que Ziryâb était, en soi, une merveille des temps qui l'engendrèrent, lesquels furent incapables de concevoir un autre être de ce calibre, alliant à ce point savoir, culture, élégance, compréhension, connaissance de la plupart des sciences et habileté suprême dans l'art musical. [...] Il s'était nourri des livres de musique traitant des catégories, des principes, des sections, des tons et des mélodies ; il avait de plus mémorisé près de dix mille fragments de chant, avec leurs tons et les manières de les jouer excellemment, nombre qui est le maximum cité par Ptolémée, inventeur et auteur des accords. Le chant de Ziryâb était pour ceux qu'il avait initiés comme la géométrie pour la philosophie et comme la grammaire pour la rhétorique, dans la mesure où la grammaire permet à celui qui la maîtrise de bien parler. De la même façon, celui qui a assimilé les techniques prônées par Ziryâb est supérieur à tout autre chanteur car il peut suivre n'importe qui dans sa mélodie et sa tonalité ; ces techniques sont pour les chanteurs ce que le *radjaz* est pour les poètes : il permet à l'élève de s'entraîner et au connaisseur de s'amuser.

Ziryâb alliait à ces grandes qualités personnelles un talent certain en matière d'élégance et de mondanités, sachant se comporter correctement en société, distinguant les différentes classes de personnes et adaptant son discours à chacune d'entre elles. Il connaissait les usages des salons et excellait dans l'art de la conversation. Il était un courtisan consommé, pratiquant comme personne de sa condition les usages de la haute société, au point que les souverains et leurs courtisans prenaient pour modèle les normes de comportement qu'il adoptait en matière de parfums, de fumigations, d'alimentation ; normes toujours en vigueur aujourd'hui et dont on lui attribue la paternité. Par exemple, quand il arriva en al-Andalus, tous les hommes et femmes du pays avaient les cheveux longs, partagés par une raie au milieu du crâne, et couvrant les tempes et les sourcils. Mais quand les plus raffinés virent sa coiffure, celle de ses fils et de ses femmes, laquelle consistait à porter des cheveux coupés pour ne pas couvrir le front [1], alignés sur les sourcils, arrondis autour des oreilles et lâchés sur les tempes, comme les portent aujourd'hui encore les serviteurs eunuques et les esclaves distinguées, cela les enchanta et leur parut parfait pour leurs propres esclaves, hommes et femmes, à qui ils firent suivre cette mode et dont ils exigèrent qu'ils l'adoptent [2].

## LE CALIFAT OMEYYADE DE CORDOUE : L'ÉTAT LE PLUS PUISSANT D'OCCIDENT (929-1031)

À partir de la fin du règne de Muḥammad Ier, en 884, l'émirat omeyyade de Cordoue se décomposa littéralement, pour le plus grand profit des États chrétiens du nord de la Péninsule qui reprirent l'offensive. Les trois zones de marches, ou zones

1. Ziryâb, plusieurs siècles avant Louise Brooks, aurait ainsi inventé la frange.

2. Ibn Ḥayyân, *Al-Muqtabis II*, dans *Crónica de los emires Alhakam I y ᶜAbdarrahmân II entre los años 796 y 847*, trad. esp. Mahmûd Alî Makkî et F. Corriente, Sarragosse, Estudios Islámicos, 2001, p. 193-203 ; trad. fr. E. Tixier du Mesnil.

frontières (dont les capitales étaient Saragosse, Tolède et Mérida), étaient devenues indépendantes, entre les mains d'aristocrates *muwallad-s*, comme les Banû Qasî, au nord, convertis à l'islam et descendants d'un comte nommé Casio. Le cœur même d'al-Andalus fut touché lors de la célèbre révolte de ᶜUmar b. Hafṣûn, depuis sa forteresse de Bobastro près de Ronda, à la fin du IXe siècle. De 889 à 927, date de la mort des fils d'Ibn Hafṣûn, cette grande famille de *muwallad-s*, que le pouvoir omeyyade accusa d'avoir renoué avec la religion chrétienne de ses ancêtres, représenta un grave danger.

Si les Omeyyades se maintinrent au pouvoir, ce fut essentiellement grâce à la politique énergique, de répression et de reconquête systématique des territoires, que mena le jeune émir ᶜAbd al-Raḥmân III à partir de 913. En 929, il reprit officiellement le titre de « commandeur des Croyants », de calife, qu'avaient porté ses ancêtres en Orient entre 660 et 750, titre qu'il conserva jusqu'en 961. Il prit le surnom honorifique d'al-Nâṣir li-Dîni-Llâh, « celui qui est victorieux pour la religion de Dieu », affirmant ainsi sa prétention à diriger l'ensemble de la *Umma*, la communauté des croyants, tout en niant la légitimité des deux autres califats rivaux : celui des Abbassides de Bagdad et celui des Fatimides de Kairouan. En dépit d'une existence relativement brève, de 929 à 1031, le califat omeyyade de Cordoue fait figure d'âge d'or au sein de la longue histoire d'al-Andalus.

## ᶜAbd al-Raḥmân III, restaurateur de l'islam

La *Chronique anonyme de ᶜAbd al-Raḥmân III*, que l'on date des environs de l'an mil ou des débuts du XIe siècle [1], lie explicitement la proclamation du califat par ᶜAbd al-Raḥmân III en 929 à l'écrasement de la rébellion d'Ibn Ḥafṣûn et de ses fils. L'Omeyyade montrait ainsi sa puissance retrouvée, son rôle de défenseur de l'islam et de pacificateur d'al-Andalus. L'extrait que nous présentons est la justification par ᶜAbd al-Raḥmân III de ce geste fort.

1. Il s'agit d'une compilation de textes antérieurs, contemporains des événements relatés.

### VISITE DU CALIFE À BOBASTRO ET EXHUMATION INFAMANTE DU CADAVRE D'IBN HAFṢÛN

En l'an 316 [929], al-Nâṣir [ᶜAbd al-Raḥmân III] se rendit à Bobastro pour remettre en état la forteresse. Une fois entré, il examina attentivement les dégâts commis par les usurpateurs et remit la forteresse en état de défense. Il se dirigea ensuite vers la mosquée abandonnée dans laquelle il pria, et Dieu lui fit apparaître l'état de désolation dans lequel se trouvait l'édifice par la faute d'Ibn Ḥafṣûn et de ses retournements, dans la mesure où après avoir publiquement proclamé sa foi en l'islam, il avait ensuite embrassé la religion chrétienne. Al-Nâṣir se vit obligé de faire déterrer le cadavre d'Ibn Ḥafṣûn et d'exhumer ses restes. Sa misérable dépouille avait été, sans aucun doute, enterrée de manière chrétienne, étant donné que le cadavre fut trouvé allongé en direction de l'orient, avec les bras croisés sur la poitrine, disposition qui, comme nous l'avons souligné, est celle de la majorité des gens [1]. En conséquence, comme Dieu l'avait déclaré déshonoré et infâme, al-Nâṣir ordonna que l'on emmenât son cadavre à la porte de la Azuda à Cordoue et qu'on l'y plaçât au faîte, pour l'édification de ceux qui le verraient, afin que nul n'ignorât qu'Ibn Ḥafṣûn avait embrassé la foi chrétienne et afin que fût révélée son intention perverse. Son cadavre fut hissé sur un poteau qui dominait ceux où se trouvaient déjà les corps crucifiés de ses deux fils, Ḥakam et Suleyman, qui encadraient ainsi leur père. Ces poteaux demeurèrent là jusqu'en 331 [942], date à laquelle une crue du fleuve les emporta [...]. Dans la Grande Mosquée de Bobastro, la prière fut dite au nom d'al-Nâṣir et se succédèrent désormais sans interruption en ce lieu sermons et prières. Les mosquées désertées furent à nouveau pleines et les églises furent détruites. Le bel ornement des églises et leur nombre important dans le domaine du

1. Cette allusion semble signifier que les chrétiens étaient encore majoritaires en al-Andalus en ce début du xᵉ siècle.

maudit ᶜUmar [Ibn Ḥafṣûn], ainsi que l'état d'abandon des mosquées et leur délabrement, étaient les preuves les plus évidentes de l'apostasie du maudit ᶜUmar, et les plus éloquentes à témoigner de son infidélité.

ᶜABD AL-RAḤMÂN PRIT LE TITRE CALIFAL

Cette année-là, al-Nâṣir ordonna que désormais, dans les lettres qu'on lui adresserait et dans les sermons qui l'invoqueraient, on lui donnerait le titre de « prince des Croyants[1] » parce qu'il était digne de ce titre qui était en réalité le sien. Il se vêtit alors du titre comme d'une tunique appropriée à sa dignité et à son héritage [*lacune du texte*]. C'est en ce sens que furent envoyées, le samedi 2 du mois de dhû-l-ḥidjdja de cette année [17 janvier 929], des lettres aux gouverneurs de ses différentes provinces, lettres toutes faites sur le même modèle. J'ai ici la copie de l'une de ces lettres :

« Au nom de Dieu Clément et Miséricordieux. Que la bénédiction de Dieu soit sur notre Prophète Muḥammad.

« Nous sommes les plus dignes de revendiquer notre bon droit et ceux qui méritent le plus de compléter notre fortune et de se parer des faveurs dont le Très-Haut nous a investis ; c'est la raison pour laquelle Dieu nous a accordé ce privilège, nous a montré sa préférence, a élevé notre autorité jusqu'à ce titre. Il nous a permis de l'obtenir grâce à nos efforts, nous a facilité la tâche, à nous et à notre gouvernement ; il a étendu notre gloire dans le monde ; il a proclamé notre autorité sur les terres ; il a fait que les espérances du monde reposent sur nous ; il a ordonné à ceux qui se sont égarés de revenir vers nous et que nos sujets se réjouissent de vivre à l'ombre de notre gouvernement (tout cela par la volonté de Dieu ; loué soit Dieu, dispensateur des bienfaits, Lui qui nous les a dispensés, ainsi mérite-t-Il la plus grande louange pour la grâce qu'Il nous a concédée). En conséquence, nous avons décidé que l'on nous appellerait désormais “prince des Croyants” et que, dans les lettres, tant celles que nous

1. Titre califal.

expédierons que celles que nous recevrons, on nous donnerait ledit titre. Celui qui l'utilise en dehors de nous se l'approprie indûment ; c'est un imposteur qui s'arroge un titre qu'il ne mérite pas de porter. De plus, nous avons compris que continuer à gouverner sans utiliser ce titre qui nous est dû, c'est laisser déchoir un droit que nous avons, et c'est laisser se perdre une désignation essentielle. J'ordonne donc au prédicateur de ta juridiction qu'il emploie ce titre, et toi, utilise-le dorénavant quand tu nous écris. Si Dieu le veut. »

En conséquence, et conformément à ces ordres, le prédicateur de Cordoue commença à prononcer l'invocation au nom d'al-Nâṣir, lui donnant le titre de prince des Croyants, le premier jour de dhû-l-ḥidjdja de cette année [16 janvier 929]. Ce fut le premier sermon dans lequel ce titre fut donné, titre qu'al-Nâṣir porta désormais avec plus de droit que ceux qui se l'étaient attribué indûment ; titre que ses descendants continuèrent à porter. Dieu concède la grâce à qui Il veut [1] !

## L'évolution de la politique de ᶜAbd al-Raḥmân III

Le long règne de ᶜAbd al-Raḥmân III, de 913 à 961, correspond à une période de consolidation de l'État et du pouvoir personnel de son détenteur. Le désastre de Simancas en 939, au cours duquel le calife fut battu par les troupes chrétiennes et même dépouillé de son propre Coran, eut pour conséquence un changement de politique, présenté par le court texte qui suit, lequel est tiré de l'œuvre du grand historien andalou déjà évoqué, Ibn Ḥayyân ; son père avait été l'un des secrétaires d'al-Manṣûr [2], et Ibn Ḥayyân disposa, lors de la rédaction de son monumental ouvrage, le *Kitâb al-Muqtabis*, d'une documentation privilégiée.

---

1. *Crónica anonima de ᶜAbd al-Raḥmân III*, éd. et trad. E. Garcia Gomez et É. Lévi-Provençal, Madrid/Grenade, Maestre, 1950, p. 148-153 (§ 58 et 59) ; trad. fr. E. Tixier du Mesnil.

2. Voir *infra*, p. 68.

Al-Nâṣir [ᶜAbd al-Raḥmân III] fut accablé par son échec dans cette campagne [1], échec sans commune mesure avec tout ce qui lui était arrivé auparavant ; mécontent de sa mauvaise fortune, il avait l'esprit tourmenté et était injuste envers lui-même : c'est pourquoi on lui conseilla de se détourner de ses soucis et de se consacrer à son plus grand plaisir, la construction. On raconte qu'il s'y dédia entièrement, fondant Madînat al-Zahrâʾ [2], non loin de Cordoue, obtenant, grâce à l'ampleur et à la majesté de ses édifices, le repos de son esprit et l'oubli du monde ; c'est ainsi que, dès lors, il cessa de mener personnellement ses troupes, déléguant cela à des généraux courageux, habiles et résolus, qu'il envoyait en expédition tous les ans, sans faute. Il réserva les nominations comme gouverneurs dans les villes de la Marche supérieure [3], pour le contrôle des frontières, à la noblesse locale qui les avaient héritées de leurs aïeux, les vaillants Tudjîbides, Banû Dhî-al-Nûn, Banû Zarwâl, Banû Gazlûn, Banû al-Ṭawîl, Banû Razîn, et autres seigneurs, maîtres depuis longtemps des frontières et défenseurs de la population. Il divisa le pays en lots, renouvelant année après année leurs nominations et celles de leurs successeurs dans chaque partie du territoire, leur octroyant de larges attributions, et ne manquant pas de les flatter s'ils venaient le trouver, ou de leur envoyer des cadeaux s'ils s'éloignaient ; il n'épargnait pas ses efforts pour les maintenir dans son obédience, afin qu'ils la respectent et qu'ils ne se dérobent pas au combat contre l'ennemi, qui était à la fois une obligation pour lui

1. La campagne de Simancas.

2. L'édification du complexe palatial de Madînat al-Zahrâʾ fut initiée par ᶜAbd al-Raḥmân III dès 936. Une véritable ville nouvelle vit ainsi le jour à cinq kilomètres de Cordoue, s'étendant sur une centaine d'hectares et comprenant plusieurs niveaux de jardins et de palais. Ce splendide ensemble urbain ne dura guère puisqu'il fut en grande partie détruit par les troupes berbères lors de la Fitna (la guerre civile qui entraîna la chute du califat omeyyade).

3. Il s'agit de la zone frontalière du nord de la Péninsule, où chrétiens et musulmans s'affrontaient en permanence.

et pour tous les musulmans. De plus, bien que ses frontières fussent défendues et l'ennemi harcelé dans ces zones, ᶜAbd al-Raḥmân ne cessait d'envoyer de fortes expéditions militaires qui quittaient chaque été sa capitale, avec divers contingents de volontaires, sans prétexte particulier, atteignant les frontières les plus éloignées et frappant les principaux points faibles de l'ennemi ; les contingents envoyés pour se battre avaient à leur tête des chefs militaires habiles, aguerris, habitués à l'action, chanceux et courageux, dont il fit doubler le nombre, et qui terrifièrent l'ennemi, l'humiliant considérablement ; ainsi se succédaient les conquêtes ; le triomphe l'accompagnait, la chance le poursuivait, de sorte qu'il vécut la plus grande partie de son califat paisiblement sur son trône, jouissant de la tranquillité de son règne, sans guerroyer lui-même, et ce, jusqu'à sa mort. Qu'il repose en paix [1].

## L'avènement du calife al-Ḥakam II

Le fils de ᶜAbd al-Raḥmân III, al-Ḥakam II (961-976), accéda au pouvoir à près de quarante ans. Il s'était illustré en tant que prince héritier dans les domaines des arts et des lettres, avait rassemblé une précieuse bibliothèque, constituée d'ouvrages de prix venant aussi bien de l'Orient musulman que de Constantinople. Al-Andalus connut alors son apogée, et le califat omeyyade était l'État le plus puissant d'Occident. Le récit de l'avènement de ce calife témoigne du faste de la cour de Cordoue.

Al-Ḥakam al-Mustanṣir Bi-llâh monta sur le trône le jour qui suivit la mort de son père, un jeudi [16 octobre 961]. Il s'attacha avec le plus grand zèle à maintenir le royaume en bon ordre ; il expédia des messages dans

1. Texte arabe dans Ibn Ḥayyân, *Al-Muqtabis V*, Madrid, Instituto Hispano-Árabe de Cultura, 1979, p. 22-23 ; trad. esp. M.J. Viguera et F. Corriente, dans *Crónica del califa ᶜAbd al-Raḥmân III al-Nâṣir entre los años 912 y 942 (al-Muqtabis V)*, Saragosse, Anúbar Ediciones, 1981, p. 327-328 ; trad. fr. E. Tixier du Mesnil.

les provinces, où il rendait compte de son élévation au trône et demandait au peuple de lui prêter le serment de fidélité. À partir de ce jour, il commença à s'occuper de l'administration de son empire, à mettre en état de défense son royaume, à maintenir ses forteresses dans la sujétion, à conserver l'ordre et la discipline dans ses armées. Il reçut d'abord le serment de fidélité des esclavons[1] de son palais, il s'agissait d'eunuques, appelés les grands officiers, comme Dja$^{c}$far, préfet de la cavalerie et de la fabrique de tapis, et d'autres, parmi les principaux qui furent chargés de recevoir l'hommage de leurs inférieurs et de leurs subordonnés. […] Il fit venir en sa présence pendant la nuit, outre ceux-là, les grands secrétaires, les capitaines et officiers qui lui firent hommage. Une fois terminée la cérémonie du serment du personnel du palais, il donna ordre […] de faire comparaître ses deux frères utérins […] et […] ses autres frères qui étaient alors au nombre de huit. […] Ils prirent place, le jour suivant, dans les salons de l'est et de l'ouest. Al-Mustanṣir Bi-llâh [al-Ḥakam II] occupa le fauteuil du trône dans le plus vaste des pavillons dorés de la partie orientale. […] Ce furent ses frères qui, les premiers, s'approchèrent de lui et lui prêtèrent serment ; ils écoutèrent en silence le texte de la *bay$^{c}$a*[2] et s'engagèrent à observer, moyennant les serments réglementaires, tout son contenu ; ensuite les vizirs, leurs fils et frères ; puis les hauts fonctionnaires et diverses catégories d'employés. À la droite et à la gauche du calife s'assirent ses frères, les vizirs et les hauts dignitaires, à l'exception de $^{c}$Îsâ b. Fuṭays qui, debout, recevait le serment du peuple. On observa l'ordre habituel du cérémonial utilisé lors des grandes solennités. Dans le salon où présidait le calife, étaient placés en file, à droite et à gauche, les grands eunuques jusqu'à l'extrémité de la galerie ; chacun occupait le poste qui correspondait à sa dignité, vêtu d'une tunique blanche en

1. Voir le glossaire.
2. Sermon d'allégeance prêté au souverain.

signe de deuil, et ceint d'une épée. Venaient ensuite les eunuques esclavons, avec de longues cottes de mailles et des épées ornées de pierreries ; ils formaient deux files. Tout à côté d'eux, leurs inférieurs, appartenant à diverses catégories d'eunuques esclavons. Ils étaient suivis par les archers, avec leurs arcs et leurs carquois à l'épaule. Venaient ensuite les files d'esclaves couverts des pieds à la tête d'armures sans taches, et munis d'un équipement complet. La formation des troupes commençait par le *djund* et l'ordre des esclaves d'infanterie, des Noirs, armés de cuirasses, vêtus de blanc, des casques d'esclavons sur la tête, de petits boucliers de diverses couleurs à la main ainsi que des armes ornées ; ils étaient disposés en deux files qui atteignaient l'extrémité du portique. Devant la porte d'*al-Sudda* se tenaient les sentinelles et les soldats de la garde ; au-delà de la porte d'*al-Sudda*, jusqu'à celle des arcades, les cavaliers. À leur suite, on trouvait, en formation, la cavalerie de la garde, les diverses unités du *djund*, les esclaves et les archers, corps après corps, jusqu'à la porte qui ouvre sur l'esplanade. Une fois la *bay*ᶜ*a* terminée, on permit aux gens de se retirer, à l'exception des frères du calife, des vizirs et officiers, qui demeurèrent au palais d'*al-Zahrâ*ᵓ jusqu'à la translation de la dépouille d'al-Nâṣir – que Dieu ait pitié de lui – à l'alcázar de Cordoue, où il fut enseveli dans la tombe des califes. Au mois de dhû al-ḥidjdja [janvier 962], une nombreuse représentation venant des provinces se présenta à la porte du calife al-Ḥakam pour lui prêter hommage et obtenir ce qu'elle désirait. Elle était formée des Tolédans et des autres habitants des capitales et districts d'al-Andalus. Une fois arrivés au salon du calife, on reçut leur serment en présence de tous les vizirs et du *cadi* Mundhir b. Saᶜîd, et de tous les dignitaires, et l'on consigna par écrit leurs témoignages [1].

1. Ahmed b. Muḥammad al-Maqqarî, *Nafḥ al-Ṭîb min ghuṣn al-Andalus*, dans R. Dozy (éd.), *Analectas*, Leyde, 1892 ; trad. esp. reprise par Cl. Sánchez Albornoz, *La España musulmana*, Buenos Aires, El

## La vie scientifique à Cordoue sous les califes omeyyades d'après le cadi Ṣâᶜid de Tolède

À l'instar des califes abbassides de Bagdad, les souverains omeyyades de Cordoue cultivèrent les sciences et attirèrent à leur cour les plus éminents lettrés, les savants les plus renommés. Cet âge glorieux de la culture andalouse, dont les meilleurs fruits furent néanmoins cueillis à l'époque des Taifas[1], nul ne pouvait mieux le décrire que le cadi Ṣâᶜid de Tolède, l'un des penseurs les plus originaux du XIᵉ siècle. Issu d'une famille arabe arrivée en al-Andalus lors de la conquête, Ṣâᶜid al-Andalusî naquit à Almería en 1029 ; il vint très jeune à Tolède, ville de la brillante dynastie des Banû Dhî-al-Nûn et l'une des capitales culturelles de ce temps, afin de se spécialiser dans les sciences exactes. Nommé cadi de Tolède par l'émir al-Maʾmûn, Ṣâᶜid se consacra à l'exercice de sa charge, mais aussi à l'étude des sciences et à la rédaction de plusieurs ouvrages dont un seul nous est parvenu, le *Kitâb Ṭabaqât al-Umam* (*Livre des catégories des nations*). C'est en 1068 que fut rédigé cet ouvrage, conçu au départ par son auteur comme un traité de vulgarisation scientifique tout autant que comme un catalogue des savoirs et des savants des différents peuples. Selon Régis Blachère, qui le traduisit en français, ce « *memento* servant de base à un commentaire oral » fut cependant considéré dès la mort de Ṣâᶜid en 1070 comme un « ouvrage fondamental, traitant de façon exhaustive de l'histoire des sciences[2] ». L'ouvrage devint à ce titre une source de l'histoire des sciences et fut dès lors abondamment cité, recopié, et même plagié.

L'une des principales originalités de Ṣâᶜid est d'affirmer que les hommes formaient à l'origine sept nations qui se subdivisèrent par la suite selon trois critères : les mœurs, le physique et le langage. Les multiples groupes humains résultant de cette division partagent cependant, selon l'auteur, un trait commun : l'aptitude ou non à cultiver les sciences[3]. Selon lui, les peuples

---

Ateneo, 1946, t. I, p. 272-276 ; trad. fr. D. Menjot, *Les Espagnes médiévales (409-1474)*, Paris, Hachette, 1996, p. 61.

1. Voir *infra*, p. 215 *sq*.

2. *Livre des catégories des nations*, trad. fr. R. Blachère, Paris, Maisonneuve et Larose, 1935, p. 21-22.

3. *Ibid*., p. 37.

qui s'y sont intéressés sont au nombre de huit : les Indous, les Perses, les Chaldéens, les Grecs, les Rûm, les Égyptiens, les Arabes et les Juifs. Les peuples restants – Chinois, Turcs, Slaves, Africains et autres – sont quant à eux « plus semblables aux animaux qu'aux hommes[1] ». Dans le chapitre VII, consacré au peuple des Arabes, il analyse l'Orient puis l'Occident musulman, lequel se résume à al-Andalus. Outre des extraits de ce chapitre, nous reproduisons ici un texte issu du huitième et dernier chapitre, consacré aux savants juifs[2].

## LE PEUPLE DES ARABES

Après l'établissement de la puissance omeyyade en al-Andalus, ce pays vit fleurir un certain nombre de savants qui cultivèrent avec zèle la philosophie[3] et se distinguèrent dans quelques branches de cette science. Avant cette date et dans l'Antiquité, cette contrée ne savait point ce qu'était la science, et ceux qui l'habitaient ne connaissaient personne qui se fût rendu illustre par son amour pour le savoir. On trouve cependant en al-Andalus des inscriptions magiques anciennes en divers endroits, et l'on est d'accord pour dire qu'elles sont l'œuvre des empereurs romains. Cette province, en effet, a été longtemps annexée à leur empire. Al-Andalus demeura fermée à la sagesse jusqu'au moment où elle fut conquise par les musulmans, au mois de ramaḍân 92 [juillet 711]. Toutefois, même après cette date, le pays resta indifférent à toutes les sciences sauf à celles du droit et de la langue arabe, jusqu'au jour où le pouvoir passa définitivement aux Omeyyades, après une longue période de troubles. Alors, les esprits d'élite se mirent activement

1. *Ibid.* Ṣâᶜid entend par « sciences » les sciences anciennes, c'est-à-dire les sciences héritées de la Grèce : philosophie, mathématique, physique.

2. Les savants juifs présentés dans ce chapitre sont essentiellement des Andalous ; les données dont disposait Ṣâᶜid sur leurs homologues orientaux sont nettement plus restreintes.

3. L'auteur évoque là les sciences anciennes au sens large et non la seule philosophie.

à étudier et tournèrent leur attention vers la recherche de la vérité, comme nous allons le voir, s'il plaît à Allâh Très Haut ! [...] [1].

Au milieu du IIIe siècle de l'Hégire [deuxième moitié du IXe siècle], c'est-à-dire sous le règne du cinquième émir omeyyade, Muḥammad b. cAbd al-Raḥmân b. al-Ḥakam b. Hishâm b. cAbd al-Raḥmân l'Immigré, nombre de gens se mirent à étudier avec zèle, mais jusque vers le milieu du siècle suivant, la renommée de ces chercheurs était peu étendue.

Parmi les savants qui, durant cette période qui va de 250 à 350 [IXe-Xe siècles], se signalèrent par leurs études en arithmétique et en astronomie, citons Abû cUbayda Muslim b. Aḥmad b. Abî cUbayda al-Balansî, connu sous le nom de « Ṣâḥib al-qibla » ; ce sobriquet lui avait été donné parce qu'il se livrait avec passion à la prière [2]. Il connaissait fort bien le mouvement des étoiles et l'astrologie. Il était, de plus, versé dans le droit musulman et les Traditions du Prophète [3]. Il avait été en Orient. [...] Abû cUbayda mourut en 275 [888]. Citons également Yaḥyâ b. Yaḥyâ, connu sous le nom d'Ibn al-Samîna, originaire de Cordoue. Ce savant était versé dans les calculs astronomiques, dans la médecine, etc. Il était éminent dans toutes les sciences et cultivé dans les différentes branches de la connaissance. Il était remarquable en grammaire, en lexicographie, en métrique et en poétique, en jurisprudence, dans la tradition, en histoire et en dialectique. Il était muctazilite, avait fait un voyage en Orient, puis était revenu en al-Andalus. Il mourut en 315 [927]. Signalons aussi Muḥammad b. Ismâcîl, surnommé

1. Suit un long passage sur l'histoire et la géographie d'al-Andalus, au terme duquel Sacîd reprend le fil de son analyse.

2. « *Ṣâḥib al-qibla* » signifie « gardien de la *qibla* ». Pour prier, les musulmans se tournent vers la *qibla*, qui indique la direction de La Mecque.

3. Il s'agit des traditions relatives au Prophète ; ses faits et gestes, rapportés par ses compagnons, étaient consignés dans des récits, les *hadith*.

« al-Ḥakîm[1] », qui était savant en arithmétique, en logique, et qui était doué d'une intelligence fine et d'un esprit délié ; cet érudit, qui était en outre versé dans la grammaire et la lexicographie, mourut en 331 [943].

À la fin de la première partie du IVe siècle [seconde moitié du Xe siècle], le calife al-Ḥakam al-Mustanṣir bi-llâh b. ᶜAbd al-Raḥmân al-Nâṣir li-dîn Allâh se prit à cultiver les sciences et à patronner les savants. Il fit venir de Bagdad, d'Égypte et d'ailleurs en Orient[2] les ouvrages capitaux les plus importants et les plus rares touchant les sciences anciennes et modernes. Il en réunit à la fin du règne de son père et, par la suite, durant son règne personnel, une quantité presque égale à celle réunie par les princes abbassides en un temps bien plus long. Cette tâche lui fut rendue aisée par son amour extrême pour la science, par sa grande ardeur pour acquérir toutes les vertus et par son désir de ressembler aux monarques sages. Tout le monde alors se prit à lire des livres et à étudier les doctrines des Anciens. Ce prince mourut en ṣafar 366 [septembre 976].

### LES SAVANTS JUIFS D'AL-ANDALUS

Parmi ceux d'entre les savants juifs d'al-Andalus qui cultivèrent la médecine, citons Hasdây b. Isḥâq[3], attaché à la personne du calife al-Ḥakam al-Mustanṣir bi-llâh b. ᶜAbd al-Raḥmân al-Nâṣir li-dîn Allâh. Hasdây

1. « Le Sage ».

2. Le calife fit venir de nombreux manuscrits de Constantinople.

3. Il s'agit du célèbre Hasdây b. Shaprût (vers 905-975), puissant dignitaire de la cour de ᶜAbd al-Raḥmân III et d'al-Ḥakam II. Il maîtrisait parfaitement l'arabe, l'hébreu et le latin, ce qui lui permit d'accomplir de nombreuses missions diplomatiques pour le compte des califes. Grâce à l'aide d'un moine grec, il améliora la traduction arabe de la *Materia medica* de Dioscoride. L'un de ses descendants, contemporain de Ṣâᶜid al-Andalusî, suscita l'admiration de ce dernier ; ce jeune homme étonnant devint par la suite le vizir d'al-Muqtadir, prince de Saragosse, et eut une carrière politique exceptionnelle (*Livre des catégories des nations*, *op. cit.* ; texte arabe, p. 90 ; trad. fr., p. 159-160).

s'était spécialisé dans l'art médical et se distinguait dans la connaissance de la Loi hébraïque. Il fut le premier, en al-Andalus, à enseigner à ses coreligionnaires la Loi mosaïque, la chronologie, etc. Avant lui, les juifs de ce pays avaient recours à ceux de Bagdad pour étudier leur loi religieuse ainsi que pour fixer leur calendrier et leurs dates de fêtes. Ils faisaient venir d'Orient le calcul relatif à un certain nombre d'années et, par ce moyen, savaient quand s'ouvraient leurs cycles périodiques et à quel moment commençait leur année. Lorsque Hasdây se fut fixé auprès d'al-Ḥakam, qu'il se fut élevé très haut dans la faveur de ce prince, par son habileté de médecin, son grand talent et sa courtoisie, quand il eut obtenu de son maître de faire venir les ouvrages hébraïques existant en Orient qu'il désirait, il enseigna à ses coreligionnaires d'al-Andalus ce qu'ils ignoraient auparavant et ceux-ci n'eurent plus besoin de ce qui leur causait tant de peines [1].

## Portrait d'al-Manṣûr

À la mort d'al-Ḥakam II, son fils et successeur, Hishâm II, âgé de dix ans, fut rapidement évincé de la réalité du pouvoir par un homme exceptionnel, Muḥammad b. Abî ᶜÂmir, surnommé al-Manṣûr (« le Victorieux »). Ce chambellan, ou *ḥâdjib* (« premier des vizirs »), gouverna le pays en maître absolu de 978 à sa mort en 1002, tout en respectant la fiction de l'autorité du calife omeyyade, lequel était cantonné dans un rôle d'apparat. Les fondements principaux de sa légitimité furent l'appui des hommes de religion (pour complaire aux *faqîh-s* rigoristes, il fit brûler une partie des ouvrages de la bibliothèque d'al-Ḥakam II) et la relance de la guerre sainte. Al-Manṣûr fut en effet un redoutable adversaire pour les souverains chrétiens du nord de

1. Ṣâᶜid al-Andalusî, *Kitâb Ṭabaqât al-Umam*; trad. fr. R. Blachère sous le titre *Livre des catégories des nations, op. cit.*, extraits du chapitre VII, p. 120-125, et du chapitre VIII, p. 158. Texte arabe établi par le père Louis Cheikho dans la revue *Al-Mashriq*, 1911, p. 62-66 et 88-89.

la Péninsule : il saccagea Barcelone en 985, puis Saint-Jacques-de-Compostelle en 997. Ces faits d'armes se firent cependant au prix d'un recrutement massif de contingents berbères, dont l'arrivée bouleversa l'équilibre ethnique et politique d'al-Andalus. Le texte suivant, qui retrace le parcours d'al-Manṣûr, est extrait de l'œuvre de ᶜAbd al-Wâḥid al-Marrâkushî, le *Kitâb al-Muᶜdjib fî Talkhîṣ akhbâr al-Maghrib.*

### RÈGNE DE HISHÂM AL-MUʾAYYAD, FILS D'AL-ḤAKAM AL-MUSTANṢIR

Le gouvernement échut à Hishâm b. al-Ḥakam, dont le prénom était Abû-l-Walîd. Sa mère était une esclave nommée Ṣubḥ [Aurore]. Il n'avait, à son avènement, que dix ans et quelques mois; durant tout son règne, il fut laissé dans l'ombre et n'exerça pas réellement le pouvoir. Celui qui le détint à sa place et gouverna son État fut son *ḥâdjib*, Abû ᶜÂmir Muḥammad b. ᶜAbd Allâh b. Abî ᶜÂmir Muḥammad b. al-Wâlid b. Yazîd b. ᶜAbd al-Malik b. ᶜAmir al-Muᶜâfirî al-Qahṭânî. Cet Ibn Abî ᶜÂmir était originaire, dans le district d'Algésiras, d'une bourgade nommée Turrush [Torrox], située au bord du rio Guadiaro. Il appartenait à une famille noble et connue depuis longtemps. Il partit dans sa jeunesse à Cordoue, en quête de science et de culture; il s'y forma aux Traditions [1] et se distingua dans cette discipline. Il aspirait déjà à accéder aux postes les plus élevés et prédisait même à ses proches ce qu'il ferait s'il exerçait le pouvoir. On rapporte à ce sujet des choses étonnantes. Le célèbre et savant jurisconsulte Abû ᶜAbd Allâh Muḥammad b. Abî Naṣr al-Ḥumaydî relate dans un ouvrage intitulé *Al-Amânî al-ṣâdiqa* quelques-unes de ces anecdotes, dont celle-ci : « [...] Je tiens ce récit du jurisconsulte Abû Muḥammad ᶜAlî b. Aḥmad [2] qui me raconta la chose suivante : Ibn Abî ᶜÂmir se trouvait un jour en compagnie de trois de ses amis étudiants et il leur

1. Voir *supra*, p. 66, note 3.
2. Le célèbre Ibn Ḥazm (voir *infra*, p. 145 *sq.*).

dit : “Quelles charges choisirez-vous d’exercer lorsque je serai parvenu au pouvoir ?” Le premier lui répondit : “Tu me nommeras cadi du district de Rayyo – c’est-à-dire celui de Málaga – car j’adore les figues qu’on y cultive !” Le deuxième dit : “Tu m’octroieras la surveillance du marché parce que je raffole des beignets !” Le troisième dit enfin : “Si tu accèdes au pouvoir, commande que l’on me promène dans tout Cordoue, posté sur un âne, le visage tourné vers sa queue, enduit de miel afin que les mouches et les abeilles se posent sur moi !” Ils se séparèrent ensuite, mais quand Ibn Abî ᶜÂmir devint ce qu’il avait prédit, il concéda à chacun de ses trois amis ce qu’il avait demandé. »

Sa situation ne cessa de s’élever, depuis son arrivée à Cordoue jusqu’à ce qu’il fût chargé d’administrer la maison de la princesse Ṣubḥ, mère de Hishâm al-Muᵓayyad b. al-Ḥakam, de gérer ses biens et ses propriétés, exerçant sur elle une forte influence, et ce, jusqu’à la mort d’al-Ḥakam al-Mustanṣir. Hishâm était alors très jeune, comme nous l’avons expliqué, et l’on craignait les troubles, mais Ibn Abî ᶜÂmir sut rassurer Ṣubḥ et affermir la succession de son fils. C’était un homme énergique, favorisé par le sort, aidé par l’argent de cette femme et qui sut se concilier les troupes. Les événements lui permirent de s’élever jusqu’au rang de chef de toute l’administration et de détenir le pouvoir. Il fut le *ḥâdjib* de Hishâm al-Muᵓayyad et prit le titre d’al-Manṣûr ; il inspirait la crainte et eut la haute main sur toutes les provinces d’al-Andalus, qui s’en remirent à lui et ne subirent aucun trouble aussi longtemps qu’il vécut, grâce à sa grandeur et à son bon gouvernement. Il nomma plusieurs vizirs, dont Abû-l-Ḥasan Djaᶜfar b. ᶜUthmân, surnommé al-Mushafî[1], le secrétaire Abû Marwân ᶜAbd al-Malik b. Idrîs al-Djazîrî, le vizir Abû Bakr Muḥammad b. al-Ḥasan al-Zubaydî, auteur du résumé du *Kitâb al-ᶜayn*,

1. Al-Mushafî était le Premier ministre d’al-Ḥakam II. Il partagea le pouvoir avec al-Manṣûr jusqu’en 978, où ce dernier le fit arrêter.

et qu'il chargea de diriger sa police. Cet al-Zubaydî avait été l'un des proches du calife al-Ḥakam al-Mustanṣir. Il y eut également au nombre de ses vizirs Abû-l-ᶜAlâᵓ Ṣâᶜid b. al-Ḥasan al-Rabîᶜ, le grammairien de Bagdad, avec lequel il vécut des aventures étonnantes que je raconterai plus loin, si Dieu le permet ! Ibn Abî ᶜÂmir aimait les sciences, était versé dans les belles-lettres et accordait excessivement d'honneurs à ceux qui s'adonnaient à ces disciplines et qui cherchaient à obtenir ses faveurs.

[...] Durant tout son règne, al-Manṣûr ne cessa de mener des expéditions militaires contre les chrétiens et rien ne le détourna jamais de cette activité[1]. Il tenait chaque semaine un conseil, où se retrouvaient des gens de sciences qui voulaient exposer en sa présence leurs points de vue sur la guerre sainte, ce qui le passionnait toujours. Une fois, alors qu'il était sorti pour se rendre à la Muṣallâ[2] un jour de fête, il décida de ne pas revenir dans son palais et de partir séance tenante pour mener la guerre sainte avec les troupes qui l'accompagnaient ; petit à petit les autres contingents le rejoignirent, avant qu'il eut atteint le pays des chrétiens. Il mena durant son règne près de cinquante expéditions de ce genre, que relate Abû Marwân b. Ḥayyân dans son livre intitulé *Al-Maᵓâthir al-ᶜÂmiriyya*[3] et où il donne les détails et les dates desdites expéditions. Il fit de nombreuses conquêtes et prit des forteresses jusque-là inexpugnables. Il remplit al-Andalus de butin et de prisonniers, fils, filles et femmes de chrétiens. Sous son règne, les gens pouvaient facilement doter leurs filles en vêtements, bijoux et demeures, tant tout cela était bon marché ; ils n'auraient pu, sinon, marier leurs filles en raison du bas prix des esclaves chrétiennes ; personne, à défaut

1. Une obligation légale que les califes omeyyades avaient cessé d'exercer depuis le désastre de Simancas en 939 (voir *supra*, p. 59-60).
2. Lieu de prière situé à l'extérieur de la ville.
3. *La Geste des ᶜÂmirides.*

d'une importante dot, n'aurait voulu épouser une femme libre.

On m'a rapporté que la fille d'un grand seigneur chrétien fut un jour vendue à Cordoue ; bien qu'elle fût d'une grande beauté, son prix ne dépassa pas vingt dinars *ᶜâmiris* [1]. La plupart du temps, al-Manṣûr menait deux campagnes militaires par an, et chaque fois qu'il revenait de ces combats il demandait que l'on secouât ses vêtements et que l'on recueillît la poussière du champ de bataille qui en tombait. Quand il fut sur le point de mourir, il ordonna que cette poussière fût répandue sur le linceul qui le recouvrirait dans sa tombe. Il mourut de coliques sur l'un des points de la frontière les plus éloignés, à Medinaceli, après avoir combattu. Sa mort survint en 393 [2]. Son règne avait duré vingt-sept ans [3].

## Le début de la Fitna d'après Ibn ᶜIdhârî

La mort d'al-Manṣûr en 1002 sonna le glas du califat. Ses deux fils, ᶜAbd al-Malik al-Muẓaffar jusqu'en 1008, puis ᶜAbd al-Raḥmân, dit « Sanchuelo » – sa mère était la fille du roi Sanche de Navarre –, lui succédèrent. Ce dernier commit l'erreur de se faire désigner par Hishâm II, qui n'avait pas d'enfant, comme son successeur au califat alors qu'il n'était pas un qoraïchite et qu'il ne détenait pas la légitimité nécessaire. Dans un contexte de fragilisation du pouvoir et de montée des

1. Dinars frappés à l'effigie de Muḥammad b. Abî ᶜÂmir.

2. Il mourut en fait en 392 selon le calendrier de l'Hégire, soit en 1002 selon le calendrier chrétien.

3. Abû Muḥammad ᶜAbd al-Wâḥid al-Marrâkushî, *Kitâb al-Muᶜdjib fî Talkhîṣ akhbâr al-Maghrib* ; texte arabe édité par R. Dozy, *The History of the Almohades by Abdo-ʾl-Wahid al-Marrekoshî*, Leyde, 1847, p. 17-28 ; trad. esp. A. Huici Miranda dans *Colección de crónicas árabes de la Reconquista*, t. IV, *op. cit.*, p. 20-33 ; trad. fr. E. Tixier du Mesnil.

contestations commença alors une période de guerre civile (*fitna*), ouverte par la révolution de Cordoue qui éclata en février 1009. L'assassinat de Sanchuelo, cette même année, accrut la confusion générale ; pendant près de vingt ans, les différentes composantes de la société andalouse, Berbères, Arabes et esclavons, se déchirèrent pour arracher les derniers lambeaux du pouvoir omeyyade ; l'unité du territoire avait fait long feu. Cordoue, assiégée pendant trois ans par des troupes berbères, fut ruinée. Cet épisode terrible de la Fitna resta longtemps une plaie ouverte, mise sur le compte de la sauvagerie des Berbères, comme en témoignent les nombreux récits et poèmes qui pendant des siècles en maintinrent la mémoire vivante.

Dans ce contexte particulièrement troublé, les Marches se rendirent indépendantes et les souverains chrétiens du Nord furent plus d'une fois les arbitres des conflits entre musulmans. En 1031, le dernier calife fut déposé et le pouvoir échut à des assemblées de notables locaux. Al-Andalus fut démembrée en une trentaine de principautés, les Taifas [1], dont l'étendue et la pérennité dépendaient d'un rapport de forces sans cesse fluctuant. Le texte qui suit est extrait de l'ouvrage d'Ibn ᶜIdhârî al-Marrâkushî [2], le *Kitâb Al-Bayân al-Mughrib*, chronique divisée en trois parties et datant de la fin du XIIIᵉ siècle ou du début du XIVᵉ. Il s'agit là encore d'une source irremplaçable dans la mesure où elle consiste en une compilation d'ouvrages antérieurs souvent perdus.

En l'année 401 [15 août 1010-3 août 1011], les Berbères arrivèrent à Cordoue et pénétrèrent dans Madînat al-Zahrâᵓ [3], six nuits avant le début du mois de rabîᶜ I [5 novembre 1010]. Une partie de l'armée se trouvait à al-Zahrâᵓ pour la défendre, mais ces soldats furent tués et les Berbères s'emparèrent de la ville. Pendant ce temps-là, aucun contingent ne fut envoyé au-delà du

1. Déformation du terme arabe *ṭâᵓifa* (pl. *ṭawâᵓif*).

2. À ne pas confondre avec l'auteur du texte qui précède, Abû Muḥammad ᶜAbd al-Wâḥid al-Marrâkushî.

3. Ville palatiale édifiée par ᶜAbd al-Raḥmân III à proximité de Cordoue ; voir *supra*, p. 60.

fossé[1]. Wâḍiḥ[2], avec l'absence de discernement dont il faisait toujours preuve et son inaction coutumière, permit à des insensés de détruire la Ruṣâfa[3] qui, en dépit de sa beauté et de sa splendeur, fut saccagée et incendiée tandis que ses arbres fruitiers étaient coupés – tout cela parce que ces insensés craignaient que les Berbères fissent irruption de ce côté. Immédiatement après, il s'en repentit car il se rendit compte qu'elle aurait pu constituer un point fortifié.

Les Berbères quittèrent Madînat al-Zahrâʾ cinq nuits avant le début du mois de shaʿbân [2 avril 1011] et commencèrent à lancer des attaques dans tous les endroits de la région, aussi bien proches de Cordoue qu'éloignés, saccageant, détruisant, pillant et incendiant. Lorsque Wâḍiḥ envoyait contre eux des troupes de cavaliers, ceux-ci ne les arrêtaient pas car ils en avaient peur. Puis ils pillaient ce que les Berbères laissaient derrière eux dans les villages et les districts, avant de se retirer. Les gens des campagnes environnantes, par crainte des Berbères, accoururent en masse à Cordoue et furent même plus nombreux dans ses murs que les Cordouans. La plupart d'entre eux moururent là de faim, ou furent assassinés hors de la ville pendant que leur bétail mourait. Les Berbères arrivèrent jusqu'à Málaga, dévastant ses territoires et tuant nombre de ses habitants. Ils se dirigèrent ensuite vers Elvira[4], qu'ils saccagèrent et détruisirent, enlevant les femmes ; celles dont ils supposaient qu'elles avaient de l'argent étaient pendues par les pieds

1. C'est-à-dire en dehors du périmètre de Cordoue.

2. Ancien gouverneur militaire esclavon dans les Marches centrale et orientale pour le compte des califes omeyyades. Légitimiste, il apporta son soutien à l'éphémère calife omeyyade al-Mahdî, au bénéfice duquel le calife Hishâm II avait dû abdiquer en 1009 lors de la « révolution de Cordoue ».

3. Prestigieuse résidence califienne, célèbre notamment pour ses jardins.

4. Sur Elvira, ancien nom de la province de Grenade, voir É. Lévi-Provençal, *Histoire de l'Espagne musulmane*, *op. cit.*, t. I, p. 343-345.

et [*la fin de la phrase manque*]. Ils retournèrent ensuite à Málaga dont les habitants préférèrent demander protection à Sulaymân[1] et lui portèrent à cet effet soixante-dix mille dinars qu'ils lui remirent. Les Berbères parvinrent ensuite à Algésiras, où ils tuèrent ceux qu'ils trouvaient dans la ville, démolissant leurs maisons, capturant leurs enfants et volant leurs biens. Après cela, Sulaymân ordonna de rassembler les prisonniers qui se trouvaient dans l'arsenal et les libéra. Certains d'entre eux arrivèrent à Málaga, et les femmes qui se trouvaient parmi eux se marièrent avec des hommes de troupes[2]. Les Berbères empêchèrent l'approvisionnement de Cordoue, ce qui entraîna la diminution des réserves de vivres et l'apparition de la famine. Ibrâhîm b. al-Qâsim raconte que les Cordouans, malgré la situation calamiteuse dans laquelle ils se trouvaient et les souffrances qu'ils enduraient, refusaient de se rendre et détestaient d'autant plus les Berbères. Celui qui osait parler de paix était assassiné; un homme réputé pour sa sagesse dit ainsi à la mosquée : « Ô mon Dieu ! Accorde-nous la paix ! » ; il fut immédiatement tué en cet endroit même. Un jour, une femme qui revenait du four laissa tomber une marmite qui se cassa; cela attira l'attention et comme sa peau était foncée, les gens s'écrièrent : « Une Berbère noire ! », et on l'assassina. Une autre femme remontait du fleuve avec une cruche qui tomba de son épaule et se cassa. Les gens furent si troublés qu'ils la tuèrent ! Ibrâhîm b. al-Qâsim raconte également que l'armée avait peu d'estime et de considération pour Wâḍiḥ; les soldats le dénigraient et l'insultaient ouvertement.

---

1. Sulaymân b. al-Ḥakam était le prétendant au califat, soutenu par les troupes berbères hostiles au calife al-Mahdî. Il prit temporairement Cordoue en 1009 et fut proclamé calife dans la Grande Mosquée de Cordoue. Lorsque la ville fut reprise par al-Mahdî et son général Wâḍiḥ, il s'éloigna avec ses troupes puis revint assiéger la cité, comme le narre notre texte. Sulaymân se réinstalla à Cordoue en 1013 et y fut assassiné en 1016 par ᶜAlî b. Ḥammûd.

2. Le sens de cette phrase n'est pas très clair.

Au même moment arrivèrent des messagers d'Ibn Mâma al-Qûmis [le comte Sancho García], chef des chrétiens, exigeant au nom de leur maître la remise des places fortes qui lui avaient été promises, et contre lesquelles on ne devait désormais plus rien entreprendre. Ce fut accepté en présence des *faqîh-s*, des témoins instrumentaires et du cadi, qui rédigèrent à cet effet un document officiel [1].

## LES PAYSAGES DU CALIFAT

Le territoire d'al-Andalus, sans cesse exalté pour la qualité de ses ressources naturelles, mis en valeur par le travail fécond de ses habitants, nous est essentiellement connu grâce à la littérature géographique. Les géographes, cependant, inventorient plus qu'ils ne décrivent. Le tableau qu'ils livrent est ainsi celui d'un territoire structuré autour des villes, lesquelles se composent à la fois du noyau urbain à proprement parler et des territoires que celui-ci domine. Lieux de pouvoir, résidences des élites, capitales de provinces ou simples chefs-lieux de districts, les villes dominent le paysage andalou. Dans les récits des géographes, certaines d'entre elles sont symbolisées par leur monument le plus emblématique : c'est le cas par exemple de Cordoue et de sa célèbre mosquée. Quant aux campagnes, elles apparaissent çà et là, vastes réservoirs de productions, en un arrière-plan indistinct. Les sources ne sont guère prolixes à leur égard et nous devons souvent nous contenter d'imaginer les paysages d'al-Andalus, les richesses des terres fertiles des vallées du Guadalquivir, du Genil, du Tage ou de l'Èbre, les jardins de Valence ou de Murcie.

1. Ibn ᶜIdhârî al-Marrâkushî, *Al-Bayân al-Mughrib* ; texte arabe établi par É. Lévi-Provençal, dans *Histoire de l'Espagne musulmane au xɪᵉ siècle*, Paris, Paul Geuthner, 1930, t. III, p. 101-103 ; trad. esp. F. Maíllo Salgado, dans *La Caída del califato de Córdoba y los Reyes de Taifas (Al-Bayân al-Mughrib)*, Salamanque, Université de Salamanque, 1993, p. 94-95 ; trad. fr. E. Tixier du Mesnil.

## Le monde musulman en miniature

Le premier auteur andalou à avoir décrit dans un ouvrage de prose l'Espagne musulmane est un historien et géographe, Aḥmad b. Muḥammad al-Râzî, né en Espagne en 888 et mort sur cette même terre en 955. Il appartient à une famille persane, originaire de Rayy, venue s'installer en al-Andalus vers le milieu du IXe siècle et qui réussit à occuper des postes proches du pouvoir omeyyade. Râzî, parce qu'il est le premier des historiens géographes et qu'il est d'origine orientale, incarne la passation d'un savoir entre l'Orient et al-Andalus. Il a transmis à l'occident du monde musulman les disciplines jusque-là peu pratiquées de l'histoire et de la géographie, indéfectiblement liées dans son ouvrage : celui-ci retrace l'histoire d'al-Andalus, introduite par une quarantaine de pages de géographie.

Ce livre, dont l'original arabe a été perdu et dont le titre nous est inconnu, nous est parvenu par le biais d'une traduction portugaise du XIVe siècle, et grâce à une patiente reconstruction en français d'Évariste Lévi-Provençal dans les années 1950. Sa particularité est de retracer l'histoire et la géographie de la seule péninsule Ibérique, et non de décrire cette terre et son passé au sein d'une fresque globale dépeignant l'ensemble du monde musulman. Cette démarche originale s'inscrit dans le cadre de l'idéologie omeyyade telle qu'elle a été analysée par Gabriel Martinez-Gros : les califes de Cordoue prétendaient en effet diriger l'ensemble de la *Umma* à partir d'al-Andalus, une terre pourtant bien éloignée du cœur oriental de l'Islam. La géographie qui s'écrivait alors s'appliquait à louer la péninsule Ibérique, parée de toutes les vertus, en la présentant comme la réduction du *dâr al-islâm*, comme le résumé en miniature de la diversité du monde musulman, ainsi qu'en témoignent ces *Laudes Hispaniae* [1].

L'Espagne est pourvue de si nombreux avantages qu'ils ne sauraient être énumérés complètement ; c'est

1. Le titre *Laudes Hispaniae*, qui signifie « célébration des mérites de l'Espagne », a été repris par É. Lévi-Provençal dans la reconstitution qu'il a faite du texte de Râzî. Ce titre, inspiré d'Isidore de Séville, figure dans les versions castillane et portugaise de la traduction de l'ouvrage de Râzî.

pourquoi les Anciens qui la peuplèrent les premiers l'estimèrent beaucoup pour les qualités qu'ils y découvrirent. Elle se distingue par ses nombreux fleuves et la quantité de ses sources ; elle possède un climat très saint, grâce à la qualité de son air. Il y a en Espagne de hautes montagnes, de grandes chaînes, de larges vallées et des forêts de grand rapport. On y trouve des étendues planes et de vastes campagnes, qui produisent en grande quantité toutes sortes de fruits précoces ou tardifs. Tout ce dont on a besoin pour subsister se trouve dans ce pays. Tous ces avantages ont fait dire à certains que l'Espagne ressemble au paradis de Dieu. Elle est arrosée par neuf fleuves abondants, qui vont se jeter dans la mer, à savoir l'Èbre, le Miño, le Duero, le Mondego, le Tage, le Lima, le Guadiana, le Guadalquivir, le rio Segura qui prend naissance dans la Sierra du même nom. Il y a en plus maints autres cours d'eau [...]. Une partie de ces fleuves courent vers l'océan, les autres vers la mer Tyrrhénienne [1], qui baigne Carthagène et Algésiras. Entre les vallées de ces fleuves s'élèvent de grandes chaînes de montagnes ; on y trouve des plaines et des endroits emplis d'arbres fruitiers, car l'humidité des cours en favorise la croissance et la production. La plus grande partie des Espagnes, celle du Levant comme celle de l'Ouest, est arrosée par ces fleuves, par d'autres cours d'eau et par des sources, ainsi qu'au moyen de barrages et autres systèmes d'irrigation. L'Espagne abonde en poissons de mer, de rivière et de lac. Elle produit de bonnes céréales, des fruits savoureux, des poissons, du lait et de tous les laitages qu'on en tire. Elle est couverte de bétail et de juments, bien pourvue de chevreuils et de gibier, dotée de bons chevaux, bien approvisionnée en mulets ; elle jouit de sécurité grâce à ses nombreux châteaux forts. L'Espagne possède de bons vins qui portent à la

1. La Méditerranée.

joie et est pourvue d'aliments en grande abondance. Elle est riche en métaux : plomb, étain, vif-argent, fer, or et argent ; cela grâce au grand nombre de gisements qui s'y trouvent, spécialement dans les régions de l'Occident. Il y a également en Espagne de nombreux gisements de pierres précieuses, telles que saphirs, rubis, hyacinthes, cristaux de roche, calcédoines et autres de diverses sortes, de même du marbre blanc et noir. De même, l'Espagne possède en abondance du sel marin, des salines et du sel gemme. On y trouve aussi de nombreux gisements d'azur, d'ocre, d'argile, d'alun, bref, pour dire le vrai, tous les métaux et toutes les pierres précieuses ; de même, les sels et tous les produits qui viennent d'être mentionnés et qui, ailleurs, ne se trouvent que partiellement, se trouvent au contraire tous ensemble dans les Espagnes, en grande quantité. L'Espagne est bien lotie en soie et en tissus et ouvrages faits dans cette matière. Elle possède en abondance du miel, du sucre, de la cire, de l'huile et du safran[1]. L'Espagne dépasse tous les autres pays par l'ingéniosité de ses habitants, leur audace, leur vaillance au combat, leur propension et leur force à l'effort, leur loyauté à leurs seigneurs, leur ardeur à l'étude, leur vivacité de parole, leurs qualités accomplies. Aucune terre au monde ne peut lui être comparée sous le rapport des avantages, aucune ne l'égale pour la solidité de ses forteresses. L'Espagne possède de nombreux et remarquables ports de mer, aussi bien sur l'océan que sur la Méditerranée ; ils sont fréquentés par beaucoup de navires qui y apportent des marchandises de l'extérieur et en emportent. Il n'en

1. D'après É. Lévi-Provençal, la traduction portugaise a conservé les tournures de l'original arabe : « L'Espagne est généreuse [*karîma*] de soie, douce [*ḥulwa*] de miel, complète [*kâmila*] de sucre, illuminée [*muḍî'a*] de cire à chandelles, nombreuse [*kathîra*] d'huile, joyeuse [*munâ'ama*] de safran. »

est que peu au monde qui soient aussi grands, aussi puissants et aussi bien approvisionnés [1].

## Description par Idrîsî de la Grande Mosquée de Cordoue

Dans nombre de descriptions des géographes arabes, la ville de Cordoue se résume à sa Grande Mosquée. Il ne s'agit pas là de réduire les qualités de cette ville mais au contraire de les magnifier, tant cet édifice hors du commun témoigne de la beauté et de la puissance de la capitale des Omeyyades. La Grande Mosquée de Cordoue est à la fois leur blason, le symbole de leur pouvoir et la trace monumentale de leur histoire. ᶜAbd al-Raḥmân Ier fit construire le premier édifice à proximité de son palais, sur la rive droite du Guadalquivir, vers 786. On utilisa alors des matériaux romains et wisigoths, trouvés dans la Péninsule ou rapportés d'expéditions en Septimanie (sud de la France) et en Afrique du Nord. La mosquée, d'abord modeste, avait la forme d'un carré d'environ soixante-quatorze mètres de côté et se composait d'une salle de prière, de onze nefs à douze travées, et d'une cour sans portique. Les agrandissements ultérieurs, menés successivement par ᶜAbd al-Raḥmân II, dans les années 820, par al-Ḥakam II en 961 et par al-Manṣûr en 978-979, respectèrent toujours cet édifice originel, dans sa décoration comme dans son architecture. La mosquée devait alors atteindre cent soixante-dix-huit mètres de profondeur et cent vingt-huit mètres de largeur, ce qui faisait d'elle la troisième mosquée du monde musulman par la taille, surpassée seulement par les deux mosquées abbassides de Samarra.

La description qui suit est empruntée au géographe Idrîsî. Celui-ci servit le roi normand de Sicile Roger II (1130-1154), à la cour duquel il écrivit le *Kitâb Nuzhat al-mushtâq fî-khtirâq al-âfâq* (*L'agrément de celui qui est passionné par la pérégrination à travers le monde*), également surnommé *Kitâb Rudjâr* (*Livre de Roger*). La rédaction de l'ouvrage aurait été com-

1. Trad. fr. É. Lévi-Provençal, « La description de l'Espagne d'Ahmad al-Râzî », *Al-Andalus*, XVIII, 1953, p. 59-62.

mencée, au dire d'Idrîsî lui-même, en janvier 1154 [1]. Lorsqu'il décrit la Grande Mosquée de Cordoue, l'auteur s'inspire d'informations glanées chez ses prédécesseurs tout autant que de ses propres souvenirs ; la minutie avec laquelle il dépeint cet édifice fait de cette description un modèle du genre.

La ville de Cordoue est la capitale et la métropole d'al-Andalus, c'est le siège du califat musulman [...]. C'est à Cordoue que se trouve la mosquée du vendredi qui, parmi les mosquées du monde musulman, n'a pas sa pareille pour l'architecture, les ornements et les dimensions. Elle mesure cent toises de long et quatre-vingts de large, une moitié est couverte d'un toit, l'autre est une cour à ciel ouvert. Les arcs qui soutiennent son toit sont au nombre de dix-neuf. Il y a là des colonnes – je veux dire les colonnes qui soutiennent son toit entre les piliers, celles de la *qibla*, petites ou grandes, et celles de la grande coupole – au nombre de mille. Il y a cent treize candélabres destinés à l'illumination ; le plus grand peut porter mille lampes, le plus petit douze. Tout le plafond se décompose en compartiments de bois fixés au moyen de clous sur les solives de la toiture. Tout le bois de cette mosquée provient des pins de Tortose. Pour les solives, l'épaisseur d'une face est d'un bon empan, la largeur de l'autre face est d'un empan moins trois doigts et leur longueur est de trente-sept empans. Entre une solive et une autre, il y a un intervalle égal à l'épaisseur d'une solive. Quant aux compartiments que nous avons évoqués, ils sont entièrement plats et recouverts de divers ornements ouvragés hexagonaux ou diagonaux, sous la forme de mosaïques ou de moulures. Les peintures ne sont point semblables les unes aux autres, mais chaque comparti-

1. La collecte d'informations, dans les livres de ses prédécesseurs comme auprès de marins, de marchands et même d'envoyés spéciaux du roi Roger que le géographe avait minutieusement interrogés, aurait nécessité une quinzaine d'années (1139-1154), et la rédaction se serait poursuivie pendant près de trois ans.

ment du plafond forme un tout complet, du point de vue des ornements dont l'agencement est bien réalisé et la couleur des plus merveilleuses : ainsi du rouge de cinabre, du blanc de céruse, du bleu lapis, de l'oxyde rouge de plomb, du vert de gris et du noir d'antimoine. Le tout réjouit la vue et agit sur l'âme par le biais de la perfection des dessins, du contraste et de la répartition des couleurs.

La largeur de chacune des pierres qui composent les arcs est de trente-trois empans et quinze empans séparent chaque colonne de la suivante. Chaque colonne a un chapiteau et une base en marbre. Les entrecolonnements consistent en arcs, d'une merveilleuse facture, qui relient le sommet des colonnes entre elles. Au-dessus, d'autres arcs reposent sur des colonnes de pierre parfaitement taillées. Le tout est recouvert de plâtre et de chaux, et orné de cartouches ronds en relief, entre lesquels il y a des mosaïques de couleur rouge sombre. Sous chaque compartiment du plafond, il y a des lambris en bois sur lesquels sont écrits des versets du Coran.

Cette mosquée a une *qibla* qu'il n'est pas possible de décrire tant elle est parfaite. L'esprit est submergé à la vue de ses ornements et de toutes les mosaïques dorées et colorées que l'empereur de Constantinople la Grande a envoyés à ᶜAbd al-Raḥmân, surnommé al-Nâṣir li-Dîn Allâh l'Omeyyade. De ce côté, je veux dire du côté du *miḥrâb*, il y a sept arcs qui s'élèvent sur des colonnes. La hauteur de chacun d'entre eux dépasse une toise, ils sont tous émaillés comme une boucle d'oreille, avec un art dont les chrétiens[1], tout comme les musulmans, ne peuvent reproduire la splendeur d'exécution, ni la finesse de réalisation. Au sommet de chaque arc, il y a deux inscriptions encastrées entre deux compartiments de mosaïque dorée sur un fond en émail de couleur bleu lapis. La partie inférieure de chaque arc, tel que nous l'avons décrit,

1. Il s'agit là des chrétiens d'Occident qui, à l'instar des musulmans, ne pouvaient rivaliser avec les artisans byzantins, selon l'auteur.

porte deux inscriptions qui ressemblent aux deux premières et sont encastrées entre des mosaïques dorées sur un fond bleu lapis en mosaïque. Sur la surface du *miḥrâb*, il y a quatre colonnes, dont deux sont vertes et deux sont pommelées, d'une inestimable valeur. Au fond du *miḥrâb*, il y a un réservoir de marbre d'un seul bloc, dentelé, indenté et décoré avec les ornements les plus splendides en or, en lapis et d'autres couleurs encore. Tout autour du *miḥrâb*, il y a une balustrade en bois couverte de merveilleuses peintures.

À droite du *miḥrâb*, il y a la chaire de prédication. Elle n'a pas d'équivalent, du point de vue de l'art mis en œuvre, dans les limites de la terre habitée. Les bois qui la composent sont l'ébène, le buis et le bois de senteur. On dit, dans le livre des annales des califes omeyyades, que l'on travailla à la menuiserie et à la peinture de celle-ci pendant sept ans, que six artisans, sans compter leurs aides, s'y employèrent et que chacun d'entre eux reçut chaque jour un demi *mithqâl muḥammadî.*

À gauche du *miḥrâb*, il y a une construction qui contient un grand nombre de vases en or et en argent et des candélabres. Tout ceci sert à l'illumination de la vingt-septième nuit du glorieux ramaḍân. Dans ce trésor, il y a également un exemplaire du Coran que deux hommes doivent soulever tellement il est pesant et qui contient quatre pages du volume que ᶜUthmân b. ᶜAffân a calligraphié de sa main ; on y remarque des gouttes de son sang. Ce volume est sorti du trésor tous les matins ; deux hommes, parmi ceux de la mosquée, sont chargés de cette tâche. Les devançant, un troisième porte un flambeau. Le volume a un étui peint le plus magnifiquement, le plus délicatement et le plus merveilleusement qui soit. Un pupitre lui est destiné dans la salle de prière. L'imam lit la moitié d'une section du Coran et on le rapporte à sa place.

À droite du *miḥrâb* et de la chaire de prédication, il y a une porte qui sert à la communication entre la mosquée et le palais. Elle donne sur un corridor qui court entre deux murs de la mosquée et est percé de huit portes dont quatre ouvrent du côté du palais et quatre du côté de la mosquée.

La mosquée a vingt portes recouvertes de lames de cuivre et d'étoiles de même métal. Chaque porte est dotée de deux anneaux pour frapper, très solides. Sur chaque battant, il y a des ornements de mosaïques travaillés avec art en terre cuite rouge décorée au moyen de différentes techniques de dessins de plumes et de poitrines de faucons[1].

Tout autour de la mosquée, dans sa partie haute, pour augmenter la lumière et la faire entrer jusqu'au plafond, il y a des carreaux de marbre, chacun long d'une toise, larges de quatre empans et épais de quatre doigts. Ils ont une forme hexagonale ou octogonale et sont percés à jour et tous différents les uns des autres.

Au nord de la mosquée, il y a un minaret d'une construction singulière, la technique en est splendide et la forme d'une rare beauté. Il s'élève vers le ciel, à une hauteur de cent coudées mecquoises ; la hauteur de l'emplacement où le muezzin se tient debout est de quatre-vingts coudées. On monte jusqu'au haut de ce minaret par deux escaliers, dont l'un est à l'ouest et l'autre à l'est. Deux personnes qui partent du pied de celui-ci ne se rencontrent pas avant leur arrivée au sommet.

Pour l'extérieur, la partie centrale est faite de tuf de Lakka et revêtue, de la base au sommet, d'ornements qui sont les produits des divers arts de la calligraphie et de la peinture. Sur les quatre côtés de la tour, il y a deux rangs d'arcs arrondis reposant sur des colonnes de beau marbre. Le nombre de colonnes, entre l'intérieur et l'extérieur, est de trois cents, grandes et petites. Au sommet du minaret se trouve un pavillon avec quatre portes où, chaque nuit, deux muezzins passent la nuit. Les muez-

1. Expression qui désigne le blé noir dont les fleurs blanches rappelleraient la poitrine de ces oiseaux.

zins de ce minaret sont au nombre de seize et ils lancent les appels à la prière suivant un roulement qui en assigne deux à cette tâche chaque jour. Sur la coupole qui surmonte le pavillon, on voit trois pommes d'or, deux d'argent et des fleurs de lys. La plus grande de ces pommes pèse soixante livres (de celles qui servent à peser l'huile). Le nombre de personnes attachées au service de la mosquée est de soixante ; elles sont sous la surveillance d'un intendant. Lorsque l'imam commet une négligence, il ne fait pas sa prière avant le *salâm*, mais après [1].

## La richesse des terroirs selon *Le Calendrier de Cordoue*

La richesse et la diversité des productions andalouses ne sont guère présentées par les géographes, mais elles apparaissent dans un livre tout à fait exceptionnel, le célèbre *Calendrier de Cordoue*, rédigé en 961 et qui regroupe les ouvrages de deux mozarabes (chrétiens d'al-Andalus), ᶜArîb b. Saᶜd et l'évêque Recemundo. Ce *Calendrier* déroule les douze mois de l'année, précisant, pour chacun d'eux, à la fois la position des astres, les données climatiques, les fêtes des saints chrétiens, mais aussi les activités agricoles qui les caractérisent. Nous avons choisi de livrer la fin des rubriques consacrées à chacun des cinq premiers mois, car la liste rafraîchissante des productions de toutes sortes est l'un des plus beaux témoignages de l'excellence du terroir andalou, mais aussi des patients travaux des hommes qui le mirent en valeur.

### MOIS DE JANVIER

Parmi les événements du mois qui ne figurent pas dans le tableau et n'ont pu prendre place dans les rubriques quotidiennes, je citerai les suivants. On trouve chaude l'eau des rivières, et de la vapeur sort de la terre.

1. Idrîsî, *Opus geographicum*, Leyde, 1970-1978, p. 575-579 ; trad. fr. H. Bresc et A. Nef dans Idrîsî, *La Première Géographie de l'Occident*, Paris, GF-Flammarion, 1999, p. 294-298.

La sève coule dans le bois. Les oiseaux s'accouplent ; les faucons de l'espèce valencienne restent dans leurs nids et commencent à côcher[1]. Les chevaux paissent les terres ensemencées, les vaches mettent bas à l'envi, le lait est abondant ; on trouve des petits d'oies et de canards. Les plants des [arbres à] noyaux de toute espèce sont mis en terre, ainsi que les boutures détachées par éclat ; on plante les tuteurs des oliviers, des grenadiers et d'autres arbres semblables. Les narcisses précoces fleurissent ; on taille les treilles de vigne précoce et les plants qui ne fournissent pas de raisin de table ; on sème les pourpiers précoces et on récolte la canne à sucre. On fait de la confiture de cédrat et de la conserve de carotte, ainsi que du sirop de citron acide.

### MOIS DE FÉVRIER

Parmi les événements du mois qui ne figurent pas dans le tableau et n'ont pu prendre place dans les rubriques quotidiennes, je citerai les suivants. Les oisillons éclosent, les abeilles se reproduisent, les animaux marins se mettent en mouvement, les femmes commencent à couver la graine de vers à soie pour les faire éclore[2], les grues retournent vers les îles fluviales. On plante les oignons de safran et l'on sème les légumes d'été ; beaucoup d'arbres se couvrent de feuilles. On trouve des truffes, des asperges sauvages en abondance, des tiges de fenouil. On greffe les poiriers et les pommiers, plante les boutures détachées par éclat et transplante les plants de vigne. Il est permis de se faire saigner et d'absorber des médecines, à condition qu'elles ne soient pas violentes, quand le besoin s'en fait sentir. Durant ce mois sont expédiées des lettres donnant aux gouverneurs provinciaux des instructions en vue de l'enrôlement pour les campagnes d'été. Les hirondelles et les cigognes reviennent dans les cités.

1. Couvrir la femelle.
2. Les femmes mettent la graine dans des sachets qu'elles placent sous leurs aisselles ou sur leur poitrine.

## MOIS DE MARS

Parmi les événements du mois qui ne figurent pas dans le tableau et n'ont pu prendre place dans les rubriques quotidiennes, je citerai les suivants. On pratique sur les figuiers la greffe en écusson que le peuple appelle *tarqîᶜ*; les céréales précoces se dressent sur leurs tiges; la plupart des arbres fruitiers commencent leur feuillaison. C'est le moment où les femelles des faucons de l'espèce valencienne pondent leurs œufs dans les îles fluviales et les couvent trente jours durant. On plante la canne à sucre. Les roses d'avant-saison et les lis font leur apparition. Dans les jardins potagers, les fèves commencent à se former. Les cailles commencent à se montrer; les vers à soie éclosent; de la mer, esturgeons et aloses remontent dans les rivières. On plante les concombres, on sème le coton, le carthame, les aubergines. C'est au cours de ce mois que sont envoyés aux agents provinciaux du fisc des lettres missives leur prescrivant l'achat de chevaux pour les troupes. Les criquets apparaissent, et l'on ordonne leur destruction. On sème la citronnelle et la marjolaine. Les paons, les cigognes, les tourterelles et maints autres oiseaux s'accouplent.

## MOIS D'AVRIL

Parmi les événements du mois qui ne figurent pas dans le tableau et n'ont pu prendre place dans les rubriques quotidiennes, je citerai les suivants. On prépare de l'eau, du sirop, de l'huile et de la conserve de rose; on cueille des violettes et on en prépare du sirop, de la conserve et de l'huile; on fait du sirop de fumeterre[1]; les concombres font leur apparition; on pratique la pollinisation artificielle des palmiers et l'on taille les palmes. Le raisin d'avant-saison commence à se former, les oliviers fleurissent, les figues se forment; les petits faucons de l'espèce valencienne sortent des œufs puis se couvrent de plumes; cela dure trente jours. Ensuite apparaissent les faons. On plante les tuteurs

1. Plante annuelle, à petites fleurs roses, des champs et des haies.

des citronniers et l'on met en terre des boutures de jasmin. Les carottes sauvages sortent et l'on en fait de la confiture ; puis, font leur apparition les pavots, les balaustes[1], les buglosses[2], les fleurs et les feuilles d'eupatorium[3] dont on tire le suc. On sème le henné, le basilic, les choux-fleurs, le riz, les haricots de jardin ; on transplante les courges précoces des planches fumées, ainsi que les aubergines ; on sème les petits melons et les concombres. Les paons, les cigognes et nombre d'oiseaux pondent.

MOIS DE MAI

Parmi les événements du mois qui ne figurent pas dans le tableau et n'ont pu prendre place dans les rubriques quotidiennes, je citerai les suivants. On trouve du *farîk*[4], les olives et le raisin se forment, les abeilles font du miel ; on voit apparaître les fruits d'avant-saison : pommes, poires, œil de bœuf, abricots, concombres, cerises. On fait de la conserve de noix, du sirop de pommes de la variété *sha<sup>c</sup>bî*, on ramasse la graine de pavot et on en fait du sirop. Les sycomores mûrissent en Orient. On recueille la graine de fumeterre, d'ache[5], d'aneth, de joubarbe, de pavot noir, de moutarde, de cresson alénois, de *ṭarâthîth*[6] et on en tire le suc ; on cueille des fleurs de camomille et on en fait de l'huile. C'est durant ce mois que sont envoyées des lettres aux agents provinciaux du fisc leur prescrivant de procéder à des réquisitions de kermès, de soie et de terre à foulon pour le *ṭirâz*[7].

---

1. Peut-être s'agit-il des ballotes, plantes des décombres aux propriétés sédatives.
2. Plantes velues à fleurs mauves.
3. Plante herbacée à grands pétales jaunes.
4. Blé primeur dont on fait un couscous de luxe.
5. De la même famille que le céleri.
6. Il est possible que cette plante soit le cynomoir.
7. Manufactures royales d'étoffes de luxe. – *Le Calendrier de Cordoue*, publié par René Dozy (1873), nouvelle édition accompagnée d'une traduction française annotée par Charles Pellat, Leyde, Brill, 1961.

# 2. *La littérature à l'époque omeyyade*

## LES PRÉMICES DE LA POÉSIE SOUS L'ÉMIRAT

Très peu de traces subsistent de l'activité intellectuelle et poétique de la première génération arabe installée sur le sol ibérique au cours des années ayant suivi la conquête, et qui était principalement composée de guerriers. Durant cette période, la prose demeura à l'état embryonnaire ; peu de noms d'auteurs furent consignés, et les ouvrages qui nous sont parvenus sont rares. C'est la correspondance politique et administrative qui domina, rédigée par des Orientaux ; l'abondance de cette correspondance s'explique par les multiples mouvements de sédition de tous ordres qui caractérisèrent cette période. Il y a en revanche lieu de penser qu'une activité poétique soutenue se développa dès le VIIIe siècle. En effet, en dépit de l'indigence de la documentation existante sur la production des deux premiers siècles d'al-Andalus, les nombreuses références d'ouvrages disparus mentionnées par les auteurs postérieurs, en particulier d'ouvrages de *Ṭabaqât* (dictionnaires biographiques), tel celui de ʿUthmân b. Rabîʿa al-Andalusî al-Qurṭubî (m. 922), attestent l'existence d'un *corpus* poétique important. Il n'en demeure pas moins qu'il serait abusif de considérer les auteurs de cette période comme des poètes « andalous » à proprement parler, puisqu'il s'agit là d'Orientaux qui composent dans un style purement oriental.

# Les émirs poètes : l'exemple de ᶜAbd al-Raḥmân Iᵉʳ (731-788) [1]

Avant d'incarner l'espace paradisiaque que nous connaissons, al-Andalus fut d'abord perçue par ses premiers occupants arabes comme une terre d'exil, comme un lieu cristallisant regrets et nostalgies. Il est en effet attesté que les premiers émirs omeyyades et leur entourage syrien éprouvaient une violente nostalgie de leur Syrie natale. Ce fut en particulier le cas pour l'émir ᶜAbd al-Raḥmân, surnommé en arabe « l'Immigré » (al-Dâkhil) [2], et par ses ennemis abbassides le « faucon de Qoraych » (« Ṣaqr Quraysh »). Installé à Cordoue, cet Omeyyade se fit bâtir une résidence au sein d'un vaste domaine situé à trois kilomètres au nord-ouest de la ville, qu'il nomma al-Ruṣâfa, en souvenir de la résidence estivale de son aïeul Hishâm, située au nord-est de Palmyre, dans la région séparant cette ville de l'Euphrate.

Dans les quelques courts poèmes qui nous sont parvenus, ᶜAbd al-Raḥmân exprime son sentiment de nostalgie, notamment à travers le motif du palmier, figure emblématique du désert syrien (la *bâdiya*). Selon une anecdote citée dans de nombreuses sources, la présence insolite d'un palmier à al-Ruṣâfa l'aurait amené, lors de la découverte du site, à improviser quelques vers (texte 1). Son attachement envers cette espèce botanique incita d'ailleurs l'émir à tenter de l'acclimater sur le sol andalou (texte 2). Le dernier poème que nous proposons, tout aussi empreint de nostalgie, aurait été adressé par ᶜAbd al-Raḥmân à sa sœur, restée en Syrie (texte 3).

Texte 1 Au cœur de la Ruṣâfa, m'est apparu un palmier, égaré, en vérité, sur cette terre d'Occident, si loin du pays des palmeraies ;

Tu es mon semblable, lui ai-je dit, moi qui vis l'exil et l'éloignement, et qui, depuis si longtemps, suis séparé de mes enfants et de ma famille !

1. 113-172 H.
2. Voir *supra*, p. 44 *sq.*

Tu as poussé sur une terre qui t'est étrangère ; nous connaissons le même destin : celui de devoir endurer la distance et l'éloignement.

2 Ô palmier, comme moi, tu es un étranger en terre occidentale, loin des tiens.
Pleure donc ! Mais comment un palmier, muet, si foncièrement différent de moi par nature, pourrait-il pleurer ?
S'il était en mesure de pleurer, il verserait des larmes sur les eaux de l'Euphrate et sur les palmeraies.
Mais il semble bien qu'il ait oublié sa terre, tout comme ma haine des Banû ᶜAbbâs [1] m'a distrait de la perte des miens.

3 Ô voyageur qui te rends sur mes terres, transmets le salut porté par une partie de moi à l'autre partie de moi ;
Comme tu le sais, mon corps vit ici, tandis que mon cœur, et ceux qui le possèdent, sont demeurés ailleurs ;
C'est un décret divin qui nous a séparés, et il a fallu nous y plier ; cette séparation m'a ôté le sommeil ;
Si Dieu nous a imposé la séparation, peut-être décrètera-t-Il de nous réunir à nouveau [2] ?

## Un poète du VIIIᵉ siècle : Yaḥyâ b. al-Ḥakam al-Ghazâl (770-864) [3]

La production poétique de Yaḥyâ al-Ghazâl fut, semble-t-il, principalement appréciée pour l'humour et le réalisme expressif qui la caractérisent. La notoriété de ce poète tient cependant peut-être surtout au fait qu'il fut l'ambassadeur de l'émir ᶜAbd al-

1. Il s'agit des Abbassides.

2. Ces vers figurent notamment dans le *Kitâb al-Ḥulla al-Siyarâ'* d'Ibn al-Abbâr (Le Caire, Dâr al-Maᶜârif, 1985, t. I, p. 36-37), ainsi que dans le *Nafḥ al-Ṭîb* d'al-Maqqarî, pour les textes 1 et 3 (Beyrouth, Dâr al-Kutub al-ᶜIlmiyya, 1995, t. IV, p. 46) ; trad. fr. B. Foulon.

3. 156-250 H.

Raḥmân II (dit « al-Awsaṭ », c'est-à-dire « celui situé au milieu », par référence aux deux autres souverains ayant porté le même nom). Les avis divergent quant à la destination de son ambassade : chargé, pour les uns, de rencontrer le roi des Normands, il aurait été conduit par cette ambassade soit au Danemark, soit en Scandinavie, tandis que, pour les autres, sa mission aurait consisté à se rendre auprès de l'empereur de Byzance.

Quoi qu'il en soit, nous savons que le voyage d'al-Ghazâl emprunta la voie maritime, et que le poète embarqua dans un port de l'Algarve. À peine son vaisseau eut-il quitté la côte qu'il essuya une violente tempête : cet épisode dramatique est évoqué dans un court poème, imprégné des représentations coraniques (texte 1). Parvenu à destination, al-Ghazâl aurait, par sa beauté légendaire, séduit la femme du souverain – reine des Normands ou impératrice byzantine selon les versions –, dénommée Nûd, ou Tûd. Frappée par l'harmonie du visage de l'ambassadeur, la souveraine se serait enquise de son âge : le poète, qui avait dépassé la cinquantaine, prétendit avoir trente ans de moins – la reine s'en étonna au vu de ses tempes grises. Ce badinage inspira à al-Ghazâl un poème (texte 2). Puis la belle le pria de se teindre les cheveux ; al-Ghazâl s'exécuta, et se présenta le lendemain devant elle : les vers composés pour l'occasion témoignent là encore de son sens de l'humour (texte 3).

Le recueil d'al-Ghazâl étant perdu, seules nous sont parvenues les poésies consignées dans les différentes anthologies. On sait qu'il est aussi l'auteur d'un *urdjûza* (poème composé sur le mètre *radjaz*) historique, narrant les principaux événements survenus en al-Andalus depuis la conquête jusqu'à son époque. Le poète connut une fin de vie mouvementée : selon de nombreuses sources, un conflit l'opposa au célèbre chanteur Ziryâb, qui jouissait à la cour émirale d'un prestige considérable[1]. Il aurait été contraint de s'enfuir en Irak, où il mourut.

Texte 1 Yaḥyâ m'a dit : « Nous nous retrouvâmes bientôt parmi des vagues aussi hautes que des montagnes[2].

Des vents soufflant de l'ouest et du nord s'attachèrent à nous et ne nous quittèrent plus,

1. Voir *supra*, p. 49.

2. Les vagues « semblables à des montagnes » sont une référence coranique (XI, 42).

Déchirant les deux voiles de la nef, et arrachant les attaches des cordages.

L'ange de la mort s'approcha alors de nous, et nous fit face.

De nos yeux, nous vîmes la mort, dans tous ses états.

Personne, parmi nous, mon ami, ne pouvait prétendre posséder, en cet instant précis, le moindre capital[1] ! »

e 2 Une passion dévorante, capable de terrasser le lion le plus puissant, s'est emparée de mon cœur.

Je me suis épris d'une adoratrice du feu[2], qui ne daigne pas laisser se coucher le soleil de la beauté.

Le pays de Dieu, pour moi, prend fin là où il n'existe plus de chemin pour me mener vers elle.

Ô Nûd ! Ô beauté dans tout l'éclat de sa jeunesse, toi qui t'arranges pour laisser transparaître ton astre étincelant à travers tes vêtements.

Ô toi, par mon père ! Nulle autre personne ne saurait être plus douce à mon cœur, ni plus délectable !

Et si, un jour, j'ai pu déclarer qu'il m'avait déjà été donné de contempler une créature à ton image, il ne pouvait s'agir que d'un mensonge.

« Je vois, dit-elle, que les cheveux de tes tempes ont inspiré une plaisanterie à laquelle je me sens tenue de répondre sur le même ton.

– Quelle importance, lui répondis-je, n'a-t-on pas vu des poulains gris à la naissance ? »

Elle se mit alors à rire, enchantée par les propos que je venais de lui tenir ; ceux-ci, d'ailleurs, n'avaient guère d'autre objectif que celui de lui plaire !

---

1. La description terrifiante de l'élément marin, en particulier lorsqu'il se déchaîne en tempête, figure parmi les topiques de la littérature arabe, et en particulier andalouse. – Ibn Diḥya (m. 1235), *Al-Muṭrib min ashᶜâr ahl al-Maghrib*, Le Caire, National Library Press, 1997, p. 138 ; et *Nafḥ al-Ṭîb*, *op. cit.*, t. III, p. 26-27 ; trad. fr. B. Foulon.

2. « *Madjûsiyya* », en arabe. Les Andalous dénommaient les Normands « al-Majûs », car ils étaient persuadés, les voyant allumer de nombreux feux, qu'ils étaient des adorateurs de cet élément.

Texte 3 De bon matin, elle me complimenta pour la noirceur de ma teinture, comme si jeunesse m'avait été rendue.

Ma canitie et la teinture qui l'occulte sont en tous points comparables à un soleil masqué par la brume.

Celle-ci le dissimule un moment, mais le vent d'est ne tarde pas à la déchirer, dissipant ce qui voilait l'astre.

Ne dénigre pas la chevelure de l'homme chenu, car elle brille de l'éclat de l'esprit et du cœur.

Je possède en effet tout ce dont tu raffoles : l'orgueil propre à la jeunesse, et les charmes de la moralité et de la civilité [1].

## LA POÉSIE DE COMBAT DANS LA SECONDE MOITIÉ DU IX$^{e}$ SIÈCLE [2]

Durant la seconde partie du IX$^{e}$ siècle, les événements politiques favorisèrent l'essor de la poésie. Maintes dissensions affaiblissaient alors le pouvoir central, et nombreux étaient ceux qui se disputaient l'autorité à la périphérie de l'émirat – la période fut à ce point délicate pour l'État omeyyade que les historiens l'ont parfois nommée « période des premières Taifas », en référence au XI$^{e}$ siècle, qui vit l'éclatement de l'État en de multiples principautés, ou « Taifas ». Or, dans ce contexte, les poètes se mirent au service des différents partis : les vers qu'ils nous ont laissés présentent en ce sens un intérêt documentaire certain. La poésie fut en effet une arme essentielle dans la guerre psychologique qui fit rage lors des conflits qui jalonnèrent cette période. Chaque camp

1. Les vers des deux derniers extraits figurent dans *Al-Muṭrib, op. cit.*, p. 144 et 146, et dans le *Nafḥ al-Ṭîb, op. cit.*, t. III, p. 25 ; trad. fr. B. Foulon.

2. Nous nous sommes appuyée, dans cette partie, sur deux ouvrages fondamentaux pour l'étude de la période : Ḥikmat ᶜAlî al-Awsî, *Fuṣûl fî-l-adab al-andalusî fî-l-qarnayn al-thânî wa-l-thâlith li-l-hidjra*, Rabat, Maktaba al-Maᶜârif, 1983 ; et ᶜAlî al-Ghazyawî, *Adab al-siyâsa wa-l-ḥarb fî-l-Andalus*, Rabat, Maktaba al-Maᶜârif, 1987.

possédait son poète attitré, chargé de galvaniser les troupes et de fustiger l'ennemi. Cette poésie de combat apparaît avant tout comme l'art de trouver la formule la plus percutante : les poètes renouaient en ce sens avec la mission qui avait été celle des poètes des tribus arabes dès l'Antéislam. Une fois de plus, malheureusement, seule une infime partie de cette poésie nous est parvenue.

## La bataille de Guazalete à travers la poésie de ᶜAbbâs b. Firnâs

Nous avons choisi d'illustrer cette dimension de la poésie andalouse à travers deux épisodes emblématiques. Le premier se déroula durant le règne de l'émir Muḥammad (852-886). Dès son accession au pouvoir, celui-ci dut affronter le soulèvement des habitants de Tolède : cette ville, dont la population comptait de nombreux *muwallad-s* et mozarabes, défiait depuis longtemps l'autorité des maîtres de Cordoue. Mais, cette fois, les Tolédans firent appel au roi des Asturiens, Ordono Iᵉʳ, qui leur envoya, pour leur prêter main-forte, une puissante armée. Contre toute attente et grâce à une ruse, pourtant, l'émir Muḥammad, qui avait pris la tête de ses troupes, imposa une cuisante défaite aux insurgés. Au cours de cette bataille, restée dans l'Histoire sous le nom de bataille de Guazalete (Wâdî Salîṭ, en arabe) [1], et selon les sources arabes, les Asturiens perdirent environ huit mille hommes, et les Tolédans douze mille.

Le récit de cette première victoire de l'émir Muḥammad constitue également, en quelque sorte, l'archétype de la description de bataille sur le sol andalou. Elle inspira les poètes qui accompagnaient le prince omeyyade lors de ses campagnes, et qui étaient chargés de relater les faits d'armes et les coups d'éclat du souverain. Nous avons retenu la description qu'en fit ᶜAbbâs b. Firnâs (m. 885). D'origine berbère et client (*mawlâ*) des Omeyyades, ce poète fut le panégyriste de trois émirs omeyyades successifs. Versé dans les sciences, en particulier l'astronomie, la chimie et les sciences naturelles, il expérimenta une technique de vol qui, si elle se solda par une chute qui lui valut de nombreux quolibets, n'en contribua pas moins à l'établissement de sa notoriété.

---

1. Voir É. Lévi-Provençal, *Histoire de l'Espagne musulmane*, *op. cit.*, t. I, p. 293-294.

C'est une armée résonnant de voix multiples, mais au corps soudé et compact ; composée d'escadrons solides, elle se déploie rapidement et s'empare de l'espace.

L'éclat des sabres jaillissant de cette multitude évoque des éclairs apparaissant et disparaissant tour à tour dans un nuage dépourvu d'eau.

Les étendards, portés haut, flottent dans le ciel, tels de longs vaisseaux qui, sur la mer, s'évertueraient en vain à regagner le rivage ;

Ses troupes s'emploient à broyer l'ennemi, et son chef est un prince intrépide, sagace, doté d'un naturel vertueux.

Homonyme du Sceau des prophètes, puisqu'il se nomme Muḥammad, les épithètes manquent pour le décrire, ce qui n'est pas le cas pour les autres souverains.

C'est lui qui, le mardi matin, alors que l'aube avait défait les liens retenant le voile des ténèbres,

Fit pleurer et gémir de douleur les deux montagnes bordant le Wâdî Salîṭ, compatissant au sort de la troupe d'esclaves, de la bande des non-circoncis.

À l'appel de leur destin, ces derniers se rassemblèrent, tels des scarabées s'agglutinant, attirés par quelque fiente déposée sur un monticule.

Mais dès les premiers coups reçus, ils tournèrent les talons, défaits, et prirent la fuite.

Les *mawlâ-s*, enragés, les frappaient de leurs épées, comme des faucons fondant sur des grues.

Par mon âme ! Quel tumulte que celui de l'armée en mouvement, lorsqu'elle poursuivit sa route en direction de la montagne, sur laquelle stationnaient les troupes, rangées en ordre de bataille ; il nous semblait entendre les cataractes du ciel.

Ibn Bulyûs dit à Mûsa, épuisé : « En face, en dessous ou encore derrière moi, partout, je ne vois que la mort. »

Nous les tuâmes par milliers.

Seuls nous échappèrent ceux qui périrent noyés, engloutis par les remous du fleuve, et ceux qui furent précipités du haut de la montagne [1].

## La poésie, une arme dans le conflit entre Arabes et *muwallad-s*

Le second épisode se situe dans le contexte du conflit opposant, dans la province d'Elvira (Grenade), les Arabes et les non-Arabes convertis à l'islam (*muwallad-s*), à partir de 889, durant le règne de l'émir ᶜAbd Allâh (888-912), impuissant à maintenir l'unité d'al-Andalus. Cette crise nous est connue surtout grâce à l'historien Ibn Ḥayyân, qui en relate les principaux épisodes dans son *Muqtabis* [2]. Il rapporte une anecdote très éclairante, qui se déroule alors que les Arabes, menés par Sawwâr b. Ḥamdun al-Muḥâribî, sont en mauvaise posture. Ils se sont réfugiés dans la vieille forteresse de l'Alhambra [3], située sur un contrefort escarpé de la rive gauche du Darro, face à la ville de Grenade, sise sur l'autre rive. Mais les murailles de l'Alhambra, ayant essuyé des attaques répétées, comportent de nombreuses brèches…

Occupés toute la journée à repousser les assauts des combattants *muwallad-s*, c'est la nuit, à la lueur des torches, que les Arabes tentaient de colmater les brèches et de remonter les murs de l'enceinte. Or, une nuit, alors qu'ils se livraient à cette occupation, ils reçurent, attaché à une pierre, un message lancé par l'ennemi : il contenait quelques vers composés par ᶜAbd al-Raḥmân b. Aḥmad al-ᶜAblî, le célèbre poète d'Ilbîra [Elvira], attaché à la cause des *muwallad-s*. Ces vers étaient les suivants :

---

1. Ibn ᶜAbd Rabbih, *Al-ᶜIqd al-Farîd*, éd. Muḥammad ᶜAbd al-Qâdir Shâhîn, Beyrouth, al-Maktaba al-ᶜaṣriyya, 1998, t. V, p. 214; trad. fr. B. Foulon.

2. Voir *Fuṣûl fî-l-adab…*, *op. cit.*, p. 97-98. À propos de l'historien Ibn Ḥayyân, voir *supra*, p. 49 et 59, et *infra*, p. 188.

3. Qui ne devint toutefois que sous Muḥammad Ier le palais de l'Alhambra que nous connaissons (voir *infra*, p. 410 *sq.*).

Habitants des déserts et des terres incultes, là où les vents, en tempêtes, soulèvent la poussière,

C'est dans la forteresse de l'Alhambra qu'ils méditent, à présent, de nouveaux crimes, et c'est là qu'ils seront anéantis par les coups qui leur seront portés ;

Leur sort sera identique à celui de leurs pères, décimés, dans cet espace désolé, par les fers de nos lances et de nos épées.

Ces vers, rapporta Radjâ' ʿUthmân b. Saʿîd, redoublèrent notre terreur. Nous n'aurions guère éprouvé une frayeur plus grande si nous avions été cernés par toutes les armées du monde. Ils résonnaient à nos oreilles comme un terrible avertissement. Nous incitâmes donc notre poète, connu sous le nom d'al-Asadî[1], à riposter. Mais celui-ci était tellement terrorisé que son esprit s'en trouvait comme paralysé. Néanmoins, à grand-peine, il parvint à composer les deux vers suivants :

Nos bourgades sont peuplées, nos champs ne sont pas en friche, et notre forteresse est une citadelle inexpugnable ;

Nous y trouverons la gloire ; nous travaillons à la victoire, attendez-vous à voir, depuis cette forteresse, sur vous pleuvoir les coups.

Al-Asadî, raconte-t-on, avait composé ces vers durant la nuit, mais il fut ensuite incapable de poursuivre, comme frappé d'impuissance. C'était comme s'il n'avait jamais composé de poésie auparavant. Il demeura dans cet état, hébété, jusqu'au moment où il entendit une mystérieuse voix sans visage lui souffler le vers suivant :

Tenez-vous prêts à subir prochainement, de la part de ses occupants, une défaite si terrible qu'elle fera blanchir les têtes de vos enfants et de vos nourrissons.

« Je mémorisai le vers, rapporta al-Asadî, et, rasséréné, allai trouver Aḍḥâ b. ʿAbd al-Laṭîf al-Hamadânî, qui était mon interlocuteur parmi les cheikhs de la ville.

---

1. Il s'agit du chantre de la cause arabe, Muḥammad b. Saʿîd b. Mukhâriq al-Asadî.

Je lui racontai ce que j'avais entendu. – Réjouis-toi, me dit-il, d'avoir entendu cela, mon neveu. Car il est pour moi indéniable que cette voix dit la vérité à propos de ces scélérats. Ils ont agi avec iniquité à notre égard. Or, Dieu a promis la victoire à ceux qui subissent l'injustice. »

Or, poursuit Ibn Ḥayyân, sept jours plus tard, les Arabes remportèrent sur les *muwallad-s* la célèbre bataille qui vit périr dix-sept mille de leurs ennemis [1].

## L'exaltation de l'arabité

L'existence de telles joutes poétiques entre représentants des Arabes et des *muwallad-s* prouve que ces derniers avaient parfaitement assimilé la langue et la culture arabes, au point de pouvoir se livrer au jeu subtil des *naqâ'iḍ*, ou diatribes [2]. Elle témoigne également du caractère éminemment oriental de la poésie composée dans de telles circonstances, les Arabes ayant importé sur le sol ibérique, en même temps que leurs conflits ancestraux, les codes symboliques encadrant ceux-ci. Il est troublant de noter que la majorité des vers illustrant ces combats ethno-culturels qui nous sont parvenus sont ceux qui défendent la cause arabe, alors que ce sont les *muwallad-s* qui apparaissent comme les soutiens les plus fidèles de la dynastie omeyyade et de l'ordre établi face à des insurgés arabes décidés à récupérer leurs privilèges.

Ibn Ḥayyân cite un autre poème d'al-Asadî qui exalte les vertus des Arabes, tout en les exhortant, s'ils veulent être en

1. *Al-Muqtabis fî târîkh ridjâl al-Andalus*, Paris, s.n., 1938, 3e partie, p. 63-64 ; trad. fr. B. Foulon. La fin du texte fait allusion à la « bataille de la Ville » (voir *infra*, p. 101).

2. Les *naqâ'iḍ* (au singulier *naqîḍa*) sont des diatribes fonctionnant en diptyque. Le premier volet de celui-ci est formé par les vers qu'un poète compose pour exalter les vertus et les mérites de sa tribu, et fustiger un adversaire. Le second volet correspond à la réplique du poète porte-parole du groupe visé, avec obligation d'utiliser le même mètre et la même rime que ceux choisis par le premier poète. Trois poètes s'illustrèrent tout particulièrement dans ce genre au VIIIe siècle : il s'agit d'al-Akhṭal, de Djarîr et d'al-Farazdaq.

mesure de triompher de leurs adversaires, à mettre fin aux dissensions tribales importées d'Orient [1]. Pour al-Asadî, la supériorité de l'élément arabe tient en premier lieu à des éléments ethniques et généalogiques. Toutefois, s'efforçant de justifier la *ᶜaṣabiyya*, ou « esprit de corps » arabe, le poète insiste également sur la prééminence des Arabes en matière religieuse – sur le lien, donc, entre arabité et islam.

Ô, Arabes, vous qui êtes si loin de vos terres, vous dormez tandis que ceux qui vous haïssent sont bien éveillés.

Il n'est pas de vie possible pour ᶜAdnân sans le clan yéménite ; il n'est pas davantage de vie possible pour ces Yéménites, s'ils sont trahis par les Muḍarites.

Les flèches, aussitôt dispersées, se brisent, contrairement à celles qui demeurent rassemblées.

Vous n'êtes qu'une poignée, pourtant, comme vous semblez nombreux lorsque vous vous souciez de vos intérêts ; et comme les autres, alors, bien que supérieurs en nombre, paraissent insignifiants !

Le Prophète de Dieu, l'être le plus illustre à qui il fut accordé d'accéder à la vision de Dieu et de transmettre ses signes, n'appartient-il pas à votre lignée ?

Et n'en fut-il pas de même pour ses deux compagnons : son successeur, Abû Bakr, puis, après lui, son ami, ᶜUmar, l'excellent [2] ?

Et pour tous ceux qui prirent la décision d'émigrer pour suivre la voie de Dieu, leur Seigneur ; et pour les Successeurs, qui offrirent l'hospitalité aux croyants et les secoururent [3] ?

---

1. Ces dissensions tribales sont le reflet du profond antagonisme opposant les tribus arabes « qaysites », rattachées à la branche des Muḍarites et à l'ancêtre éponyme des Arabes du Nord, ᶜAdnân, et celles dites « yéménites », qui se réclament de l'ancêtre éponyme des Arabes du Sud, Qaḥṭân.

2. Abû Bakr et ᶜUmar, respectivement premier et deuxième califes de l'Islam (le premier régna de 632 à 634, le second de 634 à 644).

3. Allusion coranique (VIII, 72).

Va dire aux tribus de Hûd et de Addud d'écouter ces conseils, ou bien de se disperser[1] !

## La bataille de la Ville vue par Sa<sup>c</sup>îd b. Jûdî al-Sa<sup>c</sup>dî

La bataille de la Ville, qui se déroula à Elvira à la fin du IX<sup>e</sup> siècle, et vit le triomphe de Sawwâr, fut célébrée par Abû <sup>c</sup>Uthmân Sa<sup>c</sup>îd b. Djûdî b. Asbâṭ b. drîs al-Sa<sup>c</sup>dî (m. 897), connu à la fois pour sa bravoure au combat et ses talents de poète. Il appartenait à une famille arabe descendante d'un soldat *djundî* ayant servi les émirs omeyyades. Sa date de naissance, incertaine, se situe entre la fin du règne de <sup>c</sup>Abd al-Raḥmân al-Awsaṭ (822-852) et le début de celui de Muḥammad (852-886). D'abord lieutenant de Sawwâr, il prit, après la mort de celui-ci lors d'un combat contre les troupes d'Ibn Ḥafṣûn, la tête des révoltés arabes, qu'il dirigea de 890 à 897, date à laquelle il fut assassiné. Sa disparition sonna le glas de la révolte arabe. De sa poésie n'a été conservée qu'une douzaine de fragments[2], dont six sont consacrés à cette révolte. Il s'agit d'une poésie épique, fondée sur les valeurs traditionnelles de la *ḥamâsa*[3], et exaltant la bravoure guerrière et l'héroïsme des combattants arabes luttant contre les *muwallad-s*.

Les Banû al-Ḥamrâ<sup>ᵓ</sup>[4] disaient : « Lorsque nos troupes vous assailliront, ce sera une averse diluvienne nocturne qui vous surprendra.

---

1. *Fuṣûl fî-l-adab…*, *op. cit.*, p. 99, citant *Al-Muqtabis*, *op. cit.*, p. 64 ; trad. fr. B. Foulon.

2. Ces fragments peuvent ne compter qu'un seul vers, et le plus long en renferme vingt et un. Ils ont été réunis par Muḥammad Raḍwân al-Dâya dans un ouvrage intitulé *Sa<sup>c</sup>îd b. Djûdî al-Sa <sup>c</sup>dî al-Ilbîrî al-Andalusî, aḥad thuwwâr al-da <sup>c</sup>wa al-<sup>c</sup>arabiyya wa-shu <sup>c</sup>arâ <sup>ᵓ</sup>ihâ bi-l-Andalus* (Beyrouth, Dâr al-Fikr al-mu<sup>c</sup>âṣir, 1997). En dehors du *Muqtabis* d'Ibn Ḥayyân, les principales informations sur la bataille de la Ville nous ont été livrées par l'ouvrage d'Ibn al-Abbâr (m. 1260), *Al-Ḥulla*.

3. Ce terme, signifiant initialement « bravoure », « courage guerrier », a fini par désigner le genre poétique exprimant ces valeurs.

4. Il s'agit des habitants de la région, d'origine ibérique, et donc, par conséquent, des *muwallad-s*. En effet, l'adjectif « *ḥamrâ<sup>ᵓ</sup>* » (« rouge »)

« Incapables de résister à cet assaut, vos âmes frémiront de terreur, et même la citadelle la mieux défendue ne pourra vous protéger[1]. »

Mais lorsque leur armée se rua sur nous, nous la repoussâmes comme l'on repousse les mouches dans les latrines ou les vers grouillant sur le fumier.

Une pluie mortelle s'abattit sur vous : tonnerre, éclairs zébrant de sombres nuages chargés de pluie, déluge d'eau.

Sans relâche, les épées, trempées dans le meilleur acier, moissonnèrent vos troupes comme le font des faucilles avec des blés bien mûrs.

Lorsqu'ils nous virent revenir à la charge, ils s'enfuirent précipitamment, redoutant les coups portés par nos sabres.

Mais nous fondîmes sur eux, tandis que nos lances les cueillaient, telles des cornes de taureaux dans la poussière rougeoyante du champ de bataille.

Bientôt, il ne resta plus parmi eux que les captifs garrottés, entravés par des chaînes, emmenés en captivité,

Ainsi que quelques fugitifs, ne sachant où chercher refuge, et que faisaient courir à perdre haleine les affres de l'angoisse.

Face à vous, vous avez trouvé une armée soudée autour de son protecteur, experte à faire tomber les têtes avec ses sabres,

Composée pour partie de héros ᶜadnânides, intrépides cavaliers, et pour partie de représentants de Qaḥṭân, semblables à des gerfauts,

Tous menés par un lion d'une bravoure exceptionnelle, qui sans hésitation se jette dans la guerre, et se couvre de gloire.

Il doit la noblesse de ses origines au meilleur de Qays, ces qualités qui, dans les temps anciens, permirent aux

---

est utilisé, quand il s'agit de la couleur de la peau, comme un équivalent de « pâle » ou « clair ». En Orient, les Arabes employaient cet adjectif pour désigner les Perses et les Byzantins.

1. Allusion à un verset du Coran (LIX, 2).

meilleurs d'entre eux d'atteindre le summum de la gloire et de la renommée.

C'est un homme digne de confiance, aux origines purement arabes, sincère ; son mérite est sans tache, et ses ancêtres illustres.

Il possède la force belliqueuse propre aux Arabes et aux Qaysites ; elle lui a permis de protéger l'Islam contre tous les ignorants[1].

Contre vous, Sawwâr a dégainé un sabre d'excellente trempe, avec lequel il décapite ses ennemis en expert[2].

Il est l'instrument de Dieu qui élimine ceux qui se sont ligués contre nous, les menteurs, ceux qui tiennent des discours fallacieux ;

Lorsque sonna l'heure fatidique, les Banû al-Ḥamrâᵓ se trouvèrent face à une multitude semblable à une haute montagne qui se serait mise en marche ;

C'est vous qui avez déclenché la guerre, mais le cours des événements s'est retourné contre vous, et c'est une mort prompte que vous avez trouvée, instrument de Dieu pour vous anéantir[3].

## LA LITTÉRATURE DU CALIFAT [4]

Durant le califat, la littérature connut une évolution sensible, marquée par deux phases successives. La première vit l'accélération du mouvement d'orientalisation initié durant l'émirat.

1. Il est probable que les vers présentant Sawwâr comme le défenseur de l'islam aient été ajoutés postérieurement. Ils ne figurent d'ailleurs pas dans le *Muqtabis.* En effet, les *muwallad-s* contre lesquels Sawwâr se battait étaient eux-mêmes musulmans. En outre, la révolte du chef arabe bravait l'autorité des émirs omeyyades, champions de l'islam.

2. Littéralement : « en tranchant à l'articulation ».

3. *Fuṣûl fî-l-adab…*, *op. cit.*, p. 95-96 ; trad. fr. B. Foulon.

4. Pour traiter de cette période, deux ouvrages nous ont été très précieux. Il s'agit de *Târîkh al-adab al-andalusî ᶜaṣr siyâdat Qurṭuba*, de Iḥsân ᶜAbbâs, Amman, Dâr al-Shurûq, 1997, et de *Al-shiᶜr fî Qurṭuba,*

Au cours du IXe siècle, en effet, les échanges entre l'émirat et l'Empire abbasside s'étaient intensifiés. Les Andalous affluèrent dans les grands centres de culture orientaux, où ils s'instruisirent auprès des maîtres les plus illustres, et c'est auréolés de prestige que certains d'entre eux rentrèrent dans leur pays. En sens inverse, des savants et lettrés en provenance d'Irak, de Syrie, d'Ifrîqiya et d'Égypte, mais aussi des esclaves chanteuses et des musiciens, parmi lesquels le célèbre Ziryâb [1], vinrent s'installer à Cordoue, où ils initièrent les élites à toutes les subtilités de leur culture. Si bien que les œuvres maîtresses de la littérature arabe, pour n'évoquer que ce domaine, connurent, dès leur introduction à Cordoue, une très grande vogue et une diffusion rapide.

La proclamation du califat ne changea rien à cet engouement, et le prestige de Bagdad et de ses éminents représentants ne cessa de s'affirmer tout au long du Xe siècle, encouragé par les califes omeyyades qui s'efforçaient d'attirer à Cordoue le plus grand nombre possible de savants et de lettrés orientaux, qu'ils traitaient comme des hôtes de marque [2]. En effet, soucieux de conquérir leur légitimité face à leurs deux rivaux – les califats abbasside et fatimide –, les Omeyyades durent se réclamer haut et fort des valeurs de l'arabité. Sous le règne d'al-Ḥakam II, Cordoue brilla de tous ses feux dans le domaine culturel. La gigantesque bibliothèque installée par ce souverain dans l'Alcázar, et qui ne comptait pas moins de quatre cent mille volumes, fut sans doute pour beaucoup dans le prestige acquis par la capitale califale [3]. Cependant, cette appropriation de la culture d'Orient eut des effets pervers : elle conduisit les auteurs andalous à s'enfermer dans un mimétisme exacerbé vis-à-vis de l'Orient arabe. Ibn ᶜAbd Rabbih, qui écrit essentiellement durant les dernières années de l'émirat et les premières

---

*min muntaṣaf al-qarn al-hidjrî al-râbiᶜ ilâ muntaṣaf al-qarn al-khâmis*, de Muḥammad Saᶜîd Muḥammad, Abu Dhabi, al-Madjma ᶜal-Ṭaqâfî, 2003.

1. Voir *supra*, p. 49.

2. S'il ne fallait citer qu'un nom parmi ceux de tous les Orientaux appelés à marquer durablement et profondément la culture et le système de formation des élites andalouses, ce serait peut-être celui du philologue bagdadien Abû ᶜAlî al-Qâlî, arrivé à Cordoue en 942 sur invitation d'al-Nâṣir, et auquel nous devons la célèbre anthologie *Al-Amâlî*.

3. Cette bibliothèque fut expurgée sur l'ordre d'al-Manṣûr, puis dispersée et en grande partie détruite lors de la chute du califat.

du califat, s'inscrit, comme nous allons le voir, dans cette perspective. On devine toutefois déjà chez lui les prémices d'une affirmation identitaire, certes bien timide.

À l'autre extrémité de la période, marquée sur le plan politique par la confiscation de l'autorité par les ᶜÂmirides, puis par les premiers soubresauts de la Fitna, on note une nette amplification de ces revendications identitaires, et une volonté de plus en plus marquée de la part de certains lettrés andalous, au premier rang desquels figurent Ibn Ḥazm et Ibn Shuhayd, de se libérer de tout complexe à l'égard de la production orientale, en affirmant la spécificité de leurs talents. Ces auteurs signent en quelque sorte l'acte de naissance d'une littérature andalouse bien décidée à prendre quelque distance avec son homologue orientale.

## Ibn ᶜAbd Rabbih
## (860-940)[1]

Né à Cordoue, Abû ᶜUmar Aḥmad b. Muḥammad Ibn ᶜAbd Rabbih fut l'un des panégyristes officiels des Omeyyades sous les règnes des émirs Muḥammad Iᵉʳ, al-Mundhir, ᶜAbd Allâh et ᶜAbd al-Raḥmân III al-Nâṣir, fondateur du califat. À ce titre, et à l'instar de nombreux poètes, il accompagna ces souverains lors de leurs expéditions militaires. Il s'employa ensuite à décrire les batailles et l'armée califale. Pour exalter les qualités et vertus guerrières du prince, il puisa comme bien d'autres dans le réservoir des représentations traditionnelles de la poésie arabe. Toutefois, dans les limites imparties par ce cadre contraignant, il s'attacha également à transcrire son expérience et sa vision de spectateur.

### Ibn ᶜAbd Rabbih panégyriste

En 891, l'émir ᶜAbd Allâh prend la tête de ses troupes pour une expédition contre la forteresse de Poley, tenue par le rebelle Ibn

1. 246-328 H. – Sur l'état des recherches sur Ibn ᶜAbd Rabbih, voir l'article de Rachel Arié dans *Aspects de l'Espagne musulmane, histoire et culture*, Paris, De Boccard, 1997, p. 45-52.

Ḥafṣûn[1]. L'opération se révèle un succès, puisque la forteresse est prise, même si Ibn Ḥafṣûn parvient à s'enfuir. C'est l'occasion pour Ibn ᶜAbd Rabbih de présenter cette victoire comme celle de la lumière de la vérité sur les ténèbres (texte 1).

En 912, al-Nâṣir, successeur de ᶜAbd Allâh et intronisé depuis quelques mois seulement, conduit une expédition minutieusement préparée, visant à réduire des poches de dissidence situées à l'est de la zone d'influence d'Ibn Ḥafṣûn. Ibn ᶜAbd Rabbih célèbre le début de cette campagne de l'armée omeyyade (texte 2), connue sous le nom de « campagne de Monteléon » ; elle dura trois mois, durant lesquels l'émir, si l'on en croit les sources historiographiques, récupéra soixante-dix places fortes, ce qui, en soi, constituait déjà une importante victoire. Ailleurs, le panégyriste évoque le tumulte des armes lors d'une autre bataille remportée par al-Nâṣir (texte 3).

Texte 1 La vérité resplendit, sa voie est bien tracée, et la pleine lune éclaire les ténèbres profondes.

C'est à l'épée de redresser la déviance de tout contradicteur, aveuglé au point de ne plus discerner le chemin.

Et si les portes des citadelles sont bien cadenassées, l'épée se chargera d'en briser chacun des verrous[2].

Texte 2 Te voici partant en campagne : victoire et force te tiennent lieu d'armées ; à l'avant-garde se tient la gloire, tandis que la puissance ferme la marche.

La clémence divine s'est déployée aux quatre horizons, et la Terre se fait la messagère de l'heureuse nouvelle de ton apparition.

Elle a revêtu une parure de fleurs colorées, on dirait qu'elle cherche à rivaliser avec toi en beauté et en apparat.

Radieux, tel un astre, tu es apparu, brandissant, dans ta main droite, la générosité, et, dans ta main gauche, la bravoure.

---

1. Voir *supra*, p. 56 *sq*.

2. Ibn ᶜAbd Rabbih, *Dîwân*, nº 46, éd. Muḥammad Riḍwân al-Dâya, Damas, s.n., 1979, p. 47-50 ; trad. fr. B. Foulon.

Dans les paumes de tes mains, réunies, deux qualités contraires, mais non moins indispensables, car, sans elles – et sans toi –, quel goût aurait la vie ?

Devant toi marche la victoire divine, qui s'élance, conquérante, et brise ceux qui, sur terre, se sont soulevés contre toi.

La population t'acclame, pleine d'espoir ; tes sujets fidèles se réjouissent de ton arrivée, tandis que les rebelles la redoutent [1].

xte 3 Lorsqu'il vit le vent de folie de la sédition gagner des régions entières, et s'abattre sur leurs populations,

Lorsqu'il vit les ténèbres recouvrir le monde, en couches successives, si épaisses que nulle lumière, nul feu n'était plus en mesure de les percer,

Il prit le commandement de la cavalerie, composée de chevaux émaciés, efflanqués à force d'exercice – aux flancs si creux qu'on les aurait dit serrés dans des bandages [2] –, et s'avança, de nuit, au-devant de l'ennemi.

Régiment remarquable de cohésion, dont les hommes forment un seul corps, semblable à des pilons de pierre soudés.

Leurs yeux sont altérés par la violence du choc des combats, et peinent à remplir leur office à travers la couche de poussière qui les recouvre.

Toujours ils échappent à leurs poursuivants, qui crient vengeance, mais rattrapent ceux qui tentent de fuir devant eux.

Le défenseur de l'islam a accouru à leur tête, entouré de ses auxiliaires, soldats de Dieu.

Les escadrons sont regroupés autour de leur étendard, et l'armée est si nombreuse qu'elle évoque les ténèbres de la nuit.

---

1. *Ibid.*, n° 193, p. 144-146 ; trad. fr. B. Foulon.

2. La poésie de guerre andalouse valorise particulièrement la maigreur des chevaux, qui d'une part atteste l'efficacité de l'entraînement qu'ils ont subi, et d'autre part connote leur rapidité à la course.

Troupes bruissantes, sur le champ de bataille nocturne, sous la poussière, tour à tour avançant et reculant.

Ils se ruent au-devant de détachements de cavalerie, en ordre serré, et l'on dirait deux flots tumultueux luttant au corps à corps. [...]

Dans le halo de poussière dorée s'élevant au-dessus des combats, et formant comme un voile suspendu entre ciel et terre,

Combien de dépouilles humaines, gisant sur le champ de bataille, si nombreuses qu'elles recouvrent totalement la surface de la terre, tel un couvercle !

Les têtes ressemblent à des débris de coloquinte, et les moignons de bras, tranchés au poignet, écrasés, à de la moelle de palmier.

À la surface du fleuve, combien de membres éparpillés, que la faucheuse a dispersés comme autant de tronçons !

Leurs têtes ont été tranchées par des sabres indiens à large lame, puis, piétinées par les sabots des chevaux, elles ont volé en éclats [1].

## Une œuvre d'*adab* : *Le Collier unique*

C'est avant tout pour son ouvrage d'*adab*, le *ᶜIqd* (« collier »), intitulé par les copistes le *ᶜIqd al-Farîd* (*Le Collier unique*), qu'Ibn ᶜAbd Rabbih est passé à la postérité. La littérature d'*adab* se propose d'éduquer sans ennuyer, d'instruire tout en divertissant, en prenant « de tout un peu », et en mêlant le sérieux et le plaisant : de nombreux sujets, qui sont matière à réflexion, sont ainsi abordés dans ces ouvrages encyclopédiques, et constituent le socle de la culture générale de l'honnête homme de la *Khâṣṣa*, l'élite.

La somme d'Ibn ᶜAbd Rabbih se compose de vingt-cinq livres (*kitâb*) portant chacun le nom d'une pierre précieuse. Le treizième livre, nommé « al-Wâṣita » (« Le joyau central »), est

1. Ibn ᶜAbd Rabbih, *Dîwân*, nº 100, *op. cit.*, p. 88-89 ; trad. fr. B. Foulon.

suivi des douze derniers livres qui portent, mais dans un ordre inversé, les mêmes titres que les douze premiers. La matière de l'ouvrage est tirée des œuvres des grands auteurs orientaux ayant donné à l'*adab* ses titres de noblesse, au premier rang desquels figurent al-Aṣmaᶜî, Abû ᶜUbayda, al-Djâhiẓ et Ibn Qutayba [1]. C'est dire que cette compilation encyclopédique ne reflète en rien une quelconque culture andalouse : elle vise essentiellement à importer sur le sol ibérique des données purement orientales. Le vizir bûyide [2] al-Ṣâḥib Ibn ᶜAbbâd n'était pas dupe, qui s'exclama, déçu, après avoir consulté le *ᶜIqd* dont on lui avait fait l'éloge : « C'est notre propre marchandise que l'on nous rend ainsi ! » Cela explique sans doute aussi l'attitude d'Ibn Ḥazm, qui, dans son épître à la gloire des productions andalouses, passe sous silence l'ouvrage d'Ibn ᶜAbd Rabbih [3].

L'introduction de l'ouvrage est pour Ibn ᶜAbd Rabbih l'occasion d'exposer sa méthode, et d'insister sur l'importance qu'il accorde à la sélection et à l'organisation des matériaux (texte 1). C'est dans la pertinence de ses choix que réside à ses yeux la supériorité du *ᶜIqd* sur les encyclopédies précédentes. Par ailleurs, l'auteur justifie l'introduction de sa propre poésie dans le *ᶜIqd* par son souci de démontrer l'existence d'une production andalouse. Ce dernier point nuance quelque peu ce que nous venons de dire du caractère essentiellement « oriental » du *ᶜIqd*, et laisse penser que la supposée réticence d'Ibn ᶜAbd Rabbih à revendiquer ne serait-ce que l'embryon d'un sentiment de fierté régionaliste ne fut peut-être pas aussi grande qu'on l'a dit. La présence, dans le *ᶜIqd*, d'une longue *urdjûza* narrant les exploits guerriers du calife de Cordoue al-Nâṣir est peut-être à interpréter dans le même sens.

Quant au second extrait du *ᶜIqd* que nous proposons, il est tiré du sixième livre, qui traite des connaissances religieuses et

1. Les deux premiers, philologues originaires de Bassora, sont morts respectivement vers 830 et vers 825 ; les deux autres en 868 (ou 869) et 889.

2. Les Bûyides furent une dynastie de vizirs persans shiites qui exercèrent la réalité du pouvoir, de 947 à 1055, à la place des califes abbassides de Bagdad, maintenus dans leur dignité, mais relégués à un rôle d'apparat.

3. Sur Ibn Ḥazm, voir *infra*, p. 145 *sq.*

des règles de bonne conduite (*adab*)[1]. Il permet de se faire une idée de la nature des connaissances rassemblées dans ce type d'ouvrage, ainsi que de la manière dont celles-ci s'organisent : énumération de sentences héritées des Anciens, souvent inspirées de la sagesse des nations, mais parfois aussi assertions beaucoup plus farfelues, néanmoins toujours cautionnées par les plus grandes autorités morales et religieuses (texte 2).

Texte 1 Ma contribution personnelle à cet ouvrage réside essentiellement dans l'agencement des textes choisis, dans l'art d'en retrancher ce qui est superflu, et dans la mise en valeur des perles de chaque ouvrage. Quant à la matière elle-même de ces textes, elle m'a été transmise par les hommes de science, et léguée par les sages et les lettrés. L'art de sélectionner des discours est néanmoins plus ardu que celui de la composition. Et, comme le dit l'adage :

> C'est à la manière dont l'homme opère ses choix que l'on peut juger de ses qualités intellectuelles. […]

Yaḥyâ b. Khâlid[2] a dit : « Parmi tout ce qu'ils entendent, les hommes sélectionnent ce qui leur paraît le meilleur pour le consigner par écrit. Puis, de ces écrits, ils ne retiennent que la substantifique moelle. Enfin, seule une infime part de ce qu'ils ont mémorisé fait l'objet de leurs conversations. »

Ibn Sîrîn[3] a dit : « Il est impossible d'embrasser la totalité de la science. Prenez donc le meilleur de toute chose. Parmi ces éléments se glisseront nécessairement quelques jugements erronés et des affirmations fausses. Car il n'existe pas plus de savant qui ne commette des erreurs, que d'épée qui ne s'ébrèche. »

On peut lire l'adage suivant dans certains ouvrages :

---

1. On notera la complexité sémantique du terme *adab* (voir le glossaire, p. 454).

2. Abû al-Faḍl Yaḥyâ b. Khâlid b. Barmak (m. 805), vizir de Hârûn al-Rashîd, était un membre de la célèbre famille des Barmakides.

3. Abû Bakr Muḥammad b. Sîrîn al-Baṣrî (mort au début du VIII^e^ siècle), *faqîh* de Bassora.

Dieu seul est parfait, nul n'est exempt de défaut. [...]

J'ai supprimé la plupart des chaînes de garants afférentes aux textes, par souci de légèreté et de concision, afin d'éviter les lourdeurs et les longueurs. Car il s'agit là de récits plaisants, de sentences et d'anecdotes qui ne gagneraient rien à être accompagnés de leurs chaînes de garants, et qui ne perdent rien à s'en trouver délestés. Si certains traditionnistes ont sans hésitation fait disparaître la chaîne de garants de hadith relevant d'une *Sunna* servant de référence, et d'une *sharî*ᶜ*a* ayant force de Loi, pourquoi faudrait-il procéder différemment avec des anecdotes ou des proverbes connus de tous, et *a fortiori* avec des récits appréciés pour leur caractère plaisant ? [...]

En examinant un certain nombre d'ouvrages, j'ai constaté deux choses : la première, qu'ils n'étaient pas divisés en chapitres correspondant aux différents thèmes traités, et la seconde, qu'ils ne réunissaient pas la totalité des connaissances méritant d'être consignées. C'est pourquoi j'ai entrepris la composition de cet ouvrage, que j'ai conçu comme une somme exhaustive, rassemblant la plupart des sujets débattus tant par la ᶜ*Âmma* que par la *Khâṣṣa*, et abordés aussi bien par les rois que par la plèbe. Puis j'ai orné chacun des tomes de l'ouvrage de citations poétiques en relation étroite avec les récits proposés.

J'ai ensuite adjoint à l'ensemble ce qui m'a paru le plus remarquable dans ma propre production poétique, afin d'informer le lecteur de cet ouvrage que, en dépit de son éloignement et de son isolement, notre territoire occidental n'était point dépourvu de son lot de poésie et de prose. J'ai intitulé l'ouvrage *Al-*ᶜ*Iqd al-Farîd*, dans la mesure où les textes qu'il renferme sont autant de joyaux disposés, tel un collier, avec art et finesse [1].

1. *Al-*ᶜ*Iqd al-Farîd*, *op. cit.*, t. I, p. 12-14 ; trad. fr. B. Foulon.

Texte 2

## DE LA CLASSIFICATION DES HOMMES

Khâlid b. Ṣafwân[1] a dit : « Les gens se répartissent en trois catégories : les savants, les orateurs et les hommes de lettres. Hors de celles-ci, il n'y a que la plèbe, responsable de la flambée des prix, de la pression exercée sur les marchés, et de la souillure des eaux. »

Al-Ḥasan[2] a dit : « Il y a trois sortes d'hommes : il y a d'abord les hommes dont on ne saurait se passer, à l'instar de la nourriture ; il y a ensuite ceux que l'on peut comparer à des remèdes, dont le besoin se fait sentir occasionnellement. Les derniers, enfin, ressemblent aux maladies : de ceux-ci, nous n'avons nul besoin ! »

Muṭṭarif b. ᶜAbd Allâh b. al-Shikhkhîr[3] a dit : « Il y a trois sortes de gens : les hommes, les êtres hybrides à figure humaine, nommés "*nâsnâs*", et les créatures qui ont été trempées dans le même bain que celui des humains[4]. »

Al-Khalîl b. Aḥmad[5] a dit : « Il y a quatre sortes d'hommes : il y a celui qui sait, et sait qu'il sait ; c'est un savant, allez l'interroger ! Il y a celui qui sait mais qui l'ignore ; celui-là est un homme oublieux, il convient de lui rafraîchir la mémoire. Il y a celui qui ne sait pas et sait qu'il ne sait pas ; celui-là est un ignorant : instruisez-le ! Enfin, il y a celui qui ne sait rien mais qui l'ignore ; celui-là est un sot : fuyez-le ! »

---

1. Khâlid b. Ṣafwân b. ᶜAbd Allâh b. ᶜAmr al-Tamîmî, décrit par le biographe du XIIIe siècle Ibn Khallikan comme un homme « commettant de nombreuses erreurs, et parlant sans réfléchir ».

2. L'un des deux fils du calife ᶜAlî.

3. *Faqîh* de Bassora mort à la fin du VIIe siècle.

4. Ce *khabar* (récit à valeur exemplaire) se présente avant tout comme un jeu de mots faisant rimer « *nâs* », les gens, et « *nâsnâs* ». Ce dernier terme désigne soit une espèce de singe de petite taille, soit un être humain fabuleux n'ayant qu'un seul pied et ne se déplaçant que par sauts et par bonds comme certains oiseaux.

5. Abû ᶜAbd al-Raḥmân al-Khalîl b. Aḥmad b. ᶜAmr b. Tamîm al-Farâhîdî al-Azdî, grammairien, théoricien du système de la prosodie arabe (m. vers 786).

Un poète a dit :

« Quel immense malheur que celui d'être ignorant sans le savoir !

« Car si tu es ignorant, et donc, par nature, différent de celui qui sait, comment pourrais-tu savoir que tu ne sais pas ? »

Un autre poète a dit :

« Il n'y a pas de plus grand malheur que celui d'enseigner à un ignorant

« Et de l'entendre prétendre, par ignorance, qu'il est plus savant que toi. »

ᶜAlî b. Abî Ṭâlib [1] a dit : « Il y a trois sortes de gens : le savant, docteur de la loi et de la religion, l'homme engagé dans la quête de la science, et qui se trouve sur la voie du salut, et, enfin, la populace, ballottée au gré du vent. »

Les sages ont dit : « Il y a trois sortes de compagnons : celui qui te voue une affection sincère, qui agit en ta faveur, et fait tout son possible pour te servir ; celui qui est bien intentionné, mais qui ne va jamais au-delà du stade de l'intention louable : celui-là ne te procure aucun bienfait, et ne t'est d'aucun secours. Enfin, il y a le compagnon dont la langue te flatte, mais qui est bien trop préoccupé de sa personne pour se soucier de toi ; il te nourrit exclusivement de mensonges et de serments. »

Al-Shaᶜbî [2] a dit : « Un homme passa auprès de ᶜAbd Allâh b. Masᶜûd [3] ; celui-ci s'adressa à ses compagnons en ces termes : voici quelqu'un qui ne sait rien, qui l'ignore, et qui ne cherche nullement à apprendre quelque chose auprès de ceux qui détiennent la connaissance. »

---

1. Quatrième calife de l'Islam.

2. Abû ᶜAmr ᶜÂmir b. Sharâḥîl b. ᶜAbd dhî Kibâr Al-Shaᶜbî, savant de Koufa.

3. On prétend que ᶜAbd Allâh b. Masᶜûd (m. 652), Compagnon du Prophète, fut la sixième personne à embrasser l'islam. Il est réputé pour avoir utilisé une version du Coran quelque peu différente de celle transcrite sous le règne du calife ᶜUthmân.

Le Prophète a dit : « Sois ou bien un savant, ou bien un élève engagé sur la voie du savoir, car, en dehors de ces deux catégories, il n'y a guère de salut [1]. »

## Al-Ramâdî
### (m. 1013 ou 1022-1023) [2]

Natif de Cordoue, c'est dans cette ville qu'Abû ʿUmar Yûsuf b. Hârûn al-Ramâdî al-Kindî passa le plus clair de son temps. Il vécut sous le règne de trois califes successifs : al-Nâṣir, al-Ḥakam et Hishâm al-Muʾayyad. Sa participation active au complot fomenté par le *ḥâdjib* Abû al-Ḥasan al-Muṣḥafî en vue d'évincer Ḥisham du califat lui valut d'être emprisonné à al-Zahrâʾ, où il subit durant son incarcération de nombreux sévices. Libéré, il dut s'exiler quelque temps à Saragosse. Amnistié par le *ḥâdjib* al-Manṣûr b. Abî ʿÂmir, nouvel homme fort de l'État, il revint à Cordoue et, rentré en grâce, il participa à une expédition menée par le souverain cordouan contre Barcelone en 985. Pendant les dernières années de sa vie, marquées par les troubles de la Fitna, il mena une existence obscure et misérable.

Al-Ramâdî est célèbre pour l'amour malheureux qu'il conçut pour Khalwa, jeune femme rencontrée dans les rues de Cordoue, et qui se refusa à lui. L'anecdote est relatée par Ibn Ḥazm dans *Le Collier de la colombe* [3]. Si ce dernier insiste sur les ravages que produisit cette passion sur l'âme du poète, il semble que la réalité ait été assez différente : après son retour de Saragosse, en effet, al-Ramâdî ne fit plus aucune mention de Khalwa dans son œuvre, et ce fut un autre objet d'amour, un éphèbe mozarabe nommé Yaḥyâ ou Nuṣayr, qui inspira désormais le poète.

Le poème que nous présentons fut composé lorsque le calife al-Ḥakam décida d'interdire la consommation d'alcool sur son territoire, et fit arracher les plants de vigne destinés à la production du vin. Al-Ramâdî, lui-même grand amateur de libations et de parties de plaisir, exprime dans ces vers sa compassion envers

1. *Al-ʿIqd al-Farîd*, *op. cit.*, t. II, p. 136-137 ; trad. fr. B. Foulon.
2. 403 ou 413 H.
3. Voir *infra*, p. 155.

la population touchée par ces interdits. Pour justifier sa position, il reprend un célèbre récit mettant en scène Abû Ḥanîfa (m. 967), fondateur de l'une des quatre principales écoles juridiques musulmanes, le hanafisme – réputé peu rigoriste –, et jouissant à ce titre d'une grande renommée. L'intérêt de ces vers réside également dans leur dimension narrative.

Mon cœur se serre en songeant au sort réservé aux buveurs de vin. Je le jure par ma vie, l'épreuve qu'ils traversent me bouleverse !

Car, qui sont-ils, sinon des amants frappés par la perte de leur objet d'amour et durement éprouvés par la séparation ?

Vous, les amoureux du vin, si cette séparation vous afflige et vous inquiète, sachez que la patience ne vous sera d'aucun secours.

Vos poursuivants se sont tant démenés que des flots de sang ont coulé sur la surface de la terre.

Le parfum de ce sang s'est répandu d'est en ouest, enveloppant toute la région de Cordoue sous ses effluves.

Dis à ceux qui se chargèrent de déverser ces flots, que ne purent calmer ni le bris des gobelets

Ni l'incendie des portes des lieux de boisson, jusqu'au moment où la population se retrouva au milieu d'un champ de ruines :

Vous avez prétendu viser, par cette action, la justice ; quand bien même vous diriez vrai,

Voyez Abû Ḥanîfa, dont l'équité n'est plus à démontrer, et qui réfléchissait un mois durant avant de prononcer un jugement.

*Faqîh* sans égal, ses raisonnements par analogie [1] étaient autant de chefs-d'œuvre.

Toute la nuit abîmé en prière, il ne fermait jamais l'œil.

---

1. Le raisonnement par analogie (*qiyâs*), qui permet de résoudre un problème de droit (*fiqh*) non prévu par les textes, fut largement utilisé par l'école hanafite.

Or, il avait pour voisin un buveur d'alcool, qui se livrait à ses libations du couchant au levant.

Lorsqu'il était ivre, il chantait, imitant la voix de l'homme de la lignée de ᶜAmr, abandonné en son cachot :

« Ils m'ont perdu ! Quelle perte pour eux que ce garçon ! Pour un jour de malheur et une bouchée de pain[1]. »

Un séjour en prison fit taire cette voix, sans que le *faqîh* fût mis au courant.

Une nuit puis deux passèrent sans qu'il l'entende chanter : « Ah ! Si seulement ! » Il demanda alors :

« Qu'est-il arrivé à mon voisin, dont le chant nocturne me réjouissait, pour qu'il cesse de chanter ? Une bonne ou une mauvaise chose ? »

On lui répondit que l'homme était emprisonné dans la geôle de ᶜÎsâ, où les gardes, en pleine nuit, l'avaient conduit.

Il demanda alors qu'on lui apportât sa coiffe la plus haute, celle qu'il portait lors des grandes occasions.

Puis il se rendit chez son voisin ᶜÎsâ b. Mûsâ, qui le reçut avec les plus grands honneurs.

« Tu as emprisonné, lui dit-il, l'un des mes voisins, nommé ᶜAmr. »

L'autre lui répondit :

« Nous allons libérer tous les ᶜAmr qui se trouvent dans ma geôle dès lors que ces hommes portent le même nom que le voisin du *faqîh*, et même s'ils furent arrêtés individuellement. »

Et ᶜÎsâ les fit tous libérer, en l'honneur du *faqîh*, tout cela pour un voisin incapable de rester sobre une seule nuit. […]

Abû Ḥanîfa savait que son voisin était coupable, néanmoins il ne revint pas sur sa décision de le faire libérer.

---

1. Ce vers fut composé par un poète de l'époque omeyyade, ᶜAbd Allâh b. ᶜAmr b. ᶜUthmân al-Umawî al-ᶜArdjî, dans la geôle où il croupissait, après avoir, par sa poésie, porté atteinte à la réputation de la mère du gouverneur de La Mecque.

On gagne parfois à emprunter des voies détournées pour lutter contre le mal, alors qu'en agissant au grand jour, il arrive que l'on obtienne le résultat inverse de celui escompté[1].

## IBN DARRÂDJ AL-QASṬALLÎ (958-1030)[2]

La poésie de ce «Mutanabbî d'Occident[3]», comme le surnommèrent ses compatriotes, se fait l'écho de maints événements marquants de la période, et constitue à ce titre une précieuse source documentaire pour les historiens.

Abû ᶜUmar Aḥmad b. Muḥammad Ibn Darrâdj al-Qasṭallî fut encensé par les Andalous. Ibn Ḥazm écrivit à son sujet : «Nous pouvons affirmer sans ambages qu'il est le meilleur poète à avoir vu le jour sur la terre ibérique.» Cette notoriété s'explique d'abord par le brio avec lequel cet auteur sut pasticher les grands poètes orientaux, dont ses contemporains raffolaient. Ses compositions, souvent hermétiques, multipliant et enchevêtrant à loisir les motifs, et usant sans modération des figures de style, s'accordaient pleinement au goût de l'époque. Tout laisse néanmoins penser qu'Ibn Darrâdj fut également apprécié pour sa capacité à cristalliser dans ses vers, en puisant dans ses propres angoisses, les émotions collectives de son temps : exaltation d'un sentiment de puissance lors des nombreuses victoires militaires d'al-Manṣûr, puis inquiétude grandissante durant les dernières années de la période ᶜâmiride (*Ḥidjâba*) et du califat. C'est la raison pour laquelle il serait fort injuste de considérer cette œuvre, certes essentiellement constituée de panégyriques, comme un assemblage de poèmes de circonstance.

1. En effet, dans le récit dont s'inspire al-Ramâdî, le voisin libéré décide de son plein gré de renoncer à consommer de l'alcool. – Ce texte figure dans le *Djadhwat al-Muqtabis fî-dhikr wulât al-Andalus*, Le Caire, al-Dâr al-Miṣriyya lil-taʾlif wa-al-Tardjama, 1966, p. 14-15 ; trad. fr. B. Foulon.

2. 347-421 H.

3. Abû al-Ṭayyib al-Mutanabbî (915-965) : célèbre poète arabe oriental fort apprécié des Andalous.

La Fitna, guerre civile ayant mis un terme au califat, fut un élément déterminant dans la vie d'Ibn Darrâdj[1] : le poète était alors âgé d'une cinquantaine d'années. Le choc n'en fut que plus violent.

## Le chantre des ᶜÂmirides

On ne sait rien de la jeunesse d'Ibn Darrâdj, les premiers éléments biographiques dont nous disposons à son sujet remontant à l'époque où il s'évertuait à gagner à sa cause le puissant *ḥâdjib* al-Manṣûr b. Abî ᶜÂmir. Nous sommes alors en 992 : Ibn Darrâdj, âgé de trente-cinq ans, faisait déjà figure de poète accompli. Ses débuts à la cour ᶜâmiride furent semés d'embûches, puisqu'il dut en premier lieu affronter une coalition de critiques qui l'accusaient de plagiat. Il n'en parvint pas moins à déjouer ce complot et à atteindre son objectif : sommé d'improviser un panégyrique sur un thème imposé, il fit forte impression à al-Manṣûr, qui l'accueillit généreusement. Durant les seize années passées auprès de ce souverain, Ibn Darrâdj composa au total une soixantaine de panégyriques à la gloire des ᶜÂmirides et des hauts dignitaires du royaume[2]. Mais il ne nous est rien parvenu de ses épîtres en prose rimée, et l'on ne peut que déplorer la perte du texte narrant la prise de Saint-Jacques-de-Compostelle, en 997, considéré comme son chef-d'œuvre.

La poésie laudative qu'il écrivit au cours de cette période se distingue nettement de l'ensemble de son œuvre postérieure. Dans les trente-deux pièces dont elle se compose, de longueur inégale, le poète exprime la sincère admiration qu'il éprouve envers al-Manṣûr, le champion de l'islam, dont l'activité incessante en matière de *djihâd* inspira des craintes si vives à la chrétienté. Sans prendre la peine d'introduire ses panégyriques

1. Comme dans celle d'Ibn Ḥazm et celle d'Ibn Shuhayd (voir *infra*, p. 146 et 127).

2. Paradoxalement, il semble qu'il ait été l'un des seuls poètes à avoir chanté les exploits d'Ibn Abî ᶜÂmir. La politique despotique de ce dernier, ainsi que sa propension à jeter en prison ou à éliminer tous ses opposants, explique sans doute très largement la désaffection des panégyristes à son égard.

guerriers par les traditionnels prologues amoureux, l'auteur décrit l'armée et la flotte de son protecteur, ainsi que les faits d'armes dont il fut souvent le témoin oculaire. Composé entre 997 et 998, le premier texte que nous présentons décrit la flotte d'al-Manṣûr ; il semble qu'Ibn Darrâdj se soit inspiré des vers que son illustre homologue oriental al-Mutanabbî avait composés en l'honneur du souverain ḥamdânite Sayf al-Dawla [1]. Ce poème mérite de retenir notre attention à plusieurs titres. Il a d'abord une valeur documentaire, en ce qu'il nous renseigne sur la puissance maritime du maître d'al-Andalus [2], dont l'armée s'apprêtait à franchir le Détroit pour aller combattre le chef maghrawien Zîrî b. ᶜAṭiya [3]. Il se révèle également fort intéressant sur le plan littéraire : ce type de description étant en effet encore fort peu répandu à l'époque chez les Andalous, le poète peine à se détacher des évocations de batailles terrestres, si bien que le lexique et les images développées appartiennent au milieu désertique, bédouin, et à son bestiaire, bien plus qu'à celui des expéditions maritimes. En outre, ces vers livrent une vision peu habituelle de la mer : loin d'être décrite comme le lieu de tous les périls, tant redouté par les hommes d'alors, elle apparaît faible et craintive, et largement dominée par l'arsenal

1. Ce souverain syrien, mort en 965, s'illustra en particulier dans le combat mené contre les Byzantins.

2. D'une manière générale, nous disposons d'assez peu d'informations sur l'importance et la nature de la flotte de guerre andalouse, développée par les Omeyyades à partir du IXᵉ siècle, et qui atteignit son apogée aux XIᵉ et XIIᵉ siècles. Il s'agit en tout état de cause d'une escadre (*usṭûl*) composée de bateaux à voiles et à rames, mais dont les chroniqueurs ne précisent jamais le type. Selon Ibn Khaldûn, al-Nâṣir aurait disposé de deux cents bâtiments, mais ces données tardives doivent être considérées avec circonspection.

3. Ce dernier, devenu maître incontesté du Maroc du Nord et de l'Oranie, s'employa à partir de 997 à se libérer de la tutelle de Cordoue. Devant les manifestations de ces velléités d'insoumission, al-Manṣûr dépêcha des troupes sur le sol africain, et nomma à leur tête son propre fils ᶜAbd-al-Malik. Une victoire décisive fut remportée en 998 sur le chef zénète, qui, blessé, dut fuir au Sahara. Cette victoire fut jugée si déterminante par al-Manṣûr qu'il affranchit et dota mille cinq cents esclaves, puis ordonna la distribution d'aumônes à tous les indigents de son État. Zîrî eut plus tard l'occasion de se racheter et d'obtenir le pardon d'al-Manṣûr. Ses descendants fondèrent la puissante dynastie ziride de Grenade, qui devait dominer la ville au XIᵉ siècle.

guerrier d'al-Manṣûr : c'est que l'exaltation de la puissance du maître de Cordoue exige une inversion des termes de la confrontation prévalant entre l'homme et l'univers marin. Quant au second texte proposé, il évoque la bataille de Clunia, à laquelle Ibn Darrâdj assista, et qui vit encore une fois triompher son champion, al-Manṣûr.

Texte 1 La mer s'est couverte de vaisseaux chargés de lances qui sèment la terreur parmi ses vagues.

Chaque fois que sont hissées les voiles, ces nefs se font fourré luxuriant, antre abritant en son sein des lions redoutables.

Et lorsqu'elles luttent de vitesse avec le vent, on dirait des coursiers, montés par leurs cavaliers, s'élançant à perte de vue,

Ou des nuages poussés par les vents; et, lorsque la course s'achève, les voiles se muent en autant d'éléphants juchés sur des cous d'autruches.

Gracieuses gazelles, dépourvues d'abris, et colombes cendrées n'ayant pas de Hadîl [1] à pleurer,

Immobiles, comme hissées sur les vagues, là où les montagnes les mieux ancrées vacilleraient,

Semblables à des litières de femmes soulevées par les membres du clan, le matin, à l'heure où s'ébranle le convoi des dromadaires chargés des palanquins, signant la dispersion de tous les groupes du campement.

Serpents bigarrés remplis d'un venin dont l'effet est certain; avec leur cargaison, ils ne pourront faire halte avant d'avoir atteint l'ennemi;

S'ils crachent leur venin sur le poitrail de Zîrî, malheur à lui! Cette morsure sera de celles qui appellent les lamentations [2].

---

1. Dans la mythologie arabe, Hadîl est le nom d'un pigeonneau de l'Arche de Noé, mort de soif ou ravi par un oiseau de proie, et que tous les pigeons et autres tourterelles pleurent jusqu'à ce jour, par leurs roucoulements mélancoliques.

2. Ibn Darrâdj al-Qasṭallî, *Dîwân*, éd. Maḥmûd ʿAlî Mekkî, Beyrouth, s.n., 1970, p. 4; *Nafḥ al-Ṭîb, op. cit.*, t. V, p. 233; trad. fr. B. Foulon.

À Clunia, tu déclenchas un nuage guerrier, barrant l'horizon, lançant des éclairs et tonnant, annonciateur de trépas.

De mes propres yeux, j'ai assisté à la bataille au cours de laquelle il te fallut, pour emporter la victoire, plonger au sein de l'écume d'une mer de glaives tranchants.

Je vis, conformément à mes souhaits, les astres des sabres s'abattre sur les ennemis, et je fus le témoin de l'assaut des lions, qui était bien tel qu'on me l'avait décrit.

La guerre faisait rage, et la poussière qu'elle soulevait éteignait la brillance engendrée par le feu des sabres s'entrechoquant.

Le soleil, dans le ciel, était en plein désarroi, comme s'il regardait le monde à travers un œil chassieux.

Les chevaux prenaient appui sur le sol, comme pour s'envoler vers la constellation des Gémeaux.

C'est à peine si on distinguait, çà et là sur le champ de bataille, l'éclair jaillissant de deux lames de sabre se croisant

Ou le vif éclat d'une lance, semblable à celui d'une étoile, guidant la main de la mort vers les ténèbres des âmes [1].

## Le temps de l'errance

L'assassinat du second fils d'al-Manṣûr, ᶜAbd al-Raḥmân, en 1008, qui marqua la fin de la dynastie ᶜâmiride et le début de la Fitna, projeta brutalement Ibn Darrâdj dans une vie d'errance. Dès lors, le ton de ses panégyriques se modifia radicalement. Il ne s'agissait plus tant de chanter les exploits d'un souverain admiré que d'échapper à la misère, de chercher un havre de paix et d'évoquer la situation critique dans laquelle se trouvait sa famille. Certes, Ibn Darrâdj s'efforça de gagner à sa cause les éphémères titulaires du titre califal, qui se succédaient au rythme des destitutions et des nominations. Ainsi, après avoir

1. Ibn Darrâdj al-Qasṭallî, *Dîwân*, *op. cit.*, p. 384-385 ; trad. fr. B. Foulon.

soutenu Muḥammad b. Hishâm al-Mahdî, éliminé en 1009, il se tourna aussitôt, et semble-t-il sans grand scrupule, vers son vainqueur, Sulaymân al-Mustaᶜîn, dont il chanta la puissance guerrière – dans l'un de ces panégyriques, les qualités guerrières des Berbères, en particulier des Zénètes et des Ṣanhâdja, enrôlés dans l'armée califale, se voient mises en avant (texte 1). Mais le cœur n'y était plus. Déçu par l'accueil réservé à ses vers par al-Mustaᶜîn, qui ne goûtait guère la poésie, Ibn Darrâdj se sentit contraint, comme d'autres, de quitter Cordoue et d'aller chercher fortune ailleurs. La capitale omeyyade se vidait alors de tous ceux qui avaient assuré son rayonnement. Cet exode des lettrés eut de graves conséquences, comme l'explique l'historien Ibn Ḥayyân, cité par Ibn Bassâm : « Dans la capitale, les belles-lettres furent réduites à l'état de vestiges, effacées ; l'obscurantisme régna ; les Cordouans délaissèrent le raffinement qui les avait rendus célèbres pour une criante vulgarité [1]. »

Commença alors pour Ibn Darrâdj le temps de l'errance. Les quatre années qui suivirent (1014-1018) furent particulièrement éprouvantes. Le poète tenta sa chance auprès des nombreux roitelets qui s'étaient partagé la dépouille de l'État califal : ses tentatives ne furent guère couronnées de succès. La première étape le mena hors du territoire andalou, dans la ville de Ceuta, gouvernée par ᶜAlî b. Ḥammûd, dont il n'hésita pas à louer l'obédience alide. Le panégyrique qu'il lui adressa revêt toutefois une tonalité tout à fait singulière : dominés par des accents plaintifs, ses quarante-deux premiers vers sont exclusivement consacrés à l'expression du désarroi de l'auteur, ainsi qu'à l'évocation du supplice vécu par les populations cordouanes (texte 2). N'ayant pas obtenu le succès escompté, Ibn Darrâdj se rendit en 1016 à la cour de Khayrân al-ᶜÂmirî, maître d'Almería, et y composa un long panégyrique à la gloire de ce souverain. Il y décrit les affres de la traversée maritime qu'il a dû, accompagné de ses enfants, endurer pour parvenir jusqu'à lui (texte 3). Dans ce poème, l'embarcation ballottée au gré des flots apparaît comme la métaphore des angoisses de cet homme qui a perdu ses repères, et qui est lui-même sur le point de sombrer. Quant à la figure de la mer, elle est ici l'inverse de celle qui domine le panégyrique décrivant

1. Ibn Bassâm, *Al-Dhakhîra fi-maḥâsin ahl al-Djazîra*, éd. Iḥsân ᶜAbbâs, Beyrouth, Dâr al-Thaqâfa, 1997, t. I, vol. 1, p. 67. Sur Ibn Bassâm, voir *infra*, p. 283.

la flotte d'al-Manṣûr : de craintive qu'elle était, elle retrouve son agressivité et sa dangerosité face aux humains démunis. Le sentiment de rejet éprouvé par Ibn Darrâdj dans son propre pays l'incite également à afficher son souhait de se rendre en Orient si les Andalous persistent à ignorer ses mérites [1]. Si Khayrân ne lui prêta aucune attention, ce poème devint cependant fort célèbre par la suite et fut fréquemment pastiché.

xte 1 Autour de toi étincellent leurs fers de lance : plaine et montagne ne sont plus, dirait-on, qu'un immense brasier.

Des soldats noirs, excités par le combat, fondent sur la bataille, comme portés par des aigles volant à tire-d'aile.

Apparaissent, comme autant de lunes, de lumineuses faces de guerriers, coiffées de turbans qui, au plus fort de la mêlée, semblent se muer en couronnes.

Chaque Zénète arbore un sabre que l'on dirait fait de feu, et qui semble transformer, en la touchant, sa victime en offrande.

Et que dire des blancs Ṣanhâdja, dont les fers de lance, à l'instant de l'assaut, ressemblent à des étoiles filantes fondant sur des démons [2] ?

xte 2 Matin et soir, dans un ciel assombri par de lourds nuages, ils sont frappés par le fracas assourdissant d'un tonnerre de calamités,

Tandis que de ténébreuses nues d'injustice, chargées d'éclairs, autorisent tant le viol des sanctuaires abritant leurs beautés que les meurtres sanglants.

La nourrice en vient à oublier son nourrisson, et la tourterelle à négliger l'évocation de son Hadîl.

Au milieu de tous ces appels à l'aide, nul ne prête plus attention aux cris de son prochain.

---

1. Il s'agit là d'un thème fréquemment abordé par les auteurs andalous, qui estimaient que les Orientaux sauraient, bien mieux que leurs compatriotes, reconnaître leurs qualités.

2. Cité dans Ibn Bassâm, *Al-Dhakhîra…*, *op. cit.*, t. I, vol. 1, p. 70 ; trad. fr. B. Foulon.

Les regards sont perdus : hagards, ils ne trouvent d'autre voie que celle empruntée par les torrents de larmes.

Et la mort elle-même, pour se frayer un chemin jusqu'à l'âme, doit user d'une violence extrême [1].

Texte 3 Pour te rejoindre, nous embarquâmes sur une nef qui tanguait, tel un corbeau [2] épouvanté par le coucher du soleil.

Lorsque le vent d'est se levait, c'était comme si nous étions précipités, du haut des monts Thabîr et Thahlân, dans les sombres profondeurs de la mer. […]

Ils repoussaient au plus profond de leur être la brûlure de malheurs dont l'incandescence faisait paraître encore plus épaisses les ténèbres de leur nuit ;

Lorsque ces brasiers faisaient baisser le niveau de la mer, les larmes que les chagrins leur tiraient des yeux le relevaient ;

Et chaque fois que les vents leur laissaient quelque répit, la nostalgie de leurs proches les étreignait, leur arrachant de longs soupirs ;

Ils s'écriaient, alors que nous étions le jouet des vagues, de l'angoisse et des ténèbres, qu'on aurait dit dotées d'oreilles et d'yeux :

« Trouverons-nous le moyen de regagner la terre ferme, y aura-t-il pour nous un autre tombeau que la mer, et un autre linceul que l'onde ?

« Et, à supposer que la côte nous apparaisse, trouverons-nous sur terre quelque abri ? Pourrons-nous espérer quelque bienfait de nos semblables ? » […]

Si l'Occident me force à m'expatrier, à aller chercher refuge ailleurs, si mes compatriotes et mes amis me renient,

---

1. *Ibid.*, t. I, vol. 1, p. 89 ; trad. fr. B. Foulon.

2. Jeu de mots : le substantif *ghurâb* signifie à la fois « corbeau » et « galère », « brigantin ».

Combien la terre d'Irak sera heureuse de m'accueillir, et combien le Khorassan saura se montrer généreux à mon égard !

En me bannissant de la sorte, ce pays se prive de son plus beau joyau ; en rompant le pacte qu'il avait contracté avec moi, ce siècle montre à quel point il est perfide [1].

## La cour de Mundhir b. Yaḥyâ à Saragosse : un havre de paix pour Ibn Darrâdj

Vers 1018, son errance conduisit Ibn Darrâdj à Valence, auprès des deux souverains esclavons Muẓaffar et Mubârak al-ʾÂmiriyyayn, anciens clients d'al-Manṣûr. Là encore, il ne rencontra qu'indifférence. Enfin, il se dirigea vers Saragosse, où régnait Mundhir b. Yaḥyâ. C'est là qu'il trouva enfin quelque stabilité et reprit sa fonction de poète officiel honoré. Durant une dizaine d'années, il composa, entouré de disciples et d'admirateurs, plus d'une trentaine de panégyriques à la gloire du souverain, qui, à l'instar d'al-Manṣûr b. Abî ʾÂmir, s'illustrait sur la Marche supérieure dans ses combats contre les chrétiens, puis à celle de son fils et successeur Yaḥyâ. Ses vers résonnèrent donc de nouveau des accents d'une admiration sincère portée à son mécène.

Dans le premier poème représentatif de cette période que nous proposons, les anges apparaissent comme les adjuvants du souverain ; bien plus, la nature elle-même semble participer pleinement à la bataille et résolue à assurer le triomphe d'al-Mundhir (texte 1). Ibn Darrâdj n'en oublia pas pour autant les temps fastes de la Cordoue ᶜâmiride, pour lui inégalables. Ses vers se chargèrent même, durant cette période, d'une nostalgie plus palpable encore envers ce passé désormais révolu. Il n'oublia pas davantage la terrible Fitna qui avait bouleversé son existence et ébranlé les fondements mêmes de sa personnalité. Hanté par ce souvenir, il y voyait une nouvelle *Djâhiliyya*, autrement dit une nouvelle « ère d'ignorance » (texte 2). On perçoit dans ces vers l'effondrement des valeurs dont Ibn Darrâdj fut le

1. Cité dans Ibn Bassâm, *Al-Dhakhîra…*, *op. cit.*, t. I, vol. 1, p. 93 ; trad. fr. B. Foulon.

témoin ; il se manifeste à travers une perturbation sensible de l'ordre du monde : ainsi, des éléments naturels habituellement valorisés dans la poésie arabe, à savoir l'eau, les éclairs et les nuages, se muent en forces agressives et destructrices.

Le grand âge n'épargna guère Ibn Darrâdj : ses relations avec Yaḥyâ ayant fini par se dégrader, le poète, alors âgé de soixante-douze ans, se vit contraint de reprendre la route de l'errance. Il tenta de nouveau de renouer avec les maîtres de Valence et de Dénia, ville dans laquelle la mort le surprit en 1030.

Texte 1 À la tête d'une armée gigantesque, se déployant comme la nuit, démultipliée par la puissance de ta victoire.

Tu obtins le soutien des anges, ceux-là mêmes qui avaient porté à la victoire tes aïeux, les Anṣâr.

Le soleil, tu le revêtis d'un manteau de poussière, sous l'obscurité duquel la mort put resplendir ;

L'atmosphère se faisait protectrice ; le sang coulait à flots et la terre, bien abreuvée, scintillait, tandis que le ciel n'était que poussière ;

Les plaines n'étaient plus que coursiers et bannières claquant au vent, et les montagnes lances et coutelas [1].

Texte 2 Dans la nuit obscure d'une Fitna – nouvelle *Djâhiliyya* –, où l'on vit les hommes se détourner de Dieu, attirés par des mirages trompeurs ;

Une Fitna fichant au plus profond de nos cœurs ses flèches divinatoires, tandis que nos âmes étaient sacrifiées aux idoles.

Jalouse des jours heureux, elle fit disparaître sous terre les eaux qui les irriguaient ; la limpidité de celles-ci laissa la place à un châtiment.

Et la lumière des éclairs, pour mieux nous égarer, se mua en feu, tandis que les nuages déversaient un déluge d'amertume [2].

1. Ibn Darrâdj al-Qasṭallî, *Dîwân, op. cit.*, p. 124 *sq.* ; trad. fr. B. Foulon.

2. *Ibid.*, p. 184 ; trad. fr. B. Foulon.

# Ibn Shuhayd
# (992-1035)[1]

Abû ᶜÂmir Aḥmad b. ᶜAbd al-Malik Ibn Shuhayd naquit à Cordoue, dans une famille de l'aristocratie arabe, les Banû Shuhayd, lignée de hauts fonctionnaires cultivant par ailleurs l'amour de la poésie[2]. Son père, Abû Marwân, dont la gloire s'était bâtie à l'ombre des ᶜÂmirides, était un familier d'al-Manṣûr, avec lequel il avait, semble-t-il, tissé des liens affectifs. Durant les dernières années de son existence, il adopta un mode de vie ascétique qu'il imposa à l'ensemble de sa maisonnée, jusqu'à sa mort, en 1003.

## Ibn Shuhayd et la Fitna

La Fitna surprit Ibn Shuhayd en pleine adolescence. Elle sonna pour lui le glas des jours heureux et insouciants. Convaincu, en son for intérieur, de la légitimité des ᶜÂmirides, il resta fidèle au souvenir de leur gloire, comme le fut Ibn Ḥazm à celui de la dynastie omeyyade. Il n'en tenta pas moins de se concilier les bonnes grâces des souverains qui, à Cordoue, se succédaient à un rythme effréné. Le premier d'entre eux, Muḥammad b. Hishâm al-Mahdî, ne bénéficia cependant pas de la complaisance du poète : il était en effet difficile, pour Ibn Shuhayd, de chanter les mérites de l'homme responsable tout à la fois de la chute du régime ᶜâmiride et de la mort du dernier de ses représentants, ᶜAbd al-Raḥmân (1009). Ibn Shuhayd se tourna vers le fils de ce dernier, ᶜAbd al-ᶜAzîz al-Muᵓtaman, établi à Valence, et tenta de le convaincre de s'emparer du pouvoir à Cordoue. Les vers dithyrambiques qu'il lui adressa insistent avant tout sur la légitimité de la lignée ᶜâmiride, de souche arabe. Du point de vue littéraire, c'est surtout l'introduction de ce panégyrique qui retient l'attention : on y découvre en effet le talent d'Ibn Shuhayd pour évoquer un nuage porteur de pluie, symbole

1. 382-426 H.

2. La famille d'Ibn Shuhayd s'était installée sur le sol andalou dès le règne de ᶜAbd Allâh Iᵉʳ. Elle appartenait à la tribu arabe des Ashdjaᶜites, renommée pour ses dons poétiques et la pureté de sa langue.

d'abondance et de générosité ; personnifié, celui-ci entame un dialogue avec le poète (texte 1). Ces vers préfigurent les représentations « paysagères » élaborées par les poètes postérieurs, qui accorderont aux météores, et en particulier aux nuages annonciateurs de pluie, une place de premier plan.

Al-Muʾtaman pria Ibn Shuhayd de le rejoindre à Valence, mais celui-ci déclina l'invitation : il s'en explique dans un court poème, où, tout en affirmant être incapable de se résoudre à quitter Cordoue, il dépeint la ville sous des traits bien peu attrayants (texte 2). Pendant ce temps, les nombreux soubresauts de la Fitna n'en finissaient pas d'accabler la capitale omeyyade. Avec la reddition de la ville et sa mise à sac par les Berbères (1013), la cité vivait ses jours les plus sombres ; on y déplorait vingt mille morts. Dans un long poème, Ibn Shuhayd rend compte d'un effondrement qui prend l'ampleur d'une crise civilisationnelle : passé et présent s'opposent de manière irréductible dans ces vers imprégnés d'un pessimisme dont le poète ne se départit jamais plus (texte 3).

Sa propension au libertinage – ses contemporains le décrivent comme étant « lié à sa coupe de vin plus encore que l'oiseau à sa branche » – exposa en outre Ibn Shuhayd à de nombreuses attaques et calomnies, en particulier sous le règne des Ḥammudides (1016-1023)[1], qui, par ailleurs, goûtaient fort peu les subtilités de la poésie arabe. Le poète passa quelque temps en prison. Son sort fluctua ensuite en fonction des renversements d'alliances. C'est ainsi qu'il fut nommé vizir au côté de son ami Ibn Ḥazm, durant le règne très bref de ʿAbd al-Raḥmân al-Mustaẓhir, remplacé au bout de quarante-sept jours par Muḥammad al-Mustakfî (1024). La disparition définitive du califat de Cordoue, en 1031, sonna le glas de ses ambitions politiques.

Texte 1 Un nuage nous rendit visite de bon matin, ses yeux inondant l'horizon d'une averse de larmes.

1. Dynastie d'origine arabe qui régnait au temps des Taifas à Málaga et qui voulut profiter de la Fitna pour s'emparer du titre califal au détriment des prétendants omeyyades. Les Ḥammudides réussirent un temps à établir leur pouvoir sur une grande partie d'al-Andalus, mais ils furent évincés par la suite.

Tel un océan surgissant au-dessus de nos têtes, tout entier fait de perles non percées.

Il s'approcha, jusqu'au moment où il parut essuyer la terre de sa traîne frangée.

Ravis d'être conviés à cet admirable spectacle, nous lui demandâmes :

« Qu'es-tu donc ? – Un nuage chargé de pluie, répondit-il, dont la main généreuse fut instruite par celles d'un habile artisan ;

« Ce dernier m'a sommé de quitter l'Orient, pour venir vous arroser, en témoignage de sa clémence, en cet Occident extrême. »

Nous le priâmes : « Sois plus clair ! – L'éclat de l'astre saurait-il être dissimulé ? répondit-il.

« C'est un roi prêt à en découdre avec vos adversaires, il est de lignée et de rang ʿâmiride. »

Nous comprîmes alors que ce présent nous était offert par celui qui avait reçu en héritage la générosité de ses pères et de ses aïeux [1].

2 Par ma jeunesse j'en fais le serment, c'est une vieille décrépite ; pourtant, au fond de mon cœur, elle m'apparaît toujours sous les traits d'une beauté.

En dépit de son grand âge, elle continue à forniquer avec les hommes ; quel plaisir que celui de pécher avec cette infatigable catin !

Malgré sa faiblesse, elle est passée maître dans l'art de faire tourner la tête des hommes comme des norias ;

Son amour vient à bout des patiences les plus endurcies, qui finissent par tomber d'épuisement, captives dans sa main ;

---

1. Ibn Shuhayd, *Dîwân*, n° 8, éd. Muḥyî al-Dîn Dîb, Beyrouth, al-Haktaba al-ʿaṣriyya, 2002, p. 54 ; trad. fr. B. Foulon. Outre les œuvres poétiques, cette édition renferme les épîtres d'Ibn Shuhayd. On se référera également avec profit à l'analyse et à la traduction espagnole de James Dickie : *El Dîwân de Ibn Shuhayd al-andalusî, texto y traduccion*, Cordoue, Real Academia de Cordoba, Instituto de Estudios Califales, 1975.

Cuenca n'est pas de taille à supporter la comparaison avec elle, et Dénia la coquette serait bien en peine de l'égaler ;

La triste vie que j'y mène m'a revêtu d'un manteau de malheurs, et j'ai bien peur que mon chagrin y soit éternel [1] !

Texte 3 Parmi les décombres, il n'y a personne pour nous donner des nouvelles de ceux que nous aimons. Qui pourrons-nous interroger à leur sujet ?

Seule pourra répondre la séparation, puisque c'est elle qui t'éloigne d'eux, qu'ils gravissent des montagnes, ou franchissent des vallées.

Une Destinée injuste les a accablés : dispersés aux quatre vents, la plupart d'entre eux périrent.

Les coups du destin les ont frappés, tant dans leurs demeures que dans leur chair : rien des habitations ni des personnes ne fut épargné.

Demande au Destin d'orner leurs patios de fleurs : peut-être leur beauté pourra-t-elle illuminer leurs cœurs.

Car c'est vraiment bien peu de choses, pour une ville telle que Cordoue, que de verser toutes les larmes de son corps.

C'est une demeure dont les habitants – Que Dieu leur pardonne leurs péchés ! – se sont dispersés : dans les contrées peuplées par les Berbères, au Maghreb et en Égypte.

Partout, ils ont essaimé : petites communautés vidées de leurs forces par l'exil, et plongées dans le plus grand désarroi.

À l'époque où je l'ai connue, la concorde régnait pourtant parmi ses habitants, et la vie était florissante.

Le souffle de sa splendeur répandait sur eux l'éclat de ses fragrances, dominées par la senteur de l'ambre.

---

1. Ibn Shuhayd, *Dîwân*, n° 77, *op. cit.*, p. 138-139 ; trad. fr. B. Foulon.

La perfection avait érigé son dais en cette demeure, et aucun défaut ne pouvait l'entacher.

Les gens tenaient pour certaine l'intangibilité de sa beauté, si bien qu'ils s'enturbannaient et s'enveloppaient dans les voiles de sa magnificence.

Comme, pour eux, la vie était douce, dans ses palais et ses gynécées, à l'heure où ses pleines lunes descendaient doucement à l'intérieur de ses demeures prestigieuses !

En son palais – celui des Omeyyades – régnait l'abondance, mais l'opulence du califat surpassait tout.

Quelle splendeur que celle de la Zâhiriyya, et de ses embarcations apprêtées pour les fêtes ; que d'étoiles pour peupler la ᶜÂmiriyya [1] !

Dans la Grande Mosquée affluait, qui pour réciter le Coran, qui pour écouter ce qu'il souhaitait, qui, encore, pour jouir simplement du spectacle.

Et les venelles de ses marchés, où se pressait la foule, auraient pu soutenir la comparaison, au jour du Jugement dernier, avec le lieu du Rassemblement.

Ô Paradis ! La tempête de l'éloignement t'a balayé, sans épargner ta population ; sur l'un comme sur l'autre elle a semé la ruine.

Ta mort me plonge dans l'affliction ! Et ce n'est que justice, puisque nous n'avons cessé de tirer gloire de toi lorsque tu étais en vie !

Chacun pouvait trouver une Mecque en tes patios ; tous les hommes ravagés par la peur pouvaient s'y réfugier et y trouver secours.

Ô demeure ! L'oiseau de l'éloignement s'est abattu sur toi et sur tes habitants ; tous deux fûtes transformés au point de devenir méconnaissables.

---

1. La Zâhiriyya était la résidence palatiale construite par al-Manṣûr b. Abî ᶜÂmir. La ᶜÂmiriyya, quant à elle, était l'une des *munya-s*, c'est-à-dire des résidences d'agrément, de ce souverain, à Cordoue.

On aurait dit que les eaux du Tigre et de l'Euphrate réunis coulaient entre tes rives; bien plus, encore, les eaux du Nil, et même celles du Kawthar [1] !

Et tu étais irriguée par un nuage qui déversait sur toi un élixir de vie permettant à tes jardins de prospérer et de s'épanouir.

Il m'est douloureux de songer à cette demeure, dont j'ai fréquenté les campements printaniers, du temps où les évolutions gracieuses de ses gazelles y occupaient l'espace.

Il fut un temps où, en tout lieu, chaque regard d'hommage vers elle était dirigé.

Un temps où régnait une autorité unifiée, sous l'égide de son prince, un prince qui véritablement gouvernait.

Un temps où la main de la sécurité s'élevait vers elle, promptement, pour faire un geste de paix.

Ma tristesse est grande, infinie, lorsque je pense au destin de ses dirigeants, de ses narrateurs, de ses fonctionnaires dignes de confiance et de ses défenseurs.

Mon âme soupire en évoquant sa grâce, sa sérénité, sa splendeur et sa grandeur.

Le souvenir du sort qui fut celui de ses savants, de ses sages, de ses lettrés et de ses hommes de goût me crève le cœur [2].

## Ibn Shuhayd critique

Plus encore que pour son libertinage et sa grande générosité, Ibn Shuhayd est célèbre pour son orgueil démesuré. Celui-ci repose d'abord sur son sentiment d'appartenir à une vieille famille arabe conjuguant les deux valeurs qui régissaient le système nobiliaire arabe – l'ancienneté (*nasab*) et l'illustration (*ḥasab*) –, et ce, dans un pays majoritairement peuplé de non-Arabes. Orgueilleux, Ibn Shuhayd l'est aussi quant à la valeur de sa propre poésie, qu'il estime supérieure à l'ensemble des

1. L'un des fleuves coulant au Paradis musulman.
2. Ibn Shuhayd, *Dîwân*, n° 28, *op. cit.*, p. 76-77 ; trad. fr. B. Foulon.

productions de ses aînés, à l'exception, peut-être, de celle d'al-Mutanabbî, qui demeure son modèle et sa référence en la matière[1].

Divers fragments consignés par Ibn Bassâm, dans son anthologie *Al-Dhakhîra*[2], nous renseignent sur la conception de l'art littéraire d'Ibn Shuhayd. Ses convictions quant à l'origine du talent littéraire, en particulier, diffèrent assez fondamentalement de celles qui prédominaient à l'époque. À ses yeux, en effet, le talent est inné. La beauté étant le fruit d'un don naturel, elle ne saurait ni s'expliquer ni se définir, mais peut seulement être mesurée à l'aune de l'émotion qu'elle suscite chez l'auditoire (texte 1). Ibn Shuhayd insiste en outre sur le fait que le goût littéraire et le style évoluent d'une époque à l'autre.

Sa poésie obéit-elle aux critères définis dans ses textes critiques ? La réponse se doit d'être nuancée. Certes, il lui arrive de s'inscrire dans la tradition en ouvrant ses compositions sur l'évocation des vestiges de campements, à la manière des poètes arabes anciens ; se mesurant sans cesse à ses modèles orientaux, il peine parfois à échapper aux poncifs du substrat poétique alimentant les œuvres de ces derniers. Mais il n'en fut pas moins un poète inspiré, doué pour l'improvisation, remarquable lorsqu'il s'agissait de renouveler les images, de cibler son thème, de choisir son lexique ; des notes très personnelles émaillent ainsi sa poésie, imprégnée par un profond pessimisme. Trois vers, extraits d'un pastiche du poète oriental al-Buḥturî[3], en offrent un exemple saisissant (texte 2). Tout se passe comme si un pessimisme personnel, puisant sa source dans le sentiment du tragique de la vie, et un pessimisme historique, bien compréhensible dans le contexte de la Fitna, se conjuguaient et s'articulaient dans son œuvre. Le spectacle de

1. Ibn Shuhayd avait reçu une formation essentiellement littéraire et ne possédait pas la culture étendue et protéiforme qui était celle de nombreuses personnalités de l'époque. Il n'ignorait cependant rien de l'œuvre poétique de ses grands prédécesseurs orientaux, et, en ce qui concerne la prose, avait pour modèles al-Djâhiẓ et Badî<sup>c</sup> al-Zamân al-Hamadhânî, dont les *Maqâmât* ont peut-être inspiré son *Épître des démons inspirateurs des poètes* (voir *infra*, p. 138), en particulier la « *Maqâma* al-Iblîsiyya », ou « *Maqâma* du diable Lucifer ».

2. Voir *infra*, p. 283 *sq.*

3. Abû ᶜUbâda al-Buḥturî, poète de l'époque abbasside (820-897).

l'irresponsabilité de la plupart de ses contemporains lui inspire une misanthropie qui transparaît dans nombre de ses poèmes.

Texte 1 Il ne suffit pas de mémoriser moult hapax, ni de se montrer apte à répondre à l'ensemble des questions posées par la syntaxe, pour acquérir la maîtrise de l'art du discours [*bayân*]. Car cette dernière repose sur le seul don inné [*ṭab*ʿ], et c'est lui qui évalue la part qu'il faut accorder à la syntaxe et aux mots rares. Ce don inné dépend étroitement des relations que l'esprit entretient, chez l'homme, avec le corps. Celui dont l'esprit, dès l'origine, domine le corps, possédera ce don inné et aura des dispositions pour tout ce qui touche au spirituel. Que ce soit au niveau de la forme ou du contenu, il sera dès lors capable de parer son discours des plus beaux atours. Inversement, celui dont le corps, d'emblée, domine l'esprit et les sensations, n'aura pas les mêmes aptitudes : son discours sera bien inférieur à celui du premier : il n'en atteindra guère la perfection formelle, et ne pourra rivaliser avec lui sur le plan de l'agencement et de l'éclat. Celui chez qui l'esprit a la prééminence sur le corps pourra composer avec bonheur et trouver les tournures élégantes qui enchanteront les cœurs et raviront les âmes. C'est en vain que tu chercherais à déterminer quelle est l'origine de cette beauté, et à découvrir la règle qui en établit l'harmonie, et c'est bien là ce qui est étrange : que la beauté naisse de ce qui n'est point beau [1].

Texte 2 Si le monde était de noble origine, il ne servirait pas de nourriture aux chiens les plus vils.

Je considère ce que les autres ont obtenu de ce monde, et ce qui m'apparaît est plus négligeable que la poussière retenue par mes vêtements.

---

1. Ces lignes font partie d'une épître dite « à Ishkimyâṭ », du nom de son destinataire, et figurent dans Ibn Bassâm, *Al-Dhakhîra*..., *op. cit.*, t. I, vol. 1, p. 231-232 ; trad. fr. B. Foulon.

Le monde n'est rien de plus qu'une charogne putride, sur laquelle fondent et s'agglutinent les hommes, telle de la vermine [1].

## La maladie d'Ibn Shuhayd et le sommet de son art poétique

Ibn Shuhayd tomba gravement malade en 1034, frappé sans doute d'une hémiplégie. Les sept derniers mois de sa vie furent marqués par de terribles souffrances, et il en vint même à songer au suicide : cet épisode est évoqué brièvement dans l'une de ses ultimes compositions (texte 1). Désespéré, mais cependant lucide, il poursuivit son œuvre poétique jusqu'à la dernière extrémité. C'est alors qu'il atteignit l'apogée de son art : parmi la dizaine de poèmes datant de cette période figure le texte considéré comme son œuvre maîtresse, adressé à son ami Abû Muḥammad Ibn Ḥazm (texte 2). Ces vers nous étreignent par l'intensité dramatique et les accents de sincérité qui en émanent – sincérité de l'homme qui, contraint de procéder, face à la mort, à son examen de conscience, atteint en cet instant un rare degré d'abnégation. On est très loin ici du ton convenu qui règne dans les panégyriques. L'ultime composition d'Ibn Shuhayd, où il évoque sa passion pour ᶜAmr, un éphèbe, n'est pas moins émouvante : si c'est pour lui un véritable déchirement que de devoir se séparer du jeune homme, c'est cet amour, néanmoins, qui lui permet de surmonter les affres de l'agonie (texte 3).

e 1 Je pleure sur mon âme, et me lamente sur la noblesse dont elle fit preuve au moment où l'extrême douleur m'incitait à la détruire.

En toute circonstance, j'accepte le décret de Dieu, ainsi que Ses jugements, convaincu de leur équité.

Me voici contraint de rester chez moi, un bâton à mon côté, pour compenser la faiblesse d'une jambe, au pied fragilisé par la maladie.

1. Ibn Shuhayd, *Dîwân*, n° 10, *op. cit.*, p. 56-57 ; trad. fr. B. Foulon.

Et je déplore la condition vile d'un homme mortel agitant une main d'enfant aiguisée, tel un fer de lance, par l'adversité.

Combien d'adversaires ai-je affrontés ! De combien de peines me suis-je débarrassé ! Sur combien de demeures, désolées par la sécheresse, ai-je versé ma pluie providentielle !

Combien de poèmes déchirants ai-je composés, en vue de les déclamer en public, et dont nul ne conteste la valeur !

Qui portera à mes amis la nouvelle que leur frère subit les assauts destructeurs d'une violence à nulle autre pareille ?

Recevez le salut d'un jeune homme que la mort tient déjà entre ses crocs, mais qui n'a pourtant pas oublié l'œil qui lui avait décoché ses flèches ;

Déjà, il s'éloigne ; la main de la mort lui arrache l'âme, mais celle-ci est habitée d'un amour qui adoucit la douleur du renoncement [1].

Texte 2 Voyant la vie me tourner le dos, et convaincu que la mort, lancée à mes trousses, était sur le point de me rattraper,

J'ai rêvé de trouver refuge dans quelque cavité, au sommet d'une montagne battue par les vents ;

Là, solitaire, je me nourrirais, pour le temps qui me reste à vivre, de graines glanées sur le sol, tandis que l'eau recueillie dans les anfractuosités de la roche suffirait à me désaltérer ;

Ô, mes amis ! S'il arrive à certains hommes de réclamer la mort une fois, je l'ai, quant à moi – croyez-en ma parole d'homme sincère –, appelée cinquante fois.

Alors que l'heure de mon départ a sonné, il me semble n'avoir rien pu arracher au monde, pas même un instant fugace.

---

1. *Ibid.*, n° 58, p. 110 ; trad. fr. B. Foulon.

Qui donc pourra porter à Ibn Ḥazm, qui me fut d'un si grand secours dans l'adversité, ce message :

« Que le salut de Dieu soit sur toi ! Quant à moi, je me meurs, et c'est de ce compagnon en partance dont il faudra te contenter comme viatique.

« Lorsque tu m'auras perdu, n'omets pas de me pleurer et de me louer, de rappeler mes exploits et mes vertus. »

Par Dieu, puisse cet éloge funèbre, lors de mes funérailles, émouvoir la fine fleur de ceux qui s'adonnent à notre art, tous beaux jouvenceaux à l'esprit alerte.

La chouette servant de réceptacle à mon âme pourrait bien alors, depuis mon tombeau, percevoir quelques bribes de ces beaux discours, colportées par la mélopée d'un berger, ou le chant d'un voyageur.

Entendre que l'on garde mémoire de moi après mon trépas me procurera le repos ; ce serait péché que d'empêcher un pauvre mort de se distraire !

Il me reste à placer mon espoir en Dieu, afin qu'Il considère les péchés que j'ai jadis commis à la lumière de la connaissance qu'Il détient de mon être véritable, et qu'Il me pardonne [1].

ce 3 À Dieu, je confie les amis qui furent mes compagnons, hommes généreux et rivalisant de noblesse ;

Jouvenceaux semblables à des étoiles dont la brillance est guidance, mais qui réduisent en cendres ceux qui leur portent atteinte ;

Parmi eux, il est un astre qui a élu domicile en mon cœur pour son couchant, et au plus profond de moi pour son levant.

Dieu sait que jamais je ne m'en suis séparé sans sentir en ma poitrine la brûlure d'un ardent désir ;

Nous étions des amis intimes, mais le sort a trahi cette intimité ; quel homme pourrait survivre aux pièges tendus par la mort ?

1. *Ibid.*, n° 50, p. 101-102 ; trad. fr. B. Foulon.

Si je survis, peut-être le destin nous réunira-t-il à nouveau ; et si je meurs, l'échanson lui servira un breuvage identique à celui qu'il m'a servi ;
Que Dieu anéantisse celui qui tentera d'égarer cet ami ;
Ou celui qui s'emploiera à lui inculquer d'autres mœurs que les miennes !
Il fut ma consolation à l'heure où la vie m'imposa ses épreuves ; l'amour ne porte atteinte ni à ma culture, ni à ma nature profonde ;
Jusqu'au moment où les vicissitudes du sort nous décochèrent leurs flèches et nous séparèrent. Nul ne peut échapper aux assauts du destin !
À l'heure où la mort m'oppresse, je le contemple, ultime réconfort, alors que je me bats pour mon dernier souffle de vie [1].

## *Épître des démons inspirateurs des poètes et démons des tempêtes*

C'est en prose qu'Ibn Shuhayd a écrit son œuvre la plus originale et la plus attachante. Vraisemblablement rédigée entre 1025 et 1029, la *Risâlat al-Tawâbi*ᶜ *wa al-Zawâbi*ᶜ, ou *Épître des démons inspirateurs des poètes et démons des tempêtes*, que l'on peut considérer comme une œuvre de jeunesse [2], ne nous est pas parvenue dans son intégralité. Il semble qu'Ibn Shuhayd

1. *Ibid.*, nº 52, p. 104 ; trad. fr. B. Foulon.

2. La date de composition de l'ouvrage a fait l'objet de nombreuses polémiques car il s'agissait de déterminer laquelle, de cette épître ou de *L'Épître du pardon*, que l'on doit à l'Oriental Abû al-ᶜAlâᵓ al-Maᶜarrî, avait été rédigée la première et avait pu, par conséquent, influencer la seconde. Parmi les datations controversées, citons celle de Brockelmann, qui affirma que l'œuvre d'Ibn Shuhayd avait vu le jour vingt ans avant celle d'al-Maᶜarrî, soit vers 1013, sans apporter toutefois la moindre justification. Plus vraisemblablement, il faut admettre que les deux œuvres ont comme point de départ une source d'inspiration commune : la tradition du *mi*ᶜ*râdj*, ou voyage nocturne du Prophète de l'islam.

ait voulu riposter par cet écrit aux accusations de plagiat lancées contre lui par le vizir et secrétaire Abû Bakr Yaḥyâ Ibn Ḥazm, à la cour de Sulaymân al-Mustaᶜîn. Les quatre tableaux qui forment le texte dont nous disposons nous ont été transmis par Ibn Bassâm dans la *Dhakhîra*.

Dans ce texte à la facture très originale, l'auteur reprend la conception des anciens Arabes selon laquelle chaque poète serait inspiré par un djinn attaché à sa personne. Dans le prologue, il imagine les circonstances dans lesquelles se produit sa rencontre avec son propre démon inspirateur, Zuhayr b. Numayr [1]. Celui-ci, qui appartient à la même tribu arabe que lui, les Ashdjaᵓî, lui fait découvrir le pays des démons. Si Ibn Shuhayd s'extasie d'emblée sur le caractère merveilleux de ce territoire, force est de constater, au vu de la description qu'il en fait, que celui-ci n'apparaît guère différent du monde des humains. L'auteur ne s'intéresse pas plus à ce qui est traditionnellement considéré comme la spécificité majeure des djinns, à savoir leur prédisposition à changer de forme à volonté. Son mépris pour de telles incongruités témoigne du fait que, pour lui, l'essentiel est ailleurs : cette escapade n'a en effet d'autre but que celui de rencontrer les démons inspirateurs des grands noms de la littérature arabe.

Escorté de son fidèle compagnon, Ibn Shuhayd se trouve ainsi tour à tour en présence des démons inspirateurs (*tawâbiᶜ*) de quelques-uns des plus célèbres poètes de la période antéislamique – Imruᵓ-l-Qays, Ṭarafa et Qays Ibn al-Khatîm –, puis, sans transition, de ceux des poètes « modernes » : Abû Tammâm, Abû Nuwâs et al-Mutanabbî, référence ultime de Ibn Shuhayd (Premier tableau). Enfin, le poète se tourne vers les démons des monuments de la prose arabe : ᶜAbd al-Ḥamîd, Ibn al-Muqaffaᶜ, al-Djâhiẓ et Badîᶜ al-Zamân al-Hamadhânî (Deuxième tableau). Ce choix, tout à fait pertinent d'un point de vue critique, s'explique aussi sans doute par le fait qu'Ibn Shuhayd ne s'intéresse véritablement qu'aux auteurs qu'il a lui-même cherché à imiter dans ses nombreux pastiches (*muᶜâraḍa*). Déclamant devant chacun des illustres personnages une pièce

1. Le choix du nom de ce démon ne doit rien au hasard et évoque immanquablement le célèbre poète préislamique Zuhayr Ibn Abî Sulmâ, dont l'ensemble de la production, selon la tradition, fut inspiré par un djinn.

de sa composition adaptée aux circonstances, il se voit accorder à chaque fois l'*ijâza*, c'est-à-dire l'autorisation de poursuivre sa carrière littéraire. On notera la différence de traitement que l'auteur administre aux démons des poètes et à ceux des prosateurs : en exprimant d'emblée le souhait de rendre d'abord visite aux premiers, il accorde à ceux-ci la préséance. En outre, c'est individuellement qu'il rencontre les démons des poètes, placés chacun dans un environnement singulier. Le poète abbasside Abû Nuwâs, par exemple, apparaît dans un contexte conforme à sa réputation sulfureuse : des symboles chrétiens, cloches et églises, rappellent qu'il fréquenta assidûment les monastères pour ses libations, tandis qu'un décor de cabaret, assorti en quelque sorte à l'état d'ébriété dans lequel il se présente à nous, évoque son libertinage. Les démons des prosateurs, en revanche, sont rassemblés en un même lieu, une prairie. Ibn Shuhayd s'attaque ensuite à quelques-uns de ses détracteurs parmi ses contemporains, en particulier à son adversaire juré, Abû al-Qâsim b. al-Iflîlî, qu'il présente sous une figure caricaturale. Tandis que le troisième tableau est consacré au traitement d'un thème unique par de multiples poètes, la dernière partie de l'*Épître* nous montre Ibn Shuhayd pris à partie par un groupe d'ânes et de mulets, sous les traits desquels l'auteur ridiculise à cœur joie certains de ses contemporains, allant jusqu'à représenter le chef de file des grammairiens sous la forme d'une oie. Indéniablement, l'orgueil démesuré du poète trouve dans cette épître un exutoire à sa mesure.

Nous proposons ci-après la scène de la rencontre initiale entre le poète et son démon inspirateur (texte 1), puis celle qui le met en présence, au pays des djinns, avec le démon du célèbre poète de l'Antéislam : Imruᵓ-l-Qays (vers 500-540). Ibn Shuhayd, refusant de déclamer sa poésie avant celle de son auguste prédécesseur, témoigne du respect que lui inspire le poète archaïque (texte 2). Parce qu'il est célèbre pour ses descriptions, nous présentons également l'une d'elles, celle de la puce, qui fut reprise dans plusieurs de ses recueils, et qu'il cite dans *L'Épître des démons* comme exemple de son art en la matière (texte 3).

Texte 1 J'en étais encore à l'apprentissage de l'alphabet, que déjà les belles-lettres exerçaient sur moi la plus grande des fascinations, et que je brûlais de composer d'éloquents discours. Aussi, je me mis à l'école des *dîwâns*, et fréquentai les maîtres assidûment; de telle sorte que l'artère de mon intelligence se mit à palpiter, et que la veine de mon savoir se chargea de substance spirituelle. Un simple regard jeté négligemment sur un ouvrage me fournissait un précieux viatique, et une fréquentation superficielle des livres suffisait à me nourrir, car le pot du savoir avait trouvé en moi son couvercle [1]. Tout me profitait : assurément, je n'étais en rien semblable à la neige avec laquelle on s'efforce d'allumer un feu, et ne ressemblais guère au baudet chargé de livres qu'il serait bien en peine de déchiffrer [2]. Sans relâche, je battais en brèche la muraille de l'éloquence, et m'employais à prendre son oiseau dans mes rets. Dès lors, j'allai de merveille en merveille, et mes désirs furent comblés.

Durant cette prime jeunesse, je vécus une folle passion. Celle-ci s'intensifia, jusqu'au moment où la lassitude finit par l'emporter. Or, il advint que la personne qui m'avait inspiré cette inclination mourut, alors que je me trouvais dans cette disposition d'esprit. Cette disparition m'affligea, et, un jour que je me trouvais seul dans le jardin de ma demeure, aux portes closes, j'entrepris de composer un thrène [3] en mémoire de cette personne.

Il débutait ainsi :

« La mort a eu raison de la gazelle du harem; et le trépas a vaincu la naïve antilope. »

Cherchant à m'excuser de la lassitude que j'avais éprouvée, je poursuivis en ces termes :

« Si, à ton égard, j'ai ressenti quelque lassitude, celle-ci ne me fut pas dictée par un sentiment de haine, ni par une quelconque pensée qui m'aurait corrompu le cœur. »

1. Expression proverbiale.
2. Allusion à un verset du Coran (LVII, 5).
3. Poème composé en l'honneur d'un défunt.

Mais, l'inspiration m'ayant quitté, je me sentis incapable de poursuivre, et me trouvai réduit au silence.

C'est alors qu'un cavalier surgit à la porte du kiosque ; il montait un Barbe aussi noir que sa barbe. Arc-bouté sur sa lance, il m'interpella en ces termes :

« Et bien, jeune humain, est-ce donc là de l'impuissance ?

– Par ma foi, que nenni ! répliquai-je. C'est seulement qu'il est des moments où le silence s'impose. C'est là le sort des humains.

– Alors poursuis donc ton poème de la manière suivante :

“Mais par l'ennui ressenti par un jeune homme comblé, pour avoir trop longtemps goûté le bonheur et la joie.” »

J'appréciai la suite qu'il avait donnée à mon vers.

« Grâce te soit rendue ! m'exclamai-je. Qui es-tu donc ?

– Je suis Zuhayr Ibn Numayr, ton contribule *ashdja*[c]*î* chez les djinns.

– Et que me vaut le plaisir de ton apparition ?

– La vive affection que je te porte m'a incité à te choisir comme ami.

– Et bien, sois le bienvenu, ô visage de lumière ! Tu trouveras en ma personne un cœur tout à toi dévoué, et une inclination qui ne demande qu'à s'attacher à toi. »

Nous discutâmes un moment, puis il me dit :

« Lorsque tu souhaiteras me faire apparaître, il te suffira de déclamer ces vers :

“Recherche, [c]Azza, de Zuhayr, l'amitié ! Quel prodige ! À peine l'invoques-tu qu'il est là !

“Que des bouches viennent, un jour, à prononcer le nom de mon amie, et il me semble déjà baiser sa bouche ;

“J'accours vers les lieux où j'entends parler d'elle, quand bien même me faudrait-il franchir mille dunes de sable, par amour de son amour.” »

Puis, d'un bond, il fit franchir le mur de l'enceinte du jardin à son cheval, et disparut.

Dès lors, mon cher Abû Bakr, chaque fois que je me sentais réduit au silence, acculé dans une impasse, ou encore égaré, je récitais ces vers, et mon ami m'apparaissait. J'atteignais alors mon but, et mon démon acquiesçait à mes demandes.

Au fil du temps, notre amitié grandit. Et je vécus des aventures qui seraient fort longues à conter toutes, si bien que je me contenterai d'en narrer quelques-unes.

te 2

## LE DÉMON D'IMRUʾ-L-QAYS

Alors que Zuhayr et moi évoquions un jour les récits que l'on entend sur les orateurs et les poètes, ainsi que sur les démons qui leur étaient attachés, je demandai :

« N'y aurait-il pas un moyen de les rencontrer ?

– Il me faut, préalablement, en demander licence à notre maître. »

À peine s'était-il envolé que, déjà, il était de retour auprès de moi, muni de l'autorisation nécessaire. Il me demanda d'enfourcher son cheval. Notre coursier nous emporta dans les airs, tel un oiseau qui parcourt des espaces infinis. Enfin, j'aperçus un territoire fort différent du nôtre, et survolai un espace ne ressemblant en rien à notre univers, couvert d'arbres touffus et de fleurs parfumées.

« Te voici arrivé sur la terre des djinns, Abû ʿÂmir, me dit Zuhayr, qui veux-tu que nous rencontrions en premier ?

– Sans doute les orateurs méritent-ils la préséance, répondis-je, pourtant c'est vers les poètes que me porte mon désir.

– Et quel est donc celui que tu souhaites rencontrer parmi eux ?

– Le démon d'Imruʾ-l-Qays. »

Il dirigea alors notre monture vers une vallée plantée de grands arbres à la ramure ondoyante, tout bruissants du gazouillis des oiseaux.

« Ô ᶜUtayba Ibn Nawfal ! s'écria-t-il. Par le déclin de la dune, entre Dakhul et Ḥawmal[1] ! Et par la journée passée à Dârat Djuldjul[2] ! Je t'adjure de te montrer à nous, de nous réciter ta poésie, puis d'écouter cet humain. Tu nous feras savoir quel est ton jugement sur son art ! »

À cet instant précis, un cavalier surgit, montant une alezane dont la robe rousse resplendissait telle un flambeau.

« Que Dieu te salue, Zuhayr, et qu'Il salue aussi ton compagnon. Est-ce là le jeune prodige des humains ?

– Oui, c'est bien lui. Et vois quelle braise ardente, Ô ᶜUtayba !

– Déclame ! » m'ordonna-t-il.

Mais je répondis :

« C'est au maître qu'il revient d'inaugurer la récitation. »

Alors, son regard prit de la hauteur, il tressaillit de tout son être et saisit les rênes de son coursier, auquel il assena un coup de cravache. Portant la tête haute, le cheval partit au galop et prit du champ. Après quoi, ᶜUtayba revint et se présenta face à nous en brandissant sa lance, puis il ficha celle-ci dans le sol et entreprit de déclamer le poème d'Imruᵓ-l-Qays commençant par :

« J'avais dompté mon désir pour vous, mais voilà qu'il s'est à présent réveillé[3]… »

Lorsqu'il l'eut terminé, il me pria de réciter à mon tour. Je songeai d'abord à prendre la fuite, cependant je me repris et déclamai :

« À la vue des demeures de Suleyma, quelle émotion !… »

1. Il s'agit du second hémistiche du premier vers de la célèbre *Muᶜallaqa* (ode) de ce poète préislamique.

2. Second hémistiche du dixième vers de la même *Muᶜallaqa.*

3. Il s'agit du premier hémistiche d'un vers d'un poème composé alors qu'Imruᵓ-l-Qays était en route pour Byzance.

Lorsque j'eus terminé, ᶜUtayba m'observa, puis lâcha : « Va, je te délivre le titre de poète ! » Sur ce, il disparut [1].

te 3 Aussi noire qu'un Éthiopien, à la fois familière et sauvage, elle n'est ni faible, ni pusillanime, on dirait un morceau d'obscurité arraché à la nuit, grain noir doté par la nature d'une solidité à toute épreuve, point posé à l'encre, clou minuscule et ténébreux formé par le cœur d'une teigne. Elle boit en aspirant, et se déplace par bonds, se dissimule le jour, et voyage de nuit ; elle attaque sa proie en assenant un coup de lance douloureux, et ne fait nulle différence entre le sang des musulmans et celui des mécréants, qu'elle considère tous deux comme licites ; elle enfourche la fine fleur des cavaliers, et se pavane sur le dos des puissants ; elle se complaît dans les replis des riches costumes, aucune tenture ne l'arrête, et elle se rit des portiers ; elle s'abreuve aux sources les plus délectables de la vie, et se faufile à travers les fourrés les plus impénétrables, au feuillage frais et tendre ; aucun prince ne saurait la bannir, et la rage du jaloux contre elle n'a pas de prise, bien qu'il s'agisse de la plus vile des créatures ; c'est un fléau universel, et, volage, elle ne se tient pas à un seul logement ; ainsi en va-t-il de toute puce, qui à elle seule témoigne à la fois de l'imperfection de l'homme et de la puissance souveraine de Dieu [2].

## Ibn Ḥazm
(994-1064) [3]

Parmi les auteurs de la période omeyyade, Abû Muḥammad ᶜAlî b. Aḥmad b. Saᶜîd, dit Ibn Ḥazm, est sans doute celui sur lequel la guerre civile marquant la fin du califat de Cordoue

1. Ibn Shuhayd, *Dîwân, op. cit.*, p. 194-196 (*Épître*, Iʳᵉ partie : « Les démons inspirateurs attachés aux poètes ») ; trad. fr. B. Foulon.
2. *Ibid.*, p. 212 ; trad. fr. B. Foulon.
3. 384-456 H.

laissa l'empreinte la plus profonde : le cours de sa vie fut radicalement modifié par les effets de cette crise. Une existence pour le moins mouvementée n'entrava cependant en rien la prodigieuse fécondité intellectuelle de cet auteur majeur, et l'on estime à quatre cents le nombre de ses ouvrages, totalisant environ quatre-vingt mille pages. Son œuvre embrasse tous les champs de la connaissance de son temps : droit, théologie, sciences du hadith et de la généalogie, hérésiographie, histoire, *adab*, poésie… Une grande partie de ces textes est perdue [1]. Il ne sera question ici que de son œuvre littéraire.

## Une vie dans la tourmente de la Fitna

L'enfance et la prime jeunesse d'Ibn Ḥazm, né à Cordoue en 994 dans une famille côtoyant les cercles du pouvoir, se déroulent dans le cadre somptueux des palais cordouans. Son père, Aḥmad b. Sa<sup>c</sup>îd, très cultivé, mène une carrière politique attachée à la personne du très puissant *ḥâdjib* al-Manṣûr Ibn Abî ᶜÂmir [2], dont il fut le condisciple. À la mort d'al-Manṣûr, il poursuit sa carrière auprès de son fils al-Muẓaffar. Cette existence luxueuse, qui est celle dévolue aux milieux aristocratiques andalous, a pour cadre une demeure située dans les quartiers orientaux de la capitale califienne, et jouxtant la résidence d'al-Manṣûr, al-Zâhira. Les événements, pourtant, mettent un terme à cette vie heureuse et insouciante.

Le premier acte de la tragédie se joue lorsqu'un prince omeyyade, al-Mahdî, revendique le titre califal et tente de s'emparer du pouvoir. Soupçonnée d'être impliquée dans ce soulèvement, la famille d'Ibn Ḥazm quitte sa résidence pour s'installer dans les quartiers occidentaux de Cordoue, où se trouve son ancienne demeure de Balâṭ Mughîth (1009). Dans le contexte de la rivalité entre Omeyyades et ᶜÂmirides, ce démé-

1. Parmi ses ouvrages les plus célèbres qui nous sont parvenus, citons, dans le domaine du *fiqh* (droit), le *Kitâb al-Muḥallâ* ; en hérésiographie, le *Kitâb al-faṣl fî-l-milal wa-l-ahwâ° wa-l-niḥal* ; en science de la généalogie, la *Djamharat ansâb al-ᶜArab*, ainsi que le *Naqṭ al-ᶜarûs* ; et, dans le domaine éthique, le *Kitâb al-Akhlâq wa-l-siyar fî-mudâwât-al-nufûs*, sur lequel nous reviendrons (*infra*, p. 161).

2. Voir *supra*, p. 68.

nagement revêt une importance symbolique : Ibn Ḥazm réside désormais à l'ouest de Cordoue, du côté de la résidence palatiale al-Zahrâ' construite par les califes, et contre laquelle les ᶜÂmirides avaient érigé, dans le secteur est de la ville, le palais al-Zâhira, symbole de leur puissance. Le jeune Ibn Ḥazm ne se départira jamais d'un légitimisme exacerbé envers la dynastie omeyyade, et soutiendra toutes les tentatives de rétablissement de son hégémonie.

Le second acte se joue lors de la mise à sac de la ville par les Berbères (1013). La demeure de Balâṭ Mughîth n'échappe pas aux destructions, et Ibn Ḥazm est contraint de quitter Cordoue. Ce départ constitue l'événement déterminant de sa vie, même s'il ne s'agit pas d'un adieu définitif à la ville de sa jeunesse. Il l'évoquera de manière particulièrement poignante dans *Le Collier de la colombe*[1], au sein du chapitre consacré à la séparation, en décrivant son quartier dévasté (texte 1). Il ne s'agit pas seulement, dans ces lignes, de décrire les destructions et les dégradations ; tout se passe en effet comme si toute civilisation humaine, toute culture avaient disparu de ces lieux. La nature, ressentie ici comme une force éminemment hostile, a repris ses droits dans ces lieux désertés par leurs habitants. L'ensemble du texte s'articule autour de l'opposition entre un « avant » idyllique et un présent hideux et sans espoir. Cette opposition témoigne de la violence du choc survenu. L'auteur use également du cliché de l'inversion de la nuit et du jour : à la nuit de plaisir, lumineuse et résonnant de mille échos festifs, s'oppose un jour silencieux et triste, vide de toute présence humaine.

Après une période d'errance, qui le mène notamment à Almería et à Jativa, ville dans laquelle il entreprend, à partir de 1022, la rédaction du *Collier*, l'espoir renaît un temps en 1023 avec le règne éphémère de l'Omeyyade al-Mustaẓhir, qui le nomme vizir aux côtés de son ami Ibn Shuhayd. L'échec de cette tentative – le règne s'achève au bout de quarante-sept jours – marque l'arrêt définitif de la carrière politique d'Ibn

1. *Ṭawq al-Ḥamâma fî-l-ulfa wa-l-ullâf*, éd. Iḥsân ᶜAbbâs, Beyrouth, al-Mu'assassa al-ᶜarabiyya li-l-dirâsât wal-l-nashr, 1993 ; trad. fr. G. Martinez-Gros, *Le Collier de la colombe sur l'amour et les amants*, Paris, Actes Sud, « Sindbad », 1992. Concernant cet ouvrage majeur de l'auteur, voir *infra*, p. 155.

Ḥazm. Une vie vouée à l'étude et à l'écriture l'attend désormais, qui le conduira de nouveau à Jativa en 1026, et à Majorque. Dans les dernières pages du *Collier*, il évoque la précarité de sa situation à l'automne de sa vie (texte 2). C'est dans une bourgade mal identifiée de l'Algarve, localité d'origine de sa famille, qu'il terminera son existence de manière obscure, et s'éteindra en 1064.

Texte 1 Un voyageur en provenance de Cordoue, et que je pressais de me donner des nouvelles, me rapporta qu'il avait vu nos demeures de Balâṭ Mughîth, situées à l'ouest de la ville. Il ne subsistait plus rien d'elles, leurs traces mêmes ayant été effacées, et les lieux où nous nous réunissions n'existaient plus. L'étendue des destructions les rendait méconnaissables : la civilisation y était retournée au désert stérile, la compagnie des hommes avait cédé la place à la solitude aride, la beauté harmonieuse des lieux s'était évanouie, remplacée par des vestiges éparpillés ; la sûreté n'y était plus qu'un souvenir, supplantée par l'épouvante des ravins, repaires de loups, bruissant des sifflements des démons, espaces de jeux des djinns et antres des bêtes sauvages, à l'endroit même où, jadis, les hommes semblaient des lions, et jouissaient des délices inépuisables prodigués par des vierges timides, belles comme des statues de marbre. Tout ce qui était lié s'était disloqué, le pays tout entier avait été dispersé aux quatre vents.

Ces loges enrichies de calligraphies et ces alcôves ornées, resplendissantes comme un soleil levant, dont la beauté comblait le regard et chassait les tourments, avaient été réduites à néant, comme englouties par la gueule béante d'un fauve. Elles semblaient témoigner du caractère éphémère de toute chose en ce monde, et de l'issue inéluctable de la vie humaine, et nous enseigner ce qu'il advient de tout ce que tu vois en cette vie. Ces vestiges exhortaient à renoncer aux plaisirs du monde, après avoir longtemps, jadis, invité à poursuivre leur quête.

Alors, tout me revint des jours que j'y avais vécus, de la douceur d'y vivre, et des mois d'enfance que j'y avais passés, en compagnie de jeunes filles aux seins ronds, dont rêveraient les hommes les plus sages. Je me figurai ce qu'elles étaient devenues, dessous la terre, ou bien dispersées par la main de l'exil dans des hameaux perdus et des régions lointaines, déchiquetées sous la poigne de l'errance. Je crus voir, de mes yeux, ce qui restait de cette citadelle que j'avais connue si belle et si prospère, et le solide système qui y avait été institué à l'époque. Je crus voir le vide régnant sur les places, là où jadis les foules se pressaient, à l'étroit. Je crus entendre, de mes oreilles, le hululement sinistre de la chouette et du hibou [1], là où autrefois se tenaient les réunions animées qui avaient constitué le cadre de vie de mon enfance. La nuit, alors, y poursuivait le jour, car les habitants fréquentaient ces lieux et s'y rencontraient. Mais le jour, à présent, ne faisait que prolonger la nuit, dans ces lieux abandonnés au silence. Ce tableau m'arracha des larmes, éprouva durement mon cœur et augmenta les tourments qui hantaient mon esprit [2].

te 2 Tu sais bien que j'ai l'esprit retourné et le cœur brisé par tout ce que nous endurons : une vie loin de nos demeures, exilés de notre terre, ballottés par les vicissitudes du temps. Le pouvoir nous persécute, nos amis se sont détournés de nous, la situation s'est dégradée. Adieu l'opulence : nous avons été spoliés de tout ce que nous possédions, de nos biens personnels comme de ceux reçus en héritage ; la fortune bâtie par nos pères

1. Le hululement du hibou constitue, dans la poésie arabe médiévale, un stéréotype destiné à rendre palpable la déshumanisation d'un lieu.

2. *Ṭawq…*, *op. cit.*, p. 227-228 ; trad. fr. B. Foulon. – En 1017, Ibn Ḥazm effectua un bref retour dans sa ville natale, dirigée alors par le Berbère al-Qâsim b. Ḥammûd. Ce fut pour lui l'occasion de constater *de visu* les ravages qu'avait subis la cité et de pleurer ses amis disparus, morts ou exilés.

et nos aïeux s'est envolée, et nous voici étrangers dans notre propre pays, ayant dû renoncer à nos biens comme aux honneurs. Le souci de protéger nos familles et nos enfants nous accable, nous désespérons de jamais pouvoir revenir là où ils se trouvent, et sommes contraints de lutter contre l'adversité, dans l'attente des arrêts du Destin. Néanmoins, Dieu n'a pas fait de nous des geignards, et c'est uniquement vers Lui que nous nous tournons pour nous plaindre, qu'Il nous ramène vers le meilleur de ce à quoi Il nous avait accoutumés [1].

## Une poésie engagée

Au sein de la production andalouse, la poésie d'Ibn Ḥazm se distingue par ses accents sincères : il s'agit moins là de l'œuvre d'un juriste (*faqîh*) que de celle d'un homme engagé dans son temps, s'efforçant de rendre compte de ce qu'il voit, de ce qu'il vit et ressent [2].

Durant la plus grande partie de sa vie, Ibn Ḥazm fut en butte à l'hostilité de ses compatriotes. Dans le domaine politique, son légitimisme omeyyade à tout crin et ses prises de position en faveur d'un imamat strictement réservé aux Qoraïchites, excluant par nature tous les prétendants berbères et esclavons, lui valurent de nombreuses inimitiés. C'est ainsi que les sbires de l'alide ᶜAlî b. Ḥammûd le pourchassèrent jusqu'à Almería. Dans la sphère religieuse, son opposition intransigeante au malikisme, doctrine officielle d'al-Andalus, conjuguée à son ralliement au courant chaféite d'abord, puis à la doctrine zâhirite [3], dont il devint l'un des principaux porte-parole, lui causa

1. *Ṭawq…*, *op. cit.*, p. 309 ; trad. fr. B. Foulon.

2. La plus grande partie de son œuvre poétique fut composée avant l'âge de vingt ans. S'il avait de grandes facilités à improviser, l'art poétique n'était pas sa préoccupation majeure. Considérant que la poésie pouvait être un moyen d'expression adapté à tous les sujets, ses efforts portaient moins sur le style que sur les concepts développés dans ses vers. Voir à ce sujet Iḥsân ᶜAbbâs, *Târîkh al-adab al-andalusî ᶜaṣr siyâdat Qurṭuba*, *op. cit.*, p. 288 *sq.*

3. Chaféisme : école juridique fondée par Muḥammad b. Idrîs al-Shâfiᶜî (767-820). Zâhirisme : doctrine à la fois juridique et théologique,

d'incessants déboires. Le paroxysme de l'hostilité fut atteint lorsque le souverain ʿabbâdide al-Muʿtaḍid, soucieux de se concilier les milieux conservateurs, ordonna que son œuvre fût brûlée à Séville. Ibn Ḥazm réagit à l'annonce de ces destructions par un poème (texte 1).

Plus généralement, sa liberté de ton et de pensée agaçait. Tout cela explique que la poésie lui ait souvent servi d'exutoire : il y évoque les attaques dont il est la cible, sans jamais se départir ni de la haute idée qu'il a de lui-même ni de la conviction qu'il a acquise de la justesse de ses prises de position (texte 2). Le *fakhr* (jactance) et la *shakwa* (lamentation) sont les principaux ressorts de cette veine poétique. Au premier rang des qualités qu'il revendique, Ibn Ḥazm place sa valeur scientifique ; or il considère que celle-ci n'est pas reconnue à sa juste mesure par ses compatriotes (texte 3) – cette idée réapparaît d'ailleurs dans son *Épître sur la supériorité des Andalous* [1]. Son expérience personnelle le rend amer et pessimiste en ce qui concerne l'avenir du territoire ; il juge très sévèrement ses contemporains, voyant en la désaffection de la population pour les préceptes religieux l'une des causes majeures de l'état de déliquescence généralisée qui règne dans le pays. Cherchant continuellement à se démarquer, il figure parmi les premières personnalités andalouses à avoir exprimé le souhait de participer au *djihâd* contre les chrétiens, et même de mourir en martyr (texte 4).

Ibn Ḥazm exprime également à travers sa poésie la profonde nostalgie qu'il éprouve à l'égard d'un passé heureux révolu – celui du temps du califat –, ainsi que son horreur de la Fitna. Et c'est avec une grande maîtrise qu'il utilise, pour rendre compte de son affliction dans l'introduction d'un long poème (texte 5), l'un des thèmes majeurs de la poésie arabe archaïque, à savoir la contemplation mélancolique des traces du campement bédouin effacées par le vent. Ne nous y trompons pas : il s'agit là d'une instrumentalisation de ce registre suranné, d'une sorte de remodelage de matériaux poétiques anciens, car c'est bien la ville de Cordoue qui se trouve au centre de cette évocation émouvante, réduite à néant par les vents de la

---

qui entendait s'appuyer exclusivement sur le sens littéral du Coran et du hadith, le *ẓâhir*, lequel s'oppose au *bâṭin*, ou sens caché.

1. Voir *infra*, p. 164.

sédition et de la guerre civile. Un peu plus loin dans le poème, le désabusement et la lassitude de l'auteur apparaissent tels qu'il se déclare prêt à accepter avec un certain détachement, voire avec soulagement, la fuite de sa jeunesse, symbolisée par la canitie, pourtant généralement connotée très négativement dans la poésie arabe. Décidément obsédé par le destin de la capitale omeyyade, dont les échos lui parviennent au rythme des voyageurs lui rendant visite dans son exil d'Almería, Ibn Ḥazm laisse libre cours à son désespoir (texte 6).

Texte 1 Vous pouvez bien brûler mes livres ; vous ne pourrez brûler leur contenu, bien à l'abri au fond de mon cœur.

Là où m'entraîne ma monture, il me suit, faisant halte là où je fais halte, et avec moi, dans ma tombe, il sera enterré.

Cessez donc de brûler parchemins et papiers, et professez plutôt votre science afin que tous voient qui est le véritable savant.

Sinon, commencez par reprendre le chemin des bibliothèques, car combien de voiles vous faudra-t-il écarter, avant d'accéder à ce que vous désirez pour l'amour de Dieu [1] !

Texte 2 « Tiens-toi sur tes gardes, m'ont-ils dit, car les gens parlent beaucoup, et les paroles hostiles annoncent des épreuves. »

Je leur répondis : « Ont-ils autre chose à me reprocher que mon refus de souscrire à une opinion qui se révèle erronée ?

« Ce sont les textes qui m'importent, ils sont ma seule référence, et j'œuvre sans faiblir à les faire triompher.

« En matière de religion je ne prête guère attention aux différentes opinions émises, car le Coran et la Sunna me suffisent. […]

« Je m'étonne du sort qui m'est réservé et de leur attitude à mon égard. Hélas ! Je ne cesse d'être mis à l'épreuve !

1. *Al-Dhakhîra…*, *op. cit.*, t. I, vol. 1, p. 171 ; trad. fr. B. Foulon.

« Je ne puis rien entreprendre sans voir tout un chacun converger vers moi, par mer et par terre.

« N'ont-ils donc pas d'autre chat à fouetter que moi ? Ou bien sont-ils à ce point tous préoccupés par ma personne, qu'ils se sentent responsables de mes faits et gestes [1] ? »

3 Je suis l'astre solaire éclairant le firmament des sciences, mais j'ai le tort de me lever en Occident.

Si mon levant s'était trouvé en Orient, tout ce qui a été perdu et négligé de ma renommée aurait fait l'objet d'un pillage en règle [2].

4 Je n'ai guère d'autre souhait, sur cette terre, que celui de divulguer la science, et de la diffuser tant dans les campagnes que dans les villes.

Invitant les hommes à se tourner vers le Coran et la Sunna, que tant de personnes négligent aujourd'hui.

Je sillonne la région des Marches en vue d'y mener le *djihâd*; si quelque événement épouvantable s'y déclenchait, ainsi serais-je le premier à m'élancer,

Pour aller au-devant de mon trépas, plutôt que de chercher à le fuir ; il sera incarné par des ennemis armés de hautes lances et de sabres à la lame fine et tranchante.

Je les frapperai, jusqu'à ce que la mort me trouve, sous la forme d'un violent et fatal coup de poignard ou de lance,

Luttant contre les Infidèles, au plus fort de la mêlée, car est-il une mort plus noble pour un jeune homme que celle qui vous fauche en tuant un infidèle ?

Mes compagnons, alors, me laisseront sur place, gisant sur le champ de bataille, mon tombeau, labouré par les sabots des chevaux.

---

1. Cité dans Al-Ṭâhir Makkî, *Dirâsât ᶜan Ibn Ḥazm wa-kitâbihi Ṭawq al-ḥamâma*, Le Caire, Dâr al-Maᶜârif, 1981, t. III, p. 415 ; trad. fr. B. Foulon.

2. *Ibid.*, p. 173 ; trad. fr. B. Foulon.

Ô Seigneur ! Ne me concède pas une autre mort que celle-là ! Ne m'octroie pas pour ultime demeure un cimetière [1] !

Texte 5 Oui ! C'est bien là un campement dont les traces ont été effacées par le vent ; y serais-tu retenu prisonnier ? Dans ce cas, malheur à toi !

Tu n'arrêtes pas fréquemment tes montures en cet endroit, car les vestiges effacés te font verser des larmes

Sur des lieux qui, longtemps, abritèrent tes plaisirs, où tu séjournas et tins maintes réunions.

Se pourrait-il que le campement réponde à mes questions ? Mais comment des vestiges effacés pourraient-ils prendre la parole ?

J'arrêtai ma chamelle en cet endroit, plaine généreusement arrosée par le nuage d'orage.

Et je m'écriai, alors qu'un flot de larmes noyait les prunelles de mes yeux :

« Que ma vie, ici, a été merveilleuse ! Ah ! Si seulement les choses avaient pu continuer ainsi ! Mais un sort contraire, effroyable, est venu y mettre un terme ! » [...]

À la question que je lui avais posée, le campement – mais comment les campements, dans leur mutisme, seraient-ils en mesure de comprendre les paroles humaines ? – répondit :

« Ainsi sont les arrêts de la Providence : fluctuants, et imposant immanquablement un vainqueur et un vaincu. »

Alors je m'éloignai, le cœur meurtri, endeuillé, souffrant au fond de moi de la cuisante morsure de l'affliction. [...]

Je reste interdit face à une Providence qui, sans relâche, s'emploie à tirer vengeance de moi.

Dans nos luttes au corps à corps, chacun, à tour de rôle, a le dessus sur l'autre, vainqueur ou vaincu. [...]

---

1. Cité dans Ibn Bashkuwâl, *Kitâb al-Ṣila fî-A'immati al-Andalus*, Le Caire, al-Dâr al-Miṣriyya lil-ta' lif wa-al-Tardjama, 1966, t. II, p. 417 ; trad. fr. B. Foulon.

On dirait qu'un matin, surgi des ténèbres d'une nuit obscure, chasse mes cheveux noirs, pour les remplacer par des cheveux blancs.

Bienvenue, donc, à ces cheveux blancs, qui s'invitent en délégation, même si, jadis, mon cœur et moi tremblions d'épouvante à l'idée de cette canitie [1].

6 Salut à toi, demeure que nous avons quittée et abandonnée, vidée de ses gens, réduite à l'état de solitude dévastée !

En voyant à présent ce lieu désolé, qui pourrait croire qu'il fut, jadis, et bien avant nous déjà, habité et peuplé ?

Ô Demeure ! Nous n'avons pas choisi de t'abandonner, car, si nous l'avions pu, nous aurions fait de toi notre tombeau !

Mais il n'est guère possible de se soustraire à des décrets divins qui, quoi qu'on en ait, s'appliquent et nous anéantissent [2].

## Une œuvre singulière : *Le Collier de la colombe sur l'amour et les amants*

Dans la littérature arabe médiévale, *Le Collier de la colombe* fait figure d'œuvre exceptionnelle. Ce traité sur l'amour s'appuie sur la conception platonicienne telle qu'elle est exposée en particulier dans *Le Banquet*, où Platon envisage l'amour comme une union des âmes fondée sur le principe de ressemblance. Il est probable que les cercles de lettrés arabes aient pu se familiariser avec cette conception dès le début du IXe siècle.

---

1. Ce poème figure dans l'ouvrage d'Iḥsân ʿAbbâs, *Târîkh al-adab al-andalusî ʿaṣr siyâdat Qurṭuba, op. cit.*, p. 346-348 ; trad. fr. B. Foulon.

2. Cité dans Lisân al-Dîn Ibn al-Khaṭîb, *Aʿmâl al-Aʿlâm*, Beyrouth, Dâr al-Kutub al-ʿIlmiyya, 2003, t. II, p. 101-102 ; trad. fr. B. Foulon. Ces vers constituaient vraisemblablement la suite du texte du *Collier* cité *supra* (p. 148) et traitant du même sujet ; cependant, un seul d'entre eux a été conservé dans les éditions du *Collier* dont nous disposons.

Lorsque Ibn Ḥazm entreprend la rédaction du *Collier de la colombe*, la culture arabe a déjà produit plusieurs ouvrages centrés sur ce thème. Parmi ceux-ci, trois traités sont considérés comme fondamentaux. Le plus ancien est l'épître d'Al-Djâhiẓ intitulée *De l'amour et des femmes* (*Al-Risâla fî-l-ᶜishq wa-al-nisâʾ*). Vient ensuite le *Livre de la Fleur* (ou *Livre de Vénus* : *Kitâb al-Zahra*) d'Ibn Dâwûd al-Iṣfahânî, juriste bagdadien mort en 907, fondateur de la doctrine zâhirite professée par notre auteur. Le troisième de ces traités, enfin, est plus tardif, puisqu'il s'agit du *Livre des secrets préservés de l'amour* (*al-Maṣûn fî-sirr al-hawâ al-maknûn*), d'Ibrâhîm al-Ḥuṣrî, auteur d'Ifrîqiya mort en 1012. Ibn Ḥazm se situe indéniablement dans un rapport de continuité avec ses prédécesseurs, même si la seule allusion explicite concédée à leurs ouvrages est celle où il déclare reprendre les postulats platoniciens du *Livre de la Fleur*, dont il attribue toutefois la paternité à Ibn Dâwûd. Il y a néanmoins tout lieu de penser que l'auteur cordouan s'inspira plus encore du traité d'Ibrâhîm al-Ḥuṣrî, qu'il se devait de chercher à dépasser, vu le climat d'émulation régnant entre les lettrés andalous et ceux d'Ifrîqiya.

Il n'en reste pas moins qu'Ibn Ḥazm affiche dans le *Collier* sa détermination à se démarquer résolument de l'ensemble des ouvrages existants, et à concevoir une œuvre singulière. Cette volonté apparaît clairement dans la méthode qu'il adopte. Contrairement aux traités de ses prédécesseurs, le *Collier* est structuré selon un plan rigoureux : trois parties le composent, suivies d'une conclusion. Chacune explore les différents aspects de l'amour. La première partie en décrit les fondements ; la deuxième est consacrée à ses accidents et attributs ; la troisième dépeint les désastres qui l'affectent. Enfin, les deux chapitres de conclusion traitent respectivement de la laideur du péché et de la plénitude de l'abstinence.

Conformément à la tradition de ce type de littérature, le discours théorique sur les différentes facettes de l'amour est illustré par des récits ou anecdotes (*khabar-s*). Néanmoins, en écartant résolument les récits « orientaux » qui constituent la matière des traités antérieurs, Ibn Ḥazm fait preuve d'originalité [1]. Il justifie sa démarche en rappelant que ceux-ci appartiennent à un univers

---

1. Le *khabar* peut être défini comme un texte composé de deux parties : la chaîne authentifiée des transmetteurs du récit et le récit

culturel fort éloigné de son milieu et de son temps : « Permets-moi, écrit-il à son commanditaire dans l'introduction, d'ignorer les récits des anciens Arabes : ils avaient leur style, et nous avons le nôtre. De surcroît, les histoires les concernant sont légion, et je n'ai pour habitude, ni d'épuiser une monture qui ne m'appartient pas, ni de me parer de bijoux empruntés à d'autres [1]. » De la même manière, il se démarque de ses prédécesseurs en ce qu'il se refuse à citer les vers des poètes anciens qui constituaient la matière première de leurs traités. Ne pouvant pour autant nier le lien indissociable existant entre l'amour et la poésie chez les Arabes, il remplace tout bonnement les vers « orientaux » par sa propre production [2].

La sensibilité andalouse exacerbée d'Ibn Ḥazm et son souci de ne présenter que des récits dont la véracité a été vérifiée l'amènent ainsi à privilégier des *khabar-s* étroitement liés au milieu andalou et dans lesquels abondent les allusions référentielles. Il n'hésite pas, pour ce faire, à puiser largement dans son expérience personnelle : ainsi, sur les cent cinquante-quatre *khabar-s* exploités dans le *Collier*, trente-quatre évoquent explicitement des événements inscrits dans sa propre biographie. Les protagonistes de ces récits sont donc pour la plupart des personnalités andalouses, souvent contemporaines de l'auteur – princes et princesses, autorités juridiques, savants et poètes –, dont il ne révèle cependant l'identité que si cette transparence ne menace pas de lui nuire. Les lieux qui servent de cadre aux récits et les

---

lui-même. Or, dans le *Collier*, nombreux sont les récits cautionnés par l'auteur en personne.

1. *Ṭawq…*, *op. cit.*, p. 87 ; trad. fr. B. Foulon. Cette prise de position s'accorde parfaitement avec son « chauvinisme » andalou, tel qu'il l'exprima par la suite dans son *Épître sur la supériorité des Andalous* (voir *infra*, p. 164), ou encore dans ce vers resté célèbre : « Peu me chaut le joyau de la Chine, puisque je me satisfais du saphir andalou. »

2. Néanmoins, le statut de la poésie demeure secondaire dans le traité : placée après le *khabar*, elle ne sert en effet le plus souvent qu'à illustrer ou à répéter celui-ci sous une autre forme. Pour justifier cette attitude, Ibn Ḥazm s'appuie sur le jugement coranique n'accordant que très peu de crédit à la valeur documentaire de la poésie, jugement selon lequel « les poètes disent ce qu'ils ne font pas » (Coran, XXVI, 226). En privilégiant de fait le *khabar* sur la poésie, l'auteur prend donc le contre-pied de la hiérarchisation admise jusqu'alors dans ce type d'ouvrages.

circonstances historiques font quant à eux généralement l'objet d'une identification précise : cet ancrage référentiel confère à l'œuvre une valeur documentaire certaine, en nous renseignant sur la vie sociale de l'élite andalouse.

Ibn Ḥazm s'évertue en outre à graver dans la mémoire collective le temps de sa jeunesse heureuse, celui d'avant le déclenchement de la Fitna. Tentative couronnée de succès, puisque le *Collier* contribua à transmettre, de génération en génération, l'image d'al-Andalus comme terre idyllique, voire paradisiaque. Les hommes et les femmes rencontrés dans le *Collier* évoluent ainsi dans un milieu citadin et raffiné, où les amantes n'hésitent pas à déclarer leur flamme, alors même que ce comportement transgresse le code de l'amour tel qu'il avait été fixé par la société arabe bédouine [1]. Dans le chapitre « L'amour au premier regard », l'auteur présente un *khabar* mettant en scène le poète cordouan du Xe siècle al-Ramâdî [2], frappé par la foudre de la passion, et que nous suivons à travers la topographie cordouane. Ibn Ḥazm n'approuve cependant guère cet empressement et affirme se ranger parmi les amants dont les sentiments, pour se déclarer, exigent un certain laps de temps : c'est dans le chapitre intitulé « Des amants qui ne s'attachent qu'à la longue » qu'il nous livre sa propre expérience. Déviant progressivement de la question traitée, il en vient à évoquer sa nostalgie à l'égard du passé, et la difficulté qu'il éprouve à se détacher de celui-ci.

## L'AMOUR AU PREMIER REGARD

KHABAR :

C'est notre ami Abû Bakr Muḥammad b. Aḥmad b. Isḥâq qui nous a transmis le récit qui suit. Lui-même le tenait d'un informateur sûr dont le nom m'échappe. Je pense toutefois qu'il s'agit du cadi Ibn al-Ḥadhâʾ.

Yûsuf b. Hârûn, le poète plus connu sous le nom d'al-Ramâdî, passait près de la porte des Parfumeurs, à

1. Cette attitude féminine évoque celle qui transparaît dans le genre éminemment andalou des *muwashshaḥât*, poèmes dans lesquels la femme prend la parole avec une hardiesse d'expression souvent remarquable (voir *infra*, p. 302 *sq.*, les pages consacrées au *muwashshaḥ*).

2. Voir *supra*, p. 114 *sq.*

Cordoue, là où les femmes avaient coutume de se réunir, lorsqu'il aperçut une jeune fille qui s'empara de son cœur ; il éprouva à son encontre un amour soudain qui se propagea à tous ses membres. Il abandonna alors le chemin de la mosquée et se mit à la suivre, alors qu'elle se dirigeait vers le pont, qu'elle franchit en direction du faubourg al-Rabaḍ. Lorsqu'elle fut arrivée au milieu des mausolées des Banû Marwân – Dieu ait leurs âmes – qui sont construits au-dessus de leurs tombes, dans la nécropole du Rabaḍ, de l'autre côté du fleuve, elle le vit là, à l'écart des gens, n'ayant d'yeux que pour elle. Elle s'approcha alors de lui et lui demanda : « Qu'as-tu donc à marcher sur mes pas ? » Il l'informa de la puissance du tourment que lui infligeait l'amour qu'elle lui inspirait. « Oublie cela, lui dit-elle, et ne cherche pas à me compromettre, car tes prétentions à mon égard sont vouées à l'échec, et il t'est impossible d'obtenir ce que tu souhaites. – Je me contenterai de ta vue, lui répondit-il. – Cela, c'est chose licite pour toi ! rétorqua-t-elle. – Ô ma maîtresse, poursuivit-il, es-tu libre ou esclave ? – Esclave. – Comment t'appelles-tu ? – Khalwa [Solitude]. – À qui appartiens-tu ? – En vérité, il te serait plus facile de savoir ce qui se trouve au septième ciel que d'obtenir une réponse à ta question. Ne t'obstine pas à demander l'impossible. – Ô ma maîtresse, où puis-je te voir à l'avenir ? – À l'endroit même où tu m'as vue aujourd'hui, tous les vendredis à la même heure. » Elle ajouta : « À présent, soit c'est moi qui pars, soit c'est toi. – Pars donc, et que Dieu te Garde. » Elle se dirigea alors vers le pont. Il lui fut impossible de la suivre, car elle se retournait pour voir s'il était ou non sur ses pas. Lorsqu'elle eut franchi la porte du pont, il essaya de la suivre, mais perdit sa trace.

Abû ᶜUmar – c'est-à-dire Yûsuf b. Hârûn – déclara : « Par Dieu, j'ai hanté la porte des Parfumeurs et le Rabaḍ depuis ce jour jusqu'à présent, mais je ne l'ai jamais retrouvée. C'est à croire que le ciel l'a aspirée ou que la terre l'a engloutie. Or, elle a laissé dans mon cœur un feu plus ardent que la braise. » Cette Khalwa est celle qu'il célèbre dans ses poèmes. À la suite de cela, il finit par avoir des nouvelles d'elle, après être parti à sa recherche à Saragosse. Mais cela est une autre histoire [1].

DES AMANTS QUI NE S'ATTACHENT QU'À LA LONGUE

Il est des personnes pour lesquelles l'amour véritable ne survient qu'après de longues entrevues et conversations avec l'objet de leur amour, qu'après avoir entretenu avec lui un rapport d'intimité durant une période suffisamment longue. C'est alors que naît entre eux un sentiment susceptible de durer et de se consolider, insensible aux offenses du temps. Car ce qui pénètre avec peine ne saurait sortir facilement. J'adhère quant à moi à cette conception. Selon la Tradition, Dieu Tout-Puissant s'adressa en ces termes à l'esprit auquel il avait intimé l'ordre de pénétrer dans le corps d'argile d'Adam, et qui s'alarmait en gémissant : « Sous la contrainte tu entreras, et sous la contrainte tu sortiras. »

Ce sont nos maîtres qui nous l'ont rapporté. [...]

Les personnes prétendant tomber amoureuses dès le premier regard ne laissent pas de provoquer ma stupéfaction. J'ai d'ailleurs beaucoup de mal à accorder crédit à leurs dires, et je considère plutôt cet amour dont elles parlent comme une sorte de passion charnelle. Mais que cet amour se soit rendu maître des tréfonds de leur être et qu'il ait pu percer les voiles de leur cœur, c'est une chose que je ne puis concevoir. Car pour moi, avant qu'un amour me brûlât les entrailles, il m'a toujours fallu beaucoup de temps, et attendre d'avoir fréquenté l'autre suffisamment, en partageant avec lui aussi bien le sérieux que le plaisant de la vie.

Mon comportement est similaire quand il s'agit de me consoler ou de me prémunir. En effet, jamais je n'ai

1. *Ṭawq...*, *op. cit.*, p. 20-122 ; trad. fr. B. Foulon.

pu oublier un amour. Et la nostalgie de chaque engagement de mon passé m'empêche de jouir du présent. Est bien aise celui qui ne me ressemble pas sur ce point. Je ne me suis jamais lassé de ce qu'il m'a été donné de connaître, tout comme je n'ai jamais été tenté de devenir l'intime d'une personne dès la première rencontre. Je n'ai par ailleurs jamais souhaité échanger ce que j'avais contre autre chose. Je ne parle pas seulement ici des amants et amis, mais également de tout ce qui est utilisé par l'homme au quotidien : vêtements, montures, nourritures...

Dès lors que j'eus goûté à l'amertume de la séparation d'avec des êtres chers, il me devint impossible de savourer pleinement la vie, et de me départir de cette mine grave et de cette attitude de repli sur moi-même. C'est là une tristesse qui me revient sans cesse, et un violent chagrin qui en permanence me pèse. Le souvenir du passé étouffe en moi toute velléité d'inaugurer une vie nouvelle ; je suis, parmi les vivants, mort de chagrin, et la tristesse m'a enseveli dès ce monde [1].

## Ibn Ḥazm moraliste

Le *Kitâb al-Akhlâq wa-l-siyar* (*Épîtres morales*) tient à la fois de l'ouvrage philosophique et, par son style, du traité littéraire. Ibn Ḥazm y expose sa vision de l'éthique et sa conception du bonheur. Cette présentation prend souvent la forme d'aphorismes, mais donne lieu parfois à des développements plus étoffés. Qu'est-ce que le bonheur pour Ibn Ḥazm ? La source du véritable bonheur ne saurait résider ailleurs que dans la préparation du passage dans l'au-delà. Néanmoins, il est possible d'accéder à une forme de bonheur terrestre : être heureux en ce monde, c'est avant tout réussir à tenir ses angoisses à distance. Autrement dit, l'absence de souffrance signale un état heureux. Cette vision témoigne de l'influence de certains courants philosophiques de l'Antiquité, tel l'épicurisme (texte 1). Faisant

1. *Ibid.* p. 124-125 ; trad. fr. B. Foulon.

le tour des vertus et des vices, l'auteur propose des définitions pour chacun d'eux. Mais il n'oublie jamais son expérience de la vie et des hommes, et laisse parfois percer à l'occasion son amertume, en faisant référence aux événements de son temps (texte 2).

Texte 1 J'ai voulu savoir s'il existait un dessein qui fût commun à l'humanité tout entière, et qui suscite l'adhésion de tous. Je n'en ai trouvé qu'un : l'annihilation de l'angoisse. En poussant plus loin mes investigations, il m'est apparu que les hommes – dans leur totalité –, et quand bien même ils sont animés de désirs, de préoccupations et d'intentions forts différents, ne se contentaient pas d'adhérer à ce dessein et de s'employer à l'exécuter ; qu'ils ne faisaient pas un seul geste, ne prononçaient pas une seule parole sans caresser l'espoir que ceux-ci contribuent à les libérer de leur angoisse. Si ces entreprises connaissent plus ou moins de succès, seule une infime minorité de personnes réussit à atteindre pleinement cet objectif, et encore cela ne se produit-il qu'exceptionnellement.

Depuis que Dieu a créé le monde – et il en sera ainsi jusqu'au jour du Jugement –, toutes les nations ont reconnu sans exception que c'était là le seul objet qu'elles avaient recherché. Aucun des autres objectifs visés par l'humanité ne fait l'unanimité : il y a en effet des hommes sans religion, et qui, par conséquent, n'œuvrent pas en vue de l'au-delà, d'autres qui, adeptes du mal, ne sauraient vouloir ni le bien, ni la sécurité, ni la vérité. D'autres encore qui préfèrent mener une vie obscure, dédiée à l'assouvissement de leurs passions sans autre frein que leur propre volonté, plutôt que de jouir d'une bonne renommée. D'autres refusent les biens, préférant vivre dans l'indigence, à l'instar d'un grand nombre de prophètes – que le salut de Dieu soit sur eux –, et des ascètes et philosophes qui leur ont succédé. Il existe également des hommes qui, par tempérament, honnissent les plaisirs et déprécient ceux qui les recherchent, tels ceux que nous avons mentionnés plus haut, qui préfèrent perdre des biens que d'en acquérir. D'autres préfèrent l'ignorance à la connaissance, à l'instar de la majorité des gens du peuple. Ce sont là les seuls desseins poursuivis par les hommes. Mais il n'est personne au monde – depuis sa création et jusqu'à la fin des temps –, qui puisse se satisfaire de l'angoisse et qui ne cherche à s'en libérer [1].

2 Comment définir le courage ? C'est la disposition à faire don de sa vie pour la religion, sa maisonnée, un voisin opprimé, un demandeur d'asile victime d'une injustice, ou encore pour combattre une action inique portant atteinte aux biens ou à l'honneur, ou soutenir toute autre cause juste, et ce, quel que soit le nombre de personnes auxquelles il faille s'opposer. L'inaptitude à agir de la sorte s'appelle la lâcheté et la faiblesse. Offrir sa vie pour une cause vile n'est que témérité aveugle et sottise. Encore plus stupide est celui qui sacrifie sa vie pour contrecarrer l'exercice de droits élémentaires. Mais bien plus sots que tous ceux-là réunis – et nous en avons connu personnellement – sont ceux qui ignorent pour quelle cause ils se sacrifient. Tantôt ils combattent Zayd pour défendre ᶜAmr, et tantôt ᶜAmr pour défendre Zayd, et ce, parfois au cours de la même journée. C'est là une façon absurde de mettre sa vie en danger. Car s'ils meurent, ces hommes seront précipités en enfer, et, s'ils fuient, ils tomberont dans l'ignominie. Ce sont eux que le Prophète a avertis par ces paroles : « Un temps viendra où le meurtrier ne saura plus pourquoi il a tué, et où sa victime ne saura plus pourquoi elle a été occise [2]. »

---

1. *Kitâb al-Akhlâq wa-l-siyar*, éd. Eva Riad, Göteborg, Dâr Ibn Ḥazm, 2000, p. 76-78 ; trad. fr. B. Foulon. (L'ouvrage a aussi fait l'objet d'une traduction en français, sous le titre *Épîtres morales*, par Nada Tomiche, Beyrouth, s.n., 1961.)

2. *Ibid.*, p. 105 ; trad. fr. B. Foulon.

## *L'Épître sur la supériorité des Andalous*

Cette épître, qui nous livre de précieuses informations sur les figures de proue de l'élite intellectuelle andalouse contemporaine d'Ibn Ḥazm, peut être considérée comme l'une de ses œuvres maîtresses [1]. Le genre littéraire qui s'attache à décrire les « mérites » (*faḍâʾil*) de certains personnages ou lieux privilégiés est un genre très fécond dans le domaine arabo-musulman. Les traités vantant les mérites d'une ville ou d'un pays virent le jour au cours du IXe siècle ; ils concernèrent en premier lieu des villes opposées par une longue rivalité politique, telles La Mecque et Médine, et mettaient l'accent sur les mérites de ces cités dans le domaine religieux. Mais lorsqu'il s'agit de vanter les mérites d'une ville nouvelle, telle la capitale de l'Empire abbasside, Bagdad, les auteurs adoptèrent une autre stratégie, en vantant plutôt les charmes de ses hammams, la beauté de ses édifices et les vertus de ses habitants. Le premier auteur à avoir assis la notoriété d'une ville sur celle de ses savants est al-Khaṭîb al-Bagdâdî, dans l'introduction à son *Histoire de Bagdad*, au milieu du Xe siècle. Chez Ibn Ḥazm, c'est l'ensemble de l'épître qui est focalisé sur la production intellectuelle. L'auteur ne prétend pas pour autant à l'exhaustivité, et opère une sélection parmi toutes les œuvres produites en al-Andalus.

Ce sont les propos tenus par un Kairouanais, al-Ḥasan b. Muḥammad b. Aḥmad b. al-Rîb, dans une lettre adressée au cousin d'Ibn Ḥazm, qui furent à l'origine de la composition de ce texte. Cet auteur reprochait aux Andalous de ne guère chercher à glorifier leurs savants. Ayant eu accès au contenu de cette missive, Ibn Ḥazm, piqué au vif dans son chauvinisme, entreprit de composer l'épître. Le passage qui suit, cependant, doit avant tout se lire comme une critique sévère de l'attitude adoptée par les Andalous à l'égard de leurs talentueux compatriotes. Encore une fois, le texte résonne de l'écho de l'expérience cruelle vécue par l'auteur, qui, nous l'avons vu, souffrit de l'ostracisme de ses congénères durant une bonne partie de sa vie.

---

1. Elle est intégralement citée dans le *Nafḥ al-Ṭîb*, *op. cit.*, t. IV, p. 140-158.

« C'est parmi les siens que l'on se sent le plus seul » : voici un proverbe qui décrit parfaitement ce qui se produit chez nous.

J'ai lu dans les Évangiles que Jésus – Que Dieu lui accorde le salut – avait déclaré : « Nul n'est prophète en son pays. » L'accueil que les Qoraïchites réservèrent au Prophète – que le salut et la bénédiction de Dieu soient sur lui – suffirait à nous convaincre de la véracité de cet adage. De toutes les tribus, Qoraïch était pourtant la mieux dotée en longanimité, sagacité et fermeté d'esprit. En outre, Dieu lui avait attribué les meilleures terres pour résidence, ainsi que les eaux les plus généreuses. Mais c'est aux Aws et aux Khazradj [1] qu'Il alloua des vertus éminentes les distinguant de toutes les autres peuplades. Car Dieu comble de Sa grâce qui Il veut.

Et cela est particulièrement visible dans notre al-Andalus. Parmi tous les pays, c'est en effet celui dont les habitants ont été dotés de la jalousie la plus féroce à l'encontre des savants et des personnalités de valeur émergeant en son sein. Si bien que ces derniers se voient, tout au long de leur existence, minimiser leur production, même si elle est abondante, et dénigrer ses qualités, tandis que l'on s'acharne sur le moindre de leurs faux pas ou de leurs défaillances. Si d'aventure l'un d'entre eux excelle, on le traite de plagiaire et on l'accuse de s'attribuer ce qui ne lui appartient guère. Si, en revanche, il se situe dans la moyenne, on dit : « Tout ceci n'a aucune valeur, tout cela est bien faible. » S'il fait montre de précocité dans l'acquisition de ses connaissances et dans l'affirmation de ses prétentions, on demande : « Quand cela a-t-il pu avoir lieu ? Quand a-t-il pu se former ? À quelle époque a-t-il étudié ? » Et l'on souhaite à sa mère de le perdre !

À la suite de cela, que sa destinée le porte soit à s'élever au-dessus de ses pairs à la faveur d'une prééminence

1. Tribus arabes de Médine, originaires du Yémen, qui apportèrent leur soutien au Prophète Muḥammad, et auxquelles appartenaient un certain nombre de personnages devenus célèbres, comme Anṣâr.

manifeste, soit à s'engager dans un chemin que ces derniers n'ont pas coutume d'emprunter, et, dans les deux cas, la bataille fera rage contre le malheureux ; il deviendra la cible de toutes les médisances et l'objet de toutes les calomnies, le point de mire de tous les critiques, la bête noire de tous. On ira même peut-être jusqu'à lui attribuer des propos qu'il n'a jamais tenus, à lui imputer des actes qu'il n'a pas commis, ou des paroles qu'il n'a jamais prononcées, bien plus, auxquelles il n'a jamais songé.

S'il parvient néanmoins à surpasser ses concurrents, sans avoir pris soin de s'assurer en quelque mesure la protection du souverain, il aura encore plus de peine à se dégager de cette situation délicate et à échapper à ces périls. S'il s'avise de composer un ouvrage, il deviendra la proie des calomnies, des diffamations, des médisances, et l'on jettera l'opprobre sur lui. La moindre de ses erreurs sera montée en épingle, le plus léger de ses défauts sera amplifié, tandis que toutes ses qualités seront passées sous silence et que ses vertus seront occultées ; et c'est à grands cris que l'on attirera son attention sur ses négligences. Dans ces conditions, il finira par se décourager, la lassitude le gagnera, et son ardeur se refroidira.

C'est là le sort réservé chez nous à quiconque se pique de composer de la poésie, ou de rédiger quelque épître. Seuls les plus combatifs et les plus habiles d'entre nous sont en mesure d'échapper à ces pièges et de se jouer de ces embuscades, tel un oisillon qui prend son envol, ou bien s'élance vers son but d'un coup d'aile [1].

---

1. *Nafḥ al-Ṭîb*, *op. cit.*, t. IV, p. 146-147 ; trad. fr. B. Foulon.

# II

# Le temps des Taifas

# (1031-1090)

# 3. *Devenir de l'Espagne musulmane*

Entre la disparition du califat de Cordoue en 1031 et l'arrivée de la dynastie berbère des Almoravides en 1086, l'Espagne musulmane vécut l'une des époques les plus foisonnantes et les plus déroutantes de sa longue histoire. Foisonnante, car en une cinquantaine d'années, de multiples expériences s'y déroulèrent, en politique comme en littérature, faisant osciller la nef andalouse entre la fidélité à l'héritage du califat et l'innovation rendue nécessaire par les changements structurels qui l'affectèrent. Déroutante, car tout fut dit à son sujet, par les hommes qui vécurent ce temps comme par les historiens. Certains y reconnurent les signes bien visibles de la décadence, née de la fin de l'âge d'or, celui du califat. Les *mulûk al-Ṭawâʾif*, les roitelets des divisions territoriales, étaient bien les fils légitimes de la Fitna, de la guerre civile, de la déchirure, ce grand spectre du monde musulman médiéval. D'autres, en revanche, soulignèrent la richesse induite par la multiplication des cours et la diversité des pouvoirs. Car c'est près d'une trentaine d'États qui furent érigés sur les ruines du califat et qui se disputèrent le territoire andalou. Tout à la fois occupés à guerroyer les uns contre les autres pour assurer leur survie et à consolider des légitimités souvent chancelantes, ces royaumes, dirigés par des souverains arabes, berbères ou esclavons, furent les creusets de la civilisation arabo-musulmane d'Espagne : ils donnèrent un essor sans précédent à la littérature, multiplièrent les constructions défensives ou somptuaires, et permirent l'avènement d'une identité andalouse.

Au fil du XIe siècle cependant, la carte des Taifas se simplifia et seules les plus puissantes de ces principautés survécurent en absorbant les plus faibles de leurs voisines. Les Taifas de Saragosse, Tolède, Grenade, et surtout Séville dominèrent assez rapidement le paysage andalou.

# DIVERSITÉ DES TAIFAS

## La division politique d'al-Andalus après la disparition du califat omeyyade

Cet extrait du *Kitâb al-Mu^c^djib* de ^c^Abd al-Wâḥid al-Marrâkushî [1], rédigé vers 1225 à partir de matériaux plus anciens, présente succinctement les principales Taifas, ou du moins ce qu'il restait de leur souvenir près de deux siècles plus tard.

Après la fin de l'invocation des Omeyyades dans les prêches des mosquées, les habitants d'al-Andalus se constituèrent en factions qui prirent le pouvoir dans les différentes régions du pays ; leurs chefs se répartirent les titres califaux, s'appelant ainsi al-Mu^c^taḍid ou al-Ma^ɔ^mûn, al-Musta^c^în, al-Muqtadir, al-Mu^c^taṣim, al-Mu^c^tamid, al-Muwaffaq ou al-Mutawakkil, ainsi que d'autres *laqab-s* honorifiques, ce qui fit dire à Abû ^c^Alî al-Ḥasan b. Rashîq [al-Qayrawânî] : « Ce qui me déplaît en al-Andalus, c'est d'entendre les noms de Muqtadir et de Mu^c^taḍid, titres déplacés qui font penser à des chats se prenant pour des lions. »

Je vais rappeler dans ce chapitre les noms de ces souverains ainsi que les régions dont ils se rendirent maîtres, avec la brièveté que je me suis assignée comme règle, car si je voulais relater tous les événements survenus, les vies de chacun, ainsi que les batailles auxquelles ils participèrent, je serais entraîné bien au-delà du cadre du résumé ; de plus, le peu d'ouvrages disponibles sur le sujet ainsi que la confusion de mes propres souvenirs m'ont empêché de compléter la majeure partie des notices portant sur ces personnages.

---

1. Voir *supra*, p. 45 et 69.

Le premier des souverains de la partie méridionale[1] fut un homme appelé Sulaymân b. Hûd[2], qui portait le titre d'al-Ma'mûn ; son fils se fit appeler al-Muqtadir et son petit-fils, al-Mustaᶜîn. Ces Banû Hûd s'étaient emparés du pouvoir dans les villes suivantes : Tortose et ses dépendances, Saragosse et ses dépendances, Fraga, Lérida et Calatayud, villes qui se trouvent aujourd'hui entre les mains des Francs, sous le pouvoir du comte de Barcelone, et qui constituent un royaume appelé Aragon, dont la limite se situe aux confins de l'État de Barcelone et qui jouxte le pays de France. Non loin de ces Banû Hûd, se trouvait un homme appelé ᶜAbd al-Malik b. ᶜAbd al-ᶜAzîz dont la *kunya* était Abû Marwân, homme habitué à diriger et qui était le plus en droit de commander aux autres souverains andalous en raison de la noblesse de sa maison. Je ne connais pas son *laqab* ; il possédait Valence et ses dépendances. Un autre homme, nommé Abû Marwân b. Razîn, contrôlait la zone frontalière jusqu'à la région de Tolède. Celui qui régnait à Tolède et dans ses districts était l'émir Abû-l-Ḥasan Yaḥyâ b. Ismaᶜîl b. ᶜAbd al-Raḥmân b. Ismaᶜîl b. ᶜÂmir b. Muṭarrif b. Mûsâ b. Dhî-al-Nûn. Cet Abû-l-Ḥasan était, de tous les souverains andalous, celui dont la famille était la plus ancienne, la maison la plus noble ; celui qui était le plus digne de commander. Il se fit appeler al-Ma'mûn et son père Ismaᶜîl avait été le premier à gouverner de façon indépendante Tolède au début de la guerre civile. Abû-l-Ḥasan régna à Tolède jusqu'à ce qu'Alphonse [VI][3] l'en expulse en 478 [1085] et que les

1. En raison de la façon dont les auteurs de ce temps se représentaient la forme de la Péninsule, on appelait « méridionale » la côte allant de Barcelone à Tarifa.

2. Ce prince régna à Saragosse de 1039 à 1047.

3. Ici comme dans les extraits suivants, le texte arabe donne « Alphonse » sans plus de précision ; nous complétons entre crochets pour faciliter le repérage du lecteur. Alphonse VI fut roi de Castille de 1072 à 1109.

chrétiens s'approprient ces territoires[1]. Tolède est jusqu'à maintenant la capitale du royaume des chrétiens. Cordoue et son territoire, jusqu'à la frontière, étaient dirigés par Djahwar b. Muḥammad b. Djahwar, dont nous avons déjà exposé la généalogie, jusqu'à ce que l'émir de Tolède, Isma<sup>c</sup>îl b. Dhî-al-Nûn, père d'Abû-l-Ḥasan, déjà cité[2], s'empare de cette ville. Séville et ses dépendances étaient dirigées par le cadi Abû-l-Qâsim Muḥammad b. Isma<sup>c</sup>îl b. <sup>c</sup>Abbâd al-Ladjmî[3], qui s'empara du pouvoir après en avoir expulsé al-Qâsim b. Ḥammûd et ses deux fils, Muḥammad et al-Ḥasan, ce que nous exposerons plus loin. À Málaga, Algésiras et Grenade régnaient les Berbères Banû Birzâl, des Ṣanhâdja, comme nous l'avons déjà signalé. À Almería, ce fut Zuhayr al-<sup>c</sup>Âmirî[4], un esclavon, qui prit le pouvoir. Cette ville et ses districts furent ensuite en la possession de Khayrân, également affranchi d'al-Manṣûr, puis d'Abû Yaḥyâ Muḥammad b. Ma<sup>c</sup>n b. Ṣumâdiḥ, qui prit comme nom de règne al-Mu<sup>c</sup>taṣim, lequel régna jusqu'à ce que Yûsuf b. Tâshfîn, le lamtunien, l'expulse en 484 [1091]. À Dénia et dans ses districts régnait Mudjâhid al-<sup>c</sup>Âmirî, chrétien d'origine et affranchi d'al-Manṣûr. Lui succéda son fils, <sup>c</sup>Alî b. Mudjâhid, qui prit pour nom de règne al-Muwaffaq. Je ne connais pas, parmi les souverains qui s'approprièrent les provinces d'al-Andalus, d'homme qui eût l'âme plus élevée ou dont les mœurs fussent plus pures : il ne buvait

1. Il s'agit là d'une erreur : c'est le petit-fils et successeur d'al-Ma'mûn, al-Qâdir, qui perdit Tolède (voir *infra*, p. 258). Al-Ma'mûn était mort depuis 1075.

2. Autre erreur : c'est Abû-l-Ḥasan, c'est-à-dire al-Ma'mûn, qui devint, pendant très peu de temps, maître de Cordoue, ville qui fut ensuite prise par les <sup>c</sup>Abbâdides de Séville en 1069.

3. Fondateur de la dynastie des <sup>c</sup>Abbâdides de Séville, père d'al-Mu<sup>c</sup>taḍid et grand-père d'al-Mu<sup>c</sup>tamid. L'auteur consacre plus loin dans l'ouvrage de longs développements à cette dynastie.

4. Ancien affranchi d'Ibn Abî <sup>c</sup>Âmir al-Manṣûr, d'où son appellation de <sup>c</sup>Âmiride.

pas de vin et refusait de côtoyer ceux qui en buvaient. Il appréciait beaucoup les sciences religieuses et comblait d'honneurs ceux qui s'adonnaient à cette étude. Je ne peux guère préciser la date de sa mort[1]. Sur la frontière, du côté nord d'al-Andalus et dans quelques cités sises à proximité de l'Océan, s'exerçait la puissance d'Ibn Aftaṣ, dont le nom de règne était al-Muẓaffar. Lui succéda son fils, Abû Muḥammad ᶜUmar, dont le *laqab* était al-Mutawakkil ᶜalâ Allâh, et qui régna sur Badajoz et ses districts, Évora, Santarém et Lisbonne. Al-Muẓaffar fut l'homme le plus passionné qui soit par les belles-lettres, et par-dessus tout par la grammaire, l'étude de la langue, la poésie, les récits extraordinaires et les récits historiques. Il compila nombre de ces textes et les réunit dans un vaste traité, semblable aux *Morceaux choisis* d'al-Rûḥî et aux *Sources des traditions profanes* d'Abû Muḥammad b. Qutayba[2]. Cet ouvrage était divisé en dix parties, très volumineuses, et que j'ai presque toutes lues. Le nom de l'ouvrage, dérivé de celui de son auteur, était *Al-Muẓaffariyya*. Le fils d'al-Muẓaffar, al-Mutawakkil, se distinguait par ses talents de composition, en poésie comme en prose, tout autant que par son excellence militaire et son aptitude à combattre à cheval. Il menait lui-même toutes les campagnes militaires et rien ne le distrayait de ce devoir. Son règne se poursuivit jusqu'à ce que les Almoravides, compagnons de Yûsûf b. Tâshfîn, le tuent ainsi que ses deux fils, al-Faḍl et al-ᶜAbbâs, de sang-froid. Ils furent décapités au début de l'année 485 [1092]. Durant le règne des Banû-l-Muẓaffar dans l'ouest d'al-Andalus, ce ne furent que fêtes et festivités ; c'était le refuge

1. Le portrait que dresse al-Marrâkushî de ᶜAlî b. Mudjâhid est bien différent de celui que l'on trouve dans d'autres sources, lesquelles le dépeignent comme un crypto-chrétien en raison d'un long séjour passé à la cour de l'empereur Henri II, après sa capture au large de la Sardaigne. Il fut déposé en 1076 par al-Muqtadir de Saragosse.

2. Célèbre prosateur bagdadien (828-882 ou 889).

des gens de lettres qui leur consacrèrent des compositions exaltant leurs hauts faits et qui en maintinrent la mémoire à travers les âges [1].

## Al-Muᶜtaḍid de Séville

L'État de Séville s'imposa rapidement comme le plus puissant des royaumes andalous. Le cadi Muḥammad b. Ismâᶜîl b. ᶜAbbâd parvint à prendre la tête de la cité et de ses territoires, à l'issue d'une brève période où il partagea le pouvoir avec deux autres notables de la ville, qu'il évinça. Dépourvu de légitimité, refusant la tutelle des éphémères califes ḥammudides qui entendaient se substituer aux Omeyyades, il exhiba un sosie du calife omeyyade Hishâm II [2] et prétendit détenir le pouvoir en vertu de sa délégation califale. À sa mort en 1042, son fils ᶜAbbâd lui succéda, prenant comme nom de règne al-Muᶜtaḍid. Il étendit considérablement les limites de son territoire en annexant les Taifas voisines. Ce fut l'un des plus grands souverains andalous, et très certainement l'un des plus féroces, comme en témoigne ce texte extrait de l'ouvrage d'Ibn ᶜIdhârî [3].

Sa généalogie a déjà été exposée dans le chapitre concernant son père. Sa *kunya* était Abû ᶜAmr, comme nous l'avons mentionné précédemment. Son nom de règne fut al-Muᶜtaḍid bi-llâh [4]. Il détint le pouvoir à partir de la mort de son père, le cadi, survenue à la fin du mois de djumâda I de l'année 433 [25 janvier 1042]. Il fut le maître de l'ouest d'al-Andalus, de Silves, Santa

1. Abû Muḥammad ᶜAbd al-Wâḥid al-Marrâkushî, *Kitâb al-Muᶜdjib fî Talkhîṣ akhbâr al-Maghrib*; texte arabe édité par R. Dozy, *The History of the Almohades by Abdo-'l-Wahid al-Marrekoshî*, *op. cit.*, p. 50-53 ; trad. esp. A. Huici Miranda dans *Colección de crónicas árabes de la Reconquista*, t. IV, *op. cit.*, p. 65-69 ; trad. fr. E. Tixier du Mesnil.

2. Celui-ci mourut vraisemblablement durant la Fitna, peut-être en 1013. Son sosie était, selon certaines sources, un tailleur ou un savetier originaire de Calatrava.

3. Voir *supra*, p. 72.

4. « Le Protégé de Dieu ».

Maria de Algarve, Niebla, Saltés, Gibraleón et autres lieux. Toutes ces terres se trouvaient sous son autorité et il nomma dans chacune d'elles des gouverneurs durant l'année 443 [1051-1052]. Il mourut subitement en l'année 461 [1069] d'un mal de poitrine qui l'emporta d'un seul coup. Ibn Ḥayyân écrit ceci : « À la tombée de la nuit du mercredi, la sixième nuit du mois de djumâda II de l'année 461 [2 avril 1069], arriva à Cordoue la nouvelle de la mort d'al-Muᶜtaḍid ᶜAbbâd, chef des factieux andalous de son temps, lion des rois, flamme de la sédition, protagoniste d'histoires extraordinaires, de succès détestables et de batailles destructrices, homme aux desseins élevés et à l'âme altière. Dieu le lança telle une flèche atteignant sa cible. Il s'efforça, durant sa vie, de s'élever et de fait, il s'éleva jusqu'aux sommets ; il désira, sa vie durant, se rendre maître de toute la Péninsule, faisant fi des intérêts de ce pays et n'obéissant qu'à ses ambitions, tirant parti de la plus grande sédition qu'ait connue cette terre. Dieu le fit mourir dans son lit d'un mal de poitrine de courte durée. »

Il suivit la trajectoire d'Aḥmad b. Abî Aḥmad b. Mutawakkil[1], l'un des plus énergiques califes abbassides, qui écrasa la révolte survenue dans la partie orientale de l'empire et détruisit les responsables du mal ; mais quand il disparut, l'empire se délita. Le nom de règne de ᶜAbbâd était « Celui qui est protégé de Dieu » ; il s'illustra, grâce à la sûreté de son jugement, dans la conduite des affaires de l'État, au point que les gens de réflexion faisaient de ses actions des modèles à suivre pour qui voulait accéder au pouvoir ; il parvenait à ce résultat grâce à la dureté des châtiments qu'il infligeait et grâce à la violence la plus exécrable, inspirant un sentiment d'horreur à ceux qui entendaient parler de ses actions, et plus encore à ceux qui les voyaient de leurs propres yeux. Malgré cela, il n'était pas dénué de hautes intentions et de pompe

1. Dixième calife abbasside qui régna de 842 à 847.

royale. Il construisit des palais imposants et encouragea les cultures productives. Il fit l'acquisition d'objets précieux et organisa la cavalerie. Il acheta des esclaves militaires, choisissant avec soin des hommes de toutes origines, établissant entre eux des distinctions au mérite : des soldes abondantes et l'assurance de gratification à ceux qui se battaient avec fougue, des menaces mises à exécution à l'encontre de ceux qui fuyaient devant l'ennemi. Il mena à bien une politique que ne purent égaler ses rivaux[1], auxquels il envoya des fauteurs de troubles qui lui permirent de les exterminer. Car parmi les choses extraordinaires que l'on raconte à son propos, il faut noter le constant désir qu'il mit à assouvir ses convoitises et à faire périr ces gens arrogants. Puis, il se déroba de la vue des gens[2], s'adonnant à une vie agréable, indifférent aux tourments des autres, gouvernant depuis son trône, déjouant les stratagèmes du fond de son palais. Il menait ainsi ses affaires, consacrant le jour à la consolidation de son pouvoir, et la nuit à des plaisirs continus ; c'est ainsi que ne cessaient de danser devant lui les coupes de vin dont il se délectait, et c'est avec la même soif qu'il prenait la vie de ses ennemis. À la porte de son palais se trouvait un jardin dans lequel pendaient comme des fruits, en toutes saisons, des têtes humaines qu'on lui envoyait et qui portaient, accrochées sur les oreilles, des notices comportant le nom de leur détenteur. Cela lui réjouissait l'âme de les contempler, alors que les gens étaient horrifiés par ce spectacle. Lors de ses visites nocturnes à cet endroit, il conjuguait les divertissements de la nuit et le plaisir de continuer à ourdir ses machinations, consolidant ainsi son pouvoir plus que s'il s'était contenté d'agir avec force. En plus de ce jardin dont la vue remplissait le cœur des hommes de terreur, ᶜAbbâd tirait orgueil d'un horrible trésor, plus précieux à ses yeux qu'un coffret rempli de pierres précieuses, caché

1. Les autres princes andalous.
2. À la manière du calife ou de l'imam shiite.

à l'intérieur de son palais et contenant les têtes des rois qu'il avait lui-même tués de son épée. Parmi ces têtes se trouvaient celle de Muḥammad b. ᶜAbd Allâh al-Birzâlî [1], flamme de la sédition, et celles des *ḥâdjib-s* Ibn Khazrûn [2] et Ibn Nûn [3], ainsi que celles d'autres personnages. Ces têtes étaient placées à côté de celle de leur chef, le calife Yaḥyâ b. ᶜAlî b. Ḥammûd al-Ḥasanî [4], qui les précéda dans la mort. Al-Muᶜtaḍid mit tous ses soins pour conserver ces têtes, en les parfumant et les embaumant, mais ce n'était guère dans le but de les honorer; il en confia la surveillance à des gardiens. Elles restèrent ainsi en sa possession, à la manière d'hôtes silencieux. Quand son fils al-Muᶜtamid fut déposé, on trouva ces têtes dans l'un de ses sacs. Ibn Bassâm dit : « Lorsque les Almoravides conquirent Séville et qu'al-Muᶜtamid fut détrôné, on me raconta que l'on trouva un sac scellé dans lequel on supposait que se trouvait de l'argent ou un trésor; il était en fait empli de têtes. On s'interrogea longuement sur ce qu'il convenait de faire; il fut décidé que chaque tête serait remise aux descendants du mort. Quelqu'un qui avait vu la tête de Yaḥyâ b. ᶜAlî b. Ḥammûd ce jour-là me raconta que ses traits étaient reconnaissables malgré l'altération de la forme du visage. La tête fut restituée à certains de ses descendants, qui l'enterrèrent. » Ibn Ḥayyân écrit : « ᶜAbbâd était doté d'un agréable physique, d'une constitution parfaite et d'un port altier; il était généreux, bénéficiait d'une intelligence pénétrante, d'une présence d'âme et d'une assurance dans ses choix, qualités qui le

1. Roi de la Taifa de Carmona de 1023-1024 à 1042-1043.
2. Souverain de la Taifa d'Arcos de 1029 à 1053.
3. Souverain de la Taifa de Morón de 1041 à 1053.
4. Les Ḥammudides accédèrent au califat à la faveur de la Fitna mais ne purent se maintenir au pouvoir. Yaḥyâ b. Ḥammûd, éphémère calife de 1021 à 1023, se replia à partir de cette date à Málaga et fut tué en 1035 par les Sévillans alors que le père d'al-Muᶜtaḍid était au pouvoir; c'est peut-être ce qui explique la présence de sa tête dans le « trésor » d'al-Muᶜtaḍid, lequel ne succéda à son père qu'en 1042.

rendaient supérieur à ses pairs [1]. Il se passionna d'abord pour les belles-lettres, avant d'orienter sa passion vers l'exercice du pouvoir, avec l'intérêt le plus soutenu et les dispositions les plus éclatantes. Il produisit cependant, grâce à son talent aigu, quantité de compositions littéraires, qu'il rédigeait sans difficulté particulière, sans se restreindre sur leur nombre, mais sans leur accorder non plus d'importance. Dans ce domaine, il réussissait ce qu'il voulait en matière d'ornement et de style. Il écrivit des poèmes pleins de grâce en raison de ses qualités innées. Les lettrés les recopièrent pour leur plus grand profit. Il alliait à ces qualités physiques et intellectuelles une grande générosité, qui rivalisait avec celle des nuages [2]. Les récits que l'on rapporte sur ᶜAbbâd, sur ses hauts faits comme sur la variété de ses aspirations, hautes et basses, sont aussi extraordinaires qu'insolites. En dépit de sa rudesse dans la conduite des affaires, il avait de l'affection pour les femmes, se donnant beaucoup de peine pour les choisir en en mêlant de différentes catégories. Il arriva, dans ce domaine comme dans les autres, à des extrêmes qu'aucun de ses pairs n'atteignit. On dit qu'il donna soixante-dix esclaves femmes, dont certaines très cultivées, à sa favorite noble qui était celle qu'il préférait parmi ses épouses ; elle était fille de Mudjâhid al-ᶜÂmirî [3] et sœur de ᶜAlî b. Mudjâhid, seigneur de Dénia et des îles du Levant [4]. ᶜAbbâd fit prospérer son lignage par ses multiples mariages et sa vigueur personnelle. On dit qu'il eut près de vingt fils et autant de filles [5].

---

1. Les autres souverains andalous.
2. Les nuages sont le symbole de la générosité car ils donnent la pluie bénéfique.
3. Puissant et célèbre souverain de Dénia (v. 1013-v. 1045).
4. Les Baléares.
5. Ibn ᶜIdhârî al-Marrâkushî, *Al-Bayân al-Mughrib* ; texte arabe établi par É. Lévi-Provençal dans *Histoire de l'Espagne musulmane au XIᵉ siècle, op. cit.*, p. 204-209 ; trad. esp. F. Maíllo Salgado, dans *La Caída del califato de Córdoba y los Reyes de Taifas (Al-Bayân al-Mughrib), op. cit.*, p. 172-176 ; trad. fr. E. Tixier du Mesnil.

## Les Banû Razîn selon la *Chronique anonyme des Taifas*

Le texte suivant est extrait de la *Chronique anonyme des Taifas* qui a été retrouvée, traduite et éditée au XXe siècle par Évariste Lévi-Provençal, le grand découvreur de textes andalous. On y dresse le portrait de quelques dynasties de souverains andalous; leurs faits d'armes, ainsi que les revers multiples qui contribuèrent à rendre bien mouvante la scène politique péninsulaire, côtoient des informations plus surprenantes sur le mode de vie des princes. Celles-ci témoignent cependant, au même titre que la geste militaire, de l'univers des Taifas. La notice consacrée à la dynastie des Banû Razîn, souverains de la ville d'Albarracin, se résume ainsi au portrait d'une femme parée, sinon de toutes les vertus, du moins de toutes les qualités.

Cette ville [1] est une importante localité de la partie orientale d'al-Andalus. Ses princes sont connus sous le nom de Banû l-Aṣlaᶜ. Lorsque s'alluma le feu de la rébellion détestable en al-Andalus, pendant le soulèvement d'Ibn al-Djabbâr, et que chaque chef se révolta dans une province, Ibn al-Aṣlaᶜ fit de même à Shantamarîya, que l'on appelle aussi al-Sahla. Il se nommait Hudhayl b. Khalaf b. Lubb b. Razîn le Berbère et sa *kunya* était Abû Muḥammad. On l'y proclama en l'année 403 [1012-1013]. C'était l'un des personnages les plus importants de la Marche. Il avait un beau physique, un bon naturel, était de relations agréables et faisait montre de bienveillance. On ne vit jamais un émir d'une mine aussi plaisante que la sienne, plus distingué en outre par sa facilité de parole et son talent à obtenir ce qu'il lui fallait, grâce à son éloquence persuasive. Il avait plus que tout autre prince la préoccupation d'acquérir des instruments de musique et de se procurer des chanteuses. Il acheta la jeune esclave du médecin Abû ᶜAbd Allâh al-Kinânî au prix de trois mille dinars. Ibn Ḥayyân dit dans son histoire : « Nul ne vit à son époque de femme plus gracieuse, de mouvements plus vifs, de silhouette plus

1. Albarracin.

fine, de voix plus douce, sachant mieux chanter, excellant plus dans l'art d'écrire, dans la calligraphie, d'une culture plus raffinée, d'une diction plus pure. Elle était à l'abri de toute faute dialectale dans ce qu'elle écrivait ou chantait, tant elle savait la morphologie, la lexicographie et la métrique ; elle connaissait même la médecine, l'histoire naturelle et l'anatomie, et d'autres sciences où les savants de l'époque se seraient révélés inférieurs. Elle excellait à la lutte, à faire de la voltige en tenant des boucliers, à jongler avec des lances, des sabres et des poignards effilés. Elle n'avait en cela ni son pareil, ni son égal. » Puis l'émir Hudhayl acheta un grand nombre de belles jeunes filles réputées pour leur talent de chanteuses, qu'il fit rechercher en tous lieux. Son gynécée devint le plus beau de ceux des princes d'al-Andalus. En plus de ces qualités dont il était doté, ce prince était vigilant quant à l'application de la loi, et ressemblait à une aiguade douce et bienfaisante pour ceux qui viennent s'y abreuver et où il est facile de puiser. Il continua à se conduire de la façon la plus louable, jusqu'au moment où son terme arriva : il mourut à al-Sahla en 436 [1044-1045]. Son règne avait duré trente-trois années, qui toutes se passèrent dans la sécurité et la paix. Après lui, son fils ᶜAbd al-Malik prit le pouvoir [1].

## ASPECTS DE LA RECONQUISTA

### LE PAIEMENT DES PARIAS

Les armées arabo-musulmanes ne furent jamais maîtresses de la totalité du territoire péninsulaire. Des îlots chrétiens,

1. *Chronique anonyme des Taifas*, texte établi et traduit par É. Lévi-Provençal, figurant dans la nouvelle édition qu'il fit de l'ouvrage de R. Dozy, *Histoire des musulmans d'Espagne jusqu'à la conquête de l'Andalousie par les Almoravides (711-1110)*, Leyde, Brill, 1932, Appendice II, p. 229-230.

abrités parfois au cœur des montagnes, subsistèrent puis se développèrent, donnant ainsi naissance à la Castille, au León, à l'Aragon, à la Navarre et aux comtés catalans. Au début du XI^e^ siècle, l'exiguïté de ces territoires, où la pression démographique était forte, mais aussi les projets politiques de souverains qui avaient besoin de renforcer leur légitimité ouvrirent la voie à la Reconquista. C'est Ferdinand I^er^ de Castille (1035-1065) qui inaugura à partir de 1048 la politique des parias, tributs imposés aux royaumes andalous pour prix de la protection, ou de la non-intervention, des chrétiens. Ces prélèvements, par un pervers effet de retour, financèrent la Reconquista elle-même puisqu'ils contribuèrent à développer la puissance militaire de la Castille, du León et de l'Aragon. Les royaumes musulmans furent doublement affaiblis dans la mesure où les populations, accablées d'impôts considérés comme illégaux car non coraniques, contestèrent de plus en plus ouvertement les pouvoirs qui les gouvernaient, ce qui fragilisait ces derniers.

## Les Mémoires de ᶜAbd Allâh, dernier émir ziride de Grenade

Le texte qui suit est tiré d'une œuvre très particulière, les Mémoires de ᶜAbd Allâh, dernier souverain ziride de Grenade : c'est l'une des rares sources dont nous disposons pour la période des Taifas. Elle est d'autant plus exceptionnelle qu'elle émane d'un acteur essentiel de l'histoire qui se jouait alors en al-Andalus. ᶜAbd Allâh, quatrième et dernier souverain de la dynastie ziride qui régna à Grenade de 1012 à 1090, rédigea ce livre après avoir été détrôné par les Almoravides et placé en résidence surveillée au Maghreb. C'est un souverain déchu qui prend la plume pour justifier sa politique, et notamment l'acceptation du paiement des tributs. Même s'il ne s'agit pas d'autobiographie à proprement parler, nous avons conservé l'appellation de « Mémoires » proposée par Évariste Lévi-Provençal, qui a découvert cet ouvrage dans une soupente de la Grande Mosquée de Fès, qui l'a identifié, analysé, traduit et en a publié les cinq fragments retrouvés de 1935 à 1941.

Chaque fois qu'al-Muᶜtamid[1] s'efforçait d'apaiser les choses, que je désirais moi-même faire la paix avec lui, ou bien encore qu'une trêve était décidée, Ibn ᶜAmmâr[2] ne laissait pas de la rompre et d'allumer le feu de la guerre. Il alla une seconde fois trouver le chrétien Alphonse [VI], lui montra les avantages que lui vaudrait la prise de Grenade et me dépeignit à ses yeux comme quelqu'un d'impuissant, vu ma faiblesse et mon jeune âge; il lui garantit la possession totale des richesses de Grenade, s'il s'engageait, une fois la ville prise, à la lui donner en toute souveraineté et à lui laisser mon trésor personnel. Il alla jusqu'à lui promettre, une fois l'affaire terminée à son gré, cinquante mille *mithqâl-s* en plus de l'argent qu'il trouverait à Grenade, s'il lui accordait de se mettre en marche sans délai. Toutes ces promesses remplirent d'avidité le chrétien Alphonse qui se dit : « Voilà une affaire dont je ne manquerai pas de tirer profit, même si la ville n'est pas prise ! Mais quel avantage aurai-je à l'enlever à l'un pour la donner à l'autre et lui fournir ainsi des moyens contre moi ? » Il s'en vint donc avec l'intention de dépouiller aussi bien son allié que celui contre lequel il marchait, et de les perdre l'un par l'autre. Il n'avait pas, par ailleurs, l'espoir de prendre la ville pour son propre compte; il tint à ce sujet le raisonnement suivant : « Je suis étranger à leur religion, et tous ces gens me haïssent. Pour quel motif pourrais-je désirer prendre Grenade ? Qu'elle se soumette sans combat, c'est impossible ! Il me faudrait donc mener la guerre, exposer mes soldats à la mort, dépenser de l'argent : j'aurais alors plus à perdre que ce que j'espère en tirer si elle tombe en mon pouvoir ! Dans ce cas même, je ne la conserverais qu'autant que je serais sûr – ce qui ne serait pas le cas – de la fidélité de sa population. Je ne

1. Muḥammad b. ᶜAbbâd, fils d'al-Muᶜtaḍid, prit le nom de règne d'al-Muᶜtamid. Il régna à Séville de 1069 à 1091, date de sa déposition par la dynastie berbère almoravide.

2. Vizir d'al-Muᶜtamid.

peux pourtant pas faire massacrer cette dernière et peupler la ville de gens de ma religion ! Non, ce qu'il y a lieu de faire, en vérité, c'est de les dresser les uns contre les autres et de leur prendre continuellement de l'argent afin d'affaiblir leurs ressources et de les épuiser. Une fois qu'ils en seront arrivés là, ils n'auront plus qu'à se soumettre et à venir se livrer à moi spontanément. C'est bien ce qui s'est passé à Tolède, que je vais obtenir sans fatigue grâce à l'appauvrissement et à la dispersion de sa population, ainsi qu'à la fuite de son sultan ! » Je savais fort bien quelle était sa ligne de conduite, par ce qu'il en disait à ses vizirs. Cela me fut répété par Sisnando[1] de vive voix au cours de cette campagne : « C'est aux chrétiens qu'au début appartint al-Andalus, jusqu'au moment où ils furent vaincus par les Arabes qui les refoulèrent en Galice. Mais maintenant que c'est possible, ils désirent recouvrer ce qui leur a été ravi par la force ; pour que le résultat soit définitif, il faut vous affaiblir et vous user avec le temps : quand vous n'aurez plus ni argent, ni soldats, nous nous emparerons du pays sans la moindre peine ! » [...]

[*Des négociations s'engagent entre les ambassadeurs de l'émir ᶜAbd Allâh et ceux d'Alphonse VI, qui fait demander au roi de Grenade, pour prix de sa neutralité, le versement de cinquante mille* mithqâl-s.]

Je me plaignis du peu de ressources du pays, en lui exposant que ce serait pour lui une charge impossible, et qu'il était à mon avis certain qu'au cas où une telle somme serait payée, mon royaume serait si affaibli qu'Ibn ᶜAbbâd [al-Muᶜtamid] ne manquerait pas l'occasion de s'en emparer. Et j'ajoutai : « S'il prend Grenade, ses possibilités grandiront, et il ne te témoignera plus sa soumission. Prends donc ce que je puis

---

1. Sisnando Davidiz (m. 1091) était un chrétien qui resta longtemps prisonnier à la cour d'al-Muᶜtamid de Séville. Il servit d'intermédiaire entre souverains chrétiens et musulmans et fut fait comte de Coïmbre après la prise de la ville par les chrétiens en 1064.

t'offrir, et laisse-moi quelque chose qui me permette de subsister. Ce que tu laisseras, tu le trouveras chez nous quand tu le demanderas. » Il n'accepta ces raisons qu'après bien des difficultés, et je finis par conclure un accord moyennant le paiement d'une somme de vingt-cinq mille *mithqâl-s*, c'est-à-dire la moitié de ce qu'il avait demandé. Puis je fis préparer à son intention, pour me prémunir contre ses mauvais sentiments, des tapis, des étoffes, des vases, qui furent rassemblés dans une grande tente. Je l'invitai à y pénétrer, et quand il vit les étoffes, il ne les trouva pas assez belles. Nous nous mîmes d'accord sur une augmentation de cinq mille *mithqâl-s*, ce qui porta le montant total du paiement à trente mille. [...]

[*Un peu plus tard, un accord est signé entre les souverains de Séville, Tolède et Grenade, sous l'égide du roi de Castille.*]

Un accord, en conséquence, fut rédigé en présence d'Alphonse ; ce document défendait toute agression d'un prince musulman contre un autre. Il y fut stipulé le montant du tribut annuel que nous aurions à lui verser. Pour ma part, il le fixa à dix mille *mithqâl-s* par an. Il me parla avec douceur, me disant : « Ibn ᶜAmmâr aurait voulu que je fasse preuve de mauvaise foi à ton égard ! À Dieu ne plaise que l'on sache par le monde qu'un homme comme moi, puissant parmi les chrétiens, soit venu te trouver, toi qui es un grand personnage de ta race, pour te trahir ensuite ! Demeure en paix ! Je ne t'assujettirai à rien d'autre qu'au paiement du tribut, que tu m'enverras chaque année sans retard. Si tu en diffères l'envoi, tu recevras la visite de mon envoyé, et son séjour t'occasionnerait des dépenses ! Il vaudra donc mieux pour toi t'empresser de verser l'argent [1]. »

---

1. Trad. fr. É. Lévi-Provençal, « Mémoires de ᶜAbd Allâh, dernier roi ziride de Grenade », *Al-Andalus*, IV, 1936-1939, p. 34-40 (texte arabe dans *Al-Andalus*, III, 1935, p. 320-322).

## Des souverains illégitimes

Le grand Ibn Ḥazm (994-1064), que nous avons déjà évoqué [1], fut l'un des plus féroces pourfendeurs des royaumes des Taifas. Au nom de la défense du califat, seule institution capable à ses yeux de conserver l'intégrité du message prophétique et d'assurer la continuité de l'histoire de l'islam [2], il fustigea les roitelets andalous dont les ambitions précipitaient le naufrage de la Péninsule. Le document dont est extrait ce texte regroupe les réponses d'Ibn Ḥazm à neuf cas de conscience que lui soumirent certains disciples ẓâhirites d'Ibn Muflit de Santarém. Il y est question des dangers que court le croyant à évoluer dans une société dont les gouvernants sont illégitimes.

Quant à votre question concernant cette guerre civile et son incidence sur les gens […], c'est une épreuve qui nous a été imposée – que Dieu nous en libère –, une tentation au mal qui, par bien des aspects qu'il serait trop long de rapporter, a détruit les pratiques religieuses sauf chez ceux que Dieu a préservés. La cause fondamentale en est que chaque responsable de ville ou de forteresse partout dans notre Andalus, du premier au dernier, est un brigand de grand chemin, par Dieu et son Prophète ! un agent de décomposition à travers le pays. Ce que vous constatez de vos propres yeux, ce sont leurs attaques contre les biens des musulmans gouvernés par un prince adverse ; c'est la licence qu'ils octroient à leurs troupes de piller toute région contre la population de laquelle ils sont en guerre ; c'est le fait qu'ils imposent aux musulmans les taxes non coraniques et la *djizya* [3] ; qu'ils chargent les juifs de percevoir sur les populations de l'Islam la *djizya* et l'impôt sur le cheptel, invoquant pour cela une nécessité qui, de toute façon, n'autorise pas ce que Dieu a interdit, alors que leur objectif réel en la matière consiste à perpétuer leur plein et entier pouvoir souve-

---

1. Voir *supra*, p. 145-165.
2. Voir à ce propos les analyses de G. Martinez-Gros dans *L'Idéologie omeyyade…*, *op. cit.*, p. 163-228.
3. Capitation portant sur les non-musulmans.

rain. Ne vous trompez pas ! Que ne vous égarent ni les impies, ni les prétendus juristes qui habillent d'une peau de mouton un cœur de bête fauve, qui décorent du nom de bien le mal des gens du mal, qui les assistent dans leur impiété ! […]

[*La seconde partie de la consultation traite du soupçon d'illégalité qui entache toute transaction sur les biens meubles à partir du moment où elle s'effectue au moyen d'une monnaie émise par un souverain illégitime.*]

Je ne connais en Espagne, moi pas plus que quiconque, de dirham licite, ni de dinar de bon aloi dont on puisse être parfaitement sûr qu'il est licite, à l'exception de l'or extrait de la rivière de Lérida. La partie de cet or qui reste en leur possession, je veux dire en la possession de ceux qui l'ont extrait, après la spoliation abusive dont ils sont victimes, est certes licite et conforme, comme l'est la rivière elle-même. Mais cela jusqu'à la frappe des dirhams et la fonte des dinars. Car sachez que cet argent passe ensuite en la possession des autres sujets, en échange des produits de base que les orpailleurs achètent à certaines personnes qui sont les seules à les leur fournir, parce qu'on ne les trouve que chez elles : farine, froment, orge, fèves, pois chiches, lentilles, haricots blancs, huile, olives, sel, figues, raisins secs, vinaigre, fruits de toutes sortes, lin, coton, laine, moutons, lait, fromage, beurre fondu, beurre frais, fourrage et bois à brûler. Ces produits doivent forcément être achetés auprès des ruraux et des paysans. Le dirham ne peut donc que tomber en leur possession. Mais il n'y reste pas longtemps, car on le leur prélève de vive force, abusivement et injustement, sous forme de capitation comme la *djizya* des juifs et des chrétiens. Cet argent, saisi illégalement, parvient au despote qui gouverne, se transformant ainsi en un feu maléfique. Puis le despote le verse aux soldats qu'il a recrutés à son service et sur lesquels il s'appuie pour asseoir son pouvoir, faire fonctionner l'État, soumettre ses opposants et attaquer les sujets des autres individus qui échappent à son autorité ou qu'il somme de lui obéir. Et la chaleur du feu redouble. Puis les soldats se servent de cet argent dans leurs transactions avec les commerçants et les artisans. Il aboutit donc aux mains de ces derniers, pareil à un scorpion, un serpent venimeux, une vipère. Les commerçants achètent à leur tour aux sujets ce dont ils ont besoin. Ainsi, comme vous le constatez personnellement, les dinars et les dirhams sont-ils des roues tournant au milieu du feu de l'Enfer. [...]

Si je fais une différence entre notre époque et les époques antérieures, c'est que les exactions du temps de la trêve n'étaient pas générales et patentes comme aujourd'hui, et que les tributs de conquête levés par les souverains ne portaient que sur le foncier. Ils ne diffèrent guère de ceux imposés par ᶜUmar. Mais aujourd'hui, on trouve : un impôt de capitation sur les musulmans, qu'on appelle le *qaṭiᶜ*, et qui est prélevé mensuellement ; une taxe sur leurs biens en ovins, bovins, bêtes de somme et abeilles et qui consiste en un montant fixe prélevé par tête de bétail et par femelle laitière ; des taxes commerciales perçues sur tout ce qui se vend au marché, ainsi que sur la licence de vente de vin accordée aux musulmans dans certaines régions. Tout ceci, c'est ce que recouvrent les despotes aujourd'hui. C'est un scandale abject, une violation des lois de l'islam, un démaillage, maille après maille, du tissu de la communauté, la création d'une religion nouvelle, alors que la prérogative en ce domaine appartient à Dieu seul ! Par Dieu ! S'ils apprenaient que dans l'adoration de la croix, il y avait de quoi faire marcher leurs affaires, ils s'empresseraient de se convertir au christianisme. Nous les voyons rechercher l'aide des chrétiens et permettre à ceux-ci de s'emparer des femmes des musulmans, de leurs enfants et de leurs hommes, emmenés en servitude dans leur pays. Que de fois les protègent-ils quand ils s'en prennent aux choses sacrées sur terre, et se joignent-ils à eux afin d'assurer leur sécurité ! Que de fois leur cèdent-ils des villes et des places fortes dont les chrétiens chassent l'islam, et qu'ils peuplent de cloches ! Dieu les maudisse tous ! Qu'Il leur inflige le châtiment avec l'un de ses sabres [1] !

## La reprise des villes par les chrétiens

Les royaumes chrétiens du Nord ne limitèrent pas leur action au prélèvement des parias. Ils purent parfois conquérir par les armes les villes andalouses les plus faibles, comme ce fut le cas pour Lamego en 1057, Coïmbre en 1064, ou Barbastro la même année. C'est cependant la prise de Tolède, en 1085, qui signa l'inversion des rapports de forces entre souverains des Taifas et royaume de Castille.

### La prise de Barbastro (1064)

La ville de Barbastro, située près de Saragosse, aux abords des Pyrénées, était un élément central dans l'organisation de la Marche supérieure, l'une des zones frontières avec la chrétienté. La prise de la ville par les chrétiens eut un retentissement considérable dont se fit l'écho Ibn Ḥayyân (987-1076), l'historien andalou majeur de la période des Taifas – selon Emilio Garcia Gomez, il serait même l'historien le plus éminent qu'ait produit le Moyen Âge hispanique, tant musulman que chrétien [2]. Ses qualités et mérites sont multiples : une méthode minutieuse et scrupuleuse, un style que l'on peut qualifier de littéraire, qui témoigne d'un don remarquable pour la narration et l'exploitation des ressorts dramatiques des événements, enfin une vision personnelle sur son temps et sur le monde – vision qui se révèle d'ailleurs particulièrement pessimiste. Les pages qu'il a écrites sur la Fitna, l'effondrement du califat et la mise

---

1. Ibn Ḥazm, extrait du texte n° 6 du codex publié par M. Asin Palacios, « Un codice inexplorado » ; trad. fr. F. Clément, dans *Pouvoir et légitimité en Espagne musulmane à l'époque des Taifas (v<sup>e</sup>-vi<sup>e</sup> siècle). L'imam fictif*, Paris, L'Harmattan, 1997, p. 89-92.

2. Voir son article « A proposito de Ibn Ḥayyân », *Al-Andalus*, XI, 1947.

en place des royaumes des Taifas sont irremplaçables. Si son œuvre nous est parvenue extrêmement mutilée, elle a été fort heureusement compilée et citée par Ibn ᶜIdhârî et Ibn Bassâm, qui l'utilisent abondamment[1]. Les quelques données biographiques dont nous disposons à son sujet sont très lacunaires et nous éclairent peu sur sa personnalité. On sait seulement qu'il fut un acteur politique de premier plan sous les Djahwarides de Cordoue (1031-1069), et qu'il ne se contenta donc pas d'être un simple observateur des événements qu'il relate. Ses deux œuvres majeures sont le *Muqtabis* et le *Matîn*.

De la première, une histoire des musulmans d'Espagne depuis la conquête jusqu'à l'époque de l'auteur, seules quelques parties ont été retrouvées. Le *Muqtabis* apparaît moins comme une œuvre originale que comme une vaste compilation des ouvrages historiographiques précédents[2] : la voix de l'auteur y est quasiment absente puisque, comme c'est le cas dans ce type d'ouvrages, il se contente de « raccorder » les différents textes. Le *Matîn* se présente quant à lui comme une chronique très détaillée de la période contemporaine de la vie de l'auteur : entièrement perdu, il comptait, semble-t-il, soixante parties. Cette œuvre plus personnelle révèle non seulement le style d'Ibn Ḥayyân, mais aussi sa grande faculté de synthèse et sa capacité à élever le débat historique sur un plan quasiment philosophique.

C'est un extrait du *Matîn* que nous proposons ci-après, intéressant en ce que l'auteur, non content d'y narrer les tragiques événements de Barbastro, y livre sa vision des hommes de son temps, en particulier des dirigeants politiques et des docteurs de la Loi (*fuqahâ*ᵓ), qu'il tient pour responsables d'une grande partie des malheurs de l'époque. Certaines sources soulignent ainsi que l'émir de Séville n'aurait envoyé que cinq cents cavaliers pour participer à la reprise de la ville, orchestrée l'année suivante par al-Muqtadir b. Hûd, prince de Saragosse, et qui se solda par le retour de Barbastro dans le giron de l'Islam jusqu'en 1101.

1. Ibn Bassâm a recueilli dans la *Dhakhîra* de nombreux fragments du *Matîn* qu'il cite littéralement, tout comme Ibn ᶜIdharî al-Marrâkushî, l'auteur d'*Al-Bayân al-Mughrib*, source essentielle pour la période des Ṭaifas. Voir *infra*, p. 283 *sq.*, et *supra*, p.72 *sq.*

2. Ibn Ḥayyân y exploite notamment les données de ᶜÎsâ b. Aḥmad al-Râzî (m. 886).

Abû Marwân b. Ḥayyân rapporta ce qui suit : « En l'an 456 [1064], l'ennemi s'empara de Barbastro, chef-lieu de la province de Burṭâniya, située à mi-chemin entre Lérida et Saragosse, dans la région de la Marche supérieure. [...] Cette ville n'avait jamais quitté le giron de l'Islam depuis trois cent soixante-trois ans, c'est-à-dire depuis l'époque des premières conquêtes de la péninsule d'al-Andalus. Si bien que la foi s'y était profondément enracinée, et que l'étude du Coran s'y était développée. Il en fut ainsi, jusqu'à l'arrivée soudaine, à Cordoue, au début du mois de ramaḍân de cette année, du funeste messager venu nous annoncer sa perte. Cette nouvelle frappa de stupeur les oreilles des Cordouans, leur inspirant la plus vive émotion, et fit trembler toute la terre d'al-Andalus. Barbastro devint la préoccupation de tous, et le centre des conversations et des interrogations, tant la perplexité de la population était grande. Tous avaient du mal à s'imaginer comment une telle chose avait pu se produire. Car ils n'avaient pas encore perdu l'habitude qu'ils avaient de refouler leurs craintes, de se bercer d'espoir, et de placer leur confiance en des princes égarés prônant la séparation, oscillant entre échec et impuissance, écartant leurs sujets de la voie droite, en brouillant les signes les plus clairs.

Depuis que le monde est monde, les malheurs des hommes sont imputables aux deux mêmes catégories de personnes, qui jouent pour eux un rôle identique à celui du sel dans l'alimentation : je veux parler des princes et des docteurs de la Loi, catégories qui ont ceci de commun que, exemptes de défauts, elles améliorent la qualité des choses, tandis que, corrompues, elles les gâtent. Or, en ce siècle qui est le nôtre, Dieu le Très-Haut a tout spécialement doté ces deux catégories d'une perversité sans limite, et contre laquelle il n'y a aucun recours.

Les princes se sont écartés de la voie droite, entraînant leurs sujets avec eux, les éloignant de la communauté des musulmans et les incitant au séparatisme. Quant aux docteurs de la Loi, leurs guides, ils se sont tus, abandonnant ainsi la mission qui leur avait été confiée par Dieu et qui consistait à éclairer les gouvernants. Ils se sont mués, qui en mangeur de sucreries, livré à ses passions, qui en lâche dominé par la peur, préférant la circonspection à la sincérité, ces derniers étant de loin les moins nombreux parmi eux. Que dire d'une terre dont le sel, censé améliorer la saveur de toute nourriture, s'est lui-même corrompu, sinon qu'elle se trouve au bord de l'abîme, proche d'être ruinée et exterminée ? Comment ne serait-on pas saisi de stupéfaction devant les actes de ces princes, qui, terrorisés face à cet événement majeur survenu à Barbastro, ne trouvèrent rien d'autre à faire que de creuser des fossés, de relever les murailles et de consolider et renforcer les édifices, dévoilant ce faisant à leurs ennemis une turpitude bien plus affreuse encore que celle que ceux-ci s'apprêtaient à commettre en voulant faire main basse sur la ville. [...] Mais revenons à notre sujet premier concernant la terrible catastrophe s'étant abattue sur Barbastro.

L'armée normande[1] installa son camp aux abords de la ville et entreprit de l'assiéger, montrant dans son acharnement au combat la volonté farouche de s'en emparer, alors que l'émir de la ville, Yûsuf b. Suleymân b. Hûd, avait quant à lui abandonné les habitants de la ville à leur funeste sort, sans rien faire pour tenter de mettre l'ennemi en déroute. Le siège se poursuivit durant qua-

1. L'armée des chrétiens comprenait des Normands commandés par Guillaume de Montreuil, Normand d'Italie qui servit le pape Alexandre II. C'est en tant que chef du contingent envoyé par le pontife qu'il participa à la « croisade de Barbastro ». L'ensemble des troupes était en fait commandé par le duc d'Aquitaine, Guillaume VIII et le roi d'Aragon, Sancho Ramirez. Il est intéressant de noter que les chroniqueurs musulmans choisissent de privilégier la présence normande, en raison certainement du rôle joué par le pape qui fit de cette expédition « une croisade avant les croisades ». Notons également que les Normands sont désignés par le même terme que leurs ancêtres vikings, qui au IXe siècle avaient ravagé les côtes andalouses : « *madjûs* ».

rante jours et, la nourriture venant à manquer dans la ville, la population commença à se disputer pour survivre. Lorsque l'ennemi apprit cela, il redoubla de violence dans les combats, si bien que les mécréants finirent par franchir l'enceinte extérieure avec cinq mille soldats en armure. Les habitants, interdits, se barricadèrent alors à l'intérieur de la seconde enceinte. S'ensuivirent de violents combats, durant lesquels cinq cents chrétiens furent tués. Mais, sur ces entrefaites, il advint, par la volonté de Dieu le Très-Haut, qu'un canal souterrain, qui avait été construit par les anciens, et qui reliait la ville au fleuve et la ravitaillait en eau, fut entièrement bouché par un énorme rocher provenant des pierres ayant servi à sa construction. L'eau se mit à manquer, ce qui provoqua le désespoir des habitants. Ils implorèrent alors les assiégeants de les laisser descendre jusqu'au fleuve, étant entendu qu'ils sortiraient seuls, sans leurs biens et sans leur domesticité. Les ennemis de Dieu accédèrent à leur demande. Mais ils ne tinrent pas leur parole, et, lorsque les gens sortirent, ils les exterminèrent. Les seules personnes qu'ils relâchèrent furent le chef des assiégés, Ibn al-Ṭawîl, et le cadi Ibn ᶜÎsâ, ainsi qu'une poignée de notables. Le butin prélevé par les Normands à Barbastro fut inestimable. On prétend que la part octroyée au plus puissant de leurs dirigeants, le commandant de leur cavalerie, comprenait environ mille cinq cents jeunes filles, toutes vierges, ainsi que cinq cents charges de mulets composées de bijoux, costumes et tapis. On raconte aussi que cent mille habitants furent tués ou emportés en captivité. Les mécréants s'emparèrent donc de Barbastro et s'y installèrent. De nombreuses femmes de la ville périrent car, cherchant à étancher la soif dont elles avaient souffert, elles se précipitèrent sur l'eau et burent sans aucune retenue, si bien qu'elles s'effondrèrent, terrassées, face contre terre... [1]. »

---

1. *Al-Dhakhîra*, *op. cit.*, t. III, vol. 1, p. 179 ; trad. fr. B. Foulon.

## Tolède au lendemain de la Reconquête (1085)

En ce milieu du XIe siècle, la Reconquista ne faisait que commencer. Barbastro fut reprise assez rapidement par les musulmans. Vingt ans plus tard en revanche, la puissance militaire acquise par le roi de Castille Alphonse VI menaçait de façon terrible les royaumes des Taifas. Ceux-ci, appauvris par le paiement des parias, affaiblis par les luttes qu'ils se livraient continuellement, contestés dans leur légitimité par leurs propres populations, furent incapables de s'opposer à la Reconquista chrétienne. Tolède, ville symbole car ancienne capitale des Wisigoths, fut prise en 1085 par le roi de Castille, presque sans coup férir. Ce dernier contrôlait désormais la moyenne vallée du Tage, et une importante population musulmane se trouvait, pour la première fois, placée sous domination chrétienne. Incapable dans un premier temps de s'en passer, le pouvoir castillan dut composer avec elle et le statut de ces hommes était mouvant, comme en témoigne ce texte d'Ibn Bassâm. L'auteur, mort en 1148, intègre dans un ouvrage qui ressemble à une autobiographie différents récits sur la chute des villes andalouses. Lui-même dut quitter sa ville natale de Santarém en 1092-1093, chassé par l'avancée chrétienne. Son livre, précise-t-il, « est le fruit d'un cœur blessé et d'une pensée affaiblie, en un siècle inconstant comme un caméléon [1] ».

Lorsqu'il se fut assuré la possession de Tolède, le tyran Alphonse – que Dieu le châtie – fit montre de superbe et d'orgueil, trahissant et maltraitant les rois des Taifas de la Péninsule. Il se mit à les accabler de fausses accusations et de reproches immérités, et s'ingénia à trouver des prétextes pour abattre leur autorité et en finir avec eux, car il lui semblait qu'ils étaient déjà réduits à l'impuissance et soumis à son pouvoir.

À Sisnando [2], dont nous avons déjà parlé, il confia le gouvernement de Tolède. Ce dernier s'efforça d'allé-

1. Trad. fr. F. Clément, dans *Pouvoir et légitimité en Espagne musulmane à l'époque des Taifas (Ve-VIe siècle)*, *op. cit.*, p. 86.

2. Sur Sisnando Davidiz, voir *supra*, p. 183, note 1. Cet intermédiaire privilégié entre souverains chrétiens et musulmans joua un

ger les malheurs des Tolédans, de rendre supportable l'avilissement où ils se trouvaient réduits, en se montrant peu exigeant et en procédant avec justice dans ses décisions, ce par quoi il se concilia les cœurs des gens de valeur ; il étendit même sa sollicitude aux gens du peuple. Les dissensions entre Tolédans, et la conversion au christianisme de quelques insensés, avaient au même moment plongé dans la consternation les autres capitales musulmanes. L'idée de Sisnando était de maintenir le *statu quo* à Tolède : « Tu ne retrouveras pas, disait-il à Alphonse, d'autres gens pour en maintenir la prospérité, ni un gouverneur plus docile qu'al-Qâdir b. Dhî-al-Nûn. » Mais Alphonse persista dans sa malheureuse conduite et donna libre cours à son avidité. Lorsqu'il se fut emparé de la cité [...], Sisnando lui dit : « Étends ton aile protectrice sur les habitants, de façon à t'assurer leurs tributs en échange. Ne romps pas avec les rois de la Péninsule, car tu ne pourras pas t'en passer et tu ne trouveras pas de gouverneurs plus obéissants. Si tu ne cesses de t'acharner contre eux et de leur manifester ton hostilité, tu finiras par les amener à sortir de ton influence, et par les obliger à recourir à l'intervention d'un autre. » Mais Allâh, dans sa clairvoyante faveur, fit que cette bienveillance parut suspecte à Alphonse et l'amena à suivre une conduite opposée, que lui dicta sa passion. C'est ainsi qu'il se décida à profaner la mosquée principale de Tolède, acte qui fut le couronnement d'une si grande disgrâce, et consterna tous ceux qui en furent les témoins ou qui en eurent connaissance. Sisnando lui disait : « Agir ainsi enflammerait de colère les esprits, rendrait inutile la politique entreprise, nous rendrait hostiles ceux qui sont disposés à nous aider, et arrêterait ceux qui ont commencé à se déclarer en notre faveur. » Mais Alphonse – qu'Allâh le maudisse –, aveu-

rôle essentiel dans la chute de Tolède et en devint le gouverneur ; Ibn Bassâm le décrit comme un homme bienveillant à l'égard des musulmans.

glé par l'orgueil, ne fit pas de cas de ses avertissements et écouta seulement la voix de sa folie : en rabîᶜ I de l'an 478 [juillet 1085], il donna en effet l'ordre de profaner la mosquée principale. Un témoin de ces événements m'a raconté qu'il avait vu les sbires d'Alphonse se diriger vers la mosquée, en ce jour où l'amertume ferma les yeux et les intelligences. Il n'y avait, dans le sanctuaire, que le cheikh et maître al-Maghamî, qui fut le dernier à en sortir et avait voulu faire ses adieux à ce lieu en ce jour. Ces démons de rebelles et les sbires pressés l'entourèrent. Le maître avait avec lui un de ses disciples qui était en train de lire ; et quand les chrétiens lui disaient de se hâter, le maître lui faisait signe de continuer. À la fin, il se leva sans montrer de hâte ni de crainte, fit les prosternations et les dévotions d'usage, et pleura et sanglota un long moment, cependant que les chrétiens le regardaient avec considération et respect, et sans que personne ose étendre la main sur lui, ni faire contre lui aucun geste hostile. On m'a raconté que la camarilla d'Alphonse – qu'Allâh la disperse et le maudisse – lui suggéra alors de ceindre la couronne et de revêtir les vêtements des chrétiens qui dominaient la Péninsule avant sa conquête par les musulmans, mais qu'Alphonse leur répondit : « Je ne le ferai pas avant d'avoir posé le pied sur la cime la plus haute de leur empire, et de leur avoir pris Cordoue, qui est la perle la plus précieuse de leur collier. » Effectivement, il avait préparé pour la Grande Mosquée de Cordoue – que Dieu protège son enceinte d'une aussi épouvantable calamité – une cloche à la fabrication de laquelle il avait mis tous ses soins… Loué soit Dieu qui a brisé son pouvoir et rendu vaines ses tromperies, et qu'il accorde à l'émir des musulmans et défenseur de la religion, Abû Yaᶜqûb Yûsuf b. Tâshfîn, la meilleure des récompenses destinées à ceux qui font le bien. Car il a ranimé le moribond, rendu la respiration à celui qui se noyait, tendu une corde à cette Péninsule. Il a pris sur lui d'accourir à son appel et de la délivrer de la tristesse et de la désolation, réussissant à ruiner le pouvoir des polythéistes. « Et, malgré eux, l'ordre du monde a prévalu » (Coran, IX, 48). Loué soit Dieu, Seigneur des Mondes[1] !

# L'APPEL AUX ALMORAVIDES

## Les princes des Taifas aux abois

Face aux royaumes chrétiens du nord de la Péninsule, pour lesquels la Reconquista représentait un « projet existentiel[2] », les princes andalous, divisés et contestés par leurs propres populations accablées d'impôts, n'avaient plus les moyens militaires et financiers de résister. Al-Muᶜtamid b. ᶜAbbâd (1040-1095), fils d'al-Muᶜtaḍid et prestigieux souverain de Séville, aurait été le premier, selon les chroniqueurs andalous, à briser le cercle vicieux du paiement des parias et des reculades stratégiques.

Al-Muᶜtamid avait négligé d'acquitter le montant du tribut qu'il avait à verser à Alphonse VI, occupé qu'il était à une expédition contre Ibn Ṣumâdiḥ, le seigneur d'Almería, et toutes ses disponibilités de trésorerie se trouvant engagées dans cette guerre. Ce retard dans le paiement du tribut annuel provoqua une violente colère du monarque chrétien qui s'emporta et alla jusqu'à exiger la remise d'un certain nombre de châteaux forts en plus de l'argent lui-même, en chargeant son tributaire des accusations les plus mensongères. C'est dans le même

1. Ibn Bassâm, *Al-Dhakhîra…*, *op. cit.*, t. IV, vol. 2, p. 167-169 ; trad. esp. E. Garcia Gomez dans « El conde mozarabe Sisnando Davidiz y la politica de Alfonso VI con las Taifas », *Al-Andalus*, XII, 1947, p. 27-41 ; trad. fr. P. Guichard dans *L'Espagne et la Sicile musulmanes aux* XIᵉ *et* XIIᵉ *siècles*, Lyon, Presses universitaires de Lyon, 1990, p. 122-123.

2. C'est la formule qu'emploie à plusieurs reprises Adeline Rucquoi à propos de la Castille dans *Histoire médiévale de la péninsule Ibérique*, Paris, Seuil, « Points Histoire », 1993.

temps qu'il demanda pour son épouse, la « comtesse[1] » Constance, alors enceinte, le droit de pénétrer dans la mosquée-cathédrale de Cordoue pour y accoucher, cela sur le conseil des prêtres et des évêques : le côté occidental de la Grande Mosquée de cette ville correspondait en effet à l'emplacement d'une église demeurée pour les chrétiens un objet de vénération et sur laquelle les musulmans avaient établi leur temple. Il demanda également que son épouse pût s'installer à Madînat al-Zahrâʾ, à l'ouest de Cordoue : de cette résidence, elle irait faire de fréquentes visites à la Grande Mosquée, afin qu'elle bénéficiât à la fois du bon air d'al-Zahrâʾ et de la grâce attachée à la partie de la Grande Mosquée qui avait été primitivement un lieu de culte chrétien. Les médecins, prétendait-il, lui avaient conseillé que sa femme accouchât à al-Zahrâʾ, tandis que les prêtres lui avaient conseillé que ce fût dans la Grande Mosquée.

Pour exprimer ces demandes, un juif, qui était un vizir d'Alphonse VI, arriva en ambassade auprès d'al-Muᶜtamid et exposa à ce dernier une partie de l'objet de sa mission. Mais Ibn ᶜAbbâd [al-Muᶜtamid] ne lui laissa aucun espoir de réponse favorable. Le juif se mit alors à lui parler grossièrement et lui tint des propos intolérables. Le souverain saisit une écritoire qui se trouvait à portée de sa main et la lança sur la tête du juif, lui fracassant le crâne, dont la cervelle se répandit sur son cou. Puis, sur ordre d'Ibn ᶜAbbâd, il fut crucifié, la tête en bas, à Cordoue.

Une fois sa colère apaisée, Ibn ᶜAbbâd demanda une consultation juridique sur la légalité du châtiment qu'il avait infligé au juif. Le juriste Muḥammad b. al-Talla se dépêcha de lui faire connaître qu'il était autorisé à le condamner, l'ambassadeur ayant enfreint les bornes de la mission dont il était chargé et s'étant laissé aller à prendre une attitude tout à fait hors de mise et qui justifiait à son égard le châtiment suprême. Puis, sor-

---

1. Alphonse VI épousa en secondes noces, en 1080, Constance, veuve du comte de Chalon-sur-Saône, d'où l'appellation de « comtesse ».

tant avec les autres juristes, il leur dit : « Je me suis hâté de répondre de la sorte à la consultation du prince, de façon à l'empêcher de faiblir dans la décision qu'il a prise de rompre le traité qui le liait à l'ennemi ! Peut-être Allâh fera-t-il de cette décision un moyen de salut pour les musulmans ! »

Quand Alphonse reçut la nouvelle de ce qu'avait fait Ibn ᶜAbbâd, il jura ses grands dieux qu'il irait l'attaquer jusque dans Séville et qu'il l'assiégerait dans son propre palais. Il mit sur pied deux armées, confia le commandement de l'une d'elles à l'un des chiens malfaisants qu'étaient ses généraux, et il lui ordonna de se mettre en marche en passant par le cercle de Beja, dans l'Algarve, et de livrer tout ce pays au pillage jusqu'à ses confins, puis de gagner Séville en passant par Niebla. Il lui donna rendez-vous à Triana, où ils feraient leur jonction. De son côté, Alphonse, à la tête d'une seconde armée fort nombreuse, prit une route différente de celle que devait emprunter son général. L'un et l'autre pillèrent le territoire musulman, y semant la ruine et la dévastation, puis firent leur jonction au lieu fixé sur le bord du Guadalquivir face au palais d'Ibn ᶜAbbâd.

Au cours de son séjour en cet endroit, il écrivit à Ibn ᶜAbbâd le message suivant, pour lui témoigner son mépris : « Les mouches sont devenues trop nombreuses et la chaleur m'accable ! Envoie-moi donc de ton palais un éventail pour me donner de l'air et chasser les mouches loin de moi ! » Ibn ᶜAbbâd, de sa main, au dos du message, traça la réponse suivante : « J'ai lu ton billet et compris ton arrogance et ta présomption. Je vais m'occuper de te trouver des éventails en peau de *lamt* [1], maniés par des troupes almoravides, qui nous soulageront de toi, mais ne te soulageront pas, s'il plaît à Allâh ! » Cette apostille d'Ibn ᶜAbbâd

1. Les Almoravides sont souvent appelés les Lamtûna.

ayant été traduite à Alphonse, celui-ci baissa la tête, tant il s'attendait peu à pareille réponse. On sut bientôt dans le pays d'al-Andalus comment Ibn ᶜAbbâd avait répondu au message d'Alphonse et manifesté sa décision de faire passer sur son territoire les Sahariens et de mener avec eux la lutte contre le roi de Castille. La population, à cette bonne nouvelle, se réjouit et recommença à reprendre espoir. Ibn ᶜAbbâd avait arrêté tout seul son projet de solliciter l'aide de Yûsuf b. Tâshfîn, et cela fit réfléchir les autres souverains musulmans d'al-Andalus. Certains écrivirent à Ibn ᶜAbbâd, d'autres vinrent lui parler de vive voix pour le mettre en garde contre les conséquences malheureuses qui pourraient résulter de son projet, et lui dirent : « L'exercice de la royauté se traduit toujours par des résultats plus négatifs que positifs, et deux épées ne sauraient être réunies dans un même fourreau ! » À quoi Ibn ᶜAbbâd fit cette réponse devenue proverbiale : « Mieux vaut mener paître des chameaux que mener paître des pourceaux ! », voulant dire par là qu'être dépossédé par Ibn Tâshfîn et devenu son prisonnier, faire paître ses chameaux au Sahara lui paraissait un sort préférable à celui qui l'attendrait, une fois mis en déroute par Alphonse, tombé captif entre ses mains et réduit à faire paître ses pourceaux en Castille. Il était de plus réputé pour le soin réfléchi avec lequel il pesait ses décisions [1].

## L'arrivée des Berbères almoravides et la bataille de Zallâqa (1086)

La dynastie des Almoravides naquit au sein des tribus berbères du Sahara occidental, principalement les Lamtûna de l'Adrar mauritanien, à partir des années 1040. ᶜAbd Allâh

1. É. Lévi-Provençal, *La Péninsule Ibérique au Moyen Âge…, op. cit.*; texte arabe p. 84-86; trad. fr. p. 104-106.

b. Yasîn, le fondateur religieux du mouvement, et ses disciples s'organisèrent alors en un groupe aux mœurs austères, uni militairement et religieusement, d'où leur surnom, « *al-Murâbiṭûn* », « les gens du *ribâṭ* [1] » ou « ceux qui sont liés par la foi ». Ce mouvement, qui affirmait à la fois l'identité berbère et un fort rigorisme malikite, s'imposa progressivement aux tribus sahariennes, puis aux populations sises plus au nord. Avec à leur tête, à partir des années 1070-1080, Yûsuf b. Tâshfîn, les Almoravides combattirent au nom du *djihâd* les pouvoirs considérés comme impies. Marrakech, ville fondée en 1070, devint la capitale de l'Empire almoravide. Les conquêtes se poursuivirent et la limite des possessions fut atteinte avec la soumission d'Alger en 1082-1083. Ce sont les fondements idéologiques du mouvement, sa poussée le long des routes du commerce saharien et son idéal de réforme, autant que sa puissance militaire, qui expliquent la rapidité de l'expansion almoravide. À l'instar des Turcs seldjoukides dont ils furent les contemporains, les Almoravides constituaient un peuple nouveau qui prétendait régénérer l'islam et qui fondait sa légitimité sur la défense de l'orthodoxie sunnite. C'est à ce titre qu'ils furent appelés par les souverains des Taifas andalouses, menacés par les chrétiens qui venaient de prendre Tolède en 1085. Au nom du *djihâd*, les Almoravides débarquèrent en Espagne, firent leur jonction avec les troupes andalouses et rencontrèrent lors de la bataille de Zallâqa (Sagragas), le 23 octobre 1086, les troupes d'Alphonse VI de Castille. C'est Yûsuf b. Tâshfîn lui-même – en fait, l'un de ses secrétaires dans la mesure où le chef almoravide ne brillait guère par ses capacités littéraires – qui relate dans le texte qui suit le déroulement de ce combat dont il fut le héros.

Al-Mu$^{c}$tamid vint nous voir, et nous invita à nous mettre en campagne. Nous envoyâmes contre l'ennemi des lions cruels et des bêtes fauves, des vieux et des jeunes, aux bras robustes et aux cœurs purs au service de Dieu, qui connaissaient ce qu'était la guerre et l'avaient expé-

1. Afin d'introduire l'islam dans l'empire du Ghana, un des chefs Lamtûna fit appel à Ibn Yasîn qui installa un *ribâṭ* (couvent militaire) au Sénégal. Voir aussi le glossaire, p. 460.

rimentée au point d'en être ses fils, qui se léchaient les babines comme des panthères et rugissaient comme des lions. Nous les mîmes sur des canots et les entassâmes sur les ponts des navires. Nous débarquâmes dans le port d'Algésiras, à l'intérieur des États d'al-Mu<sup>c</sup>tamid – Dieu l'assiste ! De tous les horizons, des gens venaient voir nos guerriers, ils accouraient vers eux des régions les plus diverses, étonnés de leur aspect et méprisant leurs atours et leur façon de parler, car rien en eux n'était à leur goût, sauf les chevaux et les boucliers. Les Andalous n'auraient pu les vaincre qu'après s'être desséché la salive et essuyé la sueur. […] Nous arrivâmes à Séville, capitale d'al-Mu<sup>c</sup>tamid – Dieu la fasse prospérer en prolongeant la vie de son roi –, où celui-ci avait réuni ses troupes en grand nombre, ainsi que des escadrons de sa garde, de ses esclaves noirs, de sa cavalerie et de son infanterie.

De là, nous nous dirigeâmes vers la ville de Badajoz, où nous demeurâmes quelques jours, attendant la venue des seigneurs des diverses régions d'al-Andalus, dont chacun d'eux, nous a-t-on dit – et nous avons vérifié l'exactitude de ce propos –, avait été harcelé par un fort détachement de chrétiens qui s'était emparé de leurs châteaux, les avait humiliés sur leurs propres territoires, les avait affaiblis, les obligeant à se plier à leurs désirs.

Après avoir loué Dieu Très Haut, lui avoir demandé de faciliter notre entreprise et de libérer ses serviteurs, nous rassemblâmes nos armées et partîmes contre le chrétien en nous dirigeant vers la forteresse de Coria – Dieu la fasse retourner à l'islam ! – en terre musulmane.

Le chrétien, informé de notre avance, vint aussi vers nous et se mit à notre recherche, établissant ses quartiers dans ladite Coria en nous attendant. Nous lui envoyâmes une lettre, l'invitant à l'islam, et à se convertir à la religion de Muḥammad – sur lui soit la paix – ou bien à payer la *djizya* et remettre l'argent et les trésors qu'il possédait, comme l'ordonne Dieu Très Haut et l'expose dans son livre, au sujet des polythéistes « qui paient la *djizya* de leur main, car ils doivent être humiliés » (IX, 29). Il refusa insolemment de le faire, se rebella, fut incrédule et entreprit d'avancer vers nous, désireux de parvenir à notre rencontre. Nous étions très proches, entre lui et notre camp, il n'y avait que quelques parasanges. Par la suite et durant quelques jours, nous fîmes contre lui quelques opérations militaires auxquelles il ne donna pas suite. Ni nous, ni eux ne se mettaient en marche. Nous lançâmes nos avant-gardes vers lui et nous ne cessâmes pas de le harceler. Alors nous fixâmes un terme : le jeudi de la onzième nuit de radjab de l'année 479 [22 octobre 1086].

Lorsque le vendredi [1] arriva, il s'avança enfin contre nous avec des escadrons qui remplissaient l'horizon et qui se mouvaient comme la mort devant les yeux; les hommes bien serrés dans leurs cottes de mailles de combat, des grèves attachées aux jambes, les barriques étant pleines de vin, donnant pour acquis que nous connaîtrions la défaite. Au matin de ce jour, nous nous trouvions dans nos tentes, chacun à ses affaires, et tous démobilisés. Les plus durs, violents et impétueux parmi les chrétiens se dirigèrent vers le campement d'al-Muᶜtamid bi-naṣr Allâh, sachant qu'il était le soutien et le pivot des seigneurs d'al-Andalus, et croyant qu'il n'y avait pas d'autre armée que la sienne, ni d'autres hommes que les siens, ni d'autres forces que les siennes, vu que Dâwud, qui commandait mes propres soldats, se trouvait entre lui et moi. En un seul peloton, ils se lancèrent alors sur leurs coursiers véloces, comme un torrent qui se précipite. Quand les personnes qui se trouvaient avec al-Muᶜtamid, les soldats comme les fonctionnaires des différentes catégories qui, grâce à leur seigneur, avaient thésaurisé des biens et des terres, virent venir les chrétiens, leurs oreilles se bouchèrent, leurs corps se troublèrent, leurs mains trem-

1. Le jour d'après l'ultimatum.

blaient, leurs pieds vacillaient, leurs cœurs s'échappaient de leurs poitrines. Réduits à une troupe montée sur des ânes, ils fuirent à la recherche d'une forteresse où trouver asile, quand il n'y a de recours qu'en Dieu, et que l'on ne peut fuir que vers Lui. Voyant les affaires devenir difficiles, ils se glissèrent parmi les vignes jusqu'à Badajoz, laissant al-Mu$^{c}$tamid seul, à une extrémité du camp avec de nombreux fantassins et archers qui se résignaient à ce que leur réservait le Destin.

Les chrétiens, en effet, se remettant entre les mains de leurs églises, se lancèrent, comme le lion sur sa proie, contre al-Mu$^{c}$tamid qui, durant un temps et accompagné de ceux dont nous avons parlé auparavant, les contint. Plus tard cependant, les ennemis s'étant répandus sur le champ de bataille et, ayant réduit à très peu ceux qui auparavant leur faisaient face, il dut chercher refuge dans les tentes après avoir vu la mort de très près. Dieu le délivra parce qu'Il avait décidé de donner la victoire aux musulmans, et lui fit réaliser son désir de se sauver ; mais après avoir résisté comme seul pouvait le faire un héros de sa trempe, sans que personne ne vînt l'assister, sans qu'un seul de ses cavaliers ni de ses mercenaires noirs ne retourne l'aider et sans qu'aucun ennemi ne lui inspire la crainte de se voir dérouter, ni la panique le faire défaillir.

Ensuite, un escadron de chrétiens, semblable à une énorme montagne ou à une nuit très sombre, affronta l'armée et les tentes de Dâwud, autour desquelles ils se mirent à tourner et tuèrent quelques personnes qui, grâce à la bonté divine, trouvèrent le martyre et jouirent de l'approbation de Dieu.

Nous autres, pendant ce temps, nous ignorions ce qui advenait, jusqu'à l'arrivée d'un messager venu nous informer. Nous sortîmes alors de derrière le ravin comme un tourbillon de flammes, avec toutes nos forces, montés sur des coursiers arabes fameux, courant à l'envi pour manier l'épée et la lance. En nous voyant et en posant sur nous les yeux, les chrétiens pensèrent que la déroute nous appartenait et était à nos côtés, et que nous servirions d'aliments à leurs épées et de nourriture à leurs lances. Pour notre part, nous glorifiâmes Dieu, comme le firent avec nous tous nos compagnons, ayant confiance en Dieu, l'Unique et sans associé, et nous partîmes à la rencontre de la mort irrémédiable et que personne ne peut éviter, en disant : « Voici notre dernier jour en ce monde, nous mourrons martyrs. » Les chrétiens chargèrent contre nous comme des flèches, mais Dieu affermit nos pieds et raffermit nos cœurs. Les anges combattaient à nos côtés et Dieu Très Haut nous accordait son aide victorieuse. Nos ennemis tournèrent le dos en fugitifs et s'échappèrent en fuyant. Beaucoup d'entre eux, par décret de Dieu Très Haut, tombaient sans être atteints de coups de lance, ni meurtris de coups d'épée. L'épouvante affaiblissait leurs mains ; les frapper à coup de lance coûtait moins que les piquer avec des aiguilles. La plaine, si ample, devenait maintenant étroite pour tant de gens en déroute et celui qui fuyait ne voyait pas la moindre chose qui ne fût convoitée par un homme. Nos épées se jetaient sur eux, en pleine humiliation et il n'y avait pas, par Dieu, de cottes de mailles sur lesquelles elles tombaient qu'elles n'arrachassent, ni casques qu'elles ne bossellassent. Nos fantassins blessaient de leurs lances leurs chevaux, les transperçaient et les traversaient. Ainsi n'y avait-il pas de cavalier chrétien qui demeurât sur son cheval immobile et sans pouvoir fuir, et tous tentaient de les tirer par les rênes, mais il semblait qu'ils eussent les pattes entravées. Nous, en revanche, nous montions de bénis coursiers arabes, bien soignés, coureurs et harceleurs, prêts à toute grande entreprise. Il n'y avait pas parmi nous de guerrier qui ne portât deux fourreaux contenant chacun une épée et, dans la main, la troisième en prévision de ce qui pouvait advenir. Les chrétiens demeuraient étendus par terre, morts, couverts de poussière. Entre-temps, les gens qui avaient fui au début revenaient tranquillisés de leur premier effroi et, incorporés à notre armée et aux autres, ils tranchaient les têtes de chrétiens et les transportaient devant nos camps pour y édifier des tas semblables à d'immenses collines, en quantité innombrable et incalculable. Ils dépouillaient les cadavres et mettaient la main à leur ventre [1]. Ainsi, nous exterminâmes leur plus grands guerriers et paralysâmes la réalisation de leurs désirs et espérances, car ton Seigneur « n'est pas inattentif aux actions des injustes » (XIV, 42) [2].

# LA FIN DES TAIFAS

## Tractations avec Alphonse VI

Yûsuf b. Tâshfîn retourna au Maghreb comme il l'avait promis, mais les émirs andalous furent incapables de s'entendre ; les anciennes querelles resurgirent et les forces chrétiennes surent profiter de l'occasion, accablant à nouveau les Taifas de tributs. Ce nouvel extrait des Mémoires de ᶜAbd Allâh de Grenade témoigne de la situation inextricable dans laquelle se trouvaient les souverains andalous.

Au moment de notre départ de devant Aledo [3], nous avions demandé à l'émir des musulmans [Yûsuf b. Tâshfîn] de laisser des troupes chez nous, dans al-Andalus, pour parer à une offensive du roi chrétien ; celui-ci essaierait sans doute de se venger des succès remportés par nous au cours de cette campagne et de la précé-

1. Pour enlever les ceinturons contenant de l'argent.

2. Texte arabe publié par É. Lévi-Provençal dans *Al-Andalus*, XV, 1950, 1, p. 114-124 ; trad. fr. V. Lagardère, *Le Vendredi de Zallâqa (23 octobre 1086)*, Paris, L'Harmattan, 1989, p. 193-198.

3. Cette campagne fut un piteux échec. Les souverains andalous décidèrent ensemble de prendre cette place forte détenue par les chrétiens et qui ne cessait de les menacer ; mais les dissensions éclatèrent et, en dépit des renforts almoravides, les musulmans abandonnèrent les lieux.

dente, et lui-même ne serait pas dans le pays avec les troupes suffisantes pour le repousser. Mais l'émir nous répondit : « Unissez-vous avec sincérité et vous repousserez votre ennemi ! » Et il ne nous donna pas de troupes. Nous eûmes alors la certitude qu'Alphonse ne laisserait pas échapper cette occasion de nous poursuivre, et c'est effectivement ce qui arriva. Il ne tarda pas à réunir ses troupes, à accourir et à exiger de nous de l'argent, en menaçant ceux qui s'y refuseraient de mettre leur territoire à feu et à sang. Il conclut un traité avec le seigneur de Saragosse et les princes des États voisins, dans le Levant. Ils se mirent ainsi à l'abri de ses mauvais traitements et ils payèrent le montant des tributs précédents. Quand la nouvelle m'en parvint, mon angoisse ne fit qu'augmenter et je me rendis compte que ma situation était aussi périlleuse que celle de qui chevauche un lion : en effet, si j'étais obligé de livrer mon pays, n'ayant pas de troupes à ma disposition, il serait ravagé ; je ne pourrais y recouvrer un seul dirham d'impôts ; malgré quoi, je ne serais pas à l'abri des critiques ; mes détracteurs ne cesseraient de m'accuser d'avoir plongé mon pays dans la misère ou d'y avoir attiré l'ennemi. Leurs propos sur mon compte seraient ceux que j'avais précédemment lus et entendus dire sur celui d'Ibn Rashîq[1] ; en plus ce serait la ruine de mes États. Je ne pourrais trouver l'argent nécessaire pour entreprendre les expéditions de chaque année et verser aux Almoravides des sommes d'argent à titre de *ḍiyâfa*. Je subirais dans ces conditions un double dommage. En revanche, si j'acceptais de devenir tributaire des chrétiens et obtenais ainsi la paix pour moi-même, on ne manquerait pas de dire : « Il a conclu un traité avec le chrétien ! » et l'on me noircirait pour un crime que je n'aurais pas commis. C'est bien pourtant ce qui arriva

1. Émir de Murcie et vassal révolté d'al-Muᶜtamid de Séville, il fut accusé par ce dernier d'approvisionner les chrétiens d'Aledo lors du siège de la forteresse par les musulmans.

dans la réalité, car je ne pus échapper à l'objet de mes craintes, à cause des décrets du sort. Alvar Háñez était le chef des chrétiens qui tenaient les confins des royaumes de Grenade et d'Almería. Alphonse lui avait donné pour mission d'agir dans ces deux régions au mieux de ses intérêts, en déchaînant des hostilités contre les musulmans qui se déclareraient dans l'impossibilité de se soumettre à ses exigences, en se faisant donner de l'argent et en intervenant dans toutes les affaires qui pourraient lui procurer quelque profit. Il m'envoya tout d'abord une députation qui vint, en son propre nom, m'avertir de son dessein d'occuper Guadix ; seul, un paiement suffisant l'empêcherait de donner suite à son projet. « Avec quels moyens, me dis-je alors, pourrais-je me prémunir contre son intention ? Quel pouvoir ai-je de le repousser ? Les Almoravides ne m'ont pas laissé de troupes pour faire face à ses attaques ! De la captivité de combien de musulmans ce nouveau péril ne va-t-il pas être la cause ? Combien de richesses ne vont-elles point être perdues, qui n'allégeront en rien le montant du tribut que je me suis engagé à payer aux chrétiens ? À Dieu ne plaise qu'ils mettent leur projet à exécution, que j'apprenne que des musulmans sont devenus leurs captifs ! Ne vaut-il pas mieux leur donner tout de suite un gage estimable ? Je suis en mesure de le faire, avant qu'ils ne commencent à maltraiter le pays. Je vais faire ce geste pour l'amour d'Allâh Très Haut, qui sait les pensées secrètes de chacun ! Si c'était de gaieté de cœur et en ayant à ma disposition des troupes permettant de repousser l'ennemi que je prenais cette décision, ce serait évidemment fournir un gros argument contre moi à ceux qui veulent me faire du mal ! » Je pris donc la résolution de satisfaire au moindre prix Alvar Háñez, en lui faisant promettre par traité de ne plus s'approcher de l'une de mes villes, une fois qu'il aurait reçu les sommes que j'allais lui verser. Il s'y engagea ; mais quand le paiement lui en fut effectué, il me fit dire :

« En ce qui me concerne moi-même, je n'ai maintenant que de bonnes intentions à ton égard. Mais ce qui doit surtout attirer ton attention, c'est qu'Alphonse se prépare à la guerre contre toi et les autres princes musulmans. Celui d'entre vous qui lui paiera ce qu'il lui doit n'aura rien à craindre ; mais de celui qui s'en dispensera, il n'en sera pas de même : mon maître me chargera de le traiter avec rigueur. Or, je ne suis que son esclave et dois me rendre à ses désirs et exécuter ses ordres ! Ce que tu viens de me donner ne te sera d'aucune utilité si tu ne t'entends pas avec lui. Le seul profit que tu en retireras, ce sera d'être en bons termes avec moi personnellement, mais dans la mesure où mon maître ne me prescrira pas le contraire. » Me rendant compte que ces paroles étaient justes et rationnelles, je me dis : « Il ne m'est pas possible de prendre les devants et de lui envoyer de ma propre initiative une députation : ce serait l'engager à avoir à notre égard des exigences constantes. Mais, quand il m'enverra un message pour me demander de lui faire un paiement, j'essayerai de prétexter un empêchement. Peut-être acceptera-t-il ma supplique, car lui donner la moindre des choses serait exciter davantage son avidité ! Je chercherai à faire traîner en longueur les négociations, jusqu'au moment où peut-être viendront des troupes [1] qui le battront, et alors il ne sera plus question de ses exigences. Si au contraire nul secours n'arrive, je bénéficierai quand même du fait de n'avoir pas eu à me brouiller avec lui et n'aurai pas à souffrir des conséquences de cette brouille. » Les circonstances m'obligèrent donc à aller trouver Alvar Háñez et à lui exposer l'impossibilité dans laquelle j'étais de faire à Alphonse le moindre versement, en alléguant les charges que m'avait imposées la venue des Almoravides et les autres dépenses auxquelles ils m'avaient entraîné. Mais le pourceau ne

1. Des troupes almoravides.

me fit pas de réponse et, comme il le devait, puisqu'il était à son service, il adressa une lettre à son maître pour lui demander de lui envoyer un messager qui viendrait me demander le versement du tribut ; si ce messager s'en allait les mains vides, lui-même se chargerait de le venger en envahissant mon territoire. Alphonse fit alors ses préparatifs d'expédition et se fit devancer par un messager. La nouvelle de l'arrivée imminente des troupes chrétiennes me plongea dans une vive émotion. Je ne savais ce qu'il y avait de mieux à faire : ou quitter le pays et l'y laisser exercer ses violences à sa guise, ou au contraire l'amadouer en lui payant ce que je pourrais. Mes sujets furent saisis d'une crainte et d'une agitation si grandes que je ne croyais pas qu'Alphonse accepterait de moi de l'argent sans occuper en permanence mon territoire, pour se venger de l'irritation que lui avaient causée le siège d'Aledo et mon alliance avec les Almoravides. Je cherchai à obtenir que son messager se contentât de peu de choses, mais il me dit : « Je ne suis venu que pour te faire savoir que tu as à payer à mon maître le montant du tribut déjà échu, soit trois annuités formant un total de trente mille *mithqâl-s*. Aucune réduction ne te sera faite. Si tu refuses, il continuera son avance vers ton territoire. Fais ce que tu pourras ! » Ayant réfléchi à l'affaire, je jugeai qu'une attitude arrogante serait une sottise inutile et me dis : « Si je prélève sur mes sujets le montant de ce tribut, ils ne manqueront pas de s'agiter et de se plaindre ; les principaux d'entre eux se rendront à Marrakech pour y exprimer leurs doléances et dire : "Il nous a pris nos biens et les a donnés aux chrétiens !" Non, dans les circonstances présentes, il me faut puiser dans mes réserves personnelles et m'en servir pour conserver intacts mon royaume et mon honneur. » [...] J'en fis donc ainsi et envoyai à Alphonse les trente mille *mithqâl-s*, sans spolier personne du moindre dirham. Je jugeai en même temps nécessaire de conclure avec Alphonse un nouveau traité par lequel il s'engagerait à ne plus attaquer aucun de mes territoires et à ne plus me menacer par la suite, car je craignais de voir changer ses dispositions à mon égard. Il accepta mon offre. […] Puis j'écrivis à l'émir des musulmans [Yûsuf b. Tâshfîn] pour lui exposer à la lettre tout ce qui était arrivé et ce à quoi j'avais été poussé par la nécessité ; je lui montrais que celui qui est sur place voit mieux que l'absent ce qui se passe, et que, si les circonstances m'avaient permis, en retardant ma remise d'argent aux chrétiens, même juste le temps nécessaire à l'arrivée d'une lettre de lui me donnant son avis sur la question, d'offrir ainsi une planche de salut aux musulmans, je me serais bien gardé de prendre moi-même une décision hors de son agrément, comme il se devait ; mais la situation était trop pressante pour que je pusse songer à exposer à leur perte les musulmans. J'ajoutai enfin que, grâce à lui et à la puissance divine, nous pourrions bientôt prendre sur nos ennemis notre revanche. Je ne doutai pas que la réponse de l'émir viendrait me louer de la décision que j'avais prise en toute connaissance de cause, vu surtout que la somme que j'avais versée était ma propriété personnelle et que je n'avais pas exigé un seul dirham d'un musulman pour la réunir. Mais la réponse qu'il me fit fut toute empreinte des médisances et des fausses représentations dont j'étais l'objet à ses yeux, et cela ne fit qu'augmenter ma terreur. « Je sais bien, me disait-il dans sa lettre, que tu es de connivence avec les chrétiens et que tu dis des mensonges. Mais je t'apprendrai bientôt si tu as l'agrément de tes sujets et quelle est ta ligne de conduite, puisque tu prétends prendre soin d'eux. Ne crois pas qu'il s'agisse d'un avenir lointain, non, il est tout proche [1] ! »

---

1. É. Lévi-Provençal, « Mémoires de ᶜAbd Allâh, dernier roi ziride de Grenade », *Al-Andalus*, III, 1935, p. 173-177, pour le texte arabe ; É. Lévi-Provençal, *Al-Andalus*, IV, 1936-1939, p. 104-110, pour la traduction.

## La fin d'al-Muᶜtamid, roi-poète de Séville

Après plusieurs campagnes en al-Andalus et sur l'avis de jurisconsultes andalous et orientaux, dont le grand Ghazâlî, Yûsuf b. Tâshfîn décida en 1090 qu'il était licite de démettre les souverains andalous, taxés de compromission avec les pouvoirs chrétiens. Les royaumes des Taifas durent se soumettre les uns après les autres, et leurs souverains, à l'instar de ᶜAbd Allâh de Grenade et d'al-Muᶜtamid de Séville, furent déportés au Maghreb où ils moururent dans un dépouillement bien éloigné des fastes andalous[1].

La guerre contre al-Muᶜtamid commença en shawwâl 483 [décembre 1090] avec la prise soudaine par les Almoravides de Tarifa, lieu qui fait face à Tanger, de l'autre côté du Détroit. Les contingents d'al-Muᶜtamid se dispersèrent et ne pensaient qu'à se partager un pays dont le cœur des habitants était acquis aux adversaires. Quand les Almoravides prirent Tarifa, cette ville reconnut la souveraineté de l'émir des musulmans [Yûsuf b. Tâshfîn]. La nouvelle de cette prise se répandit dans al-Andalus et parvint à la connaissance des hommes dont nous avons déjà parlé[2] et qui se trouvaient dans les forteresses ; ils se dirigèrent alors vers Cordoue et assiégèrent cette ville. Elle était défendue par ᶜAbbâd al-Fatḥ, fils d'al-Muᶜtamid, surnommé al-Maᵓmûn, dont nous avons dit précédemment qu'il était l'un des fils aînés d'al-Muᶜtamid. Les assaillants entrèrent dans la cité et tuèrent ce ᶜAbbâd après qu'il eut prouvé sa valeur en résistant avec acharnement. Cela arriva le 1er de ṣafar de l'année 484 [25 mars 1091]. Ensuite, la haine et le

1. Sur al-Muᶜtamid et son exil, voir aussi *infra*, p. 230 *sq*.

2. Al-Marrâkushî explique dans un passage précédent que Yûsuf b. Tâshfîn avait envoyé des guerriers sûrs auprès d'al-Muᶜtamid afin que ce dernier leur confiât la défense de forteresses menacées par les chrétiens. Leur rôle secret était cependant de préparer la prise de pouvoir des Almoravides.

malheur s'accrurent, au point qu'un groupe de révoltés conçut de se soulever dans la capitale, à Séville même. Al-Muʿtamid fut informé de ce qui se tramait ; il découvrit leur but et la force de leur haine. On le pressa de les briser, de verser leur sang, et on lui conseilla même de forcer leurs portes et de livrer leurs femmes au déshonneur. La noblesse de ses origines, sa sagesse, sa merveilleuse conduite ainsi que les qualités que lui avait concédées Dieu en matière de foi sincère et de saine raison lui firent résister à ces pressions. Les révoltés se soulevèrent donc un mardi du milieu du mois de radjab [2 septembre 1091], avec l'aide de troupes abandonnées de Dieu, attaquant comme des vautours et non comme des aigles. Al-Muʿtamid sortit de son palais à leur rencontre, l'épée à la main, vêtu d'une simple tunique, sans bouclier ni armure. À la porte de la ville appelée Bâb al-Faradj, il rencontra un cavalier, connu pour son habileté à se battre, armé des pieds à la tête, qui lui jeta une lance au manche court et à la lame large et tranchante ; mais la lance s'enroula dans la tunique du prince et passa sous son aisselle, grâce à la protection de Dieu qui le sauva en raison de Sa bonté. Al-Muʿtamid frappa de son épée les épaules du cavalier et le fendit jusqu'aux côtes. Lorsque celui-ci s'écroula, les révoltés se mirent à fuir ; ceux qui avaient escaladé les murs en descendirent et la population de Séville fut soulagée de son angoisse. Mais lorsque le jour déclina, un groupe d'assaillants revint, prit la ville du côté du fleuve et l'on perdit espoir d'endiguer ce flot, ce qui combla d'aise ceux qui étaient animés par la haine et par l'envie. Le feu gagna les propriétés et l'on perdit tout espoir ; le silence se fit et les habitants virent leurs forces les abandonner et le pouvoir leur échapper. Celui qui se rendit maître de la ville du côté de la terre ferme était un des proches de l'émir des musulmans Yûsuf, connu sous le nom de Ḥudayr b. Wâsnû, tandis que celui qui pénétra du côté du fleuve était le général Abû Ḥamâma, un client des Banû Sudjdjût. La situation demeura confuse quelques jours, jusqu'à l'arrivée de l'émir Sîr b. Abî Bakr b. Tâshfîn, neveu de l'émir des musulmans, accompagné de nombreuses troupes venues en renfort. Durant ces quelques jours, le cœur des habitants de la ville s'emplit de tristesse et la terreur commença à les gagner. Ceux qui le pouvaient fuyaient la ville en coupant à travers champs; ceux qui savaient nager traversaient le fleuve; certains même passaient par les égouts pleins d'immondices ou sautaient du haut des murailles dans l'espoir de sauver leur vie. Mais ceux qui demeuraient fidèles au prince et qui lui conservaient leur amour résistèrent jusqu'au dimanche 21 de radjab de ladite année [8 septembre 1091], jour qui fut celui du terrible événement, du grand bouleversement. Arriva alors ce qui devait arriver : la brèche dans le mur fut agrandie; les assaillants entrèrent dans la ville du côté du fleuve. Les citadins comme les paysans étaient frappés au cours d'une lutte acharnée que se livrèrent les deux parties. Al-Muᶜtamid fit preuve d'un courage extraordinaire et d'un mépris de la mort que personne ne peut surpasser ni même égaler. [...] La ville fut dévastée et les Berbères ne laissèrent rien de leurs biens aux habitants. Les palais d'al-Muᶜtamid furent honteusement saccagés tandis que lui-même était contraint d'écrire à ses deux fils, al-Muᶜtadd bi-llâh et al-Râḍî bi-llâh, qui se trouvaient dans deux forteresses fameuses d'al-Andalus, que s'ils entendaient résister et défendre ces lieux, personne ne se joindrait à eux. L'une de ces forteresses était Ronda, et l'autre Mertola. Al-Muᶜtamid leur écrivit donc, ainsi que la Grande princesse[1], mère de ces deux princes, implorant leur pitié et leur faisant savoir que leurs vies à tous seraient mises en danger s'ils résistaient. Les deux princes résistèrent à l'odieux chantage et refusèrent de se soumettre à qui que ce fût d'autre que leur père; puis ils se laissèrent toucher par la pitié

1. Il s'agit de la fameuse Iᶜtimâd.

et tinrent compte des devoirs qu'ils avaient à l'égard de leurs parents, en vertu de la religion de Dieu. Ils abandonnèrent leurs postes, sortirent de leurs châteaux à la suite de traités qui leur assuraient une totale sécurité. Al-Muᶜtadd bi-llâh fut dépouillé de tous ses biens par le chef auquel il s'était rendu ; quant à al-Râḍî bi-llâh, il fut assassiné par traîtrise alors qu'il sortait de sa forteresse et l'on fit disparaître son corps.

Al-Muᶜtamid et sa famille furent déportés après qu'on leur eût enlevé toutes leurs richesses, dont ils ne purent rien emporter, si ce n'est une mule chargée de vivres. Ils montèrent su r un navire et furent débarqués de l'autre côté du Détroit, comme dans un tombeau [1].

1. Abû Muḥammad ᶜAbd al-Wâḥid al-Marrâkushî, *Kitâb al-Muᶜdjib fî Talkhîṣ akhbâr al-Maghrib*; texte arabe édité par R. Dozy, *The History of the Almohades by Abdo-ᵓl-Wahid al-Marrekoshî, op. cit.*, p. 98-101 ; trad. esp. A. Huici Miranda dans *Colección de crónicas árabes de la Reconquista*, t. IV, *op. cit.*, p. 110-113 ; trad. fr. E. Tixier du Mesnil.

# 4. *La littérature au temps des Taifas* [1]

Sur le plan littéraire, l'éclatement du califat en multiples principautés et royaumes dénommés « Taifas » n'eut pas uniquement des conséquences fâcheuses. Bien entendu, la capitale omeyyade, Cordoue, perdit beaucoup de son lustre : elle subit de nombreux outrages et se vida de ses forces vives. Même si la vie intellectuelle y reprit sous les Djahwarides [2], elle ne devait jamais retrouver la splendeur qui avait été la sienne sous les Omeyyades. Parmi les Cordouans qui émigrèrent définitivement, nombreux furent ceux qui s'installèrent dans la partie orientale de l'Espagne, appelée « Levant », si bien que cette dernière région, qui s'était jusqu'alors bornée à jouer un rôle secondaire en matière de culture, connut à cette époque un essor remarquable.

La lutte effrénée que se livrèrent les maîtres des Taifas sur le plan politique eut des prolongements dans le domaine culturel, chacun des roitelets s'évertuant à surpasser ses voisins en renommée et en légitimité. Cependant, toutes les principautés ne jouèrent pas un rôle comparable : les belles-lettres trouvèrent surtout asile chez les souverains épris de poésie et qui, pour soutenir leur rang de mécènes, étaient disposés à dépenser des fortunes considérables. C'est pourquoi le rôle des uns et des autres ne fut pas nécessairement proportionnel à la superficie ou à la puissance militaire de leur Taifa. Ainsi, le royaume d'Almería brilla d'un éclat particulier sous le règne du prince éclairé al-Muᶜtaṣim b. Ṣumâdiḥ (1052-1091), à la générosité légendaire. De la même

1. On consultera, pour le détail de la vie littéraire à cette période, l'ouvrage d'Afif Benabdesselem, *La Vie littéraire dans l'Espagne musulmane sous les mulûk al-Tawâᵓif*, Damas, IFEAD, 2001.

2. Cette dynastie régna à Cordoue de 1031 à 1069. Voir *infra*, p. 216 *sq.*, les pages consacrées à Ibn Zaydûn.

façon, la Taifa de Badajoz, sous la dynastie des Banû al-Afṭas, et en particulier durant le règne d'al-Muẓaffar b. al-Afṭas, offrit un refuge aux lettrés. Le petit royaume de Dénia s'efforça, sous Mudjâhid al-ᶜÂmirî (1012-1044), de se hisser à un rang honorable dans ce domaine, tout comme celui de Saragosse, avec les Banû Tudjîb (Mundhir b. Yaḥyâ, son fils Yaḥyâ et Mundhir II), puis les Banû Hûd (al-Mustaᶜîn et al-Muqtadir).

La première place en la matière revient sans nul doute aux ᶜAbbâdides de Séville, qui firent briller leur métropole de tous ses feux et attirèrent à eux certains des plus grands poètes de l'époque. Tous n'étaient cependant pas admis à Séville, loin s'en faut, et nombre d'entre eux furent contraints de voyager de cour en cour, cherchant à séduire les souverains tout en déjouant les pièges que les poètes déjà en place ne manquaient pas de leur tendre. Cette multiplication des centres de pouvoir promut avant tout la poésie de cour et le genre laudatif, ce qui eut pour conséquence de freiner le renouvellement des motifs poétiques : soucieux de flatter le désir de légitimité de leurs mécènes, les auteurs affichèrent même une certaine prédilection pour les thèmes et les tournures bédouines, ancrant leur production dans la continuité de la poésie arabe, et tournant donc parfois délibérément le dos à leur environnement réel. D'autres – parfois les mêmes – menèrent à leur apogée les descriptions paysagères et jardinières qui allaient immortaliser une représentation édénique d'al-Andalus.

## UN POÈTE BALLOTTÉ DE COUR EN COUR : IBN ZAYDÛN [1]

Abû al-Walîd Aḥmad b. ᶜAbd Allâh b. Aḥmad b. Ghâlib b. Zaydûn apparaît comme l'une des personnalités les plus marquantes de son époque, tant sur le plan littéraire que politique. Sa carrière, commencée dans l'État cordouan djahwaride, se poursuivit dans la Séville ᶜabbâdide.

Contrairement à Ibn Darrâdj, Ibn Shuhayd et Ibn Ḥazm, Ibn Zaydûn, qui appartient à la génération suivante, ne connut rien de la fastueuse période ayant précédé la Fitna à Cordoue. Il naquit dans cette ville, au sein d'une famille très liée aux cercles

1. 1003-1070 (394-463 H.).

du pouvoir. Son père, *faqîh*, jouissait d'une position éminente et possédait une vaste culture. S'il est impossible de dater précisément les débuts d'Ibn Zaydûn dans la vie publique cordouane, il est toutefois établi qu'il joua un rôle décisif dans l'arrivée au pouvoir d'Ibn Djahwar, en 1031 [1]. Les années suivantes lui apportèrent à la fois la passion et ses tourments, les honneurs et les affres de l'exil et de la prison, et constituèrent la période la plus féconde de sa production littéraire, sa verve poétique atteignant ses sommets à l'heure d'affronter l'éloignement et l'absence. Ses relations avec le nouveau maître de Cordoue, cependant, ne tardèrent pas à se compliquer. Cette détérioration s'explique en partie par l'ambition dévorante d'Ibn Zaydûn, qui ne semble pas s'être satisfait de ses fonctions de vizir et d'ambassadeur ; en outre, sa position privilégiée auprès du souverain ainsi que sa liaison passionnée avec la princesse Wallâda suscitèrent de nombreuses jalousies et lui valurent des inimitiés profondes, ses ennemis n'ayant eu de cesse de provoquer sa disgrâce.

## Une passion tumultueuse : Ibn Zaydûn et Wallâda

Les poèmes d'amour occupent environ un tiers de l'œuvre d'Ibn Zaydûn, célèbre pour la longue passion qu'il entretint avec Wallâda, fille du calife Muḥammad b. ᶜAbd al-Raḥmân al-Mustakfî bi-llâh (1034-1035). Celui-ci, unanimement décrit par les biographes comme un être faible et vil, fut chassé par la population cordouane et mourut empoisonné. Wallâda est décrite dans les textes comme l'exact opposé de son père. Dotée à la fois d'une grande beauté, d'une immense culture et d'une remarquable intelligence, cette poétesse réunit autour d'elle tous les beaux esprits de Cordoue, dans ce que l'on pourrait appeler un « salon littéraire ». Trois rivaux se disputaient ses faveurs : Abû ᶜAbd Allâh b. al-Qallâs, dont seul le nom nous est connu, Abû ᶜÂmir b. ᶜAbdûs, lui aussi vizir et poète, et Ibn Zaydûn. La liaison entre Ibn Zaydûn et Wallâda

1. Le fait est établi notamment par Ibn Khâqân et Ibn Diḥya. Lorsque Abû al-Ḥazm b. Djahwar fit jeter en prison Ibn Zaydûn, celui-ci ne manqua pas de lui rappeler, dans l'épître rédigée du fond de sa cellule, la *Risâla al-djidiyya*, la dette contractée à son égard.

commença sous les meilleurs auspices. Les deux amants étaient animés d'un désir ardent qui ne supportait guère la séparation. Cependant, le caractère des protagonistes, tous deux irascibles, ombrageux, jaloux et dominateurs, eut raison de leur amour : le poète se plaint souvent, dans ses textes, du comportement cruel de la jeune femme (texte 1). En outre, le dépit qu'il éprouvait devant les succès relatifs de ses rivaux lui fit à maintes reprises perdre le sens de la mesure, et le poussa à vilipender dans ses poèmes la légèreté de mœurs de son amante. Ses propos outrageants précipitèrent sa chute en facilitant la tâche de ses ennemis, et marquèrent durablement l'esprit de Wallâda. C'est dans ce contexte hostile qu'Ibn Zaydûn rédigea l'une de ses deux épîtres les plus connues, la *Risâla al-hizliyya* (*L'Épître drolatique*), truffée de références historiques et de citations littéraires qui la rendent parfois obscure. Il y donne la parole à sa bien-aimée et s'emploie à y ridiculiser son éternel rival Ibn ʿAbdûs. L'auteur parvint à ses fins, puisque Ibn ʿAbdûs renonça pour un temps à la compagnie de Wallâda ; mais la relation des deux amants fut ensuite marquée par l'alternance des périodes d'éloignement et de rapprochement. Les poèmes alors dédiés à Wallâda sont moins des descriptions de la bien-aimée que des messages – souvent implorants – délivrés à son intention : en témoigne l'un de ses plus beaux textes, composé lors de son premier séjour à Séville et dont nous reproduisons le début (texte 2). La nostalgie y dispute la prééminence au désespoir que lui inspire un présent impitoyable – désespoir auquel il ne cède pas totalement.

De retour à Cordoue, Ibn Zaydûn retrouva pendant quelque temps les faveurs de la princesse, avant de la voir s'éloigner définitivement et lui préférer son rival de toujours, Ibn ʿAbdûs, avec lequel elle entretint une relation, parfois tumultueuse, jusqu'à la fin de sa vie. C'est une fois la rupture consommée que, s'étant rendu à Madînat al-Zahrâʾ, assailli par ses souvenirs, Ibn Zaydûn composa, un poème qui allait devenir célèbre, où la nature, personnifiée, nous est montrée compatissant aux souffrances de l'amant délaissé, et s'employant à atténuer sa peine (texte 3). La figure de Wallâda est manifestement liée, chez le poète, à celles du pays natal et des lieux idylliques dans lesquels se déroula sa jeunesse. La plus grande part de la poésie amoureuse d'Ibn Zaydûn, y compris celle qu'il a composée durant les trente années suivant la rupture, est dédiée à la femme qui l'a rejeté. Cependant, on trouve également dans son *Dîwân* des compositions inspirées par des amantes autres que Wallâda (texte 4). Que penser de ces vers ? S'agit-il de poèmes composés par bravade, devant les incartades répétées de la belle princesse ? Sont-ils destinés à aiguiser la jalousie de cette dernière, ou inspirés par le désespoir ? Quoi qu'il en soit, le poète y affirme sa préférence pour des passions moins dévastatrices.

1 Tu m'ordonnerais de mourir, que je ne pourrais qu'acquiescer. Ô inique tyran, pour toi j'ai renoncé à qui se montrait bien plus équitable à mon égard.

Tu m'as montré bien des visages de l'aversion, à ce point édifiants qu'ils suffiraient à faire de moi une figure exemplaire des récits sur l'amour.

Tu n'as épargné aucune partie de mon corps : toutes, tu les as abandonnées, mais non sans les avoir marquées des stigmates du mal d'amour, comme autant de parures par toi offertes [1].

2 Au temps de l'intimité a succédé celui de l'éloignement, et la complicité a cédé la place à la dureté.

Puisque le matin de la séparation est arrivé, il vaudrait mieux que la mort nous rende visite, et que son héraut vienne nous annoncer un sort funeste.

Qui donc ira porter la nouvelle à ceux qui, en nous quittant, nous ont revêtus d'une tunique d'affliction qui nous aura usés avant d'être râpée,

Et leur dira que le temps qui, lorsque nous vivions dans la chaleur de leur intimité, nous égayait, nous fait à présent pleurer ?

Nos ennemis ont pris ombrage de l'amour réciproque auquel nous nous abreuvions ; ils ont formé des vœux pour que nous en suffoquions, et le destin a dit : « Amen ! »

---

1. Ibn Zaydûn, *Dîwân*, éd. ʿAlî ʿAbd al-ʿAẓîm, Le Caire, Dar Nahḍat Miṣr, 1957, p. 179 ; trad. fr. B. Foulon.

Alors, les liens que nos âmes avaient noués se sont dissous, et les attaches qui tenaient nos mains unies se sont rompues.

Jadis, toute crainte de la séparation était bannie, mais, à présent, tout espoir de rencontre est perdu.

Au moins aimerions-nous savoir si, alors que nous n'avons accordé aucune satisfaction à vos ennemis, les nôtres ont obtenu de vous la faveur d'une satisfaction.

Nous n'avons jamais envisagé, après vous, un autre parti que celui de vous rester fidèle, ni embrassé une autre foi que la vôtre.

Cela ne serait pas nous rendre justice que de vous montrer aimable envers ceux qui nous envient, ou de réjouir ceux qui en secret nous haïssent.

Nous pensions trouver la consolation dans le désespoir ; nous voici désespérés : qu'a donc le désespoir à attiser encore davantage notre désir [1] ?

Texte 3 La nostalgie, à al-Zahrâʾ, ressuscite ton souvenir, sous un ciel clair et limpide, et devant le spectacle réjouissant offert par la terre.

La brise, au crépuscule, se fait si légère qu'il me semble qu'elle s'attendrit sur mon sort, et que, par compassion, elle s'adoucit plus encore.

Et le jardin sourit de toutes ses eaux d'argent, ruisseaux tels des colliers à un buste arrachés.

Je me laisse distraire par le spectacle captivant des fleurs qui, ployant sous le poids de la rosée, inclinent leur cou.

Me voyant incapable de trouver le repos, on dirait qu'elles pleurent sur mon sort, et que leurs yeux se remplissent de larmes brillantes.

Des roses resplendissantes, plantées en plein soleil, confèrent à cette matinée plus d'éclat encore ;

1. *Ibid.*, p. 141-148 ; trad. fr. B. Foulon.

Elles rivalisent avec des nénuphars parfumés ; ils étaient assoupis, voilà que l'aurore les a réveillés, et qu'ils ouvrent les yeux.

Tout ce que je vois et sens ravive en moi des souvenirs qui exacerbent mon désir de te retrouver, et me serrent le cœur.

Dieu ne saurait consentir à apaiser un cœur rebelle à ton souvenir, un cœur qui aurait renoncé à prendre son envol, palpitant, sur les ailes du désir.

Si la brise matinale acceptait de m'emporter dans son sillage, elle te livrerait un garçon laminé par les épreuves traversées.

Cette journée ressemble à celles que, jadis, nous vécûmes ensemble : à jamais révolues, elles ne furent que de fugaces instants de plaisir dérobés à un destin un moment assoupi.

Si seulement elle pouvait exaucer mes vœux, en nous réunissant à nouveau, ce serait bien là la plus munificente des journées.

Ô toi, le plus précieux et le plus sublime de mes trésors, si tant est que l'amour puisse se conjuguer sur le mode de la possession !

Autrefois, notre quête de l'amour absolu était ce qui nous faisait courir, tels des coursiers, dans l'arène de notre intimité.

Mais, aujourd'hui, tu t'es consolée de moi, tandis que moi, je suis toujours épris, et bien mieux que je ne l'étais du temps de notre union [1].

xte 4 L'amour, que j'avais oublié, s'est rappelé à moi, et, consolé, mon cœur s'est ouvert de nouveau au désir.

Il brûle pour une jeune beauté, statue d'argent couronnée d'or.

Candide, enfantine, ses regards langoureux et indolents séduisent les esprits.

1. *Ibid.*, p. 139-140 ; trad. fr. B. Foulon.

Voici que, grâce à la passion que j'éprouve pour elle, s'ouvre à moi une ère nouvelle, qui me fera oublier le passé.

Elle sera le sceau de mes amours, car son amour m'a fait troquer l'idolâtrie contre la foi vraie [1].

## La prison et les péripéties politiques

Se répandre en invectives contre une représentante de la caste omeyyade n'était pas exempt de risques : les attaques d'Ibn Zaydûn contre son amante ne furent sans doute pas étrangères à la décision prise par Ibn Djahwar d'emprisonner le poète, alors même que celui-ci se trouvait également sous le coup d'accusations de trahison au profit du parti omeyyade. Contrairement à ce qui fut souvent affirmé, Ibn Zaydûn n'a probablement été emprisonné qu'une seule fois. De multiples recoupements permettent d'établir que son séjour dans les geôles d'Ibn Djahwar se situe aux alentours de 1040-1041, et qu'il dura un peu plus de cinq cents jours. Pour le familier des hautes sphères de l'État, dont les ennemis triomphaient alors, l'expérience de la prison se révéla l'une des plus traumatisantes et douloureuses de sa vie.

Marqué par un profond sentiment d'injustice, il prend à témoin, dans ses vers, la nature, en particulier les météores et les étoiles, et les charge de laver son humiliation (texte 1). Il compose également, durant son incarcération, un long poème strophique (*mukhammas*), dans lequel s'exacerbe sa nostalgie de Cordoue, ville ici personnifiée (texte 2). Désespéré, Ibn Zaydûn s'évertue, en vain, à fléchir le prince, d'abord par ses vers, puis dans sa célèbre épître, la *Risâla al-djidiyya* (*L'Épître sérieuse*). Finalement, il se résout à s'évader, sans doute avec la complicité du fils du souverain, son ami intime ᶜAbd al-Malik. Il explique et justifie son évasion dans une lettre adressée à un autre de ses amis, le grammairien Abû Bakr Mussallim b. Aḥmad b. Aflaḥ, dans laquelle il exprime simultanément son attachement viscéral pour sa ville natale et ses proches, et sa conscience aiguë de l'obligation morale dans laquelle il se trouve de refuser une incarcération abusive et avilissante (texte 3).

1. *Ibid.*, p. 192 ; trad. fr. B. Foulon.

1 Le temps n'est-il pas venu pour la nue de me pleurer ? Et pour l'éclair, de brandir son épée et de crier vengeance ?

Et qu'attendent les étoiles de la nuit pour se réunir et déplorer aux quatre horizons la ruine de ma renommée ?

Si elles se souciaient de me rendre justice – elles dont l'élévation n'a d'égale que celle de mon âme –, le spectacle de mon humiliation les aurait incitées à s'abattre à leur tour.

Quant aux sept astres des Pléiades, voyant comment la Fortune m'avait séparé de tout ce qui m'était cher, ils se seraient eux-mêmes séparés, et n'auraient consenti à offrir, en leur levant, qu'un pâle reflet de leur splendeur [1].

2 Resplendissante Cordoue ! L'espoir de te revoir m'est-il encore permis ?
Et la soif altérant un cœur brisé par la séparation peut-elle encore être étanchée ?
Est-il possible que reviennent tes délicieuses nuits,
Quand les yeux se repaissaient de beauté, et les oreilles de musique, et que le monde ressemblait à une couche confortable préparée avec soin pour nous accueillir ?

N'est-il pas étrange que la distance m'ait séparé de toi
Et que je vive comme si jamais je n'avais respiré tes fragrances,
Comme si jamais mes membres ne s'étaient fondus avec les tiens, tes rues et tes quartiers ?
Comme si tu n'étais pas le terreau dans lequel j'étais né,
Que tu n'étais pas la patrie qui m'avait vu grandir ?

Tes journées sont clarté, et tes nuits lumière.

1. *Ibid.*, p. 261-262 ; trad. fr. B. Foulon.

Ton sol est arrosé par la pluie matinale, tes ramages sont ivres de joie.

Ton haleine a le parfum du myrte qui réjouit les âmes.

Et l'on ne saurait espérer mieux que ton ombre protectrice [1].

Texte 3 J'ai refusé de devenir aussi vil qu'un âne ou qu'un pieu de tente [2]. Et je me suis souvenu que la fuite de l'injustice et de l'intolérable avait été l'une des règles de conduite des prophètes. Dieu le Tout-Puissant et le Très Grand a placé ces paroles dans la bouche de Moïse (Que le salut soit sur lui) : « Je me suis enfui, parce que j'avais peur de vous [3]. »

Et un poète a déclamé :

« Il n'y a nulle honte à fuir, puisque le Prophète bien-guidé l'a fait pour se réfugier dans la caverne. »

Réfléchissant à la question de savoir si je devais quitter ma terre natale, et me séparer des personnes que j'aimais, il m'est apparu que, si je consentais à perdre mon âme pour garder la compagnie de mes proches, que si j'acceptais de me couper de moi-même afin de rester lié à mon pays, je commettrais une grave erreur de jugement, et ferais preuve de bien peu de résolution. Or l'homme libre peut survivre au deuil, mais non à l'abjection [...].

Le destin que je me suis choisi est sans aucun doute le pire châtiment que l'on puisse infliger à un ennemi. Car quitter son pays, c'est presque mourir, et l'exil n'est que l'autre visage de la captivité. Dieu le Très-Haut a dit : « Si nous leur avions prescrit : "Entre-tuez-vous !..." Ou bien : "Sortez de vos maisons !...", ils ne l'auraient pas fait, à l'exception d'un petit nombre d'entre eux [4]. » [...]

1. *Ibid.*, p. 132-138 ; trad. fr. B. Foulon.

2. Allusion à des expressions proverbiales telles que : « être plus méprisable qu'un âne » ou « être plus vil qu'un pieu ».

3. Coran, XXVI, 21.

4. Coran, IV, 66.

J'ai donc abandonné la terre qui m'a nourri et la demeure qui fut mon berceau. Et je me suis éloigné d'une mère avec laquelle je ne faisais qu'un, et qui se languit de moi, poussant de longs soupirs, et versant des torrents de larmes. Dieu voit les pleurs et entend les suppliques qu'elle adresse à ceux qui m'ont traité injustement. Les hommes sincères et opprimés sont assurés d'avoir l'oreille de Dieu. Or, je compte parmi ces hommes… [1].

## Le temps de l'exil et la nostalgie de Cordoue

Ibn Zaydûn se réfugia à Séville, où il fut accueilli chaleureusement par al-Muᶜtaḍid. Mais la nostalgie de Cordoue l'habitait. À la mort d'Ibn al-Djahwar, il revint donc dans sa ville natale, et ᶜAbd al-Malik, qui avait succédé à son père, s'empressa de le réintégrer dans ses anciennes fonctions. À cette époque, Ibn Zaydûn retrouva même pour un temps l'affection de Wallâda. Cependant ses ennemis ne désarmaient pas et cherchaient la faille qui allait leur permettre de le compromettre définitivement : il leur fournit un prétexte idéal lorsque, en ambassade à Málaga, il prolongea de manière injustifiée son séjour à la cour d'Idrîs b. Yaḥyâ b. ᶜAlî b. Ḥammûd. Démis de ses fonctions, Ibn Zaydûn dut s'exiler quelque temps avant d'être pardonné. Le répit fut de courte durée : bientôt soupçonné d'avoir participé à une tentative de coup d'État, et pressentant que demeurer plus longtemps à Cordoue mettrait sa vie en péril, le poète choisit de nouveau l'exil.

Il opta dans un premier temps pour la cour de Badajoz, capitale d'une principauté berbère fondée en 1022 par Ibn al-Afṭas. La nostalgie de Cordoue lui inspira à cette époque ses élégies les plus émouvantes, parmi lesquelles figurent notamment deux longs poèmes strophiques (*mukhammasa*) : les vers qui suivent sont extraits du premier. On sera sensible à l'inspiration « bédouine » de l'entrée en matière du poème, dans laquelle Ibn Zaydûn réactive l'un des thèmes les plus anciens de la poésie arabe pour évoquer la citadine Cordoue, loin de laquelle il se

1. Cette lettre figure dans le *Dîwân* d'Ibn Zaydûn, *op. cit.*, p. 718-753 ; trad. fr. B. Foulon.

languit [1]. On notera par ailleurs les nombreux toponymes cités dans les vers : il semble qu'Ibn Zaydûn ait été l'un des premiers poètes à évoquer les noms des quartiers de la capitale omeyyade et de ses alentours. Ces toponymes sont investis dans ce poème d'une intense charge émotionnelle, puisqu'ils permettent de conjurer l'éloignement et l'absence, en rapprochant le poète de sa terre natale à laquelle il se sent intimement lié.

Ibn Zaydûn, par la suite, ne revit que peu Cordoue. Il quitta Badajoz pour la Séville ᶜabbâdide. À la cour d'al-Muᶜtaḍid, il gravit de nouveau tous les échelons de la notoriété : ami intime du souverain, dont il partageait les plaisirs, il devint son premier conseiller. Durant les vingt années qu'il passa à cette cour, il cumula de nombreuses charges, jusqu'à atteindre les plus hautes marches du pouvoir en occupant la fonction de secrétaire (*kâtib*), après s'être débarrassé sans scrupules de nombreux rivaux. À la mort d'al-Muᶜtaḍid (1068), il garda sa place auprès d'al-Muᶜtamid, dont il avait été le maître et avec lequel il entretenait des liens étroits ; il l'aida d'ailleurs à conquérir Cordoue. Mais une révolte éclata à Séville : les ennemis d'Ibn Zaydûn, en particulier le poète et vizir Ibn ᶜAmmâr, conseillèrent alors au souverain de l'y envoyer pour mater le soulèvement. Ibn Zaydûn, vieux et malade, renâcla, mais al-Muᶜtamid ne céda pas à ses prières. C'est au cours de cette mission qu'Ibn Zaydûn s'éteignit, en 1070.

Puisse l'ondée bénéfique arroser les vestiges des lieux, qui, jadis, abritèrent nos amours.

Puisse-t-elle tisser une étoffe de brocart rayé, pour les en recouvrir,

Et, de chaque fleur, faire jaillir une étoile.

Combien de fois les vierges resplendissantes, statues de marbre, en ces lieux se pavanèrent, à l'époque où la vie était tendre et où le temps était encore dans sa prime jeunesse !

J'aime éperdument un tyran, qui me tient, soumis, en son pouvoir.

---

1. C'est aussi ce qu'avaient fait, avant lui, Ibn Shuhayd et Ibn Ḥazm (voir *supra*, p. 127 et p. 145).

De ses manches s'exhalent des fragrances de musc.

Lorsque je viens à lui, et me plains de mon tourment, il refuse de m'entendre.

Pourtant, je n'ose désirer obtenir une union, ni même espérer qu'il vienne me visiter en rêve.

C'est un rameau odorant portant, en guise de fruit, une lune bien pleine.

Ses yeux, remplis de magie, ensorcellent.

Le brocart de ses joues ne saurait être comparé qu'à l'éclat d'une liqueur.

Les paroles qu'elle prononce sont autant de perles éparpillées, et sa salive, un nectar délectable qui me remplit d'ivresse.

Que le palais, et tous ses alentours, reçoivent l'offrande bienfaisante de la nuée,

Et que, sur les rameaux, roucoulent les colombes !

À Cordoue – la Magnifique, patrie des âmes nobles,

Amulette brisée de l'enfance perdue ! C'est là que je naquis, fils de noblesse !

Combien de soirs et de matins passés

Auprès de gazelles aux visages lumineux, ardents,

Qui, de pomme, lavaient les bords des coupes.

Lorsqu'en leurs mains naissait l'astre du vin, nous nous levions, célébrant ce breuvage.

Je me souviens d'une journée passée à al-Buntî, au bord du fleuve.

Le vin circulait parmi nous, servi par des garçons en fleur.

Nous n'avions d'autre couche qu'un tapis de fleurs écarlates.

Là, évoluaient des beautés graciles ; leurs lèvres, carminées, s'ouvraient, délicieuses, sur l'alignement parfait de leurs dents éclatantes de blancheur.

Je me souviens encore d'un autre jour, enchanteur, au nord d'al-Ruṣâfa :

Nous passâmes par un jardin de camomilles, véritable brocart.

Là, nous fûmes accueillis par une brise chargée d'effluves de violettes.

Des roses, aux joues empourprées, occupaient la place de l'imam, au premier plan d'un parterre de fleurs.

Chante encore les jours vécus, jadis, à al-ᶜUqâb.

Nous folâtrions alors, abîmés dans la contemplation des beautés : de leurs cous aux lourdes boucles noires tranchant sur l'albâtre de la peau,

Lorsqu'elles se pavanaient dans leurs manteaux richement ornés. Nul ne songeait alors à blâmer l'abandon de toute pudeur.

Et combien de fois avons-nous joui du spectacle d'al-ᶜAqîq, et de son pont,

Installés sur un tapis végétal rouge et or,

Alors qu'une antilope nous servait son vin le plus fin.

Mon corps, alangui par le mal d'amour, à la sveltesse de sa taille s'accordait. Cependant ses regards dardaient de traîtresses flèches.

Or donc, dis à une époque aux plaisirs révolus,

Aux traces effacées, vaincues par le temps,

– Sa brise, le soir venu, se faisait si légère !

Et combien ses astres brillaient, guidant le voyageur nocturne ! –,

Dis-lui donc : « Un homme amoureux, brûlant de désir, te porte le salut [1] ! »

---

1. Ibn Zaydûn, *Dîwân*, *op. cit.*, p. 128-131 ; trad. fr. B. Foulon.

# LA POÉSIE À LA COUR ᶜABBÂDIDE DE SÉVILLE

Parmi les différentes cours des princes des Taifas en constante rivalité, celle des ᶜAbbâdides de Séville brilla sans conteste d'un éclat particulier. Encouragée par des souverains mécènes dotés d'une sensibilité littéraire remarquable, la poésie s'y développa et s'y épanouit. C'est le grand-père d'al-Muᶜtamid, Abû al-Qâsim Muḥammad b. ᶜAbbâd, qui fonda la dynastie, en se proclamant émir de Séville, en 1023. Il appartenait à une famille de souche arabe, imprégnée des valeurs et de la culture arabo-islamiques. Circonscrit en premier lieu à la seule région de Séville, l'État ᶜabbâdide s'étendit progressivement, englobant la plus grande partie du sud-ouest de la péninsule Ibérique. Al-Muᶜtaḍid succéda à son père en 1042, et prit comme ministre le poète Ibn Zaydûn, qui enseignait l'art poétique à ses fils [1]. Roi à la cruauté proverbiale, il n'en est pas moins reconnu comme un poète talentueux, et plus encore comme un mécène qui fit de sa capitale un pôle d'attraction incontournable pour tous les savants et lettrés de la Péninsule. La renommée de la ville allait encore grandir sous le règne de son fils al-Muᶜtamid.

Étroitement liée au pouvoir en place, la poésie qui fleurit dans ce contexte est avant tout une poésie de cour. Les auteurs qui lui donnent ses lettres de noblesse se répartissent essentiellement en deux groupes. Le premier rassemble les princes-poètes, au premier rang desquels figurent al-Muᶜtaḍid et plus encore son successeur al-Muᶜtamid, ainsi que les auteurs issus de lignées aristocratiques, par exemple Ibn Maslama et al-Ḥimyarî. On ne s'étonne pas de voir ceux-ci décrire avant tout dans leurs œuvres la vie de plaisirs qui était la leur, développant une thématique axée principalement sur la description des jardins raffinés des palais et des paysages naturels, et sur l'évocation des réunions d'intimes, des libations, de l'amour des femmes et des éphèbes. À travers cette production se dessine la figure exemplaire du poète aristocrate. Le second groupe est constitué par les auteurs contraints de graviter autour du centre du pouvoir. Il s'agit

1. Voir *supra*, p. 216.

pour eux d'une question de survie. Une partie importante de leur production est consacrée au panégyrique ; il va sans dire qu'ils se soumettent bien volontiers aux codes et canons culturels en vigueur, en adoptant les thèmes de prédilection de leurs mécènes, dont ils partagent d'ailleurs le cadre de vie. Leur situation, marquée par une grande instabilité, oscille entre périodes de gloire et périodes de disgrâce. Parmi les représentants de ce groupe figurent Ibn ᶜAmmâr et Ibn al-Labbâna. Ce dernier occupe toutefois une place singulière dans le cénacle des thuriféraires, en raison de la fidélité qu'il témoigna à la famille ᶜabbâdide, et plus particulièrement à al-Muᶜtamid, jusque dans son exil africain.

## AL-MUᶜTAMID, MODÈLE DU POÈTE ARISTOCRATE (1040-1095)[1]

Composée en l'absence de toute pression ou contrainte d'ordre extérieur, l'œuvre poétique d'al-Muᶜtamid – véritable figure romanesque – peut être considérée comme une sorte d'autobiographie sentimentale, ce en quoi il se distingue de la plupart des poètes arabes médiévaux.

Dès l'âge de douze ans, le prince Muḥammad fut nommé par son père gouverneur de Silves. À cette époque, il fit la connaissance des deux personnes qui allaient marquer durablement son existence : le poète Abû Bakr b. ᶜAmmâr, de neuf ans son aîné, qui l'initia à la vie de plaisirs et consolida sa culture poétique, et Rumaikiyya, dont il fit, sous le nom d'Iᶜtimâd, son unique épouse légitime. Al-Muᶜtamid garda longtemps intacte la nostalgie de sa jeunesse à Silves et du palais d'al-Sharâdjîb qui fut le cadre de ses plaisirs, comme en témoignent ces deux vers composés à l'intention d'Ibn ᶜAmmâr : « Salue, Abû Bakr, à Silves, les lieux où j'ai vécu, et demande-leur si le temps de l'union est toujours tel que je l'ai connu./ Salue le palais d'al-Sharâdjîb de la part d'un jeune homme qui lui vouera toujours la même nostalgie [2]. »

En montant sur le trône de Séville à la mort de son père (1069), le prince prit le titre honorifique d'al-Muᶜtamid. La

---

1. 431-488 H.
2. *Nafḥ al-Ṭîb*, *op. cit.*, t. II, p. 192 ; trad. fr. B. Foulon.

personnalité du nouveau souverain était marquée par une sensualité effrénée. Les somptueux palais, symboles du luxe et de la richesse de la dynastie, constituent le paysage et le décor de ses plaisirs, faits de femmes, de musique et de vin. La chute de Tolède, conquise par Alphonse VI en 1086, eut un énorme retentissement en al-Andalus ; elle incita al-Muᶜtamid à solliciter l'aide des Almoravides venus du Maghreb. La même année, ceux-ci parvinrent à mettre un coup d'arrêt provisoire aux projets expansionnistes des chrétiens, grâce à leur retentissante victoire à la bataille de Zallâqa, dans laquelle il s'illustra [1]. À la suite de leur seconde intervention sur le sol ibérique, en 1088, les Berbères comprirent qu'il leur fallait mettre un terme au règne des roitelets des Taifas, dont les querelles intestines faisaient le lit de la progression chrétienne. Le roi de Séville ne prit conscience du danger almoravide qu'en tout dernier lieu ; il commit alors l'erreur fatale de solliciter l'aide du roi Alphonse VI – erreur qui donna à Yûsuf b. Tâshfîn la raison morale qui lui manquait pour l'attaquer. Al-Muᶜtamid fut fait prisonnier en 1091, puis déporté à Aghmât, en terre africaine, où il mourut en 1095 [2].

## Au faîte de la gloire

L'œuvre poétique d'al-Muᶜtamid est scindée en deux parties : la première réunit les poèmes composés durant sa carrière princière puis royale. Tous les genres poétiques de l'époque sont abordés, à l'exception notoire de la poésie politico-laudative, ce qui s'explique par le rang royal de l'auteur. La poésie personnelle y occupe la première place, au côté d'une poésie de circonstance, qui ponctue certains épisodes de sa vie, comme les vers destinés à obtenir le pardon de son père à l'issue du fiasco de Málaga, en 1067 : le jeune prince, peu expérimenté sur le plan militaire, avait alors lamentablement échoué dans sa tentative d'enlever cette ville au Berbère Bâdis b. Ḥabûs [3]

1. Voir *supra*, p. 199 *sq*.

2. Aghmât est une bourgade située dans le sud du Maroc actuel, dans la région de Marrakech.

3. On comprend l'appréhension du prince quand on sait que son frère, qui détenait avant lui le titre d'héritier du trône, avait été tué par son père dans des circonstances similaires.

(texte 1). Au faîte de sa gloire, al-Muᶜtamid établit un parallèle entre lui-même et l'astre lunaire, qui éclaire les ténèbres du monde (texte 2) – ailleurs, c'est au soleil qu'il comparera les ᶜAbbâdides. Le contraste est saisissant entre ces vers résonnant de l'orgueil du triomphe et ceux qui furent composés en captivité [1]. C'est après avoir eu un songe prémonitoire lui annonçant la chute de son royaume que le roi-poète composa les vers de jactance (*fakhr*) que nous proposons en dernier lieu (texte 3).

Texte 1 Ô Roi ! Comme les nuées semblent pingres auprès de tes mains généreuses !

Toi qui m'offris des jeunes filles au teint clair et aux seins pleins et ronds, et des coursiers arabes,

Te satisfaire fait apparaître les souhaits les plus lointains à portée de main.

Toi qui embaumas le temps de ma jeunesse du parfum des jours passés à tes côtés,

J'exprime ma gratitude pour tout ce que tes douces mains m'ont octroyé.

Avec la pointe de ma lance, au combat, et le fil de mon épée, lors de la bataille

Et, dans les réunions, avec la pointe de ma langue, qui jamais ne fourche,

Toujours tu avances, chaussé d'étoiles, tandis que le visage de tes ennemis terrassés mord la poussière [2].

Texte 2 Je m'abreuvai d'un vin de lumière, tandis que la nuit avait étendu ses ténèbres comme un manteau sur la terre.

Alors vint le moment où la pleine lune apparut dans la constellation d'Orion [3], telle une reine au faîte de sa splendeur.

1. Voir *infra*, p. 234.

2. *Dîwân*, nº 89 ; trad. fr. B. Foulon.

3. La lune (*badr*) est un nom masculin en arabe ; elle est donc assimilée dans le texte original à un roi. Les accords du français en font une reine.

De scintillantes étoiles se levèrent, se bousculant pour l'auréoler de leur éclat et renforcer encore sa luminosité.

Lorsqu'elle voulut entamer sa course vers l'Occident, elle plaça au-dessus d'elle les Gémeaux, pour lui servir de dais.

On vit les astres former un cortège autour d'elle, et les Pléiades, au-dessus, telles des bannières arborées.

Je suis, sur terre, semblable à cette lune, entouré de guerriers et de jeunes beautés, qui réunissent gloire et beauté.

Si les cottes de mailles des premiers sont ténèbres déployées, les secondes nous remplissent des coupes de lumière.

Si les unes s'accompagnent au luth pour chanter, les autres n'ôtent guère leur heaume pour ce faire [1].

e 3 Il dit vrai celui qui fait de la gloire notre attribut, et l'homme sincère, quels que soient ses propos, ne saurait être blâmé.

Notre gloire a la grandeur et l'éclat du soleil, et il serait vain de chercher à en occulter la lumière.

Ô toi qui nous annonces l'éclipse de notre gloire, crois-tu qu'il suffise que nous soyons frappés par les coups du destin pour la voir se ternir ?

Il y a bien longtemps que la royauté s'est éprise de nous ; voyant que nous étions des soleils, de nous elle s'enamoura.

Nous sommes les descendants des Banû Mâʾ al-Samâʾ, et vers nous convergent tous les regards, chargés d'envie [2].

Et lorsque à nous la religion se joint, tout le reste du monde apparaît sans valeur [3].

---

1. *Nafḥ al-Ṭîb*, *op. cit.*, t. VI, p. 56 ; trad. fr. B. Foulon.

2. Allusion à la généalogie des ʿAbbâdides qui se rattachent au dernier roi de Ḥîra, al-Nuʿmân b. al-Mundhir, surnommé Mâʾ al-Samâʾ.

3. *Al-Dhakhîra…*, *op. cit.*, t. II, vol. 1, p. 59 ; trad. fr. B. Foulon.

## Les poèmes de captivité

La seconde partie de l'œuvre d'al-Mu$^{c}$tamid rassemble les pièces qu'il composa en exil sur la terre africaine. Son séjour forcé à Aghmât inspira au souverain $^{c}$abbâdide ses plus beaux poèmes, une quarantaine de pièces marquées du sceau de la sincérité et du désespoir. Le roi déchu, figure chevaleresque, suscita après sa mort un énorme courant de sympathie chez l'ensemble de ses biographes. Les raisons de cette compassion sont multiples : le soutien indéfectible qu'al-Mu$^{c}$tamid apporta aux poètes et lettrés, d'abord, fut unanimement reconnu, et, pour ces derniers, la déchéance du roi de Séville constitua une perte irréversible. Mais sans doute le sentiment que la domination de l'élément arabe sur al-Andalus s'était achevée de manière définitive avec la fin de la dynastie $^{c}$abbâdide concourut-il aussi à l'exacerbation de la ferveur envers al-Mu$^{c}$tamid.

À Aghmât, al-Mu$^{c}$tamid vécut une déchéance tant matérielle que morale. Les images structurant la poésie conçue en captivité se répartissent ainsi selon une structure binaire : à la magnificence des années de pouvoir s'oppose la déchéance du souverain exilé, et le souvenir de ses palais de Séville, où la vie lui fut si douce, revient douloureusement le hanter (texte 1). Les fêtes religieuses, qui occupent une place importante dans le cœur de tous les musulmans, ne font qu'accentuer l'amertume d'al-Mu$^{c}$tamid, dans la mesure où elles mettent en relief l'état de dénuement absolu dans lequel doit survivre sa famille, et en particulier ses filles (texte 2). Le thème de la liberté – ici symbolisée par l'oiseau évoluant librement dans le ciel, tandis que le poète vit enchaîné (texte 3) – sous-tend l'ensemble de la production de cette période. Al-Mu$^{c}$tamid réussit cependant à dépasser le tragique de son destin individuel pour atteindre, en compatissant à la souffrance de tous les hommes dont le sort est ou a été semblable au sien, à une certaine forme d'universel. C'est sous les traits d'un étranger à jamais banni de sa terre que le roi poète se représente enfin, en composant sa propre épitaphe (texte 4).

Texte 1 Cet étranger, retenu prisonnier sur la terre des Africains, aussi bien le trône que la chaire le pleureront.

Le pleureront aussi, versant des torrents de larmes, les fines lames des sabres et les lances.

Il fut un temps où le pouvoir lui était favorable, mais, à présent, il le fuit.

Ainsi le Destin, inique, en a-t-il décidé. Quelle erreur ! Mais quand celui-ci se montra-t-il juste avec les justes ?

Les Banû Mâʾ al-Samâʾ furent humiliés par leur temps. Quelle terrible humiliation que celle des « fils de l'eau du ciel » !

Ah ! Plaise à Dieu qu'il me soit donné de passer une nuit entre le jardin et le bassin !

Dans le domaine des oliviers [1], héritage de noblesse, parmi les roucoulements des tourterelles et le gazouillis des oiseaux !

Dans le palais al-Zâhir [2], aux hautes tours, généreusement arrosé par la pluie, au moment où, entre la Thurayya [3] et nous, des signes sont échangés !

Lorsque le Zâhî et son salon Saʿd al-suʿûd [4] nous jettent des regards jaloux; comment ignorer la jalousie quand on est amoureux ?

Tu peux considérer ce palais comme difficile ou facile d'accès, tout dépend de la volonté de Dieu !

Que Dieu décrète ma mort à Séville, et que là-bas, nos tombeaux soient ouverts au jour de la Résurrection [5] !

te 2 Jadis, les fêtes te réjouissaient; mais comment pourrais-tu jouir d'une fête qui, à Aghmât, te trouve captif ?

---

1. Expression métaphorique désignant Séville.

2. Palais construit par le père du poète, al-Muʿtaḍid.

3. Al-Thurayya était une salle d'apparat sise au centre du palais d'al-Mubârak, telle un donjon. Elle doit son nom à celui de la constellation des Pléiades : il semble en effet qu'elle ait été entourée d'autant de salons secondaires qu'il y a d'étoiles dans les Pléiades.

4. Le Zâhî est un petit palais édifié par al-Muʿtamid pour ses plaisirs intimes, et qui dominait le Guadalquivir de ses hautes murailles. C'est dans ce palais que se trouvait le salon Saʿd al-suʿûd (« le bonheur des bonheurs »).

5. *Al-Dhakhîra…*, *op. cit.*, t. II, vol. 1, p. 75 ; trad. fr. B. Foulon.

Tu vois tes filles vêtues de guenilles et affamées, contraintes de filer contre salaires, car elles ne possèdent plus rien [1].

Elles sont venues te saluer, les yeux baissés, tristes et brisées.

Foulant la boue des rues de leurs pieds nus, comme si jamais elles n'avaient marché sur un sol recouvert de musc et de camphre [2].

Texte 3 Un vol de gangas [3] que je vis passer dans le ciel, au-dessus de moi, m'arracha des larmes : libres, sans aucune prison pour les arrêter, et sans chaîne pour les entraver.

Ce n'étaient pas là – à Dieu ne plaise – des larmes d'envie, mais plutôt des larmes de nostalgie : Ah ! Si seulement j'avais pu partager leur sort

Et être libre ! Ne plus me sentir comme scindé en deux, la douleur au ventre, les yeux emplis de larmes par un deuil cruel !

Je souhaitai à ces oiseaux de ne jamais connaître la séparation, de ne jamais savoir ce que signifie vivre éloigné de sa famille,

De ne jamais en être réduits, comme moi, à sentir, la nuit, leur cœur sursauter, à chaque mouvement de porte de la geôle, ou à chaque cliquetis de verrou.

Je ne suis pas le seul à vivre cette épreuve, je décris là un sort commun au genre humain depuis la nuit des temps.

---

1. Comble de l'humiliation, c'est la fille de son ancien huissier, ᶜArîf, qui donne de la laine à filer à ses filles.

2. Allusion à un caprice d'Iᶜtimâd, qui avait exigé, à Séville, de marcher dans la boue. L'ordre avait alors été donné de mêler de l'ambre et de l'eau de rose, pour en faire une « boue » digne d'être foulée par l'épouse du souverain. – *Al-Dhakhîra…*, *op. cit.*, t. II, vol. 1, p. 73 ; trad. fr. B. Foulon.

3. Le ganga (*qaṭâ*) est une sorte de perdrix ou de pigeon vivant de préférence dans le milieu désertique, et, à ce titre, il est omniprésent dans la poésie arabe. Il est en particulier connu pour la capacité qu'il a de franchir de grandes distances.

J'aspire ardemment à mourir ; peut-être un autre que moi trouverait-il plaisir à vivre entravé, pas moi.

Que Dieu garde les gangas et leurs petits ! Car les miens sont privés d'eau et d'ombrage [1] !

te 4 Tombeau de l'étranger, que la pluie t'arrose soir et matin ! Certes tu as vaincu le corps d'Ibn ʿAbbâd.

Tu as vaincu la longanimité, le savoir, le plaisir qui accompagne la fertilité, l'eau qui désaltère l'assoiffé durant la sécheresse.

Tu as vaincu le guerrier habile à la lance, au sabre, à l'arc lors des combats, celui qui donne la mort rouge, le lion intrépide.

Oui, c'est la vérité, j'ai été terrassé par un arrêt céleste, me notifiant que j'allais être rappelé à Dieu.

Je ne savais pas, avant d'être ébranlé de la sorte, que les montagnes pouvaient trembler et vaciller sur leurs bases [2].

## Ibn ʿAmmâr
## (1031-1086) [3]

La vie fort aventureuse d'Ibn ʿAmmâr ne l'empêcha pas d'être un poète d'excellente facture. Né en 1031 près de Silves, ville de l'actuel Portugal, dans une famille modeste et sans renom, Abû Bakr Muḥammad b. ʿAmmâr al-Andalusî al-Mahrî étudia à Cordoue, où il acquit une excellente culture littéraire. Il se mit dès lors en quête d'un mécène auprès duquel il pourrait monnayer son talent poétique. Arrivé à Séville en 1053, il se mit en devoir, par ses compositions laudatives, de séduire le souverain ʿabbâdide al-Muʿtaḍid [4]. Son entreprise fut couronnée de succès grâce au panégyrique dont est tiré l'extrait

1. *Al-Dhakhîra…*, *op. cit.*, t. II, vol. 1, p. 71 ; trad. fr. B. Foulon.
2. *Kitâb al-Muʿdjib…*, *op. cit.*, p. 236 ; trad. fr. B. Foulon.
3. 422-477 H.
4. Notons que l'ambition avérée d'Ibn ʿAmmâr explique sans doute que la poésie amoureuse soit quasiment absente de son œuvre.

suivant. Ibn ᶜAmmâr y célèbre la victoire d'al-Muᶜtaḍid sur le Berbère Bâdîs b. Ḥabûs. Il y chante aussi les louanges du prince héritier Ismaᶜîl, fils d'al-Muᶜtaḍid [1]. Al-Muᶜtaḍid, qui brûlait de voir ses récents exploits glorifiés, apprécia tant ces vers qu'il fit sur-le-champ d'Ibn ᶜAmmâr l'un de ses poètes attitrés et pensionnés ; les deux hommes ne tardèrent pas à devenir en outre des compagnons de plaisir.

Ibn ᶜAmmâr, lié au prince Muḥammad – le frère d'Ismaᶜîl et futur al-Muᶜtamid –, l'accompagna à Silves lorsque celui-ci y fut nommé gouverneur ; très vite, il prit de l'ascendant sur le jeune homme. Des rumeurs sur leurs relations commencèrent à circuler, si bien qu'al-Muᶜtaḍid, jugeant pernicieuse l'influence d'Ibn ᶜAmmâr, rappela son fils à Séville et expulsa son ami du pays. Malgré tous ses efforts, ce dernier ne put revenir dans la capitale ᶜabbâdide qu'après la mort d'al-Muᶜtaḍid, en 1069, et l'accession au pouvoir de son ancien compagnon, devenu al-Muᶜtamid [2]. Cependant les deux hommes, pour partager les mêmes plaisirs, ne se trouvaient pas sur un pied d'égalité : Ibn ᶜAmmâr, cérébral et ambitieux, visant avant tout le pouvoir, subissait de mauvaise grâce les humiliations que lui infligeait le souverain ; en outre, il dut céder la première place dans le cœur du roi à son épouse Rumaikiyya, puis attendre la mort d'Ibn Zaydûn, qui l'exécrait, pour accéder à son tour au vizirat. C'est en cette qualité qu'il dirigea la politique étrangère du royaume, trouvant en Alphonse VI de Castille tantôt un adversaire, tantôt un allié. Ses fonctions politiques l'obligèrent d'ailleurs à délaisser pour un temps la poésie.

En 1078, l'amitié unissant les deux hommes se détériora irrémédiablement. Ibn ᶜAmmâr, s'étant emparé de Murcie pour le compte du souverain, se proclama gouverneur indépendant de la ville. Chassé, il se réfugia, après bien des péripéties, à Tolède, auprès d'al-Muᵓtamin b. Hûd. Capturé à Segura lors d'une expédition guerrière, il implora, depuis sa prison, le secours d'al-Muᶜtamid en composant des odes fort

1. Accusé de rébellion, le prince fut assassiné par son propre père en 1063.

2. Voir *supra*, p. 230. Ibn Khâqân (m. 1134), auteur des *Qalâᵓid al-ᶜIqyân* et du *Maṭmaḥ al-anfus*, a décrit les relations entre Ibn ᶜAmmâr et al-Muᶜtamid comme semblables à celles qui unissaient, chez les Abbassides, le calife Harûn al-Rashîd et Djaᶜfar le Barmékide.

émouvantes. Celles-ci ne parvinrent cependant pas à attendrir le roi, qui décida d'assouvir sa vengeance envers celui qu'il considérait comme un traître [1]. Al-Muᶜtamid racheta donc le prisonnier et le fit ramener à Séville chargé de fers et juché sur un âne : Ibn ᶜAmmâr subit les pires humiliations avant d'être assassiné dans sa cellule de la main même de son ancien protecteur, en 1086.

Que les coupes circulent à la ronde, car la brise s'est faite légère et les étoiles ont tourné bride, abandonnant leur pérégrination nocturne.

Déjà l'aube nous a fait offrande de son camphre, à l'instant où la nuit nous réclamait l'ambre qu'elle nous avait confié.

Tel une jeune beauté, le jardin, revêtu par ses fleurs d'une étoffe chamarrée, se voit paré par la rosée de colliers de joyaux.

C'est encore à un éphèbe qu'il pourrait être comparé, lorsque, s'enorgueillissant des roses de ses parterres, il rougit de confusion, et que ses myrtes, qui lui font comme un duvet sur les joues, le comblent de fierté.

Dans ce jardin, la rivière semble un poignet diaphane posé sur un vert manteau.

Le souffle du vent d'est l'agite : on dirait le sabre d'Ibn ᶜAbbâd dispersant une armée.

ᶜAbbâd : qui obtient ses faveurs, de toujours verdoyer est assuré, quand bien même le monde aurait-il revêtu son manteau poudreux annonciateur de disette.

1. Al-Muᶜtamid ne parvenait pas non plus à pardonner à son ami d'avoir composé des vers dans lesquels il diffamait sa famille. Ibn ᶜAmmâr n'avait en effet pas hésité, grisé par son succès de Murcie, à adresser au roi de Valence un poème dans lequel il revendiquait une généalogie royale. Ayant eu vent de ce texte, al-Muᶜtamid répliqua par une satire cinglante, dans laquelle il se gaussait des origines modestes et obscures d'Ibn ᶜAmmâr. Ce dernier, touché à vif, répondit par un pamphlet où il s'attaquait directement à la reine Iᶜtimâd. Il semble que cette composition ait joué un rôle non négligeable dans la tragédie qui scella son destin.

Il est ce que ces temps prospères nous ont apporté de meilleur, et lui-même nous fait don du plus précieux de sa fortune.

Si les autres rois à une aiguade pour s'abreuver se pressaient, et qu'ils le voyaient s'avancer vers elle, ils attendraient pour boire qu'il s'en soit retourné.

Plus généreux pour les cœurs que les gouttes de la rosée, et plus délicieux pour les paupières qu'un profond sommeil.

Allumant le briquet de la gloire, il ne quitte le feu de la guerre que pour se diriger vers celui de l'hospitalité.

Lorsqu'il fait un présent, il offre le meilleur : une vierge à la poitrine ronde, un coursier de race noble au poil fin, un sabre serti de pierreries.

J'ai acquis la certitude que sa protection me transporterait au Paradis, lorsqu'il m'a abreuvé de sa rosée, abondante comme le Kawthar [1].

Et j'ai su combien mon jardin, grâce à lui, serait luxuriant, lorsque j'ai interrogé à son sujet la nue chargée de pluie.

Ô, toi qui m'interroges ! Sache que Séville est une bague passée au petit doigt d'Ismâ<sup>c</sup>îl [2] !

Il est celui avec lequel les montagnes ne peuvent rivaliser lorsqu'il se drape dans ses vêtements, celui que les vents ne peuvent rattraper à la course.

Il s'avance : la partie supérieure de sa lance et le fil de son épée sont émoussés, tandis que les jambes des chevaux trébuchent dans la terre poussiéreuse.

Rien n'est plus lisible que le tranchant de son sabre, à supposer que les astres puissent être comparés à des lignes.

Il a dirigé les troupes avec la même précision que les étoiles qui, au firmament, suivent leur course : si nombreuses étaient les armes de son armée qu'elles semblaient former un épais nuage

1. Voir *supra*, p. 132, note 1.
2. Il s'agit du fils d'al-Mu<sup>c</sup>taḍid, alors héritier du trône.

Composé de tous les sabres, d'un tranchant extrême, arborés par des soldats à la peau claire, et de toutes les lances équipant les soldats à la peau brune.

Armée lancée, pour Dieu, aux quatre coins du pays, éclair zébrant le ciel, nuage barrant l'horizon et déversant ses flots de pluie.

C'est un roi admiré tant pour son physique que pour son caractère, de la même façon qu'un jardin séduit tant par la vue qu'il offre que par le parfum qu'il exhale [1].

## Ibn al-Labbâna (m. 1113) [2]

Abû Bakr Muḥammad b. ᶜÎsâ al-Lakhmî, al-Dânî, plus connu sous le nom d'Ibn al-Labbâna, naquit à Dénia, à une date inconnue, entre 1039 et 1049, dans un milieu modeste, sa mère exerçant le métier de laitière (*labbâna*, en arabe). La ville était alors gouvernée par le ᶜÂmiride Mudjâhid al-ᶜÂmirî, auquel succéda son fils, Iqbâl al-Dawla. L'avarice proverbiale de ce dernier finit par faire fuir tous les poètes, et Ibn al-Labbâna ne fit pas exception à la règle. Ayant acquis une solide formation littéraire et souhaitant tenter sa chance comme poète de cour, il quitta sa ville natale. Vers 1072, il se rendit à Almería, où régnait un prince éclairé, al-Muᶜtaṣim b. Ṣumâdiḥ, qui s'adonnait lui-même à la poésie et favorisait l'essor de la culture dans sa principauté. La charge de poète officiel y était occupée par Ibn al-Ḥaddâd [3], qui, à ce titre, fut chargé d'examiner la production poétique d'Ibn al-Labbâna : peu désireux d'introduire un dangereux concurrent dans son pré carré, il accusa Ibn al-Labbâna de plagiat ; après ce premier échec, celui-ci se rendit à Badajoz. Il y arriva après 1080, sous le règne du très cultivé al-Mutawakkil, mais s'il parvint à se faire une place à sa cour, il y devint rapidement la cible de calomnies. Il semble qu'il ait

1. Ibn ᶜAmmâr, *Dîwân*, Oujda, Publications Faculté des lettres et sciences humaines de l'université Muḥammad Ier, 2001, nº 34, p. 64-69 ; trad. fr. B. Foulon.

2. 507 H.

3. Voir *infra*, p. 245.

prêté le flanc à ses détracteurs et qu'il se soit risqué à critiquer certaines décisions du souverain, ce qui entraîna sa disgrâce.

Contraint de quitter la ville, Ibn al-Labbâna songea à s'établir à Séville, pôle culturel de l'époque. Il n'était cependant pas aisé de se faire admettre à la cour d'al-Mu$^{c}$tamid, où la concurrence était rude entre les poètes. Après avoir opposé d'abord un long silence à sa requête, le roi accepta finalement de le recevoir ; or, contre toute attente, et nonobstant le fossé qui séparait les deux hommes (milieu, origine et éducation, position sociale), une profonde amitié que rien ne devait plus altérer naquit progressivement entre le poète de cour et le roi. C'est qu'ils possédaient une passion commune : la poésie, conjuguée à un goût insatiable pour les plaisirs de la vie. Ibn al-Labbâna éprouvait en outre envers son mécène un sentiment de reconnaissance et d'admiration sans borne. La destitution du souverain $^{c}$abbâdide fut pour lui un coup terrible, dont il ne se remit jamais. Ayant perdu tous ses soutiens, et confronté à un environnement hostile, il se réfugia dans le souvenir des jours heureux. Plusieurs fois, il rendit visite à al-Mu$^{c}$tamid dans son exil africain, tandis qu'une correspondance poétique rapprochait encore les deux amis. À la mort du souverain, Ibn al-Labbâna, brisé, dut quitter al-Andalus. Il se réfugia à Bougie, où régnait le fils d'al-Mu$^{c}$taṣim d'Almería, $^{c}$Izza al-Dawla. Mais ce roitelet était trop modeste pour pouvoir l'accueillir comme il se devait. La dernière étape d'Ibn al-Labbâna fut l'île de Majorque (1096), gouvernée par Nâṣir al-Dawla, descendant de Mudjâhid de Dénia. Difficile d'accès, l'île échappait alors aux Almoravides, et constituait un refuge idéal : généreusement accueilli, Ibn al-Labbâna devint poète officiel à la cour. C'est là qu'il s'éteignit, en 1113.

Son œuvre est avant tout composée de poèmes laudatifs [1]. Cette poésie très travaillée, mobilisant un lexique recherché, est parcourue de métaphores qui peuvent parfois laisser perplexe. Souvent conventionnelle, elle résonne cependant d'accents sincères lorsque le poète évoque al-Mu$^{c}$tamid : c'est le cas dans la longue ode présentée ici, qui dépeint le départ en exil

1. Voir l'ouvrage de Hamdane Hadjadji, *Ibn al-Labbâna, le poète d'al-Mu$^{c}$tamid, prince de Séville ou le Symbole de l'amitié*, Paris, El Ouns, 1997, sur lequel nous nous sommes appuyée pour la traduction du texte du poème présenté.

du souverain sévillan et les scènes de désespoir qui ponctuèrent cet événement. Le mythe de la splendeur des ᶜAbbâdides – et en particulier d'al-Muᶜtamid, roi déchu mais figure emblématique du mécène généreux – prend déjà forme dans ce thrène, presque unique dans son genre.

Soir et matin, le ciel pleure les Banû ᶜAbbâd, nos guides éclairés, en déversant la pluie de ses nuages.

Il pleure sur ces montagnes qui se sont écroulées avec fracas sur leurs bases, elles qui servaient auparavant de pieux à la terre [1].

Les collines virent les fleurs qui les couvraient se flétrir, avant de sombrer au plus profond de l'abîme.

De terribles malheurs s'abattirent sur les demeures où vivaient des lions valeureux et de redoutables serpents.

Leur Kaaba, hier encore submergée par les vœux des pèlerins, est aujourd'hui désertée, tant par les sédentaires que par les bédouins. […]

Ils furent de hautes montagnes dont les grottes étaient autant de refuges sûrs, semblables aux vallées fertiles offrant eau et pâturage.

Maudit soit ce monde qui leur fit subir les tourments les plus cruels, alors que jamais ils ne s'écartèrent de l'orthodoxie.

À présent que leurs propres flèches sont brisées, rien n'empêche plus celles du destin de les prendre pour cible.

Autrefois rois du monde, ils en sont aujourd'hui réduits à errer, n'ayant plus aucun lieu où se réfugier.

Dispersés aux quatre vents, livrés au désarroi le plus total, après avoir vécu parmi les leurs, entourés d'enfants et de petits-enfants.

Ils défendirent leurs femmes jusqu'à l'ultime défaite ; c'est alors que, ligotés et alignés, ils furent emmenés.

1. Allusion, en ce qui concerne les montagnes, à l'eschatologie coranique (Coran, XIX, 90). Les montagnes sont, dans le Coran, présentées comme des « pieux » arrimant la terre (LXXVIII, 7).

Ils durent quitter leurs palais pour une prison ; autour d'eux des brigands remplacèrent les soldats.

Jetés à bas des étoiles brillantes qui leur servaient de montures, ils furent hissés à bord de sombres embarcations, dont seule la couleur rappelait leurs coursiers.

Les bords de leurs boucliers furent brisés et transformés en carcans leur enserrant le cou. [...]

Comment pourrais-je oublier cette matinée où, sur le fleuve, je les vis dans les vaisseaux aux voiles déployées, tels des cadavres dans leurs tombeaux ?

Une foule immense s'était massée sur les deux rives du fleuve, et pleurait : leurs larmes, telles des perles, flottaient au-dessus de l'écume.

Les femmes vertueuses, dévoilées, étaient livrées aux regards, le visage lacéré comme peuvent l'être des vêtements.

Qui vous ramènera donc à moi, Ô Banû Mâʾ al-Samâʾ [1], lorsque le ciel refusera d'abreuver les entrailles de l'assoiffé ?

Lorsque vint le moment des adieux, l'on entendit les hurlements des hommes et des femmes, prêts à sacrifier leurs vies pour sauver ceux qu'on emportait.

Les navires appareillèrent, accompagnés de lamentations, telle une caravane escortée par le chant du chamelier.

Combien de larmes vinrent alors grossir le flot du fleuve, et combien de cœurs, en lambeaux, furent emportés par ces galères !

L'humiliation fut leur lot, après avoir connu la gloire, et s'être élevés à un rang supérieur à celui des ʿÂd et des Shaddâd [2].

---

1. Voir *supra*, p. 233, note 2.
2. Les ʿÂd, peuple mythique de l'Antiquité, apparaissent à de nombreuses reprises dans le Coran, qui évoque le châtiment divin par lequel ils furent exterminés. Shaddâd b. ʿÂd est un roi yéménite de l'Anté-islam, de la dynastie des Himyarides. Selon la légende, il fut anéanti par un châtiment divin pour avoir bâti la ville d'Iram, dont la splendeur devait surpasser celle du paradis.

Comment pourrais-je vous retrouver, alors qu'une bande de brigands, rompus au combat, infestent le pays en y semant la terreur ? [...]

Je vivais parmi des hommes nobles et illustres, comme l'on vit entre montagnes et jardins.

Que Dieu vous protège ! Depuis des temps immémoriaux, votre lignée s'est illustrée dans la défense du bien.

Depuis votre départ, pour tous la vie est devenue difficile ; mais pour moi plus encore, dont la vie n'est plus que chagrins et douleur [1].

## LA POÉSIE À LA COUR D'ALMERÍA : IBN AL-ḤADDÂD (m. 1088) [2]

Né à Cadix à une date inconnue, Abû ᶜAbd Allâh Muḥammad b. Aḥmad b. ᶜUthmân al-Qaysî, plus connu sous le nom d'Ibn al-Ḥaddâd, passa la plus grande partie de sa vie à Almería, comme poète officiel à la cour d'al-Muᶜtaṣim b. Ṣumâdiḥ [3]. En 1068-1069, il fut néanmoins contraint de fuir cette ville durant quelques mois afin d'échapper à l'ire du roi, qu'il avait fustigé dans des vers satiriques. Une fois la colère d'Ibn Ṣumâdiḥ apaisée, Ibn al-Ḥaddâd revint à Almería, qu'il ne devait plus quitter jusqu'à sa mort, survenue en 1088, soit quatre ans avant la prise de la ville par les Almoravides.

---

1. *Nafḥ al-Ṭîb*, *op. cit.*, t. V, p. 350-351 ; trad. fr. B. Foulon.

2. 480 H. – Outre le *Dîwân* cité plus loin, on pourra consulter avec profit, au sujet de cet auteur, Amelina Ramon Guerrero, *Ibn al-Ḥaddâd y otros poetas arabes de Guadix*, Grenade, Université de Grenade, 1984, et Mohammed Abu-Rub, *La Poésie galante andalouse au xiᵉ siècle : typologie*, Paris, ASFAR, « Arabiyya », 1990, p. 79-86.

3. Nous avons vu que, présidant un conseil chargé de statuer sur la valeur de la poésie d'Ibn al-Labbâna, il parvint à écarter celui-ci de la cour d'Almería, peu désireux d'y introduire un rival potentiel (voir *supra*, p. 241).

La plus grande partie de l'œuvre poétique d'Ibn al-Ḥaddâd est composée de panégyriques à la gloire de son protecteur, le souverain d'Almería, et du maître de Saragosse, al-Muqtadir b. Hûd, chez qui il avait trouvé refuge en 1068-1069. Pourtant, ce sont ses vers de poésie amoureuse qui retiennent le plus l'attention. Ils constituent le témoignage d'un amour réel et authentique vécu par l'auteur : Ibn al-Ḥaddâd les dédie en effet à une jeune chrétienne qu'il nomme Nuwayra[1], et qui semble avoir été l'unique passion de sa vie. Les avis divergent quant aux circonstances de sa rencontre avec la jeune fille. Selon certaines sources, il s'agirait d'une nonne dont le poète aurait fait la connaissance lors d'une halte en Haute-Égypte, alors qu'il se dirigeait vers le Hedjaz pour accomplir le pèlerinage[2] : c'est dans un monastère copte situé près d'Asyûṭ qu'il aurait été ébloui par la beauté de la jeune religieuse, renonçant du même coup au pèlerinage; éconduit par la belle, il serait ensuite rentré en al-Andalus, sans pour autant que le souvenir de cet amour s'effaçât de son cœur. Selon d'autres sources, en particulier l'éditeur du *Dîwân*, Yûsuf ᶜAlî Ṭawîl[3], Ibn al-Ḥaddâd aurait rencontré la nonne au sein de la communauté chrétienne d'Almería – on ne trouve en effet dans les sources aucune allusion à l'épisode oriental.

Quoi qu'il en soit, les vers qu'Ibn al-Ḥaddâd dédie à cette jeune fille sont émaillés d'allusions aux dogmes et aux objets du culte chrétien, qui – chose rare dans la poésie andalouse en arabe classique – ne sont guère envisagés sous l'angle de l'antagonisme fondamental opposant islam et chrétienté, mais comme des attributs de l'aimée, et chargés à ce titre de connotations positives. Le poète va jusqu'à songer à se confier à un prêtre qui ne pourrait, selon lui, que compatir à ses souffrances

1. Selon Ibn Bassâm, Nuwayra se serait nommée en réalité Djamîla, mais le poète, conformément à la tradition arabe, aurait répugné à dévoiler son identité dans ses poésies.

2. C'est la version d'Ibn Faḍl al-ᶜUmarî dans *Masâlik al-abṣar* (Le Caire, s.n., 1924, t. I, p. 385), reprise par H. Monès dans *Encyclopédie de l'Islam*, Leyde/Paris, Brill/Maisonneuve et Larose, 1991-2001 (nouv. éd.), article « Ibn al-Ḥaddâd », et par A. Ramon Guerrero, *Ibn al-Ḥaddâd y otros poetas arabes de Guadix, op. cit.*

3. Ibn al-Ḥaddâd, *Dîwân*, éd. Yûsuf ᶜAlî Ṭawîl, Beyrouth, Dâr al-Kutub al-ᶜIlmiyya, 1990.

(texte 1). Nous proposons ci-après les vers les plus représentatifs de cette veine lyrique (textes 2, 3 et 4).

te 1 Au prêtre, il me faut aller conter mon histoire ; peut-être pourra-t-il secourir un être atteint d'une grave maladie et implorant de l'aide.

Car Jésus ne leur a pas apporté une religion cruelle qui se montrerait intraitable envers celui que la passion a mené au bout de ses forces, et se moquerait d'un cœur opprimé [1].

te 2 Parmi toutes les chrétiennes, il est une Samaritaine qui est mienne ; cependant ma foi musulmane l'empêche de se rapprocher de moi.

Elle professe le dogme de la Trinité, mais Dieu n'en a pas moins unifié sa beauté, tandis qu'en mon cœur, de son fait, tristesse et passion se sont unies.

Dans les plis de son voile noir, elle est toute beauté : on dirait, rassemblées, la lune pleine, la nuit et l'obscurité.

Dans le nœud de sa ceinture [2], mon amour se trouve enfermé, entre une dune arrondie, et un souple rameau.

Et dans cette vallée vit un faon qui a élu domicile au creux de ma poitrine, et une tourterelle qui niche en mon cœur [3].

xte 3 Parmi ceux qui croient à la Trinité, il est une personne, unique en sa beauté ; c'est par son regard que la loi de l'amour fut révélée.

Tout absorbée par l'amour de cette chrétienne, mon âme s'est égarée, négligeant sa foi musulmane, et s'écartant de la voie droite.

---

1. *Ibid.*, n° 8, v. 6-7, p. 69-172 ; trad. fr. B. Foulon.

2. Le terme arabe désignant cette ceinture, « *zunnâr* », s'applique aux ceintures portées par les chrétiens, notamment les religieux.

3. Ibn al-Ḥaddâd, *Dîwân*, n° 52, *op. cit.*, p. 256-257 ; trad. fr. B. Foulon.

Qui donc m'incite à tourner mes regards vers Nuwayra, elle qui tout à la fois me tue et me rend vie ?

En temps de paix, elle m'a fait prisonnier ; mais si la guerre éclatait, elle serait ma captive [1].

Texte 4 Peut-être puis-je espérer qu'au nom de ton Jésus, tu apaises mon cœur plaintif ?

La beauté t'a faite souveraine, qui décide de ma vie et de ma mort.

C'est elle qui a fait naître en moi la passion des croix, des moines et des ermites.

Rien ne m'attire dans les églises, sinon toi.

Et me voici, à présent, souffrant mille morts, et sans espoir d'échapper au tourment que tu m'infliges.

Combien de larmes de sang versé-je sur toi, mais toi, tu ne compatis nullement au sort de celui qui pleure.

Sais-tu l'effet produit par tes yeux sur les miens ?

Sais-tu la puissance du feu que ta radieuse lumière alluma en mon cœur ?

Tu as dérobé ta splendeur à ma vue, alors que l'éclat de ton visage surpasse celui du soleil.

Tes flancs sont souple et tendre rameau, et mamelon sablonneux frémissant.

Tandis que les roses du jardin du rose de tes joues se sont colorées, et que les fragrances de ce jardin à ton parfum ont puisé.

Nuwayra, si pour moi tu éprouves de la haine, sache que je t'aime, que je t'aime, passionnément.

Et tes yeux ne pourront que te confirmer que je suis ta victime [2].

---

1. *Ibid.*, n° 68, p. 306-307 ; trad. fr. B. Foulon.
2. *Ibid.*, n° 44, p. 241-242 ; trad. fr. B. Foulon.

# LA DÉPLORATION SUR LA PERTE DES VILLES : UN THÈME EN VOGUE

Le thrène (*rithâʾ* ou *marthiya* en arabe), poème composé en l'honneur d'un défunt, constitue l'un des genres majeurs de la poésie arabe depuis l'époque préislamique, au même titre que le panégyrique ou la satire. Il s'agit là, selon l'expression de B. Najar, de l'« une des formes d'expression les plus accomplies de la conscience du groupe et de sa mémoire [1] ». Contrairement aux deux autres genres cités, dont les motifs et la structure se figèrent très vite, le thrène connut au cours de l'histoire une évolution significative, et donna en particulier naissance à une forme originale, l'élégie ou la déploration, complainte qui n'a plus pour objet un individu, mais une ville ou un territoire conquis et le plus souvent ravagé par l'ennemi.

Al-Andalus fut un cadre extrêmement favorable au développement de ce thème, qui prit son essor à l'époque des Taifas [2]. Cette période d'incertitude politique fit en effet naître chez les Andalous une conscience aiguë des dangers planant sur l'intégrité de leur territoire. Au moment où celui-ci se trouvait morcelé, la menace externe se fit de plus en plus pressante à mesure que les royaumes chrétiens poursuivaient leur extension et confirmaient l'agressivité de leur politique de conquête. Le sac de la ville de Barbastro, enlevée, en 1064, à l'issue d'un siège de plus d'un mois, retentit comme un terrible coup de semonce et suscita une immense vague d'émotion et d'indignation, même

1. Voir l'article « *Rithâʾ* » dans l'*Encyclopédie de l'Islam, op. cit.*

2. Notons toutefois que les premières incursions venues de l'extérieur ayant inspiré la veine élégiaque des poètes furent celles des Vikings, qui, au milieu du IXe siècle, déferlèrent sur les côtes andalouses, en s'acharnant en particulier sur Séville et sa région, après avoir remonté le Guadalquivir (844). Ces raids scandinaves laissèrent une impression très vive dans la mémoire collective des Andalous. Les poèmes de déploration sur les villes, en outre, ne sauraient être considérés comme une production purement andalouse. En effet, en Orient, dès le VIIIe siècle, les guerres civiles provoquant la mise à sac de Bagdad et de Bassora ont inspiré des poètes tels qu'al-Khuraymî (VIIIe siècle) et Ibn al-Rûmî (IXe siècle).

si la ville fut finalement reprise au bout de neuf mois par les musulmans [1]. Mais c'est avant tout la perte de Tolède (1085), première cité d'importance conquise par les chrétiens, qui marqua durablement les esprits et insuffla un esprit d'inquiétude sur la production poétique andalouse.

## La prémonition d'Ibn al-Ghassâl

Ibn al-Ghassâl (ᶜAbd Allâh b. Faradj al-Yaḥṣabî), poète tolédan qui fuit la ville dès l'arrivée des chrétiens, a laissé trois vers qui résonnent d'un écho étrangement prémonitoire, puisqu'il y engage les Andalous à quitter leur territoire, comme si tout espoir était d'ores et déjà perdu.

Ô gens d'al-Andalus, songez au départ, car rester sur cette terre constituerait une erreur.
Si c'est en général à partir de ses bords qu'un tissu s'effiloche, celui de la Péninsule s'est effiloché en son centre.
Nul ne peut, au voisinage du mal, vivre en sécurité. Comment concevoir de vivre dans un panier rempli de serpents [2] ?

## Un modèle : le poème de la prise de Tolède

Un poème anonyme relate en soixante-douze vers la prise de Tolède. Il s'agit d'un texte sans réelle prétention littéraire, proche de la prose rimée, qui vise avant tout à l'efficacité. Son succès cependant fut tel qu'il devint la matrice de tous les textes à venir prenant comme thème la perte des villes. Le drame tolédan entre en scène au vers 8, et le poète insiste en particulier sur la dimension religieuse de la catastrophe. Plus loin, il livre son analyse des raisons ayant entraîné la chute de ce joyau de l'Islam. Selon lui, la responsabilité en incombe en premier lieu aux dirigeants du royaume qui, par leur conduite inique et leur

1. Voir *supra*, p. 188.
2. Ces trois vers sont cités notamment dans le *Nafḥ al-Ṭîb*, *op. cit.*, t. VI, p. 121 ; trad. fr. B. Foulon.

transgression constante des lois de la religion et de la morale, ont attiré sur la ville un châtiment divin. L'auteur s'emploie ensuite à exhorter ses coreligionnaires à venir en aide aux Tolédans, et tente de les réveiller de leur torpeur ; pour ce faire, il les compare, en jouant sur la polysémie d'un verbe signifiant à la fois « meugler » et « être faible », à des bovins impavides et impuissants, qui mugissent à l'heure où il conviendrait de rugir et de se comporter en lion. Enfin, il évoque le déchirement des Tolédans qui, contraints à l'exil, quittent une terre paradisiaque.

Le sanctuaire de Tolède a été violé par les infidèles. C'est là une nouvelle de la plus grande gravité.

Pourtant, ni le palais de Chosroès, ni ceux du roi Nu$^{c}$mân [1], Sédir et Khavernâk, n'auraient pu soutenir la comparaison avec cette ville.

Toute à la fois fortifiée et parée de mille atours, inaccessible, imprenable.

N'était-elle pas, pour la religion, une forteresse, inexpugnable ? Pourtant, le Tout-Puissant ne l'en a pas moins humiliée, selon Sa volonté.

Tous ses habitants en furent chassés ; ils devinrent le jouet du Destin, qui les éparpilla.

Après avoir été un lieu dédié à la foi et à la science, dont les emblèmes, aujourd'hui effacés, brillaient de mille feux,

Elle est désormais un lieu dévolu à la religion des infidèles. Les événements qui s'y sont déroulés jetèrent le trouble parmi sa population.

Ses mosquées sont devenues églises, quel cœur pourrait s'en réjouir et ne s'en trouverait pas touché ? […]

Nous disons : « C'est Dieu qui, réprouvant leur conduite, leur envoya un châtiment. »

Néanmoins, nous n'en sommes pas moins comme eux, et même pires qu'eux, plus iniques encore ; comment celui qui pratique l'injustice pourrait-il échapper au châtiment ?

---

1. Il s'agit du roi Nu$^{c}$mân b. Mundhir, dernier des rois lakhmides de Ḥîrâ.

Comment pourrions-nous espérer nous venger, alors que règnent sans partage parmi nous la débauche et l'immoralité,

Et que nous nous repaissons de nourritures illicites sans nécessité ? Et comment croire que tout nous sera facilité ?

Faire preuve de hardiesse au cœur de la maison, c'est là le comportement d'un chien hargneux ;

Les voiles, lorsqu'ils servent à dissimuler une conduite rebelle, finissent par tomber, laissant le peuple dénudé.

[…] Sous l'épreuve, nous courbons l'échine, et manquons de courage ; qui s'étonnerait de voir des bœufs meugler ?

Notre lâcheté nous empêche d'émettre le moindre rugissement. Si, au contraire, nous avions quelque courage, on nous aurait entendu rugir tels des lions.

Les nouvelles sont si mauvaises qu'en prendre connaissance est devenu mortel.

Les messages que nous avons reçus sont porteurs de nouvelles dévastatrices. En lieu et place d'une bonne nouvelle, c'est un destin funeste qui nous a été notifié :

On nous a annoncé que l'heure de la séparation avait sonné, et que les infidèles s'étaient emparés de Tolède.

[…] Quelle tristesse de voir les gens se demander où il est possible d'aller !

Et se dire : « Nous faudra-t-il abandonner nos demeures et fuir, alors que nulle autre demeure ne nous attend de l'autre côté de la mer ?

« Nous ne trouverons pas là-bas ces villages à la beauté enchanteresse ; s'y promener de bon matin nous fait apprécier les premières heures du jour.

« Une ombre généreuse, le murmure de l'eau… Il n'y fait ni trop froid, ni trop chaud ; nous n'y subissons ni les rigueurs hivernales, ni la canicule.

« Nous y dégustons les fruits les plus frais, et nous nous abreuvons à l'eau débordante et délicieuse de ses ruisseaux.

« Mais chaque mois, il nous faut acquitter un impôt non canonique, et lors de chaque expédition d'été une dîme.

« Puisque ce sont eux les protecteurs de notre patrie,

« Toute certitude s'est envolée, et, par Dieu, la confiance aveugle des hommes les a égarés.

« Il n'y a plus de religion, plus de vie profane non plus,

« L'Islam a été anéanti, pleure sur lui des larmes de sang ! Aussi abondantes soient-elles, ce ne sont pas des larmes qui pourront éteindre cette affliction profonde [1]. »

1. *Nafḥ al-Ṭīb*, *op. cit.*, t. VI, p. 239 *sq.* ; trad. fr. B. Foulon.

# III

# Les Almoravides en al-Andalus

## (1090-1147)

# 5. *Histoire de la domination almoravide*

## LA MISE EN PLACE DE L'ÉTAT ALMORAVIDE

### La reprise de Valence par le Cid en 1094

Dès 1091, Yûsuf b. Tâshfîn était maître de la majeure partie d'al-Andalus, désormais bien arrimée au Maghreb que les Almoravides contrôlaient de l'Atlantique à Alger [1]. Au cœur même de la péninsule Ibérique, cependant, une zone continuait à poser problème : la région de Valence était sous l'emprise du célèbre Cid Campeador, chevalier espagnol et chrétien placé là par Alphonse VI [2]. Les péripéties qui émaillèrent la difficile reconquête de Valence par les Almoravides sont contées par les chroniqueurs musulmans qui présentent Rodrigo Díaz de Vivar, dit le Cid, comme un tyran cruel et opportuniste, certes, accoutumé de surcroît aux changements de camp, mais dont les qualités militaires sont exceptionnelles.

Le récit qui suit relate la reprise de Valence par le Cid en 1094 ; extrait du *Bayân* d'Ibn ᶜIdhârî, rédigé vers 1312, il est néanmoins très inspiré d'une chronique perdue, celle d'un Valencien contemporain des événements relatés, Ibn

1. Contrairement aux Almohades qui leur succédèrent à partir de 1147, les Almoravides ne contrôlèrent jamais l'Ifrîqiya.

2. « Cid » provient certainement de l'arabe *sayyid*, « seigneur ». « Campeador » (*al-Kanbayatûr*), signifie « celui qui est maître du champ [de bataille] ».

ᶜAlqama [1]. En 1094, la ville était dirigée par al-Qâdir : celui-ci, qui avait abandonné Tolède à Alphonse VI en 1085, s'était replié sur Valence où il régnait sous la protection du Cid. Mais en l'absence de ce dernier, la population, opposée au souverain comme au Cid, et menée par le cadi Ibn Djaḥḥâf, se souleva contre al-Qâdir, le tua, et fit appel aux Almoravides. Alors que les Berbères almoravides étaient trop peu nombreux pour secourir la ville assiégée, le Cid réussit l'exploit de la reprendre après un éprouvant siège de plusieurs mois. Valence ne fut ramenée dans le giron de l'Islam qu'en 1102 [2].

### RÉCIT DU COUP DE FORCE DU MAUDIT RODRIGUE CONTRE LE CAMPEMENT DES MUSULMANS

Quand Rodrigue – Dieu le maudisse ! – se rendit compte des défections du camp musulman, que les gens abandonnaient de toutes parts, il décida de saisir l'occasion et d'user d'une ruse, sans attendre les renforts qu'il avait demandés [3]. Une nuit, il sortit à la tête d'une partie de sa cavalerie et plaça l'autre partie en embuscade près du campement musulman. Le matin suivant, alors que les soldats almoravides se croyaient en sécurité, allant et venant sans précaution, il avança avec les siens en formation de combat. Une fois l'alarme donnée dans le camp, qui s'emplit alors de tumulte et de cris, les soldats réguliers et les Volontaires de la Foi qui s'y trouvaient s'en furent à cheval, ne laissant dans le campement que les esclaves et les hommes incapa-

1. Dans le *Bayân al-Mughrib fî akhbâr al-Maghrib*, Ibn ᶜIdhârî compile des auteurs antérieurs : les passages relatifs à l'histoire du Cid Campeador ont ainsi été empruntés au chroniqueur valencien Ibn ᶜAlqama.

2. Précisons que le Cid, qui contrôlait la région mais suscitait l'hostilité du peuple, dut en fait reprendre la ville rebelle à deux reprises : le premier siège se déroula durant l'hiver 1092-1093 ; c'est le second siège, beaucoup plus dur, qui eut lieu en 1093-1094. Cette fois, la population fut très rudement éprouvée, et connut la disette. Sur le Cid et Valence, voir aussi *infra*, p. 292 *sq*.

3. Le Cid avait demandé au roi Alphonse VI de Castille de lui envoyer des troupes en renfort.

bles de manier les armes. La cavalerie des musulmans se rua contre Rodrigue et, comme celui-ci feignait de fuir vers Valence, le poursuivit avec fougue. Il se rapprocha alors des remparts de la ville, au contact des troupes musulmanes qui lui causaient des pertes et semblaient sur le point de l'emporter. Mais à ce moment, les soldats chrétiens embusqués sortirent de leur cachette et attaquèrent le campement musulman. L'émir Muḥammad, neveu de l'émir des musulmans, qui était resté dans le camp parce qu'il était malade, l'abandonna aussitôt. Les troupes musulmanes qui se battaient contre le Cid surent bientôt que le campement avait été pris et, en plein chaos, personne ne douta dans la confusion générale de l'arrivée d'Alphonse [VI]. Chacun s'enfuit de son côté et les troupes furent ainsi dispersées. Ceux qui se dirigèrent vers le campement, voyant qu'on était en train de le piller et que les cavaliers chrétiens y circulaient librement, changèrent de direction et personne n'y retourna. Les ennemis, occupés au pillage, ne poursuivirent pas les fugitifs et ils voulaient, en outre, ménager leurs chevaux que les efforts fournis depuis l'occupation de Valence avaient terriblement fatigués. C'est à peine s'ils se servirent de leurs épées et il n'y eut pas d'effusion de sang, à l'exception de la mort de quelques musulmans à qui Dieu accorda le martyre pour la foi.

La nouvelle de ces événements arriva à Alphonse [VI] – Dieu l'avilisse ! – quand il était à mi-chemin pour venir en aide à Rodrigue, et il reçut là sa part du butin. Comme il ne voulait pas licencier ses troupes et qu'il ne voulait pas non plus revenir les mains vides, il se dirigea vers les terres de Guadix, dans la région de Grenade, les parcourant en tous sens, pillant tout ce qu'il trouvait et emmenant bon nombre de ses habitants chrétiens pour repeupler Tolède. De même, la nouvelle arriva à Yûsuf b. Tâshfîn, l'émir des musulmans, qui ressentit une vive contrariété et une profonde irritation contre son neveu, en raison de son manque d'énergie et pour avoir abandonné le campement sans combattre, ce qui était sans excuse [...].

## RÉCIT DE COMMENT FUT BRÛLÉ LE CADI ABÛ AḤMAD B. DJAḤḤÂF, DES TOURMENTS ENDURÉS PAR SA FAMILLE ET SES PARENTS, ET DES MAUX QUE SUBIRENT LES VALENCIENS

Quand le Campeador – Dieu le maudisse ! – se rendit maître de Valence, sa tyrannie commença à se manifester. Il mit en prison le cadi de la ville, de même que les membres de sa famille et ses parents ; ils furent tous soumis à la torture dans leurs cellules. Ce qu'on leur demandait était de livrer les richesses d'al-Qâdir b. Dhî-al-Nûn[1] ; on leur enleva tout ce qu'ils possédaient, jusqu'à ce qu'il ne leur restât rien de leurs biens ni de leur fortune. Lorsqu'il n'y eut plus rien des biens apparents comme de ce qui avait été caché, le Cid ordonna de mettre le feu à un bûcher. Le cadi Ibn Djaḥḥâf, qui souffrait en ses chaînes, fut amené à comparaître entouré de sa famille et de ses enfants, en présence d'une foule de musulmans et de chrétiens rassemblés en l'occasion. Le Campeador demanda alors à un groupe de musulmans : « Quel est le châtiment que, selon vos lois, on doit réserver à qui tue son prince ? » Comme personne ne répondait, il ajouta : « Parmi nous, la loi dit que son châtiment est d'être brûlé vif. » Et il donna l'ordre d'approcher Ibn Djaḥḥâf et les siens d'un bûcher dont les flammes, malgré la distance, commençaient à brûler leurs visages. Une clameur monta parmi les musulmans et les chrétiens qui, tous, suppliaient le Campeador de pardonner aux femmes et aux enfants, qui n'étaient pas coupables et qui n'étaient au courant de rien. Le Campeador prit son temps et, en se forçant quelque peu, décida d'accéder aux suppliques de ses sujets et d'amnistier femmes et enfants. On creusa un trou dans lequel le cadi fut placé jusqu'à mi-corps ; on aplanit la terre autour et on l'entoura de tisons ardents. Quand le feu parvint à son visage, il s'exclama : « Au nom de Dieu, le Clément, le Miséricordieux ! »

1. L'ancien souverain.

Il approcha alors lui-même les bûches enflammées de son corps jusqu'à ce qu'il fût carbonisé. Dieu Très Haut, tiens-le en ta miséricorde ! La cruauté du chef chrétien envers Ibn Djaḥḥâf n'avait d'autre raison que la noble fermeté qu'il avait déployée pour se procurer de l'aide et la résistance qu'il avait opposée durant ce siège prolongé dans l'espoir de conserver la ville et de la maintenir dans l'Islam. Après le supplice d'Ibn Djaḥḥâf – Dieu le prenne en pitié ! –, le Campeador – Dieu le maudisse ! – se retourna contre les personnes les plus importantes de Valence, les mit en prison et les condamna à des amendes telles qu'il ne leur resta bientôt plus rien. Toutes les catégories de la population supportèrent les mêmes tourments et tous subirent d'identiques vexations. Bon nombre de Valenciens moururent en détention. Que Dieu ait pitié d'eux et leur permette de racheter leurs péchés par de telles peines [1] !

## Portrait de ᶜAlî b. Yûsuf b. Tâshfîn, émir des musulmans

En 1110, après la prise de Saragosse, seul État musulman qui conserva un temps son indépendance, les Almoravides étaient maîtres de tout al-Andalus, à l'exception d'un petit royaume indépendant aux Baléares ; ils placèrent des gouverneurs dans les anciennes capitales des Taifas. Al-Andalus était désormais solidement rattachée au Maghreb et régénérée dans sa résistance aux visées chrétiennes. Yûsuf b. Tâshfîn prit en 1098 le titre nouveau d'*amîr al-muslimîn* (« émir des musulmans ») [2] et reconnut la suzeraineté du calife abbasside

1. Ibn ᶜIdhârî, *Al-Bayân al-Mughrib fî akhbâr al-Maghrib* ; texte arabe établi par É. Lévi-Provençal et E. Garcia Gomez, « La toma de Valencia por el Cid », *Al-Andalus*, XIII, 1948, p. 117-121 ; trad. esp. A. Huici Miranda, dans Ibn ᶜIdhârî, *Al-Bayân al-mughrib : nuevos fragmentos almorávides y almohades*, Valence, Gráficas Bautista, 1963, p. 82-89 ; trad. fr. E. Tixier du Mesnil.

2. Ce titre signifiait la supériorité du souverain almoravide par rapport aux émirs et roitelets andalous ou maghrébins, sans toutefois

de Bagdad ; il s'appuya pour gouverner sur une élite andalouse formée de juges et de juristes. Le principe dynastique s'imposa, et le fils de Yûsuf b. Tâshfîn, ᶜAlî, lui succéda à sa mort en 1106. Fils d'une esclave chrétienne de grande beauté, ᶜAlî naquit à Ceuta et bénéficia d'une éducation andalouse. Son règne, qui se prolongea jusqu'en 1143, correspondit à l'apogée du pouvoir almoravide et à l'avènement d'une civilisation « hispano-mauresque » où le détroit de Gibraltar n'était plus une frontière. Guerriers, souverains, lettrés, marchands et particuliers faisaient de fréquents allers et retours entre la capitale, Marrakech, et les villes d'al-Andalus. Renforcé par l'adhésion d'une partie de la population andalouse et surtout par le soutien des ulémas, le pouvoir almoravide devait principalement sa légitimité à la défense de l'islam, et plus particulièrement du sunnisme malikite, comme en témoigne ce tableau de la piété de ᶜAlî, brossé par al-Marrâkushî [1].

Puis succéda à Yûsuf son fils ᶜAlî, qui reprit le titre que portait son père d'émir des musulmans et appela ses compagnons *al-Murâbiṭûn* [2] ; il suivit les normes édictées par son père concernant la guerre sainte, le combat contre les ennemis et la défense du pays. Il avait une conduite droite, des intentions pures et une grande noblesse d'âme ; il était ennemi de l'injustice et on aurait pu le classer plus sûrement parmi les savants et les ascètes que parmi les rois et les puissants. Il était très attaché aux *faqîh-s* et ne prenait jamais une décision concernant son royaume sans consulter les juristes. Lorsqu'il nommait un cadi, il lui faisait promettre, entre autres choses, de ne prendre aucune décision, de n'émettre aucun jugement, tant pour des affaires importantes que mineures, sans la présence de quatre hommes de loi. Ceux-ci acquirent donc sous son règne un statut jusqu'alors

---

concurrencer trop ouvertement le titre califal d'émir des Croyants, réservé alors au souverain abbasside de Bagdad. Remettre en cause cette suzeraineté eût été en contradiction avec la doctrine sunnite prônée par les Almoravides.

1. Voir *supra*, p. 45.
2. Almoravides (voir glossaire).

inégalé depuis la conquête d'al-Andalus; ils conservèrent cette position, gérant les affaires des musulmans et rendant des jugements en toutes choses, et ce, durant tout le règne de $^{c}$Alî. Comme nous l'avons dit, leur position s'éleva, les gens accoururent vers eux, leurs richesses s'accrurent et leurs gains furent multipliés, ce qui fit dire à Abû Dja$^{c}$far Aḥmad b. Muḥammad, connu sous le nom d'Ibn al-Bannî, originaire de la ville de Jaén en al-Andalus :

> Gens hypocrites ! Vous avez acquis votre réputation à la façon du loup qui se glisse quand la nuit tombe.
>
> Vous avez obtenu le monde grâce à l'école de Mâlik, et vous vous êtes réparti les richesses grâce à Ibn al-Qâsim.
>
> Vous avez enfourché des montures grises avec Ashhab et le monde s'est teint pour vous avec Aṣbagh [1].

Abû Dja$^{c}$far faisait plus particulièrement référence dans ces vers à Abû $^{c}$Abd Allâh Muḥammad b. Hamdîn, cadi de Cordoue, qui était ici visé. [...] Nul ne s'approchait de l'émir des musulmans, ni n'était estimé de lui, s'il ne connaissait les sciences de la dérivation [2], et plus particulièrement les interprétations qu'en fait l'école de Mâlik. Les ouvrages de cette doctrine circulaient abondamment, étaient cités en exemple et faisaient oublier les autres traités; au point même de faire oublier l'étude du Livre de Dieu et des Traditions relatives à son Envoyé. Il n'y eut pas de savant célèbre à cette époque qui se soit consacré uniquement à l'étude de ces deux disciplines, et les gens craignaient d'être accusés d'impiété s'ils se préoccupaient de théologie dogmatique. Les juristes entourant l'émir des musulmans dénigraient cette science, en montraient les abominations et fulminaient contre ceux qui la pratiquaient, prônant

1. Ashhab et Aṣbagh sont également deux célèbres jurisconsultes de l'école de Mâlik. Le poète fait un jeu de mots avec ces deux noms, dont les racines signifient « être gris » (*Sh.h.b.*) et « teindre » (*Ṣ.b.gh.*).

2. La jurisprudence (en arabe, *furû$^{c}$*).

la rupture avec eux, car c'était là une innovation déplorable qui ne pouvait que remettre en cause le dogme et altérer la foi. Ils dirent également d'autres choses en ce sens qui achevèrent de convaincre l'émir des musulmans du caractère haïssable de la théologie et de ses sectateurs. Il fit parvenir dans tout le pays et durant tout son règne des missives pour proscrire cette étude et pour interdire la détention d'ouvrages de ce type. Quand arrivèrent en al-Andalus les ouvrages d'Abû Ḥâmid al-Ghazâlî, l'émir des musulmans ordonna de les brûler et menaça de la peine de mort et de la confiscation des biens quiconque en aurait en sa possession ; il fut intraitable sur ce point. Au début de son règne, il fit appel aux principaux secrétaires de la Péninsule et mit tout son soin à s'entourer d'eux, bien plus que ne l'avaient fait les autres souverains ; il y eut parmi ces secrétaires : Abû-l-Qâsim b. al-Djadd, connu sous le nom d'al-Aḥdab, homme très éloquent ; Abû Bakr Muḥammad b. Muḥammad, connu sous le nom d'al-Qabṭurna ; Abû ᶜAbd Allâh Muḥammad b. Abî al-Khiṣâl, et son frère Abû Marwân [1] ; ainsi qu'Abû Muḥammad ᶜAbd al-Madjîd b. ᶜAbdûn, déjà cité, ainsi que d'autres qu'il serait trop long de mentionner. Le plus célèbre d'entre eux, et celui qui occupa les plus hautes fonctions auprès du souverain, fut Abû ᶜAbd Allâh Muḥammad b. Abî Khiṣâl, et cela avec raison car il fut le dernier grand secrétaire andalou, celui qui maîtrisa le mieux la littérature. En plus de ses considérables connaissances, il dominait les sciences du Coran et des Traditions, et ce qui se rapportait à ces disciplines [2].

---

1. Voir *infra*, p. 268.

2. Abû Muḥammad ᶜAbd al-Wâḥid al-Marrâkushî, *Kitâb al-Muᶜdjib fî Talkhîṣ akhbâr al-Maghrib* ; texte édité par R. Dozy, *The History of the Almohades by Abdo-ʾl-Wahid al-Marrekoshî, op. cit.*, p. 122-124 ; trad. esp. A. Huici Miranda, dans *Colección de crónicas árabes de la Reconquista*, t. IV, *op. cit.*, p. 127-131 ; trad. fr. E. Tixier du Mesnil.

# LES DIFFICULTÉS DE L'ÉTAT ALMORAVIDE

## L'expédition d'Alphonse le Batailleur au cœur d'al-Andalus et ses conséquences

La légitimité religieuse des Almoravides reposait aussi, et surtout, sur la nécessité d'endiguer la Reconquista chrétienne. L'État organisa alors, selon la formule de Vincent Lagardère, le *djihâd* andalou [1], et mit en défense le pays. Les contingents réguliers furent renforcés par les Volontaires de la Foi, dans un contexte où des juristes comme Abû Bakr al-Ṭurṭushî ou Abû l-Walîd b. Rushd, le grand-père d'Averroès, érigèrent le *djihâd* en obligation personnelle et non plus seulement collective, plus importante encore que le pèlerinage à La Mecque. À partir des années 1110 cependant, l'armée almoravide subit un certain nombre de revers militaires. Le désastre de Cutenda, en 1120, témoigna du basculement du rapport de forces entre royaumes chrétiens du Nord et forces andalouses. Le roi d'Aragon, Alphonse le Batailleur, fut le premier à faire reculer les armées almoravides : il prit Saragosse en 1118 et réussit, lors d'une incroyable expédition, à se rendre au cœur même d'al-Andalus en 1125-1126. Même s'il échoua à prendre Grenade ou d'autres localités, il fit un important butin et nargua des autorités musulmanes impuissantes à mobiliser de façon rapide et efficace d'importants contingents. L'une des conséquences fut le durcissement de la politique menée par les Almoravides à l'égard des chrétiens d'al-Andalus, les mozarabes, considérés de plus en plus comme des traîtres de l'intérieur. Le départ massif de ces gens vers les terres reconquises par les chrétiens ainsi que la déportation de certains d'entre eux vers le Maghreb contribuèrent à l'unification religieuse d'al-Andalus.

1. Vincent Lagardère, *Les Almoravides, le djihâd andalou (1106-1143)*, Paris, L'Harmattan, 1998.

Cette année-là [1], le *faqîh* et cadi Abû-l-Walîd b. Rushd [2] décida de se rendre à la capitale de Marrakech où l'émir des musulmans le reçut avec bienveillance et le combla d'honneurs. Le cadi lui exposa la situation dans laquelle se trouvait le pays en raison de ce que lui avaient fait subir les chrétiens d'al-Andalus, ainsi que de la trahison qu'ils commirent contre elle en faisant appel à Ibn Rudhmîr [3], en violation du pacte de la *dhimma*. L'émir ᶜAlî l'écouta avec attention, puis suivit son conseil et prit soin de les expulser et de les chasser de leurs demeures; ce fut le châtiment le plus léger qu'il leur infligea et il fit exécuter ce décret dans tout le pays d'al-Andalus, envoyant les plus importants personnages parmi les chrétiens sur l'autre rive du Détroit [4]; il en exila un grand nombre pendant le mois de ramaḍân 520 [octobre 1126], dont beaucoup furent exterminés par les miasmes, engloutis par les chemins, exténués par le voyage, frappés par les maladies. Allâh les dispersa, ils subirent les conséquences de leur mauvaise conduite et goûtèrent l'amère saveur de leur acte, car la tromperie se retourne contre ceux qui la commettent. Le cadi suggéra également de construire une muraille [5] et l'émir ᶜAlî b. Yûsuf en entreprit l'édification, entourant la ville dans sa majeure partie cette année-là; ainsi cette muraille fut-elle réalisée avec rapidité, dans le temps le plus court. L'émir ᶜAlî b. Yûsuf fit faire une enquête dans tout le pays d'al-Andalus et cette inspection se poursuivit jusqu'à ce que fût déposé Abû Ṭâhir Tamîm [6], émir de Grenade et de Cordoue au mois de ramaḍân [octobre 1125], et qu'il fût rappelé à

1. 1125.

2. Ce célèbre juriste andalou, grand cadi de Cordoue, était le grand-père d'Averroès.

3. C'est ainsi que les auteurs arabes nomment Alphonse Iᵉʳ le Batailleur.

4. C'est-à-dire au Maghreb.

5. Autour de Marrakech.

6. Celui-ci, gouverneur almoravide d'al-Andalus, avait été incapable d'arrêter la marche d'Alphonse le Batailleur.

Marrakech. ᶜAlî nomma ensuite Abû ᶜUmar Inâlû [1] gouverneur de Grenade, et Abû Ḥafṣ ᶜUmar b. Sîr, gouverneur de Cordoue. Inâlû sortit de Grenade à la tête de ses troupes afin d'escorter un convoi. Quand il fit faire une halte à ses soldats, il tomba sur un fort contingent de chrétiens ; le combat commença et les musulmans résistèrent victorieusement ; Allâh mit les infidèles en déroute et Inâlû apparut comme un héros. Quand il revint à Grenade, après avoir mené à bon port le convoi, son autorité fut affermie et il entreprit les travaux d'édification de la muraille [2].

## La remise en cause du pouvoir almoravide : lettre de deux secrétaires andalous aux soldats défaits

En dépit des efforts déployés par le pouvoir almoravide, la domination berbère était d'autant moins légitime qu'elle semblait incapable de défendre la Péninsule contre les visées castillanes et aragonaises. Des révoltes éclatèrent, comme celle qui secoua Cordoue en 1121 lorsqu'un incident bénin, l'agression d'une Cordouane par un milicien almoravide, mit le feu aux poudres et occasionna la fuite du gouverneur berbère. L'émir ᶜAlî dut intervenir en personne pour obtenir la soumission de la ville. Les soulèvements dirigés par des soufis, qui secouèrent tout l'ouest d'al-Andalus à partir de 1140 à l'initiative d'Ibn Qasî, représentèrent en al-Andalus le plus grave danger contre le pouvoir almoravide et préparèrent la voie à la pénétration almohade. La contestation politique emprunta

1. Il fut par la suite déposé, accusé de tyrannie et de cruauté par les habitants de Grenade, parmi lesquels de nombreux mozarabes, ce qui témoigne du fait qu'ils n'avaient pas tous été déportés.

2. Ibn ᶜIdhârî, *Al-Bayân al-Mughrib fî akhbâr al-Maghrib* ; texte arabe établi par A. Huici Miranda, « Un fragmento inédito de Ibn ᶜIdhârî sobre los Almorávides », *Hespéris Tamuda*, vol. 2, fasc. I, Rabat, 1961, p. 85-86 ; trad. esp. A. Huici Miranda, dans Ibn ᶜIdhârî, *Al-Bayân al-Mughrib : nuevos fragmentos almorávides y almohades*, *op. cit.*, p. 168-169 ; trad. fr. E. Tixier du Mesnil.

souvent des voies religieuses, comme à Cordoue et à Séville en 1134, lorsque les tenants de la théologie dogmatique et de la doctrine ashᶜarite[1] s'opposèrent aux malikites de stricte obédience, taxés de juridisme sourcilleux et jugés incapables, par exemple, de galvaniser les foules et de servir la guerre sainte. C'est par complaisance envers ces derniers que les émirs almoravides firent brûler les ouvrages de Ghazâlî en 1109 puis en 1143. Pourtant, les ulémas andalous eux-mêmes n'hésitèrent pas à abandonner ce pouvoir impuissant.

L'écho des contestations andalouses se retrouve dans une lettre rédigée par la chancellerie de Marrakech (capitale des Almoravides) en 1139, théoriquement au nom du souverain almoravide ᶜAlî, et adressée aux contingents de Valence pour les blâmer de leurs défaites face à Alphonse le Batailleur. Les auteurs de cette lettre étaient en fait des secrétaires andalous, deux frères, Abû Marwân et Abû ᶜAbd Allâh b. Abî Khiṣâl. Le contenu de la lettre dépassa largement les souhaits du souverain almoravide : la virulence du ton, la violence des reproches furent considérées comme une remise en cause profonde du pouvoir almoravide par des Andalous s'estimant lésés. Cette lettre entraîna, assez logiquement, la disgrâce de ses auteurs.

Ô bande de pleutres aux pensées perfides, votre détermination s'est érodée, et vos forces se sont évanouies, telle une mer qui, en une seule fois, se serait vidée. L'heure est pour vous venue de dire adieu aux plaisirs, et d'être foulés aux pieds. [...]

Assurément, vous êtes devenus le centre de toutes les conversations, lors des veillées, et, du matin au soir, la cible des malédictions. Car vous avez allié lâcheté et impuissance ; vous avez préféré affronter vos ennemis de biais, plutôt que de face et les yeux dans les yeux, et leur présenter – grand bien vous fasse – vos croupes, plutôt que de leur injecter un venin mortel, comme si, derrière vous, ils étaient montures vous portant dans votre fuite, et ce, avant même que les lances fussent pointées vers vous, que la cavalerie s'élançât au galop en votre direc-

1. Voir *infra*, p. 345, note 2.

tion, et que vos âmes eussent commencé à s'abreuver au bassin du trépas.

Vous avez été réduits à n'être plus, pour leurs carnassiers, qu'un troupeau de moutons, un gibier dont leurs crocs ne font qu'une bouchée. Vos revers leur apportèrent la prospérité, et c'est dans vos propres cuirasses qu'ils vous livrèrent combat ; année après année, ils vous firent la guerre, jusqu'à vous tondre, vous laissant plus chauves qu'une outarde, et plus prompts à fuir qu'une autruche.

À présent que vous avez rempli leurs mains de vos biens, et leurs vallées d'armes et de chevaux, ils vous ont attaqué au cœur même de vos foyers, et vous ont fait goûter toutes sortes d'outrages ; retranchés derrière vos murailles, vous avez découvert le regret et la désillusion.

Ô avant-garde des Banû Aṣfar ! Hommes tout pétris de coquetterie et de pudeur, pourquoi avoir montré tant de répugnance à vous frotter à leurs détachements, alors que vous étiez – comme Dieu le sait – deux fois plus nombreux qu'eux ? Quelle excuse pourrait-on vous trouver, alors que Dieu a imposé à chacun de vous l'obligation de venir à bout de deux adversaires, par cette parole : « S'il se trouve parmi vous cent hommes endurants, ils en vaincront deux cents [1]. » Si, dans vos bouches, il n'est question que de nobles actions et d'exploits, force est de constater que seule la vie d'Ici-bas vous importe, avec ses sabres et chevaux de race, sa chair abondante, ses montures et chameaux, ses coussins moelleux et ses tentes.

Hélas, quel malheur que de voir le mensonge l'emporter sur la vérité et le cou dénudé surpasser celui orné d'une parure. Vous n'avez point, placés sous la protection de l'islam, pris le parti de vous montrer zélés au combat et de vous repentir. Nous aimerions connaître la raison qui vous a poussés à vous ceindre de sabres indiens, à brandir des lances dures et solides, à enfourcher des pur-sang si rapides à la course, et à vous emparer d'un terri-

---

1. Allusion au Coran, VIII, 65.

toire si vaste, séjournant hors de vos tribus, bondissant sur vos ennemis, qui vous payaient tribut, et que vous écrasiez de votre morgue, alors que tout, en vous, leur était étranger : votre apparence, votre comportement et votre langue, et qu'ils firent de vous les esclaves du bâton. Vous n'êtes pourtant rien d'autre qu'un groupuscule dénué de toute utilité, mais qui prospère cependant sur leur dos. Quelle étrange négligence de la part tant de vos jouvenceaux que de celle de vos hommes mûrs, qui se repaissent des fruits de ce pays, mais n'en supportent pas les rigueurs guerrières, qui emportent ce qu'il a de plus beau, mais sont incapables de faire preuve de constance face aux malheurs qui le frappent !

Vous avez dénigré notre pouvoir, et avez œuvré à son démantèlement, et n'était la présence parmi nous de vos parents, qui nous ont humblement suppliés de vous épargner, nous vous aurions prestement renvoyés à votre désert, et aurions purifié la Péninsule de votre transpiration, non sans vous avoir auparavant administré moult châtiments, et vous avoir interdit de vous voiler le visage ; car vos turbans dissimulent votre ignominie [1], et la fermeté que vous affichez cache en réalité votre impuissance et votre déroute. Cependant, la nature nous ayant dotés d'une patience à toute épreuve, et étant enclins depuis toujours à tenter de réveiller les facultés de nos gouvernants, nous préférons, plutôt que de vous extirper de nos terres, vous inciter à aiguiser vos lames.

Nous vous exhortons donc à vous comporter comme des aigles, vous qui, sur les champs de bataille, ressemblez à des milans. Perdez tout espoir et prenez garde aux personnes indulgentes que vous avez irritées, au fleuve de patience que vous avez tari, à la poitrine que vous avez serrée dans un étau, au lion que vous avez poussé à sortir de sa tanière. Par Dieu, nous vous en faisons le

1. Allusion à un vers célèbre du poète omeyyade al-Akhṭal, fustigeant les Anṣâr, c'est-à-dire les Médinois convertis à l'islam qui accueillirent le Prophète dans leur ville lors de l'Hégire.

serment, nous vous avertissons – et un tel avertissement nous absout à l'avance – que nous mènerons ceux d'entre vous qui s'aviseront de fuir le combat à l'aiguade du trépas, troquant le fouet contre le sabre, et l'équité dont nous avons fait preuve à votre égard par l'iniquité ; et que celui qui fait défection par lâcheté sache que, croyant échapper à la mort, il n'a fait en réalité que devancer l'heure de son trépas, qu'il a fui l'arène où se tenait le lion courageux et le martyre qui honore les braves pour récolter l'opprobre et l'ignominie.

En revanche, celui d'entre vous qui tombera au combat, ayant avec courage manié sa lance ou son épée, nous le remplacerons auprès de sa famille et de ses enfants, et nous nous ferons les dépositaires du souvenir de ses faits d'armes, et lui restituerons sa dignité. À vous, donc, de choisir ce que vous désirez pour vous-mêmes et votre descendance ! Arrachez donc de vos nuques le tissu de l'affront, et que la paix soit sur les protecteurs de l'islam [1] !

À partir des années 1120, les troupes de la confédération almoravide furent mobilisées au Maghreb dans la lutte contre la prédication almohade qui prônait une réforme radicale et le *djihâd* contre les Almoravides. Malgré le courage, la popularité et l'expérience militaire de Tâshfîn b. ᶜAlî, fils du souverain, gouverneur d'al-Andalus de 1132 à 1138, héritier présomptif à partir de cette date et nouveau souverain à la mort de son père en 1143, l'Empire almoravide ne put faire face à la puissante coalition mise en place par Ibn Tûmart, puis son successeur ᶜAbd al-Muᵓmin. Après la mort de Tâshfîn près d'Oran, en 1145, et son remplacement au pouvoir par un enfant, les jours de l'État almoravide étaient comptés. La prise de Marrakech par les Almohades en 1147 sonna le glas de cette première grande dynastie berbère qui avait su créer un empire et, pour un temps, retarder l'avancée de la Reconquista chrétienne.

---

1. Texte arabe dans Ḥusayn Mones, « Nuṣûṣ siyâsiya », *Revista del Instituto de estudios islamicos*, Madrid, 1955, III, p. 114-118 ; trad. fr. B. Foulon.

# VILLES ET SOCIÉTÉS URBAINES

## Almería à l'époque almoravide

Dans la continuité de la prospérité des périodes du califat et des Taifas, le temps de la domination almoravide fut celui de la consolidation des différentes activités économiques dans la Péninsule. L'extrait ci-après est emprunté, comme la description de la Grande Mosquée de Cordoue [1], au *Kitâb Rudjâr* (*Livre de Roger*) d'al-Idrîsî, traité de géographie universelle nommé d'après le roi normand de Sicile Roger II, que servait l'auteur. Rédigé vers 1154, il témoigne de l'activité des villes du Levant, et plus particulièrement de celle d'Almería.

La ville d'Almería était musulmane à l'époque des Almoravides. Elle était alors très industrieuse et comptait, entre autres, huit cents métiers à tisser la soie sur lesquels on fabriquait des étoffes appelées *ḥulla* [2], brocart, siglaton, *iṣbahânî, djurdjânî* [3]; mais aussi des tissus enrichis de pierres et de perles, des étoffes ornées de pois, des petits tapis, le tabis, des *maᶜâdjir* [4] et d'autres tissus de soie. Avant l'époque actuelle, à Almería, on se livrait également à la fabrication d'ustensiles en cuivre et en fer de toutes sortes et à tous les autres artisanats sans exception ; leur nombre était infini.

La vallée qui en dépend produisait beaucoup de fruits que l'on vendait bon marché. Cette vallée est appelée Pechina ; de là à Almería, quatre milles. Elle était couverte de vergers, de jardins et de moulins. Ses produits et ses fruits étaient envoyés à Almería. Le port de cette ville recevait des vaisseaux qui venaient d'Alexandrie et de toute la Syrie. Il n'y avait pas dans al-Andalus de gens

1. Voir *supra*, p. 80.
2. Sorte de taffetas rouge.
3. C'est-à-dire des étoffes « d'Ispahan » et « de Djurdjân ».
4. S'agit-il des turbans dont on trouve la trace dans les documents de la Gheniza ?

plus riches et plus commerçants que ses habitants, ni de marchands plus experts dans le commerce de tous les types de marchandises et dans leur stockage.

Cette ville est bâtie sur deux montagnes séparées par un vallon habité. Sur la première est située sa citadelle, célèbre pour ses fortifications ; sur l'autre, appelée Djabal Lâhim [1], il y a le faubourg. Ville et faubourg sont entourés d'une enceinte percée de nombreuses portes. Du côté ouest, il y a un grand faubourg prospère, que l'on appelle Al-Ḥawḍ. Il est entouré d'une enceinte, est dense en marchés, demeures, hôtelleries et bains. La ville elle-même était une grande ville, très commerçante et très fréquentée par les voyageurs. Sa population était riche. Il n'y avait pas en al-Andalus de ville où les gens payaient plus souvent en argent comptant et jouissaient d'une situation plus enviable. Le nombre des hôtelleries enregistrées auprès des douanes pour payer l'impôt sur le vin était de mille moins trente. Quant aux métiers à tisser, ils étaient, comme nous venons de le dire, très nombreux. Le site d'Almería est de tous côtés, jusqu'à un certain rayon, couvert de roches dures et pointues comme des dents ; il n'y a pas de terre qui les recouvre, comme si l'on avait passé au crible son territoire et qu'on eût fait exprès de n'en conserver que les pierres.

À l'époque où nous écrivons le présent ouvrage [2], Almería est tombée au pouvoir des chrétiens. Ses beautés se sont altérées, sa population a été faite prisonnière, ses demeures sont en ruines et ses bâtiments ont été détruits. Il n'en reste rien. [...]

Revenons à la ville d'Almería. La route qui mène de celle-ci à Grenade est la suivante : on sort d'Almería et on va à la ville de Pechina, soit six milles. Pechina était connue avant Almería, puis sa population s'est dépla-

1. Djabal Lâhim désigne La Hoya ; et Al-Ḥawḍ, un peu plus loin, signifie « le réservoir ».

2. Dans les années 1150.

cée dans cette ville pour peupler cette dernière et elle est tombée en ruines. Aujourd'hui, il ne reste que des vestiges de ses constructions, à part sa mosquée du Vendredi qui est toujours debout. Tout autour, il y a des vergers, des jardins, des maisons de campagne, des vignobles et de nombreux biens qui appartiennent aux habitants d'Almería.

À six milles sur la droite de Pechina est situé Alhama, qui est au sommet d'une montagne. Les voyageurs dans les pays lointains racontent qu'il n'en est point dans la terre habitée de plus solidement construit et qu'il n'est point de source thermale qui soit plus chaude. Les malades et les infirmes y affluent de tous les horizons et y restent jusqu'à ce que leurs maux soient soulagés et totalement guéris. Les habitants d'Almería s'y rendaient auparavant au printemps avec leurs femmes et leurs enfants, et y dépensaient beaucoup d'argent pour manger, boire et régler diverses autres dépenses. Le loyer pour une maison pendant un mois pouvait atteindre trois dinars almoravides, plus ou moins. Les montagnes qui environnent ces thermes sont toutes de gypse que l'on extrait, que l'on brûle et que l'on transporte à Almería pour lier les pierres de tous les édifices en les plâtrant. Il est fort bon marché en raison de son abondance [1].

## Portrait de Séville à travers ses interdits

Nous bénéficions, pour la période almoravide, d'une source particulièrement intéressante concernant l'organisation de la vie urbaine, le traité de *ḥisba* d'Ibn ᶜAbdûn [2]. Ce Sévillan, qui composa son ouvrage vers 1100, occupait dans sa ville la charge de *muḥtasib*, c'est-à-dire d'agent chargé de contrôler le bon

1. Texte arabe dans Idrîsî, *Opus geographicum*, *op. cit.*, p. 562-566; trad. fr. H. Bresc et A. Nef dans Idrîsî, *La Première Géographie de l'Occident*, *op. cit.*, p. 281-286.

2. Le terme *ḥisba* est riche de sens; il faut l'entendre ici comme « police de marché ».

déroulement des activités de production et de commerce sur le marché. Son traité est donc une mine de renseignements sur le fonctionnement de la cité, tout autant qu'il est un miroir des préoccupations, voire des obsessions de son auteur. Convaincu de la dangerosité des femmes, des poètes, des musiciens, des consommateurs de vin, des jeunes et d'à peu près tout le monde, Ibn ᶜAbdûn fustige inlassablement corrupteurs et tentatrices, qu'il contribue par là même à mettre en lumière. En décrivant ce qui est interdit, il témoigne à son insu de la réalité de la ville et de la relative liberté qui y régnait. Dans le chapitre traitant des « vendeurs au détail et artisans », les rubriques les plus diverses se mêlent. Voici quelques morceaux choisis.

(110) Il y a lieu d'interdire aux détaillants de se réserver des emplacements fixes sur le parvis de la mosquée-cathédrale ou en tout autre endroit : cela finit par donner lieu à un quasi-droit de propriété, qui engendre toujours contestations et disputes entre les bénéficiaires. Le droit de stationnement sera au contraire réservé au premier occupant. Le *muḥtasib* doit assigner un emplacement à chaque corps de métier : ainsi, chaque artisan se trouvera à quartier fixe avec ses confrères ; c'est la meilleure façon de faire et la plus saine.

(111) Il ne doit y avoir autour de la mosquée-cathédrale aucun vendeur d'huile, de produit sale ou susceptible de causer une tache indélébile.

(112) La vente des lapins et de la volaille doit être interdite autour de la mosquée-cathédrale : ce commerce doit se faire sur un emplacement spécial. On ne pourra vendre de perdrix et d'oiseaux de basse-cour égorgés qu'autant qu'ils auront le croupion déplumé, de sorte qu'on puisse distinguer entre la marchandise gâtée et mauvaise, et la bonne. Les lapins seront vendus uniquement dépouillés pour qu'on puisse ainsi juger de leur fraîcheur ; car si on les laissait avec leur peau et entassés les uns sur les autres, ils ne tarderaient pas à se gâter.

(113) Les marchands d'œufs doivent avoir devant eux des vases plein d'eau, pour qu'on puisse reconnaître les œufs gâtés.

(114) On ne vendra pas de truffes aux alentours de la Grande Mosquée car c'est un mets recherché par les débauchés.

(116) Il faut interdire aux verriers de fabriquer des coupes destinées à contenir du vin. La même défense s'appliquera aux potiers.

(117) Les poids d'un *riṭl*[1] seront obligatoirement en fer, avec un poinçon de garantie apparent, lorsqu'ils devront servir à peser de la viande, du poisson, de la *harîsa*[2], des beignets ou du pain. Il faudra toujours vérifier les poids des détaillants, car ce sont souvent des gens malhonnêtes.

(127) Les marmites de cuivre des marchands de *harîsa*, de même que les poêles des marchands de beignets et des frituriers doivent exclusivement être étamées : l'huile, en effet, s'empoisonne au contact du cuivre.

(128) On défendra aux femmes de laver du linge dans les jardins, car ceux-ci sont de véritables lupanars pour la fornication.

(129) On ne devra pas vendre de grosses quantités de raisin à quelqu'un dont on saura qu'il se propose de le presser pour en faire du vin : il y a là matière à contrôle.

(135) Les femmes ne doivent pas s'installer au bord du fleuve pendant la saison d'été, si des hommes s'y montrent.

(136) Aucun barbier ne devra demeurer seul sous sa tente[3] avec une femme : il devra opérer sur le marché, ou bien dans un endroit où on puisse le voir et qui soit susceptible d'être fouillé des yeux.

(139) On ne doit laisser personne prétendre à la maîtrise d'un art qu'il ne possède pas bien, surtout s'agissant

1. Livre de seize onces, le *riṭl* était l'unité de poids la plus courante selon É. Lévi-Provençal (*Histoire de l'Espagne musulmane, op. cit.*, t. III, p. 244-245).

2. Plat très populaire qui consiste en une bouillie composée de blé, de viande et de graisse ; la recette est donnée *infra*, p. 280.

3. C'est-à-dire dans son échoppe.

de l'exercice de la médecine, qui peut entraîner la perte de vies humaines : en effet, l'erreur qu'a pu commettre un médecin, c'est la terre recouvrant la tombe du défunt qui la cache. Il faut de même s'assurer de la compétence de celui qui se dit menuisier. L'activité de chaque artisan doit être limitée à l'exercice de son propre métier; seuls, pourront prétendre à la maîtrise d'un art ceux qui en auront la pratique reconnue; surtout si leur clientèle est plus spécialement féminine, car les femmes sont plus faciles à induire en erreur que les hommes.

(147) Les têtes des ovins abattus que l'on transporte sur le marché doivent être lavées du sang qui les souille, sans quoi, aux passages étroits ou aux endroits où il y a affluence, le public risquerait de se tacher de sang. Les extrémités de chaque étal de boucher, qui débordent de la boutique sur la rue, doivent être sciées : la viande qu'on y accroche salit en effet les vêtements des passants et la place qu'elle prend rétrécit d'autant la largeur de la rue.

(153) Un musulman ne doit pas servir de masseur à un juif ou à un chrétien; il ne doit ni jeter leurs ordures ni nettoyer leurs latrines : le juif et le chrétien sont en effet plus désignés pour ces besognes qui sont des travaux vils. Un musulman ne doit pas s'occuper de la bête d'un juif ou d'un chrétien[1]; il ne doit pas leur servir d'ânier, ni leur tenir l'étrier. Si l'on s'aperçoit que quelque musulman a contrevenu à ces défenses, il sera blâmé.

(154) On doit empêcher les femmes musulmanes d'entrer dans les églises abominables; les clercs sont en effet des débauchés, des fornicateurs et des sodomites. Il sera interdit aux Franques[2] de pénétrer dans l'église d'autres jours que les jours d'offices ou de fêtes religieuses : car elles ont coutume d'y aller banqueter, boire et forniquer avec les clercs. De ces derniers, il n'en est pas un qui n'en ait deux ou davantage comme maîtresses et qui ne passe ses nuits

1. Comme guide ou palefrenier.

2. On notera que l'auteur parle ici de « Franques » (*Ifrandjiyyât*) et non de « chrétiennes » ou d'« Espagnoles ».

avec elles. C'est devenu chez eux un usage établi, car ils ont déclaré illicite ce qui est licite et licite ce qui est illicite. Il faut ordonner aux clercs de se marier, comme cela se fait en Orient. S'ils y tenaient d'ailleurs, ils le feraient !

Il ne faut tolérer dans la maison d'un clerc la présence d'aucune femme, vieille ou non, si ce clerc persiste à demeurer dans le célibat. On doit les forcer à se faire circoncire, ainsi que les y obligeait Al-Muᶜtaḍid b. ᶜAbbâd[1] : ils prétendent en effet suivre les règles de Jésus – qu'Allâh le bénisse et le sauve ! Or Jésus était circoncis, et l'anniversaire du jour de sa circoncision est pour eux une fête qu'ils célèbrent solennellement. Pourquoi dès lors délaissent-ils cette pratique pour eux-mêmes ?

(166) Il faut interdire aux diseurs de bonne aventure de se rendre à domicile, car ce sont des voleurs et des fornicateurs.

(167) Un ivrogne ne doit être fouetté qu'une fois revenu de son ébriété.

(168) Les prostituées ne doivent pas se tenir tête nue à l'extérieur de la maison publique. Les femmes honnêtes ne doivent pas s'attifer de manière à leur ressembler. Il faut leur interdire d'user d'artifices de coquetterie, même quand elles sont entre elles, et d'organiser des réunions pour se divertir, même si elles en ont reçu l'autorisation de leurs maris. Il faut défendre aux danseuses de se dévoiler le visage.

(182) Il faut interdire les jeux d'échecs, de tric-trac, de dames et de flèches, qui sont des jeux de hasard : y jouer constitue un péché et distrait de l'accomplissement des obligations religieuses.

(186) Il faut ordonner aux marchands et aux jeunes gens de s'adonner à la pratique de la prière canonique ; ils seront châtiés s'ils n'obtempèrent pas. Celui des marchands dont on saura qu'il vend du vin sera châtié et ses récipients à vin seront brisés.

---

1. Aucune autre source contemporaine ne vient corroborer cette assertion.

(190) Il y a lieu d'interdire la profession de musicien. Si l'on ne peut prononcer cette interdiction, on prescrira du moins aux musiciens de ne se rendre à la campagne qu'avec autorisation du cadi. Celui-ci dépêchera en leur compagnie un certain nombre d'exempts chargés de veiller à ce que la fête organisée ne dégénère pas en bagarre. Car c'est parmi les jeunes gens de mauvaise conduite que se recrutent tous les débauchés, les libertins, les maraudeurs et les vauriens, et les pères n'empêchent pas leurs fils de se livrer à des actes malhonnêtes. Aussi celui qui causera du mal ou voudra en causer sera-t-il châtié sur place.

(194) Si l'on trouve un homme, campagnard ou non, avec des cheveux longs, on les lui taillera ou rasera ; il subira un châtiment corporel et sera contraint de conserver le poil ras : les cheveux longs sont en effet la marque distinctive des malfaiteurs et des vauriens. On ne doit pas vendre d'armes aux jeunes gens de la campagne : si l'on en trouve qui tiennent à la main un long javelot, on le leur confisquera ; porter des armes et de longs cheveux est pour eux un stimulant à faire le mal.

(196) Il faut supprimer en territoire musulman les sonneries des cloches et les réserver aux seuls pays des infidèles.

(205) Il faut interdire définitivement aux femmes d'organiser des parties de plaisir et des beuveries sur le fleuve, d'autant plus qu'elles s'y rendent parées de tous leurs atours.

(206) On ne doit pas vendre aux juifs et aux chrétiens de livres de science, sauf s'ils ont trait à leur propre loi ; en effet, ils traduisent les livres de science et en attribuent la paternité à leurs coreligionnaires et à leurs évêques alors qu'ils sont l'œuvre de musulmans. Le mieux serait de ne laisser aucun médecin juif ou chrétien s'installer pour soigner les musulmans. Ne pouvant en effet nourrir de bon sentiment à l'égard d'un musulman, ils n'ont qu'à soigner leurs coreligionnaires ; comment, en

les sachant dans cet état d'esprit, pourrait-on leur confier des vies de musulmans [1] ?

## Recettes de cuisine : la *harîsa* et la *ᶜaṣîda*

Le texte qui suit aurait pu figurer dans n'importe lequel de nos chapitres tant le plat dont il donne la recette, la fameuse *harîsa* évoquée par Ibn ᶜAbdûn, est un classique andalou qui traversa les époques. Nous lui avons adjoint son homologue sucré, la *ᶜaṣîda*, dont la composition devrait faire frémir nos diététiciens actuels. Ces recettes sont extraites d'un ouvrage de l'époque de la domination berbère, le *Livre sur la cuisine en Afrique du Nord et en al-Andalus au temps des Almohades*, dont l'auteur est surnommé l'Anonyme andalou.

### *HARÎSA* : COMMENT LA FAIRE ?

Prends du bon froment, trempé dans l'eau, puis pile dans un pilon de bois ou de pierre, jusqu'à ce que le son se libère ; secoue-le et mets la mie dans un pot avec de la viande rouge propre et couvre avec beaucoup d'eau douce ; place sur un feu fort, jusqu'à ce que la viande se défasse. Puis on gratte avec le *riksab* très fort jusqu'à ce que les morceaux se défassent et se placent l'un sur l'autre ; puis on y verse ce qu'il faut de graisse tendre et savoureuse pour couvrir, et on bat bien pour obtenir un mélange sucré. Quand il semble que la graisse se sépare et reste en surface, verse dans un plat et recouvre de graisse savoureuse ; saupoudre de cannelle moulue et sers comme tu veux.

### *HARÎSA* AUX MIES DE PAIN BLANC AU LIEU DE BLÉ

On prend de la panade de pain blanc ou de pain de semoule et on l'écrase pour la défaire comme du blé,

1. É. Lévi-Provençal, *Séville musulmane au début du XIIᵉ siècle ; le traité d'Ibn ᶜAbdûn sur la vie urbaine et les corps de métiers*, trad. fr. É. Lévi-Provençal, Paris, Maisonneuve et Larose, 2001 (rééd.), p. 95-128.

et même un peu plus. On l'expose au soleil jusqu'à ce qu'elle sèche et fermente le temps nécessaire ; puis on prend de la viande de mouton dans le gigot ou dans la palette, car la *harîsa* ne peut se faire qu'avec de la viande et de la graisse de mouton ; et on met le tout dans un pot, avec beaucoup d'eau. On laisse cuire jusqu'à ce que se défasse la viande et on lui ajoute la moelle ; elle gonfle. Puis on ajoute ce qu'il faut de panade préparée, on attend un brin qu'elle se fasse, on écrase pour que le mélange ne fasse qu'une masse ; on sert avec de la graisse fondue et on saupoudre de cannelle, comme on l'a dit.

### *ᶜAṢÎDA* QUI FORTIFIE, NOURRIT EXCELLEMMENT ET FAIT GROSSIR

On prend deux livres de miel clarifié et écumé, on y ajoute de l'huile et de la graisse fraîche, de chacune un quart de livre, et on laisse cuire à feu léger. Quand on voit cuire la surface, on ajoute ce qu'il faut de mies râpées d'un pain fait avec de la levure, des amandes pelées pilées et les jaunes de dix œufs. On remue avec attention jusqu'à ce que l'on ne voie plus l'huile, dissoute, et que l'ensemble s'épaississe. On retire alors du feu, on laisse refroidir et tu sers comme d'habitude après avoir saupoudré de sucre moulu et de ce que tu aimes en fait de graisses et d'extraits gras [1].

1. *Kitâb al-Ṭabikh fi-l-Maghrib wa-al-Andalus fî ᶜaṣr al-Muwaḥḥidîn*, texte arabe édité par A. Huici-Miranda, Madrid, 1965, p. 191, 192 et 194 ; trad. fr. Lucie Bolens dans *La Cuisine andalouse, un art de vivre (xiᵉ-xiiiᵉ siècles)*, Paris, Albin Michel, 1990, p. 62, 64 et 65.

# *6. La littérature à l'époque almoravide*

Sur le plan littéraire, la période almoravide a suscité une longue polémique parmi les orientalistes, en particulier aux XIX^e^ et XX^e^ siècles. La question était de savoir si le rigorisme des nouveaux maîtres d'al-Andalus ainsi que leur hermétisme aux subtilités de la langue arabe avaient porté préjudice à la production littéraire andalouse ; en d'autres termes, si cette ère avait sonné le déclin de la poésie sur le sol ibérique [1]. Comme ce fut souvent le cas concernant al-Andalus, cette controverse n'était pas exempte de présupposés idéologiques. Depuis quelques décennies, les propos se sont faits plus nuancés et l'on tend à présent vers plus d'objectivité, en s'abstenant de juger cette époque exclusivement à l'aune de la précédente, exceptionnellement favorable aux poètes et à leur art. Selon l'historien Pierre Guichard, l'histoire intellectuelle et culturelle de la période almoravide reste à faire, et il convient de nuancer l'image schématique d'un régime obscurantiste qui a longtemps été associée à cette dynastie [2]. Pour sa part, Dominique Urvoy remarque : « Sur le plan artistique, l'installation des Berbères n'entraîne aucune emprise de leur part sur les Andalous, et c'est au contraire le style de l'époque des Taifas qui se répand au Maghreb [3]. » Iḥsân ᶜAbbâs, auteur d'une *Histoire de la littérature andalouse* (1981), reprend à son compte la thèse de l'orientaliste espagnol Emilio Garcia Gomez, stipulant que

1. On pourra lire à ce sujet l'article d'Emilio Garcia Gomez : « Un eclipse de la poesia en Sevilla : la época almoravide », *Al-Andalus*, X, 1945, p. 285.

2. Pierre Guichard, *L'Espagne et la Sicile musulmanes aux XI^e^ et XII^e^ siècles, op. cit.*, p. 81-83.

3. Dominique Urvoy, *Pensers d'al-Andalus*, Toulouse, Presses universitaires du Mirail, 1990, p. 111.

« la poésie andalouse n'était pas morte à l'époque almoravide, elle a simplement dû s'adapter aux nouvelles conditions » ; selon l'arabisant espagnol, en effet, « les descendants de l'émir almoravide Yûsuf b. Tâshfîn étaient devenus plus proches des Andalous que des Africains[1] ».

Certains poètes de l'époque ont cependant témoigné d'une dégradation du climat culturel, et exprimé leur désir de fuir à la recherche de cieux plus cléments. Ce fut le cas d'al-Aᶜmâ al-Tuṭîlî, auteur des deux vers suivants : « Je suis las de Séville, et elle est lasse de moi, et si, comme moi, elle était douée de parole, nous nous injurierions à loisir ;/ L'envie de la quitter me taraude, car l'eau voyageant dans la nue est plus pure que celle stagnant dans les étangs[2]. » Il restait néanmoins quelques prestigieuses lignées, telle celle des Banû Ḥamdîn, famille de juristes d'origine arabe, pour jouer le rôle de mécènes auprès des poètes délaissés par les souverains almoravides. Et cette période est tout de même celle qui vit Ibn Bassâm composer sa fameuse *Dhakhîra*, œuvre majeure de la culture andalouse, suivi par Ibn Khâqân (mort entre 1130 et 1140), qui rédigea ses *Qalâ'id al-ᶜIqyân* – sans compter que l'un des plus grands poètes andalous, Ibn Khafâdja, après s'être tu durant une longue période, fit de nouveau entendre sa voix suite à l'avènement de la dynastie berbère.

# LA *DHAKHÎRA* D'IBN BASSÂM

## L'arrivée d'Ibn Bassâm à Séville

L'anthologie monumentale d'Abû al-Ḥasan ᶜAlî d'Ibn Bassâm al-Shantarînî (m. 1148)[3], *Al-Dhakhîra fî-Maḥâsin Ahl al-Djazîra* (*Le Trésor recelant les mérites des Andalous*), nous donne accès à l'essentiel de la production littéraire andalouse du XIe siècle. On ignore la date de naissance exacte de cet auteur, originaire

1. Cité par Iḥsân ᶜAbbâs dans *Târîkh al-adab al-andalusî ᶜaṣr al-Ṭawâ'if wa-l-Murâbiṭîn*, *op. cit.*, p. 62-64.

2. Vers cité dans les *Qalâ'id al-ᶜIqyân* d'Ibn Khâqân, Tunis, El-Atika, 1966, p. 315 ; trad. fr. B. Foulon.

3. 542 H.

de la ville de Santarém (Portugal), qu'il dut fuir lorsqu'elle fut conquise par les armées d'Alphonse VI de Castille (1092-1093). Il se réfugia alors à Séville. Ibn Bassâm relate ces événements dans l'introduction de la *Dhakhîra* : c'est en homme brisé qu'il se dépeint lors de son arrivée dans la métropole andalouse (texte 1). C'est à Séville qu'il entreprit la collecte des *dîwâns* de quelques grands poètes de son temps, tels al-Mu$^{c}$tamid, Ibn Wahbûn, Ibn $^{c}$Ammâr, ainsi que la rédaction de la *Dhakhîra*, le seul de ses ouvrages à nous être parvenu. Sans doute cette tâche lui paraissait-elle urgente, persuadé qu'il était de la désaffection de ses contemporains pour la littérature : dans l'introduction de la *Dhakhîra*, Ibn Bassâm brosse en effet un portrait peu flatteur de la population sévillane à l'époque almoravide (texte 2).

Texte 1 Dieu le Très-Haut sait que ce livre est l'œuvre d'un cœur profondément blessé, et d'une pensée dont l'intelligence s'est éteinte, en un temps aux couleurs aussi changeantes que celles d'un caméléon. Mon état s'explique par le fait que je dus me résoudre à fuir Santarém, ville située à l'extrême occident de la Péninsule, aujourd'hui défaite tel un sabre à la lame ébréchée et livrée à l'insécurité, lorsque les armées chrétiennes déferlèrent jusqu'au cœur même de cette région. Durant ces événements, je perdis toute ma fortune, tant familiale que personnelle, et vis partir en fumée tous mes biens, des plus ostentatoires jusqu'aux plus secrets. […]

Lorsque le climat de terreur s'amplifia, je me jetai avec d'autres sur les routes, traversant des contrées désolées où les yeux croient difficilement ce que les oreilles leur transmettent, et dans lesquelles on pressent les pires épreuves :

> Des déserts dans lesquels le loup verrait son âme refuser de le suivre, et le corbeau ses ailes s'abstenir de le porter [1].

Finalement, je réussis à fuir, comme la lune fuit la dernière nuit de son mois, et j'échappai au danger, telle une flèche décochée lors d'une séance de jeu de hasard.

---

1. Ibn Bassâm cite ici un vers du grand poète oriental al-Mutanabbî (*Dîwân*, Beyrouth, Dâr al-Kutub al-$^{c}$ilmiyya, 2007, t. IV, p. 44).

Lorsque j'arrivai enfin à Ḥims [Séville], mon âme était brisée en mille morceaux et en grande partie anéantie par l'affliction. Il me restait seulement à espérer que la part qui en subsistait fût suffisante pour que je puisse continuer à vivre. Je vécus en exil dans cette ville durant des années, logeant à l'ombre d'un nuage, trop affaibli pour tenter d'en sortir, telle une colombe en cage, n'ayant pour toute compagnie que mon propre isolement, et pour tout moyen de subsistance que ce que j'avais gardé de mon viatique [1].

Dans cette ville, les belles-lettres étaient encore plus rares que la loyauté, et leur admirateur était encore moins considéré qu'une lune d'hiver. La valeur de chacun était estimée à l'aune de sa fortune, et, en tout lieu, les ignorants étaient érigés en modèle. Les gens n'avaient d'autre souci que celui de sauver leur richesse, même au prix de leur honneur, et d'augmenter la quantité d'or et d'argent en leur possession, quand bien même cela dût se faire au détriment de leur religion et de leur noblesse [2].

## La *Dhakhîra* présentée par son auteur

Dans l'extrait qui suit, Ibn Bassâm expose sa méthode. Il reconnaît notamment tout ce qu'il doit au grand historien Ibn Ḥayyân, dont il cite à de nombreuses reprises le *Matîn* – comme nous l'avons vu, rien ne nous serait parvenu de cette œuvre magistrale sans Ibn Bassâm, puisque les seuls extraits dont nous disposons sont ceux consignés dans la *Dhakhîra* [3].

Je n'ai pas la prétention d'avoir conçu une œuvre d'exception, tout au plus puis-je être crédité d'une certaine clarté et éloquence dans l'exposé de ma pensée. Je ne prétends pas davantage avoir été novateur, mais tout au

1. *Al-Dhakhîra…*, *op. cit.*, t. I, vol. 1, p. 19 ; trad. fr. B. Foulon.
2. *Ibid.*, p. 20 ; trad. fr. B. Foulon.
3. Voir *supra*, p. 189.

plus avoir eu quelque talent à mener à bien mes investigations, et à agencer les matériaux ainsi réunis. […]

J'ai fait alterner, dans cet ouvrage, les sujets graves et les sujets légers ; tant il est vrai que l'on apprécie, après avoir été exposé au soleil, de pouvoir rejoindre l'ombre, ou que l'on se sent soulagé, après s'être essoufflé sur les chemins caillouteux de montagne, d'atteindre le sol uni de la plaine. J'ai introduit, aux côtés des poésies et textes de prose que j'ai rassemblés, des récits évoquant leur contexte événementiel, ainsi que des anecdotes que l'on rapporte à leur sujet. J'ai choisi de consacrer l'ouvrage au v^e^ siècle de l'Hégire, relatant une part des calamités l'ayant frappé, et donnant un aperçu des troubles l'ayant émaillé. Je me suis astreint à une certaine concision, tant en ce qui concerne les bons que les mauvais côtés de cette époque. J'ai recensé les facteurs pouvant être tenus responsables de la prise de contrôle du territoire par les chrétiens, et j'ai fait toute la lumière sur les causes ayant poussé les souverains qui l'avaient en charge à abdiquer comme ils l'ont fait, et à œuvrer à leur propre perte. […]

Le plus souvent, je me suis appuyé sur l'*Histoire* d'Abû Marwân b. Ḥayyân, en le citant abondamment, tantôt en substance, tantôt intégralement. Et chaque fois que son discours s'est révélé lacunaire, j'ai dû plonger dans les profondeurs de ma mémoire personnelle, tentant, parmi les vestiges effacés, d'extirper, par des efforts incommensurables, des souvenirs déjà lointains et de faire revivre un monde englouti [1].

## Un plaidoyer pour la littérature andalouse

La *Dhakhîra* se présente avant tout comme un plaidoyer en faveur des auteurs andalous. Dans l'introduction, d'où est extrait le texte suivant, retentit une véritable profession de foi en faveur d'un « nationalisme » littéraire. Ibn Bassâm conçoit

1. *Al-Dhakhîra…*, *op. cit.*, t. I, vol. 1, p. 17-18 ; trad. fr. B. Foulon.

son ouvrage comme une suite au *Kitâb al-Ḥadâʾiq* (*Livre des jardins*) d'Ibn Faradj al-Djayyânî (m. 976), qui s'était efforcé en son temps de collecter les productions littéraires du xe siècle. Cette démarche le conduit à affirmer ne vouloir faire figurer dans son anthologie que les textes de ses contemporains. Mais il s'agit-là surtout d'une déclaration d'intention, car, en réalité, Ibn Bassâm remonte jusqu'au début du xie siècle, et même jusqu'à la fin du siècle précédent.

L'ouvrage se compose de quatre parties, dans lesquelles les auteurs sont répartis en fonction de critères géographiques : 1. hommes de lettres et poètes de Cordoue et de ses environs ; 2. auteurs de la partie occidentale d'al-Andalus (Séville, Portugal) ; 3. auteurs de la partie orientale d'al-Andalus ; 4. poètes et prosateurs étrangers installés dans al-Andalus. Les notices comportent en général quelques données biographiques, des citations d'auteurs et d'historiens antérieurs, notamment Ibn Ḥayyân, enfin des extraits choisis, en vers et en prose. L'auteur y est guidé par un goût très sûr, que lui a légué sa fabuleuse culture littéraire.

Jusqu'à nos jours, les sommités des deux arts, les maîtres des deux genres, à savoir la prose et la poésie, abondent dans cette lointaine contrée qu'est notre al-Andalus. [...] Commençons par la prose : al-Badîʿ al-Hamadhânî, s'il en avait eu connaissance, en aurait perdu jusqu'au souvenir de son nom, et Ibn Hilâl [1], s'il avait pu la découvrir, aurait sans conteste reconnu son autorité. Mais la poésie n'est pas en reste : s'il avait pu l'entendre, Kuthayyir aurait été convaincu d'abandonner la composition de prologues amoureux et de panégyriques. Quant à Djarwal al-Hutayʾa [2], il aurait renoncé à coup sûr à hurler et à aboyer contre ses contemporains.

Et pourtant, les habitants de ce pays ne songent qu'à copier les Orientaux, revenant sans cesse à leurs histoires

1. Al-Hamadhânî et Ibn Hilâl sont deux prosateurs de la période abbasside.

2. Kuthayyir et Djarwal b. Aws al-Hutayʾa sont deux poètes de la période omeyyade. Le premier voua à ʿAzza un amour passionné, tandis que l'on craignait les invectives du second.

mille fois rabâchées, comme le hadith revient toujours à Qatâda[1]. À tel point que, si d'aventure un corbeau vient à croasser dans ces lointaines contrées orientales, ou qu'une mouche se met à bourdonner au fin fond de la Syrie ou de l'Irak, on les voit se prosterner devant ces phénomènes comme devant une idole, et les consigner dans des livres entourés de la plus haute considération. En revanche, ils se désintéressent de leur propre production, y compris des plus éblouissants de leurs récits et de leurs poésies les plus renommées, comme l'on se désintéresse de la chamelle trop faible, abandonnée sur le chemin. Jugeant leurs productions indignes de mobiliser le cœur ou l'esprit, ils ne se soucient guère de les transmettre, ni oralement, ni par écrit.

Profondément irrité par ce comportement, blessé dans mon amour-propre, j'ai donc décidé de rassembler toutes les belles compositions de mon temps, et de traquer les œuvres maîtresses de mes compatriotes et contemporains. J'ai déployé toute mon ardeur pour empêcher que, dans cette contrée étonnante, l'on prenne les pleines lunes pour des croissants, et les mers pour des mares asséchées, quand hommes de lettres et savants abondent.

Autrefois, la science et les savants furent négligés. Combien de personnes talentueuses virent leurs dons s'évanouir avant elles ? Qui oserait pourtant prétendre que la science ne s'épanouit qu'à une seule époque, et que les Orientaux ont l'apanage de la beauté ?

J'ai donc réuni, à l'intention de tous ceux qui, parmi mes contemporains, s'intéressent à ces objets, des beaux textes propres à éblouir les cœurs, et à enchanter les poètes comme les prosateurs.

J'ai toutefois écarté les poésies de l'époque de l'État marwânide et les panégyriques de la période ᶜâmiride.

1. Abû al-Haṭṭâb Qatâda b. Diᶜâma (m. vers 736), savant traditionniste d'al-Baṣra, est connu pour sa mémoire proverbiale.

Car Ibn Faradj al-Djayyânî [1], inspiré du même sentiment d'équité que moi, et que sa fierté conduisit à suivre une méthode identique à la mienne, puisa, pour composer le *Kitâb al-Ḥadâʾiq*, parmi les chefs-d'œuvre de son temps, en pastichant le *Kitâb al-Zahra* d'al-Iṣbahânî. Me refusant à reprendre quoi que ce soit de ce qu'il avait écrit, je me suis cantonné aux personnalités de mon temps qu'il me fut donné de rencontrer personnellement, ainsi qu'à celles qui furent fréquentées par certains de mes contemporains.

Car tout ce qui est rabâché devient pesant et ennuyeux. C'est ainsi que les oreilles sont saturées d'entendre : « Ô demeure de Mayya à al-ᶜAlyâʾ et à al-Sanad [2] », et que l'on est las d'écouter : « De Khawla, les vestiges, à Thahmad… [3] » ; que : « Halte, et pleurons… [4] » s'est usé entre les mains des élèves, et a valu à Ibn Ḥudjr [5] le même reproche que celui adressé aux rimailleurs maniérés. Quant au vers commençant par : « D'Umm Awfâ… [6] », il s'est vidé de toute vie.

N'est-il pas temps de laisser l'écho de ces vers s'assourdir, et, écœurés de les entendre, de relativiser leur portée ?

Combien de traits d'esprit furent négligés par les orateurs ? Et combien de pièces furent laissées de côté par les poètes ? Il est impossible de faire le tour des productions de qualité. Et, l'excellence, quelle que soit l'époque, souffre de se sentir ignorée. Que Dieu maudisse cette affirmation : « L'excellence est l'apanage des Anciens » ! Car, au nom de ce principe, combien de bel-

1. Abû ᶜUmar Aḥmad b. Faradj al-Djayyânî (mort vers 360-366), auteur du *Kitâb al-Ḥadâʾiq* (*Le Livre des jardins*), commande du calife omeyyade al-Ḥakam al-Mustanṣir.

2. Vers d'une célèbre *qaṣîda* du poète préislamique al-Nâbigha Dhubyânî.

3. Début de la *Muᶜallaqa* (ode) de Ṭarafa.

4. Début de la *Muᶜallaqa* (ode) d'Imru'-l-Qays.

5. Il s'agit d'Imru'-l-Qays.

6. Début de la *Muᶜallaqa* (ode) de Zuhayr.

les choses ont été enterrées, et combien de personnes ont été empêchées d'accéder à la renommée ! Si les Modernes s'étaient contentés des ouvrages des Anciens, nombreuses sont les connaissances et les œuvres remarquables qui auraient été perdues !

Dans ce recueil que j'ai intitulé *Kitâb al-Dhakhîra fî-Maḥâsin Ahl hâdhihi al-Djazîra*, j'ai consigné les merveilleuses et prodigieuses productions de ce peuple en matière de science, de prose et de poésie. Ce sont là choses bien plus délicieuses encore que les confidences volées à ceux que nous aimons, au moment le plus délicat, lorsqu'il s'agit de déjouer la surveillance des espions. Et même plus délectables encore que la dégustation du vin, lorsque résonnent les sons harmonieux du luth.

Les habitants de cette péninsule sont, en effet, et depuis toujours, des maîtres en éloquence, en poésie et en prose. Prolixes, leurs compositions s'écoulent, tel un flot tumultueux auprès duquel celui de la mer paraît bien dérisoire ; et leur astre, en se levant, a fait pâlir la lumière des soleils et des lunes. Car leur discours conjugue une subtilité aérienne et la solidité du roc inaltérable.

Comme l'a dit leur maître, ᶜAbd al-Djalîl b.Wahbûn, décrivant sa poésie :

> Aussi subtile que le roucoulement d'une colombe au creux d'un bosquet,
> Et aussi pure que le tracé du vol d'un aigle à travers l'espace.

Tout cela en dépit du fait qu'installés sous ces latitudes ils se trouvent au contact des chrétiens. Que leur pays constitua l'ultime conquête des musulmans, et fut le théâtre le plus reculé des exploits des Arabes. Derrière eux, comme devant eux, ils n'ont que l'océan, les chrétiens et les Goths. Pour qui se trouve dans une telle situation, le moindre caillou prend les proportions d'une haute montagne, et la moindre mare d'eau celles d'une mer déchaînée [1].

1. *Al-Dhakhîra…*, *op. cit.*, t. I, vol. 1, p. 11-14 ; trad. fr. B. Foulon.

# IBN KHAFÂDJA (1058-1139)[1]

## Ibn Khafâdja et les troubles de Valence

Abû Isḥâq Ibrâhîm b. Abî al-Fatḥ Ibn Khafâdja naquit en 1058 à Alcira, centre urbain de moyenne importance situé au sud de Valence, dans la région dite du Levant. Sa longévité exceptionnelle – il mourut à quatre-vingts ans – fait de lui un contemporain des bouleversements politiques majeurs qui affectèrent l'Espagne musulmane aux XIe et XIIe siècles. La période des Taifas coïncida avec la montée en puissance du Levant, province qui s'était longtemps tenue en retrait : Valence devint alors une capitale provinciale prospère[2]. Ce développement peut en partie s'expliquer par l'arrivée, dans la région orientale, de nombreux acteurs de l'élite cordouane, qui avaient fui les troubles de la fin du califat et l'éclipse consécutive de la ville de Cordoue[3].

1. 451-533 H. – La thèse de doctorat de Brigitte Foulon, *Voir et décrire le paysage dans la poésie andalouse du XIe siècle : étude linguistique et esthétique du recueil d'Ibn Khafâdja*, soutenue en 2005 à l'INALCO, est consacrée à ce poète.

2. Pierre Guichard, dans *Les Musulmans de Valence et la Reconquête, XIe-XIIIe siècles* (Damas, Institut français de Damas, 1990, t. I, p. 54) affirme qu'« on ne sait pratiquement rien sur Valence avant la deuxième décennie du XIe siècle ». Au XIe siècle, la région, nommée en arabe Sharq-al-Andalus, devient, poursuit-il, « l'un des secteurs à tous égards les plus actifs de l'Espagne musulmane », et ce, du fait d'un enchaînement de facteurs politiques, économiques et culturels assez mal connus (*ibid.*, p. 57).

3. Entre 1021 et 1085, la province de Valence fut gouvernée par les clients ᶜâmirides. À l'issue de l'épisode assez confus des « esclavons », et jusqu'en 1061, les émirs ᶜAbd-al-ᶜAzîz al-Manṣûr et ᶜAbd-al-Malik, son fils, parvinrent à maintenir une certaine stabilité dans la région. En 1065, ᶜAbd-al-Malik fut destitué par son beau-frère, l'émir de Tolède al-Maᵓmûn. Puis, durant les dix années qui suivirent la mort de ce dernier en 1075, c'est le frère de ᶜAbd-al-Malik, Abû Bakr Muḥammad b. ᶜAbd-al ᶜAzîz, qui régna sur la ville, à la grande satisfaction des Valenciens, qui l'avaient amené au pouvoir afin d'écarter la dynastie tolédane qu'ils exécraient.

À partir de 1085, cependant, les musulmans éprouvèrent de plus en plus de difficulté à contenir la pression castillane, qui s'accentuait depuis l'avènement du roi Alphonse VI de Castille-León (1072-1109). Les années les plus sombres commencèrent alors pour Valence et son arrière-pays. L'année 1086 vit l'entrée en scène du Cid Campeador dans cette région qu'il devait marquer de son sceau jusqu'en 1102 [1]. Cette occupation se révéla très vite arbitraire et brutale, le Castillan ne respectant pas les engagements qu'il avait pris à l'égard de la population de la ville et percevant de lourds tributs. En 1093-1094, ayant eu connaissance de l'avancée des Almoravides en direction de Valence, il fit inonder la *huerta* (plaine côtière), et détruire les ponts et les canaux. La domination chrétienne, marquée par de nombreuses exactions, se poursuivit au-delà de sa mort, survenue en 1099, et, en 1101, durant les combats qui précédèrent la reprise de la ville par les Almoravides, Valence fut détruite par le feu.

Ibn Khafâdja disposa sa vie durant de revenus suffisants qui le dispensèrent de se mettre en quête de mécènes. Sa carrière poétique fut marquée par un long silence d'une quinzaine d'années, lesquelles correspondent globalement à la période de l'occupation de Valence par le Cid. Pierre Guichard estime que le poète se sentit alors probablement « désespéré et silencieux devant des affrontements dans lesquels il se refusait viscéralement à entrer [2] ». L'arrivée des Almoravides au pouvoir le fit sortir de sa réserve et de son isolement puisqu'il devint, à partir de 1105-1106, une sorte de poète « officiel » de plusieurs princes almoravides, et composa un certain nombre de panégyriques à la gloire de la nouvelle dynastie [3] – ce qu'il s'était toujours refusé de faire à l'époque des Taifas. C'est également à cette époque qu'il entreprit l'établissement de son *Dîwân* [4]. Les tragiques événe-

1. Voir aussi à ce sujet la partie historique, *supra*, p. 257.

2. P. Guichard, *Les Musulmans de Valence et la Reconquête, XIe-XIIIe siècles, op. cit.*, p. 95.

3. Voir H. Hadjadji, *Ibn al-Labbâna, le poète d'al-Muᶜtamid, prince de Séville ou le Symbole de l'amitié, op. cit.*, p. 60-69 ; Ibn Khafâdja allait en particulier s'attacher à la personne du frère du souverain almoravide, Abû Isḥâq Ibrâhîm, gouverneur à Valence (1115) puis à Séville (1119), pour lequel il composa vingt longs panégyriques. Voir aussi Iḥsân ᶜAbbâs, *Târîkh al-adab al-andalusî ᶜaṣr siyâdat Qurṭuba, op. cit.*, p. 207.

4. À partir de 1120, selon Sayyid Ghâzî, auteur de l'édition critique de son *Dîwân* (Alexandrie, Manshaʾat-al-maᶜârif, 1960). Le poète

ments de 1101 à Valence lui inspirèrent un court poème (texte 1). L'année suivante, les Almoravides s'emparèrent de la ville : il composa alors un poème à la gloire des vainqueurs qui réintégrèrent Valence dans le *dâr-al-islâm* (texte 2). Dans ces vers, le poète met l'accent sur le caractère religieux de la campagne visant la reprise de Valence. Certains phénomènes naturels, tels les nuages de pluie, sont instrumentalisés pour évoquer le triomphe de l'armée musulmane ; bien plus, le poète fait intervenir des éléments cosmologiques : tout se passe comme si la nuit s'alliait au jour, et l'eau au feu, pour assurer la victoire des musulmans.

e 1 Les troupes ennemies, ô ma demeure, t'ont défigurée, et, par les dégradations et le feu, tes charmes ont été effacés.

Nul ne saurait considérer ce qu'il est advenu de toi, sans méditer longuement sur ton sort et verser des torrents de larmes.

C'est une terre dont la population a été projetée aux quatre vents par les calamités, et que le destin a durement éprouvée.

Sur ses esplanades, la main de la fatalité a écrit ces mots : « Plus rien ne subsiste de toi, ni de tes demeures, tu es méconnaissable [1]. »

e 2 Voici que le nuage de la victoire s'est à présent déversé, libérant une pluie torrentielle, et que l'édifice de la religion, après avoir vacillé, s'est redressé.

Un astre, que l'on avait vu se coucher, s'est remis à scintiller, heureux augure, tandis que le temps de la victoire, que l'on croyait à jamais révolu, est revenu.

---

procéda alors à la révision de son œuvre poétique, corrigeant certains vers, en supprimant d'autres, introduisant des commentaires et, surtout, rédigeant une très importante préface critique à son recueil. On peut cependant se poser à ce sujet une question essentielle : ces modifications furent-elles motivées par des scrupules purement artistiques ou bien le poète a-t-il cherché à effacer des vers par trop compromettants au vu de la nouvelle rigueur imposée en matière de mœurs par la dynastie berbère ?

1. Ibn Khafâdja, *Dîwân*, n° 285, *op. cit.*, p. 354 ; trad. fr. B. Foulon.

La poussière soulevée par l'armée a empli l'atmosphère, donnant forme au visage du triomphe.

Ses traits sont dessinés par des troupes qui font trembler le sol de l'ennemi, saisi de frayeur en entendant leurs pas,

Pris en tenailles entre la charge d'un vent violent – les destriers impitoyables – et celle des lions d'exception – les valeureux héros.

L'un, sombre, porte une robe d'un vert ténébreux, on dirait qu'il a emprunté le manteau de la nuit pour s'en envelopper.

L'autre, roux, s'est drapé dans une tunique écarlate, telle une torche venue allumer le brasier de la guerre.

Un autre encore, tout de lumière vêtu, semble s'être immergé dans les eaux de l'aube pour se purifier.

Les lames des sabres déferlent en flots tumultueux, tandis que le feu ardent des combats s'embrase.

Le nuage de l'impiété qui surplombait Valence a été contraint de se dissiper, et le voile qui avait été jeté sur elle s'est envolé.

Seul le sabre pouvait purifier cette cité souillée, et c'est ce qui s'est produit [1].

## Contribution d'Ibn Khafâdja à l'édification du mythe d'al-Andalus

Ibn Khafâdja participa amplement à l'édification du mythe andalou, en assimilant la Péninsule au paradis. C'est avant tout le cadre naturel de ce territoire qui justifie à ses yeux cette comparaison. Deux courtes pièces sont à cet égard fort significatives. La première insiste sur l'un des atouts majeurs d'al-Andalus : l'abondance de ses eaux et la luxuriance de sa végétation (texte 1). Ces deux éléments se trouvent, d'une manière récurrente, survalorisés dans la poésie d'Ibn Khafâdja, dont le paysage idéal peut être qualifié de « paysage sous les eaux ». Le second poème dédié à sa terre natale fut composé, si l'on en croit la note introduisant les vers, « alors que le poète se

1. *Ibid.*, n° 154, p. 208 ; trad. fr. B. Foulon.

trouvait sur la rive africaine du Détroit et qu'il languissait, loin d'al-Andalus » (texte 2). Cette note évoquant les circonstances de la composition du poème n'est pas anodine : les biographes d'Ibn Khafâdja mentionnent en effet que le poète répugna toujours à quitter sa terre et qu'il ne se rendit au Maghreb qu'en de rares occasions. Or le poème est fondé sur une comparaison implicite établie entre al-Andalus et le Maghreb *al-Aqṣâ* (actuel Maroc), comparaison qui tourne bien entendu à l'avantage de la patrie du poète, lequel revendique ici pleinement sa fierté d'appartenir à la terre ibérique. On ignore si cette pièce fut composée durant la période des Taifas ou après l'installation des Almoravides sur la rive nord du Détroit. Si cette dernière hypothèse se vérifiait, on pourrait en conclure que l'unification des deux rives par la dynastie saharienne n'empêcha pas le poète de clamer haut et fort son identité andalouse.

te 1 Ô habitants d'al-Andalus, à Dieu vous devez le bonheur de jouir d'eaux, d'ombrages, de fleuves et d'arbres.

Le jardin de la félicité éternelle ne saurait avoir d'autre emplacement que votre territoire ; et c'est ce dernier que j'aurais choisi, s'il m'avait été demandé de choisir.

Ne craignez pas demain d'aller en Enfer, car nul n'entrera dans la Géhenne après avoir séjourné au Paradis [1].

te 2 La beauté du Paradis en al-Andalus est celle d'une mariée tout juste dévoilée, et les souffles de sa brise y sont les plus délicieusement parfumés.

L'éclat de ses matinées ensoleillées évoque une bouche fraîche s'ouvrant sur une rangée de dents étincelantes, tandis qu'elle tient la couleur sombre de ses nuits du pourpre des lèvres d'une jeune beauté.

Chaque fois que le vent souffle de l'est, m'apportant les effluves de mon pays, je m'écrie : « Ah, combien mon désir de retrouver al-Andalus est ardent [2] ! »

1. *Ibid.*, n° 301, p. 364 ; trad. fr. B. Foulon.

2. *Ibid.*, n° 88, p. 136, trad. fr. Henri Pérès dans *La Poésie andalouse en arabe classique*, Paris, Maisonneuve et Larose, 1937, p. 116.

## Ibn Khafâdja, « le Jardinier »

Quel que soit le thème abordé, Ibn Khafâdja, surnommé al-Djannân, « le Jardinier », ne s'éloigne jamais de son sujet de prédilection : la description du monde sensible [1]. Celui qui fut le chantre de la nature par excellence porta à leur sommet les descriptions de jardins et de paysages en al-Andalus. Ses évocations reposent sur un système d'images très élaborées, qui confèrent parfois un certain hermétisme à ses vers. Les paysages qu'il esquisse sont plurisensoriels : ils font appel aussi bien à la vue qu'à l'ouïe, à l'odorat, et même au toucher et au goût.

Dans ses descriptions paysagères, Ibn Khafâdja dote les éléments naturels de traits humains, le macrocosme (l'univers) et le microcosme (l'homme) se révélant interchangeables. C'est ainsi, par exemple, que l'image du contraste entre la blancheur de la dentition et le rouge foncé des lèvres – deux attributs stéréotypés de la femme dans la poésie amoureuse arabe depuis l'Antéislam –, se voit souvent transposée dans ses textes à des éléments naturels (texte 1). La nuit y occupe aussi une position privilégiée – nuit de plaisirs, décrite comme le refuge à l'abri duquel s'épanouissent les amours ; nuit où s'exaltent le mieux les parfums. Ces deux composantes sont réunies dans une courte pièce évoquant la fragrance nocturne des giroflées (texte 2).

La végétation est également très présente dans l'œuvre d'Ibn Khafâdja. À l'axe horizontal de la végétation tapissante s'articule l'axe vertical de la végétation arbustive. Le poète a su notamment évoquer avec brio le bigaradier [2] et ses fruits, agrumes fort prisés en al-Andalus, au sein de fragments qui s'apparentent parfois à des devinettes, l'auteur évitant soigneusement de nommer l'objet de sa description ; dans le fragment que nous proposons, le poète focalise sa description sur les bigarades (texte 3). Quant à l'arbre lui-même, Ibn Khafâdja lui a consacré plusieurs poèmes ; nous reprenons ici deux fragments parmi les plus réussis (textes 4 et 5).

Rares sont, chez les poètes andalous, les descriptions de montagnes. Ibn Khafâdja ne fait pas exception à la règle, puisqu'il ne consacra que deux poèmes à cet univers minéral. L'un

1. Cette omniprésence d'une nature souriante, luxuriante, y compris dans les thrènes, ne manqua d'ailleurs pas de lui être reprochée.

2. Le bigaradier est l'agrume produisant les oranges amères.

d'entre eux figure néanmoins, et à juste titre, parmi ses compositions les plus admirées et citées (texte 6). Le poète le conçut dans les dernières années de sa vie, alors qu'il avait perdu la plupart de ses amis. Dans ce texte, il use d'un artifice – le dialogue entre lui et l'élément naturel – pour faire part de ses angoisses existentielles à l'approche de la mort. La montagne, dotée de traits humains, devient son double et, plus encore, sa voix. Les neuf premiers vers de ce poème sont consacrés à la description d'une pérégrination nocturne : celle-ci peut être lue comme la métaphore du parcours terrestre et temporel de l'homme, et de cette course inéluctable qui le mène du berceau au tombeau. L'espace fonctionne ici comme une représentation symbolique du temps qui malmène l'homme et finit par le broyer ; autrement dit, la temporalité est projetée sur la spatialité. L'effroi et le désarroi de ce voyageur plongé au cœur des ténèbres, désorienté, manipulé comme un objet inerte par les éléments naturels, ne sont autres que les affres ressenties par celui qui, à l'approche de la mort, doit, dans la plus grande solitude, affronter son destin.

La mer enfin, élément souffrant d'une dévalorisation certaine dans la culture andalouse, n'est pas pour autant absente du recueil d'Ibn Khafâdja. Cet amoureux de la nature reprend néanmoins à son compte, dans les quelques vers consacrés à l'élément marin, la répulsion mêlée de fascination et le sentiment de crainte ressentis à son égard par la grande majorité de ses contemporains (texte 7).

xte 1 Les fleurs, polies comme un miroir, voyaient leurs tiges ployer sous une brise parfumée enveloppant leurs corolles.

C'est là, parmi elles, qu'un échanson ensorcelant, corps d'ébène et prunelles de jais, avec à sa traîne l'amour ardent, servit la rousse liqueur du vin.

Les fleurs formaient un collier et les branches, des mèches de cheveux.

Le vallon était un poignet et le fleuve, un bracelet.

Dans un jardin où le rouge sombre de l'ombre tranchait avec la blancheur éclatante des fleurs, lèvres s'ouvrant sur une dentition étincelante,

Alors que la terre avait étanché sa soif, le long rameau y exécuta sa danse, la colombe fit entendre son chant, et le courant du ruisseau applaudit [1].

Texte 2 Souvent, à la faveur de l'obscurité qui enveloppe la terre, s'instaure, entre la giroflée et la brise, une conversation délicieuse.

Le souffle parfumé de la giroflée se diffuse la nuit comme pour révéler un secret.

C'est au moment où le soir tombe qu'il se répand, comme pour chercher un amant derrière le voile des ténèbres.

Mais il disparaît avec l'aube, comme s'il voyait en celle-ci un observateur chargé de l'épier [2].

Texte 3 Portées en triomphe sur les épaules de l'arbre, elles sont d'un lignage aux racines profondément ancrées dans la terre du jardin de Ḥazn [3].

Leur spectacle m'a montré comment les souhaits pouvaient converger, et les effluves de parfum se disperser.

Le soleil, bouche éclatante, avec elles folâtre, et bleu est le regard que leur jette l'eau.

En elles se cristallise, du feu et de l'eau s'unissant, l'éblouissante image, et mes yeux brûlent de s'y abîmer [4].

Texte 4 Se pavanant fièrement, telle une jouvencelle, parée par la pluie de rouges pierreries et de verts manteaux,

La salive de la nue, pour lui, se fait argent fondu, qui, en se figeant sur ses flancs, se transmue en or pur [5].

---

1. Ibn Khafâdja, *Dîwân*, n° 221, *op. cit.*, p. 281 ; trad. fr. B. Foulon.

2. *Ibid.*, n° 42, p. 82 ; trad. fr. B. Foulon. Dans ce poème, la brise parfumée prend la place de l'amant venu courtiser sa belle. À cette scène se greffe le thème de l'observateur qui guette les amants – observateur incarné ici par l'aube trouble-fête –, autre *topos* de la poésie arabe amoureuse.

3. Il s'agit d'un lieu en Arabie, sur le territoire des Banû Asad, célèbre pour ses pâturages et où l'on parquait les chameaux.

4. Ibn Khafâdja, *Dîwân*, n° 23, *op. cit.*, p. 70 ; trad. fr. B. Foulon.

5. *Ibid.*, n° 20, p. 69 ; trad. fr. B. Foulon.

te 5 Les oiseaux, éloquents, entonnèrent un chant si clair, qu'il nous sembla entendre un prône, et les branches se firent pour eux si légères qu'elles en tressaillirent.

Savoure ton plaisir là où l'ombre, humide et bruissante, voisine avec l'eau, jaillissant çà et là !

Fais le tour du jardin, ami de tous les souhaits, et convertis-toi à la religion du vin, père de toutes les joies !

Cet arbre, en guise de branchage, porte de verts rameaux lisses et satinés.

Son jeune feuillage lui tient lieu de duvet, et ses fleurs dessinent un sourire éclatant de blancheur.

Une émeraude, humectée par le souffle du vent d'est, y donna naissance à des fruits d'or.

Ce vent, tantôt diffuse au loin les fragrances de l'arbre, tantôt, se rapprochant, le courtise de très près.

L'arbre parfois, de contentement, sourit au vent, et parfois, sur lui, porte un regard courroucé [1].

te 6 Par ta vie ! Sais-tu ce qui propulsait ma monture ? Était-ce le vent du sud, déchaîné, ou les nobles chamelles ?

À peine, au Levant, avais-je, astre resplendissant, entamé ma course, que j'atteignis les confins du Couchant.

Seul, ballotté d'un désert à l'autre, confronté à la vision du visage démultiplié de la mort, sous le masque des ténèbres.

Avec pour seul ami un sabre affilé, et pour seule demeure le bât de ma monture.

Tandis que ma vie sociale se résumait à batifoler, un moment durant, avec les bouches des souhaits dans les visages des requêtes.

Enveloppé dans une nuit qui, chaque fois que je la disais mourante, sur le point de s'éteindre, s'empressait de démentir cette fausse promesse.

---

1. *Ibid.*, nº 19, p. 68 ; trad. fr. B. Foulon.

J'y écartais les ténèbres, comme autant de mèches sombres, pour étreindre les espoirs, comme autant de gorges à la peau d'albâtre.

Je déchirai le voile de la nuit : apparut alors un loup, à la fourrure noirâtre, qui semblait me guetter, la gueule ouverte, les traits féroces [1].

Je crus voir en lui une part sombre de l'aube, dardant sur moi un astre brillant et incandescent.

C'est une très haute montagne, au sommet ambitieux, dont les cimes s'élèvent à la conquête du ciel.

Elle barre le chemin aux vents, d'où qu'ils viennent, et, la nuit, des épaules, elle pousse les étoiles.

Grave, posée sur le désert, elle semble, nuit après nuit, méditer sur le devenir du monde.

Les nuages, autour de son front, enroulent de noirs turbans, desquels s'échappent, tracées par les éclairs, des mèches rougeoyantes.

J'étais tout ouïe, et, pour être muette et silencieuse, elle ne m'en conta pas moins, lors de cette nuit de pérégrinations, des merveilles.

« Combien de fois, me dit-elle, servis-je de refuge à des forbans, et de retraite à des ascètes abîmés dans le repentir ?

« Combien de fois vis-je passer des voyageurs, à toute heure de la nuit, et combien de montures et de cavaliers se reposèrent, à l'heure la plus chaude de la journée, à mon ombre ?

« Combien de fois les vents contraires me souffletèrent-ils les flancs, et combien de fois fus-je assaillie par les flots glauques de la mer [2] ?

---

1. Cette figure animale, symbole d'agressivité et de cruauté, et qui hante déjà les textes préislamiques, représente dans de nombreuses cultures le temps destructeur.

2. Dans l'obscurité, le descripteur n'a plus aucune prise sur les éléments, et la comparaison avec les flots houleux est éloquente. Si l'assimilation de la nuit à la mer plonge ses racines dans la poésie préislamique – celle d'Imru'-l-Qays notamment –, cette représentation n'en corrobore pas moins la vision fort négative qu'ont de l'élément mari-

« Pourtant, tous ceux que j'ai connus, invariablement, furent broyés dans les mains de la mort, et emportés par le vent de l'éloignement et du malheur.

« Si bien que le bruissement de mes taillis n'est rien d'autre que le frémissement d'un cœur affligé, et que le roucoulement de mes colombes ne traduit que les lamentations d'un être endeuillé.

« Aucune consolation n'est venue assécher mes larmes, et si celles-ci se tarirent, ce fut à force de pleurer mes compagnons disparus.

« Combien de temps encore devrai-je demeurer là, alors qu'il me faut sans cesse faire mes adieux à des amis partant sans espoir de retour ?

« Combien de temps encore devrai-je veiller, bergère des étoiles, pour les voir, à la fin de la nuit, apparaître ou disparaître ?

« Seigneur ! J'implore Ta clémence ! Écoute la prière d'une humble créature tendant vers Toi ses mains, suppliant que Tu accèdes à sa requête ! »

Voici donc ce que fut le discours tenu par la montagne : des sentences inspirées des leçons de la vie, fruits de toutes ses expériences.

Déclenchant mes larmes, elle me consola, et l'émotion qu'elle suscita en moi m'apaisa ; elle fut, lors de cette nuit de pérégrination, le meilleur des compagnons.

Et alors, que, poursuivant ma route, je m'éloignais déjà, je la saluai par ces mots : « Notre destin a ceci de commun que nous sommes tous deux condamnés, moi à partir, et toi à demeurer [1] ! »

xte 7 Cette masse d'eau salée, aux entrailles perpétuellement frémissantes, tantôt s'offre, amoureuse, tantôt, apeurée, se refuse.

---

time les contemporains d'Ibn Khafâdja. À la déstabilisation provoquée par cet univers en mouvement s'ajoute le sentiment de solitude éprouvé par celui qui semble avoir déjà quitté la société des hommes.

1. Ibn Khafâdja, *Dîwân*, n° 164, *op. cit.*, p. 215 ; trad. fr. B. Foulon.

Depuis un promontoire, je l'observai : excitée par le vent d'est, elle se soulevait, écumante.

Je m'imaginai, sur son rivage, être un cavalier, approché par un coursier blanc et noir [1].

# L'ÂGE D'OR DU *MUWASHSHAḤ*

## NAISSANCE ET DÉVELOPPEMENT DU GENRE

Deux théories se sont longtemps affrontées à propos des origines du *muwashshaḥ*, terme qui signifie littéralement «ornementation», «broderie» [2]. La première, représentée essentiellement par des orientalistes, au premier rang desquels l'Espagnol Emilio Garcia Gomez, considérait que ce genre poétique à structure strophique était un pur produit de la culture ibérique. Ses tenants en voulaient pour preuve le maintien de la langue romane dans un grand nombre de ces pièces, tout spécialement au sein de la *kharja*, ou conclusion, ainsi que, dans la plupart des cas, la non-observance des règles de la métrique arabe. À l'opposé, les critiques arabes soutinrent longtemps que le *muwashshaḥ* était né en Orient, et qu'il n'avait par conséquent rien de spécifiquement andalou. En réalité, ces jugements n'étaient pas dénués de présupposés d'ordre idéologique, comme on peut l'imaginer; ils étaient en outre fondés sur l'étude d'un nombre relativement réduit de textes représentatifs : jusqu'en 1979, date à laquelle parut l'anthologie de *muwashshaḥât* de Sayyid Ghazî [3], les chercheurs n'eurent en effet à leur disposition que très peu d'œuvres éditées.

Il est à présent admis que le *muwashshaḥ* est né en al-Andalus, à la fin du IXe siècle. Dès l'origine, ce genre semble avoir été intimement lié à la musique et au chant, qui avaient

1. *Ibid.*, n° 90, p. 137 ; trad. fr. B. Foulon.

2. On parle du *muwashshaḥ* au masculin lorsque le terme désigne le genre en général, et de la *muwashshaḥa*, au féminin, pour désigner une pièce de *muwashshaḥ*. Au pluriel, le terme s'écrit *muwashshaḥât*.

3. L'ouvrage est intitulé : *Dîwân al-muwashshaḥât* (Alexandrie, s.n., 1979).

connu un renouveau notable sous l'impulsion du musicien irakien Ziryâb, mort vers 845 [1]. Les premières compositions – attribuées notamment à un certain Muqaddam Ibn Muʾâfâ al-Qabrî, poète originaire de Cabra [2] qui connut son heure de gloire sous ʿAbd al-Raḥmân al-Nâṣir, ou encore à Ibn ʿAbd Rabihhi, également considéré comme l'une des figures majeures ayant participé à la naissance du genre – ne nous sont toutefois guère parvenues. Les plus anciennes *muwashshaḥât* conservées datent du début du XIe siècle : elles sont l'œuvre du poète al-Ramâdî, mort en 1013, et d'Ibn Mâʾ al-Samâʾ, mort en 1031 [3]. D'autres auteurs prêtent aussi un rôle central dans l'apparition de ce genre à un certain Muḥammad b. ʿUbâda al-Qazzâz, poète officiel d'al-Muʿtaṣim b. Ṣumâdiḥ d'Almería, et que les sources confondent fréquemment avec Ibn Mâʾ al-Samâʾ.

Quoi qu'il en soit, les critiques et anthologues contemporains de ces auteurs répugnaient à insérer ce type d'œuvres dans leurs ouvrages. Ibn Bassâm, dans la *Dhakhîra*, justifie cette absence en expliquant qu'il n'est pas d'usage de transcrire ces compositions dans les ouvrages « sérieux », du fait que « les schémas prosodiques de la plupart d'entre elles n'obéissent pas aux règles de la métrique arabe [4] ». À l'époque suivante, en revanche, les *muwashshaḥât* apparurent en bonne position dans les ouvrages critiques, tel le *Mughrib* d'Ibn Saʿîd. Il faut dire que des auteurs de renom tels que al-Aʿmâ al-Ṭutîlî (m. 1126) et Ibn Baqî (m. 1145) avaient, entre-temps, largement contribué au développement du genre. Il a néanmoins fallu attendre plusieurs siècles pour que le premier ouvrage critique à proprement parler sur le *muwashshaḥ* soit composé, en Orient, sous la plume d'Ibn Sanâʾ al-Mulk (m. 1212), qui en exposa les règles et la nomenclature dans son traité *Dâr al-Ṭirâz*. C'est ce qui explique qu'on ait longtemps établi une distinction entre les poètes à proprement parler et les auteurs de *muwashshaḥât* (nommés *washshâḥ*), alors qu'il s'agissait souvent des mêmes.

1. Voir *supra*, p. 49.
2. Parfois nommé Muḥammad b. Maḥmûd.
3. Un seul des textes de ʿUbâda Ibn Mâʾ al-Samâʾ a été conservé (voir *infra*, p. 305).
4. *Al-Dhakhîra…*, *op. cit.*, t. I, vol. 1, p. 469-470.

## LES SPÉCIFICITÉS DU *MUWASHSHAḤ*

L'organisation du *muwashshaḥ* diffère sensiblement de celle de la *qaṣîda* classique. Ces différences ne tiennent pas uniquement à sa structure strophique et à sa langue dénuée d'affectation, fluide et musicale. En effet, le *muwashshaḥ* se caractérise aussi par le fait que son centre d'intérêt principal se déplace, par rapport au poème classique, du début à la fin du texte : son point d'orgue est constitué par la *kharja* (final ou conclusion), dont la règle veut qu'elle soit introduite par le verbe « dire » ou un équivalent. On observe par ailleurs une répartition linguistique entre, d'une part, la *kharja*, composée la plupart du temps dans une langue différente de l'arabe classique – arabe dialectal, roman, ou même berbère [1] –, et, d'autre part, la première partie du *muwashshaḥ*, composée en arabe classique. La majorité des œuvres conservées obéissent à cette règle, même si des influences dialectales marquent régulièrement la syntaxe classique [2]. Mais la *kharja* ne se distingue pas uniquement par son expression linguistique. Elle est également le lieu où la parole est donnée à l'amante pour lui permettre d'exprimer ses sentiments, tandis que, dans la poésie classique, seule la voix du poète est en général audible.

Le *muwashshaḥ* est ainsi le lieu de la rencontre des différentes composantes de la société andalouse : l'homme et la femme, tous deux dotés d'un droit de parole, l'Arabe et le non-Arabe, l'arabe classique et les langues vernaculaires d'al-Andalus. Tous les thèmes et registres de la poésie arabe y apparaissent. On y note cependant, jusqu'à la fin du XIe siècle, une prédominance certaine du panégyrique, qui peut s'expliquer

1. En réalité, la langue choisie dans la *kharja* dépend étroitement du ton général de la composition ; ainsi, si l'on a affaire à un panégyrique, la *kharja* est composée le plus souvent en arabe classique lorsque le sérieux l'emporte dans la relation établie entre le destinataire du panégyrique (*mamdûḥ*) et son auteur (*washshâḥ*).

2. Lorsque ce n'est pas le cas, la composition se trouve rarement enregistrée dans les ouvrages critiques. C'est qu'elle est alors entachée de *taznîm*, terme désignant l'intrusion du dialecte dans la partie dévolue à l'arabe classique. L'exemple le plus célèbre en est le *muwashshaḥ al-ᶜarûs*. Cette répartition observée au niveau linguistique ne fait que refléter la nature de la société andalouse, structurée sur l'opposition entre ᶜ*Âmma* et *Khâṣṣa*, cette dernière dictant les codes et les usages en matière culturelle.

par la dépendance étroite des auteurs à l'égard des princes et autres puissants à un moment où la poésie de cour domine très nettement. C'est l'époque où des poètes bien introduits en cour composent indifféremment *qaṣîda-s* et *muwashshaḥât* : Ibn al-Labbâna, par exemple, a recours aux deux modes d'expression pour chanter la gloire des ᶜAbbâdides de Séville [1]. Un nombre non négligeable de *muwashshaḥât* abordent quant à elles la thématique amoureuse (*ghazal*) et libertine [2]. Certains thèmes et registres, en revanche, demeurent quasiment absents des *muwashshaḥât* jusqu'à la période almoravide : c'est le cas du thrène, de la satire, de l'élégie, des thèmes descriptifs, ou encore des thèmes religieux, qui resteront marginaux jusqu'au XIIIᵉ siècle. Notons enfin que c'est au moment où la pression berbère s'accentue, où l'élément arabe perd sa suprématie politique, que l'on observe l'exacerbation d'un purisme « arabe » dans l'ensemble de la production littéraire andalouse, si bien que *muwashshaḥ* et poésie savante se rapprochent alors sensiblement.

## Ibn Mâᵓ al-Samâᵓ (m. 1031) [3]

Abû Bakr ᶜUbâda b. ᶜAbd Allâh b.ᶜUbâda, plus connu sous le nom d'Ibn Mâᵓ al-Samâᵓ, naquit vers le milieu du Xᵉ siècle ; il fut le témoin de la prise de pouvoir des ᶜÂmirides, et fréquenta l'État ḥammudide. Poète et auteur de *muwashshaḥ*, il joua sans doute un rôle de premier plan dans l'évolution et le développement du *muwashshaḥ*, dont le texte suivant constitue l'un des spécimens les plus anciens à nous être parvenus.

Destituer un souverain convaincu d'arbitraire est chose possible ; mais, contre les œillades d'un faon aux paupières enduites de khôl, nul ne saurait se prémunir.

---

1. Voir *supra*, p. 241.
2. Cette thématique infiltre d'ailleurs les panégyriques, souvent composés selon une structure ternaire (*ghazal*/ panégyrique/ *ghazal*).
3. 405 H. – Nous nous permettons cette entorse au plan chronologique par souci de proposer une partie complète sur le *muwashshaḥ*.

Dépassant toute mesure, tu m'as injustement condamné à mort.
Fais preuve d'équité, car c'est un devoir que de traiter avec justice une personne équitable !
Montre-toi clément envers moi, qui subis le joug d'un désir impitoyable !
Abreuve mon cœur de cette eau fraîche et délicieuse, qui seule peut éteindre les flammes du mal d'amour ayant fait de mon cœur un brasier !

Cependant, tu n'apparais que pour allumer les feux de ta séduction.
Idole incarnée, qui n'est que beauté.
Si sur une victime elle jette son dévolu, jamais elle ne rate sa cible, serait-ce le cœur le mieux protégé.
Comment échapper aux flèches que tu me décoches ? Viens plutôt me rejoindre, garde-moi en vie, épargne-moi !

Ô, lumière du soleil, ô toi qui es bien plus radieux encore que cet astre !
Ô, objet de mes désirs, de mes prières et de mes requêtes !
Vois l'effet que ton injustice a produit sur moi !
Ceux qui me blâment ne connaissent rien des affres de la séparation, et qui ignore tout de l'amour ne se soucie guère des malheureux qui en subissent les épreuves.

Ta beauté m'a fait dévier de mon chemin et m'a égaré.
Dans l'amour que je te porte, je n'ai trouvé nul crime pouvant m'être reproché.
Si tu veux me tuer, ne te presse pas, et prends tout ton temps pour le faire !
Sois bienveillant envers moi, et tends-moi une main généreuse qui me comblera de bienfaits pour les temps à venir !

Mon regard ne se nourrit que de l'éclat de tes prunelles.

Et il n'y a rien, dans mon amour, qui te soit caché.

Et c'est ainsi que je déclame, à toi qui détiens mon cœur en otage :

« Ô ᶜAlî, tes yeux sont l'arme que tu as choisie pour m'occire, tes paupières sont le fourreau de l'épée que tu brandis pour m'assener un coup mortel ; je te prie d'épargner mon cœur et de te montrer généreux avec moi, car tu es mon refuge [1] ! »

## Al-Aᶜmâ al-Tuṭîlî (m. 1128) [2]

Un siècle sépare cet auteur, mort en 1128, du précédent. Originaire de Tudèle, Aḥmad b. ᶜAbd Allâh b. Abî Hurayra, plus connu sous le nom d'al-Aᶜmâ al-Ṭutîlî (« l'aveugle de Tudèle »), passa la majeure partie de sa vie à Séville, à l'ombre du pouvoir almoravide. En tant que poète, il s'illustra essentiellement par ses panégyriques et ses thrènes ; mais c'est avant tout à ses *muwashshaḥât* qu'il doit sa renommée. L'anecdote suivante est rapportée dans de nombreuses sources : lors d'un concours improvisé à Séville, il fut invité à réciter en premier sa composition. Ses compétiteurs, l'ayant entendue, déchirèrent tous leur texte, à commencer par Abû Bakr Yaḥyâ Ibn Baqî, autre grand compositeur de *muwashshaḥât* [3]. Voilà le texte qui suscita un tel émoi, et qui prit, pour les Andalous, valeur de modèle.

**

Sa bouche, en riant, s'ouvre sur une rangée de perles fines, et son visage resplendit comme une lune pleine. Le monde est trop étroit pour lui, et pourtant, mon cœur le contient tout entier.

1. Ce texte figure dans *Fawât al-wafayât* d'Ibn Shâkir al-Kutubî al-Dârânî, éd. Iḥsân ᶜAbbâs, Beyrouth, Bûlâq, 1973, t. I, p. 426 ; trad. fr. B. Foulon.

2. 525 H.

3. Voir *infra*, p. 309.

Ah ! Cette passion effrénée m'inflige une telle douleur que je ne suis plus que l'ombre de moi-même.

C'est un être cruel, qui m'accable d'invectives, en prenant tout son temps.

Chaque fois que je lui ai dit : « C'est assez ! », il m'a répondu : « De quoi me parles-tu ? »

Puis il s'est ployé, tel un rameau de saule vibrant dans l'éclat de sa jeunesse, véritable jouet entre les mains du vent d'est humidifié par l'ondée.

Je ne puis me passer de toi, empare-toi de mon cœur !

En dépit de tous les efforts que j'ai déployés, tu as épuisé ma patience.

Aiguade de miel pur, mon désir ardent en témoigne.

Cette bouche est aussi délicieuse qu'un nectar, et, à la sérénité, je préfère la brûlure du vin. […]

Trouverai-je le moyen de me rapprocher de toi, ou devrai-je m'abandonner au désespoir ?

Mon être s'est dissous : n'en reste qu'une larme, un soupir.

Que puis-je ajouter ? Un mauvais pressentiment m'habite quant aux « peut-être ».

Tout est fini, et pourtant je m'obstine, impuissant à contrôler mon impatience comme ma constance.

Ce n'est pas la faute des censeurs s'il m'évite.

Qui d'autre qu'une gazelle pourrait répondre à mon amour par des incriminations ?

Alors que je me consume d'amour pour lui, il me chante :

« J'ai vu combien tu souffrais, mais rassure-toi : tu verras qu'avec le temps, mon souvenir s'effacera [1]. »

---

1. Cité dans Ibn Saʿîd, *Al-Mughrib fî-ḥulâ al-Maghrib*, éd. Shawqî Ḍayf, Le Caire, Dâr al-Maʿârif, 1980, t. II, p. 453-455 ; trad. fr. B. Foulon.

## Ibn Baqî
## (m. 1150)[1]

Ibn Bassâm, parmi d'autres, qualifia Abû Bakr Yaḥyâ b. Aḥmad Ibn Baqî, né à la fin du xie siècle, de tolédan. Pourtant, la conquête de la ville par Alphonse VI, en 1085, contraignit Ibn Baqî très jeune à l'exil. Il passa dès lors une grande partie de sa vie à pérégriner, tant en Espagne qu'au Maroc, toujours en quête de moyens de subsistance. Son séjour à Séville, puis à Cordoue sous le régime almoravide, lui inspira des vers marqués par l'amertume, à l'instar de son ami al-A$^{c}$mâ al-Tuṭîlî[2]. Il finit par trouver asile à Salé, auprès des cadis appartenant à la famille des Banû $^{c}$Ashara. Il semble cependant être revenu en al-Andalus à la fin de sa vie, et avoir trouvé la mort à Cadix, en 1150. Poète talentueux, c'est pourtant en tant que *washshâḥ* qu'il se révéla le plus brillant et donna toute sa mesure, en laissant libre cours à sa verve.

xte 1 J'ai parcouru les chemins de la rhétorique ; j'ai si bien maîtrisé cet art que, dans les déserts, ce sont mes paroles que les cavaliers se jettent à la face pour s'invectiver.

Il n'est pas interdit de penser que même les tourterelles s'en emparèrent pour leur chant, les répétant sans cesse sur leurs tristes mélodies et ritournelles.

C'est parce que je suis sa langue que mon peuple m'a laissé mourir de faim, en un temps où les discours des hommes tournent à vide.

Mon époque m'a puni d'être sa parure, resplendissante telle la tache immaculée au front d'un noir coursier[3].

xte 2 Le désir se joua de mon cœur ; celui-ci se plaignit des souffrances par la passion causées, et ce sont mes larmes qui lui répondirent.

Ô bonnes gens ! Sachez que mon cœur est éperdument épris !

---

1. 545 H.
2. Voir *supra*, p. 307.
3. *Qalâ$^{5}$id al-$^{c}$Iqyân*, *op. cit.*, p. 323 ; trad. fr. B. Foulon.

Contre les torts par l'amour infligés, nulle réparation ne lui est accordée.

Combien je le cajole, tandis que coulent mes larmes !

Ô toi, le faon, qui donc t'apprit à tuer les fauves avec les flèches décochées par tes yeux ?

Une pleine lune sous une nuit obscure,

Qui se lève sur un rameau de saule ivre.

Sa taille est mince, ses joues ornées d'un léger duvet.

Son regard ensorcelle, combien de fois a-t-il, s'immisçant entre leurs côtes, blessé de cœurs de lions ?

Quelle est cette gazelle, qu'ardemment je désirai, et qui m'évite à présent ?

Elle ploie, cependant, secouée par l'ivresse amoureuse.

Comme une branche qui s'agite au vent d'est.

Je lui dis : « Offre-moi, mon amour, l'union, et oublie donc toutes les raisons qui te firent me quitter ! »

Il me répondit : « Depuis que la fleur de mes joues s'est épanouie,

Mes yeux ont dégainé un sabre à la lame fine.

Prends garde à lui ! Il pourrait bien te trancher la gorge.

Quiconque s'en prend à lui, à périr est condamné, alors cesse donc d'avoir à mon égard des prétentions ! »

L'amour d'une gazelle novice fit fondre mon cœur !

Son visage, dans l'obscurité, est un matin radieux,

Et mon cœur, entre ses mains, un captif.

Je ne pus me résoudre à la patience, et ma seule victoire consista à verser des torrents de larmes [1].

1. *Nafḥ al-Ṭīb*, *op. cit.*, t. VI, p. 15 ; trad. fr. B. Foulon.

# L'ESSOR DU *ZADJAL*

La différence essentielle entre le *muwashshaḥ* et le *zadjal* réside dans le choix de la langue, ce dernier étant exclusivement composé en arabe dialectal ou en langue romane. Si les premiers *zadjal-s* furent voués quasiment exclusivement aux thèmes de l'amour et du libertinage, le genre en vint très vite à absorber tous les thèmes et registres traditionnellement traités dans la poésie arabe, à savoir le panégyrique, la satire, le thrène, la jactance, la description et l'ascétisme.

Contrairement à ce qu'affirma Ibn Khaldûn, l'apparition du *zadjal* n'est pas postérieure à celle du *muwashshaḥ*, et l'on peut sans doute la situer autour de la fin du IXe ou du début du Xe siècle, et la relier à l'engouement de la population pour les chansons populaires en arabe dialectal. Comme c'est la règle pour toutes les formes d'expression populaires, il serait vain de chercher à identifier les créateurs du *zadjal*. Quoi qu'il en soit, aucun *zadjal* antérieur au XIIe siècle ne nous est parvenu. L'essor rapide du genre à cette période n'est sans doute pas étranger à l'arrivée au pouvoir en al-Andalus des Berbères almoravides. En effet, les nouveaux maîtres du pays, qui ne possédaient qu'une maîtrise très approximative de l'arabe littéraire, avaient la plus grande peine à pénétrer le sens de la poésie classique et n'étaient guère sensibles à ses subtilités.

## L'inculture poétique des premiers Almoravides, terreau du *zadjal*

L'anecdote suivante permet de se faire une idée de l'inculture des premiers émirs almoravides en matière de poésie, qui explique qu'ils aient pu lui préférer une forme d'expression plus accessible comme le *zadjal*. Le souverain de Séville, al-Muᶜtamid, incita les poètes présents à sa cour à chanter les louanges de Yûsuf b. Tâshfîn, ce qu'ils firent. Lorsqu'ils eurent déclamé leurs odes, al-Muᶜtamid demanda au chef berbère s'il avait compris les vers qu'il venait d'entendre. Celui-ci lui aurait répondu : « Je n'ai pas compris, mais tout ce que je sais, c'est qu'ils réclament du pain. » Lorsque Yûsuf b. Tâshfîn rejoignit le Maghreb, al-Muᶜtamid ne manqua pas de lui envoyer un message, dans lequel il citait deux célèbres vers d'Ibn Zaydûn :

Vous êtes loin, nous sommes loin, néanmoins aucune rosée n'a adouci notre cœur qui brûle de désir pour vous, et les conduits de nos larmes jamais ne se sont asséchés ;

Nos jours, pour vous avoir perdue, ont changé : ils sont devenus sombres [1], alors qu'auprès de vous, claires [2] étaient nos nuits.

[*Lorsqu'on récita ces vers à l'émir almoravide, il crut que le prince sévillan le priait de lui envoyer des esclaves noires et blanches ; et le lecteur des vers de lui répondre :*]

« Nenni, Mon Seigneur, il ne s'agit pas de cela. Al-Muᶜtamid souhaite simplement vous signifier que, lorsqu'il se trouvait en compagnie du commandeur des Croyants, ses nuits étaient semblables à des jours, car les nuits de plaisir sont représentées comme "claires", tandis que ses jours, après votre départ, ressemblent à des nuits, car les nuits de tristesse sont qualifiées d'"obscures".

– Fort bien, rétorqua Yûsuf b. Tâshfîn, écris-lui la réponse suivante : "Nos larmes coulent sur lui, et l'avoir quitté nous a donné des maux de tête [3]." »

## Ibn Quzmân (apr. 1086-1160) [4]

Le Cordouan Abû Bakr Muḥammad b. ᶜÎsâ b. ᶜAbd al-Malik b.ᶜ Îsâ b. Quzmân est le représentant le plus illustre de

1. « Noirs » en arabe.

2. « Blancs » en arabe.

3. Cette anecdote est rapportée par al-Shaqundî, dans son *Épître sur les mérites d'al-Andalus et sa supériorité sur le Maghreb* (voir *infra*, p. 366). Source : *Nafḥ al-Ṭîb, op. cit.*, t. VI, p. 167-168 ; trad. fr. B. Foulon. Il va sans dire que cet auteur ne se positionne pas parmi les défenseurs de la dynastie almoravide.

4. 555 H. – Le *Dîwân* d'Ibn Quzmân a fait l'objet de plusieurs traductions récentes en espagnol, d'abord par Emilio Garcia Gomez, *Todo*

ce genre. Né dans une famille de l'aristocratie ayant engendré nombre de savants et de vizirs, il vécut la plus grande partie de sa vie sous les Almoravides, même s'il assista à la prise de pouvoir des Almohades. Il s'essaya d'abord à la poésie de type traditionnel, mais, constatant qu'il ne pouvait rivaliser avec les poètes de son temps tel Ibn Khafâdja [1], il se consacra à la composition de *zadjal-s*. Un seul de ses deux recueils nous est parvenu : les cent quarante-six textes qu'il renferme constituent le plus précieux témoignage sur le *zadjal* andalou. Dans l'introduction de ce recueil, Ibn Quzmân expose ses positions théoriques : la langue du *zadjal* doit exclure, à ses yeux, l'arabe littéral. En outre, l'absence de désinences flexionnelles et la variété des combinaisons métriques constituent pour lui une base fondamentale de cet art nouveau. Il exprime dans ce texte l'admiration sans borne qu'il voue à l'un de ses prédécesseurs du XIe siècle : al-Aḥṭal Ibn Numâra.

Ayant dilapidé sa fortune, Ibn Quzmân fut contraint à vivre de son art. Une grande partie de ses compositions sont des panégyriques adressés aux dignitaires almoravides et aux représentants des grandes familles de Cordoue et de Séville. L'évocation de la célèbre bataille de Zallâqa [2] est ainsi pour lui l'occasion de louer les émirs almoravides, et notamment Yûsuf b. Tâshfîn, en insistant sur sa mansuétude. Dans un long *zadjal*, dont nous reproduisons les premières strophes, Ibn Quzmân ne fait pas mystère de sa pleutrerie ; ignorant tout de la guerre, il reconnaît s'appuyer, pour décrire la bataille, sur les récits qu'il a entendus (texte 1). Mais Ibn Quzmân est avant tout le chantre des tumultes de la passion, de ses subtilités et de ses tourments, comme en témoignent les deux autres *zadjal-s* que nous proposons ci-après (textes 2 et 3).

te 1 Un homme tel qu'Ibn Tâshfîn mérite pleinement son titre d'émir.

Grâce à lui, le califat s'est remis en marche.

---

*Ibn Quzmân*, Madrid, Editorial Gredos, 1972, 3 vol., puis par Federico Corriente, *Ibn Quzmân, el cancionero hispano-árabe*, Madrid, Editora Nacional, 1984 (1re éd.).

1. Voir *supra*, p. 291.
2. Voir *supra*, p. 199.

Que Dieu bénisse les hommes de ce temps.
D'autres années viendront après celles-ci.
Qu'Il fasse de vous les maîtres de l'islam.
Et qu'Il vous protège, il n'existe pas de meilleur protecteur.

Ce sont là des hommes qui me plaisent infiniment.
Leurs louanges sont sur les bouches de tous les orateurs.
Et moi, toujours assoiffé d'affection,
Mon amour n'a pas de limite.

Lui mérite réellement le titre de sultan.
Il gouverne conformément à la Sunna et au Coran.
Son intelligence n'est en rien inspirée par Satan.
Les autres esprits, devant lui, restent interdits et se délitent.

Il est le maître de la ᶜUdwa [1] et d'al-Andalus.
Pourtant, jamais il ne se montre orgueilleux ni hautain.
Tu implores son aide en tirant sur son burnous.
Oublie les intermédiaires et les intercesseurs.

Sa sagacité n'a d'égale que sa sincérité.
S'il te dit à propos de quelque chose : « Cela sera », cela est.
Aussi douces que le coton sont ses paroles.
Tandis que ses pensées semblent forgées dans l'acier. [...]

Quelle journée ! Elle vit les gens se rassembler.
Et les chrétiens subir une terrible épreuve.
Pas encore né, je ne vis pas ce jour.

---

1. Littéralement : « la rive » ; ce terme désigne les territoires situés sur la rive africaine du détroit de Gibraltar, donc le Maghreb.

Cependant une personne bien renseignée me narra toute l'histoire.

Quelle terrible cohue ! Quel horrible jeu !
Le combat était muet, tandis que le fer gémissait.
Ne me répétez pas ce récit, car je serais capable,
La nuit, dans mon lit, d'en pisser d'effroi !

Le vendredi [1], ils se levèrent à l'aube.
Les chairs s'unirent aux lances.
La mort, elle aussi, s'était levée tôt, pour moissonner les âmes.
Il est vrai qu'en tout temps elle est matinale. […]

La Péninsule n'est plus occupée, à présent,
Que par Dieu, et la bienheureuse tribu de Lamtûn [2].
Puisses-tu vivre longtemps sans peine ni souci !
C'est bien là la pureté que rien ne vient troubler.

Dieu a accompli une bien belle œuvre pour nous tous.
Nous avons trouvé la voie menant à la jouissance d'une vie agréable.
Une vie de bien-être, sous des ombrages protecteurs.
Notre gratitude jamais ne sera assez grande.

Tu as édifié ton État avec l'or de ta gloire.
Tu as vendu ta fortune et acheté des louanges.
Nous t'aimons profondément, al-Andalus et moi.
Et je suis convaincu que jamais tu ne nous décevras [3].

---

1. La bataille de Zallâqa se déroula un vendredi.
2. Il s'agit des Almoravides.
3. Ibn Quzmân, *Dîwân*, n° 38, éd. Federico Corriente, Le Caire, Publications du Conseil supérieur de la culture, 1995 ; trad. fr. B. Foulon.

Texte 2 L'amour est un lourd fardeau, mais quel cœur pourrait résister ?

Ô, mes mignons, insufflez vie aux âmes, grâce vous en sera rendue, et maints éloges vous recevrez !

L'amour ne saurait naître ailleurs que dans le regard.

Tu vois des yeux splendides ; nés de l'œuvre d'un magicien.

Ils te dérobent la raison, et de ta constance te dépouillent.

Ton cœur, dès lors, ne t'appartient plus, c'est un captif enchaîné.

Les complices de cet amour trouvent alors une corde,

Pour tendre ton cœur au milieu du champ, comme les gens ont coutume de le faire avec les souches de bois.

Comme du vulgaire bois de chauffage, dès lors il sera traité.

Et, pour allumer le brasier, point ne manquera de briquet, d'amadou, ou de pierre à feu,

Les flammes de l'enfer du désamour déjà ont commencé à t'étreindre.

Tu vois ton corps s'enflammer, et se muer en torche.

C'est alors que tu implores ton amant pour qu'il te rejoigne, et vienne apaiser l'incendie.

Mais c'est avec le soufflet du dédain qu'il arrive pour attiser les flammes : fouff, fouff ! […]

Mignons, ayez de la compassion envers les âmes en souffrance.

Et tentez d'adoucir, pour ceux qui aiment, le cœur des amants cruels.

Ayez pitié de ceux qui sont livrés à la passion, et priez pour qu'ils connaissent la paix.

Soignez bien vos semailles, car vous ne récolterez que ce que vous aurez semé.

Tout mignon a le devoir de se montrer tendre et fidèle,
D'être constant dans son désir d'union, d'ignorer perfidie et lassitude.
Mais s'il est volage et t'abandonne, alors sus, béni soit le Prophète !
Lance ton coursier au galop, dégaine ton sabre, et à l'assaut !

Chacun va avec son chacun, et moi, j'aime qui ?
Un garçon qui n'a pas son pareil en notre temps.
La lune elle-même, en voyant son beau visage, s'amourache.
Et tous les gens épris de beauté de le contempler se réjouissent [1].

ce 3 Me délaissant, celui que j'aime m'a blessé.
Ô, mes amis, quel bénéfice mon aimé trouve-t-il à me dédaigner et à me réduire en esclavage ?

Nul n'a jamais enduré ce que j'ai souffert.
« Oublie-le ! » m'a-t-on dit, mais comment faire ?
Depuis que mon aimé s'est détourné de moi et qu'il me fuit,
Depuis que, me mettant à l'épreuve, il œuvre à me tuer,
Toute ma patience s'est épuisée, et mon secret s'est éventé.

Un jour sans lui me semble des années.
Vois combien cet après-midi s'étire en longueur et s'éternise.

1. *Ibid.*, n° 117 ; trad. fr. B. Foulon.

L'année entière, en ces temps, n'est que malheur.
Aucun signe, aucune nouvelle ne me sont venus de lui.
Non, et celui pour lequel nous pleurons ne partage ni notre peine, ni notre disposition pour l'amour platonique.
« Point ne voulons te quitter, me dit le mignon,
Nous désirons seulement éprouver ta constance. »
Je répondis : « Il faut abandonner cette conduite insensée.
Tu veux voir ma constance, mais en fait tu m'oublies.
Pourtant, sous la torture que je subis, celle-ci apparaît clairement. »

Laissez mon amant agir à sa guise.
Il a beau se montrer injuste à mon égard, ma conduite envers lui demeure irréprochable.
Il joue les coquets, et j'accepte son infidélité.
Cet amant-là, ô mes amis,
Qui jamais ne voulut entendre ma profession de foi, comment ose-t-il m'accuser de lui être infidèle ?

En dépit de tout, je veux encore croire en lui : en sa douceur,
En la beauté de son visage quand il sourit,
En ses propos teintés de pudeur, qui emplissent sa bouche lorsqu'il parle.
N'était le regard meurtrier qu'il porte sur moi,
Et le dédain blessant dans lequel il me tient, de quoi pourrais-je me plaindre [1] ?

1. *Ibid.*, n° 120; trad. fr. B. Foulon.

# IV

# Al-Andalus sous domination almohade

## (1150-1230)

# 7. *Histoire de la présence almohade en al-Andalus*

## LA CONQUÊTE DU POUVOIR

C'est par l'appellation « al-Muwaḥḥidûn » (« les unitaristes ») que l'on désigne les partisans du dogme élaboré par Ibn Tûmart et dont l'élément central est l'affirmation de l'unicité de Dieu, le *tawḥîd*. Ibn Tûmart, Berbère originaire du Haut-Atlas, entama à partir de 1117, au retour d'un voyage en Orient, une prédication visant à réformer les mœurs. Fustigeant la consommation de vin, les réunions où hommes et femmes se côtoyaient, ainsi que le luxe ostentatoire, il critiquait vertement la façon dont l'islam était pratiqué au Maghreb. Pour échapper au pouvoir almoravide contre lequel il prônait le *djihâd* et qu'il accusait d'être corrompu dans sa foi et de pratiquer l'anthropomorphisme, Ibn Tûmart et son disciple ᶜAbd al-Muᵓmin se réfugièrent à partir de 1120-1121 dans les montagnes de l'Atlas, auprès de tribus maṣmudiennes, indépendantes de fait de l'émir almoravide de Marrakech, et se fixèrent dans la bourgade de Tînmal. Entre 1120 et 1130, Ibn Tûmart et ses proches disciples convertirent la plupart de ces tribus au dogme almohade. Celui-ci, enseigné en berbère, puisait dans les différents courants de l'islam : kharidjisme, shiisme, mutazilisme, ashᶜarisme, ẓâhirisme et soufisme. À partir de 1121, Ibn Tûmart se laissa désigner comme l'imam impeccable et infaillible, dépositaire et interprète de la loi divine ; il devint le *mahdî* (« celui qui est guidé par Dieu ») et exerça un pouvoir quasi absolu sur les populations berbères qu'il fédéra, souvent par la force, en une vaste et complexe communauté hiérarchisée. En dépit de nombreuses attaques, les Almoravides furent impuissants à réduire cette rébellion montagnarde.

À la mort d'Ibn Tûmart en 1130, ᶜAbd al-Muᵓmin lui succéda. La prise du titre califal, porté pour la première fois par un Berbère [1], était lourde de significations : il s'agissait d'affirmer l'originalité du message religieux almohade, mais aussi de lui offrir le cadre politique nécessaire à sa diffusion. Entre 1130 et 1170, les conquêtes se succédèrent : Marrakech, la capitale almoravide, tomba en 1147 et le dernier émir de cette dynastie fut exécuté ; les territoires du Maghreb central furent pris en 1151 et les tribus arabes hilaliennes [2] furent matées en 1152. Toujours au nom du *djihâd*, les Normands furent chassés du littoral d'Ifrîqiya en 1159-1160. C'est à partir de cette date, alors que l'ensemble du Maghreb était réuni sous leur domination, que les Almohades intervinrent de manière décisive en al-Andalus.

## Ibn Hamushk et la prise de Grenade : la résistance au pouvoir almohade (1160)

En raison de la déliquescence du pouvoir almoravide dans la péninsule Ibérique, al-Andalus était à nouveau divisée en petits États, les Taifas, qui revenaient à l'ancienne et dangereuse politique consistant à nouer d'éphémères alliances plus ou moins consenties avec les royaumes chrétiens du Nord. Sur tous les fronts, l'Islam andalou reculait. En 1157, cependant, les contingents almohades envoyés du Maghreb infligèrent une défaite au roi de Castille Alphonse VII, qui mourut pendant la retraite. Ils eurent alors beau jeu d'apparaître comme les sauveurs des musulmans d'al-Andalus alors qu'ils avaient été, bien plus que les rois chrétiens, les principaux artisans de la chute des Almoravides, poignardés dans le dos.

1. Pour les sunnites et les shiites, seuls les Qoraïchites pouvaient porter le titre califal.

2. Tribus arabes qui nomadisaient en Égypte et qui furent envoyées en Ifrîqiya au milieu du XIᵉ siècle par les califes fatimides du Caire. L'avantage pour ces derniers était double : débarrasser l'Égypte de ces turbulents bédouins tout en punissant les souverains zirides d'Ifrîqiya qui avaient rejeté la tutelle du Caire. Leur arrivée contribua à déstabiliser grandement le Maghreb.

Le calife almohade ᶜAbd al-Muʾmin, occupé à conquérir l'Ifrîqiya, ne vint en al-Andalus qu'en 1160 pour y imposer son pouvoir. La situation y était fort complexe, en raison notamment de l'indépendance d'Ibn Mardanîsh, émir andalou qui contrôlait les régions de Valence et de Murcie, et qu'épaulait son beau-père Ibn Hamushk, maître de Segura. Il semblerait qu'Ibn Mardanîsh ait alors bénéficié de l'appui de populations sunnites, hostiles à la venue des « hérétiques » almohades et peu enclines à voir arriver une nouvelle vague berbère. Pour se maintenir au pouvoir, Ibn Mardanîsh dut négocier avec les chrétiens, avec lesquels il eut des rapports cordiaux, ce qui contribua à le faire passer pour un traître dans les chroniques composées à l'époque almohade. Ibn Hamushk, quant à lui, réussit même à prendre pour un temps Grenade, avec l'aide des populations juives, particulièrement mal traitées par les Almohades. Une armée almohade mata la rébellion et reprit la ville, mais Ibn Mardanîsh poursuivit la lutte jusqu'à sa mort, en 1172.

Ibrâhîm b. Hamushk, lors de chacune de ses expéditions estivales, ne cessait de détruire les récoltes de la région de Cordoue, de saccager ses jardins et ses maisons de campagne, et ce, durant les années où ᶜAbd al-Muʾmin se trouvait en Ifrîqiya. Il prit possession par la trahison de Carmona et d'autres places, et il ne resta presque rien de la région de Séville. Quand ᶜAbd al-Muʾmin revint de Marrakech et traversa la mer, il réunit les contingents almohades pour assiéger Carmona. Ibn Hamushk, qui était à Jaén, fut atterré par cette nouvelle ; son cœur fut enflammé par la révolte et son esprit pervers conçut de prendre la cité de Grenade, toute proche, par la ruse et la trahison. Il s'entendit avec les juifs qui vivaient dans la cité et convint de les retrouver une nuit. Les juifs fixèrent une date au cours de laquelle il s'approcherait de la porte du faubourg, en forcerait le passage et prendrait la ville. Cela se passait alors que le gouverneur de Grenade, le seigneur Abû Saᶜîd, était allé rendre visite à son père [1] en la capitale de Marrakech. Ibn

1. Le calife ᶜAbd al-Muʾmin.

Dahrî avait déjà été envoyé en secret par Ibn Hamushk auprès des juifs qui l'avaient introduit dans la ville. La citadelle au cœur de la ville était cependant pourvue de défenseurs valides et elle regorgeait de vivres et d'armes. Le traître[1] arriva la nuit convenue et fit sa jonction avec les juifs infidèles qui avaient brisé les serrures de la porte et se hâtaient d'appeler leurs complices. Quand la population entendit cela, ceux qui avaient de l'autorité et s'étaient maintenus avec fermeté dans la fidélité à l'islam accoururent ; mais à l'aube, Ibn Hamushk avait déjà pris possession de la ville. Il écrivit alors à son émir Ibn Mardanîsh à Murcie afin de l'informer de ce qui s'était passé et afin qu'il vînt avec son armée pour contraindre à la reddition les Almohades retranchés dans la forteresse. Ibn Mardanîsh prépara ses troupes et fit appel aux chrétiens, ses alliés, qui accoururent à lui. Il sortit de Murcie à la tête de son maudit contingent, cherchant à obtenir ce que lui avait promis Ibn Hamushk. Celui-ci avait entrepris d'assiéger la forteresse, humiliant ceux des défenseurs qui tombaient entre ses mains et les torturant. Grâce à l'aide de Dieu, les défenseurs de la forteresse, qui avaient armes et vivres, tenaient bon. On apprit la nouvelle de leur résistance et cela arriva à la connaissance du prince des Croyants, ᶜAbd al-Muᵓmin, qui se mit en marche depuis sa capitale pour traverser la mer et se rendre en al-Andalus[2].

## La marche des seigneurs almohades sur Grenade

Ibn ᶜIdhârî relate ensuite les préparatifs du calife ᶜAbd al-Muᵓmin et l'initiative de son fils, le *sayyid* (seigneur) Abû Saᶜîd, gouverneur en titre de Grenade, qui précéda le gros des troupes

1. Ibn Hamushk.

2. Ibn ᶜIdhârî, *Al-Bayân al-Mughrib fî akhbâr al-Maghrib*, trad. esp. A. Huici Miranda, dans Ibn ᶜIdhârî, *Al-Bayân al-Mughrib : nuevos fragmentos almorávides y almohades*, *op. cit.*, p. 345-353 ; trad. fr. E. Tixier du Mesnil.

almohades en al-Andalus afin de reprendre Grenade lui-même. Il ignorait que l'armée d'Ibn Hamushk avait été renforcée par un contingent de plusieurs milliers de chrétiens, envoyé par Ibn Mardanîsh. Les troupes d'Abû Sa$^{c}$îd furent écrasées par celles d'Ibn Hamushk et le fils du calife n'en réchappa que de justesse. Une puissante armée almohade, commandée cette fois par l'héritier présomptif Abû Ya$^{c}$qûb Yûsuf, fit sa jonction avec ce qu'il restait de celle de son frère, et les deux seigneurs repartirent à l'assaut de Grenade.

Les deux seigneurs quittèrent Málaga en direction de Grenade au moment où Ibn Mardanîsh arrivait dans cette ville avec ses troupes de musulmans et de chrétiens, pressé d'en prendre possession. Il établit son campement sur la montagne contiguë à la forteresse, alors qu'Ibn Hamushk s'était établi dans la citadelle rouge [1] à la tête de près de huit mille cavaliers chrétiens, sans compter ses propres troupes. Ibn Mardanîsh commandait une armée plus importante encore. Tous deux s'attendaient chaque jour à l'arrivée des armées almohades. Celles-ci poursuivaient leur marche dans le calme, jusqu'à ce qu'elles parvinrent au rio Genil. Lorsque arriva le jeudi 25 de radjab [10 juillet 1162], les deux seigneurs chevauchèrent avec toutes leurs troupes; après avoir fait la prière du soir et donné du fourrage aux chevaux, ils décidèrent de poursuivre leur chevauchée de nuit. S'avancèrent alors parmi eux les champions de la Foi et ils montèrent au sommet de la montagne qui surplombait le rio Genil, près de la citadelle rouge où se trouvaient Ibn Hamushk et l'armée chrétienne. Ils avaient gravi lentement cette montagne durant toute la nuit, malgré sa hauteur et ses roches acérées, mais Dieu atténua leurs bruits et la lune était pleine. Quand commença à poindre la lueur de l'aurore, ils montèrent à l'assaut du camp des infidèles et se hâtè-

1. Le célèbre Alhambra (*al-qal$^{c}$a al-ḥamrâ$^{\supset}$*, « la citadelle rouge »), qui se trouve sur la colline de la Sabîka (voir *infra*, p. 411 et 436 *sq.*). Une seconde citadelle lui faisait face sur l'éminence voisine, et c'est là que se trouvait retranchée la garnison almohade assiégée.

rent d'attaquer ceux-ci dans leurs couches, avant qu'ils ne puissent se mettre en selle. Les infidèles ne purent donc pas chevaucher, et Allâh décréta leur mort, ce qui leur arriva quand ils furent chargés. Il arriva alors ce que Dieu avait décidé. Les infidèles pensaient que la route qui menait au campement d'Ibn Mardanîsh était dégagée, mais le rio Darro était devant eux, et lorsqu'ils fuirent le combat et la déroute ils tombèrent dans le fleuve rendu invisible par les brumes et leurs corps se brisèrent sur ses rochers, en cette heureuse matinée. Dans cette rencontre mourut le chef des chrétiens, dont la tête coupée fut envoyée à Cordoue et accrochée à la porte de l'Alcázar. Dans le fleuve disparurent les parents par alliance d'Ibn Mardanîsh, ses principaux généraux et ses cavaliers les plus fameux. Ibn Mardanîsh, depuis la montagne proche de Grenade, assista à la mort de ses frères et son cœur fut brisé par la douleur [1].

## PORTRAITS DE CALIFES ALMOHADES

### Le calife Abû Ya^c^qûb Yûsuf

C'est à la veille d'une expédition d'envergure destinée à en finir avec Ibn Mardanîsh que ^c^Abd al-Mu'min mourut à Tînmal (Atlas) en mai 1163. Son fils Abû Ya^c^qûb Yûsuf, le vainqueur d'Ibn Hamushk, âgé de vingt-cinq ans, lui succéda ; comme dans le cas des Almoravides, l'égalité tribale des débuts fut supplantée par un fonctionnement dynastique classique, ce qui ne s'effectua pas sans heurt. Formé par des Andalous, épris de Séville où il était demeuré sept ans, le nouveau souverain, doté

1. Selon certains, il perdit la raison à la suite de ce spectacle. – Ibn ^c^Idhârî, *Al-Bayân al-Mughrib fî akhbâr al-Maghrib*, trad. esp. A. Huici Miranda, dans Ibn ^c^Idhârî, *Al-Bayân al-Mughrib : nuevos fragmentos almorávides y almohades*, *op. cit.*, p. 345-353 ; trad. fr. E. Tixier du Mesnil.

de grandes qualités politiques et intellectuelles, contribua tout au long de son règne à embellir la capitale andalouse. Paré du titre califal de commandeur des Croyants (*amîr al-Muʾminîn*), Abû Yaᶜqûb Yûsuf relança le *djihâd* en al-Andalus contre Ibn Mardanîsh, dans un contexte de forte menace de la part des royaumes chrétiens [1]. L'entreprise fut auréolée de succès : la plupart des villes levantines se soumirent au pouvoir almohade et, en 1172, Ibn Mardanîsh, devenu fou, fut tué ; sa famille se soumit et reçut de nombreux présents. Le pouvoir almohade contrôlait désormais al-Andalus, mais il dut surtout aux divisions entre les forces chrétiennes le répit qui lui permit de mener de vastes travaux de construction et d'urbanisme, dont témoigne encore la Giralda de Séville, vestige de la mosquée édifiée par cette dynastie. Abû Yaᶜqûb Yûsuf périt devant Santarém en 1184.

Ibn Ṣâḥib al-Ṣalâ écrit ceci : Abû Yaᶜqûb Yûsuf était vertueux, excellent, juste, pieux et généreux ; il savait le Coran par cœur, connaissant son exégèse, l'abrogeant et l'abrogé, ainsi que les Traditions se rapportant à l'Envoyé de Dieu, distinguant celles qui étaient véridiques et justes des autres. Il était versé dans les sciences du droit et des fondements de la religion. Il prouva sa bonne volonté aux Almohades en leur versant chaque mois les rétributions et les récompenses usuelles [2] ; il aimait particulièrement construire des monuments, mener la guerre sainte et pratiquer la justice. Il mit en ordre le pays de ce côté du Détroit, le rendit sûr et le pacifia. […] C'est lui qui rendit à Séville son rang de capitale et qui fit édifier à ses frais une nouvelle muraille du côté du fleuve après la grande inondation survenue en 564 [1168-1169]. Quand il s'installa à Séville en 566 [1170-1171], pour permettre le passage sur le fleuve, il établit un grand pont situé de façon que les habitants de la ville et ceux de l'Ajarafe pussent

1. C'est à cette époque notamment que s'illustra le « Cid portugais », Giraldo Sempavor.

2. Le système almohade reposait sur une complexe redistribution de rentes aux différentes catégories dirigeantes.

traverser, ainsi que les troupes partant en campagne ; il permit aux musulmans de l'emprunter avec leurs marchandises, sans payer de taxes, ni de péages. Il fit creuser une conduite pour l'eau destinée à la consommation des habitants et construisit une nouvelle Grande Mosquée afin que les gens y fussent plus à l'aise que dans l'ancienne, trop exiguë ; on vint à bout de ces travaux en peu d'années, compte tenu de la grandeur et de l'ampleur de cet édifice. On édifia le minaret jusqu'à mi-hauteur sous son règne, et l'on renforça les portes de Séville situées du côté du fleuve pour protéger la ville des inondations ; Abû Yaᶜqûb Yûsuf construisit également une forteresse à Séville. À l'échelle du pays, il repeupla les zones frontières désertées, y releva les murailles et rétablit l'islam dans ces zones qui avaient été abandonnées. Il racheta les captifs originaires de ces régions détenus par les chrétiens, et parmi eux ᶜAlî b. Wazîr et Gânim b. Mardanîsh, déboursant pour cela de fortes sommes. Il razzia les infidèles avec ses troupes par terre et par mer, leur faisant goûter une vie d'amertume. Fin de ce que dit Ibn Ṣâḥib al-Ṣalâ. Un autre auteur raconte que le calife mourut sur le dos de son cheval, sur la route d'Évora, et qu'un serviteur de sa suite le trouva mort ; on dit que la cause de son décès fut un carreau d'arbalète qui l'atteignit, alors qu'il était dans sa tente, devant Santarém. C'est ce que reprennent certains historiens comme Abû-l-Ḥusayn b. Abî Muḥammad, originaire de Jerez, ainsi que d'autres.

Abû Yaᶜqûb Yûsuf avait été proclamé calife à Rabat, à la mort de son père Abû Muḥammad ᶜAbd al-Muᵓmin. Cette proclamation eut lieu alors que s'effondrait l'Empire ᶜubaydite en Orient [1]. Son califat dura vingt-deux ans, dix mois et dix jours, du mardi 8 du mois de djumâda al-âkhira de l'année 558 [14 mai 1163] au samedi 18 de rabîᶜ al-âkhir de l'année 580 [29 juillet 1184] ; il avait alors quarante-sept ans. Il était né à Tînmal en 533 [1138]. Sa

1. Il s'agit là d'une allusion au califat fatimide shiite du Caire, qui dura de 929 à 1171.

mère était la fille du cadi Ibn $^{c}$Imrân. À la mort du calife, son fils Abû Yûsuf fit dire la prière pour lui avec ses compagnons et les principaux chefs almohades.

Le jour où il se mit en route pour mener l'expédition au cours de laquelle il mourut, d'étranges présages survinrent : en sortant par la porte de la forteresse avec la bannière blanche, la lance qui supportait celle-ci se rompit en deux moitiés. Puis, lorsque l'armée arriva à la porte de Dukkâla, au lever du soleil, un crieur public, voyant la lance de la bannière rompue et croyant à un enterrement, dit : « Faites une prière pour le défunt. » Cela déplut hautement au calife, qui le prit pour un mauvais présage et son visage s'assombrit.

Le nombre de ses enfants mâles fut de dix-huit et leurs noms furent : Ya$^{c}$qûb al-Manṣûr, Isḥâq, son frère utérin, Yahyâ, Ibrâhîm, $^{c}$Abd al-$^{c}$Azîz, Idrîs, Abû Bakr, $^{c}$Abd Allâh, Aḥmad, Yaḥyâ (« le second »), Muḥammad, $^{c}$Umar, $^{c}$Abd al-Wâḥid, $^{c}$Abd al-Ḥaqq, Isḥâq, Ṭalḥa et $^{c}$Abd al-Raḥmân. Ses frères, qui commandèrent ses armées, furent : Abû Ḥafṣ, Abû Sa$^{c}$îd, Abû $^{c}$Alî al-Ḥusayn et Abû Zakariyâ, seigneur de Bougie. Son chambellan fut son frère utérin Abû Ḥafṣ. Ses vizirs furent Idrîs b. Ibrâhîm, jusqu'à ce qu'il fût disgracié, à la fin de ses jours ; suivit à ce poste Abû Bakr b. Yûsuf al-Kûmî, au côté de son fils Abû Yûsuf. Ses cadis furent : Ḥadjdjâdj b. Yûsuf, Abû Mûsâ $^{c}$Isâ b. $^{c}$Imrân et Abû Dja$^{c}$far b. Madâ. Il y eut parmi ses secrétaires, durant son califat, Abû-l-Ḥasan b. $^{c}$Ayyâsh, le Cordouan, qui se mit à son service après être sorti de Cordoue avec un groupe de gens qui fuyait la ville lors de la débâcle almoravide ; il vint alors à Séville. Il était l'intime d'Abû Bakr al-Murâdî, chef des secrétaires du service des contributions ; il fut ensuite transféré au secrétariat du seigneur Abû Ḥafṣ et alla avec lui à Tlemcen [1], restant en sa

1. Ville du Maghreb central (actuelle Algérie), située au carrefour des routes qui menaient du Maroc à l'Algérie et de la Méditerranée au Sahara.

compagnie et assurant son secrétariat jusqu'à ce que s'abattît le châtiment sur Abû Dja<sup>c</sup>far b. <sup>c</sup>Aṭiyya et que le calife le rappelât en sa capitale et le nommât son secrétaire. Il mourut en l'année 568 [1172]. Abû-l-<sup>c</sup>Abbâs Ṭâhir, connu sous le nom d'Ibn Mahshara, fut aussi son secrétaire. Fin des données dont je dispose [1].

## Al-Manṣûr, vainqueur de la bataille d'Alarcos (1195)

Le successeur d'Abû Ya<sup>c</sup>qûb Yûsuf fut son fils, Abû Yûsuf Ya<sup>c</sup>qûb, âgé de vingt-cinq ans et qui détenait déjà le vizirat. Ce fut un homme de grande culture, ami d'Ibn Ṭufayl et d'Ibn Rushd (Averroès)[2], mais également un bien meilleur militaire que son père, ce qui lui valut le surnom honorifique d'al-Manṣûr, « le Victorieux ». Il dut faire face aux derniers émirs almoravides de la péninsule Ibérique, les Banû Ghâniya des Baléares, particulièrement menaçants lorsqu'ils se rendirent également maîtres de Bougie en 1184 puis d'une partie de l'Ifrîqiya, est de l'actuel Maghreb. Cette zone, où les Almohades avaient mené une politique de terreur, fut difficilement soumise en 1188. Plus grave encore, des membres éminents de la famille du souverain ainsi que d'anciens alliés eurent des velléités de révolte et furent exécutés. En al-Andalus, les Portugais mais aussi les Castillans se faisaient de plus en plus menaçants. Persuadé de sa supériorité militaire, le souverain de Castille Alphonse VIII engagea un combat frontal et fut écrasé par al-Manṣûr à la bataille d'Alarcos en 1195. Ce fut la plus grande victoire almohade. Le souverain mourut quelques années plus tard, en 1199 ; son règne correspondit à l'apogée du pouvoir almohade dans la Péninsule.

Quand al-Manṣûr eut élaboré ses plans et achevé ses préparatifs, il partit pour ladite expédition d'Alarcos le matin du jeudi 11 de radjab [22 juin 1195] et suivit

---

1. Ibn <sup>c</sup>Idhârî, *Al-Bayân al-Mughrib fî akhbâr al-Maghrib*, trad. esp. A. Huici Miranda, dans *Colección de crónicas árabes de la Reconquista*, t. II, *op. cit.*, p. 81-84 ; trad. fr. E. Tixier du Mesnil.

2. Voir *infra*, p. 338.

le cours du Guadalquivir. Il arriva à Cordoue le vendredi 19 du mois cité [30 juin] et s'y reposa trois jours avant de quitter la ville le mardi 23 [4 juillet]. Une avant-garde de cavaliers chrétiens arriva dans les environs de Calatrava afin de chercher à obtenir des informations. De la citadelle sortit un groupe de musulmans qui suivit les traces des ennemis de Dieu et leur tomba dessus comme l'affamé se jette sur la nourriture ou l'assoiffé sur la boisson. Ils n'en firent qu'une bouchée et laissèrent ce qu'il restait d'eux en pâture aux aigles. Ce fut comme un avant-goût de la victoire. Ils continuèrent leur marche, et chaque jour d'heureuses nouvelles parvenaient aux musulmans. La panique des chrétiens devenait visible et les récits de leurs échecs étaient lus et récités partout. Les deux belligérants se firent enfin face ; on put voir les feux des deux camps et regarder les adversaires dans les yeux. Quand al-Manṣûr arriva et s'installa sur une butte d'où il dominait le campement des infidèles, il décida de les attaquer et de lutter corps à corps avec eux, avec l'aide de Dieu qui décide de la mort et de la ruine. Il ordonna de réunir une assemblée des chefs de tous les contingents et ceux-ci accoururent de toutes parts. Lorsqu'ils furent assis se leva le vizir Abû Yaḥyâ, fils d'Abû Muḥammad, lui-même fils d'Abû Ḥafṣ [1]. Il leur dit, d'une voix que tous pouvaient entendre : « Voici ce que vous dit l'émir des Croyants : Pardonnez-vous car c'est ici le lieu du pardon, pardonnons-nous les uns les autres. Mettez en paix vos âmes et purifiez vos intentions à l'heure de paraître devant Dieu. » Les gens pleuraient à l'écoute des propos du souverain, émus de la façon dont il se préoccupait d'eux. Il dirent alors tous : « Nous demandons le pardon et l'indulgence du calife et nous espérons que la droiture de sa conscience et la sincérité de ses intentions amèneront sur nous la protection de Dieu le Miséricordieux. »

1. L'un des principaux chefs almohades, compagnon de ᶜAbd al-Muʾmin.

Le cadi Abû ᶜAlî b. Ḥadjdjâdj se leva à son tour et prononça un discours très éloquent, incitant à la guerre sainte et mettant en valeur l'importance et les mérites de ce combat dans la voie de Dieu. Les présents, transcendés par les propos entendus, se retirèrent afin de purifier pour Dieu leurs consciences et leurs corps, afin de fortifier leurs âmes pour redoubler de courage et de bravoure. Le vizir leur ordonna de s'armer et de se tenir prêt pour le combat contre les ennemis. L'armée se mit en ordre de marche avec calme et se rapprocha pour voir l'ennemi, à une distance d'environ deux jets de flèche, peut-être plus près encore. Les hommes étaient à leurs postes, ordonnés en des rangs aussi bien agencés qu'une solide construction. Al-Manṣûr, avec les gens de sa maison et des tribus proches, assurait les arrières et recevait de fréquents messagers pour se tenir au courant de ce qui se passait devant. Quand les infidèles virent ce que leur infligeaient les soldats de Dieu, ils n'eurent d'autre issue que d'essayer de résister et de se défendre de toutes leurs forces. Ils s'élancèrent depuis leur position, déferlant comme la nuit obscure ou la mer déchaînée, se succédant comme des vagues. Il n'y avait plus que colère et cris, mais le fracas des armes couvrait même le tumulte des voix. Les infidèles parvinrent jusqu'à nos bannières, qui se dressaient comme des montagnes immobiles. Des Volontaires de la Foi et un groupe de gens peu aguerris et peureux se dévièrent vers la droite et cédèrent du terrain. La poussière s'élevait dans les airs et c'est alors qu'al-Manṣûr dit à ses proches et à ceux qui se trouvaient à proximité : « Purifiez vos intentions et présentez vos cœurs. » Il quitta alors seul le point de vue où il se trouvait, laissant derrière lui sa suite, prouvant encore une fois sa valeur et son courage. Il passa dans les rangs des combattants andalous et berbères, se mit en personne à les haranguer afin qu'ils se lancent contre l'ennemi. Il retourna ensuite à son poste d'observation.

Quand les hommes le virent et constatèrent la grandeur qui l'habitait, ils furent galvanisés par ses propos, leurs âmes furent incendiées et ils se jetèrent à corps perdu dans la bataille. Chaque tribu chargea les ennemis qui se tenaient près d'elle, chaque escadron attaqua violemment l'adversaire. Le filet se resserra autour du groupe des infidèles qui fut encerclé et ne trouva nul passage pour s'échapper. Les combattants se mêlèrent les uns aux autres, la lutte devint un corps à corps acharné dont émergeaient des pieds et des têtes. Même les voix se turent, jusqu'à ce que les ennemis fussent délogés de leurs positions. Dieu avait écarté ceux qui s'étaient dressés contre lui et ils durent abandonner le combat. Le butin fut tel que le partage, qui eut lieu le neuvième jour du mois de sha<sup>c</sup>bân [19 juillet], dura du début de la matinée jusqu'à ce que le soleil commençât à décliner. Le campement du Maudit[1] fut saccagé et il ne resta rien de ses tentes et de ses biens, malgré le nombre de ses cavaliers et l'importance de ses troupeaux. Loué soit Dieu ! Il resta un monceau de cadavres, nombreux comme les épis d'un champ ou les pierres d'un monticule ; ils avaient la tête contre le sol, mais ce n'était pas pour prier ; ils étaient allongés sur le côté, mais ce n'était pas pour dormir, et c'est ainsi qu'ils se trouveront, le jour de la résurrection, lorsque se lèveront ceux qui sont dans les tombes. Le tas qu'ils formaient faisait peut-être un parasange de long sur un de large, mais il était difficile d'en définir les limites.

Yûsuf b. <sup>c</sup>Umar, le secrétaire, dit dans son *Histoire* que le nombre d'ennemis tués durant cette campagne fut de près de trente mille, ce qui paraît un vrai miracle. Il dit également que cinq cents musulmans environ moururent en martyrs et que le maudit Alphonse s'enfuit, passant sous le fil des lances, et qu'il regagna Tolède à bride abattue, avec une vingtaine de cavaliers seulement. Ils

1. Alphonse VIII.

avaient cheminé toute la nuit, si apeurés qu'ils prenaient tout ce qui bougeait pour un homme. Les autres, ceux qui avaient réussi à échapper au combat, se réfugièrent dans la forteresse d'Alarcos. Les musulmans l'encerclèrent et étaient sur le point de la prendre pour en déloger par la force les fuyards lorsque Pierre [1], l'ami des musulmans, négocia en leur nom afin de les en faire sortir. Le nombre des gens qui se trouvaient dans la forteresse avait alors atteint cinq mille, adultes et enfants, hommes et femmes. Al-Manṣûr, par compassion et dans le souci que cette libération pût profiter plus tard à des captifs musulmans, accéda à sa requête. Au lieu de les tuer, on les garda comme otages ; ils furent envoyés à Séville, puis à Rabat, puis on les laissa partir ; et ce fut là la plus grande traîtrise des infidèles et la plus grande tromperie des polythéistes [2].

Le récit de la victoire de Zallâqa [3] était devenu proverbial et les gens en faisaient une référence en matière de combat [...]. Durant cette bataille cependant, les pertes furent très importantes d'un côté comme de l'autre et cela nuisit à la joie des musulmans. La bataille d'Alarcos en comparaison fut beaucoup plus facile et contenta les gens, comme la nourriture contente l'affamé et la boisson l'assoiffé ; elle fit oublier toutes les victoires antérieures des musulmans et chacun en gardera le souvenir jusqu'à la mort. Après cette importante bataille, al-Manṣûr retourna à Séville, auréolé de la victoire, portant sur son front le signe de l'élection divine. Il entra dans cette ville le mardi 27 du mois de shaᶜbân de l'année 571 [7 août 1195] [4].

---

1. Pedro Fernández de Castro était un comte castillan.

2. Peut-être sont-ils traités de traîtres et de trompeurs parce qu'ils ont repris le combat plus tard.

3. Elle eut lieu en 1086 (voir *supra*, p. 199).

4. Ibn ᶜIdhârî, *Al-Bayân al-Mughrib fî akhbâr al-Maghrib*, trad. esp. A. Huici Miranda, dans *Colección de crónicas árabes de la Reconquista*, t. II, *op. cit.*, p. 185-190 ; trad. fr. E. Tixier du Mesnil.

## La piété d'al-Manṣûr

En dépit des victoires remportées, les Almohades étaient en butte à une hostilité certaine de la part de populations restées majoritairement sunnites de rite malikite, très encadrées de plus par des ulémas que tout opposait aux nouveaux maîtres. Les chroniques rédigées à l'époque almohade ne nous renvoient qu'un écho feutré des conflits, plus ou moins ouverts, qui survinrent sans doute. Les opinions des chroniqueurs comme des historiens divergent à propos du zèle mis par le calife al-Manṣûr à défendre le dogme almohade élaboré par son grand-père ᶜAbd al-Muʾmin et par Ibn Tûmart. On a parfois cru que ce souverain, préoccupé avant tout de gloire militaire, avait été plutôt conciliant à l'égard des ulémas andalous : ce texte de ᶜAbd al-Wâḥid al-Marrâkushî brosse un portrait bien différent de la piété d'al-Manṣûr.

Al-Manṣûr fit preuve d'ascétisme, d'austérité et de sobriété en matière de vêtements comme de nourriture[1]. On fit grand cas sous son règne des hommes probes et dévots, ainsi que de ceux qui s'adonnaient à la science des Traditions, lesquels furent recherchés et s'élevèrent auprès de lui. Il ne cessait de faire appel aux gens pieux de tout le pays, de leur écrire, de leur demander des prières et de leur offrir de somptueux cadeaux lorsqu'ils les acceptaient. Durant son règne, on ne pratiqua plus la science des déductions juridiques et les *faqîh-s* le craignaient. Il ordonna de brûler les livres des différentes écoles juridiques après en avoir retiré les passages reproduisant les Traditions de l'Envoyé de Dieu et le Coran. On fit ce qu'il avait ordonné et l'ensemble de ces ouvrages brûlèrent dans tout le pays, comme la *Mudawwana* de Saḥnûn, le livre d'Ibn Yûnus, les *Nawâdir* d'Ibn Abî Zayd et son compendium le *Mukhtaṣir*, le *Kitâb al-Tahdhîb* d'al-Birâdhiᶜî, la *Wâḍiḥa* d'Ibn Ḥabîb, ainsi que les ouvrages

1. Après avoir fait exécuter deux de ses proches parents qui s'étaient révoltés contre lui en 1187.

de ce type. Je fus témoin, alors que j'étais à Fez, de la manière dont on entassait ces piles de livres pour y mettre le feu. Il ordonna aux gens de cesser de s'occuper des sciences de la spéculation sous peine de graves châtiments. Il demanda à un groupe de savants et traditionnistes qui était auprès de lui de réunir les Traditions des dix recueils, à savoir les deux *Ṣaḥîḥ* de Bukhârî et de Muslim^c, le recueil d'al-Tirmidhî, la *Muwaṭṭâ* de Mâlik b. Anas, les *Sunan* d'Abû Dâwud, les *Sunan* d'al-Nisâ'î, les *Sunan* d'al-Dâraquṭanî, les *Sunan* d'al-Bayhaqî [1], et de voir ce qu'ils disaient en matière de prière, à la façon dont Ibn Tûmart avait réuni les Traditions ayant trait à la purification. Les hommes qu'il avait rassemblés l'aidèrent dans cette entreprise. Il dicta lui-même aux gens ce recueil, le fit diffuser dans tout le Maghreb en ordonnant de le retenir par cœur ; le peuple comme les personnages importants devaient donc l'apprendre et ceux qui parvenaient à le faire recevaient d'importants dons en vêtements et en argent. Son dessein était de faire disparaître l'école de Mâlik, de la supprimer au Maghreb afin que les gens revinssent au sens littéral du Coran et des hadith. C'était également ce qu'avaient voulu son père et son grand-père, mais ceux-ci s'étaient abstenus de dévoiler leurs intentions, ce que fit ouvertement al-Manṣûr. J'en veux pour preuve le récit que fit le *ḥâfiẓ* [2] Abû Bakr b. al-Djadd à plusieurs personnes qui me le rapportèrent : « Quand je fus présenté pour la première fois au calife Abû Yûsuf Ya^cqûb, je le vis tenant entre ses mains le livre d'Ibn Yûnus ; il me dit alors : "Oh, Abû Bakr ! Je suis en train de méditer sur ces diverses opinions transmises concernant la religion

1. Ces ouvrages sont des recueils de traditions ; al-Manṣûr, désireux de se fier au sens littéral et opposé aux méthodes de l'interprétation et du raisonnement analogiques, entendait revenir aux textes mêmes pour fonder sa jurisprudence.

2. Le terme désigne celui qui connaît le Coran par cœur et, par extension, le « savant musulman ».

de Dieu. T'es-tu demandé, lorsqu'il y a quatre ou cinq opinions, voire plus, traitant d'un même point, laquelle était véridique et devait être adoptée ?" Je commençais à lui expliquer les difficultés et les subtilités de cela lorsqu'il me coupa la parole et dit : "Oh, Abû Bakr ! Il n'y a que cela, en me montrant un exemplaire du Coran, ou cela, montrant le *Kitâb al-Sunan* d'Abû Dâwud qui se trouvait à sa droite, ou l'épée [1] !" » On prôna alors ouvertement ce qui était resté caché sous les règnes de son père et de son grand-père ; s'élevèrent auprès de lui ceux qui étudiaient la science [2], c'est-à-dire la science des Traditions, ce qui n'était pas arrivé du temps de son père et de son grand-père. Le calife en vint même à dire un jour en présence de tous les Almohades, dont il connaissait la jalousie que certains d'entre eux portaient aux *ṭulba* en raison de la position qu'ils occupaient auprès de lui et parce qu'il aimait s'isoler avec eux : « Almohades ! Vous appartenez à différentes tribus, et lorsqu'il arrive quelque chose à l'un d'entre vous, il fait appel aux gens de sa tribu. Ceux-là en revanche, c'est-à-dire les *ṭulba*, n'ont d'autre recours que moi, et s'il leur arrive quelque chose, je serai leur refuge ; c'est auprès de moi qu'ils chercheront du secours. » Depuis ce jour, leur situation s'éleva et les Almohades s'employèrent à les respecter et à les honorer [3].

---

1. Cette phrase illustre la position des Almohades à l'égard de la production des juristes malikites : celle-ci consistait en l'accumulation de recueils de cas d'espèces, rédigés par d'illustres autorités, et faisant jurisprudence. La norme juridique s'appuyait donc sur les opinions subjectives de ces hommes, et non sur des fondations plus solides.

2. C'est-à-dire les *ṭulba*, élite de docteurs chargés de diffuser le dogme almohade.

3. Texte arabe édité par R. Dozy, *The History of the Almohades by Abdo-'l-Wahid al-Marrekoshî, op. cit.*, p. 201-203 ; trad. esp. A. Huici Miranda, dans *Colección de crónicas árabes de la Reconquista*, t. IV, *op. cit.*, p. 230-232 ; trad. fr. E. Tixier du Mesnil.

# RELIGION, PHILOSOPHIE ET POLITIQUE : LA FIGURE D'AVERROÈS

Abû l-Walîd Muḥammad b. Aḥmad b. Rushd, l'« Averroès » des Latins, constitue certainement le personnage andalou que nos contemporains connaissent sinon le mieux, du moins le plus. Cette notoriété est en grande partie due au formidable écho que rencontrèrent dans l'Occident médiéval latin les thèses de ce personnage hors norme, thèses qui, selon Alain de Libera, fournirent à l'université médiévale sa première et principale impulsion [1].

L'extraordinaire figure d'Averroès reste cependant complexe : il fut pour les hommes du Moyen Âge et ceux de la Renaissance le commentateur d'Aristote, le philosophe par excellence, et fut à ce titre soupçonné des intentions les plus contradictoires, suscitant les fantasmes les plus divers, tant dans le monde islamique que dans la chrétienté [2]. Peu d'hommes, dans l'histoire de la pensée, peuvent se targuer d'avoir autant provoqué la controverse et permis ainsi l'émergence de nouveaux débats. Les Latins cependant n'ont connu d'Averroès que ses commentaires d'Aristote et n'ont pas eu accès, pendant l'âge d'or de la scolastique, au reste de son œuvre. Or son œuvre forme un tout cohérent, mettant en lumière l'apport exceptionnel de cet intellectuel engagé qui, aux côtés du pouvoir almohade, ne voulut rien moins que fonder, grâce

1. Averroès, *L'Islam et la raison (anthologie)*, introduction d'Alain de Libera, trad. fr. Marc Geoffroy, Paris, GF-Flammarion, 2000, p. 11.

2. De Thomas d'Aquin à Renan, en passant par Pétrarque et Leibniz, la pensée d'Averroès, souvent mal comprise, a donné lieu à toutes sortes d'interprétations, dont certaines totalement fantaisistes. La peinture occidentale accorda également une place considérable à ce philosophe : dans quelques tableaux de la Renaissance, il est tour à tour, selon les convictions du peintre, le personnage situé aux côtés de Muḥammad et de l'Antéchrist, ou le philosophe méditant au sein d'un noble aréopage de savants et d'artistes. Voir l'introduction d'Alain de Libera dans Averroès, *L'Islam et la raison (anthologie)*, *op. cit.*

à la raison, une nouvelle théologie, et balayer dogmatisme et obscurantisme. C'est le parcours de ce penseur exceptionnel que nous voulons retracer ici sommairement, en le resituant dans l'histoire[1] – car Averroès, loin d'être l'électron libre, l'individu sans racines ni descendance qu'on a parfois décrit, est avant tout le fruit d'une terre et d'une époque.

Il naquit en 1126 à Cordoue, dans une famille de juristes renommés[2], ce qui lui valut de recevoir une solide formation consistant en l'apprentissage des sciences religieuses et profanes. Il grandit alors que la dynastie almoravide s'effondrait en al-Andalus et que de nouvelles Taifas, principautés indépendantes, s'érigeaient dans une violente compétition. À partir des années 1150, les armées almohades intervinrent de façon ponctuelle en al-Andalus, mais dès 1160, à l'issue de la conquête de l'Ifrîqiya, ʿAbd al-Muʾmin, le calife almohade qui avait succédé à Ibn Tûmart, s'imposa par la force dans la péninsule Ibérique. Les élites traditionnelles du pays, les juristes malikites, se trouvèrent alors dans une situation inédite : alliés naturels du pouvoir depuis la naissance même d'al-Andalus, couvés par le pouvoir omeyyade, incontournables à l'époque des Taifas, courtisés par les Berbères almoravides, ils étaient désormais gouvernés par des souverains almohades qu'ils jugeaient hérétiques. Les chroniques rédigées alors ne se font guère l'écho des conflits qui ne manquèrent d'apparaître ; on peut supposer que ceux-ci furent limités dans la mesure où il était de l'intérêt des uns comme des autres sinon de s'apprécier, du moins de s'entendre. Les Berbères almohades avaient besoin de la coopération des élites anciennes, tandis que celles-ci n'avaient que peu de goût pour le sacrifice. Il n'en reste pas moins que le contexte politique et religieux

1. Nous renvoyons nos lecteurs désireux d'analyses plus poussées aux remarquables ouvrages d'Alain de Libera et Marc Geoffroy, dont les traductions qui suivent sont reprises et qui nous ont été très précieux pour l'élaboration de cette partie sur Averroès : Averroès, *L'Islam et la raison (anthologie)*, *op. cit.* ; Averroès, *Discours décisif*, édition bilingue, Paris, GF-Flammarion, 1996 ; Averroès, *L'Intelligence et la pensée. Grand Commentaire du De anima*, Paris, GF-Flammarion, 1998. Voir aussi l'ouvrage tout aussi important d'Ali Benmakhlouf, *Averroès*, Paris, Les Belles Lettres, 2000.

2. Voir *supra*, p. 266 *sq.*, le texte qui fait allusion à son grand-père (lui aussi grand cadi de Cordoue, et également appelé Ibn Rushd).

des années 1160 était radicalement différent de celui qui prévalait à l'époque de la toute-puissance des juristes malikites : ce contexte explique en partie l'œuvre d'Averroès, partisan de l'almohadisme [1].

C'est le philosophe Ibn Ṭufayl, mort en 1185, qui présenta, en 1166 ou 1169, Averroès au deuxième calife almohade, Abû Yaᶜqûb Yûsuf, dont il devint le médecin personnel en 1184 [2]. Le souverain lui aurait alors demandé de commenter les œuvres du grand Aristote. Menant de front ses activités de médecin, de juriste – il fut nommé grand cadi de Séville en 1169, puis de nouveau en 1179, et grand cadi de Cordoue en 1183 –, mais aussi de philosophe ami du prince, il rédigea près d'une soixantaine d'œuvres, enrichissant de nombreux domaines de la pensée. En 1195, les ulémas andalous, jamais démobilisés et très conscients de la menace que représentait pour eux l'œuvre d'Averroès, obtinrent du troisième calife almohade, Abû Yûsuf Yaᶜqûb al-Manṣûr (1184-1199), la condamnation du philosophe qui fut alors simplement exilé dans la ville andalouse de Lucena, connue notamment pour abriter une importante population juive. Dès 1198, Averroès fut rappelé à Marrakech où il mourut quelques mois plus tard. En dépit de cette semi-disgrâce, il fut toute sa vie un dignitaire du régime almohade [3].

Les historiens de la pensée ont coutume de distinguer ses ouvrages de philosophie selon deux catégories principales : le « *corpus* aristotélicien » et le reste, peu ou tardivement connu du monde latin médiéval. Alain de Libera, Marc Geoffroy et Ali Benmakhlouf, parmi d'autres penseurs, ont cependant contribué à montrer combien ces livres s'inscrivaient dans un ensemble cohérent visant à défendre le statut et la finalité

1. Voir M. Geoffroy, « L'almohadisme théologique d'Averroès », *Archives d'histoire doctrinale et littéraire du Moyen Âge*, nº 66, 1999, p. 9-47, ainsi que l'introduction de A. de Libera au *Discours décisif*, Paris, GF-Flammarion, 1996, p. 5-10.

2. Comme nombre de ses contemporains philosophes, Ibn Rushd fut aussi médecin; l'apprentissage des sciences profanes consistait notamment en l'étude de la physique, de l'astronomie et de la médecine. Il est l'auteur d'un célèbre traité de médecine théorique, appelé par les Latins le *Colliget*.

3. M. Geoffroy, « L'almohadisme théologique d'Averroès », art. cité, p. 12.

de la philosophie. Nous avons choisi de laisser de côté les commentaires d'Aristote [1], pour privilégier la présentation d'ouvrages plus caractéristiques des combats intellectuels de ce temps au sein du monde arabo-musulman : *Faṣl al-maqâl* (*Le Discours décisif*), *Al-Kashf ᶜan manâhidj al-adilla* (*Le Dévoilement des méthodes de démonstration*) et *Tahâfut al-Tahâfut* (*L'Incohérence de l'Incohérence*).

## *Le Discours décisif*

Le *Faṣl al-maqâl*, ou *Discours décisif*, est une *fatwa*, c'est-à-dire une consultation juridique dont le but est de répondre sur le terrain du droit à l'attaque formulée par al-Ghazâlî [2] dans le *Tahâfut al-falâsifa*, *L'Incohérence des philosophes*. Averroès veut démontrer que la grave accusation d'infidélité lancée par al-Ghazâlî contre les philosophes – essentiellement contre al-Fârâbî (872-950) et Ibn Sînâ, c'est-à-dire Avicenne (980-1037) –, n'a aucune validité juridique. En tant que docteur

1. Lesquels ont fait d'Averroès l'interprète par excellence du philosophe grec, celui sans qui l'aristotélisme médiéval n'eût pas existé : Alain de Libera souligne que les *Commentaires* que fit Ibn Rushd du *De anima* d'Aristote remplacèrent parfois l'œuvre commentée, donnant naissance à des commentaires du *Commentaire* ! Les ouvrages d'Ibn Rushd furent également massivement diffusés dans l'Europe des Lumières par l'imprimerie vénitienne (A. de Libera, introduction à Averroès, *L'Intelligence et la pensée. Grand Commentaire du De anima*, *op. cit.*, p. 12-14).

2. Abû Ḥâmid Muḥammad b. Muḥammad al-Ghazâlî est né en 1058 à Ṭûs, au Khorassan. Spécialiste du *fiqh*, le droit musulman, de logique et de théologie, il enseigna à la fameuse *madrasa* Niẓâmiyya de Bagdad. Il étudia longtemps la philosophie des auteurs grecs mais aussi arabes, comme al-Fârâbî et Ibn Sînâ (Avicenne), dont il exposa les théories dans un ouvrage intitulé *Maqâṣid al-Falâsifa* (*Les Intentions des philosophes*). Il les réfuta ensuite dans un traité qui eut un immense retentissement, le *Tahâfut al-Falâsifa* (*L'Incohérence des philosophes*), suscitant ainsi, à près d'un siècle d'écart, la réponse d'Averroès. À partir des années 1095-1096, al-Ghazâlî renonça à son poste d'enseignant et, renouant avec un soufisme très prégnant durant son enfance, il mena une vie d'ermite itinérant. C'est alors qu'il commença à écrire sa somme religieuse, *Iḥyâʾ ᶜUlûm al-Dîn* (*Revivification des sciences de la religion*), qui expose l'essentiel des pratiques et des doctrines religieuses de l'islam. Retiré dans sa ville natale de Ṭûs, il y mourut en 1111.

de la loi musulmane, Averroès entreprend, dans sa *fatwa*, de déterminer si l'étude de la philosophie est, selon les qualifications légales habituelles de l'islam, obligatoire, recommandée, permise, blâmable ou interdite. Comme l'indique le titre complet de l'ouvrage – *Le livre du Discours décisif où l'on établit la connexion existant entre la Révélation et la philosophie* –, Averroès ne vise pas à y définir une « double vérité », celle de la foi et celle de la philosophie, ce qui est pourtant ce dont on l'accuse depuis Thomas d'Aquin, et qui résume désormais aux yeux de beaucoup sa pensée [1]. Au contraire, *Le Discours décisif* est une justification de l'interprétation philosophique du Coran ; à ce titre, « c'est un livre adressé au pouvoir politique par un savant musulman, un livre de combat, dirigé contre les juristes malikites ultraconservateurs [...]. La démarche juridique d'Averroès est une véritable machine de guerre, à la rigueur implacable, en un mot "décisive", qui ne se comprend pas si on la sépare de la réforme almohade menée sur le double front du droit (contre l'école malikite) et de la théologie (contre le sectarisme théologien, le pullulement des sectes et le fractionnement de la société qu'il occasionne) [2] ». Il s'agit donc de garantir juridiquement l'étude de la philosophie, mais aussi de garantir socialement le statut du philosophe dans la cité.

### LE STATUT DE LA PHILOSOPHIE : CE QUE DIT LA LOI [3]

Le docteur de la Loi prééminent, juge et savantissime unique de par sa science, Abû l-Walîd Muḥammad b. Aḥmad Ibn Rushd a dit : Ayant loué Dieu de toutes les

1. Comme l'a montré Alain de Libera, c'est Thomas d'Aquin lui-même, dans *De l'unité de l'intellect contre les averroïstes*, en 1270, qui « semble avoir, le premier, introduit le thème qui a assuré la légende noire d'Averroès » ; voir Averroès, *L'Islam et la raison (anthologie), op. cit.*, p. 27, note 18.

2. *Ibid.*, p. 65-68.

3. Ce texte d'Averroès, comme les suivants, est extrait d'Averroès, *L'Islam et la raison (anthologie), op. cit.* Nous avons repris les titres qui figurent dans cette édition, à laquelle le lecteur se reportera pour de plus amples commentaires des extraits qui suivent. Les ajouts du traducteur, qui dans la traduction de M. Geoffroy figurent entre crochets, ont ici été intégrés au texte, conformément au parti suivi dans l'ensemble de cette anthologie.

louanges qui Lui sont dues, et appelé la prière et le salut sur Muḥammad, Son serviteur élu et Son envoyé, disons que le propos de ce discours est de rechercher, dans la perspective de l'examen juridique, si l'étude de la philosophie et des sciences de la logique est permise par la Loi révélée, ou bien condamnée par elle, ou bien encore prescrite, soit en tant que recommandation, soit en tant qu'obligation (§ 1).

Si l'acte de philosopher ne consiste en rien d'autre que dans l'examen rationnel des êtres, et dans le fait de réfléchir sur eux en tant qu'ils constituent la preuve de l'existence de l'Artisan, c'est-à-dire en tant qu'ils sont analogues à des objets fabriqués – car, de fait, c'est dans la seule mesure où l'on en connaît la fabrique que les êtres constituent une preuve de l'existence de l'Artisan; et la connaissance de l'Artisan est d'autant plus parfaite qu'est parfaite la connaissance des êtres dans leur fabrique –, et si la Révélation recommande bien aux hommes de réfléchir sur les êtres, et les y encourage, alors il est évident que l'activité désignée sous le nom de philosophie est, en vertu de la Loi révélée, soit obligatoire, soit recommandée (§ 2).

Que la Révélation nous appelle à réfléchir sur les êtres en faisant usage de la raison, et exige de nous que nous les connaissions par ce moyen, voilà qui appert à l'évidence de maints versets du Livre de Dieu – béni et exalté soit-Il. En témoigne, par exemple, l'énoncé divin : « Réfléchissez donc, ô vous qui êtes doués de clairvoyance [1] », qui est une déclaration univoque du caractère obligatoire de l'usage du syllogisme rationnel, ou du syllogisme rationnel et juridique tout à la fois; ou par exemple l'énoncé divin : « Que n'examinent-ils le royaume des cieux et de la terre et toutes les choses que Dieu a créées [2] », encouragement formulé de manière univoque à l'examen rationnel de tous les êtres. Dieu – exalté soit-Il – a enseigné que parmi ceux qu'Il a distingués et honorés en leur conférant cette science

1. Coran, LIX, 2.
2. Coran, VII, 185.

fut Abraham – sur lui soit la paix. Il dit en effet : « Ainsi fîmes-nous voir à Abraham le royaume des cieux et de la terre », etc., jusqu'à la fin du verset[1] ; ou encore : « N'ont-ils point examiné les chameaux, comment ils ont été créés ? Et le ciel, comment il a été élevé[2] ? » ou encore : « … et qui méditent sur la création des cieux et de la terre[3] » ; ou d'autres innombrables versets encore. Puisque est donc bien établi que la Révélation déclare obligatoire l'examen des étants au moyen de la raison et la réflexion sur ceux-ci, et que par ailleurs, réfléchir n'est rien d'autre qu'inférer, extraire l'inconnu du connu – ce en quoi consiste en fait le syllogisme, ou qui s'opère au moyen de lui –, alors nous avons l'obligation de recourir au syllogisme rationnel pour l'examen des êtres (§ 3-4). […]

On ne demande pas à l'instrument avec lequel on exécute l'immolation rituelle s'il a appartenu ou non à l'un de nos coreligionnaires pour juger de la conformité de l'immolation aux prescriptions légales. On lui demande seulement de répondre aux critères de conformité. Par ceux qui ne sont pas de nos coreligionnaires, j'entends les Anciens qui ont étudié ces questions avant l'apparition de l'islam. Puisqu'il en est ainsi, et que toute l'étude nécessaire des syllogismes rationnels a déjà été effectuée le plus parfaitement qui soit par les Anciens, alors sans doute il nous faut puiser à pleines mains dans leurs livres, afin de voir ce qu'ils en ont dit. Si tout s'y avère juste, nous le recevrons de leur part ; et s'il s'y trouve quelque chose qui ne le soit, nous le signalerons (§ 9). […]

Interdire l'étude des ouvrages de philosophie à ceux qui y sont aptes parce que l'on supposerait que c'est à cause de l'étude de ces ouvrages que certains hommes parmi les plus abjects se sont égarés, ne revient à rien de moins qu'à interdire à une personne assoiffée de boire de l'eau fraîche et agréable au goût, et que cette per-

1. Coran, VI, 75.
2. Coran, LXXXVIII, 17-18.
3. Coran, III, 191.

sonne meure de soif, au motif que d'autres, en en buvant, ont suffoqué et en sont morts. En effet, la mort que l'eau produit par suffocation est d'ordre accidentel tandis que celle causée par la soif est d'ordre essentiel et nécessaire. Les accidents qui ont pu advenir par cette science [1] peuvent tout aussi bien advenir par toutes les autres. Que de docteurs de la Loi pour qui la science de la Loi fut cause accidentelle qu'ils péchèrent par défaut de continence et s'immergèrent dans la vie mondaine ! Et c'est même le cas de la majorité d'entre eux, alors même que leur science requiert, par essence, la vertu pratique (§ 14-15).

### CRITIQUE DES « SECTES » THÉOLOGIENNES ET ÉLOGE DES ALMOHADES

C'est du fait des interprétations, et du fait de l'opinion que celles-ci devraient, du point de vue de la Loi révélée, être exposées à tout un chacun, que sont apparues les sectes de l'islam, qui en vinrent au point de s'accuser mutuellement d'infidélité ou d'innovation blâmable, en particulier celles d'entre elles qui étaient perverses. Les mu'tazilites ont ainsi interprété nombre de versets et de traditions prophétiques, et exposé ces interprétations à la foule, et pareillement les ashᶜarites [2], même si ces derniers ont moins interprété. Ils ont de ce fait précipité les gens dans la haine, l'exécration mutuelle et les guerres, déchiré la Révélation en morceaux et complètement divisé les hommes (§ 64).

1. La philosophie.

2. L'ashᶜarisme est une école de théologie dogmatique fondée par Abû l-Ḥasan al-Ashᶜarî (m. 936) ; celui-ci avait cherché à trouver un compromis entre les traditionalistes, qui réprouvaient l'usage de l'argumentation rationnelle dans l'interprétation du texte sacré, et les muᶜtazilites, qui en faisaient un moyen privilégié. Le calife al-Maʾmûn (813-833) fit même du muᶜtazilisme le dogme officiel du califat abbasside, ce qu'il demeura jusqu'en 847. L'ashᶜarisme, en proposant ce compromis, permettait à une théologie dialectique d'exister au sein de ce qui était en train de devenir le « sunnisme », c'est-à-dire l'orthodoxie.

Leurs penseurs spéculatifs sont devenus des oppresseurs pour les musulmans, en ce sens qu'une fraction des ash$^{c}$arites a déclaré que quiconque ne reconnaîtrait pas l'existence du Créateur – loué soit-Il – d'après les méthodes qu'eux-mêmes ont instituées dans leurs livres pour Le connaître était infidèle, alors que les infidèles, les égarés, ce sont eux en vérité ! De là vient qu'ils divergent, et que certains ont soutenu que c'est l'obligation de l'examen qui prime, et d'autres que c'est celle de croire : de ce qu'ils ignoraient ce qu'étaient les différentes méthodes qui concernent la totalité des hommes, dont la Révélation invite chaque homme à franchir les portes; et qu'ils croyaient qu'il s'agissait d'une voie unique. Ils se sont ainsi trompés quant au dessein du Législateur, se sont égarés et ont égaré les autres (§ 66). [...]

Dieu a mis fin à beaucoup de ces maux, de ces ignorances et de ces tendances pernicieuses grâce à ce pouvoir vainqueur[1]. Il a par lui ouvert la voie à de nombreux bienfaits, surtout pour cette classe de personnes qui s'est engagée dans la voie de l'examen rationnel et aspire à connaître la vérité. Car il a appelé la foule à la connaissance de Dieu par une voie moyenne, qui se situe au-delà du bas niveau du conformisme imitatif, mais en deçà de l'éristique des théologiens dialectiques; et il a signalé à l'élite la nécessité de s'engager radicalement dans l'examen rationnel de la source de la Révélation (§ 72)[2].

## *Livre du dévoilement des méthodes de démonstration*

Le *Discours décisif* défendait la philosophie sur le terrain du droit et s'attaquait puissamment à ses adversaires, principalement les théologiens ash$^{c}$arites, qui entendaient conser-

1. Il s'agit des Almohades.
2. Extrait du *Discours décisif*, cité dans *L'Islam et la raison (anthologie), op. cit.*, p. 80-93.

ver le monopole de l'interprétation du texte divin. Le *Kitâb al-Kashf ᶜan manâhidj al-adilla*, ou *Livre du dévoilement des méthodes de démonstration*, achevé vers 1179-1180, poursuit l'œuvre initiée par le *Discours décisif*, mais sur le terrain de la théologie cette fois. L'ouvrage dénonce d'abord la nocivité des pseudo-théologiens, en procédant à la mise à mort théorique de l'ashᶜarisme [1]. Averroès reproche à ces théologiens d'interpréter des énoncés du Coran qui n'ont pas besoin de l'être, car leur sens est clair, et d'interpréter de travers ce qui peut ou doit être interprété, mais pas par eux. Comme l'explique Alain de Libera, la démarche d'Averroès « constitue à la fois une défense du sens littéral et un éloge de la philosophie dans son usage théologique. Cette démarche est bien révolutionnaire : elle met la raison philosophante au service non de l'élite, qu'elle pourvoirait d'interprétations rare et nouvelles, mais de la masse, que l'herméneutique déréglée des ashᶜarites entraîne alternativement dans le scepticisme ou le fanatisme [2] ».

Averroès ne se contente pas de dénoncer la théologie de bas étage ; il propose une *autre* théologie, une théologie de substitution dont le pouvoir et la société almohades ont besoin. Cette théologie de « la voie moyenne [3] » est tout entière fondée sur l'idée qu'il faut revenir au sens littéral du texte sacré, le débarrasser des scories interprétatives accumulées par les théologiens fumeux. Averroès défend ainsi la littéralité du texte coranique. Et lorsque certains énoncés sont obscurs, ils doivent être interprétés à l'aune de la raison, donc par les philosophes et non par les théologiens. Les liens entre exégèse coranique et exercice de la raison sont donc puissamment affirmés, ce qui, une fois encore, tord le cou à la pseudo-théorie de la « double vérité ». Seul le philosophe maîtrise les méthodes permettant d'interpréter le texte sacré. On conçoit à quel point Averroès représentait un danger mortel pour les puissants ulémas andalous [4], et combien il avait besoin de l'appui du pouvoir almohade.

---

1. Voir *supra*, p. 345, note 2.

2. A. de Libera, introduction à Averroès, *L'Islam et la raison (anthologie)*, *op. cit.*, p. 25.

3. Une « voie moyenne » entre le littéralisme juridiste et la théologie dialectique, selon M. Geoffroy, « L'almohadisme théologique d'Averroès », *op. cit.*, p. 23.

4. Lesquels « se sont accommodés du dogme almohade en le réduisant à un assemblage hétéroclite de thèses du *kalâm* oriental, et en

Le premier texte qui suit témoigne de la rigueur de la démarche du philosophe : celui-ci commence par exposer les thèses de l'adversaire, principalement celles des mu$^{c}$tazilites et des ash$^{c}$arites, dont il pointe les lacunes. Il y est question du sujet des attributs divins, abondamment débattu. Quant au second, il montre la façon dont Averroès entend surmonter les contradictions qui peuvent exister entre différents énoncés coraniques, mais aussi entre les arguments rationnels eux-mêmes. Ce faisant, l'auteur se frotte à une question complexe : celle de la liberté humaine.

Texte 1 Parmi les innovations blâmables apparues sur ce chapitre figure la question de savoir si ces attributs sont eux-mêmes l'essence ou bien s'ils sont surajoutés à l'essence. Autrement dit, si ce sont des attributs essentiels ou bien entitatifs. Et je veux dire par « essentiel » le fait que l'essence en soit qualifiée pour elle-même – non en vertu d'une entité existant en elle et surajoutée à elle –, de la même manière que nous disons que Dieu est *un*, ou *pré-éternel*; et par « entitatifs » les attributs dont l'essence est qualifiée à cause d'une entité résidant en elle.

Les ash$^{c}$arites disent que ces attributs sont des attributs entitatifs, et qu'ils sont surajoutés à Son essence. Ils disent donc que Dieu est savant par une *science* surajoutée à Son essence, vivant par une *vie* surajoutée à Son essence, comme cela est le cas dans le monde visible. Mais il leur faudrait alors admettre, en fonction de cela, que le Créateur soit un corps, parce qu'il y aurait alors l'attribut et ce à quoi l'attribut est attribué, le support et ce qui est supporté, et que cela est le cas pour les corps. En effet, de deux choses l'une, ils doivent soutenir soit que l'Essence est consistante-par-soi-même et que les attributs résident dans l'essence; soit que la première et les seconds sont tous consistants-par-soi-mêmes, et alors il y a plusieurs divinités ! C'est ce que disent les chré-

accréditant la légende d'une filiation spirituelle entre Ibn Tûmart et al-Ghazâlî » (*ibid.*, p. 25).

tiens, qui prétendent qu'il y a trois personnes : l'être, la vie et la science. Mais Dieu a dit à ce propos : « Certes ils sont infidèles, ceux qui disent que Dieu est le troisième de trois[1]. » Et si les ashᶜarites disent que l'un est consistant-par-soi-même et les autres résidants dans ce qui est consistant-par-soi-même, alors cela implique qu'il s'agisse d'une substance et d'accidents, car c'est la substance qui est consistance-par-soi-même, et les accidents qui résident dans autre chose. Et tout ce qui est composé de substance et d'accident est du corps.

De même et inversement, ce que disent les muᶜtazilites sur ce chapitre, à savoir que l'essence et les attributs sont une seule et même chose, cela est fort éloigné des connaissances premières, et on pourrait même penser que ça leur est opposé. Car on pourrait considérer comme naturellement évident que la science doive être autre chose que le savant, qu'il n'est pas possible que la science soit le savant, à moins d'admettre que l'un de deux *relatifs* puisse être la même chose que ce avec quoi il est couplé dans la relation, comme le fait qu'un père et son fils puissent être une seule et même entité. C'est là un enseignement hors de portée des esprits de la foule. L'exposer publiquement est une innovation blâmable, et risque fort d'égarer la foule plus que de la bien diriger.

Et les muᶜtazilites n'ont pas la preuve que la simplicité de l'essence divine est bien nécessaire à l'égard du Premier – loué soit-Il – puisqu'ils n'ont pas la preuve, pas plus que les théologiens en général, qu'Il est incorporel. Car la négation de la corporéité divine est fondée chez eux sur l'idée que les corps sont nécessairement adventices en tant qu'ils sont des corps, et nous avons déjà expliqué au début de ce livre qu'ils n'en avaient pas la preuve. Ceux qui en ont la preuve, ce sont les savants (§ 117-120). [...]

S'il en est ainsi, donc, ce qu'il convient à la foule de connaître à propos de ces attributs, c'est ce qu'en a expli-

1. Coran, V, 73.

qué la Révélation, et cela revient à reconnaître leur existence, sans entrer tellement dans le détail, car il est absolument exclu que la foule puisse parvenir à une quelconque certitude à ce propos. Et j'entends ici par «la foule» tout ceux qui ne s'occupent pas de sciences démonstratives, qu'ils aient une connaissance de l'art du *kalâm*[1] ou non : il n'est pas dans le pouvoir de l'art du *kalâm* d'appréhender une connaissance de cette ampleur, car le plus haut rang à quoi puisse prétendre l'art du *kalâm* est celui de sagesse dialectique, non de sagesse démonstrative, et il n'est pas dans le pouvoir de la dialectique de connaître la vérité sur ce sujet (§ 123-124)[2].

Texte 2 C'est là une des questions religieuses les plus difficiles qui soient. Car, lorsque l'on examine les arguments d'autorité à ce sujet, on trouve qu'ils se contredisent les uns les autres, et pareillement les arguments rationnels.

Quant aux contradictions des arguments d'autorité, on les trouve dans le Livre et dans la Tradition prophétique. Dans le Livre, il se trouve de nombreux versets affirmant de manière générale que toute chose arrive d'après un décret et que l'homme est contraint dans ses actes. Mais on y trouve aussi de nombreux versets indiquant que l'homme réalise une *acquisition* par son acte et qu'il n'est point contraint à ses actes[3]. Parmi les versets qui indiquent que toutes les choses qui se produisent sont nécessaires, et qu'il existe un décret préalable, il y a l'énoncé divin : «Oui, nous avons créé toute chose d'après un décret[4].» Et aussi : «Toute chose chez lui est suivant une mesure[5].» Et encore : «Nulle calamité n'at-

1. Théologie dogmatique.

2. Extrait du *Dévoilement des méthodes de démonstration*, cité dans *L'Islam et la raison (anthologie)*, *op. cit.*, p. 125-128.

3. Selon Marc Geoffroy, «l'acquisition est le maître mot de la doctrine de la prédestination» : voir *L'Islam et la raison (anthologie)*, *ibid.*, p. 131, note 40.

4. Coran, LIV, 49.

5. Coran, XIII, 8.

teint la terre, ni vous-mêmes, sans que cela soit écrit dans un Livre, avant même d'être créé. Voilà qui est facile pour Dieu[1] ! » Quant aux versets qui indiquent qu'il y a pour les hommes une *acquisition* des actes en tant que les choses en elles-mêmes sont possibles et non nécessaires, ce sont par exemple l'énoncé divin : « [...] Ou bien Il les punit à cause de ce qu'ils ont acquis ; il en épargne cependant un grand nombre[2]. » Ou encore : « cela est à cause de ce que vos mains ont acquis[3] » (§ 284-287). [...]

À cause de cela[4], les musulmans se partagèrent sur cette question en deux tendances : l'une croyant que l'acquisition par l'homme est la cause de la désobéissance et des bonnes œuvres, et que c'est pour cela que s'appliquent à lui le châtiment et la récompense, les mu<sup>c</sup>tazilites ; et l'autre croyant le contraire, à savoir que l'homme est contraint à ses actes, qu'il y est forcé, les jabrites[5].

Quant aux ash<sup>c</sup>arites, ils voulurent proposer une thèse intermédiaire entre ces deux, et ils dirent : l'homme *acquiert*, mais ce par quoi il y a acquisition et l'acquis sont tous deux créés par Dieu – exalté soit-Il –, mais cela n'a pas de sens, car si à la fois l'acquisition et ce qui est acquis sont œuvres de Dieu – loué soit-Il –, le serviteur est nécessairement contraint à son acquisition. C'est là une des causes de divergences sur cette question.

Mais, nous l'avons dit, cette divergence a aussi une autre cause que l'autorité : les arguments rationnels portant sur la question se contredisent également. En effet, si nous supposons que l'humain donne l'être à ses actes et les crée, il y aura donc des actes qui ne se dérouleront pas en vertu du dessein de Dieu – exalté soit-Il – et de son choix, et il y aura donc un créateur autre que Dieu. Or, ils le disent, les musulmans s'accordent

1. Coran, LVII, 22.
2. Coran, XLII, 34.
3. Coran, XLII, 30.
4. Comprendre : à cause de ces contradictions.
5. École se réclamant de Jahr b. Safwan.

par consensus à considérer qu'il n'est d'autre créateur que Dieu – loué soit-Il. Si en revanche on suppose que l'homme n'est point l'acquéreur de ses actes, il faut qu'il y soit contraint. Car il n'y a pas de demi-mesure entre la contrainte et l'acquisition. Mais, si l'homme était contraint à ses actes, alors la charge de la responsabilité légale serait de l'ordre de l'inassumable. Et, si l'homme était chargé de quelque chose qu'il ne pouvait assumer, il n'y aurait aucune différence entre le fait de le charger, lui, et de charger de responsabilité des êtres inertes, car ces derniers sont dénués de puissance à agir. De la même façon, l'homme n'aurait pas la puissance à quelque chose qu'il ne pourrait assumer. C'est pourquoi tout le monde estime que la puissance à agir fait partie des conditions de la responsabilité légale, au même titre que la santé d'esprit.

C'est la raison pour laquelle Abû l-ma'âlî [Al-Juwaynî], dans sa *Profession de foi niẓâmienne*, a déclaré que l'homme réalise l'acquisition de ses actes et qu'il a la puissance de les accomplir. Et il a fondé cette opinion sur l'idée qu'il est impossible que l'homme soit chargé de ce qu'il ne peut assumer, mais selon un point de vue différent de celui selon lequel les mu<sup>c</sup>tazilites niaient que ce fût possible. Tandis que les ash<sup>c</sup>arites anciens, pour leur part, estimaient possible que l'on fût chargé de ce que l'on ne peut assumer, précisément dans le but d'échapper au principe en vertu duquel les mu<sup>c</sup>tazilites le niaient, à savoir le fait que cela soit répréhensible pour l'esprit.

De même, s'il n'y avait point pour l'homme d'acquisition, un ordre donné à quelqu'un de se préparer à faire face à une catastrophe prévisible serait absolument dépourvu de sens. Et, de même, l'ordre que l'on donnerait en vue d'attirer un bienfait. Et tous les arts dont l'intention est d'attirer des bienfaits seraient aussi absolument vains, comme l'art de l'agriculture et les autres arts par lesquels on espère quelque bénéfice. Comme seraient vains les arts par lesquels on a l'intention de se sauvegarder, ou de repousser une nuisance, comme l'art de la guerre, l'art nautique, la médecine, etc. Or tout cela n'est guère concevable.

Et si l'on demande : puisqu'il en est ainsi, comment résorber cette contradiction qui se trouve au sein des arguments d'autorité eux-mêmes, et au sein des arguments rationnels eux-mêmes ? Nous disons : il apparaît bien que l'intention de la Révélation n'est pas de dissocier ces deux croyances, mais de les rassembler en une position médiane, qui constitue la vérité en la matière. En effet, il apparaît bien que Dieu – béni et exalté soit-Il – a créé pour nous des facultés pour que nous soyons capables d'acquérir des choses qui sont contraires. Mais, comme l'acquisition de ces choses ne s'accomplit pour nous que moyennant le concours des causes que Dieu nous procure *ab extrinseco*, et par la cessation de ce qui s'y oppose, les actes qui nous sont attribués s'accomplissent grâce à l'une et l'autre chose[1]. Et, puisqu'il en est ainsi, même les actes qui nous sont attribués s'accomplissent en fait par notre volonté *et* en tant que des actes extrinsèques concordent avec celle-ci : ce sont eux qui sont désignés par l'expression « décret divin ».

Et ces causes qui sont procurées par Dieu *ab extrinseco*, ce ne sont pas seulement les conditions adjuvantes par lesquelles s'accomplit l'acte que nous projetons de faire, ou qui s'y opposent ; c'est aussi la cause qui fait que nous voulons l'une ou l'autre de deux choses opposées. Car la volonté n'est rien d'autre qu'un désir qui survient en nous à cause d'un acte d'imagination, ou de notre assentiment à quelque chose. Or cet assentiment n'est pas le fait de notre volonté, il est quelque chose qui nous arrive à cause des choses extérieures : ainsi, lorsque se présente à nous, de l'extérieur, une chose désirable, nous désirons cette chose nécessairement, non par

1. C'est-à-dire les facultés inhérentes à l'homme et les causes extrinsèques.

choix, et nous sommes mus vers elle. De même, lorsqu'il nous survient de l'extérieur quelque chose devant être fui, c'est nécessairement que nous éprouvons de la répulsion pour cette chose et que nous la fuyons. Et, puisqu'il en est ainsi, notre volonté est tenue par ces choses extrinsèques, et liée à elle. Et c'est à cela que fait allusion l'énoncé divin : « Des anges sont attachés aux pas de l'homme ; devant lui et derrière lui : ils le tiennent, sur l'ordre de Dieu » (§ 290-298)[1].

## *L'Incohérence de l'Incohérence*

Pour parachever son triptyque[2], Averroès ajoute un troisième volet, qui prend la forme d'un nouvel ouvrage intitulé *Tahâfut al-Tahâfut*, *L'Incohérence de l'Incohérence*, où il réfute, sur le terrain philosophique cette fois, les vingt thèses avancées par al-Ghazâlî contre les philosophes. Celles-ci constituent une attaque mortelle contre la philosophie puisqu'elles se concluent par le jugement suivant : la plupart des thèses défendues par les philosophes sont soit des innovations blâmables, soit des hérésies pures et simples. Leurs partisans peuvent dès lors être taxés d'infidélité et d'apostasie, puisqu'ils se sont mis en dehors de la communauté des croyants ; à ce titre, ils encourent la mort. Réfuter pareil traité est donc, selon Marc Geoffroy, un geste vital pour Averroès[3].

Puis […] al-Ghazâlî en vient à affirmer que les philosophes nient la résurrection des corps. Pourtant, c'est là un sujet sur lequel aucun d'entre les Anciens n'a jamais dit un mot. L'enseignement de la résurrection des corps est dispensé par les Lois révélées depuis un bon millier d'années au moins, alors que les philosophes dont les œuvres sont arrivées jusqu'à nous sont tous postérieurs

1. Extrait du *Dévoilement des méthodes de démonstration*, cité dans *L'Islam et la raison (anthologie)*, *op. cit.*, p. 130-137.

2. L'image est d'Alain de Libera, dans l'introduction à *L'Islam et la raison (anthologie)*, *op. cit.*, p. 54.

3. Voir *L'Islam et la raison (anthologie)*, *op. cit.*, p. 163-164.

de bien des années. En effet, les premiers à parler de la résurrection des corps furent les prophètes d'Israël qui vinrent après Moïse – sur lui soit la paix –, comme cela apparaît dans les Psaumes et dans nombre de Livres attribués aux fils d'Israël. Cela est également établi dans l'Évangile, et d'innombrables sources attestent que ce fut bien la doctrine de Jésus – sur lui soit la paix. C'est aussi la doctrine des Sabéens, et celle de notre Loi révélée. Abu Muḥammad Ibn Ḥazm[1] affirme qu'il s'agit là du plus ancien des enseignements révélés.

Quant aux philosophes, leur attitude témoigne qu'ils sont parmi les hommes ceux qui considèrent cet enseignement avec la plus grande déférence, et en sont le plus persuadés. La raison en est que la finalité est d'exercer sur les hommes une gouvernance qui les mette à même d'accomplir pleinement leur existence d'hommes en tant qu'ils sont hommes, et d'atteindre à la félicité qui leur est propre. Ce dogme est indispensable à l'existence des vertus morales, théorétiques et des arts pratiques de l'homme. Car ils considèrent que l'homme ne peut vivre dans cette demeure-ci sans arts pratiques, et qu'il ne peut vivre dans cette demeure-ci et dans l'autre sans vertus théorétiques. Or ni les unes ni les autres ne peuvent être réalisées, ou atteintes, sans les vertus morales, et à celles-ci l'on ne peut parvenir qu'en acquérant la connaissance de Dieu – exalté soit-Il –, et en Lui témoignant sa vénération dans la pratique des actes rituels prescrits aux hommes par les Lois révélées de chaque religion, tels les sacrifices, les prières, les invocations et autres paroles semblables que l'on prononce pour louer Dieu – exalté soit-Il –, les anges et les prophètes.

En somme, ils considèrent que les enseignements révélés, ce sont ces arts politiques indispensables, qui puisent leurs principes à la fois dans la raison et la Révélation, en particulier ceux d'entre eux qui sont communs à tou-

1. Voir *supra*, p. 145 *sq.*

tes les Lois révélées, même si celles-ci diffèrent de ce point de vue en quantité. De surcroît, ils estiment qu'il convient de n'émettre jamais aucune objection, que ce soit pour établir positivement le contraire ou pour les infirmer, contre les principes généraux de ces enseignements, tel le fait de se demander s'il faut ou non adorer Dieu, ou plus encore s'Il existe ou non.

Et telle est aussi leur opinion à propos des autres principes fondamentaux de la Révélation, comme l'affirmation de l'existence de la félicité dans l'au-delà et de ses modalités, puisque toutes les Révélations s'accordent à affirmer l'existence d'une vie après la mort, même si elles diffèrent à propos des caractéristiques de celle-ci, de la même façon qu'elles s'accordent à reconnaître l'existence du Principe premier, Ses attributs et Ses actes, tout en différant les unes des autres par la quantité de ce qu'elles disent à propos de l'essence de ce Principe et de Ses actes ; et de la même façon encore qu'elles s'accordent à propos des actes permettant l'accès à cette félicité dans la demeure de l'au-delà tout en différant sur l'appréciation de ces actes.

En somme, dans la mesure où les enseignements révélés ont pour fin la diffusion de la sagesse par des méthodes communes, les philosophes les considèrent assurément comme indispensables, car la philosophie, quant à elle, n'a d'autre finalité que de faire connaître une félicité *intellectuelle* à *certains* individus, ceux en mesure de faire l'apprentissage de la sagesse, alors que les révélations, elles, visent l'enseignement de la foule en général, bien que cependant, nous ne trouvions aucune d'entre les Lois révélées qui ne *signale* aussi les choses qui concernent en propre les sages, tout en se préoccupant de ce qui est commun aux hommes de la foule.

Or, comme aussi l'existence des hommes de la classe élitaire et la réalisation de leur félicité ne seront jamais *achevées* qu'avec le concours des hommes de la classe commune, l'enseignement adressé au commun est indispensable à l'existence des hommes de la classe élitaire, et à leur vie.

Et puis, dans la période de l'enfance et de l'adolescence, il n'y a personne qui doute de ces enseignements. Plus tard, lorsque celui qui devient philosophe passe à des connaissances qui lui sont propres, il faut absolument, dans l'intérêt de sa vertu, qu'il ne dédaigne point les enseignements dans lesquels il a été éduqué, mais qu'il les *interprète* de la meilleure manière, et sache que ce sur quoi portent ces enseignements, c'est ce qui est commun, non ce qui lui est propre. Qu'il sache aussi que s'il exprime ouvertement quelque doute que ce soit ayant trait à l'un des principes fondamentaux de la Loi révélée dans laquelle il a été éduqué, ou quelque interprétation de l'un d'eux, il s'oppose aux prophètes – les prières de Dieu soient sur eux – et se dresse en travers de leur route, ce pourquoi il méritera plus que n'importe qui d'être qualifié d'*infidèle*, et de se voir appliquer la peine légale réservée à l'infidèle dans la communauté religieuse au sein de laquelle il a été éduqué.

Il lui incombe aussi de choisir la meilleure religion de son temps – même si, selon lui, toutes sont vraies ; et d'être persuadé que la meilleure à une époque donnée est abrogeable par une meilleure qu'elle. C'est pourquoi les sages qui enseignaient à Alexandrie, lorsque leur fut parvenue la Révélation de l'islam, se firent musulmans. Et les sages qui se trouvaient au pays des Rûm, lorsque leur fut parvenue la Révélation de Jésus – paix sur lui – se firent chrétiens. Au demeurant, nul ne doute qu'il se fût trouvé de nombreux sages parmi les juifs, comme cela se constate dans les Livres qui existent parmi eux, attribués à Salomon.

La sagesse n'a jamais cessé d'être présente chez les destinataires de l'inspiration, les prophètes – paix sur eux. Aussi la phrase disant que *tout prophète est un sage mais que tout sage n'est pas un prophète* est-elle la plus vraie qui soit. Cependant, les sages, ce sont les savants, dont il est dit qu'ils sont les *héritiers* des prophètes [1].

## La disgrâce d'Averroès d'après le chroniqueur Ibn ᶜIdhârî

Le vaste édifice philosophique et théologique édifié par Averroès a fait long feu dans l'Espagne musulmane : privé de son soutien naturel, le califat almohade – qui disparaît au milieu du XIIIᵉ siècle –, il s'est en partie effondré sous les coups des juristes conservateurs, chantres du conformisme imitatif. L'extrait suivant, emprunté au *Bayân* d'Ibn ᶜIdhârî, donne une idée de la manière dont la pensée d'Averroès fut reçue par certains de ses contemporains. L'influence de sa pensée dans le monde musulman médiéval fut ainsi bien limitée. C'est en fait dans la pensée juive de ce temps que se situe la première vraie postérité d'Averroès, comme l'illustrent les figures de Moïse de Narbonne (1300-1362) et d'Eliya Delmédigo (vers 1460-1497) [2] : ces hommes, qui entendaient parfaitement l'arabe, ont sauvé de l'oubli le *corpus* non aristotélicien d'Averroès, et l'ont transmis à la chrétienté latine. Les commentaires d'Aristote, en revanche, ont été diffusés dans l'Occident latin dès les années 1217-1220, dates des premières traductions de Michel Scot (vers 1175-1236), et ont connu la postérité que l'on sait. Nous laisserons pour conclure la parole à Alain de Libera auquel, le lecteur l'aura compris, ce chapitre doit beaucoup : « Le rôle historiographique d'Averroès est le symptôme d'une maladie de l'histoire occidentale, liée à l'occultation de sa part philosophique arabe et juive. La place singulière qu'il occupe, au centre d'un dispositif combinant contradictoirement reconnaissance et dénégation, est emblématique du statut fait à la pensée arabo-musulmane dans l'histoire de la formation de la conscience européenne : avec son double destin de maître et d'étranger, Averroès est le révélateur du mouvement d'inclusion/exclusion qui, à sa source même, habite la rationalité européenne [3]. »

---

1. Extrait de *L'Incohérence de l'Incohérence*, cité dans *L'Islam et la raison (anthologie), op. cit.*, p. 196-201.
2. Sur ce point, voir A. de Libera, introduction au *Discours décisif, op. cit.*, p. 76-77.
3. *Ibid.*, p. 83.

Quand les brumes hivernales se furent dissipées et que le printemps s'installa à Séville, le calife al-Manṣûr [1] annonça le proche départ en campagne. Des gens arrivèrent alors de tout le pays afin de compléter les rangs des troupes régulières; ils étaient si nombreux qu'ils remplissaient l'espace sévillan, lequel ne suffisait plus à assurer leur approvisionnement. On fit sonner le tambour, les gens se regroupèrent et al-Manṣûr sortit à leur tête le matin du lundi 24 du mois de … [2]. Il établit son campement à al-Karm et prit ensuite la route menant à Cordoue. L'année avait été fertile et les gens marchèrent, plein de vigueur, jusqu'à Cordoue. Al-Manṣûr fit son entrée dans la ville et s'assura du logement de ses soldats et de leur répartition dans la ville. Ils profitèrent ainsi de l'abondance qui s'y trouvait et y restèrent stationnés en attendant que vienne le temps des moissons, lorsqu'ils pourraient se ravitailler directement en pénétrant dans les terres des chrétiens.

Ce fut cette année-là que le cadi Abû l-Walîd b. Rushd [3], petit-fils du cadi bien connu du même nom, fut inquiété. La cause en fut l'ancienne inimitié qui régnait entre lui et les gens de Cordoue; cette inimitié était principalement due à la jalousie et l'envie. Les gens de Cordoue [4] l'accusaient de se détourner de la norme, de préférer la loi de la nature à celle de la religion. Ils réunirent pour l'accusation des phrases et des chapitres, extraits de ses œuvres, et dont certains étaient écrits de sa main même. Les accusateurs se rendirent à Marrakech, auprès du calife, en l'année 1195; al-Manṣûr cependant ne les écouta pas car il était occupé à organiser les préparatifs de la guerre sainte. Les accusateurs firent marche arrière, mais ce ne fut que

1. Voir *supra*, p. 335 et 340.

2. Le nom du mois est laissé en blanc sur le manuscrit; il devait s'agir du 24e jour du mois de djumâdâ (14 avril 1197).

3. Averroès.

4. C'est-à-dire, bien évidemment, les ulémas, pour lesquels il représentait un danger mortel (voir *supra*, p. 340).

pour un temps. Quand al-Manṣûr revint à Cordoue, comme nous l'avons dit plus haut, il passa son temps à accorder des audiences et les accusateurs reprirent espoir et renouvelèrent leurs demandes. Ils rendirent alors publiques leurs accusations d'impiété et ruinèrent ainsi le crédit dont disposait Abû l-Walîd. À l'issue d'un examen attentif de l'affaire, il fut décidé que le cadi, pour son plus grand malheur, s'était écarté de la voie droite. Al-Manṣûr, dans l'obligation de défendre la loi de l'islam et la Sunna du Prophète, n'eut d'autre choix que de faire incarcérer Abû l-Walîd. Ses disciples se dispersèrent aux quatre vents, cherchant, pour se cacher, des trous dans la terre ou des échelles pour se réfugier dans les airs. Puis, Abû l-Walîd fut pardonné et rappelé dans la capitale où il finit sa vie [1].

# VERS LA FIN DU RÉGIME ALMOHADE

## Les juifs sous la domination almohade

C'est sous la domination almohade que les populations juives et chrétiennes d'al-Andalus vécurent les heures les plus sombres de la longue histoire de la domination musulmane en Espagne : les mozarabes (chrétiens arabisés), considérés comme des traîtres potentiels, disparaissent totalement des textes à cette époque ; ils durent fuir vers l'Espagne chrétienne ou furent déportés au Maghreb. Les juifs, qui avaient traditionnellement joué le rôle d'intermédiaires entre les États et les communautés, furent sommés de se convertir.

Durant les derniers jours de son règne, Abû Yûsuf exigea des juifs vivant dans ses possessions qu'ils se distinguent du reste de la population en portant un vêtement

1. Ibn ʿIdhârî, *Al-Bayân al-mughrib fî akhbâr al-Maghrib*, trad. esp. A. Huici Miranda, dans *Colección de crónicas árabes de la Reconquista*, t. II, *op. cit.*, p. 199-201 ; trad. fr. E. Tixier du Mesnil.

spécial. Il s'agissait d'une robe noire pourvue de manches si amples qu'elles descendaient jusqu'aux pieds. Les juifs devaient également porter, au lieu de turbans, des bonnets d'une grossière facture, comme si on leur avait mis un bât sur la tête, qui leur arrivaient en dessous des oreilles. Tous les juifs du Maghreb durent se vêtir ainsi, pendant la fin du règne d'Abû Yûsuf et le début de celui de son fils, jusqu'à ce que ce dernier abandonne cette obligation en raison des nombreux cadeaux que lui avaient faits les juifs, et grâce aux intercessions en leur faveur de la part de ceux à qui ils étaient utiles. Abû ᶜAbd Allâh les obligea juste à porter des robes et des turbans jaunes, usage qui s'est maintenu jusqu'à notre époque, en 621 [1225]. Ce qui avait motivé Abû Yûsuf, lorsqu'il avait introduit cette distinction vestimentaire, était ses doutes sur la sincérité de leur conversion à l'islam [1]. Il expliquait ainsi sa décision : « Si j'étais sûr de leur foi musulmane, je les laisserais se mélanger aux musulmans, notamment par des mariages ; si au contraire j'étais persuadé de la fausseté de leur conversion, je ferais tuer ces hommes, réduire en esclavage leurs fils, et saisir leurs biens que j'offrirais en butin aux musulmans ; mais comme je ne suis sûr d'aucune de ces deux hypothèses, mon doute explique cette décision. » Le pacte de la *dhimma* ne s'applique plus aux juifs ni aux chrétiens depuis l'accès au pouvoir des *Maṣmûda* [2] ; il n'y a plus ni église, ni synagogue dans tout le pays du Maghreb. Les juifs semblent pratiquer la religion musulmane : ils prient dans les mosquées, leurs fils lisent le Coran, se conformant à notre religion et à la Sunna. Mais Dieu seul sait ce qu'il y a dans leurs cœurs et ce que renferment leurs maisons [3].

1. Cette phrase nous éclaire sur un fait peu connu et peu explicité dans les chroniques almohades : celui de la conversion forcée des minorités.

2. Les Almohades.

3. ᶜAbd al-Wâḥid al-Marrâkushî, texte arabe édité par R. Dozy, *The History of the Almohades by Abdo-ʾl-Wahid al-Marrekoshî*, Leyde,

## La bataille de Las Navas de Tolosa, ou la déroute des Almohades (1212)

Muḥammad al-Nâṣîr, fils d'al-Manṣûr, succéda à son père en 1199, à l'âge de dix-sept ans. Confronté, comme ses prédécesseurs, à la difficulté de gouverner un empire aussi étendu, contraint à d'incessants allers et retours entre le Maghreb et al-Andalus, le jeune calife dut affronter un vaste soulèvement en Ifrîqiya, qui ne fut écrasé qu'en 1207. La férocité du pouvoir almohade ainsi que l'hostilité de populations restées majoritairement sunnites expliquent en partie la multiplicité des soulèvements, en Afrique du Nord comme en al-Andalus. En ce début du XIIIe siècle, une terrible menace pesait désormais sur l'Espagne musulmane : l'unification enfin réalisée des forces militaires des royaumes chrétiens du Nord. Pour la première fois depuis longtemps, León, Portugal, Castille, Navarre et Aragon étaient animés par des intérêts communs. Alphonse VIII de Castille voulait faire oublier l'affront d'Alarcos[1]; le souverain aragonais, Pierre II, que la croisade contre les Albigeois avait privé de ses terres du Languedoc, ne pouvait désormais s'étendre que vers le sud. Le pape intervint également en encourageant la croisade et en menaçant d'excommunier tous ceux qui noueraient une entente avec les musulmans. Conscients du danger, les Almohades mirent sur pied une opération militaire de grande envergure : en 1211, le calife revint dans la péninsule Ibérique à la tête d'une armée considérable. C'est sur la frontière de la Sierra Morena, près de Calatrava, à Las Navas de Tolosa, qu'eut lieu la bataille le 16 juillet 1212. Le combat, acharné et dont l'issue fut longtemps indécise, se transforma en une véritable déroute pour les Almohades.

C'est à cet endroit[2] qu'eut lieu, au milieu de ṣafar de l'année 609 [17 juillet 1212], une grande bataille qui fut pour les musulmans un échec désastreux à la suite des circonstances que l'on va rapporter. Le souverain al-Nâṣir,

---

1847, p. 223-224; trad. esp. A. Huici Miranda, dans *Colección de crónicas árabes de la Reconquista*, t. IV, *op. cit.*, p. 251-252; trad. fr. E. Tixier du Mesnil.

1. Voir *supra*, p. 330.
2. Al-ᶜIqâb, c'est-à-dire Las Navas de Tolosa.

émir des Croyants, Muḥammad b. al-Manṣûr Yaᶜqûb b. Yûsuf b. ᶜAbd al-Muʾmin, qui régnait sur le Maghreb, était parti de Marrakech pour al-Andalus afin d'y entreprendre une expédition. Il fit un séjour à Séville et, de là, gagna Cordoue. Puis il vint s'établir devant les deux châteaux forts de Salvatierra et d'al-Ludjdj et les assiégea. Il s'empara en premier lieu du château d'al-Ludjdj, ensuite de celui de Salvatierra ; la chute de ce dernier fut obtenue grâce à l'emploi de puissantes machines qui lancèrent contre la forteresse d'énormes pierres. Il conquit donc cette position au grand dam d'Alphonse, le roi de Tolède et de Castille, qui n'avait alors aucune possibilité de la défendre efficacement. Cela se passa en 608 [1211]. Mais l'année suivante, le chrétien allait prendre sa revanche. L'émir al-Nâṣir s'était enorgueilli de la prise de Salvatierra et il adressa, pour l'annoncer, des messages officiels dans ses diverses possessions, sans apercevoir les causes obscures qui allaient motiver sa prochaine défaite. Il revint à Séville en vainqueur triomphant. Mais Alphonse ne tarda pas à demander l'assistance des gens de sa religion et à les exhorter à défendre leur foi. Ils répondirent à son appel et accoururent de toutes parts vers lui. Al-Nâṣir quitta Séville pour le rencontrer le 20 muḥarram 609 [22 juin 1212], à la tête de contingents qui n'étaient nullement disposés à combattre, car il avait cessé de leur payer leurs soldes et ne leur donnait que des acomptes parcimonieux ; il avait par ailleurs mécontenté ses troupes en faisant mettre à mort Ibn Qâdis, le commandant du château fort de Calatrava, à qui il avait fait grief d'avoir livré cette forteresse aux chrétiens, et sans avoir voulu entendre sa défense. Il avait également éconduit les chefs des contingents andalous du salon où il recevait ses familiers, afin de leur marquer son ressentiment. D'autre part, le reste de l'armée fut l'objet d'une trahison des chrétiens qui, tout en annonçant publiquement une suspension d'armes, agirent tout au contraire. Ils finirent bientôt par se mêler, sans que ceux-ci s'en rendissent compte, aux musulmans. Ces derniers ne tardèrent pas à s'enfuir, en essuyant une déroute sans précédent. Cela se passa à al-ᶜIqâb, entre Jaén et Calatrava, au milieu de ṣafar de l'année 609 [17 juillet 1212], comme nous l'avons déjà indiqué. Ce fut un affreux désastre. Al-Nâṣir se sauva, sans se soucier du sort des siens, et finit par rejoindre Séville. Ses compagnons de fuite, qui avaient emporté la tente royale, perdirent plusieurs chevaux sous eux et furent poursuivis jusqu'à la nuit par des chrétiens qui galopaient sur leurs traces. De très nombreux musulmans furent frappés mortellement. Dans cette bataille périrent plusieurs personnages importants et des gens de science, ainsi : ᶜAlî b. al-Ghâzî al-Mayûrqî, le juriste Ibn ᶜÂt et d'autres. Le cheval d'al-Nâṣir était corpulent et ne pouvait se déplacer rapidement. Un Arabe mit pied à terre et offrit au souverain sa propre monture en lui disant : « Monte ce cheval, qui vaudra mieux pour toi que l'autre ! » De plus, al-Nâṣir avait donné à Abû Bakr b. ᶜAbd Allâh b. Abî Ḥafṣ l'ordre de se tenir debout sous l'étendard royal. Les chrétiens chargèrent dans cette direction, croyant qu'al-Nâṣir se tiendrait auprès de l'emblème. Ils taillèrent à coups de sabre les soldats qui leur faisaient face et en tuèrent un certain nombre ; parmi eux se trouvait cet Abû Bakr. Les musulmans furent mis en déroute, et l'ennemi se rendit maître du camp et de la plupart des tentes qui s'y trouvaient. Les chrétiens s'emparèrent ensuite des deux villes de Baza et de Priego, ainsi que des bourgades et des forteresses avoisinantes, tuant les hommes et emmenant femmes et enfants en captivité. Cette défaite fut la première marque de faiblesse qui se manifesta chez les Almohades et, par la suite, les gens du Maghreb ne furent plus en état d'entreprendre des expéditions. Quand al-Nâṣir fut de retour à Séville, il chercha à tranquilliser le pays, au moyen d'un message adressé à ses sujets, dans lequel il cacha la vérité sous des fleurs de rhétorique. Puis il passa la mer, se dirigeant vers Marrakech. Il mourut en son palais de cette capitale en l'année 610 [1213], des suites d'une morsure de chien suivant certains, dans des circonstances différentes suivant d'autres [1].

Les conséquences de Las Navas de Tolosa ne furent pas immédiatement désastreuses pour l'Islam andalou en raison notamment de la mort de Pierre II d'Aragon en 1213 et de celle d'Alphonse VIII en 1214. L'impact psychologique fut cependant terrible tandis que se délitait littéralement le pouvoir almohade dans la Péninsule, privé désormais de la seule légitimité que lui reconnaissait la population, celle des armes victorieuses. Vers 1229-1230, il n'existait plus en al-Andalus d'État almohade. L'agonie fut plus longue en Afrique du Nord, où Marrakech fut conquise par les Mérinides en 1269. L'unification politique d'al-Andalus et du Maghreb sous un même pouvoir avait fait long feu. Pour la troisième fois de son histoire, l'Espagne musulmane se divisa en de nouvelles Taifas, entités faibles et impuissantes à endiguer les avancées de la Reconquista. À partir des années 1230, les principales villes d'al-Andalus tombèrent définitivement les unes après les autres entre les mains des chrétiens : Cordoue en 1236, Valence en 1238, Murcie en 1243, Jaén en 1245, Séville en 1248. Il ne resta bientôt plus que l'émirat nasride de Grenade, dernier fleuron d'al-Andalus, pendant plus de deux siècles encore.

1. Les moins méchants, comme al-Marrâkushî, évoquent une attaque d'apoplexie, ou une tumeur au cerveau. – *La Péninsule Ibérique au Moyen Âge d'après le Kitâb al-Rawḍ al-miᶜṭâr fî khabar al-aqṭâr d'Ibn ᶜAbd al-Munᶜ im al-Ḥimyarî*, Leyde, Brill, 1938 ; texte arabe p. 137-138 ; trad. fr. É. Lévi-Provençal, p. 164-166.

# *8. La littérature à l'époque almohade*

## AL-SHAQUNDÎ : *ÉPÎTRE SUR LES MÉRITES D'AL-ANDALUS*

Abû al-Walîd Ismâ<sup>c</sup>îl b. Muḥammad al-Shaqundî, lettré originaire de Shaqunda, bourgade située dans les environs de Cordoue, occupa la charge de cadi à Baeza, Lorca et Ubeda. Il chanta les louanges du calife almohade al-Manṣûr, et composa en particulier une ode célébrant sa victoire à Alarcos (1195). Il mourut à Séville en 1232 [1]. Al-Shaqundî doit essentiellement sa postérité à son *Épître sur les mérites d'al-Andalus et sa supériorité sur le Maghreb*, laquelle, selon toute vraisemblance, fut rédigée entre la fin du XII^e^ siècle et le tout début du XIII^e^ siècle, sous le règne du calife almohade al-Nâṣir. Contrairement à l'*Épître sur la supériorité des Andalous* d'Ibn Ḥazm [2], qui jugeait les talents andalous à l'aune de ceux des Orientaux, al-Shaqundî oppose cette fois les Andalous à leurs voisins immédiats du Maghreb.

### Les origines de l'*Épître*

Les circonstances qui présidèrent à la rédaction de cette épître sont relatées par Ibn Sa<sup>c</sup>îd (m. 1286) dans le *Mughrib*, d'où provient le texte qui suit. Il ne fait aucun doute que le dignitaire almohade qui y est mis en scène avait vu juste. Aux yeux d'al-Shaqundî, les deux territoires représentaient avant tout deux

1. 629 H.
2. Voir *supra*, p. 164.

populations fort différentes : les Berbères sur la ᶜUdwa [1], et les Arabes de souche et d'adoption (*mutaᶜarribûn*) en al-Andalus. Or, l'on connaît la complexité des relations entre les Berbères et les Andalous, les premiers étant notamment tenus pour responsables par les seconds de la destruction de Cordoue durant la Fitna, marquant la fin du califat. En outre, de nombreux Andalous supportaient difficilement que leur territoire fût passé, depuis l'avènement des Almoravides, sous domination de ces Berbères souvent honnis, en perdant toute autonomie politique.

« Mon père m'a rapporté qu'il se trouvait un jour chez le gouverneur de Ceuta, Abû Yaḥyâ b. Abî Zakaria [2], parent de Nâṣir Banî ᶜAbd al-Muᵓmin, lorsqu'une controverse opposa al-Shaqundî et Abû Yaḥyâ b. al-Muᶜlim al-Ṭandjî [3], au sujet des mérites respectifs des deux territoires.

– Si al-Andalus n'avait pas existé, s'exclama al-Shaqundî, nul n'aurait jamais entendu parler de la rive maghrébine du Détroit, et aucun mérite n'aurait émergé de cette contrée. Seul le respect que je dois à cette vénérable assemblée m'interdit de dire ce que chacun sait.

– Voudrais-tu insinuer, s'écria alors le gouverneur, que cette différence entre les deux rives tient au fait que les habitants de ton territoire sont arabes, tandis que ceux de notre pays sont berbères ?

– À Dieu ne plaise ! répondit al-Shaqundî.

– Par Dieu, je suis certain que c'est bien là ce que tu as voulu dire, reprit le prince. Et cela, effectivement, se lisait clairement sur son visage.

– Comment peux-tu tenir de tels propos, intervint Ibn al-Muᶜlim, alors que le pouvoir et le mérite ont élu domicile sur la rive méridionale du Détroit ? »

Le gouverneur les interrompit :

---

1. Ce terme dénomme traditionnellement la rive méridionale du détroit de Gibraltar.

2. Il s'agit du gouverneur almohade de la ville.

3. Qui est berbère.

« Je crois qu'il ne vous reste plus qu'à composer, chacun de votre côté, une épître dans laquelle vous tenterez de démontrer la supériorité de votre terre. Car nous pourrions continuer à discourir longtemps à ce sujet sans en tirer le moindre profit. Je souhaite donc que cette entreprise mobilise toutes vos ressources intellectuelles, pour donner naissance à une œuvre qui soit digne de passer à la postérité [1]. »

## L'éloge des souverains d'al-Andalus

Al-Shaqundî accepta la commande du gouverneur de Ceuta. Il commença par tourner en dérision les prétentions de son contradicteur, lequel, selon lui, cherchait à « s'élever contre une opinion unanimement partagée » (texte 1). Le premier point abordé par al-Shaqundî est la question du pouvoir : s'il se trouve bien entendu dans l'obligation de louer le pouvoir almohade en place, ce dernier ne saurait cependant rivaliser à ses yeux avec la dynastie omeyyade, aux nobles origines (texte 2). L'auteur insiste ensuite sur les mérites d'al-Manṣûr b. Abî ᶜÂmir, en particulier sur ses exploits au combat, damant ainsi implicitement le pion à l'opinion selon laquelle les Andalous auraient été dépourvus de vertus guerrières, opinion jadis défendue par le géographe arabe Ibn Ḥawqal (m. 977) et réfutée par Ibn Saᶜîd (texte 3) [2]. Al-Shaqundî aborde ensuite la période des Taifas. Il prend en quelque sorte le contre-pied de l'opinion fort négative qu'on eut longtemps des souverains de cette période, dont le prestige fut passablement terni par leurs déboires politiques et militaires, et surtout par leur incapacité à contenir la menace chrétienne. Passant sous silence le fiasco des roitelets, l'auteur met l'accent sur le lustre culturel que l'on est bien obligé de mettre à leur actif. Il exprime là sans aucun doute la sensibilité andalouse de l'époque almohade à l'égard de cette période déjà lointaine.

Ce tour de passe-passe lui permet aussi de se moquer de l'Almoravide Yûsuf b. Tâshfîn. Il joue ainsi sur deux tableaux.

---

1. Ibn Saᶜîd, *Al-Mughrib fî-ḥulâ al-Maghrib, op. cit.*; trad. fr. B. Foulon.

2. *Nafḥ al-Ṭîb, op. cit.*, t. I, p. 204.

D'une part, il satisfait le gouverneur almohade, commanditaire de l'épître, qui forcément se réjouit de voir ridiculisé le plus illustre des souverains de la dynastie balayée par les siens. D'autre part, cette mise en valeur des roitelets andalous, et en particulier de la dynastie arabe des $^{c}$Abbâdides, fait ressortir avec éclat l'inculture de leurs vainqueurs et successeurs, les Berbères almoravides, auxquels il voue une rancune tenace (texte 4). Après avoir ensuite évoqué rapidement toutes les sciences dans lesquelles les Andalous se sont particulièrement illustrés, c'est sur la poésie qu'il s'attarde, citant de nombreux extraits de poèmes composés par tous les grands noms de cet art : ces pages de l'*'Épître* peuvent être considérées comme une véritable anthologie poétique reflétant les goûts en la matière de l'élite andalouse du XIII$^{e}$ siècle.

xte 1 S'évertuer à établir la supériorité du territoire de la $^{c}$Udwa sur celui d'al-Andalus, c'est comme vouloir démontrer la supériorité de la gauche sur la droite, ou prétendre que la nuit est plus lumineuse que le jour. Comment peut-on confondre les pointes des lances avec les ferrures de leurs manches, et vouloir frapper le roc avec du verre ? Que penser de celui qui souffle sur un feu éteint, et qui souhaite, à la chasse, remplacer les faucons par des vautours ? Comment peut-on se perdre en de longs discours à propos de ce qui fut créé par Dieu avec parcimonie, et se glorifier de ce qui fut maintenu, par un décret divin, dans une position subalterne ? Sur quoi se fonde donc cette apologie dénuée de toute légitimité ? Comment peut-on oser accorder la prééminence à la vieille femme décatie sur la jeune fille en fleur ? Vers quel visage crois-tu que les visages se tournent, et vers quels propos imagines-tu que les oreilles se tendent ? […]

Allons, un peu de décence ! Ô, toi qui entonnes une oraison funèbre sur l'air d'un chant de joie, qui te pares de ce qui n'est qu'un succédané, qui cherches à séduire les jeunes beautés vertueuses en exhibant une canitie masquée par une teinture au henné, où ta raison s'est-elle envolée ? Et comment ton entendement et ton intelligence ont-ils pu dévier de la sorte ? L'esprit de corps s'est-il à ce point emparé de ton cœur, qu'il a aveuglé tes yeux et obscurci ton esprit ? Quant à tes propos concernant « nos rois », n'oublie pas que, nous aussi, nous avons eu des rois. Cependant, nous nous trouvons dans la situation décrite par le poète :

> Les jours se suivent mais ne se ressemblent guère, aujourd'hui, nous souffrons, mais demain nous nous réjouirons.

Si l'ensemble des régions du Maghreb se trouvent aujourd'hui unifiées sous la bannière du califat des Banû ᶜAbd al-Muᵓmin – puisse Dieu le Très-Haut le perpétuer ! –, nous avons, quant à nous, connu celui des Qoraïchites. Les représentants de leur branche orientale ont dit à leur propos :

> J'appartiens à une lignée d'hommes illustres et puissants ; c'est pour être foulées par leurs pieds que les sommets des chaires ont été façonnés.
> Califes de l'Islam, chefs à l'époque préislamique, ils sont le vecteur et l'aboutissement de toutes les gloires [1].

Texte 2 Quant aux représentants de leur branche occidentale, ils déclament :

> Ne sommes-nous pas les Banû Marwân ? Comment pourrions-nous perdre notre position, et subir un revirement du sort ?
> Chacun de nos nouveau-nés illumine la terre et fait trembler les chaires de bonheur [2].

Les hommes de mérite et les poètes ayant vécu durant leur règne sont célèbres dans l'univers tout entier, et les colliers s'effaceront aux cous des colombes avant que

---

1. L'épître est intégralement consignée dans le *Nafḥ al-Ṭîb*, *op. cit.*, t. IV, p. 163-196. Cet extrait et les suivants sont traduits par B. Foulon.
2. Ces deux vers sont attribués au prince omeyyade Muḥammad b. ᶜAbd al-Malik b. ᶜAbd al-Raḥmân al-Nâṣir.

leur renommée ne s'éteigne. Car celle-ci, comme dit le poète :

> a suivi la course du soleil dans tous les pays et celle des vents au-dessus des terres et des mers.

Leurs rois se sont succédé sans interruption. Et, comme l'a chanté le poète :

> Le califat se présente toujours parmi vous dans le meilleur agencement, tel un collier dont les perles précieuses sont disposées dans l'ordre le plus parfait.

Jusqu'au moment où Dieu a décrété leur dispersion, et la fin de leur règne. Ils ont disparu et avec eux a disparu la mémoire de leurs hauts faits. Anéantis, leurs traces se sont effacées.

exte 3 Au nombre des plus beaux fleurons de leur royaume figure al-Manṣûr b. Abî $^{c}$Âmir. Sa sagacité lui permit de mener ses expéditions guerrières en terre chrétienne jusqu'aux rivages de l'océan Atlantique, sans jamais laisser de prisonnier musulman en territoire ennemi. Son armée n'avait rien à envier à celle d'Héraclius, et sa détermination ne cédait en rien à celle d'Alexandre.

À sa mort, l'épitaphe suivante fut gravée sur son tombeau :

> Ses œuvres suffisent à le décrire, c'est comme si tu le voyais de tes yeux;
>
> Par Dieu, nul ne pourra jamais l'égaler, et jamais personne ne défendra les frontières comme il le fit !

exte 4 Lorsque, après la chute du califat, les rois des Taifas s'emparèrent du pouvoir en se partageant le territoire, il est un point sur lequel, malgré leur division, ils s'accordèrent néanmoins : je veux parler des bienfaits qu'ils allouèrent à ceux de leurs sujets qu'ils considéraient comme des hommes de mérite. En effet, ils soutinrent les sciences et rivalisèrent entre eux pour honorer tant la prose que la poésie. Si bien que leur plus grand titre de gloire consistait à dire : le savant Untel se trouve chez le roi Untel, et le poète Untel est attaché à la cour du roi Untel. […] Tu as sans aucun doute entendu parler des ᶜÂmirides Mudjâhid, Mundhir et Khayrân, ainsi que des souverains arabes : les Banû ᶜAbbâd, les Banû Ṣumâdiḥ, les Banû al-Afṭas, les Banû Dhî al-Nûn et les Banû Hûd. Chacun d'entre eux fut immortalisé dans des panégyriques, qui, adressés à la nuit, auraient rendu celle-ci plus claire que le jour. Les poètes évoluaient parmi eux avec autant d'aisance que la brise dans les jardins, et leurs richesses semblaient inépuisables. […]

Parmi tous ces souverains, je réserve une mention spéciale toutefois aux Banû ᶜAbbâd, en me référant à la parole divine : « En eux deux, il y a des fruits, des palmiers, des grenadiers[1]. » Sous leur règne, chaque jour était un jour de fête. Leur passion des belles-lettres était encore plus vive que celle des Ba nû Ḥamdân d'Alep[2]. Ces souverains, tout comme leurs enfants et leurs vizirs, étaient les premiers à briller, aussi bien dans l'art de la prose que dans celui de la poésie, et à apporter leur contribution aux différentes branches de la science. C'est de manière élogieuse que l'on évoque leurs œuvres, et leur renommée est bien établie. Leurs actions nobles et généreuses sont chantées sans relâche tant par la *Khâṣṣa* que par la *ᶜÂmma*. Par Dieu, pourrais-tu, quant à toi, me citer quelqu'un dont tu pourrais t'enorgueillir, et qui aurait vécu avant cette dynastie issue de la prédication du *mahdî*[3] ? Peux-tu tirer gloire du *ḥâdjib* Suqût ? ou de Ṣâliḥ al-Barghawâṭî[4] ? ou bien encore de Yûsuf b. Tâshfîn, lequel, sans l'insistance avec laquelle Ibn ᶜAbbâd

1. Coran, LV, 68, à propos des jardins du Paradis.

2. Célèbre dynastie du Xᵉ siècle. Son représentant le plus illustre fut Sayf al-Dawla, immortalisé par al-Mutanabbî.

3. C'est-à-dire avant les Almohades.

4. Le Berbère Suqût al-Barghawâṭî gouverna la ville de Ceuta avant que celle-ci soit conquise par Yûsuf b. Tâshfîn. Ṣâliḥ b. Ṭarîq al-Barghawâṭî fut au VIIIᵉ siècle le fondateur d'une doctrine hérétique.

pria les poètes andalous de le louer, aurait sombré dans l'oubli, car jamais ceux-ci n'auraient songé à le mentionner, ni à exalter, dans leurs poèmes, la puissance de son pouvoir ?

## Les charmes de Séville

La dernière partie de l'épître est consacrée à la célébration de la magnificence du cadre naturel d'al-Andalus et à la description de ses villes les plus illustres. À tout seigneur tout honneur : c'est Séville qui ouvre la marche. Cette métropole, considérablement embellie et agrandie par les Almohades, est alors considérée comme la troisième capitale du califat, après Marrakech et Rabat, et apparaît en tout état de cause comme la ville la plus importante d'al-Andalus.

Parmi les charmes de Séville, on retiendra la douceur de son climat, la beauté de ses bâtiments, décorés tant à l'extérieur qu'à l'intérieur, ainsi que sa puissance en tant que capitale, si bien que la ᶜ*Âmma* a coutume de dire :

> En cherchant bien, on pourrait même trouver du lait d'oiseau à Séville.

Sans oublier son fleuve majestueux, qui vit au rythme des crues et des décrues, l'amplitude des premières pouvant atteindre jusqu'à soixante-douze milles. Ibn Safar[1] a dit à son sujet :

> Au-dessus de lui, la brise déchira sa tunique ; de ses berges, elle s'élança pour réclamer vengeance ;
> Du haut de leur arbre, les colombes cendrées éclatèrent d'un rire moqueur, si bien que la pudeur lui fit, sur elle, rabattre les pans de son voile.

Ce fleuve est d'autant plus attrayant que ses rives sont ourlées de promenades, de jardins et de vignobles cares-

1. Il s'agit de ᶜAbû al-Ḥasan (ou ᶜAbû ᶜAbdallâh) Muḥammad b. Safar, lettré originaire d'Almería et ayant vécu à Séville, contemporain d'Ibn Saᶜîd.

sés par la brise, et qui se succèdent sans discontinuer, ce qui est l'apanage de ce fleuve.

J'interrogeai, à son retour d'Égypte, une personne des plus avisées, à propos du Nil. Elle m'informa que la densité des jardins et promenades agrémentant ses berges était moindre que celle observée sur les rives du fleuve de Séville. Et quelqu'un me rapporta la même chose au sujet de Bagdad, qu'il avait visitée.

Ce fleuve a le privilège de vivre au rythme des réjouissances. En effet, ni les instruments de musique, ni la consommation de vin n'y sont considérés comme répréhensibles. Nul ne songe à les interdire ou à les critiquer, dès lors que l'ébriété n'engendre pas d'actions blâmables et ne provoque pas de querelles entre les buveurs. Il y a bien eu, dans le passé, des gouvernants, affichant leur religiosité avec ostentation, pour tenter de mettre fin à ces pratiques, mais ils n'y sont pas parvenus.

Les Sévillans sont dotés du caractère le plus affable qui soit. Il n'y a pas plus doués qu'eux quand il s'agit de raconter des anecdotes, ou de plaisanter, mais ils accompagnent ces plaisanteries des insultes les plus effroyables. Dans ce domaine, ils sont aguerris, c'est devenu pour eux une coutume, si bien qu'ils vouent une haine féroce à ceux qui, parmi eux, ne se plient pas à cet usage et ne se maudissent pas réciproquement.

Sans doute as-tu entendu parler de l'Aljarafe de Séville, qu'un compositeur de *muwashshaḥât* évoqua dans un panégyrique à la gloire d'al-Muᶜtaḍid b.ᶜAbbâd :

> Séville est une mariée son époux est ᶜAbbâd
> Sa couronne : l'Aljarafe, et son cordon : son fleuve.

Les productions de l'Aljarafe inondent toutes les régions du monde, et l'huile que l'on extrait de ses oliviers est expédiée jusqu'à Alexandrie. En outre, ses villages se distinguent des autres par le soin particulier accordé à leurs constructions par leurs habitants, autant attentifs à l'aspect extérieur des bâtisses qu'à leur décoration intérieure : badigeonnées en blanc, elles apparaissent telles des étoiles dans le ciel des oliveraies.

On demanda à un homme ayant visité l'Égypte et la Syrie : « Qu'as-tu vu de plus beau ? Ces deux pays ou Séville ? » Il exprima sa préférence pour Séville, et ajouta : « Son Aljarafe est une forêt sans lions, et son fleuve un Nil sans crocodiles. »

# LA POÉSIE À L'ÉPOQUE ALMOHADE

Le siècle almohade fut avant tout celui de la philosophie et de la science. La poésie perdit dans ce contexte la place primordiale qui était la sienne depuis l'époque califale, lorsque le plus court chemin menant aux fonctions officielles consistait à charmer les princes par des vers dotés d'un très fort pouvoir de séduction. Sur le plan littéraire, la période est placée sous le signe de la continuité. Aucun courant novateur n'apparaît pour inverser la tendance et replacer les poètes sous les feux des projecteurs. Dans tous les registres – qu'il s'agisse de la poésie élégiaque, amoureuse ou même populaire –, la poésie se présente essentiellement comme le prolongement et l'amplification des modèles mis en place durant les périodes précédentes. Une exception cependant : cette période voit naître et se développer le *zadjal* soufi.

## Ibn Sahl
## (v. 1212-v. 1251) [1]

Né dans une famille juive à Séville, Abû Isḥâq Ibrâhîm al-Isrâʾîlî al-Ishbîlî b. Sahl se convertit à l'islam à un âge précoce. Ses années de formation furent en particulier dédiées à l'étude du Coran et de la grammaire. Dès l'âge de seize ans, son talent poétique fit impression sur ses contemporains, et il se consacra dès lors à cet art. Durant ses années de jeunesse, il laissa libre

1. v. 609-v. 659 H.

cours à son penchant pour une vie de plaisirs : les nombreux lieux de plaisance de Séville constituèrent d'inépuisables sources d'inspiration pour ses improvisations de descriptions paysagères et jardinières, qui étaient très appréciées de ses amis, parmi lesquels Ibn Saᶜîd, l'auteur du *Mughrib*[1]. Mais cette période d'insouciance prit fin avec les troubles politiques marquant les dernières années de la souveraineté musulmane à Séville, qu'il quitta en 1243, soit cinq années avant sa chute. Ce départ lui inspira un fragment poignant (texte 1). Après avoir élu domicile un moment sur l'île de Minorque, il s'installa à Ceuta, sur la rive africaine du Détroit, où il devint le panégyriste et le secrétaire du gouverneur de la ville, Abû al-Ḥasan ᶜAlî b. Khalâṣ. Les dernières années d'Ibn Sahl sont obscures : on a longtemps considéré qu'il avait disparu dans le naufrage qui coûta la vie à l'émir de Ceuta en 1251 ; mais cette thèse a récemment été mise en question, et l'on ignore la date exacte et les circonstances de sa mort.

Ibn Sahl s'adonna à la composition de poésie savante comme à celle de *muwashshaḥât.* Il s'illustra avant tout dans le registre de la poésie amoureuse, essentiellement homosexuelle – soixante-treize pièces de son *Dîwân* sont consacrées à ce thème sur un total de cent trente et une –, enrichissant ainsi la veine érotique de la tradition orientale. Soixante-deux poèmes sont dédiés à Mûsâ, jeune juif qui fut chanté par de nombreux poètes sévillans : ces vers témoignent de l'amour profond éprouvé par Ibn Sahl pour ce jeune homme sans doute rencontré durant ses années de formation (textes 2 et 3). Néanmoins, d'aucuns ont voulu voir dans cette poésie l'expression de sa fidélité au judaïsme – en témoignent les nombreuses allusions à Moïse –, et l'instrumentalisation de la thématique de la passion au profit d'une dimension religieuse, comme chez les poètes soufis.

Plus généralement, la sincérité de la conversion d'Ibn Sahl à l'islam a fait l'objet de nombreuses discussions, si bien qu'il n'est aucune certitude en ce domaine. Le polygraphe al-Maqqarî a émis un jugement sévère à cet égard[2]; il semble même que l'ami le plus proche d'Ibn Sahl, Ibn Saᶜîd, partagé qu'il était, ait renoncé à élucider la question. En revanche, son contem-

1. Voir *supra*, p. 303 et 366.
2. Voir *Nafḥ al-Ṭîb, op. cit.*, V, 69-70.

porain Abû al-Ṭayyîb al-Rundî ne le cite qu'en mentionnant son surnom honorifique – Ibn Sahl al-Islâmî –, attestant son appartenance à la religion musulmane. À la décharge d'Ibn Sahl, rappelons que, si la sévérité des Almohades à l'égard des juifs poussa un grand nombre d'entre eux à se convertir formellement à la religion d'État, il y a tout lieu de penser que les profits matériels engendrés par une telle conversion étaient à peu près nuls en cette époque de décomposition d'al-Andalus. Nous reproduisons les deux vers qui ont été fréquemment tenus pour une profession de foi du poète (texte 4), ainsi qu'un surprenant poème « hedjazien », c'est-à-dire d'inspiration bédouine et archaïque, commandé par Abû ᶜAlî b. Khalâṣ, qui plaide en faveur de la sincérité de sa conversion (texte 5).

te 1 Lorsque le moment décisif arriva, et que l'espoir de voir se réaliser nos désirs se fut presque totalement envolé,

Je fondis en larmes sur le fleuve ; je tâchai de dissimuler mes pleurs, mais leur couleur les trahit et les fit apparaître.

Si mes compagnons de voyage avaient seulement eu connaissance de mon infortune, ils ne m'auraient pas accompagné dans mon périple.

Car chaque fois que mon souffle gonflait les voiles de la nef, mon malheur les ramenait vers Séville [1].

te 2 De mes sentiments je m'ouvrirai, dussent-ils emplir tout l'espace ; pourquoi devrais-je me satisfaire d'allusions, pour évoquer celui qui s'est détourné de moi ?

J'aime un faon qui chasse les lions de son regard ; devant lui, les valeureux guerriers jettent leurs lances avant de s'enfuir.

C'est un rameau planté en plein cœur, une étoile qui n'annonce guère d'autre pluie qu'un torrent de larmes.

Ce n'est pas que mes nuits me paraissent plus longues depuis son départ, mais mes yeux refusent le matin, insensibles à sa lumière.

---

1. Ibn Sahl, *Dîwân*, nº 57, Beyrouth, Dâr al-Gharb al-Islâmî, 1998, p. 166-167 ; trad. fr. B. Foulon.

Tandis que je pleure, il rit, comblé par mon amour ; pourtant, de cette satisfaction, l'amant ne récolte que de la colère.

Ne viens pas humer mon haleine avec ta bouche, car je crains que tes dents, aussi blanches et fraîches que des grêlons, ne soient endommagées par les braises de mon souffle, aussi brûlantes que celles du tamaris.

Si mon sommeil s'est envolé, mon ardente passion, dans le nid de mon cœur, a les ailes rognées, et ne peut plus bouger.

J'aime à entendre les histoires de Moïse et de son peuple, bien plus, je les recherche sciemment, car à toi elles me ramènent.

Je me plains auprès de tes yeux langoureux ; quelle erreur, pour une cible, de présenter ses doléances à la flèche qui l'a percée !

Quelle terrible épreuve pour un cœur tourmenté que celle imposée à la fois par le joug de mes yeux, par ceux de Mûsâ, et par le Destin [1].

Texte 3 Ô Mûsâ, l'aiguade où tu m'as conduit est remplie d'une eau bien amère, et pourtant, je n'ai rien du Pharaon répondant aux bienfaits par l'ingratitude.

C'est en lançant sur moi le serpent de tes mèches de cheveux que tu as ensorcelé mon cœur, et c'est dans les flots de mes propres larmes que tu m'as englouti.

Je ne craignais pas de mourir de tes mains : les temps sont remplis de prodiges !

Par Dieu, tu es la seule créature humaine à réjouir ma vue et mon ouïe, mais cela ne me vaut rien.

Tu m'as imposé la constance sans me laisser de choix, et tu m'as interdit de t'amener un intercesseur susceptible de plaider ma cause.

Je n'ai aucun regret à l'idée de mourir, je crains seulement que tu ne sois tenu pour une personne injuste [2].

1. *Ibid.*, n° 79, p. 196-197 ; trad. fr. B. Foulon.
2. *Ibid.*, n° 85, p. 213 ; trad. fr. B. Foulon.

te 4 L'amour de Muḥammad m'a consolé de Mûsâ ; j'ai été bien guidé : sans l'aide de Dieu, il m'aurait été impossible de trouver cette voie juste.

Ce n'est guère la haine qui m'a fait agir de la sorte, mais le fait que la Loi de Mûsâ a été abrogée par Muḥammad [1].

te 5 […] C'était une troupe de voyageurs ayant unanimement répondu à l'appel les invitant à se rendre à Yathrib [2].

Le flot de leurs larmes luttait de vitesse avec le pas allègre de leurs blanches montures ; toutefois le désir ardent qui les animait leur permettait d'annuler la distance et d'assécher leurs yeux.

Lorsqu'ils s'inclinaient pour prier et qu'ils se répandaient en invocations du nom divin, on aurait dit de souples rameaux ou de roucoulantes colombes.

Leur piété était telle que la lumière irradiait du fond de leurs poitrines, alors même qu'ils avaient revêtu la nuit ténébreuse en guise de tunique.

Leurs cœurs, palpitants, avaient trouvé le chemin de la vallée de la Certitude, tels les gangas [3] se dirigeant sans hésiter vers l'aiguade.

Ces cœurs avaient acquis la connaissance de Dieu, et leurs enveloppes corporelles ignoraient tout du repos de la couche.

Le Prophète Muḥammad révélait à leurs cœurs des secrets, et ces paroles semblaient exhaler une fragrance de musc qui se diffusait dans leur sillage.

---

1. *Ibid.*, nº 37, p. 114 ; trad. fr. B. Foulon. Notons toutefois qu'Ibn al-Abbâr et Ibn Saʿîd ont attribué ces vers à d'autres poètes.

2. Ancien nom de Médine. Il est question bien entendu dans ce vers du pèlerinage musulman.

3. Ces perdrix du désert sont surinvesties symboliquement dans la poésie arabe ; elles sont connues pour leur faculté à se diriger à travers le désert et durant la nuit.

Ils paraissaient s'être mués en végétaux desséchés, alors même qu'ils avaient fertilisé un luxuriant jardin d'invocations divines.

De leurs larmes, ils irriguèrent les plantes de tristesse enracinées sur la terre de la consomption, et celle-ci donna naissance à des fleurs de chagrin aux couleurs éclatantes.

Grâce à leur détermination, ils purent goûter au lait de la vérité, tandis que ma négligence m'interdit à jamais l'accès aux mamelles desquelles il coule.

Emparez-vous de mon cœur, ô voyageurs du Hedjaz, puisque mon corps est pris dans les rets des attachements terrestres.

Ne le renvoyez pas à votre retour, car votre loyauté exige que vous gardiez ce qui vous a été confié en dépôt.

Jetez-le plutôt avec les autres cailloux, à Minâ [1], ô mes amis, car il est lui-même un caillou rendu tranchant par la main du désir.

Puis déposez mon espoir dans le puits de Zemzem [2], à l'eau si pure, et laissez les souhaits unir la soif ardente et ce qui pourra l'étancher. [...]

Certains furent délivrés, quant à moi, la passion m'a livré à des attachements terrestres qui obstruèrent la voie menant à mes désirs profonds.

Eux, il leur a suffi de frapper à la porte de l'agrément divin pour pouvoir entrer, tandis que moi, à mon grand regret, je suis condamné à frapper à cette porte ma vie entière.

Par Dieu, quand bien même je n'ai aucun espoir de trouver un moyen d'entrer, je n'en sais pas moins combien cette porte est large [3] !

---

1. Allusion au rite de la lapidation à Minâ (*djamarât*), l'une des étapes du pèlerinage à La Mecque : lors de celle-ci, les pèlerins ont obligation de jeter des cailloux sur les colonnes symbolisant les tentations de Satan.

2. Il s'agit du puits situé près de la Ka<sup>c</sup>ba, qui est considéré comme la source ayant jailli au moment où Hagar et son fils Ismâ<sup>c</sup>îl, abandonnés dans le désert, avaient épuisé l'eau qu'Abraham leur avait donnée. Boire l'eau de Zemzem constitue un rite du pèlerinage musulman.

3. Ibn Sahl, *Dîwân*, n° 84, *op. cit*, p. 207-212 ; trad. fr. B. Foulon.

## Ibn Zuhr
## (1113-1198) [1]

Abû Bakr Muḥammad b. ᶜAbd al-Malik b. Zuhr al-Iyâdî al-Ishbîlî naquit à Séville, dans une lignée prestigieuse de médecins et de lettrés. S'il fut unanimement reconnu comme le maître du *muwashshaḥ* de son temps[2], Ibn Zuhr brilla également comme poète et philosophe. Mais c'est sans doute sa pratique de la médecine qui lui valut la plus grande renommée, et c'est à ce titre qu'il servit successivement les Almoravides et les Almohades, en particulier Abû Yûsuf Yaᶜqûb al-Manṣûr, qui l'appela à Marrakech, lui donna le titre de vizir et fit de lui son médecin personnel. C'est dans cette ville qu'il mourut, vraisemblablement victime d'un empoisonnement. La *muwashshaḥa* qui suit est une œuvre de jeunesse qui connut un succès retentissant, tant en Occident qu'en Orient.

Ô échanson, j'ai moult griefs à formuler à ton encontre, toi qui restes sourd à nos appels.

Il est un compagnon de plaisir qui d'amour m'a rendu fou : j'aime son visage lumineux,

Et boire le vin que sa main me tend.

Quand il émerge de son ivresse,

Il attrape l'outre, s'accoude, et me sert à boire jusqu'à plus soif.

Mais qu'est-il arrivé à mes yeux? Les voilà aveugles.

Après t'avoir vu, ils ont ignoré la clarté de la lune.

Accepteras-tu d'écouter mon histoire ?

Mes yeux ont perdu la vue à force de pleurer, et une part de moi-même sur l'autre part pleure avec moi.

---

1. 507-595 H.
2. Voir par exemple al-Marrâkushî, *Al-Mughrib*, *op. cit.*, p. 63, et Ibn Diḥya, *Al-Muṭrib min-ashᶜâr ahl al-Maghrib*, Le Caire, Dâr al-Kutub al-miṣriyya, 1997, p. 202-203.

C'est un rameau de saule bien droit : il se plie d'autant mieux.
Bien mal en prend à qui s'en amourache : il mourra de consomption,
Les entrailles nouées, privé de ses forces.
Chaque fois qu'il songe à la séparation, il fond en larmes.
Diantre ! Pourquoi pleurer sur ce qui n'est pas advenu ?

De patience et de constance me voici dépourvu.
Qu'ont donc mes amis à me blâmer sans relâche,
Niant la légitimité de mes doléances ?
Quiconque dans mon état se trouve est en droit de se plaindre, rompu de désespoir, humilié dans ses désirs.

Mon cœur est desséché tandis que mes pleurs ruissellent.
Il connaît la nature du péché mais ne le reconnaît pas comme tel.
Ô toi qui te détournes de ce que je décris,
Mes sentiments n'ont cessé de grandir et de croître en moi, alors ne dis pas qu'en amour je ne sais qu'exiger [1] !

## Madghallîs [2]

Abû ᶜAbd Allâh Aḥmad b. al-Ḥâdjdj, dit Madghallîs, compositeur de *zadjal* de l'époque almohade, est considéré comme le digne successeur d'Ibn Quzmân [3]. Ibn Khaldûn lui attribue la paternité de ce qu'il nomme « le poème zadjalesque », qui relève du *zadjal* dans la mesure où il est composé en arabe dialectal, mais qui est aussi très proche du poème classique sur les plans rythmique et esthétique. L'extrait suivant témoigne de la grande stabilité de la représentation du paysage idéal andalou : après le XIᵉ siècle en effet, celle-ci, loin d'être renouvelée, ne

1. *Dâr al-Ṭirâz*, Damas, Dar al-Fîkr, 1980, p. 100 ; trad. fr. B. Foulon.
2. Ses dates de naissance et de mort sont inconnues.
3. Voir *supra*, p. 312 *sq*.

fit plus l'objet que de variations, dans la poésie savante comme dans la poésie populaire.

Il est trois choses, dans les jardins, qui rarement se trouvent rassemblées :

Le zéphyr, la verdure et les oiseaux ; alors hume, déambule et écoute !

Lève-toi et vois comment le zéphyr gémit, et comment les oiseaux, de leurs chants, couvrent sa voix !

Les fruits, sur des tapis d'émeraude, éparpillent leurs joyaux.

Et, au milieu de la verte prairie, court un ruisseau tel un sabre dégainé.

Cette comparaison m'est venue à l'esprit en voyant l'étang protégé par sa cotte de mailles.

Il tombe une fine ondée, et le soleil darde ses rayons.

La première d'argent couvre la nature, tandis que le second son or y déverse.

Les végétaux s'abreuvent jusqu'à l'ivresse, et les rameaux dansent jusqu'à l'extase.

Jusqu'à nous ils voudraient venir, mais la pudeur les fait reculer.

Des jeunes esclaves aux prunelles de jais, telles des houris[1], peuplent des jardins semblables au Paradis. [...]

Le soleil, en cette fin de journée, ressemble au visage d'un amant passionné au moment où il lui faut prendre congé.

Écoute les rossignols qui te convient à une vie de plaisirs.

Leurs mélodies pourraient ramener les vieillards au libertinage, et leur rendre la vigueur de la jeunesse.

Du matin au soir, ils chantent, puis recommencent.

1. Nom donné aux vierges promises aux musulmans fidèles dans l'au-delà.

En écoutant ces trilles, le débauché sent son cœur prêt à tous les excès [1].

## La poésie d'inspiration soufie : al-Shushtarî (1212-1269) [2]

Abû al-Ḥasan ᶜAlî b. ᶜAbd Allâh al-Numayrî al-Shushtarî al-Andalusî représente l'ultime phase du soufisme andalou. Sa doctrine apparaît comme une sorte de syncrétisme fusionnant tous les stades antérieurs de cette pensée ; et son originalité réside avant tout dans le choix qu'il fit de la poésie pour l'exprimer. S'il s'essaya à l'art de la *qaṣîda* et composa des *muwashshaḥât*, c'est toutefois dans le *zadjal* qu'il excella, suivant la voie qu'avait ouverte Muḥyî al-Dîn Ibn ᶜArabî, le grand philosophe et théosophe mystique (Murcie, 1165-Damas, 1241) [3]. Né à Shushtar, près de Cadix, en 1212, dans une famille de notables andalous, c'est lors d'un voyage au Maroc qu'il épousa la voie soufie et renonça à l'ensemble de ses biens.

Il s'adonna dès lors au commerce ambulant, qui le mena sur les routes d'al-Andalus et du Maghreb. Si l'empreinte de l'œuvre d'Ibn Masarra (m. 931) et d'Ibn ᶜArabî est patente dans son œuvre, c'est cependant Ibn Sabᶜîn (m. 1271), rencontré à Bougie en 1248, qui exerça sur lui l'influence la plus déterminante [4]. Il le suivit en Égypte et accomplit avec lui plusieurs fois le pèlerinage à La Mecque. Al-Shushtarî passa les dernières années de sa vie en Égypte [5], où coexistaient de nombreuses confréries. Il y fréquenta des compagnons d'Abû al-Ḥasan al-Shâdhilî, fondateur de la plus célèbre d'entre elles. Il semble qu'il se soit tourné alors vers un soufisme plus modéré et plus respectueux des obligations rituelles. C'est dans ce même

1. Ce *zadjal* est cité par Ibn Saᶜîd dans *Al-Mughrib*, *op. cit.*, t. II, p. 220 ; trad. fr. B. Foulon.

2. 610-668 H.

3. Le *zadjal* soufi fit son apparition à l'époque almohade. Le *Dîwân* d'Ibn ᶜArabî ne renferme toutefois qu'un unique *zadjal*.

4. Il fut le disciple d'autres grands soufis, et notamment de plusieurs élèves de ᶜUmar al-Suhrawardî (m. 1234).

5. Il semble que la population de Tripoli lui ait auparavant proposé une charge de cadi qu'il aurait refusée, ce qui lui valut d'être traité de dément.

pays qu'il trouva la mort en 1269, à Ṭina, et qu'il fut enterré, à Damiette.

Al-Shushtarî fut un zadjâliste prolifique : son *Dîwân* ne renferme pas moins d'une centaine de *zadjal-s* mystiques, contre quarante et un poèmes de facture classique sur ce même thème. En détournant les registres en faveur à l'époque – ceux de la poésie amoureuse et de la poésie bachique –, et en transformant leurs motifs en symboles gnostiques, al-Shushtarî put exposer sa doctrine avec une grande clarté et la rendre accessible au plus grand nombre, sans pour autant porter atteinte à la profondeur des concepts exposés. On sait qu'il chantait ces compositions en s'accompagnant d'un instrument à cordes demeuré célèbre sous l'appellation de *shushtariyya*.

Le noyau essentiel de la doctrine d'al-Shushtarî réside dans l'affirmation de l'« unité de l'existence », monisme existentiel dont la paternité est attribuée à Ibn ᶜArabî [1] : le premier *zadjal* que nous proposons consiste en une exaltation de ce principe (texte 1). Pour al-Shushtarî, il ne saurait exister d'autre objet de connaissance que Dieu (texte 2). Le *safar*, ou « voyage », c'est-à-dire la transmutation en vue de la réalisation de l'homme parfait, est pour lui, comme pour bon nombre de soufis, une notion capitale, le but du voyage étant d'atteindre l'unité avec Dieu. Pour cela, il faut d'abord oublier son corps, et ôter ses « deux sandales » (*khalᶜ al-naᶜlayn*), à savoir se défaire de la perception sensorielle et de l'intellect (texte 3).

Ses *zadjal-s*, qui ont joui d'une audience considérable dans le monde musulman, et sont souvent rythmés par une sorte de « refrain » doté d'une grande force expressive, nous livrent des tableaux vivants de la vie ascétique à cette période. Une grande part de son *Dîwân* est en effet consacrée à la pratique du soufisme et à l'exposé des règles comportementales que se doit d'adopter l'aspirant. Celui-ci a notamment pour obligations fondamentales la recherche de la pauvreté et la pratique de la mendicité. Pour al-Shushtarî, le refus et l'abandon des biens

1. L'« unité de l'excellence » traduit l'expression *waḥdat al-wujûd*. La doctrine d'al-Shushtarî est également qualifiée de « doctrine de la non-dualité » (*madhhab al-laysiyya*). Al-Shushtarî hésita longtemps entre la version de ce monisme tel qu'il fut développé par Ibn ᶜArabî (*waḥda mursala*) et celle élaborée par Ibn Sabᶜîn (*waḥda muṭlaqa*, ou « unité absolue »), avant de parvenir à dépasser les contradictions existant entre ces deux conceptions.

matériels et des honneurs constitue toutefois une condition nécessaire mais non suffisante ; car il s'agit d'anéantir en soi jusqu'au désir de richesse et de gloire, pour au final être capable de se glorifier de son dénuement même – la vie de l'auteur est à ce titre exemplaire. Un de ses textes les plus célèbres est particulièrement représentatif de cette tendance (texte 4). Al-Shushtarî rappelle avec insistance l'importance, pour l'aspirant, du choix de son maître, le cheikh, et la nécessité de respecter les préceptes et les injonctions de ce dernier. Un autre point central de la doctrine de l'auteur est abordé dans le dernier texte ici reproduit (texte 5) : il s'agit de sa conception de l'âme humaine, considérée comme un obstacle à la quête spirituelle parce qu'elle incite l'homme à commettre des actes de rébellion contre Dieu. L'aspirant doit donc mener un combat de chaque instant pour réformer son âme : on comprend dès lors l'acharnement avec lequel al-Shushtarî fustige dans ses poèmes ce qui, à ses yeux, constitue le réceptacle de l'orgueil, de l'envie, de l'avarice et de la colère.

Contrairement à ce qu'il advint pour Ibn ᶜArabî, aucun des disciples d'al-Shushtarî ne s'employa à étayer ni à enrichir sa doctrine. En revanche, ses développements sur la pratique de la Voie comme son art poétique exercèrent une influence indirecte mais durable sur le soufisme. Ibn al-Khaṭîb, le polygraphe de l'époque nasride, s'inspira de ses compositions poétiques, à tel point qu'il fut parfois difficile de distinguer les œuvres des deux auteurs [1].

Texte 1 Le nom de l'amant ne saurait être confondu. Comprenez-moi bien ! Comprenez-moi bien !
Mon aimé emplit tout l'univers.
Il apparaît tant parmi les Blancs que parmi les Noirs,
Chez les chrétiens comme chez les juifs.
Dans le corps des lettres de l'alphabet et dans leurs points diacritiques. Comprenez-moi bien ! Comprenez-moi bien !

1. En témoigne la remarque d'Ibn Khaldûn dans sa *Muqaddima* (*Prolégomènes*) ; selon lui, l'auteur grenadin « adopta le langage des soufis et le style d'al-Shushtarî » (*Al-Muqaddima, op. cit.*, t. III, p. 440).

Dans les végétaux comme dans les minéraux.
Dans la blancheur comme dans la noirceur.
Dans le calame comme dans l'encre.
Il n'y a pas d'erreur. Comprenez-moi bien !...
Comprenez-moi bien [1] !

te 2 Avant ce jour, j'étais désemparé, tournant en tous sens dans l'Univers,
Jeté dans l'océan de la pensée, ballotté au gré des vagues des suggestions.
L'objet de ma quête était toujours présent en mon cœur.
Il ôta le voile de mes yeux et m'apparut dans toute Sa splendeur [2].

te 3 Entreprends le voyage et ne crains rien ! Place en moi ta confiance !
Meurs, et vis, et entends comment tu pourras rester vivant !
Toi qui m'interroges sur la façon de parvenir au but ;
Si tu as confiance en ce que je dis,
Approche-toi afin que je t'enseigne quelques principes fondamentaux.
Tu connaîtras le bonheur en me retrouvant.
Ensuite, je te donnerai le remède à boire.
Regarde dans ton miroir, et ce que tu verras aura de quoi te surprendre !
Rends-toi disponible, éloigne-toi de tout ce qui est impur, et bannis le doute !
La totalité de ton être ne saurait être voilée !
Lorsque ta vie sera un peu plus pure,

1. *Zadjal* en dialecte andalou, *Dîwân*, Alexandrie, Dâr al-Maᶜârif, 1960, p. 177 ; trad. fr. B. Foulon.

2. *Zadjal* en dialecte andalou, proche de l'arabe littéral ; al-Shushtarî, *Dîwân*, *op. cit.* ; trad. fr. B. Foulon.

Tu verras l'existence apparaître explicitement et implicitement [1].

Texte 4 Un cheikh, originaire de la région de Meknès, chante au beau milieu des marchés.

« En quoi devrais-je me soucier des gens, et en quoi les gens devraient-ils se soucier de moi ?

En quoi devrais-je me soucier, l'ami, de l'ensemble des créatures ?

Si tu fais le bien, tu seras sauvé, suis l'exemple des hommes de vérité !

Ne dis pas un seul mot, mon fils, qui ne soit sincère.

Consignez mes paroles dans des livres, et écrivez des amulettes en mon nom !

En quoi devrais-je me soucier des gens, et en quoi les gens devraient-ils se soucier de moi ?

Ce sont des propos clairs, qui ne nécessitent pas d'explication.

Personne n'est concerné par personne, comprenez bien cette allusion.

Voyez mon âge avancé, mon bâton et ma besace.

C'est ainsi que j'ai vécu à Fès, dans un grand dénuement.

Qu'ai-je à faire des gens, et qu'est-ce que les gens ont à faire de moi ? »

Comme ses paroles sont belles, lorsqu'il déambule dans les souks.

Tu vois les boutiquiers tendre le cou vers lui, ne serait-ce que pour l'apercevoir.

Sa besace accrochée à son cou, son bâton et ses sandales.

C'est un vieillard solidement bâti, demeuré tel que Dieu l'a créé.

« En quoi devrais-je me soucier des gens, et en quoi les gens devraient-ils se soucier de moi ? […]

Ainsi, que votre souci primordial soit de bénir Muḥammad !

---

1. *Zadjal* en dialecte andalou et arabe littéral ; al-Shushtarî, *Dîwân*, *op. cit.*, p. 293-294 ; trad. fr. B. Foulon.

Puis d'invoquer l'agrément, auprès de Dieu, de son second, l'illustre Abû Bakr,

Et de ʿUmar, le véridique, le témoin irréprochable,

Et enfin de ʿAlî, le pourfendeur des turpitudes, d'un seul coup il les terrasse.

En quoi devrais-je me soucier des gens, et en quoi les gens devraient-ils se soucier de moi ?

Ô mon Dieu, je t'en conjure, accorde-moi généreusement le repentir !

Je t'ai imploré au nom du Prophète, et au nom des hommes illustres et chers.

Satan s'empara de moi, et avec lui, je fus pris au piège.

Il m'avait rempli le cœur, en me susurrant ce qu'il attendait de moi ;

En quoi devrais-je me soucier des gens, et en quoi les gens devraient-ils se soucier de moi ? »

Telle est la description du cheikh, que j'ai voulue conforme aux préceptes de ma doctrine ;

Je suis parmi les meilleurs et salue les gens de mon espèce ;

Et, avec leur permission, je leur répète le début de mon discours ;

Un cheikh, originaire de la région de Meknès, chante au beau milieu des marchés :

« En quoi devrais-je me soucier des gens, et en quoi les gens devraient-ils se soucier de moi [1] ? »

exte 5 Je connais l'Aimé, et je le crains ;

Seul peut t'aimer celui qui te connaît ;

Depuis que je connais mon Seigneur, tout trouble a cessé en moi ;

Mon cœur s'est épanoui, et des secrets m'ont été révélés ;

Toute ma vie se déroule dans la lumière, dans les lumières ;

---

1. *Zadjal* en dialecte andalou et arabe littéral ; al-Shushtarî, *Dîwân*, *op. cit.*, p. 272 ; trad. fr. B. Foulon.

Toute ma vie se déroule dans le secret des rites de la confrérie ;
Seul peut t'aimer celui qui te connaît ;
Ô fakir[1] ! Dépouille-toi des guenilles de l'erreur !
Attache-toi aux vérités essentielles, en adoptant le même discours que Lui !
Ô toi qui es initié à la connaissance, tiens fermement la corde de l'Union !
Rebelle-toi contre toi-même, et sois le contradicteur de ton âme !
Seul peut t'aimer celui qui te connaît ;
Ô toi qui cèdes aux vanités, abandonne les créatures, et ne ménage pas tes efforts !
Renonce à tes attachements terrestres, pour t'engager dans la voie du Bien et de l'ascétisme ;
La lumière de ton cœur voit les vérités et témoigne ;
Tu fais montre de suffisamment de finesse pour qu'elle puisse te montrer ton Amant,
Seul peut t'aimer celui qui te connaît ;
Ô fakir, dépouille-toi des passions humaines !
Et attache-toi, Ô toi qui es initié à la connaissance, aux gens de la Voie !
Suivant ainsi les hommes de vérité ;
Proche d'eux tu seras, avisé, et avec bonté tu les traiteras.
Seul peut t'aimer celui qui te connaît[2].

1. Ascète, derviche.

2. *Zadjal* mêlant arabe littéral et dialecte ; al-Shushtarî, *Dîwân*, *op. cit.*, p. 195-196 ; trad. fr. B. Foulon.

# V

# Le dernier État andalou : le royaume nasride de Grenade

## (1232-1492)

# 9. *Histoire d'al-Andalus à l'époque nasride*

En 1229, après le départ pour le Maghreb du calife almohade al-Ma'mûn, les populations d'al-Andalus se révoltèrent contre la domination berbère. L'État almohade se désagrégea et sur ses décombres furent érigées de nouvelles Taifas, tenues par des souverains andalous perpétuellement en guerre les uns contre les autres, et qui pour créer ou agrandir une principauté n'hésitaient pas à solliciter l'aide des troupes chrétiennes [1]. Ferdinand III de Castille (1217-1252) et Jacques Ier d'Aragon, dit le Conquérant (1213-1276), furent les principaux bénéficiaires de cette nouvelle anarchie andalouse, qui de plus survint dans un contexte de sécheresse et de disettes. C'est à la faveur de ces événements troublés qu'apparut la figure de Muḥammad b. Yûsuf b. Naṣr, le premier des souverains nasrides.

## LA FONDATION DU ROYAUME NASRIDE ET LE RÈGNE DE MUḤAMMAD Ier (1232-1273)

Se prétendant le descendant d'un Compagnon du Prophète, le célèbre chef des Anṣâr Saᶜd b. ᶜUbâda, Muḥammad b. Yûsuf b. Naṣr, de la famille des Banû al-Aḥmar, fut d'abord proclamé en 1232 roi d'Arjona, une bourgade près de Jaén, dont il était originaire. Grand rival d'Ibn Hûd [2], le plus puissant

1. On retrouve parmi ces souverains les rejetons de deux grandes familles andalouses que nous avons croisées à plusieurs reprises dans ce livre, les Banû Hûd et les Banû Mardanîsh.

2. Ibn Hûd, qui se prétendait descendant des anciens souverains de Saragosse à l'époque des Taifas, chassa les derniers almohades d'al-

des souverains andalous de ce temps, il échoua cependant à prendre Séville et Cordoue et appuya même le roi de Castille Ferdinand III lors de la prise de cette dernière ville en 1236. Muḥammad devint maître de Grenade en 1237, puis d'Almería et de Málaga en 1238, après l'assassinat d'Ibn Hûd. Il dut cependant reconnaître la suzeraineté de Ferdinand III de Castille en 1246 et, en tant que vassal, il aida le souverain à prendre Séville en 1248.

L'afflux des réfugiés quittant les villes prises par les chrétiens, et pour lesquels on lotit à Grenade le quartier de l'Albaicín, contribua cependant au renforcement et à la consolidation du dernier bastion de l'Islam andalou. On aurait tort de considérer l'histoire de l'émirat grenadin comme le long récit d'une confrontation, bloc contre bloc, entre islam et chrétienté; entre les quatre protagonistes principaux, Nasrides, Castillans, Aragonais et Maghrébins (Hafsides de Tunis et surtout Mérinides de Fès)[1], les alliances furent à géométrie variable et les retournements fréquents. En 1264, la trêve avec la Castille fut rompue en raison de l'alliance de Muḥammad Ier avec les Hafsides de Tunis et les Mérinides du Maghreb extrême, ainsi que du soutien qu'il apporta aux révoltes mudéjares[2] de Murcie et Jerez. La fin du règne du

---

Andalus et arborait la bannière noire des califes abbassides d'Orient, signifiant par là même qu'il rejetait la domination comme le dogme almohades. Il échoua cependant à faire l'unité d'al-Andalus et, partant, à organiser efficacement la résistance contre la Reconquista désormais triomphante. Il fut assassiné en 1238.

1. Hafsides : dynastie berbère qui servit un temps les Almohades avant de les remplacer dans le gouvernement de l'Ifrîqiya et d'une partie du Maghreb central à partir de 1230. Le lustre de leur règne dut beaucoup à l'importante immigration en provenance d'al-Andalus.

Mérinides : dynastie berbère qui profita de la désagrégation du pouvoir almohade pour s'imposer à la tête du Maghreb extrême (actuel Maroc) dès les années 1240, et surtout après la mort du dernier calife almohade en 1269. La capitale des Mérinides était Fès. Ces souverains intervinrent à plusieurs reprises en al-Andalus, afin d'y mener le *djihâd* contre les royaumes chrétiens; ils échouèrent cependant à s'installer durablement dans la Péninsule, contrairement aux Almoravides et aux Almohades qui les avaient précédés, car ils eurent à se méfier constamment de leurs voisins maghrébins de Tlemcen et de Tunis.

2. Les mudéjars sont les populations musulmanes passées sous domination chrétienne à l'issue de la chute des villes andalouses.

premier souverain nasride vit ainsi l'alternance de périodes de combat et de trêve, jusqu'à sa mort qui survint en 1273. La révolte des Banû Ashqîlûla, de proches parents qui tenaient Málaga et Guadix, les régions les plus fertiles de l'émirat, assombrit également cette fin de règne.

Le texte qui suit est une partie de la longue notice que consacre Ibn al-Khaṭîb à Muḥammad Ier. Ibn al-Khaṭîb (1313-1375), surnommé par Francisco Simonet « le Salluste du royaume de Grenade » ou « le prince de la littérature arabo-grenadine [1] », fut à la fois vizir, poète et historien ; ses ouvrages constituent notre principale source pour l'étude du royaume nasride de Grenade, mais aussi pour celle de l'ensemble de la péninsule Ibérique, tant il est vrai que leur auteur brosse « un panorama de l'histoire espagnole » de ce temps [2].

Il fut le sultan et gouverneur d'al-Andalus ; le premier des émirs nasrides. Il prit pour nom de règne al-Gâlib billâh [3]. Il fut proclamé roi à Arjona, dans la province de Cordoue, ville la plus illustre et la plus riche du pays [...].

SES QUALITÉS :

Ce sultan était un prodige de Dieu par sa simplicité, sa sainteté et ses qualités physiques. C'était un guerrier valeureux, héroïque, un homme courageux, d'une grande fermeté, qui dédaignait la vie oisive et tranquille, lui préférant la rudesse et l'austérité. Il était sobre en matière de nourriture, jamais affecté, simple dans le choix de ses armes, impétueux, brave et très intrépide. Il était également méprisant à l'égard des prétentieux, attentif à ses parents, bienfaiteur de ses gens, rapide dans l'exercice

---

1. *Descripción del reino de Granada bajo la dominación de los Naseritas, sacada de los autores árabes y seguida del texto inedito de Mohammed ebn Aljatib*, Madrid, Imprimerie nationale, 1860, p. 8.

2. Selon la formule de Rachel Arié, l'éminente spécialiste du royaume nasride de Grenade ; Rachel Arié, *L'Espagne musulmane au temps des Nasrides (1232-1492)*, Paris, De Boccard, 1973, p. 444. Nous reviendrons plus longuement sur Ibn al-Khaṭîb dans la partie consacrée à la littérature grenadine (*infra*, p. 428).

3. « Celui qui triomphe avec l'aide de Dieu ».

de la justice ; il menait lui-même ses troupes au combat. Les chroniqueurs vantèrent le tranchant de ses armes et le poids de sa masse. Il réparait lui-même ses sandales, s'habillait de vêtements grossiers et rêches, préférait la vie champêtre et était sérieux dans la conduite de ses affaires. Il considérait le vendredi comme un jour de bon augure, parce qu'il avait un vendredi conquis la cité de Jaén ainsi que celle de Grenade, capitale du royaume, et l'on dit que ce même jour fut celui de son élévation au pouvoir ; c'est pour cela que les vendredis, il redistribuait l'aumône légale aux pauvres et aux indigents de la ville. Il détint la souveraineté sur Cordoue et Séville durant un court laps de temps. Ensuite ces villes échappèrent à sa domination [1], au cours d'une histoire trop longue pour l'exposer en détails. Quand il eut terminé la conquête de la capitale, il eut besoin d'argent et pressura les gouverneurs des villes. Il fit édifier la forteresse de l'Alhambra, y achemina l'eau, et en fit sa résidence. Il s'occupa lui-même de la gestion des finances, encouragea l'enrichissement et remplit les coffres de monnaies. Il conclut la Grande Paix [2] ; ses entreprises prospérèrent et il put amasser des réserves. Il emplit ainsi les greniers publics et couvrit la montagne contiguë à sa forteresse de cultures de céréales ; il fit des réserves de provisions et d'armes dans ses propres entrepôts, et peupla ses étables de chevaux et de bêtes de trait et de charge. Il tira par la suite profit de ces préparatifs et put en user à sa guise.

SA VIE :

Il commença sa carrière comme vassal des rois de l'autre côté de la mer et d'Ifrîqiya [3], au nom desquels il fit dire la prière publique pendant une courte période

---

1. Cordoue fut prise par les chrétiens en 1236 et Séville en 1248 : Muḥammad Ier n'avait dominé ces cités que quelques mois.

2. Il s'agit du traité de paix signé en 1246, qui faisait du royaume nasride le vassal de la Castille.

3. Les Almohades.

et auxquels il fournit de l'aide en argent et en ravitaillement. Puis, avant que sa cause ne triomphe, il invoqua dans le prêche du vendredi [*khuṭba*] le nom d'al-Mustanṣir, le calife abbasside de Bagdad, imitant en cela son rival Ibn Hûd, en raison de la coutume que suivaient en ce temps les gens. [...] Plus tard, il abandonna totalement cette pratique. Il accordait aux gens une audience générale, deux fois par semaine, au cours de laquelle on dénonçait les injustices, on lui communiquait les pétitions et les requêtes, on récitait des poèmes ; il recevait les ambassadeurs et consultait ses conseillers. À l'audience accouraient la fleur et la crème de la cour, les cadis de la communauté et les hauts fonctionnaires du service royal. La réunion commençait par la lecture d'extraits des deux recueils de hadith canoniques [1] et se terminait avec une prière tirée du saint Coran. Puis, il se rendait dans un salon privé pour examiner ses affaires et attribuer à chacun de ses conseillers les problèmes qu'ils devaient régler. Durant l'après-midi, il mangeait avec ses parents les plus proches, ainsi qu'avec d'illustres cadis dont il aimait beaucoup la compagnie.

SES FILS :

Il eut trois fils : Muḥammad, prince héritier et émir des musulmans à la mort de son père, et deux princes, Faradj et Yûsuf, qui moururent du vivant de leur père.

SES VIZIRS :

Il eut plusieurs vizirs distingués, dont le vizir Abû Marwân ᶜAbd al-Malik b. Yûsuf b. Sanâdîd, chef de Jaén ; c'est lui qui permit à l'émir de prendre cette ville ; un autre de ses vizirs fut ᶜAlî b. Ibrâhîm al-Shaybânî, un noble grenadin et un homme excellent du lignage des

1. Recueils compilés par deux traditionnistes célèbres du IXᵉ siècle, Muslim et Bukhârî.

Azdî ; lui succéda au vizirat son propre fils Muḥammad [1], homme doux et équitable. Il eut aussi comme vizir le cadi Abû ᶜAbd Allâh Muḥammad al-Rumaymî [2], homme dont le père était connu dans la cité d'Almería. Il nomma également pour vizir Abû Yaḥyâ b. al-Khâṭib, homme riche et puissant, originaire de Grenade. Il prit également d'autres vizirs, qui ne passèrent pas à la postérité ou qui n'occupèrent cette charge que peu de temps [...] [3].

Les souverains qui furent ses contemporains :

Au Maghreb, et en premier lieu à Marrakech, régnait al-Maᵓmûn Idrîs, de la famille des Banû ᶜAbd al-Muᵓmin b. ᶜAlî [4] ; il fut opposé à un autre prétendant almohade, Yaḥyâ b. al-Nâṣir b. al-Manṣûr, lequel finalement dut fuir et trouver refuge dans les montagnes. Quand al-Maᵓmûn mourut, son fils al-Rashîd lui succéda, le premier jour de l'année 630 [18 octobre 1232]. C'est à cet al-Rashîd, qui s'appelait Muḥammad b. ᶜAbd al-Wâḥid, que Muḥammad Ier, au début de sa carrière, avait prêté serment de fidélité, invoquant en sa faveur les bénédictions divines et le couvrant de cadeaux précieux. Il mourut avant la dixième année de son règne. Lui succéda son frère Abû l-Ḥasan ᶜAlî b. Idrîs, qui avait pour surnom al-Saᶜîd, et qui périt aux environs de Tlemcen en 646 [1248-1249]. Accéda alors au pouvoir Abû Ḥafṣ ᶜUmar b. Isḥâq al-Murtaḍâ, jusqu'à ce qu'il fut tué par Idrîs al-Wathîq Abû Dabbûs, au début de l'année 665 [octobre 1266]. Peu de temps après, la dynastie des Mérinides prit possession de Marrakech et exerça le pouvoir ; d'illustres émirs de cette dynastie se succédèrent durant le règne de Muḥammad Ier, parmi lesquels l'émir ᶜUthmân, son frère Ḥammû et son autre frère Abû Yaḥyâ, tous trois fils de ᶜAbd al-Ḥaqq b. Mahyû.

1. Le futur Muḥammad II (1273-1302).
2. Il s'appelait en fait al-Ramîmî.
3. Vient ensuite la liste de ses secrétaires et de ses cadis.
4. C'est-à-dire de la famille des Almohades.

Puis, l'émir des musulmans, Abû Yûsuf Ya<sup>c</sup>qûb b. <sup>c</sup>Abd al-Ḥaqq b. Maḥyû, exerça le pouvoir jusqu'à la fin du règne de Muḥammad I<sup>er</sup>.

À Tlemcen, régnait Yaghmurasân b. Zayyân, le premier des souverains de cette dynastie, que dominait la femme de son frère et prédécesseur. Cependant, Yaghmurasân réussit à acquérir une certaine célébrité et passa à la postérité.

À Tunis : l'émir Abû Zakariyâ Yaḥyâ b. <sup>c</sup>Abd al-Wâḥid b. Abî Ḥafṣ, que nous avons déjà mentionné, et auquel le sultan Muḥammad écrivit en plusieurs occasions, implorant son secours et recevant son aide. À sa mort accéda au pouvoir son fils et successeur Abû <sup>c</sup>Abd Allâh al-Mustanṣir bi-llâh, dont les jours furent parallèles à ceux du sultan Muḥammad, jusqu'à sa mort qui suivit de peu celle de Muḥammad I<sup>er</sup>, du temps de son fils [1] en l'année 674 [1275-1276].

PARMI LES ROIS CHRÉTIENS :

En Castille : Ferdinand [III] l'empereur, fils d'Alphonse [IX], fils de Sanche. Ce Ferdinand était le tyran [2] qui conquit Cordoue et Séville. À sa mort, lui succéda son fils Alphonse [X], dont le règne dura trente-trois ans, pendant le sultanat de Muḥammad I<sup>er</sup> et les débuts du gouvernement de son fils.

En Aragon : Jacques [I<sup>er</sup>], fils de Pierre [II], fils d'Alphonse II, comte de Barcelone. Ce Jacques est celui qui prit la ville de Valence des mains d'Abû Djamîl Zayyân b. Mardanîsh, et qui en fit sa capitale [3].

---

1. Muḥammad II.

2. « *Al-ṭâghiyya* », terme qui désigne habituellement les souverains chrétiens.

3. Ibn al-Khaṭîb, *Al-Lamḥa al-badriyya*, éd. Muḥibb al-Dîn, Le Caire, s.n., 1928-1929, p. 27-32 ; trad. esp. J.M. Casciaro Ramirez, dans *Historia de los reyes de la Alhambra*, Grenade, Université de Grenade, 1998, p. 35-41 ; trad. fr. E. Tixier du Mesnil.

# CONSOLIDATION ET APOGÉE DU ROYAUME NASRIDE (1273-1391)

## La milice berbère des souverains nasrides

Muḥammad II (1273-1302), surnommé « al-Faqîh » en raison de sa connaissance des sciences religieuses, succéda à son père à l'âge de trente-huit ans. Il entreprit de restaurer l'autorité royale compromise par les Banû Ashqîlûla. Après la conclusion d'un traité inégal avec Alphonse X de Castille, le Nasride changea de politique et invita en 1274 le souverain mérinide de Fès, Abû Yûsuf Yaᶜqûb, à venir mener la guerre sainte en al-Andalus. Apeuré par les victoires remportées par ce dernier contre les chrétiens, et peu désireux de voir les Mérinides reproduire les exploits des Almoravides ou des Almohades, le souverain grenadin changea encore de politique et conclut à nouveau la paix avec la Castille et l'Aragon. Lorsque ces États se trouvèrent une nouvelle fois en position de force, l'appel aux Mérinides fut réactivé, et les revirements se succédèrent. À plusieurs reprises, Muḥammad II s'allia ainsi aux Aragonais, aux Castillans et aux ᶜAbd al-Wâdides de Tlemcen (Maghreb central) contre les Mérinides. Les décennies qui suivirent virent se répéter le même scénario : lorsque l'un des protagonistes remportait un succès, il suscitait immédiatement la coalition des autres contre lui, quelle que fût sa religion. Les traités conclus avec la Castille, l'Aragon ou les Mérinides se succédèrent, au gré des circonstances. Les relations avec les Mérinides étaient d'autant plus complexes que des princes de cette maison, en raison de conflits avec les souverains successifs régnant au Maroc, quittaient régulièrement le Maghreb pour se mettre au service du Nasride et pour l'épauler dans la conduite de la guerre sainte ; ils formaient une milice maghrébine puissante, capable d'influer sur le cours des événements andalous. En témoigne le texte qui suit, extrait du *Kitâb al-ᶜIbar* (*Livre des exemples*), l'histoire universelle de l'un des plus grands historiens du Moyen Âge, Ibn Khaldûn (1332-1406) [1].

---

1. La bibliographie consacrée à Ibn Khaldûn est pléthorique ; citons seulement le plus récent et le plus complet des ouvrages qui lui ont été

Ibn al-Aḥmar [Muḥammad II] vit avec effroi cette coalition [1] et, pour se garantir contre les tentatives du sultan mérinide, résolut de lui opposer l'un ou l'autre des princes mérinides que l'on gardait à la cour de Grenade. À cette époque, il y avait les fils de Rahhû b. ᶜAbd Allâh, les fils d'Idrîs b. ᶜAbd Allâh et les fils d'Idrîs b. ᶜAbd al-Ḥaqq, tous descendants de la même aïeule, Ṣot al-Nisâ [2]. Avec eux se trouvèrent les fils d'Abû ᶜAyyâd b. ᶜAbd al-Ḥaqq, qui, épouvantés par la froideur que le sultan leur avait témoignée, s'étaient réfugiés en al-Andalus. Ils quittèrent le Maghreb sous prétexte d'assister à la guerre contre les infidèles, mais en réalité, ils n'avaient d'autre désir que d'éviter le voisinage d'un homme aussi puissant. Chaque fois que le sultan Abû Yûsuf Yaᶜqûb soupçonnait la fidélité d'un prince de sa famille, il l'envoyait en al-Andalus ; aussi s'en trouva-t-il auprès d'Ibn al-Aḥmar [3] toute une bande : on y voyait les fils de ᶜAbd al-Ḥaqq, ceux d'Ousnaf, de Nezoul et de Tâshfîn b. Mûti, chef des Tîrbîghîn, fraction des Banû Muḥammad. On y remarquait aussi les fils de Mohalli, oncles maternels du sultan Abû Yûsuf. C'était ordinairement à l'un ou l'autre de ces princes qu'Ibn al-Aḥmar confiait le commandement des Berbères Zanâta, Volontaires de la Foi, surtout lorsqu'il s'agissait d'envahir le territoire chrétien.

[…] Le chef du corps des volontaires était toujours un homme d'épée et remplissait des fonctions purement militaires. Profitant de la faiblesse du sultan, lequel avait très souvent besoin de ces guerriers, soit pour combattre le roi chrétien, soit pour résister aux tentatives du souverain du Maghreb contre al-Andalus, il partageait avec lui

---

consacrés, celui de G. Martinez-Gros, *Ibn Khaldûn et les sept vies de l'Islam*, Paris, Actes Sud, « Sindbad », 2006.

1. Cette coalition réunissait les Banû Ashqîlûla, parents révoltés du Nasride, le sultan mérinide et des forces chrétiennes ; elle menaçait dramatiquement le souverain nasride.

2. L'une des femmes de ᶜAbd al-Ḥaqq.

3. Le souverain nasride.

les revenus de l'émirat afin de solder et d'entretenir les troupes sous ses ordres. Le sultan, constamment exposé aux coups des deux ennemis, avait besoin d'être soutenu par cet officier et dut se soumettre à toutes ses exigences. Les troubles qui éclatèrent, vers le milieu de ce siècle, entre les chrétiens de l'Espagne, neutralisèrent la puissance du roi de Castille et le mirent dans l'impossibilité de faire aucune démonstration hostile contre al-Andalus ; d'un autre côté, les Mérinides, depuis la mort du sultan Abû l-Ḥasan, semblaient avoir oublié jusqu'au souvenir des victoires qu'ils avaient remportées sur leurs voisins et rivaux. Aussi, en l'an 764 [1362-1363], le souverain andalou crut avoir trouvé le moment opportun pour supprimer la place de commandant des Volontaires et, d'après les conseils du vizir Ibn al-Khaṭîb, qui voulait se débarrasser d'un compétiteur redoutable, il emprisonna Yaḥyâ b. ᶜUmar et les fils de ce chef. Il plaça ensuite les Volontaires sous les ordres de l'émir Yûsuf, son fils et successeur désigné, et enleva aux princes mérinides les commandements qu'ils exerçaient dans ce corps. Ayant ensuite reconnu qu'en se privant de l'appui d'une famille dont tous les membres étaient animés d'un même esprit et ne formaient, pour ainsi dire, qu'un seul corps, il avait perdu son meilleur moyen de défense, il revint sur sa première idée et il déclara son favori, ᶜAlî b. Badr al-Dîn, chef des Volontaires de la Foi. À l'époque où Riḍwân fut assassiné, ᶜAlî commandait le détachement de ce corps qui tenait garnison à Guadix, et cette même nuit, il accueillit chez lui et soutint finalement le sultan son maître, qui avait échappé aux révoltés [1]. En l'an 761 [1359-1360], quand ce monarque passa au Maghreb, ᶜAlî l'accompagna à la cour d'Abû Sâlim et, plus tard, rentra avec lui en al-Andalus. Par ces témoignages de dévouement, il plaça le sultan dans des obligations qui ne pouvaient s'oublier ; devenu l'ami du souverain, le compagnon de ses heures

1. Sur ces épisodes, voir *infra*, p. 406.

de loisir, ᶜAlî b. Badr al-Dîn s'attira les regards du maître quand il s'agit de trouver un homme digne de commander le corps des Volontaires. Ses anciens services et l'attachement inébranlable qu'il avait montré au sultan dans les jours d'adversité lui firent mériter une position que ses aïeux avaient déjà remplie. Dans l'exercice de ces hautes fonctions, auxquelles il fut nommé en 767 [1365-1366], il déploya une grande habileté ; il mourut en remplissant son office l'année suivante [1].

## Récit de la bataille de la Vega par al-Maqqarî

L'oscillante politique d'alliances se poursuivit sous le court règne de Muḥammad III (1302-1309). En 1309, une révolution de palais contraignit le souverain à abdiquer au profit de son frère Naṣr. Celui-ci, destitué en 1314, fut remplacé par son cousin Ismâᶜîl, et se retira à Guadix. Ismâᶜîl Iᵉʳ (1314-1325) remporta, dans la région de Grenade, la brillante bataille de la Vega en 1319 contre la Castille, qui permit d'arrêter un temps la Reconquista. Ismâᶜîl consolida l'État grenadin, reprit le *djihâd*, mais fut assassiné par son cousin en 1325. Son fils, Muḥammad IV, encore enfant, lui succéda.

Les descendants d'Ibn al-Aḥmar maintinrent en Espagne leur domination sur toutes les possessions musulmanes, telles qu'Algésiras, Tarifa, Ronda, qui avaient appartenu quelque temps aux Mérinides. Puis, en 719 [1319], les rois chrétiens se réunirent contre Grenade. Don Pedro [2] marcha contre elle avec une armée dont on ne pouvait évaluer le nombre de com-

---

1. Ibn Khaldûn, *Histoire des Berbères, extraite du Kitâb al-ᶜIbar de ᶜAbd al-Raḥmân b. Khaldûn*, t. IV, éd. M.G. de Slane, Alger, Imprimerie du gouvernement, 1847-1851, trad. fr. du même, Alger, Imprimerie du gouvernement, 1852-1856, p. 463-486.

2. Don Pedro, fils de Sanche le Brave de Castille, assumait conjointement avec son oncle Don Juan la tutelle du roi enfant Alphonse XI.

battants; il avait avec lui vingt-cinq rois. On raconte que, quand l'armée des Francs fut réunie, Don Pedro revint à Tolède et se rendit chez leur oracle qu'on appelle le pape; il se prosterna devant lui, le pria humblement et lui demanda d'exterminer tous les musulmans qui restaient encore en Espagne; il raffermit ainsi son courage. Les musulmans de Grenade et des pays voisins, effrayés par cette nouvelle, pensèrent tout d'abord à réclamer le secours du sultan mérinide de Fès, Abû Saᶜîd, et lui envoyèrent une ambassade. Mais n'ayant point trouvé là le remède à leurs inquiétudes, ils recherchèrent le remède suprême, le secours de Dieu, et l'implorèrent avec des intentions pures. Les chrétiens pouvaient s'avancer en foule innombrable; la sentence était entre les mains du Vainqueur des vainqueurs, qui décida de la défaite des troupes chrétiennes et de la mort de Don Pedro et de ses compagnons; puissante intercession, jour fameux, illustre[1]! Le sultan d'al-Andalus, qui était alors al-Ghâlib bi-llâh Abû l-Walîd Ismâᶜîl b. al-Raᵓis Abû Saᶜîd Fardj b. Naṣr, surnommé Ibn al-Aḥmar, parcourut le pays et les postes des frontières, pour les mettre en état de défense. À cette nouvelle, les chrétiens se tournèrent contre Algésiras, et le sultan Ibn al-Aḥmar, résolu à défendre cette ville, équipa des troupes et une flotte. Les chrétiens, déçus, revinrent à Tolède où ils préparèrent les moyens d'anéantir les musulmans et de dévaster leur pays. Ils réunirent un matériel considérable et embarquèrent sur leur flotte des machines de guerre et de siège, ainsi que des munitions en quantité considérable. Puis ils marchèrent sur Grenade; la terre était couverte d'une multitude de soldats. Le sultan chargea le cheikh, le savant Abû Saᶜîd ᶜUthmân b. Abî l-ᶜÂlâᵓ le Mérinide, chef des Volontaires, de marcher contre l'ennemi, à la tête des héros et des braves. Il sortit de la ville le

1. Citation du Coran, XLVIII, 3.

samedi 20 de rabî$^{c}$ al-awwal [11 avril 1319]. Dans la nuit du dimanche, un corps de la cavalerie ennemie attaqua des cavaliers musulmans ; des archers andalous à cheval se jetèrent aussitôt dans la mêlée, coupèrent l'ennemi de son camp, et le poussèrent devant eux dans la direction de Grenade. Ils les harcelèrent jusqu'au matin et les exterminèrent. Ce n'étaient là que les prémices de la victoire. Dans la journée du dimanche, le cheikh Abû Sa$^{c}$îd sortit de la ville au-devant de l'ennemi, à la tête de cinq mille héros célèbres de l'Islam. À leur vue, les chrétiens s'étonnèrent qu'ils osassent, en si petit nombre, s'avancer ainsi contre leur formidable armée ; mais les musulmans montèrent à cheval et, d'une masse, chargèrent l'ennemi. Les chrétiens prirent la fuite, l'épée dans les reins, et pendant trois jours, les musulmans, acharnés à leur poursuite, tuèrent et firent des prisonniers. Le peuple de Grenade sortit alors pour ramasser le butin et pour s'assurer des prisonniers ; on trouva là des richesses énormes, entre autres quarante-trois quintaux d'or, cent quarante quintaux d'argent et sept mille prisonniers, d'après les chiffres qu'un habitant de Grenade écrivit au Caire. Parmi les prisonniers se trouvaient la femme du roi et ses enfants ; selon un historien, on offrit en échange Tarifa, Gibraltar et dix-huit forteresses voisines, mais les musulmans refusèrent. On estime à cinquante mille le nombre de ceux qui périrent dans cette affaire ; un nombre égal de soldats, ne sachant retrouver leur route, trouvèrent, dit-on, la mort dans le fleuve ; quant à ceux qui moururent dans les sentiers des montagnes, on n'en saurait même évaluer le nombre. Les vingt-cinq rois périrent tous. La vente des prisonniers, du matériel et des bêtes de somme dura six mois. La nouvelle de cette grande victoire se répandit dans toutes les contrées. Le fait le plus extraordinaire est que, du côté des héroïques troupes musulmanes, il ne périt que treize cavaliers, ou même dix seulement d'après d'autres témoignages. L'armée musulmane comptait, dit-on, quinze cents cavaliers et environ quatre mille fantassins ; d'autres auteurs donnent des chiffres moins élevés. On écorcha Don Pedro ; on bourra sa peau avec du coton, et on le pendit à la porte de Grenade, où il resta plusieurs années. Les chrétiens demandèrent une trêve qui leur fut accordée [1].

## Gibraltar d'après le voyageur Ibn Baṭṭûṭa

L'un des principaux sujets de conflits entre Nasrides, Mérinides, Castillans et Aragonais était le contrôle du Détroit et de sa pièce maîtresse, Gibraltar. En 1332, Muḥammad IV demanda son aide au sultan mérinide de Fès, Abû l-Ḥasan, afin de reprendre cette place forte qui avait été conquise par les Castillans. Abû l-Ḥasan envoya son fils qui, à la tête de cinq mille hommes, en entreprit le siège. Des renforts venus du Maghreb et l'arrivée du Nasride permirent de prendre Gibraltar en 1333, à l'issue de six mois de siège, peut-être en raison de la trahison d'un soldat castillan, Vasco Pérez de Meyra. Alphonse XI, contraint de négocier, dut signer une trêve. L'Aragon d'Alphonse IV avait déjà cessé les hostilités avec Grenade depuis 1331. C'est en revenant de Gibraltar que Muḥammad IV fut assassiné par des révoltés le 25 août 1333. Le Castillan n'abandonna pas le projet de reprendre Gibraltar, tandis que le Mérinide Abû l-Ḥasan entreprit des travaux de fortification à Gibraltar afin de consolider sa présence dans la Péninsule.

C'est l'histoire agitée de cette ville que relate, à quelques années de distance, le grand voyageur maghrébin Ibn Baṭṭûṭa (1304-1368 ou 1378). À l'issue d'un long périple qui le mena jusqu'en Inde et en Chine, il visita en effet al-Andalus peu de temps après être revenu à Tanger, sa ville natale, et rassembla dans sa *Riḥla* (*Relation de voyage*) des souvenirs dictés à son secrétaire, Ibn Djuzayy al-Kalbî, un lettré andalou originaire de Grenade et auteur de divers ouvrages de poésie et d'histoire.

---

1. Al-Maqqarî, *Nafḥ al-Ṭîb*, *op. cit.*, t. I, p. 209-210 ; trad. fr. M. Gaudefroy-Demombynes, « Ibn Khaldûn : histoire des Banû l-Aḥmar », *Journal asiatique*, Paris, 1898, Appendice II, p. 76-82.

Je désirai prendre part à la guerre sainte et au combat contre les infidèles. Je traversai donc la mer depuis Ceuta jusqu'en al-Andalus, dans un petit navire à deux mats appartenant à des gens d'Asilah, et j'arrivai en al-Andalus – que Dieu la garde ! –, où la rétribution est abondante pour quiconque y habite, où la récompense est mise en réserve pour quiconque y séjourne et y circule. C'était juste après la mort du tyran des chrétiens nommé Alphonse[1]. Il avait assiégé la montagne, ou Gibraltar, pendant dix mois, et il pensait s'emparer de tous les territoires qui restaient encore en al-Andalus entre les mains des musulmans. Mais Dieu l'enleva au moment où il ne s'y attendait pas, et il mourut de la peste, qu'il craignait plus que tout homme.

La première ville que je visitai en al-Andalus fut la montagne de la Victoire [*Djabal al-Fatḥ*][2]. J'y rencontrai son illustre prédicateur, Abû Zakariyâ Yaḥyâ b. al-Sarrâdj al-Rundî ; j'y rencontrai aussi son cadi ᶜÎsâ al-Barbarî, chez qui je descendis. C'est avec ce dernier que je parcourus tout le tour de la montagne ; j'y vis les travaux admirables exécutés par notre défunt maître, Abû l-Ḥasan – que Dieu soit satisfait de lui ! –, ses préparatifs et ses munitions ; je vis encore ce que notre maître – que Dieu l'assiste ! – a ajouté. J'aurais alors désiré être, jusqu'à la fin de mes jours, au nombre de ceux qui gardent et défendent ce lieu. Ibn Djuzayy dit : « Djabal al-Fatḥ est la forteresse de l'Islam, placée, pour les étouffer, en travers des gosiers des adorateurs d'idoles. » C'est la bonne action de notre maître Abû l-Ḥasan – que Dieu soit content de lui ! –, laquelle se rattache à son nom. C'est l'œuvre pieuse qui le précède comme une brillante lumière. C'est la place des munitions pour la guerre sainte, et le lieu où résident les lions des armées. C'est le *thaghr*[3] qui a souri à la victoire de la foi et qui a fait goû-

1. Il s'agit d'Alphonse XI de Castille, qui mourut en 1350.
2. Nom arabe de Gibraltar.
3. Ce terme signifie « frontière », mais aussi « bouche ».

ter aux Andalous la douceur de la sécurité, après l'amertume de la crainte. La grande conquête de l'Espagne a eu son commencement en ce lieu, lors de l'arrivée de Ṭâriq b. Ziyâd, affranchi de Mûsâ b. Nuṣayr, après qu'il eut traversé le Détroit. La montagne prit par conséquent le nom de ce combattant, et fut appelée Djabal Ṭâriq, la « montagne de Ṭâriq », et aussi Djabal al-Fatḥ puisque la conquête de l'Espagne commença par ce point. On voit encore les restes de la muraille que Ṭâriq et ses compagnons y bâtirent, et qui est nommée le mur des Arabes. Je l'ai vu pendant mon séjour dans cette place, à l'époque du siège d'Algésiras – que Dieu la restitue à l'Islam – par les chrétiens[1] ! La ville de Gibraltar fut de nouveau conquise par notre maître Abû l-Ḥasan – que Dieu soit content de lui ! – et arrachée des mains des chrétiens qui l'avaient possédée pendant plus de vingt ans. Le souverain envoya, pour en faire le siège, son fils, le prince illustre Abû Mâlik, qu'il appuya avec beaucoup de richesses et de nombreuses troupes. La forteresse fut prise en l'an 733 de l'Hégire [1333], après avoir été assiégée pendant six mois. Cette place n'était pas alors dans l'état où elle se trouve maintenant. Notre maître Abû l-Ḥasan – que Dieu lui fasse miséricorde ! – y bâtit l'immense tour[2] dans la partie supérieure de la citadelle, là où il n'y avait auparavant qu'une petite tour qui avait été détruite par les pierres lancées par les balistes. Il fit aussi bâtir à Gibraltar un arsenal, qui manquait auparavant. Enfin, il éleva une grande muraille qui entoure le monticule Rouge, et qui commence à l'arsenal et va jusqu'à la tuilerie. Plus tard, notre maître Abû ᶜInân[3] – que Dieu l'assiste ! – restaura les fortifications et embellit la ville. Il construisit une muraille allant jusqu'à l'extrémité de la montagne ; et cette partie qu'il a rajoutée est la plus remarquable et la plus utile. Il fit amener à Gibraltar

1. En 1342.
2. Appelée la Calahorra par les Espagnols.
3. Fils et successeur d'Abû l-Ḥasan, qui régna jusqu'en 1358.

d'abondantes provisions de guerre, des vivres et des denrées de toutes sortes ; il agit en cela envers Dieu avec la meilleure intention et la piété la plus sincère.

Dans les derniers mois de l'année 756 [fin 1355], il arriva à Gibraltar un événement qui démontra la grande foi religieuse de notre maître – que Dieu l'assiste ! –, le fruit de sa pleine et entière confiance en Dieu, la marque du bonheur qui lui avait été accordée : le gouverneur de Gibraltar, un traître qui finit sa vie dans le déshonneur, ᶜÎsâ b. al-Ḥasan b. Abî Mandîl, retira de l'obéissance sa main perfide, abandonna la défense des intérêts de la communauté, fit preuve d'hypocrisie et s'obstina dans la trahison et la révolte. Ce rebelle se mêla donc de ce qui ne le regardait pas et ne sut voir ni le commencement ni la fin de sa mauvaise position. On s'imagina que c'était là la première manifestation d'une révolte qui coûterait pour l'éteindre d'immenses trésors et qui exigerait pour s'en garantir la mise sur pied de nombreux cavaliers et fantassins. Cependant notre maître – que Dieu l'assiste ! – décréta que cette pensée serait vaine, et la sincérité de sa foi le poussa à agir autrement. En effet, à peine quelques jours s'étaient passés, que les habitants de Gibraltar réfléchirent, qu'ils se mirent d'accord, se soulevèrent contre l'insurgé, se révoltèrent contre le coupable rebelle, et firent tout ce qu'ils devaient à leur obéissance envers leur souverain. Ils se saisirent donc du gouverneur révolté et de son fils qui l'avait secondé dans son hypocrisie. On les conduisit tous les deux bien garrottés dans l'illustre capitale, où on leur appliqua la sentence que Dieu réserve aux rebelles, fauteurs de troubles. Ainsi le Très-Haut délivra le pays du mal que voulaient causer ces deux criminels. Lorsque le feu de la discorde se fut apaisé, notre maître – que Dieu l'assiste ! – montra une telle sollicitude pour al-Andalus que les habitants n'osaient pas espérer tant. Il envoya à Gibraltar son fils, le très heureux, béni et pieux Abû Bakr, dit al-Saᶜîd – que Dieu assiste ce personnage ! Il expédia avec lui les cavaliers les plus braves, les hommes les plus notables d'entre les diverses tribus, et les hommes les plus accomplis. Il leur fournit tout le nécessaire, leur donna d'abondantes assignations en terres, rendit leur pays libre d'impôt et leur prodigua toutes sortes de bienfaits. Les soins que notre maître prenait de Gibraltar et de tout ce qui la concernait étaient si grands qu'il ordonna de construire une maquette, réplique exacte de cette place. On y trouvait ses murs, ses tours, son château, ses portes, son arsenal, ses mosquées, ses magasins de munitions de guerre, ses greniers à grains, les formes de sa montagne et de la colline de la Turba al-Ḥamrâʾ qui est voisine. On exécuta cette maquette dans le lieu fortuné des audiences. Elle est admirable et fort bien exécutée par les artisans. Quiconque a vu Gibraltar, puis a examiné cette copie, en a reconnu l'exacte ressemblance. Notre maître a fait réaliser cela en raison de son extrême désir d'être informé de la situation de Gibraltar, de méditer sur tout ce qui s'y passait, de s'occuper de sa défense et de son approvisionnement. Que Dieu Très Haut fasse triompher l'islam dans la péninsule occidentale par l'intermédiaire de notre Maître ; qu'Il accomplisse ce que ce dernier espère touchant la conquête des territoires des infidèles, la dispersion et la ruine des adorateurs de la croix [1] !

## Grenade et l'Alhambra sous le règne de Yûsuf Ier

Yûsuf Ier (1333-1354) fut l'un des plus brillants souverains nasrides. La trêve conclue avec les royaumes chrétiens en 1344 et les excellentes relations qu'il entretint avec le roi d'Aragon, Pierre le Cérémonieux, lui permirent d'embellir Grenade, et

1. Ibn Baṭṭuṭa, *Tuḥfat al-nuẓẓâr fî gharâʾib al-amṣâr wa-ʿadjâʾib al-asfâr* (*Présent à ceux qui aiment à réfléchir sur les curiosités des villes et les merveilles des voyages*), appelé aussi *Riḥla*, texte arabe et trad. fr. C. Defrémery et B.R. Sanguinetti, « Voyages d'Ibn Baṭṭuṭa », t. IV, *Bulletin de la Société asiatique*, 1914, p. 255-258.

tout particulièrement l'Alhambra, où il fit édifier la monumentale porte de la Justice, ainsi que la majeure partie du palais royal. Une *madrasa*, lieu d'enseignement religieux, fut également fondée dans Grenade, avant que Yûsuf meure poignardé par un fou, en 1354.

L'Alhambra – le plus beau palais arabe du XIVe siècle qui nous soit parvenu, et sans doute aujourd'hui l'un des monuments les plus visités au monde – doit son nom à ses enceintes en pisé rouge (*al-qal*ᶜ*a al-ḥamrâ*ᵓ signifie « la citadelle rouge »). Il fut conçu par Muḥammad Ier, à la place de la modeste citadelle ziride sise sur la colline de la Sabîka, sur les contreforts de la Sierra Nevada. Ce lieu où le pouvoir nasride siégea dès l'origine devint, au gré des travaux d'agrandissement et d'embellissement successifs, un véritable complexe palatial dominant la ville de Grenade : il abritait sept palais et de multiples bâtiments d'habitation ou des services gouvernementaux (bureaux, monnaie royale, garnisons, prisons), des bains publics, des mosquées, la nécropole royale, des jardins, ainsi qu'un palais d'été, la résidence du Generalife (*djannat al-*ᶜ*arîf*, « le jardin de l'artiste »).

Joyau architectural, parfois considéré comme une réplique du paradis sur terre [1], l'Alhambra est au cœur du portrait de Grenade tel qu'il fut esquissé par un voyageur égyptien, Ibn Faḍl Allâh al-ᶜUmarî, en 1337 : le tableau qu'il brosse de la capitale de Yûsuf Ier témoigne de cette période faste du royaume nasride. Même si son auteur n'est pas andalou, cette description de la ville mérite de figurer dans ce chapitre : les Grenadins, en effet, n'estimaient pas devoir décrire ce qu'ils contemplaient

1. Du point de vue architectural, la sobriété extérieure du pisé contraste avec la somptuosité de la décoration intérieure, qu'illustrent les petites niches qui forment les coupoles à *muqarnas*, ainsi que les décors de faïence, de stuc, de bois, les motifs géométriques, végétaux et épigraphiques, variés à l'infini. Les patios où l'eau coule et qui desservent des pièces ouvertes contribuent à effacer la frontière entre le dedans et le dehors, faisant de l'Alhambra une réplique terrestre du paradis. Comme le souligne Rachel Arié dans *L'Espagne musulmane au temps des Nasrides (1232-1492)* (*op. cit.*, p. 462 *sq.*), le pied ne foule pas l'herbe ; on arpente le marbre des allées, au-dessus des plantations qui ravissent la vue et d'où monte le parfum des fleurs et des orangers. Loin du luxe pompeux et froid, il s'agit là d'un véritable art de vivre raffiné, qui enchante toujours les sens et l'esprit sept siècles plus tard.

quotidiennement, et les descriptions de voyageurs étrangers, comme c'est d'ailleurs le cas pour Constantinople, Le Caire et bien d'autres métropoles, sont souvent les plus intéressantes.

Le royaume d'al-Andalus – qu'Allâh Très Haut le conserve ! – s'étend sur une longueur de dix journées de marche et une largeur de trois journées [1]. Aujourd'hui, c'est-à-dire en l'année 738 [1337], le sultan régnant est Yûsuf b. Ismâ$^{c}$îl b. Fardj b. Naṣr, qui réside à Grenade, capitale actuelle du royaume et la cité la plus considérable du pays. C'est une grande ville, de forme circulaire, d'un aspect charmant : les arbres, les pluies, les eaux courantes, les jardins et les fruits y abondent ; elle est peu exposée aux souffles du vent qui n'y parviennent que rarement, car elle est entourée de tous côtés par les montagnes.

Ses eaux ont leur origine dans deux rivières importantes, le Genil et le Darro ; le Genil descend du mont Soléir [2] au sud de la ville ; c'est un pic élevé d'où la neige ne disparaît jamais, été comme hiver et qui, par conséquent, est très froid. Il en résulte que Grenade l'est aussi en hiver, car elle n'en est éloignée que de dix milles. À propos de la température froide de Grenade, Ibn Sadra a dit :

« Il nous est permis de négliger la prière, dans notre pays, et de boire le vin, chose interdite, pour nous réfugier dans les feux de l'enfer, car il nous sera plus doux à souffrir que le Soléir et plus clément. Quand souffle le vent du nord sur notre terre, quelle félicité pour celui qui dans le feu de l'enfer est bien à son aise ! Je répète, sans tirer vanité de mes paroles, ce qu'avait dit avant moi un poète ancien : “Si un jour dans la Géhenne est ma demeure, dans une journée comme celle-ci, la Géhenne sera douce.” »

1. Le royaume d'al-Andalus était alors constitué de trois provinces : celle de Grenade, celle d'Almería et celle de Málaga.

2. Dans la Sierra Nevada.

Elle a des sources aux eaux abondantes et des arbres aux fruits variés, particulièrement les pommes et les cerises de Baa'lbak, telles qu'on aurait peine à en trouver dans le monde entier, de si belles et si douces qu'en les pressant on en extrairait du miel; on trouve aussi la noix, la châtaigne, la figue, le raisin, la pêche, le gland de chêne et autres produits. Dans la montagne, on trouve des simples pareils à ceux de l'Inde; et parmi eux une herbe que l'on emploie comme remède, que les botanistes connaissent bien et que l'on ne trouve ni en Inde, ni ailleurs.

Le Genil pénètre à l'ouest de Grenade dans la banlieue de la ville qu'il traverse durant quarante milles, parmi les jardins, les villages et les fermes, où se pressent les habitations, les maisons de plaisance, les colombiers et autres constructions. Cette banlieue s'étend jusqu'à Loja, patrie des Compagnons de la Caverne, suivant une tradition.

Le Darro descend d'une montagne voisine de Guadix, à l'est du Soléir : après avoir traversé des jardins, des champs et des vignes, il parvient à Grenade et il y entre par la porte des Tambours, à l'est de la ville, qu'il coupe en deux moitiés [1]. À l'intérieur de la ville, le Darro fait mouvoir des moulins et passe sous cinq ponts : le pont d'Ibn Rashîq, le pont du Qâḍî, le pont du bain de Djâsh, le pont Neuf et le pont du Peuplier. Sur les ponts, il y a des étals et des constructions permanentes. L'eau de ce fleuve coule sous toute la ville, les marchés, les places, les mosquées; parfois elle apparaît à la surface du sol; mais le plus souvent, elle est cachée dans des rigoles souterraines et quand on veut, on la trouve.

La citadelle, demeure du sultan, nommée Alhambra, est un palais vaste et magnifique, aux constructions nombreuses et considérables, avec des pavillons, et constitue un séjour charmant. L'eau y coule sous les dallages, comme elle coule à travers la ville; il n'est point de mosquée, point d'habitation à qui elle fasse défaut; une tour même de ce

1. Lorsqu'il édifia l'Alhambra, Muḥammad Ier fit venir l'eau du Darro et transforma la colline sèche de la Sabîka en une véritable oasis.

palais, à son plus haut étage, a une fontaine. La mosquée principale du palais et la Grande Mosquée de la ville [1] sont parmi les mosquées les plus magnifiques, parmi les monuments les plus admirables. Dans la mosquée de l'Alhambra, on voit des lustres d'argent suspendus ; au mur du *mirḥâb*, des pierres d'hyacinthe sont encastrées dans un ensemble d'inscriptions d'or et d'argent ; la chaire est d'ébène et d'ivoire. […] La Grande Mosquée de Grenade est un édifice puissant et magnifique, auquel n'est accolé aucun autre bâtiment ; elle est seulement entourée des échoppes des témoins assermentés et des boutiques des droguistes. Son toit est soutenu par d'élégantes colonnades ; l'eau courante y pénètre. On y voit des chaires disposées pour l'étude des sciences de la religion ; elle est constamment fréquentée par les gens de bien. Quant aux mosquées secondaires et aux oratoires de la ville, on ne saurait en faire le compte tant ils sont nombreux.

Le sultan donne audience à ses sujets le lundi et le jeudi matin, dans la salle de justice, sur la Sabîka, dans l'Alhambra. À l'audience, on lit un dixième du Coran et un passage des Traditions du Prophète d'Allâh. Ensuite, le vizir prend les requêtes que lui apportent les gens. Le sultan est assisté, dans cette séance, par les principaux membres de sa famille et par d'autres personnages.

Les habitants d'al-Andalus ne portent pas de turban, mais ils prennent le plus grand soin de leur chevelure, qu'ils nettoient et qu'ils teignent au henné, tant qu'elle n'est pas entièrement blanche. Ils portent le voile léger, qu'ils enroulent sur leurs deux épaules ou sur une seule, d'un tour très gracieux. Ils portent des vêtements fins en drap de diverses couleurs, en toile et autres étoffes. Leurs vêtements habituels sont en hiver de gros drap, et en été de toile blanche. Il est rare de trouver un habitant qui ait le turban [2].

---

1. Édifiée en 1116 et détruite au XVIIIe siècle ; l'église du Sagrario se trouve aujourd'hui sur son emplacement.

2. Ibn Faḍl Allâh al-ʿUmarî, *Masâlik al-abṣâr fî mamâlik al-amṣâr*, trad. fr. M. Gaudefroy-Demombynes, Paris, Paul Geuthner, 1927, p. 222-245.

# LA LENTE AGONIE DU ROYAUME NASRIDE (1391-1492)

Le successeur de Yûsuf Ier, Muḥammad V (1354-1359), délégua le pouvoir au *ḥâdjib* Riḍwân et au vizir Ibn al-Khaṭîb. Il fut remplacé en 1353 par Ismâᶜîl II (1359-1360), puis par Muḥammad VI (1360-1362). Pierre Ier de Castille intervint et replaça sur son trône son vassal et ami Muḥammad V en 1362 ; le second règne de ce dernier dura jusqu'en 1391. En raison d'une politique extérieure fondée sur l'amitié avec la Castille, Grenade bénéficia d'une longue période de paix à partir de 1370. Des alliances furent nouées avec Tlemcen et Tunis, contre l'avis d'Ibn al-Khaṭîb, favorable à l'amitié mérinide et exécuté pour cela par Muḥammad V [1]. La Castille, gouvernée désormais par la dynastie des Transtamare, misa alors sur l'expansion atlantique ; ce fut un répit dont profita pleinement le royaume de Grenade. Les hostilités reprirent cependant entre les deux États dès 1391.

En dépit de la nouvelle trêve qui prévalut avec la Castille de 1410 à 1428, la situation de l'émirat nasride se délita, en raison notamment de troubles intérieurs générés par la tutelle exercée par les Banû Sarrâdj – les fameux Abencérages dont la geste fut contée par Chateaubriand dans *Les Aventures du dernier Abencérage*. À partir de 1419, l'histoire des Nasrides est celle d'une longue série de complots et d'assassinats qui affaiblirent le pouvoir royal, pour le plus grand profit des Castillans : en 1450, Muḥammad XI périt assassiné par les Banû Sarrâdj dans une salle de l'Alhambra donnant sur le célèbre patio des Lions, tandis que ses enfants étaient étouffés.

Les raids incessants menés par les chrétiens eurent également d'importantes conséquences sur l'économie grenadine. Les Mérinides, en difficulté, ne purent guère intervenir et les sultans mamelouks du Caire, appelés à la rescousse, étaient trop éloignés géographiquement pour apporter une quelconque aide. Réduite à ses seules forces, Grenade était en sursis. Le souverain Abû l-Ḥasan ᶜAlî, qui régna de 1464 à 1482, réussit

1. Voir *infra*, p. 428 *sq*.

un temps à rétablir la situation intérieure grâce à une politique énergique, mais il laissa ensuite son État aller à vau-l'eau, peut-être sous l'influence de la nouvelle favorite Thurayyâ – Isabel de Solis, une captive chrétienne; c'est du moins ce que laissa entendre une légende romantique qui voulut expliquer le naufrage de Grenade par la faute d'une femme. En 1469, une autre femme, beaucoup plus dangereuse celle-là, fit irruption sur la scène hispanique : Isabelle de Castille épousa Ferdinand d'Aragon; les deux royaumes chrétiens étaient enfin réunis sous une même férule.

## La chute de Grenade (1491-1492) [1]

En 1481, la trêve avec Grenade était brisée; en 1482, les Rois Catholiques prirent la ville forteresse d'Alhama, qui commandait les communications avec Málaga et Ronda, tandis qu'une flotte croisait dans le Détroit pour empêcher l'arrivée de secours en provenance du Maghreb. La guerre civile éclata à Grenade et les mécontents se regroupèrent autour du fils du souverain, Abû ᶜAbd Allâh Muḥammad, surnommé « Boabdil » par les chrétiens; il fut proclamé roi par les Banû Sarrâdj en l'absence de son père. Les souverains chrétiens attisèrent la discorde en soutenant le fils contre le père, et Abû ᶜAbd Allâh Muḥammad finit par l'emporter en 1487, à l'issue d'une sanglante guerre civile. Málaga, en 1487, puis Almería et Guadix en 1489, se rendirent aux Rois Catholiques. Abû ᶜAbd Allâh Muḥammad, de plus en plus impopulaire, entama des négociations et conclut secrètement de remettre Grenade aux souverains chrétiens afin d'assurer ses arrières. Les Grenadins se battirent pourtant avec l'énergie du désespoir, cependant que l'arrivée de mudéjars venus des anciennes villes d'al-Andalus contribuait à gonfler leurs rangs.

En 1491, Isabelle fit édifier dans la vallée du Genil un campement fixe, véritable cité de siège appelée Santa Fé. Fin 1491, la famine régnait dans Grenade assiégée. Le 25 novembre furent signées les capitulations de Grenade, lesquelles stipulaient qu'en échange de la remise de la ville les musulmans

1. 897 H.

garderaient leurs biens, leurs armes et leurs chevaux, conserveraient la liberté de culte, la libre disposition des mosquées, le maintien du régime fiscal et la possibilité, pour ceux qui le désiraient, d'émigrer en Afrique du Nord. Dans la nuit du 1er au 2 janvier 1492, la ville fut livrée aux chrétiens, qui y pénétrèrent par une porte dérobée, de peur d'un soulèvement populaire. Le 2 janvier au matin, dans la tour de Comares, Abû ᶜAbd Allâh Muḥammad remit à Don Gutierre de Cárdenas, grand commandeur de León, les clés de l'Alhambra. La bannière de Castille et la croix furent ensuite hissées sur les murs de la forteresse. Le dernier Nasride, sans se retourner selon la légende, quitta Grenade avec ses biens pour se réfugier dans la seigneurie de la Alpujarra donnée par les Rois Catholiques. Il devait mourir en 1532 ou 1533 au Maroc. Les Rois Catholiques firent leur entrée solennelle dans Grenade le 6 janvier; la Reconquista était terminée [1]. L'existence historique et politique d'al-Andalus, commencée plus de sept siècles plus tôt, s'achevait ainsi, mais le mythe andalou, dont la genèse fut initiée bien avant la chute de Grenade, allait désormais se déployer en Orient comme en Occident.

En ce temps, de nombreuses personnes qui fuyaient Grenade se réfugièrent dans la région des Alpujarras, en raison du manque de nourriture et de la peur. Le chemin menant à la Alpujarra passait à travers le mont Soléir [2]; c'est par ce chemin que parvenaient à Grenade de grandes provisions de blé, d'orge, de millet, d'huile, de raisins, de conserves et d'autres denrées. La situation de la ville devenait chaque jour plus critique : les vivres manquaient tout autant que les hommes pour la défendre. C'est alors qu'avec le début du mois de muḥarram de l'année 897 [fin 1491] arriva l'hiver; la neige qui était tombée sur la montagne coupa les communications avec les Alpujarras. Cela produisit une telle pénurie de vivres sur les marchés grenadins que beaucoup de gens souffrirent de la faim, et que le nombre des mendiants aug-

1. Sur les années qui suivirent la Reconquista, voir *infra*, p. 438.
2. Voir *supra*, p. 412, note 2.

menta nettement. L'ennemi, quant à lui, s'était établi dans un campement qui était aussi une cité [1], contrôlant la Vega, où il imposait aux musulmans d'effectuer les labours et les semailles. Toute activité guerrière était à ce moment suspendue entre les deux camps. Au début du mois de ṣafar de l'année mentionnée, la situation de la population de Grenade empira en raison de la faim et de l'insuffisance des vivres, faisant cette fois sentir jusqu'aux gens les plus riches les affres de la misère. En raison de cette situation, on organisa une réunion rassemblant représentants de la population comme de l'État, *faqîh*-s, prud'hommes, cheikhs et experts; réunion à laquelle participèrent également les quelques combattants qui restaient, et, enfin, tous ceux qui, à Grenade, passaient pour des gens sensés. Les participants allèrent voir l'émir Muḥammad b. ᶜAlî [Abû ᶜAbd Allâh Muḥammad, dit Boabdil], auquel ils rendirent compte de la situation des habitants de la ville, lui exposant la pénurie dans laquelle ils se trouvaient, l'extrême faim et le manque de vivres endurés. Ils lui firent observer que la ville était grande et que si les vivres qu'on importait avant suffisaient à peine à nourrir ceux qui en avaient besoin, aujourd'hui, plus rien n'arrivait car les communications avec les Alpujarras, d'où provenaient vivres et conserves, étaient maintenant interrompues. Ils lui firent également remarquer le faible nombre de défenseurs valides, le manque de subsistances, l'impossibilité de labourer et de semer, ainsi que le nombre d'enfants morts durant ces luttes.

Ils dirent : « Parmi nos frères musulmans qui vivent de l'autre côté du Détroit, aucun ne vient et nous apporte

1. Santa Fé. Isabelle de Castille fit édifier en moins de trois mois un campement fixe dans la vallée du Genil; c'était une véritable « cité assiégeante », selon la formule de R. Arié, *L'Espagne musulmane au temps des Nasrides (1232-1492), op. cit.*, p. 177. La Vega, évoquée après, est une riche plaine de Grenade particulièrement fertile en raison des eaux venues de la Sierra Nevada.

son aide et son secours, malgré les émissaires que nous leur avons envoyés. Durant ce temps, nos ennemis ont élevé des constructions dans lesquelles ils habitent maintenant, pour mieux nous attaquer. Ils accroissent leurs forces, tandis que notre faiblesse grandit ; eux reçoivent de l'aide de leur pays, nous-mêmes manquons de tout soutien. L'hiver est arrivé ; avec lui, les forces ennemies se sont retranchées dans leur campement ; elles sont encore peu opérationnelles et dispersées, et ont suspendu les hostilités contre nous. Si aujourd'hui nous acceptons de négocier, l'ennemi devra accepter nos propositions et accéder à toutes nos demandes. Mais si nous attendons l'arrivée du printemps, leurs armées feront leur jonction ; et avec le printemps, notre faiblesse et le manque de ressources seront encore plus prononcés ; ils n'accepteront alors pas ce que nous demanderons. »

À cela, l'émir Muḥammad b. ᶜAlî répondit : « J'ai bien vu ce qui vous paraissait le mieux et nous sommes arrivés à la même opinion concernant la défense de vos intérêts. »

Dès lors, ils convinrent tous, peuple et notables, d'envoyer des émissaires au roi chrétien [1] afin d'entreprendre des pourparlers sur le statut qui serait réservé à leurs personnes et à leur terre. De l'avis de plusieurs, l'émir de Grenade, ses ministres et ses généraux avaient déjà depuis longtemps entamé des négociations avec le roi chrétien concernant la remise de la ville. Mais, craignant les réactions du peuple, ils avaient essayé de parlementer avec celui-ci habilement et en lui prodiguant toutes sortes de flatteries. Grâce à ces artifices, quand on révéla à la plèbe les projets qui lui avaient été auparavant dissimulés, elle leur pardonna aussitôt. C'est en raison de ces tractations que, pendant cet hiver-là, le roi des chrétiens

1. Tout au long de ce texte, on n'évoque que le personnage du « roi » et non ceux des deux souverains, Isabelle de Castille et Ferdinand d'Aragon. C'est pourtant Isabelle qui occupa le premier rôle dans la prise de Grenade.

avait suspendu les hostilités, attendant de voir si on avait trouvé un arrangement avec le peuple pour entamer la signature des traités. Lorsque les émissaires présentèrent au roi leurs propositions, ils le trouvèrent favorable à tout, au point qu'il accéda à toutes leurs demandes et satisfit toutes leurs conditions.

Dans ces traités conclus entre les Grenadins et le roi des chrétiens [1] se distinguaient les clauses suivantes : le souverain garantissait la vie sauve aux habitants, à leurs femmes et à leurs enfants ; il garantissait également la possession des fermes, des propriétés urbaines, des zones irriguées et cultivées, des terres labourées et, en un mot, de tout ce que les gens possédaient ; ceux qui resteraient à Grenade n'aurait rien d'autre à payer que ce qu'ils payaient déjà [2], et ceux qui opteraient pour l'émigration pourraient vendre leurs propriétés à des musulmans ou à des chrétiens au prix qu'ils conviendraient et qu'en aucun cas ils ne seraient lésés. Ceux qui désireraient passer sur la côte du Maghreb pourraient vendre leurs propriétés et emporter leurs biens ; le souverain s'engageait à transporter ces gens sur ses navires, vers quelque pays musulman qu'ils souhaiteraient gagner et ce, durant trois années, sans leur faire payer quoi que ce fût. À celui qui voudrait demeurer à Grenade, on garantissait la sécurité selon les clauses mentionnées. Tout cela fut consigné par écrit par le roi des chrétiens, qui s'engagea par ces traités, encourant de graves sanctions aux yeux de la religion chrétienne en cas de violation desdits traités ; c'était l'accomplissement de tout ce qui avait été convenu entre les deux parties. On acheva de rédiger pactes et traités, et ceux-ci furent lus à la population de Grenade ; une fois instruits du contenu, les gens

---

1. Le 25 novembre 1491, le représentant de Boabdil, Abû l-Qâsim al-Mulîḥ, signa les trois traités de capitulation de Grenade. Les historiens ont depuis prouvé que cet homme travaillait pour le compte des Rois Catholiques.

2. La dîme.

donnèrent leur accord et durent reconnaître la suzeraineté du roi chrétien. La soumission fut consignée par écrit et remise au seigneur de la Castille[1]. Par la suite, les Grenadins n'émirent aucune résistance jusqu'à ce que le roi prît possession de la citadelle de l'Alhambra et de toute la ville. L'émir ordonna l'évacuation de l'Alhambra. Et une fois que furent évacués ses maisons, ses palais et ses demeures, il attendit l'entrée des chrétiens dans ladite forteresse.

Le deuxième jour du mois de rabī<sup>c</sup> al-awwal de l'année 897 [1er janvier 1492], le roi chrétien avança à la tête de ses troupes jusqu'aux abords de la ville ; il avait envoyé un détachement qui avait auparavant pénétré dans la citadelle de l'Alhambra ; lui était demeuré avec le gros des troupes au campement établi aux environs de la cité car il craignait une trahison. Pour plus de sécurité, il avait déjà exigé des Grenadins, au temps de la signature des traités de capitulations que nous avons déjà mentionnés, des otages parmi les habitants de la ville. Cinq cents d'entre eux lui furent ainsi remis et gardés dans le campement ; ce n'est que suite à cela qu'il se décida à avancer vers la ville. Une fois qu'il se sentit plus en sécurité par rapport aux gens de la ville et qu'il estima peu probable une trahison, il envoya ses troupes prendre possession de la ville, pendant qu'il restait lui-même dans son campement des environs. Il prit soin d'approvisionner l'Alhambra avec d'abondantes quantités de farine, de vivres et de munitions, et mit l'un de ses capitaines à la tête de cette forteresse ; pour cela, il vint à la forteresse et une fois cela terminé, il retourna à son campement. Il tâcha également de nommer dans la ville des chefs, des juges et des responsables de quartiers et s'occupa d'autres affaires importantes. Les musulmans fréquentaient le campement des chrétiens pour acheter et pour vendre, et les chrétiens faisaient de même dans la ville.

1. S'agit-il d'Isabelle ou de Ferdinand ?

Lorsque les gens des Alpujarras apprirent l'entrée des Grenadins dans l'obédience des chrétiens, ils envoyèrent leur soumission au monarque, demandant ainsi à passer sous sa juridiction. Il ne restait plus aucune terre entre les mains des musulmans en al-Andalus. Le roi décida enfin de rendre la liberté aux otages qu'il détenait, les laissant partir avec des garanties pour leurs vies et leurs propriétés, les entourant de tous les égards. C'est alors que le souverain, entièrement rassuré, avançant avec son armée jusqu'à la ville et, laissant le gros des troupes dehors, pénétra avec quelques courtisans dans l'Alhambra. Il séjourna pour se distraire dans les palais et ses demeures durant le jour, et rentra ensuite passer la nuit au campement. À partir du jour suivant, il entreprit de faire des aménagements dans cette forteresse, élevant diverses œuvres défensives, et ouvrant divers chemins. Cela se poursuivit jusqu'à ce que, convaincu qu'il n'y aurait pas de trahison de la part des musulmans, il fît son entrée solennelle dans la ville à la tête de ses familiers et de ses courtisans. Quand la tranquillité dans la ville fut totale, il donna son accord à ceux qui voulaient traverser la mer, et pour cela des navires furent amenés sur cette côte. Ceux qui avaient décidé de faire la traversée commencèrent à vendre leurs propriétés, leurs fermes et leurs maisons [1].

1. Cet extrait est issu de l'une des très rares sources musulmanes retraçant la chute de Grenade, une chronique anonyme apparemment contemporaine des faits exposés et appelée *Kitâb Nubdat al-ʿaṣr fî akhbâr mulûk Banî Naṣr aw taslîm gharnâṭa wa-nuzûl al-Andalusiyyîn ilâ-l-Maghrib*; ce texte arabe est édité dans *Fragmento de la época sobre noticias de los Reyes Nazaritas o Capitulación de Granada y emigración de los Andaluces a Marruecos*, établi et commenté par A. Bustani, Boscá, Larache, 1940 ; la traduction espagnole de C. Quirós figure dans le même ouvrage ; trad. fr. E. Tixier du Mesnil.

# *10. La littérature au temps des Nasrides*

La dernière dynastie andalouse redonna à la poésie la place prépondérante qui avait été la sienne, notamment chez les ᶜAbbâdides de Séville, et le talent poétique redevint à cette époque le meilleur sésame pour faire une brillante carrière politique. Véritable chant du cygne de l'expression littéraire andalouse, les poèmes et *muwashshaḥât* composés sous les Nasrides, à l'instar des fines arabesques caractéristiques de l'art andalou tardif, ne présentent cependant guère de caractère novateur : ils constituent avant tout de subtiles variations sur les thèmes et motifs développés depuis plusieurs siècles dans la péninsule Ibérique. Si ces textes nous émeuvent particulièrement, c'est sans doute parce qu'ils sont les derniers témoins d'une civilisation sur le point de disparaître, et qu'ils résonnent à ce titre d'accents prémonitoires et singulièrement nostalgiques. Et rien n'évoque mieux le souci qu'eurent les Nasrides de figer pour l'éternité la splendeur déchue d'al-Andalus que les vers gravés ornant les murs du palais de l'Alhambra.

## AL-RUNDÎ : *POÈME SUR LA CHUTE DES VILLES D'AL-ANDALUS ET L'AGONIE DU TERRITOIRE*

C'est dans le contexte fort défavorable de l'inexorable avancée de la Reconquista que le poète Abû al-Ṭayyib Ṣâliḥ b. Yazîd b. Ṣâliḥ b. Sharîf al-Rundî (1204-1285)[1] accéda à

1. 601-684 H. – On lui attribue tantôt la *kunya* d'Abû al-Baqâ, sous laquelle il fut connu à l'époque en Orient, tantôt celle d'Abû al-Tayyib.

la notoriété, en évoquant dans un long poème élégiaque les métropoles d'al-Andalus tombées aux mains des chrétiens. La ville de Ronda dont il était originaire étant intégrée à l'époque au royaume des Banû al-Aḥmar, al-Rundî fut en contact avec les Nasrides de Grenade, en particulier avec Muḥammad Ier, le fondateur de la dynastie [1], qu'il s'employa à célébrer dans ses panégyriques. Il effectua à ce titre de nombreux séjours à Grenade [2], mais nous savons qu'il eut d'autres protecteurs, et qu'il se rendit aussi à plusieurs reprises à Marrakech. Il mourut à Grenade en 1285, soit environ deux siècles avant l'extinction définitive d'al-Andalus. Al-Rundî fut un auteur prolifique : il composa des ouvrages de rhétorique et d'éloquence, des *maqâmât-s* (récits en prose rimée ou rythmée), un ouvrage de critique littéraire et de nombreuses poésies aujourd'hui perdues.

Cette célèbre *muwashshaḥa* fut sans doute composée autour de 1268, année qui vit Muḥammad Ier céder aux chrétiens une centaine de forteresses de la région de Murcie et de Jerez. Elle comptait à l'origine quarante-trois vers; mais, après la perte définitive et totale d'al-Andalus, elle fut remaniée par Yaḥyâ al-Qurṭubî, qui la porta à soixante et un vers. Ce texte emblématique, empreint d'une réelle sincérité, fut envoyé à tous les souverains musulmans de l'époque, dans le but de les inciter à la reconquête des territoires perdus. Plusieurs thèmes secondaires structurent le texte. Les premiers vers sont consacrés à des considérations sans originalité sur les vicissitudes du temps et les revers de fortune qui frappent les individus comme les dynasties et les empires, et ce n'est qu'à partir du vers 15 qu'al-Rundî évoque le sort cruel d'al-Andalus. Le poète s'emploie à toucher la fibre religieuse de ses destinataires, espérant ainsi éveiller les consciences musulmanes, en particulier celle des souverains d'Afrique du Nord, et les inciter au *djihâd.* Dans la dernière partie du poème, enfin, al-Rundî joue sur un autre registre : décrivant longuement les souffrances endurées par la population andalouse, le poète en appelle à la compassion de ses contemporains.

---

1. Voir *supra*, p. 393.
2. C'est la raison pour laquelle nous l'avons inséré dans ce chapitre.

Après l'apogée vient, inéluctable, le temps du déclin ; Homme, ne te laisse pas abuser par les plaisirs éphémères de la vie !

Tu peux le constater : il n'y a rien sur terre qui puisse perdurer. Et, pour un bref instant de bonheur, combien de périodes de souffrances devra-t-on endurer !

Nul n'est épargné, nul ne peut subsister, tout change et rien ne dure.

Comment une cotte de mailles pourrait-elle résister au temps, lorsque celui-ci finit par émousser les lames des sabres et les pointes des lances ?

Toutes les épées sont destinées à sombrer dans le néant, laminées, fussent-elles Ibn Dhî Yazan en personne, et son fourreau dût-il avoir pour nom Ghumdân [1].

Où sont donc les rois couronnés du Yémen, où sont leurs diadèmes et leurs tiares ?

Où sont les édifices érigés par Shaddâd [2] à Iram, et qu'est-il advenu du pouvoir que les Sassanides exercèrent jadis sur les Perses ?

Pareillement, où sont les trésors qui furent amassés par Qârûn [3] ? Où sont les ᶜÂd, Shaddâd et Qaḥṭân [4] ?

Tous furent la proie d'un destin irréversible. Ils furent anéantis, et c'est comme si ces peuples n'avaient jamais existé.

Toute cette puissance, tous ces rois, n'ont désormais guère plus de consistance que les spectres qui viennent nous visiter dans notre sommeil.

---

1. Sayf b. Dhî Yazan est un roi yéménite préislamique. Le vers est basé sur le jeu de mot entre le prénom du roi (« Sayf ») et le sens du mot « *sayf* » dans la langue arabe : « épée ». « Ghumdân » est le nom du palais de ce roi.

2. Ce roi aurait régné sur le peuple légendaire des ᶜÂd, qui aurait vécu en Ḥaḍramût.

3. Il s'agit de Coré, un roi mentionné dans le Coran (XXVIII, 76).

4. Ancêtre du Sud arabique.

La destinée se retourna contre Darius et le combattit ; pareillement, elle porta un coup fatal à Chosroès [1], contre lequel aucun de ses palais ne put le protéger.

Peux-tu seulement me nommer un élément susceptible de résister au temps ? Le royaume de Salomon n'a-t-il pas fini à son tour par disparaître ?

Les tragédies infligées par le destin prennent des formes fort diverses, et le temps fait alterner joies et peines.

Il est possible de se consoler de nombreux malheurs, et d'en adoucir l'amertume ; mais rien ne saurait nous consoler de ce qui a frappé l'Islam.

Rien ne pourra nous consoler de la catastrophe qui s'est abattue sur la Péninsule et qui ébranla jusqu'aux monts Uḥud et Thahlân [2].

L'Islam y fut touché en plein cœur, des régions entières lui furent arrachées, et le territoire se réduisit telle une peau de chagrin.

Demande donc à Valence ce qu'il advint de Murcie, et quel sort fut réservé à Jativa et à Jaén !

Qu'est devenue Cordoue, la cité des sciences, où s'illustrèrent tant de savants ?

Et Séville, avec ses lieux délicieux, et son fleuve à l'eau si délectable, rempli au point de déborder, qu'est-elle donc devenue ?

Ces villes étaient les piliers sur lesquels reposait le pays. Comment le pays pourra t-il subsister, une fois ses colonnes effondrées ?

L'Islam verse des larmes d'affliction, à la manière d'un amoureux pleurant la séparation d'avec sa bien-aimée.

Il pleure des terres musulmanes vidées de leur population, abandonnées, désormais peuplées de mécréants.

---

1. Darius : nom de plusieurs souverains perses appartenant à la dynastie achéménide (VI-IVe siècles av. J.-C.). Chosroès : nom de souverains perses de la dynastie sassanide (VI-VIIe siècles).

2. Deux montagnes célèbres, la première située en Arabie, non loin de Médine, la seconde au Yémen.

Où les mosquées sont devenues des églises, où l'on ne voit plus que cloches et croix.

Il n'est pas jusqu'aux *miḥrâb-s*, figés dans la pierre, qui ne se répandent en pleurs, et les chaires, pour être sculptées dans le bois, ne s'en lamentent pas moins.

Ô toi qui vis dans l'insouciance, sans tenir compte des avertissements du destin, sache que ce dernier ne s'endort jamais, à l'heure où tu es plongé dans un profond sommeil.

Et toi qui vas gaiement, sur le sol où tu es né, seul objet de tes soucis, dis-moi si, après la perte de Séville, il peut encore être question pour nous d'une patrie ?

Ce terrible désastre a plongé dans l'oubli tout ce qui l'a précédé ; quant à lui, rien, jamais, ne saurait le faire oublier !

Ô roi, arborant un blanc étendard, viens frapper de ton sabre les infidèles !

Et vous, cavaliers qui montez les coursiers les plus prestigieux, si minces que, sur le champ de bataille, l'on croirait voir des oiseaux de proie ;

Et vous qui portez des glaives dont les fines lames, trempées dans le meilleur acier indien, resplendissent comme mille feux dans l'atmosphère obscurcie par la poussière des combats.

Vous tous qui, au-delà des mers, vivez en paix et dans l'aisance, assurés, sur vos territoires, de gloire et de pouvoir ;

N'avez-vous pas eu connaissance du sort des Andalous ? Ce n'est pourtant pas faute de vous avoir mandé des messagers chargés de vous informer !

Combien de fois ces malheureux, issus de nos rangs, appelèrent-ils à l'aide ? Prisonniers, massacrés, ils ne suscitèrent pas le moindre émoi.

Quelle est donc cette distance, qui, au sein même de l'Islam, vous sépare, vous qui êtes – ô serviteurs de Dieu – des frères en religion ?

Ne se trouvera-t-il pas, parmi vous, d'âmes fières et nobles, à l'esprit résolu ? N'y aura-t-il personne pour prendre le parti du bien, et s'en faire le champion ?

Qui pourra secourir un peuple, jadis glorieux, que l'infidélité et l'injustice ont jeté dans l'opprobre ?

Hier encore, rois dans leurs États, esclaves, aujourd'hui, en terre infidèle.

Si seulement vous pouviez les voir, hagards, sans une âme pour les guider, vêtus des multiples oripeaux de l'infamie et de l'avilissement,

Si vous voyiez leurs pleurs, à l'heure où ils sont vendus sur les marchés, vous seriez saisis de frayeur, et la tristesse vous rendrait fous.

Combien de mères a-t-on séparées de leurs enfants, comme on séparerait les esprits des corps.

Et la vierge, resplendissante comme un soleil levant, pareille à un joyau, à un corail,

Emportée sous la contrainte par une brute infidèle, livrée à l'infamie, pleurant toutes les larmes de son corps, le cœur égaré.

Devant un tel spectacle quel cœur, s'il est empli de la foi musulmane, ne fondrait pas de tristesse [1] ?

## IBN AL-KHAṬÎB (1313-1375) [2]

Aux commandes de la politique grenadine durant plus d'un quart de siècle, Ibn al-Khaṭîb est sans nul doute la figure de proue de la vie politique, intellectuelle et littéraire de la période nasride. Son témoignage, surtout, est primordial pour la connaissance de l'histoire et de la culture nasrides à la fin du XIIIe siècle et durant une bonne partie du XIVe siècle.

Né en 1313 à Loja [3], à une cinquantaine de kilomètres de Grenade, dans une famille d'ascendance arabe, il reçut son

1. *Nafḥ al-Ṭîb*, *op. cit.*, t. VI, p. 243-245 ; trad. fr. B. Foulon.

2. 713-776 H. – Sur cet auteur, voir aussi *supra*, p. 395 et 415.

3. Voir la notice qui lui est consacrée par J. Bosch-Vilà, dans l'*Encyclopédie de l'Islam* (*op. cit.*).

instruction à Grenade, où son père se trouvait au service de l'État nasride. À la mort de son père, en 1340, il entra à son tour dans l'administration du sultan Yûsuf Ier, en qualité de secrétaire. Son influence s'accrut encore sous le règne de son successeur, Muḥammad V, et il ne tarda pas à être promu au rang de vizir (1349). En 1359, une révolution de palais ayant chassé du pouvoir Muḥammad V, il fut jeté en prison. Grâce aux appuis dont il disposait à la cour mérinide de Fès, le sultan déchu finit par obtenir l'autorisation de quitter Grenade pour la capitale mérinide, accompagné de son entourage. Ce fut l'occasion pour Ibn al-Khaṭîb de parcourir le Maroc ; à l'issue de ce périple, il s'établit à Salé. En 1362, Muḥammad V retrouva le trône de Grenade, et Ibn al-Khaṭîb devint alors le premier dignitaire de la cour. Cependant, les intrigues se multiplièrent autour de lui et il fut notamment accusé de travailler pour le compte des Mérinides [1].

En 1371-1372, il se vit finalement contraint de s'exiler à Tlemcen, où il fut reçu avec faste par le sultan Abû Fâris ᶜAbd al-ᶜAzîz. Mais sa situation devint de plus en plus critique, ses ennemis l'accusant cette fois d'hérésie. Ils exigèrent son extradition et son jugement à Grenade. C'est son ancien disciple Ibn Zamrak, tout juste nommé premier vizir, qui fut chargé de cette mission, dont il s'acquitta avec un zèle qui ne laisse pas

1. Il écrivit à cette époque une lettre à Ibn Khaldûn, dans laquelle il évoque avec amertume son angoisse et le harcèlement permanent dont il est victime. En outre, il décrit l'attitude des courtisans à son égard en ces termes : « J'observai leurs visages : je vis la méchanceté dans leurs regards, et, à considérer leurs paroles, il me sembla entendre des sifflements de serpents. Chaque jour, la haine à mon égard se renforçait un peu plus, et l'inimitié redoublait. [...] Et ces compagnons qui, chaque jour et chaque nuit, se pressaient à ma table, utilisant toutes les ressources du langage pour faire mon éloge, forçant le trait jusqu'à l'hyperbole, n'hésitant pas enjoliver ce qui n'était pas très reluisant, s'employant à me plaire, remuant ciel et terre pour s'approcher de moi, je les voyais à présent s'échanger des signes de connivence et des clins d'œil, et parler par énigmes. Et lorsqu'ils me quittaient – que Dieu purifie leurs cœurs –, ils travestissaient la vérité, colportaient des rumeurs accusatrices, et s'employaient à corrompre les cœurs, si bien que le sommeil se mit à me fuir, et que je m'attendis au pire... » (*Aᶜmâl al-aᶜlâm*, *op. cit.*, t. II, p. 272 ; trad. fr. B. Foulon).

de surprendre[1]. À l'issue de longues machinations ourdies par les Nasrides, un prince mérinide à la solde de ces derniers fut placé sur le trône de Fès en 1374. Ibn al-Khaṭîb fut alors jeté en prison puis jugé par un tribunal dont le procureur n'était autre qu'Ibn Zamrak. Bien qu'aucune sentence définitive n'eût été prononcée contre Ibn al-Khaṭîb, ses ennemis ne relâchèrent pas la pression, et le Grenadin fut étranglé dans sa prison en 1375.

Ibn al-Khaṭîb est l'auteur d'une soixantaine d'ouvrages qui abordent pratiquement tous les champs de la connaissance de l'époque : poésie, *adab*, médecine, *maqâmât-s*, récits de voyages (*riḥla-s*) et écrits mystico-philosophiques – ces derniers lui ont valu l'accusation d'hérésie. Mais c'est avant tout comme historien qu'il se distingue, en particulier dans son célèbre ouvrage intitulé *Al-Iḥâṭa fî-Akhbâr gharnâṭa*[2], et divisé en deux parties : la première est consacrée à la description de la ville de Grenade, tandis que la seconde réunit de précieuses notices biographiques sur les personnalités marquantes de l'époque.

## Ibn al-Khaṭîb, chantre de la Grenade nasride

La *muwashshaḥa* que nous présentons ci-après est indubitablement la composition la plus célèbre de l'auteur. Elle fut vraisemblablement composée vers 1368, alors qu'Ibn al-Khaṭîb abordait la période la plus difficile de sa vie. Dans ce panégyrique que l'auteur adresse, depuis son exil maghrébin, au sultan Muḥammad V, il exprime à la fois sa profonde nostalgie de ce passé heureux et sa souffrance d'avoir perdu ce bonheur.

---

1. Sur Ibn Zamrak et ses rapports avec Ibn al-Khaṭîb, voir aussi *infra*, p. 434. Profondément déçu par l'attitude de celui qui lui devait tout, Ibn al-Khaṭîb exprima sa désillusion dans une notice où Ibn Zamrak apparaît sous un jour fort peu flatteur, et qui contraste violemment avec celle qu'il lui avait consacrée plusieurs années auparavant.

2. On lui doit également *Al-Lamḥa al-badriyya fî-al-dawla an-naṣriyya*, qui décrit la culture nasride et réunit la biographie de ses souverains, de 1230 à 1363, et *A*ᶜ*mâl al-A*ᶜ*lâm fî-man bûyi*ᶜ*a qabla-l-iḥtilâm min mulûk al-Islâm*, qui propose une histoire de l'islam, en Orient d'abord, puis en Occident (al-Andalus, Afrique du Nord et Sicile).

Puisse l'ondée ruisselante te combler de sa générosité, ô temps heureux de l'union avec toi, mon aimée, en al-Andalus.

Cette union ne fut pourtant rien d'autre qu'un songe, un instant furtivement dérobé.

Voilà que le temps nous amène toutes sortes de souhaits qui s'avancent les uns sur les traces des autres.

Ils arrivent, l'un après l'autre ou deux par deux, et s'agglomèrent en groupes, à la manière des voyageurs réunis par la saison du pèlerinage.

C'était à l'heure où la splendeur du jardin après la pluie fait, sur les bouches des fleurs, se dessiner un sourire.

Et où l'anémone proclame les bienfaits reçus de l'eau du ciel, à la manière de Mâlik transmettant ce qu'il tenait d'Anas [1].

La beauté avait revêtu ce jardin d'un habit taillé dans une étoffe brochée, magnifique costume dont il tirait orgueil.

Durant des nuits qui auraient pu celer, sous leur voile de ténèbres, les secrets amoureux, n'était-ce la présence de visages resplendissants comme autant de soleils ;

La coupe, astre étincelant, s'inclinait vers nous, puis sombrait, au terme d'une trajectoire bien tracée, nous faisant bénéficier de son heureuse influence.

Le désir qu'alors je satisfaisais n'avait d'autre défaut que celui de ne durer que le temps d'un éclair.

S'achevant lorsque nous sombrions dans un délicieux sommeil, ou que l'aube nous surprenait, tel un gardien jaloux.

Était-ce la lumière des astres qui, sur nous, faisait incidence, ou bien les yeux des narcisses qui, nous fixant, exerçaient leur effet ?

---

1. Il y a dans ce vers un jeu de mots intraduisible : l'anémone (*nuᶜmân*) porte en arabe le même nom que le dernier roi de Ḥîra, de la période antéislamique, Nuᶜmân. Le père de ce roi s'appelait Mâᵓ al-Samâᵓ, littéralement « eau du ciel ». Quant à Mâlik b. Anas, il n'est autre que le fondateur du rite malikite, prépondérant en al-Andalus.

Qu'est-t-il de meilleur, pour un homme libéré de toutes les contraintes, que de se laisser subjuguer par les charmes du jardin ?

C'est alors que les fleurs en profitent pour s'épanouir, car, assurées contre ses subterfuges, elles ne le craignent plus ;

À l'heure où l'eau de la rivière et les graviers échangent des mots doux, et où chacun s'isole avec sa chacune ;

Vois comment la rose, jalouse et morose, revêt, mue par la colère, la parure rouge qui lui est familière ;

Et vois comment le myrte, avisé, use de son entendement, et s'efforce, à la dérobée, de capter ce qui se dit avec ses oreilles de cheval.

Ô gens de la tribu installée sur la rive du fleuve de Ghadâ, vous qui, en mon cœur, avez trouvé assez de place pour y loger.

Sachez que cette contrée, aussi vaste soit-elle, ne saurait contenir l'amour que je vous porte ; et, où que mes yeux se tournent, que ce soit vers l'ouest ou vers l'est, elle m'indiffère.

Rétablissez le pacte d'amitié qui jadis nous unissait, et vous libérerez votre esclave de son affliction !

Craignez Dieu et rendez la vie à un amant passionné qui s'épuise soupir après soupir.

Mû par la générosité, il vous voua son cœur ; consentirez-vous à laisser dépérir ce captif ?

Une personne parmi vous touche de près à mon cœur, et lui inspire des souhaits, à distance.

C'est une lune qui, en apparaissant au couchant, fait tout à la fois le malheur et le bonheur de celui qu'elle a séduit.

Vertueux ou coupable, peu importe, son amant connaîtra le même sort : de promesses et de menaces, il sera abreuvé.

Grâce à ses prunelles ensorceleuses, à ses lèvres carminées au goût de miel, elle se fraya un chemin en mon âme, y circulant à son aise, comme la respiration circule en notre corps.

Elle pointa sa flèche, la décocha, et atteignit sa cible : voici mon cœur réduit à l'état de proie d'un prédateur féroce. [...]

Soumets-toi, ô mon âme, aux décrets du Destin, et consacre-toi à présent au repentir, en revenant vers Dieu ;

Cesse donc d'évoquer un temps révolu : le temps des faveurs, enfuies à jamais, mais aussi celui des reproches ;

Et adresse plutôt ton discours à ton maître favorisé de Dieu, à celui qui reçut par inspiration cette grâce annoncée dans le Livre saint [1].

## Sur la tombe d'al-Mu<sup>c</sup>tamid

En 1360, alors réfugié au Maghreb, Ibn al-Khaṭîb se rend sur la tombe d'al-Mu<sup>c</sup>tamid [2], à Aghmât. Les vers qu'il compose à cette occasion attestent l'aura que conservait le souverain <sup>c</sup>abbâdide près de trois siècles après sa disparition : celui-ci apparaissait d'ores et déjà comme l'une des grandes figures mythiques d'al-Andalus.

J'ai tenu à venir m'incliner sur ta tombe, à Aghmât ; c'était, à mes yeux, la première de mes missions dans cette région ;

Comment aurais-je pu ne pas venir, ô, toi le plus généreux des rois, le flambeau des nuits ténébreuses !

---

1. Ibn Khaldûn reproduit partiellement ce texte dans sa *Muqaddima*, *op. cit.*, p. 1147-1152. Al-Maqqarî l'a complétée dans le *Nafḥ al-Ṭîb*, *op. cit.*, t. IX, p. 238-240 ; trad. fr. B. Foulon.

2. Voir *supra*, p. 230.

Toi, le seigneur dont l'écho des souffrances, traversant le temps, parvint jusqu'à moi, m'inspirant des vers remarquables ;

Ta tombe fut érigée sur une hauteur, bien visible ; on y vient pour honorer ta mémoire, à grand renfort de salutations ostentatoires ;

Tu te montras généreux aussi bien mort que vivant, et tu te couvris de gloire, si bien que tu règnes sur les morts comme sur les vivants ;

Sans égal dans le passé, je suis persuadé que tu le resteras à jamais, aujourd'hui et pour les siècles des siècles [1].

## LA DESCRIPTION DE L'ALHAMBRA PAR IBN ZAMRAK [2]

La vie d'Abû ᶜAbd Allâh Muḥammad b. Yûsuf b. Muḥammad b. Aḥmad al-Ṣarîḥî al-Gharnâṭî Ibn Zamrak, avant tout homme d'État et poète de cour, est indissociable de celle d'Ibn al-Khaṭîb [3]. Né dans une famille modeste originaire de la région du Levant, l'année même de l'accession au pouvoir du septième souverain nasride, Muḥammad V, qui allait porter la dynastie à son apogée, il put, grâce aux sacrifices consentis par les siens, consacrer sa jeunesse à l'étude des différentes branches du savoir de l'époque, et ce, auprès des meilleurs maîtres. Il fut rapidement remarqué par le puissant vizir Ibn al-Khaṭîb, dont il devint le protégé, si bien que, dès l'âge de vingt ans, il entra dans l'administration de l'État grenadin et approcha les cercles du pouvoir, dont il ne s'éloigna plus.

---

1. Ce poème figure notamment dans le *Nafḥ al-Ṭîb*, *op. cit.*, t. IX, p. 210 ; trad. fr. B. Foulon.

2. 1333-1398.

3. Voir, pour plus de détails, Hamdane Hadjadji, *Le Poète-Vizir Ibn Zamrak, des faubourgs d'al-Baycine au palais de l'Alhambra*, Beyrouth, Al-Bouraq, 2005, et la notice de Frederico de la Granja, dans l'*Encyclopédie de l'Islam, op. cit.*

Son existence fut néanmoins marquée par de nombreux rebondissements. En 1359, lors de l'épisode mérinide déjà évoqué [1], Ibn Zamrak accompagna Muḥammad V et Ibn al-Khaṭîb en exil et fut chaleureusement accueilli à la cour mérinide. En 1362, lorsque Muḥammad V retrouva le trône de Grenade, il fut nommé au poste de secrétaire particulier. S'ensuivirent alors dix années de sérénité. En 1372, cependant, les relations entre Grenade et Fès se détériorèrent. Ibn al-Khaṭîb fut alors accusé d'hérésie : obligé de choisir entre la trahison de son protecteur de toujours et le risque d'encourir les foudres du roi en tentant se sauver son ami, il ne tergiversa guère et s'employa avec un zèle certain à satisfaire Muḥammad V.

La disparition d'Ibn al-Khaṭîb coïncida avec l'apogée de la carrière d'Ibn Zamrak. Homme politique pragmatique et avisé, il parvint à exploiter les divisions des chrétiens et mena à l'égard du royaume mérinide une politique interventionniste qui fit dire à Ibn Khaldûn qu'il ne voyait dans le Maghreb qu'« une province du royaume de Grenade ». Fort du pouvoir et de l'impunité, il se révéla de plus en plus despotique. Après la mort de Muḥammad V, en 1392, sa situation devint beaucoup plus précaire et fluctuante. Finalement, il connut un sort identique à celui de l'homme qu'il avait poursuivi de sa hargne, puisqu'il fut assassiné par les sbires du pouvoir, dans sa propre maison, en 1398. C'est le prince nasride Yûsuf III, petit-fils de Muḥammad V, qui s'employa à réunir tous les poèmes d'Ibn Zamrak, qu'il fit précéder d'une précieuse introduction sur la vie de leur auteur.

Ibn Zamrak a abordé tous les genres poétiques arabes, même si, en sa qualité de poète officiel ayant accompagné le règne de trois souverains nasrides successifs, il donna au genre laudatif la part du lion. Il a, de même, exploité toutes les formes poétiques connues à son époque : *qaṣîda-s*, poèmes strophiques (*musammaṭ-s*), *muwashshaḥât* et *zadjal-s.* Ses vers ornent aujourd'hui encore les murs du palais de l'Alhambra, en particulier ceux de la cour des Lions, du patio de Los Arrayanes et ceux de la salle de Las Hermanas. Les plus appréciés sont ceux qui chantent la magnificence de Grenade et de sa nature généreuse. Ils révèlent toutefois l'influence déterminante exercée sur le Grenadin par son illustre aîné Ibn Khafâdja,

---

1. Voir *supra*, p. 429 *sq*.

influence pouvant parfois frôler le plagiat : on pourra en juger par les vers qui suivent, extraits d'une longue *qaṣîda* célébrant le sultan Muḥammad V. Avant d'en venir à la description de l'Alhambra, Ibn Zamrak évoque la Sabîka sur laquelle le complexe palatial fut édifié.

Ô toi qui soupires après le Nedjd [1] et ses lieux de rencontre, sache que celui-ci a élu domicile dans la vallée de Grenade ;

Arrête-toi un moment sur la Sabîka et observe son esplanade : on y voit une femme vertueuse, dévoilée et offerte aux regards par l'incomparable colline ;

Le collier qui orne son cou n'est autre que le fleuve, ceinture incrustée de pierres précieuses, et ses fleurs, souriantes, parent le haut de son buste ;

Dans les yeux du narcisse, humecté et épanoui, les gouttes de rosée étincellent, comme autant de larmes ;

Parmi toutes ses fleurs, on distingue les camomilles : leurs bouches souriantes embrassent les joues des roses voisines ;

Au petit jour, les fleurs parsemant ses abords ressemblent à des pièces d'argent, tribut perçu par la brise légère ;

Observe les grands arbres, autour desquels coulent les rigoles d'irrigation : on dirait des commensaux servis par des échansons ;

Combien de pleines lunes, à l'entour, cueillent des étoiles brillantes qui semblent déposer, sur leurs mains, des baisers ;

Les cailloux tapissant ces cours d'eau sont des perles, transparentes par nature, qui, en fondant, font jaillir ces eaux vives ;

À quoi pourrait-on comparer le fleuve du Munadjdjim et les fleurs qui le bordent, sinon à des astres brillants ?

---

1. Riche oasis du Hedjaz, en Arabie. À Grenade, le faubourg du Nedjd fut créé au XIIIe siècle, au sud de la ville ; c'était un quartier de pavillons et de jardins.

Bien plus beau encore que la Voie lactée, les perles de ses bulles d'eau en remplacent avantageusement les étoiles brillantes [1] ;

Sur sa tête, la Sabîka porte un diadème dont les perles des étoiles scintillantes rêveraient d'être parées ;

Son Alhambra, que Dieu la préserve, est une hyacinthe qui, au sommet de cette couronne, en rehausse encore l'éclat ;

Les lunes pleines, aux têtes couronnées de diadèmes, sont les joyaux des étoiles, dans leur plus bel apparat ;

Elles n'en envient pas moins la couronne de la Sabîka, depuis qu'elles ont vu l'éclat que lui conféraient les fleurs d'oranger ;

Ses tours font rougir de honte, à l'horizon, les signes du zodiaque, car les plus brillantes de leurs étoiles ne sauraient soutenir la comparaison avec elles ;

Les astres, impuissants à égaler en beauté ces splendides palais, préfèrent s'abîmer de toutes leur hauteur, dépités ;

Que Dieu bénisse celui qui, au lever du jour, a pu contempler ce minaret aux contours délicats ;

Au moment où, au Levant, apparaissent les premières lueurs du jour, et où les étoiles se précipitent, dans une fuite éperdue,

Pour sombrer au Couchant, effrayées par la lumière du jour qui point, et alors que l'aube a fermé les paupières de leur délateur. [...]

Rends-toi donc au jardin dès potron-minet, à l'heure où les rameaux se balancent, attirant à eux les âmes, emplies de désir, et qui ploient à leur tour !

Arbres majestueux et calices de fleurs attendent pour danser, ivres d'émotion, que s'élève, parmi la troupe des oiseaux, le chant de leur ténor ;

Et que les colombes cendrées leur fassent entendre toutes sortes de mélodies envoûtantes de leur composition, reprises et modulées par leur soliste ;

1. À partir d'ici, le poète en vient à la description de l'Alhambra.

Grenade ! Le Miséricordieux lui-même est un familier de ses habitants, et ce sont ses chants qui révèlent ses secrets les plus intimes ;

Son zéphyr, bienveillant, s'est emparé des âmes des Grenadins, c'est lui qui leur a transmis la douceur de leur caractère ;

Que Dieu y perpétue les jours de joie, aux soirées dorées et aux nuits sereines !

Et que les sources jaillissantes transforment en jardin fleuri toute parcelle de terre desséchée, et qu'elles l'abreuvent lorsque, assoiffée, elle se plaindra de sa stérilité [1] !

# ÉPILOGUE

La chute de Grenade marqua la fin d'al-Andalus en tant qu'entité politique, mais non celle de la culture andalouse, qui allait en grande partie essaimer au Maghreb. Très rapidement, en effet, les Rois Catholiques refusèrent d'appliquer les clauses de la capitulation de Grenade, qu'ils n'avaient signée que pour hâter la chute de la ville. Le 31 mars 1492, ils ordonnèrent l'expulsion des juifs de la Péninsule ; ces derniers furent environ cent cinquante mille à prendre le chemin de l'exil. Les musulmans ne subirent pas tout de suite le même sort, car leur départ aurait dépeuplé et désorganisé la région. On restreignit cependant considérablement leurs droits et on encouragea vivement leurs élites à émigrer en Afrique du Nord, tandis que de vastes campagnes d'évangélisation étaient organisées. Le dernier émir nasride émigra à Fès avec dix bateaux et plus de mille cent trente cadres et hommes de lois, et accompagné de plus de quatre mille Andalous. En novembre 1499, une violente révolte des musulmans éclata à Grenade ; malgré le rétablisse-

---

1. Le poème figure dans le *Dîwân* d'Ibn Zamrak (n° 102), dans le *Nafḥ al-Ṭîb*, *op. cit.*, t. X, p. 28, ainsi que dans l'anthologie réalisée par H. Hadjadji (Beyrouth, Al-Bouraq, 2005, p. 75-79) ; trad. fr. B. Foulon.

ment de l'autorité royale, la résistance persista dans la région grenadine jusqu'en 1501. Mais en février 1502, un édit royal exigea des musulmans du royaume de Castille la conversion ou l'exil (l'Aragon n'adopta cette mesure qu'en 1520) : les Rois Catholiques craignaient que ceux qui avaient conservé leur religion influencent les nouveaux convertis. Nombreux furent ceux qui choisirent l'exil au Maghreb : entre 1526 et 1570, ce furent plus de deux cent mille personnes qui franchirent le détroit pour s'installer au Maroc [1]. Ils importèrent dans leur pays d'adoption leurs techniques agricoles sophistiquées et l'ensemble des composantes de leur artisanat, qui allait donner naissance à l'art hispano-mauresque. Néanmoins, l'accueil qui leur y fut réservé se révéla assez mitigé. Dans la péninsule Ibérique, les conversions au christianisme furent également nombreuses : les convertis furent appelés les morisques. Parce qu'on les soupçonnait beaucoup d'être des crypto-musulmans, leur expulsion définitive fut décrétée en 1609 et renouvelée en 1614 par le roi d'Espagne Philippe II : trois cent mille personnes supplémentaires quittèrent alors la Péninsule [2].

1. Les historiens évoquent le chiffre global de huit cent mille Andalous venus s'établir sur cette terre au cours des différentes vagues d'émigration. Sur la culture andalouse au Maroc, on pourra consulter notamment *Le Maroc andalou, à la découverte d'un art de vivre*, catalogue de l'exposition éponyme « Musée sans frontière », Aix-en-Provence, EDISUD, 2000.

2. Certains s'exilèrent aussi en Tunisie. Dans son *Histoire de la Tunisie* (1925), le lettré Ḥasan Ḥusnî ʿAbd al-Wahhâb al-Ṣumâdiḥî évoque l'apport de la culture andalouse à son pays au tout début du XVIIe siècle : « La première vague d'immigration en provenance d'al-Andalus se produisit sous le règne de ʿUthmân Dey [il régna de 1595 à 1610]. Celui-ci se réjouit de l'arrivée de ces infortunés. Il humanisa leur exil et incita les habitants de la ville à les honorer, si bien qu'ils finirent par oublier la perte de leur patrie. Ce dey donna en fiefs aux immigrants andalous les terres qu'ils désiraient. Il distribua aux nécessiteux de l'argent et des moyens de subsistance. Les Andalous se répartirent sur l'ensemble du territoire, pour construire des villages et créer des fermes et des vergers. Finalement, le pays se repeupla et recouvra sa prospérité perdue. C'est ainsi qu'ils fondèrent Soliman, Grombalia, Djedeîda, Zaghouan, Tébourba, Medjez el-Bâb, Testour et Guelaat el-Andeleus. En outre, un grand nombre de ces Andalous s'installa à Tunis, dans des quartiers qui bientôt furent connus par leurs noms. Ils investirent également les marchés, où ils développèrent les artisanats

La chute d'al-Andalus ne mit pas davantage un terme au mythe accordant à ce territoire un statut paradisiaque, bien au contraire. Ce mythe ne cessa de nourrir l'imaginaire des auteurs orientaux et, pour ne prendre qu'un exemple, l'écrivain syrien et grand voyageur du xx[e] siècle [c]Abd al-Salâm al-[c]Udjaylî (1918-2006) publia en 1956 une nouvelle intitulée *Qanâdîl Ishbîliyya* (*Les Lanternes de Séville*), dans laquelle un narrateur venu d'Orient découvre l'Andalousie et se frotte au mythe d'al-Andalus. Ce récit se nourrit de la légende selon laquelle les Andalous installés au Maghreb auraient, lors de leur fuite, emporté avec eux les clés de leurs maisons ; par la suite religieusement conservées de génération en génération, elles seraient toujours accrochées dans l'entrée de leurs demeures maghrébines, dans l'attente d'un hypothétique retour – ou plutôt comme ultime vestige d'une identité malmenée. Dans cette nouvelle, le narrateur fait la connaissance d'al-Sîdo, Marocain venu vivre sur la terre de ses ancêtres, échoué dans un cabaret sévillan, perdu dans ses rêveries sur la période de domination arabe qu'il noie dans l'alcool. Le narrateur ne tarde pas à succomber au charme déroutant et étrange de la légende…

En Europe enfin, al-Andalus, et en particulier la Grenade nasride, suscita une admiration et un engouement qui ne se démentirent guère à travers les siècles, depuis la description que l'Allemand Jérôme Münzer fit de la dernière capitale andalouse deux ans seulement après sa chute. Pour n'évoquer que la littérature française, l'Alhambra et l'histoire de Grenade furent une source d'inspiration pour la génération romantique, et furent célébrés tour à tour par Chateaubriand (*Les Aventures du dernier Abencérage*), Victor Hugo (*Les Orientales*), Théophile Gautier (*Voyage en Espagne*), Alexandre Dumas (*Impressions de voyage. De Paris à Cadix*), ou encore, au

---

qu'ils avaient amenés avec eux, telle la fabrication des *shâshia-s* [calottes de laine de forme cylindrique, rouges en général, aussi appelées *Tarbûsh*], le tissage de la soie, la sculpture sur marbre, le travail du plâtre et le *zellîdj* [marqueterie de céramique, nom qui donna *azulejos* en espagnol]. Ils transmirent aux gens du pays les bases de ces métiers, jusqu'au jour où ces derniers y excellèrent à leur tour. En résumé, le pays profita beaucoup de l'immigration andalouse, qui draina avec elle de nombreuses richesses tant humaines que matérielles» (Ḥasan Ḥusnî [c]Abd al-Wahhâb al-Ṣumâdiḥî, *Khulâṣat târîkh Tûnus*, Tunis, s.n., 1925, p. 141-142 ; trad. fr. B. Foulon).

xx^e siècle, par le poète Louis Aragon qui, dans *Le Fou d'Elsa* (1963), réinventa les dernières heures de Grenade, et à qui nous laisserons le mot de la fin :

Le pré d'argent près de Séville
L'armoise autour d'Almería
Et les monts comme un jeu de quilles
Sur les collines de jonquilles
Où Grenade s'agenouilla [...]

Écoutez pleurer en vous-même
Les histoires du temps passé
Le grain terrible qu'elles sèment
Mûrit de poème en poème
Les révoltes recommencées [1].

1. « Le malheur dit », *Le Fou d'Elsa*, Paris, Gallimard, 1963, p. 309.

# CARTES

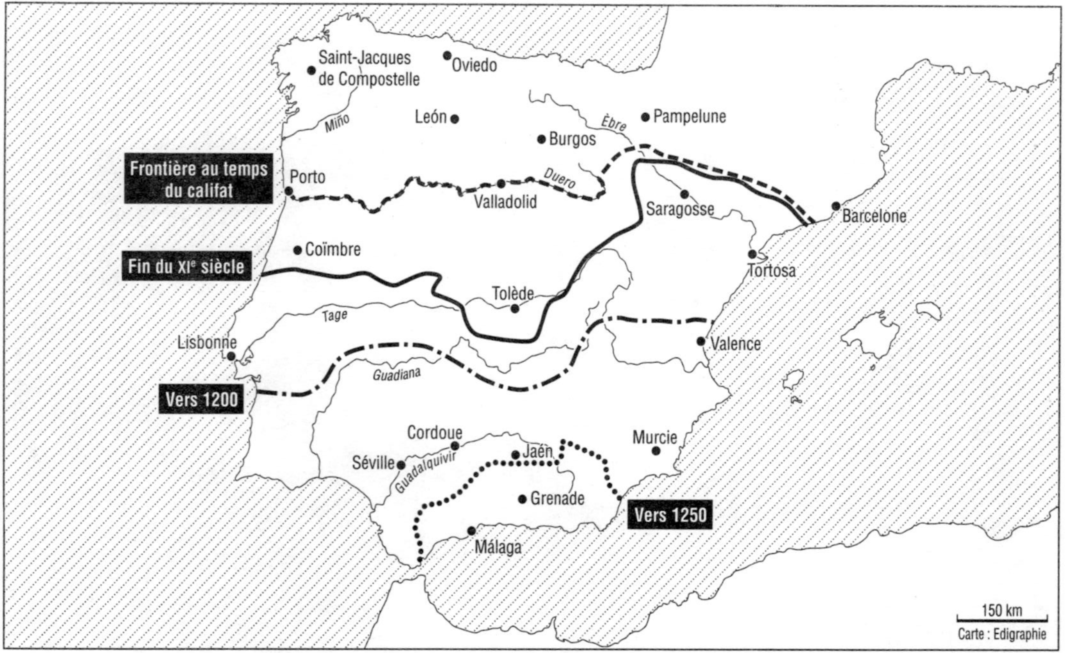


Évolution des frontières d'al-Andalus du Xe au XVe siècle

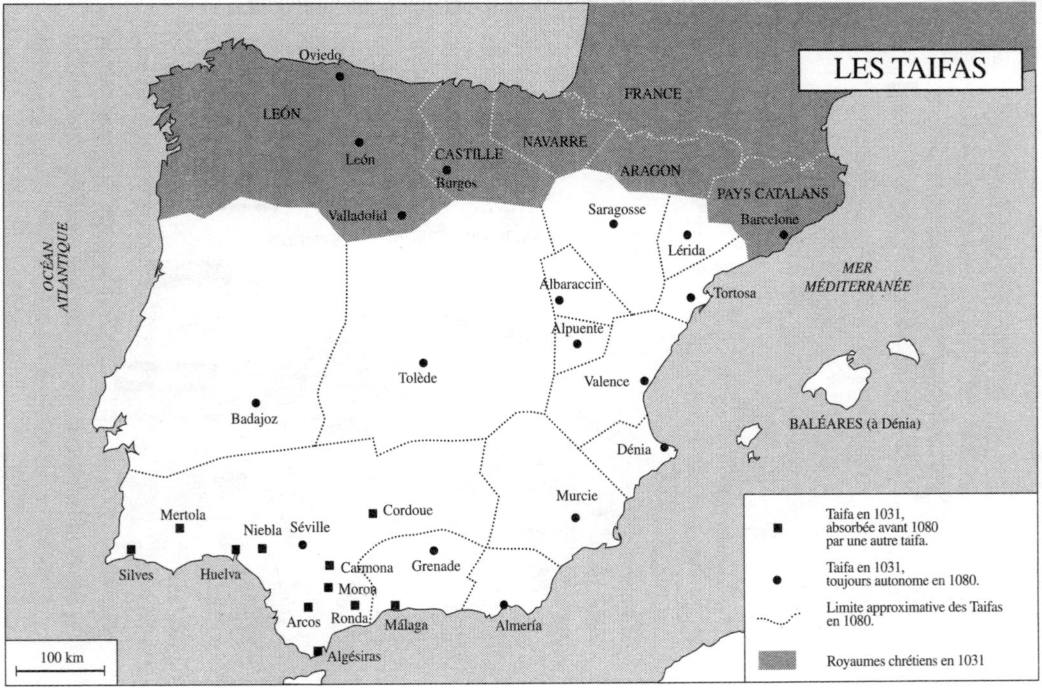
LES TAIFAS
FRANCE
LEÓN
Oviedo
León
CASTILLE
Burgos
NAVARRE
ARAGON
PAYS CATALANS
Barcelone
Valladolid
Saragosse
Lérida
Albaraccin
Tortosa
Alpuente
Tolède
Valence
Badajoz
Dénia
Murcie
OCÉAN ATLANTIQUE
MER MÉDITERRANÉE
BALÉARES (à Dénia)
Mertola
Niebla
Séville
Cordoue
Silves
Huelva
Carmona
Grenade
Moron
Arcos
Ronda
Málaga
Almería
Algésiras
100 km
Taifa en 1031, absorbée avant 1080 par une autre taifa.
Taifa en 1031, toujours autonome en 1080.
Limite approximative des Taifas en 1080.
Royaumes chrétiens en 1031

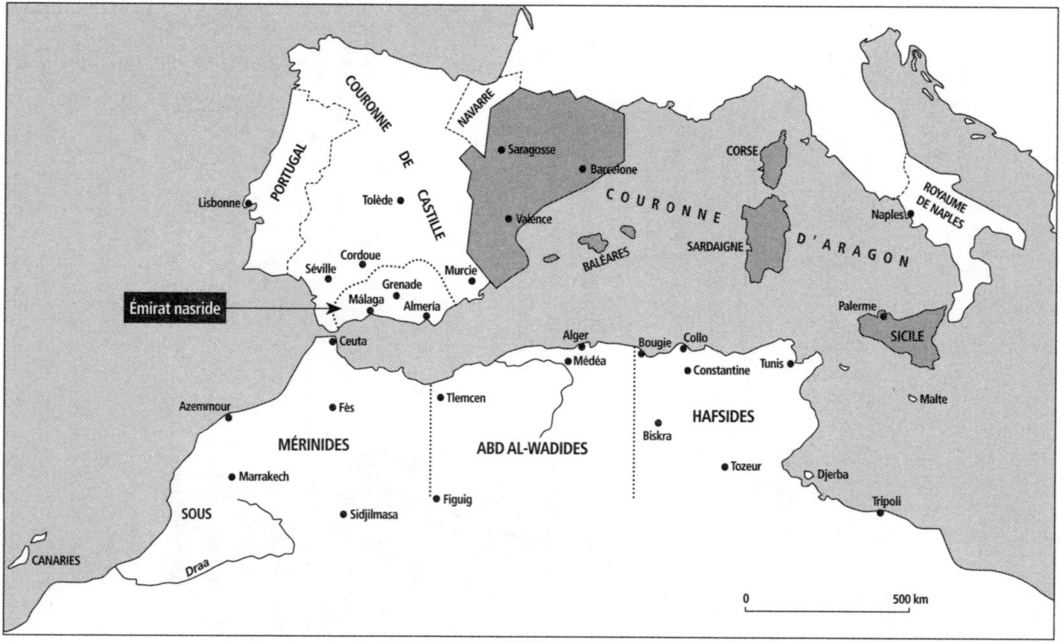


La situation politique du Maghreb et de l'Espagne aux XIVe et XVe siècles

# CHRONOLOGIE

711 : Victoire du Guadalete : Ṭâriq b. Ziyâd bat les troupes du roi wisigoth Rodrigue ; début de la conquête de l'Espagne.

714 : Rappel de Ṭâriq et de Mûsâ b. Nuṣayr à Damas.

732 : Victoire de Charles Martel à Poitiers.

740 : Révolte kharidjite en Afrique du Nord et arrivée en al-Andalus des troupes syriennes menées par Baldj.

750 : Le califat omeyyade de Damas est renversé par la dynastie des Abbassides ; massacre de la famille omeyyade.

756 : Arrivée dans la Péninsule du prince omeyyade ʿAbd al-Raḥmân, qui devient émir d'al-Andalus.

788 : Mort de ʿAbd al-Raḥmân I$^{er}$ ; ses descendants lui succèdent.

801 : Prise de Barcelone par les Carolingiens.

818 : Révolte du Faubourg à Cordoue.

Années 850 : Mouvement des « martyrs de Cordoue ».

880 : Début de la révolte d'Ibn Ḥafṣûn.

912 : Début de l'émirat de ʿAbd al-Raḥmân III.

927 : Exécution des fils d'Ibn Ḥafṣûn ; l'ordre est rétabli en al-Andalus.

929 : Proclamation du califat par ʿAbd al-Raḥmân III.

939 : ʿAbd al-Raḥmân III est battu à Simancas.

961 : Mort de ʿAbd al-Raḥmân III et accession au califat d'al-Ḥakam II.

976 : Califat de Hishâm II.

978 : Le *ḥâdjib* Muḥammad b. Abî ʿÂmir (le futur al-Manṣûr) commence à exercer le pouvoir à la place du calife Hishâm II.

**985** : Sac de Barcelone par al-Manṣûr.

**997** : Sac de Saint-Jacques-de-Compostelle par al-Manṣûr.

**1002** : Mort d'al-Manṣûr ; son fils ᶜAbd al-Malik lui succède comme *ḥâdjib.*

**1008** : Mort de ᶜAbd al-Malik, remplacé par son frère Sanchuelo.

**1009** : Révolution de Cordoue ; assassinat de Sanchuelo et début de la Fitna, au cours de laquelle le calife Hishâm II disparaît ; plusieurs califes éphémères lui succèdent.

**1013** : Prise et sac de Cordoue par les troupes berbères.

**1031** : Les notables de Cordoue refusent d'introniser un nouveau calife : c'est la fin du califat omeyyade de Cordoue.

**1042-1069** : Règne d'al-Muᶜtaḍid, émir de Séville.

**1064** : Perte puis reprise de Barbastro par les musulmans. Prise de Coïmbre par les chrétiens.

**1069** : Prise de Cordoue par les Sévillans.

**1069-1091** : Règne d'al-Muᶜtamid, émir de Séville.

**1070** : Fondation de Marrakech par les Almoravides.

**1073-1090** : Règne de ᶜAbd Allâh, émir de Grenade.

**1085** : Prise de Tolède par Alphonse VI de Castille.

**1086** : Les Almoravides et les Andalous remportent sur Alphonse VI la victoire de Zallâqa.

**1090-1110** : Les Almoravides se rendent maîtres d'al-Andalus.

**1094** : Le Cid s'impose à Valence.

**1099** : Mort du Cid.

**1102** : Les Almoravides reprennent Valence.

**1106** : Victoire des Almoravides sur les Castillans à Uclès.

**1109** : Le fils de Yûsuf b. Tâshfîn, ᶜAlî b. Yûsuf, succède à son père comme émir des musulmans.

**1118** : Prise de Saragosse par les Aragonais.

**1120** : Défaite almoravide à Cutanda contre les Aragonais.

**1124** : Début du mouvement almohade au Maghreb extrême.

**1125-1126** : Expédition d'Alphonse Iᵉʳ le Batailleur, roi d'Aragon, jusqu'à Grenade.

1134 : Les Aragonais sont battus à Fraga.

1143 : Mort de ᶜAlî et avènement de Tâshfîn b. ᶜAlî.

1144-1145 : Soulèvements en al-Andalus : les Almoravides sont chassés ; de nouvelles Taifas se mettent en place et les chrétiens reprennent des villes.

1147 : Prise de Marrakech, la capitale almoravide, par le calife almohade ᶜAbd al-Muʾmin.

1147-1148 : Fin de la domination musulmane sur la vallée de l'Èbre.

1147-1160 : Premières interventions des Almohades en al-Andalus où ils contrent l'avancée chrétienne.

1148 : Conquête de Lisbonne par Alfonso Henriques.

1148-1172 : Ibn Mardanîsh, émir de Murcie et de Valence, organise la résistance contre les Almohades.

1160 : Arrivée du calife almohade ᶜAbd al-Muʾmin dans la Péninsule, après l'unification du Maghreb sous son autorité.

1163 : Mort de ᶜAbd al-Muʾmin ; son fils Abû Yaᶜqûb Yûsuf lui succède.

1172 : Fin de la révolte d'Ibn Mardanîsh.

1184 : Mort de Abû Yaᶜqûb Yûsuf devant Santarém. Avènement de Abû Yûsuf Yaᶜqûb, appelé al-Manṣûr.

1195 : Victoire d'al-Manṣûr à Alarcos contre Alphonse VIII de Castille.

1198 : Mort d'Ibn Rushd (Averroès).

1199 : Mort d'al-Manṣûr ; avènement d'al-Nâṣir.

1212 : Grave défaite almohade à Las Navas de Tolosa contre les armées espagnoles coalisées.

1228-1230 : Le pouvoir almohade s'effondre en al-Andalus ; nouvelle vague de Taifas.

1232 : Muḥammad b. Yûsuf b. Naṣr proclamé émir à Arjona et Jaén.

1236 : Prise de Cordoue par Ferdinand III.

1237 : Muḥammad b. Yûsuf b. Naṣr, maître de Grenade ; début de la dynastie nasride de Grenade.

1238 : Prise de Valence par Jacques Iᵉʳ le Conquérant.

**1248** : Chute de Séville.

**1264-1266** : Révolte des musulmans d'al-Andalus sous domination chrétienne.

**1269** : Prise de Marrakech par les Mérinides ; fin de la dynastie almohade.

**1273-1302** : Muḥammad II, second émir nasride de Grenade.

**1275** : Intervention mérinide en al-Andalus.

**1319** : Victoire nasride de la Vega sur les chrétiens.

**1333-1354** : Brillant règne à Grenade de Yûsuf Ier.

**1354-1359, puis 1362-1391** : Règne de Muḥammad V.

**1481** : Prise d'Alhama par les chrétiens.

**1485** : Chute de Ronda.

**1487** : Chute de Málaga.

**1491** : Signature des capitulations de Grenade.

**1492** : Chute de Grenade et entrée des Rois Catholiques dans la ville.

# TABLEAU DES DYNASTIES

## Omeyyades de Cordoue

### Émirs

$^{c}$Abd al-Raḥmân I$^{er}$ (756-788)
Hishâm I$^{er}$ (788-796)
Al-Ḥakam I$^{er}$ (796-822)
$^{c}$Abd al-Raḥmân II (822-852)
Muḥammad I$^{er}$ (852-886)
Mundhir (886-888)
$^{c}$Abd Allâh (888-912)

### Califes

$^{c}$Abd al-Raḥmân III al-Nâṣir (913-961 ; calife à partir de 929)
Al-Ḥakam II al-Mustanṣir (961-976)
Hishâm II al-Muʾayyad (976-1009 puis 1010-1013)
Muḥammad II al-Mahdî (1009-1010)
Sulaymân al-Musta$^{c}$în (1013-1016)
$^{c}$Abd al-Raḥmân IV al-Murtaḍâ (1018)
$^{c}$Abd al-Raḥmân V al-Mustazhir (1023-1024)
Muḥammad III al-Muktafî (1024-1025)
Hishâm III al-Mu$^{c}$tadd (1027-1031)

## Émirs almoravides

Yûsuf b. Tâshfîn (1061-1106)
$^{c}$Alî b. Yûsuf (1106-1143)
Tâshfîn b. $^{c}$Alî (1143-1145)
Ibrâhîm (1145)
Isḥâq b. $^{c}$Alî (1145-1147)

## Califes almohades

$^{c}$Abd al-Muʾmin (1130-1163)
Yûsuf (1163-1184)
Ya$^{c}$qûb al-Manṣûr (1184-1199)
Al-Nâṣir (1199-1213)
Al-Mustanṣir (1213-1224)
$^{c}$Abd al-Waḥîd (1224)
Al-$^{c}$Âdil (1224-1227)
Al-Maʾmûn (1227-1232)
Al-Rashîd (1232-1242)
Al-Sa$^{c}$îd (1242-1248)
Al-Murtaḍâ (1248-1266)
Abû Dabbûs (1266-1269)

## Émirs nasrides de Grenade

Muḥammad I$^{er}$ (1237-1273)
Muḥammad II (1273-1302)
Muḥammad III (1302-1309)
Naṣr (1309-1314)
Ismâ$^{c}$îl I$^{er}$ (1314-1325)
Muḥammad IV (1325-1333)
Yûsuf I$^{er}$ (1333-1354)
Muḥammad V (1354-1359)
Ismâ$^{c}$îl II (1359-1360)
Muḥammad VI (1360-1362)

Muḥammad V (deuxième règne : 1362-1391)
Yûsuf II (1391-1392)
Muḥammad VII (1392-1408)
Yûsuf III (1408-1417)
Muḥammad VIII (1417-1419)
Muḥammad IX (1419-1427)
Muḥammad VIII (1427-1429)
Muḥammad IX (1430-1431)
Yûsuf IV (1431-1432)
Muḥammad IX (1432-1445)
Muḥammad X (1445)
Yûsuf V (1445-1446)
Muḥammad X (1446-1447)
Muḥammad IX (1447-1453/1454)
Muḥammad XI (1451-1452)
Sa<sup>c</sup>d (1453/1454-1462)
Yûsuf V (1462)
Sa<sup>c</sup>d (1462-1464)
Abû l-Ḥassan <sup>c</sup>Alî (1464-1482/1482-1486)
Muḥammad XII (1482/1486-1492)

# GLOSSAIRE

Ce glossaire se veut sélectif : les mots arabes et les termes liés à l'histoire d'al-Andalus étant généralement définis lors de leur première mention, seuls figurent ici ceux qui apparaissent plusieurs fois, et ceux qui nous ont semblé susceptibles d'apporter au lecteur non spécialiste un éclairage supplémentaire pour la compréhension des textes rassemblés dans cette anthologie.

**Adab** : à l'époque médiévale, la polysémie de ce substantif en fait un terme clé de la culture arabe : dénotant à la fois la « courtoisie », la « politesse », la « convenance », l'« éthique » et les « belles-lettres », l'*adab* englobe les écrits destinés à la formation d'un type d'« honnête homme » essentiellement citadin, nommé *adîb*, apprécié pour ses bonnes manières, son éloquence et ses qualités mondaines, et répondant à l'idéal de l'« *homo islamicus* ». De là, le terme *adab* en est venu à désigner la production littéraire en prose visant à la distraction, à l'édification et à l'instruction de l'élite musulmane, prenant souvent la forme d'ouvrages encyclopédiques.

**ʿÂmma** : voir *Khâṣṣa*.

**Anṣâr** : les « aides », les « auxiliaires ». Médinois convertis à l'islam et ayant accueilli Muḥammad après l'Hégire (622) ; ils ont combattu à ses côtés contre les Mecquois et font partie des Compagnons de Muḥammad.

**Bâdiya** : un des termes désignant en arabe un espace désertique, associé en particulier à la bédouinité.

**Cadi** (ou **qâḍî**) : juge nommé par un dirigeant sur la foi de sa connaissance avérée du droit islamique.

**Cheikh** (ou **shaykh**) : titre donné aux musulmans respectables par leur âge, leur sagesse, leur fonction (dirigeants, notables).

**Dâr al-islâm** : « domaine de l'islam », c'est-à-dire l'ensemble des terres que l'islam domine, par opposition au *dâr al-ḥarb*, le « domaine de la guerre », où règnent les infidèles non soumis qu'il faut combattre.

**Dhimma** : « protection » accordée par le droit musulman aux minorités – chrétiens, juifs et zoroastriens – résidant en terre d'Islam. Ce statut, moyennant le paiement d'un impôt, la *djizya*, et certaines mesures vexatoires, permettait à ces populations de pratiquer leur religion et de bénéficier d'une large autonomie dans la gestion de leurs communautés.

**Dîwân** : 1. dans le domaine littéraire, le terme désigne l'ensemble de l'œuvre poétique d'un poète donné ; 2. bureaux de l'administration, formant les services centraux de l'État islamique.

**Djâhiliyya** : ce terme, utilisé par les Arabes pour dénommer la période antéislamique, signifie littéralement « temps de l'ignorance ».

**Djihâd** : c'est par ce terme, qui signifie « effort », que l'on désigne à la fois le combat intérieur que le croyant doit mener contre ses propres passions et la guerre légale (plus que la guerre sainte) contre les adversaires de l'islam. Le *djihâd* est le premier des devoirs collectifs de l'État islamique. En al-Andalus, au temps de la domination berbère, le *djihâd* fut parfois présenté comme plus important et méritoire que le pèlerinage à La Mecque.

**Djizya** : voir *Dhimma*.

**Djundî-s, djund** : les *djundî-s* sont les soldats appartenant aux escadrons prélevés dans les circonscriptions militaires syriennes, et arrivés en al-Andalus avec le général Baldj b. Bishr al-Qushayrî en 741. Le *djund* désigne donc le contingent arabe.

**Émir** : le terme, qui désigne en arabe « celui qui commande », fut souvent utilisé pour désigner les chefs militaires. L'appellation « émir des Croyants » (*amîr al-mu'minîn*) s'applique au calife.

**Esclavons** (en arabe : *ṣaqâliba*) : esclaves d'origine européenne, appelés de façon générique « esclavons » ou « slaves », même s'ils n'étaient pas tous originaires d'Europe centrale. Les officiers esclavons occupèrent de hautes fonctions civiles et militaires au service des califes omeyyades. À l'issue de la Fitna, qui vit disparaître le califat de Cordoue en 1031, certains d'entre eux parvinrent à diriger des principautés (Taifas) sur la côte est d'al-Andalus et furent de puissants souverains.

**Fakir** (ou **faqîr**) : littéralement, « pauvre » ; désigne un soufi ou l'initié d'un ordre soufi.

**Faqîh** : spécialiste du *fiqh*, c'est-à-dire du droit musulman.

**Fatwa** : consultation juridique sur un point de droit.

**Fiqh** : science du droit, jurisprudence fondée sur la religion musulmane et qui régit tous les aspects de la vie publique et privée.

**Fitna** : ce terme, qui signifie « trouble » ou « désordre », désigne la guerre civile, considérée comme étant à l'origine de tous les maux puisqu'elle remet en cause l'unité de la communauté. La première grande *fitna* est celle qui opposa partisans de ʿAlî et de Muʿâwiya dans les années 650. En al-Andalus, le terme désigne la guerre civile qui entraîna la chute du califat omeyyade (1009-1031).

**Ghazal** : désigne la poésie amoureuse, dans ses différents modes d'expression.

**Hadith** : parole ou acte attribué au Prophète Muḥammad, rapporté par ses Compagnons et authentifié par une chaîne de garants (*isnâd*) qui en assure la véracité. Au IXe siècle, on rassembla ces hadith dans de nombreux recueils. Voir aussi *Isnâd*.

**Ḥâdjib** : ce titre, qui peut être traduit par « chambellan », désigna en al-Andalus la plus haute fonction exercée par les serviteurs de l'État, dignité supérieure à celle de vizir. Le plus célèbre des *ḥâdjib-s* andalous fut Abû ᶜÂmir Muḥammad b. Abî ᶜÂmir, surnommé al-Manṣûr, qui exerça la réalité du pouvoir à la place du calife omeyyade fantoche Hishâm, de 978 à sa mort en 1002. Ses fils portèrent le même titre, lequel fut même repris par certains des souverains des Taifas.

**Ḥidjâba** : ce terme, formé à partir du nom *ḥâdjib*, désigne la période ᶜâmiride, durant laquelle la réalité du pouvoir fut exercée par le *ḥâdjib*, et non plus par le calife.

**Ifrîqiya** : ce terme fut employé par les Arabes pour désigner l'ancienne province romaine d'Africa, qui s'étendait sur l'ouest de la Libye, la Tunisie et l'est de l'Algérie actuelles. Sa métropole, Kairouan, fut l'épicentre à partir duquel rayonna l'islamisation et l'arabisation de l'Afrique du Nord.

**Imam** (signifie « guide ») : titre donné au successeur du Prophète et à ceux d'Alî. Par extension, le terme désigne le chef de prière dans une mosquée.

**Isnâd** : chaîne de garants établissant l'authenticité d'un récit et permettant la transmission d'une tradition. Elle vise à reconstituer la circulation orale d'une information ultérieurement écrite, du dernier émetteur jusqu'au premier, selon une suite plus ou moins longue, le dernier cité étant le premier énonciateur. Destinée initialement à l'authentification des hadith, cette méthode a très rapidement été étendue aux autres domaines de la connaissance, en particulier à la littérature (*adab*) où, parfois réduite à sa plus simple expression, elle permet avant tout de signaler les traces d'oralité.

**Kâtib** : secrétaire employé dans l'administration islamique médiévale à des tâches diverses et de niveaux variés, pouvant le conduire à exercer auprès du calife ou de son vizir des fonctions équivalant à celles d'un ministre.

**Khabar** : récit traditionnel présentant des données historico-biographiques et rapportant une histoire à caractère exemplaire et édifiant. Le *khabar*, qui peut être introduit par une chaîne de garants (*isnâd*), constitue l'unité narrative minimale des textes d'*adab*.

**Khâṣṣa/ᶜÂmma** : traditionnellement, la société arabo-musulmane est représentée comme divisée sociologiquement entre l'élite (*Khâṣṣa*) et le commun (*ᶜÂmma*).

**Khuṭba** : sermon prononcé à la mosquée lors de la grande prière du vendredi, et au cours duquel on citait le nom du calife en signe d'allégeance.

**Kunya** : élément onomastique composé d'*Abû* (« père »), pour les hommes, ou de *Umm* (« mère »), pour les femmes, et suivi d'un nom propre.

**Laqab** : surnom honorifique quand il s'agit de souverains.

**Madhî** : le terme signifie « celui qui est guidé par Dieu » ; il désigne le messie qui est censé rétablir l'ordre et la justice de Dieu. Différents personnages, essentiellement shiites, ont porté ce titre ; ce fut également le cas d'Ibn Tûmart, le fondateur du mouvement almohade.

**Malikisme** : l'une des quatre écoles juridiques du sunnisme, fondée par Malik b. Anas, juriste médinois mort en 795. Elle fut particulièrement bien implantée au Maghreb et en al-Andalus, où les ulémas malikites exerçaient une profonde influence sur les populations.

**Mamdûḥ** : désigne le destinataire du panégyrique (en arabe : *madîḥ*).

**Maqâma** : genre littéraire né au Xᵉ siècle. Les recueils les plus célèbres rassemblent des récits de fiction en prose rimée et rythmée, dans lesquels une rhétorique flamboyante est mise au service d'une histoire qui, tout en amusant le lecteur, dénonce les iniquités et les imperfections du monde.

**Mawlâ** : nom appliqué, dans les débuts de l'histoire de l'islam, à un converti à l'islam d'origine non arabe qui était rattaché à une tribu arabe par un lien de clientèle ; d'où la traduction courante par « client » ou « affranchi ».

**Miḥrâb** : dans les mosquées, niche souvent très richement décorée, située dans le mur *qibla* et indiquant la direction de La Mecque.

**Minbar** : chaire à degrés sur laquelle se place le prédicateur pour prononcer son sermon lors de la prière dans la mosquée.

**Mithqâl** : monnaie d'or.

**Mozarabes** : mot forgé tardivement pour désigner les populations restées chrétiennes sous domination musulmane et ayant le statut de *dhimmî* (c'est-à-dire soumis à la *dhimma*).

**Muᶜâraḍa** : pastiche poétique. Dans le cadre de la poésie néoclassique, il s'agit d'un poème imitant délibérément un poème antérieur. Le but de la *muᶜâraḍa* est à la fois de rendre hommage au prédécesseur et de le surpasser. Le pastiche est construit sur la même rime, le même mètre que le poème source, et son contenu est parfois analogue à celui du modèle.

**Mudéjars** : populations restées musulmanes et passées sous domination chrétienne lors de la Reconquista.

**Muezzin** : fonctionnaire religieux musulman attaché à une mosquée et dont la fonction consiste à appeler du haut du minaret les fidèles à la prière.

**Mukhammas** : poème strophique composé de cinq strophes et non tenu à la règle de l'unité de rime.

**Murâbiṭûn** : voir *Ribâṭ*.

**Muwallad** : parfois traduit par « néo-musulman », version andalouse de l'appellation orientale *mawlâ*, qui désigne le converti à l'islam d'origine non arabe.

**Naqîḍa** : réponse à une satire par laquelle le poète neutralise la puissance maléfique de celle-ci. Le poète attaqué riposte en composant sa réplique sur le même mètre et la même rime que ceux utilisés par le provocateur. La satire et sa réponse forment les deux volets d'un diptyque.

**Qaṣîda** : dans le contexte classique, ce terme désigne un poème traditionnel tripartite, en principe constitué d'un prologue amoureux (*nasîb*), d'un récit du voyage (*raḥil*) menant le poète vers sa destination finale (la plupart du temps le mécène), et du *gharaḍ* (objet principal du poème) : panégyrique, satire ou jactance. Voir aussi *Radjaz.*

**Qâḍî** : voir *Cadi.*

**Qibla** : direction de La Mecque dans laquelle il faut se placer pendant la prière. Le mur qui abrite le *miḥrâb*, orienté vers La Mecque, est souvent appelé « mur *qibla* ». Voir aussi *Miḥrâb.*

**Qoraïchites** : membres de la tribu de Qoraysh, à laquelle appartenait le Prophète Muḥammad et qui dominait La Mecque. Les califes, sunnites comme shiites, furent tous des Qoraïchites, à l'exception des califes almohades, d'origine berbère.

**Radjaz** : l'un des plus anciens mètres de la poésie arabe. De structure très simple (il est constitué d'un seul complexe métrique), il a conservé la liberté de la prose rimée et rythmée dont il dérive. Cela explique qu'il servit de véhicule, en Arabie, à la poésie « spontanée » : cantilènes chamelières, chants de travail, chants de guerre, etc. Il fut sans doute senti, à l'époque préislamique, comme un mode d'expression inférieur au *qaṣîd*, terme dont dérive le nom *qaṣîda* et auquel il fut opposé.

**Ribâṭ** : construction militaire élevée dans les zones frontalières pour y abriter défenses et munitions. Les occupants de ces fortins étaient appelés en arabe *murâbiṭ* (pl. *murâbiṭûn*), qualification honorifique quasiment synonyme de « combattant aux frontières », et régulièrement associée à celle de *mudjâhid* (combattant du *djihâd*). Le pluriel *al-murâbiṭûn* a désigné, en al-Andalus, les souverains berbères ayant mis fin au régime des Taifas, connus en français sous le nom d'Almoravides.

**Risâla** : en littérature, ce terme s'appliquait, au Moyen Âge, à l'épître, c'est-à-dire à une œuvre présentée sous la forme d'une lettre adressée à un correspondant réel ou fictif. Ce genre est né en même temps que l'*adab*. Plus tard, et en particulier en al-Andalus, *risâla* fut employé comme synonyme de *maqâma*. Voir aussi *Maqamâ*.

**Rûm** : terme désignant indifféremment les Romains, les Byzantins et parfois les chrétiens.

**Ṣanhâdja** : importante confédération de tribus berbères d'Afrique du Nord, divisée en différentes branches dont celle des Lamtûna de l'Adrar, qui est à l'origine de la dynastie almoravide, ou celle des Zirides, qui gouverna l'Ifrîqiya pour le compte des califes shiites fatimides et qui donna quelques souverains à l'Espagne des Taifas.

**Sharîʿa** : lois et règlements élaborés à partir du Coran et des hadith par les juristes et visant à encadrer la vie des musulmans.

**Soufisme** : mysticisme ou ésotérisme de l'islam.

**Sunna** : littéralement « coutume », « usage ». La *Sunna* désigne la Tradition du Prophète, regroupant l'ensemble des hadith, relatant les faits et gestes de Muḥammad.

**Ṭabaqât** : ce terme arabe signifiant « strate », « classe » ou « génération » est employé pour désigner les dictionnaires biographiques. Ceux-ci représentèrent très tôt une partie importante de la littérature arabo-islamique. Ils ont contribué à conserver les noms des personnes ayant appartenu aux anciennes générations de musulmans.

**Taifas** (en arabe : *Tawâʾif*) : principautés nées de la Fitna (1009-1031), qui vit disparaître le califat omeyyade. Leur mise en place contribua à la division politique et territoriale d'al-Andalus. Elles disparurent à partir de 1090 lorsque arrivèrent les Almoravides, et connurent des résurgences ponctuelles au gré de l'histoire d'al-Andalus.

**Ulémas** (ou **oulémas**) : « savants », au sens de « spécialistes des sciences religieuses », également nommés en français « docteurs de la Loi ».

**Umma** : mot signifiant « peuple », « communauté », et qui s'est progressivement imposé pour désigner la communauté des musulmans.

**Urdjûza** : ce genre poétique, construit sur le mètre *radjaz*, est considéré comme le genre poétique le plus ancien dans le monde arabo-musulman. Voir aussi *Radjaz*.

**Vizir** : membre du conseil des califes. Le grand vizir est l'équivalent du Premier ministre.

**Wâlî** : gouverneur d'une province musulmane.

**Washshâḥ** : compositeur de *muwashshaḥ*.

**Zadjâliste** : compositeur de *zadjal*.

# BIBLIOGRAPHIE

## I. HISTOIRE

### Sources

#### *Sur l'émirat et le califat omeyyade*

Abû Muḥammad $^{c}$Abd al-Wâḥid al-Marrâkushî, *Kitâb al-Mu$^{c}$djib fî Talkhîṣ akhbâr al-Maghrib*, texte arabe édité par R. Dozy dans *The History of the Almohades by Abdo-ʾl-Wahid al-Marrekoshî*, Leyde, 1847, p. 12-14 ; trad. esp. A. Huici Miranda, dans *Colección de crónicas árabes de la Reconquista*, t. IV, Tétouan, Editoria Marroqui, 1955.

*Le Calendrier de Cordoue*, éd. R. Dozy, trad. fr. Ch. Pellat, Leyde, Brill, 1961.

*Crónica anonima de $^{c}$Abd al-Raḥmân III*, éd. et trad. esp. Emilio Garcia Gomez et Évariste Lévi-Provençal, Madrid/Grenade, Maestre, 1950.

Al-Ḍabbî, *Bughyat al-Multamis d'al-Ḍabbî*, éd. F. Codera et J. Ribera, Madrid, Biblioteca Arabo Hispanica, t. III, 1885.

Ibn $^{c}$Abd al-Mun$^{c}$im al-Ḥimyarî, *Kitâb al-Rawḍ al-mi$^{c}$ṭâr fî khabar al-aqṭâr*, éd. et trad. fr. É. Lévi-Provençal, *La Péninsule Ibérique au Moyen Âge d'après le Kitâb al-Rawḍ al-mi$^{c}$ṭâr fî khabar al-aqṭâr d'Ibn $^{c}$Abd al-Mun$^{c}$im al-Ḥimyarî*, Leyde, Brill, 1938.

Ibn Ḥayyân, *Al-Muqtabis V*, Madrid, Instituto Hispano-Árabe de Cultura, 1979 ; trad. esp. M.J. Viguera et F. Corriente, dans *Crónica del califa $^{c}$Abd al-Raḥmân III al-Nâṣir entre* *los años 912 y 942 (al-Muqtabis V)*, Saragosse, Anúbar Ediciones, 1981.

Idrîsî, *Opus geographicum*, Leyde, 1970-1978, p. 575-579; trad. fr. H. Bresc et A. Nef, dans Idrîsî, *La Première Géographie de l'Occident*, Paris, GF-Flammarion, 1999.

Al-Râzî, titre inconnu, éd. et trad. fr. Évariste Lévi-Provençal, dans « La description de l'Espagne d'Ahmad al-Râzî », *Al-Andalus*, XVIII, 1953.

## *Sur les Taifas*

ᶜAbd Allâh, *Mémoires*, trad. fr. Évariste Lévi-Provençal, dans « Mémoires de ᶜAbd Allâh, dernier roi ziride de Grenade », *Al-Andalus*, IV, 1936-1939, p. 34-40; texte arabe dans *Al-Andalus*, t. III, 1935, p. 320-322.

Ṣâᶜid al-Andalusî, *Kitâb Tabakat al-Umam*, texte arabe établi par le père Louis Cheikho, dans la revue *Al-Machriq*, 1911; trad. fr. R. Blachère, *Livre des catégories des nations*, Paris, Maisonneuve et Larose, 1935.

*Chronique anonyme des Taifas*, texte établi et traduit par É. Lévi-Provençal dans la nouvelle édition de l'ouvrage de R. Dozy, *Histoire des musulmans d'Espagne jusqu'à la conquête de l'Andalousie par les Almoravides (711-1110)*, Leyde, Brill, 1932.

Ibn Bassâm, *Al-Dhakhîra fî-maḥâsin ahl al-Djazîra*, t. IV, vol. 2, éd. Iḥsân ᶜAbbâs, Beyrouth, Dâr al-Thaqâfa, 1997; trad. esp. Emilo Garcia Gomez, dans « El conde mozarabe Sisnando Davidiz y la politica de Alfonso VI con las Taifas », *Al-Andalus*, XII, 1947.

Ibn ᶜIdhârî al-Marrâkushî, *Al-Bayân al-Mughrib*, texte arabe établi par É. Lévi-Provençal, dans *Histoire de l'Espagne musulmane au xiᵉ siècle*, t. III, Paris, Paul Geuthner, 1930; trad. esp. Felipe Maíllo Salgado, dans *La Caída del califato de Córdoba y los Reyes de Taifas (Al-Bayân al-Mughrib)*, Salamanque, Université de Salamanque, 1993.

## *Sur les Almoravides et les Almohades*

Anonyme andalou, *Kitâb al-ṭabikh fi-l-Maghrib wa-al-Andalus fî casr al-Muwaḥḥidîn* (*Livre sur la cuisine en Afrique du Nord et en al-Andalus au temps des Almohades*), éd. A. Huici Miranda, Madrid, 1965 ; traduction partielle par L. Bolens, dans *La Cuisine andalouse, un art de vivre (XIe-XIIIe siècle)*, Paris, Albin Michel, 1990.

Ibn cAbdûn, traité de *ḥisba*, dans *Séville musulmane au début du XIIe siècle ; le traité d'Ibn cAbdûn sur la vie urbaine et les corps de métiers*, trad. fr. É. Lévi-Provençal, Paris, Maisonneuve et Larose, 1947, rééd. 2001.

Ibn cIdhârî, *Al-Bayân al-mughrib fî akhbâr al-Maghrib*, texte arabe établi par É. Lévi-Provençal et E. Garcia Gomez, « La toma de Valencia por el Cid », *Al-Andalus*, XIII, 1948 ; trad. esp. A. Huici Miranda, dans Ibn cIdhârî, *Al-Bayân al-mughrib : nuevos fragmentos almorávides y almohades*, Valence, Gráficas Bautista, 1963. – Texte arabe établi par A. Huici Miranda, « Un fragmento inédito de Ibn cIdhârî sobre los Almorávides », *Hespéris Tamuda*, vol. 2, fasc. I, Rabat, 1961, p. 85-86 ; trad. esp. A. Huici Miranda, dans Ibn cIdhârî, *Al-Bayân al-Mughrib : nuevos fragmentos almorávides y almohades*, Valence, Gráficas Bautista, 1963. – Trad. esp. A. Huici Miranda, dans *Colección de crónicas árabes de la Reconquista*, t. II, Tétouan, Editoria Marroqui, 1953.

## *Sur les Nasrides*

Ibn al-Khaṭîb, *Al-Lamḥa al-badriyya*, éd. Muḥibb al-Dîn, Le Caire, s.n., 1928-1929, p. 27-32 ; trad. esp. J.M. Casciaro Ramirez, dans *Historia de los Reyes de la Alhambra*, Grenade, Université de Grenade, 1998.

Ibn Baṭṭuṭa, *Tuḥfat al-nuẓẓâr fî gharâ'ib al-amṣâr wa-cadjâ'ib al-asfâr* (*Présent à ceux qui aiment à réfléchir sur les curiosités des villes et les merveilles des voyages*), appelé aussi *Riḥla*, texte arabe et trad. fr. C. Defrémery et B.R. Sanguinetti, dans « Voyages d'Ibn Baṭṭuṭa », t. IV, *Bulletin de la société asiatique*, 1914.

Ibn Faḍl Allâh al-ᶜUmarî, *Masâlik al-abṣâr fî mamâlik al-amṣâr*, trad. fr. M. Gaudefroy-Demombynes, Paris, Paul Geuthner, 1927.

Ibn Khaldûn, *Kitâb al-ᶜIbar de ᶜAbd al-Raḥmân b. Khaldûn*, éd. M.G. de Slane, dans *Histoire des Berbères, extraite du Kitâb al-ᶜIbar de ᶜAbd al-Raḥmân b. Khaldûn*, t. IV, Alger, Imprimerie du gouvernement, 1847-1851 ; trad. fr. M.G. de Slane, Alger, Imprimerie du gouvernement, 1852-1856.

*Kitâb Nubdat al-ᶜaṣr fî akhbâr mulûk Banî Naṣr aw taslîm gharnâṭa wa-nuzûl al-Andalusiyyîn ilâ-l-Maghrib*, texte arabe d'auteur anonyme édité dans *Fragmento de la época sobre noticias de los Reyes Nazaritas o Capitulación de Granada y emigración de los andaluces a Marruecos*, texte arabe établi et commenté par A. Bustani, trad. esp. C. Quirós figurant dans le même ouvrage, Boscá, Larache, 1940.

Al-Maqqarî, *Nafḥ al-ṭîb*, texte arabe édité par Boulaq ; trad. fr. M. Gaudefroy-Demombynes, dans « Ibn Khaldûn : histoire des Banû l-Aḥmar », *Journal asiatique*, Paris, 1898.

## ÉTUDES RÉCENTES

Arié Rachel, *L'Espagne musulmane au temps des Nasrides (1232-1492)*, Paris, De Boccard, 1973.

Barrucand Marianne, Bednorz Hachim, *L'Architecture maure en Andalousie*, Cologne, Taschen, 1992.

Bolens Lucie, *La Cuisine andalouse, un art de vivre (XIe-XIIIe siècle)*, Paris, Albin Michel, 1990.

Buresi Pascal, *La Frontière entre chrétienté et islam dans la péninsule Ibérique, du Tage à la Sierra Morena, fin XIe-milieu XIIIe siècle*, Paris, Publibook, 2004.

Cardaillac Louis (dir.), *Tolède XIIe-XIIIe siècle. Musulmans, chrétiens et juifs : le savoir et la tolérance*, Paris, Autrement, « Mémoires », nº 5, 1991.

Chalmeta Pedro, *El Señor del Zoco en España*, Madrid, Instituto Hispano-Árabe de Cultura, 1973.

Chalmeta Pedro, *Invasión et islamización : la sumisión de Hispania y la formación de al-Andalus*, Madrid, Mapfre, 1994.

Clément François, *Pouvoir et légitimité en Espagne musulmane à l'époque des Taifas (v^e^-xi^e^ siècle). L'imam fictif*, Paris, L'Harmattan, 1997.

Dozy Reinhart, *Histoire des musulmans d'Espagne jusqu'à la conquête de l'Andalousie par les Almoravides*, nouvelle édition revue et mise à jour par É. Lévi-Provençal, Leyde, Brill, 1932, 3 vol.

Grabar Oleg, *La Alhambra : Iconografía, formas y valores*, Madrid, Alianza, 1980.

Guichard Pierre, *Structures sociales « orientales » et « occidentales » dans l'Espagne musulmane*, Paris/La Haye, Mouton, 1977.

Guichard Pierre, *Les Musulmans de Valence et la Reconquête (xi^e^-xiii^e^ siècles)*, Damas, Institut français d'études arabes de Damas, 1990-1991.

Guichard Pierre, *L'Espagne et la Sicile musulmanes aux xi^e^ et xii^e^ siècles*, Lyon, Presses universitaires de Lyon, 1991.

Guichard Pierre, *Al-Andalus (711-1492), une histoire de l'Espagne musulmane*, Paris, Hachette, 2000.

Harvey L.P., *The Islamic Spain, 1250 to 1500*, Chicago, University of Chicago Press, 1990.

Huici Miranda Ambrosio, *Historia política del imperio almohade*, Tétouan, Editora Marroquí, 1956-1957.

Jayyusi Salma Khadra (éd.), *The Legacy of Muslim Spain*, Leyde, Brill, 1992.

Lagardère Vincent, *Le Vendredi de Zallaqa : 23 octobre 1086*, Paris, L'Harmattan, 1989.

Lagardère Vincent, *Les Almoravides : le djihâd andalou (1106-1143)*, Paris, L'Harmattan, 1998.

Lévi-Provençal Évariste, *Histoire de l'Espagne musulmane*, Paris, Maisonneuve et Larose, 1999 (1^re^ éd. 1950).

Marin Manuela, *Individuo y sociedad en al-Andalus*, Madrid, Mapfre, 1992.

Martinez-Gros Gabriel, *L'Idéologie omeyyade. La construction de la légitimité du califat de Cordoue (x^e^-xi^e^ siècles)*, Madrid, Casa de Velázquez, 1992.

Martinez-Gros Gabriel, *Identité andalouse*, Paris, Actes Sud, « Sindbad », 1997.

Martinez-Gros Gabriel, *Ibn Khaldûn et les sept vies de l'Islam*, Paris, Actes Sud, « Sindbad », 2006.

Mazzoli-Guintard Christine, *Villes d'al-Andalus. L'Espagne et le Portugal à l'époque musulmane (VIIIe-XVe siècle)*, Rennes, Presses universitaires de Rennes, 1996.

Menendez Pidal Ramón, *La España del Cid*, Madrid, Espasa Calpe, 1969 (1re éd. 1929).

Picard Christophe, *L'Océan Atlantique musulman de la conquête arabe à l'époque almohade. Navigation et mise en valeur des côtes d'al-Andalus et du Maghreb occidental (Portugal, Espagne, Maroc)*, Paris, Maisonneuve et Larose/Éditions Unesco, 1997.

Prémare Alfred Louis de (dir.), « Al-Andalus. Culture et société », n° 40 de la *Revue de l'Occident musulman et de la Méditerranée*, Paris, 1985.

Sénac Philippe, *La Frontière et les hommes (VIIIe-XIIe siècle). Le peuplement musulman au nord de l'Èbre et les débuts de la reconquête aragonaise*, Paris, Maisonneuve et Larose, 1982.

Urvoy Dominique, *Le Monde des ulémas andalous du XIe siècle au XIIIe siècle. Étude sociologique*, Genève, Droz, 1978.

Urvoy Dominique, *Pensers d'al-Andalus : la vie intellectuelle à Cordoue et à Séville au temps des empires berbères (fin XIe-début XIIIe siècle)*, Toulouse, CNRS, 1990.

Vernet Juan, *Ce que la culture doit aux Arabes d'Espagne*, Paris, Actes Sud, « Sindbad », 1985.

Viguera Molins María Jesús, *Los Reinos de Taifas y las invasiones magrebíes (al-Andalus del siglo XI al XIII)*, Madrid, Mapfre, 1992.

Vallve Joachim, *El Califato de Córdoba*, Madrid, Mapfre, 1992.

Wasserstein David, *The Rise and Fall of the Party Kings. Politics and Society in Islamic Spain, 1002-1086*, Princeton, Princeton University Press, 1985.

Wasserstein David, *The Caliphate dans the West. An Islamic Political Institution in the Iberian Peninsula*, Oxford, Clarendon Press, 1993.

## II. LITTÉRATURE

### Ouvrages en langues occidentales

Abu-Rub Mohammed, *La Poésie galante andalouse au XIe siècle : typologie*, Paris, ASFAR, « Arabiyya », 1990.

Arié Rachel, *L'Occident musulman au bas Moyen Âge*, Paris, De Boccard, 1992.

Benabdesselem Afif, *La Vie littéraire dans l'Espagne musulmane sous les mulûk al-ṭawâ'if (v<sup>e</sup>-xi<sup>e</sup> siècles)*, Damas, Institut français d'études arabes de Damas, 2001.

Blachère Régis, *Histoire de la littérature arabe des origines à la fin du xv<sup>e</sup> siècle de J.-C.*, Paris, Adrien Maisonneuve, 1966.

Corriente Federico, *Ibn Quzmân, el cancionero hispano-árabe*, Madrid, Editora Nacional, 1984.

Dickie James, *El Dîwân de Ibn Shuhayd al-andalusî, texto y traduccion*, Cordoue, Real Academia de Cordoba, Instituto de estudios califales, 1975.

*Encyclopédie de l'islam*, Leyde/Paris, Brill/Maisonneuve et Larose, 1991-2001, 11 tomes (nouv. éd.).

Foulon Brigitte, *Voir et décrire le paysage dans la poésie andalouse du xi<sup>e</sup> siècle : étude linguistique et esthétique du recueil d'Ibn Khafâdja*, thèse de doctorat soutenue en 2005, Paris, INALCO.

Gallega Ortega Teofilo, *Poetas árabes de Xativa*, Xativa, Quatre Fulles, 1996.

Garcia Gomez Emilio, « Un eclipse de la poesia en Sevilla : la época almoravide », *Al-Andalus*, X, 1945.

Garcia Gomez Emilio, *La Poesia arabigoandaluza, breve sintesis historica*, Madrid, Instituto Faruk de Estudios Islamicos, 1952.

Garcia Gomez Emilio, *Todo Ibn Quzmân*, Madrid, Editorial Gredos, 1972, 3 vol.

Guerrero Amelina Ramon, *Ibn al-Ḥaddâd y otros poetas árabes de Guadix*, Grenade, Université de Grenade, 1984.

Hadjadji Hamdane, *Vie et œuvre du poète andalou Ibn Khafâdja*, Alger, SNED, 1982.

Hadjadji Hamdane, *Ibn al-Labbâna, le poète d'al-Mu'tamid*, Paris, El Ouns, 1997.

Hadjadji Hamdane, *De la poésie andalouse sous les reyes des Taifas (v<sup>e</sup>-xi<sup>e</sup> siècle)*, Paris, El Ouns, 2002.

Hadjadji Hamdane et Miquel André, *Ibn Khafâdja l'Andalou, l'amant de la nature*, Paris, El Ouns, 2002.

Hamori Andras, *La Littérature arabe médiévale*, Paris, Actes Sud, 2002.

Lévi-Provençal Évariste, *La Civilisation arabe en Espagne : vue générale*, Le Caire, Presses de l'Institut français d'archéologie orientale, 1938 (rééd. Paris, 1947).

Lévi-Provençal Évariste, *Histoire de l'Espagne musulmane au début du XII^e siècle. Le traité d'Ibn Abdun sur la vie urbaine et les corps de métiers*, Paris, Maisonneuve et Larose, 2001 (rééd.).

Martinez-Gros Gabriel, *De l'amour et des amants*, Paris, Actes Sud, « Sindbad », 1992.

Mazzoli-Guintard Christine, *Vivre à Cordoue au Moyen Âge*, Rennes, Presses universitaires de Rennes, 2003.

Miquel André, *Du désert d'Arabie aux jardins d'Espagne*, Paris, Actes Sud, « Sindbad », 1992.

Al-Nowayhi Magda, *The Poetry of Ibn Khafâdja. A Literary analysis*, Leyde/New York/Cologne, Brill, 1993.

Péres Henri, *La Poésie andalouse en arabe classique*, Paris, Maisonneuve et Larose, 1937.

Schack Adolf Friedrich von, *Poesie und Kunst der Araber* in *Spanien und Sicilien*, Berlin, W. Hertz, 1865.

Sobh Mahmud, *Antologia poetica*, Valence, Aiuntament de Valencia, 1986.

Souissi Ridha, *Al-Mu^ctamid Ibn ^cAbbâd et son œuvre poétique : étude des thèmes*, Tunis, Université de Tunis, 1977.

Trabulsi Amjad, *La Critique poétique des Arabes jusqu'au v^e siècle de l'Hégire*, Damas, Institut français d'études arabes de Damas, 1956.

## Ouvrages en arabe

### *Sources*

Al-Fatḥ Ibn Khâqân, *Qalâ'id al-^cIqyân*, Tunis, El-Atika, 1966.

Al-Ḥumaydî Muḥammad, *Djadhwat al-muqtabis fî-dhikr wulât al-Andalus*, Le Caire, al-Dâr al-Miṣriyya lil-ta' lif wa-al-Tardjama, 1966.

Ibn al-Abbâr, *Al-Ḥulla al-siyarâ' fî ash^câr al-umarâ'*, éd. H. Monès, Le Caire, s.n., s.d.

Ibn al-Abbâr, *Ṭuḥfat-al-Qâdim*, éd. Iḥsân ^cAbbâs, Beyrouth, Dâr al-Gharb al-Islâmî, 1986.

Ibn ᶜAbd al-Munᶜim (al-Ḥimyarî), *Al-Rawḍ al-miᶜṭâr fî-khabar al-aqṭâr*, éd. Iḥsân ᶜAbbâs, Beyrouth, Librairie du Liban, 1975.

Ibn ᶜAbd Rabbih, *Al-ᶜIqd al-Farîd*, éd. Muḥammad ᶜAbd al-Qâdir Shâhîn, Beyrouth, Al-Maktaba al-ᶜaṣriyya, 1998.

Ibn ᶜAbd Rabbih, *Dîwân*, éd. Muḥammad Riḍwân al-Dâya, Damas, s.n., 1979.

Ibn ᶜAmmâr, *Shiᶜr Muḥammad b. ᶜAmmâr al-andalusî*, Oujda, Publications Faculté des lettres et sciences humaines de l'université Muḥammad Iᵉʳ, 2001.

Ibn Bashkuwâl, *Kitâb al-Ṣila fî-Aʾimmati al-Andalus*, Le Caire, al-Dâr al-Miṣriyya lil-taʾ lif wa-al-Tardjama, 1966.

Ibn Bassâm, *Al-Dhakhîra fî-maḥâsin ahl al-Djazîra*, éd. Ihsân ᶜAbbâs, Beyrouth, Dâr al-Thaqâfa, 1997.

Ibn Darrâdj al-Qasṭallî, *Dîwân*, éd. Maḥmûd ᶜAlî Mekkî, Beyrouth, s.n., 1970.

Ibn Diḥya, *Al-Muṭrib min ashᶜâr ahl al-Maghrib*, Le Caire, National Library Press, 1997.

Ibn al-Ḥaddâd, *Dîwân*, éd. Yûsuf ᶜAlî Ṭawîl, Beyrouth, Dâr al-Kutub al-ᶜIlmiyya, 1990.

Ibn Ḥazm, *Ṭawq al-Ḥamâma fî l-ulfa wa-l-ullâf*, éd. Ihsân ᶜAbbâs, Beyrouth, al-Muʾassassa al-arabiyya li-l-dirâsât wa-l-nashr, 1993.

Ibn Ḥazm, *Kitâb al-Akhlâq wa-l-siyar*, éd. Eva Riad, Göteborg, Dâr Ibn Ḥazm, 2000.

Ibn ᶜIdhârî, *Al-Bayân al-mughrib fî akhbâr al-Maghrib*, éd. É. Lévi-Provençal, Beyrouth, Dâr al-Thaqâfa, 1980.

Ibn Khafâdja, *Dîwân*, éd. Sayyid Ghazî, Alexandrie, Manshaʾat-al-maᶜarif, 1960.

Ibn al-Khaṭîb Lisân al-Dîn, *Aᶜmâl al-Aᶜlâm*, Beyrouth, Dâr al-Kutub al-ᶜIlmiyya, 2003.

Ibn al-Khaṭîb Lisân al-Dîn, *Al-iḥâṭa fî-akhbâr gharnâṭa*, éd. Yûsuf ᶜAlî Ṭawîl, Beyrouth, Dâr al-Kutub al-ᶜIlmiyya, 2002.

Ibn Quzmân, *Dîwân*, éd. F. Corriente, Le Caire, Publications du Conseil supérieur de la culture, 1995.

Ibn Sahl, *Dîwân*, Beyrouth, Dâr al-Gharb al-islâmî, 1998.

Ibn Saᶜîd, *Al-Mughrib fî-ḥulâ al-Maghrib*, éd. Shawqî Ḍayf, Le Caire, Dâr al-Maᶜârif, 1980.

Ibn Sanâʾ al-Mulk, *Dâr al-Ṭirâz*, Damas, Dâr al-Fikr, 1980 (3ᵉ éd.).

Ibn Shâkir al-Kutubî al-Dârânâ, *Fawât al-wafayât*, éd. Ihsân ᶜAbbâs, Beyrouth, Bûlâq, 1973.

Ibn Shuhayd, *Dîwân Ibn Shuhayd al-andalusî wa-rasâʾiluhu*, éd. Muḥyî al-Dîn Dîb, Beyrouth, al-Maktaba al-ʿaṣriyya, 2002.
Ibn Zaydûn, *Dîwân*, éd. critique ʿAlî ʿAbd al-ʿAẓîm, Le Caire, Dar Nahḍat Miṣr, 1957.
Al-Maqqarî, *Nafḥ al-Ṭîb min ghuṣn al-Andalus al-ratîb*, Beyrouth, Dâr al-Kutub al-ʿIlmiyya, 1995.
Al-Marrâkûshî (ʿAbd al-Wâḥid), *Al-Muʿdjib fî Talkhîṣ târîkh al-Maghrib*, Casablanca, Dâr al-kitâb, 1978.
Al-Shushtarî Abû al-Hasan, *Dîwân*, Alexandrie, Dâr al-Maʿârif, 1960.

## Études

ʿAbbâs Iḥsân, *Târîkh al-adab al-andalusî ʿaṣr siyâdat Qurṭuba*, Amman, Dâr al-Shurûq, 1997.
ʿAbbâs Iḥsân, *Tarîkh al-adab al-andalusî ʿaṣr al-Ṭawâʾ if wa-l-Murâbiṭîn*, Amman, Dâr al-Shurûq, 2001.
Al-Awsî Hikmat ʿAlî, *Fuṣûl fî-l-adab al-andalusî fî-l-qarnayn al-thânî wa-l-thâlith li-l-hidjra*, Rabat, Maktaba al-Maʿârif, 1983.
Al-Dâya Muḥammad Raḍwân, *Saʿîd b. Djûdî al-Saʿdî al-Ilbîrî al-Andalusî, aḥad thuwwâr al-daʿwa al-ʿarabiyya wa-shuʿarâʾ ihâ bi-l-Andalus*, Beyrouth, Dâr al-Fikr al-muʿâṣir, 1997.
Al-Ghazyawî ʿAlî, *Adab al-siyâsa wa-l-ḥarb fî-l-Andalus*, Rabat, Maktabat al-Maʿârif, 1987.
Al-Idrisî Muḥammad al-ʿAdlûnî, *Al-Taṣawwuf al-andalusî, ususuhu al-naẓariyya wa-ahamm madârisihi*, Casablanca, Dâr al-Thaqâfa, 2005.
Khâliṣ Ṣalâḥ, *Ishbîliyya fî-l-qarn al-khâmis al-hidjrî*, Beyrouth, Dâr al-Thaqâfa, s.d.
Muḥammad Saʿîd Muḥammad, *Al-shiʿr fî Qurṭuba, min muntaṣaf al-qarn al-hidjrî al-râbiʿ ilâ muntaṣaf al-qarn al-khâmis*, Abu Dhabi, al-Madjma ʿal-Ṭaqâfî, 2003.
Rîdân Slîm, *Ẓâhirat al-tamâthul wa-l-tamayyuz fî-l-adab al-andalusî*, Tunis, Université de la Manouba, 2001.
Al-Shakʿa Musṭafâ, *Al-adab al-andalusî, mawḍûʿâtu-hu wa-funûnu-hu*, Beyrouth, Dâr al-ʿilm li-l-malâyîn, 1997.
Stern Samuel, *Al-muwashshaḥ al-andalusî*, trad. arabe ʿAbd al-Ḥamîd Shayḥa, Le Caire, Maktabat al-Âdâb, 1996.
Al-Ṭâhir Makkî, *Dirâsât ʿan Ibn Ḥazm wa-kitâbihi Ṭawq al-ḥamâma*, Le Caire, Dâr al-Maʿârif, 1981.

# TABLE DES CRÉDITS

# TABLE



# AL-ANDALUS

## I. LA SPLENDEUR DES OMEYYADES (711-1031)

### 1. Histoire d'al-Andalus sous domination omeyyade

## 2. La littérature à l'époque omeyyade

## II. LE TEMPS DES TAIFAS (1031-1090)

### 3. Devenir de l'Espagne musulmane

### 4. La littérature au temps des Taifas



## III. LES ALMORAVIDES EN AL-ANDALUS (1090-1147)

### 5. Histoire de la domination almoravide

### 6. La littérature à l'époque almoravide



## IV. AL-ANDALUS SOUS DOMINATION ALMOHADE (1150-1230)

### 7. Histoire de la présence almohade en al-Andalus

## 8. La littérature à l'époque almohade



# V. LE DERNIER ÉTAT ANDALOU : LE ROYAUME NASRIDE DE GRENADE (1232-1492)

## 9. Histoire d'al-Andalus à l'époque nasride

## 10. La littérature au temps des Nasrides



N° d'édition : L.01EHPNFG1265.N001
Dépôt légal : mars 2009
Imprimé en Espagne par Novoprint (Barcelone)